Über dieses Buch

Fünf Kinder, drei Jungen und zwei Mädchen, in den Wirren des Kriegs-
endes sich selbst überlassen, sind auf dem Weg nach Hause: aus dem
Kinderlandverschickungsheim in der Tschechoslowakei zurück nach Ber-
lin. Diesem ›Kinderkreuzzug‹ am Ende des 2. Weltkrieges liegen wahre
Begebenheiten zugrunde.
Niemand kümmert sich um die Kinder, die zwischen Soldaten auf dem
Rückzug, Flüchtlingstrecks und Gefangenenkolonnen über Fahrstraßen,
querfeldein durch unbekannte Wälder und verlassene Dörfer westwärts
ziehen, mal zu Fuß, mal in Güterwaggons, mal in Pferdefuhrwerken.
Sie erleben Schreckliches und Grausigkomisches. Sie übernachten in
Scheunen und im Freien. Sie begegnen amerikanischen Soldaten und in
Ortschaften Einwohnern, die sich in ihren Häusern und Höfen verschanzt
haben.
Angeführt werden die Kinder von Maxe Milch, der wegen seiner Mager-
keit auch ›Magermilch‹ genannt wird. Äußerlich verwildern sie, sie stehlen, was sie finden können, um weniger zu hungern und zu frieren,
innerlich bleiben sie intakt, ja sie entwickeln elementare menschliche
Tugenden in einer Zeit allgemeiner Verrohung.
Sie bestehen ein Abenteuer, an dem viele Erwachsene gescheitert wären.

Der Autor

Frank Baer wurde 1938 in Dresden geboren. Er wuchs in Mannheim,
Schwarzenbach/Saale und Würzburg auf. Nach dem Studium der moder-
nen Philologie in Würzburg und München war er in verschiedenen
Berufen tätig. 1964 arbeitete er als Volontär bei einer Tageszeitung und ist
seit 1965 als Reporter, Auslandskorrespondent in Österreich und Südost-
europa tätig. Frank Baer ist Moderator und freier Mitarbeiter des Bayerischen Fernsehens und veröffentlichte bisher ein Kinderbuch ›Zirkus Zap-
zaroni‹ (1970) und ›Votivtafelgeschichten‹ (1976).
Nach seiner Geschichte der Magermilchbande wurde im Auftrag des
Bayerischen Fernsehens ein gleichnamiger Film in sieben Teilen gedreht.

Frank Baer

Die Magermilchbande

Roman

Fischer Taschenbuch Verlag

Ungekürzte Ausgabe
Fischer Taschenbuch Verlag
Oktober 1981
Umschlagentwurf: Jan Buchholz/Reni Hinsch
Fischer Taschenbuch Verlag GmbH, Frankfurt am Main
Lizenzausgabe mit freundlicher Genehmigung des
Albrecht Knaus Verlages, Hamburg
© 1979 Albrecht Knaus Verlag, Hamburg
Gesamtherstellung: Hanseatische Druckanstalt GmbH, Hamburg
Printed in Germany
880-ISBN-3-596-25167-2

Inhalt

Vorwort

Dieses Buch schildert die Erlebnisse einer Gruppe Berliner Kinder, die sich nach Kriegsende, in der Zeit zwischen April und Oktober 1945, von der Tschechoslowakei aus nach Hause durchschlagen. Die Geschichte der Magermilchbande hat einen realen zeitgeschichtlichen Hintergrund:

Während der letzten Kriegsjahre waren in Deutschland Hunderttausende von Schülern aus den bombenbedrohten Großstädten evakuiert und zusammen mit ihren Lehrern in sogenannten Kinder-Landverschickungs-Lagern untergebracht worden. Die Berliner Kinder kamen nach Westpolen und in die Tschechoslowakei. Gegen Kriegsende wurden sie in aller Hast nach Westen verfrachtet. Die meisten landeten im Bayerischen Wald. Über zehntausend wurden bis zum 20. Mai allein in dem kleinen Ort Zwiesel gezählt. Notdürftig untergebracht, mangelhaft ernährt, teilweise von ihren Lehrern im Stich gelassen oder im Chaos der letzten Kriegstage von ihren Klassen abgesprengt und seit Monaten ohne Nachricht von ihren Eltern, machten sich viele Kinder selbständig und versuchten auf eigene Faust, nach Berlin durchzukommen.

Für jüngere Leser wird es nicht ganz leicht sein, sich eine Zeit vorzustellen, in der es keinen Briefverkehr gab und keine Telefonverbindungen, eine Zeit, in der man nur mit Sondergenehmigung reisen und nur mit Lebensmittelmarken im Laden einkaufen konnte, eine Zeit, in der Zehntausende von Kindern in Deutschland auf sich allein gestellt unterwegs waren, auf der Suche nach ihren Eltern, nach Verwandten, nach einem Zuhause. Die Älteren werden sich noch lebhaft an diese Zeit erinnern, und ich stelle mir vor, daß sie die Fragen, die die Jüngeren nach der Lektüre dieses Buches stellen werden, besser beantworten, als ich das im Rahmen dieser Erzählung durch historische Anmerkungen hätte tun können. Deshalb habe ich auf solche Anmerkungen verzichtet.

Dieses Buch ist das Ergebnis journalistischer Arbeit. Die fünf Kinder der Magermilchbande sind frei erfunden. Aber das, was sie erleben, beruht auf Tatsachen.

Ich habe für dieses Buch unter anderem mehr als 400 Interviews ausgewertet, darunter etwa 40 mit ehemaligen Berliner Schülerinnen und Schülern, die ein ähnliches Schicksal erlebt haben wie die Kinder der Magermilchbande. Ohne deren Mitarbeit hätte ich diese Geschichte nicht schreiben können.

Ich danke vor allem
 Frau Susanne Schwedge, Berlin
 Frau Ursula Stross, Berlin
 Herrn Arno Dudschus, Berlin
 Herrn Wolfgang Janssen, Berlin
 Herrn Günter Lang, Steinbach
 Herrn Alfred Lemke, Berlin
 Herrn Hanns Pannier, Berlin
 Herrn Hans Potthoff, Berlin
 Herrn Udo Rossow, Berlin
 Herrn Peter Stein, Roedermarkt-Urberach

und Frau Marga Ulrich, deren Mädchentagebuch als Vorlage für »Billes Tagebuch« diente.

Zum 10. Geburtstag von Deiner Dich herzlich liebenden
Schwester Inge. Den 24. Oktober 1941

Mögest Du nur Gutes und Schönes einschreiben!

24. Oktober 1941
Heute mein Geburtstag. Von Inge bekam ich 1 Tagebuch. Von
Hänschen 1 Laubsägeherz mit Kerze. Von Helga und Günter 1
Schmuckkästchen. Von Dietrich 1 Feldpost-Päckchen mit Ring
aus Afrika. Wunderschön. Von Mutti und Vati 1 Dackelhund.
Er heißt Emil. Er folgt mir schon. Er ist süß. Ganz strubbelich.

25. Oktober 1941
Heute Nacht war Fliegeralarm. Emil sprang auf mein Bett und
bellte. Wir waren 3 Stunden im Keller. Emil bellte immerzu. Er
ist aus Thüringen. Er hat noch nie Fliegeralarm gehört. Er wird
sich schon gewöhnen.

15. September 1942
Dietrich ist gefallen. Im Juli war er noch hier zu Inges
Geburtstag auf Urlaub. Inge und Mutti weinen. Vati weiß es
noch nicht. Helga und Günter sind seit 3 Wochen in KLV.
Helga ist in Kattowitz, Günter ist im Warthegau. Nur wir vier
sind augenblicklich da, Inge und Mutti, Hänschen und ich. Und
Emil.

Kinder-Land-Verschickung nach Palovice (Protektorat). Ich bin schon zwei Tage hier, aber ich schreibe jetzt nach, was passiert ist.

Dienstag, den 31. August 1943
Heute fuhren wir um 5 Uhr nachmittags vom Görlitzer Bahnhof ab. Ich wäre natürlich beinahe wieder zu spät gekommen. Armer kleiner Emil, ich mußte dich verlassen. Inge und Mutti kamen mit zum Bahnhof. Ob wir lange wegbleiben? Mutti gab mir viel Lebensmittel mit. In 3 Stunden sollten wir in Dresden sein, aber es wurden ungeahnt 25 Stunden.

Mittwoch, den 1. September 1943
Als wir in Dresden einfuhren, kam Alarm. Alles stürmte in den Luftschutzkeller. Hier bekamen wir Tee und Stullen, von denen Spinne die Wurst verlor. Durch Prag fuhren wir auch.

Donnerstag, den 2. September 1943
Am Abend kamen wir in Palovice an. Das Lager ist in einem neugebauten Schulhaus. Wir 140 Mädel von der Bettina-von-Arnim-Schule sind in einem Flügel. Im anderen sind welche aus Spandau. Die sind schon länger hier. Unser Lagerleiter heißt Otto Weberecht, genannt Weberknecht. Er ist so 50 oder 60. Ich bin mit Spinne und Schwettchen und drei anderen in einem Zimmer. Zur Nacht mußten wir erst noch beziehen und die Strohsäcke aufschütten.

Montag, den 6. September
Heute erster Schultag. Diese Woche ist unsere Stube für das Wecklied dran. Wir müssen schon um halb 7 aufstehen. Heute sangen wir »Steht auf, steht auf, der Tag erwacht!«. Normal ist um 7 aufstehen. Dann Morgenappell. Um halb 8 Frühstück im großen Speisesaal alle zusammen (Butter- und Marmeladenstulle, jeden Morgen dasselbe, brauch ich nicht mehr zu erwähnen). Dann Unterricht bis 13 Uhr. Danach Mittagessen (heute gab's Buchteln mit Vanillesoße). Danach 1 Stunde Mittagsruhe, dann 1½ Stunden Schularbeiten, dann Kaffee, dann frei oder Gartenarbeit oder Jungmädeldienst usw. 19 Uhr Abendbrot (heute gab's Kartoffelsalat und zwei Kekse). Danach wieder frei für Schreiben, Putzen und Flicken usw. 21 Uhr Lagerruhe. Jetzt ist es kurz vor 21 Uhr. Wir liegen schon alle in der Heija. Spinne macht gleich das Licht aus.

Donnerstag, den 9. September 1943
Jetzt ist der eine Tag fast so wie der andere. Das 1. Mal nachhause geschrieben. Strümpfe gestopft. Ob das Essen weiterhin so gut bleibt?? Denn zum Abendbrot gibt's Apfelstrudel und Salat für die Vitaminen.

Sonntag, den 10. September 1943
Maja Sperl und Sonja Gerber kamen noch in unsere Stube. Die Sperling geht ja noch, aber die doofe Gerbern, o Gott o Gott! Sie tut schrecklich »erwachsen«, weil sie schon einen »Büstenhalter« um hat, dabei hat sie höchstens einen Speckwulst oben rum, die fette Ziege.

7. 2. 44
Heute erhielt ich die Nachricht, daß wir total ausgebombt sind. Schneekuh tröstete vor der ganzen Klasse. Ich mußte grinsen. Schade um die schöne Wohnung.

9. und 10. IV. 44
Ostern. Heute erfahren wir vom Lagerwechsel nach Kusice, schade, ich hab mich hier so schön eingewöhnt. Von zuhause viel Geschenke und 50 RM.

20. IV. 44
Mit dem Zug 12 Stationen bis Kusice. Als wir im Schloß ankamen, sangen wir erstmal: »Wir gehen singen« und »Wir sind da«. Das einzige, was am Schloß Barock ist, ist Schneekuhs Hut. Aber sonst ist es sehr hübsch hier. Große Zimmer, lange Gänge. Großer Park mit dicken Bäumen. Das ganze Städtchen ist voll KLV. Hinter unserem Schlößchen ist eine Jungenschule aus Wedding. Ist aber ein Zaun dazwischen.

6. VI. 44
Ja, dieser Tag ist historisch wertvoll. Unsere Stube sollte vom Bahnhof die neue Lagermädelschaftsführerin abholen. Wer war es? Janne Keck, die schon mal vor zwei Jahren auf dem Ferienlager meine Führerin war. So eine Überraschung. Wir haben uns andauernd abgeknutscht vor Freude.

22. VI. 44
Weberknecht ist furchtbar wütend auf uns. Janne auch. Weil wir beim Chorsingen letzte geworden sind. Und ausgerechnet

die aus Wedding, die neben uns im Neubau sind, haben den ersten Preis gemacht. Alle schieben es auf uns, dabei war's die 3. Stimme, weil sie den Einsatz verpatzt haben. Auf der Heimfahrt im Zug dicke Luft. Die Idioten vom Neubau haben auch noch gestänkert, blöde Bande.

2. VIII. 44

Maja Sperl ist schwerkrank. Schneekuh und Schwester Gisela telefonieren den ganzen Tag. Endlich kommt Jeschke, der tschechische Arzt, aber Sperling will nicht von einem tschechischen Arzt behandelt werden. Dabei kann sie kaum noch atmen, hat Schaum vor dem Mund und ist blau. Sie kommt gleich ins Krankenhaus. Alles ist aufgeregt.

4. VIII. 44

Sperling ist gestorben, gestorben, wir fassen es noch kaum. Die schönsten Blumen werden gepflückt. Nachmittags fährt die ganze Klasse ins Leichenschauhaus, sie nochmal zu besuchen. Im Leben vorher war sie ja eigentlich ziemlich doof, aber jetzt sah sie wie ein Engelchen aus. Der erste Tote, den ich sah. Nebenan lag noch ein toter alter Mann, huch, war das gruselig. Ganz durchweicht zuhause angekommen, hörten wir, daß nur 8 Mädel aus unserem Lager auf Urlaub fahren dürfen. Ich zog ein Ja-Los. Schneekuh meinte so fordernd, na den anderen tut's nötiger, ich trat zurück, denn nachsagen laß ich mir nichts.

5. VIII. 44

Ob es richtig war, zurückzutreten? Was werden wohl Mutti und Vati sagen? Stube 3 hat Weckdienst, sie singen so schauerlich, daß wir jeden Morgen vor Schreck schon vorher aufwachen. – Ich hab's mir überlegt, ich werde abends doch zu Janne gehen und fragen, ob ich nicht doch in Urlaub kann.
Das ist die Höhe, sowas von empörend! Wie ich's geahnt habe. Spinne hat Janne doch getratscht und dazu noch alles auf mich geschoben, daß ich die anderen angestiftet hätte und so. Ich kann's noch gar nicht fassen. Und das schlimmste ist, daß Marianne ihr auch noch glaubt. Zuerst tut sie so freundlich und dann diese Ungerechtigkeit. Hüte dich vor falschen Freunden! Ich glaube daß ich abhaue und nach Berlin gehe. Soviel Ungerechtigkeit halte ich nicht aus. Einer vom Neubau ist neulich auch abgehauen und ist bis Potsdam gekommen, obwohl er noch jünger ist als ich.

(Brief an die Eltern 5. 8. 44)
Liebe Mutti, lieber Vati!
Wie geht es euch? Wenn ihr wüßtet, wie schlecht es mir geht.
Ich bin von allen verlassen. Eva Spindler, mit der ich befreun-
det war, hat mich bei Marianne (Lamafü) schlecht gemacht und
Janne hat die Lügen dem Lagerleiter weitererzählt. Jetzt soll ich
auf einmal ganz allein an allem schuld sein, dabei haben alle,
die 2. Stimme gesungen haben, mitgemacht. Und die Idee, daß
wir beim Singen einen Bonbon im Mund haben, haben wir
auch alle zusammengehabt und wäre auch nichts bei gewesen,
wenn die 3. Stimme nicht gepatzt hätte. Es war auch nur, weil
die Schneekuh uns in Geschichte von Demostenes erzählt hat,
wie er Kieselsteine in den Mund getan hat, damit er besser
reden kann. Und jetzt heißt es auf einmal, ich hätte die anderen
überredet und nur weil ich für den Urlaub ein Ja-Los gezogen
habe, aber weil sie mich so gedrängt haben, daß ich's der
Urbanek geben soll, hab ich's ihr gegeben und wie ich dann
doch selber fahren wollte, kommen sie jetzt damit an, dabei ist
es schon fast 2 Monate her, wie wir in Prag waren mit dem
Chorwettsingen. Dann bin ich mit Janne zum Lagerleiter, sagt
er: »Halt den Mund, du freches Balch!« Jetzt will ich nicht
mehr hierbleiben, ich hab niemand mehr hier. Bitte, bitte
könnt ihr mich nicht nachhause holen. Viele Grüße und Küsse
eure unglückliche Sybille.
PS. Wenn ihr mich nicht holt, komme ich alleine. Glaubt es ja
nicht, wenn sie Euch was anderes schreiben!!

(Brief von den Eltern 10. 8. 44)
Meine liebe Bille!
Mach bitte keine Dummheiten, wir haben hier ohnehin schon
genug Sorgen. Ich werde mich mit dem Lagerleiter in Verbin-
dung setzen. Langer Brief folgt. Und »Balch« schreibt man
nicht mit ch sondern mit g!
Sei tapfer. Es küßt Dich Deine Mutti

20. II. 45
Mein liebes Tagebuch. So lange habe ich Dich vernachlässigt.
Und dabei ist so viel passiert. Vom 20. 12. 44 bis 8. 1. 45 war ich
auf Urlaub zuhause. Zu viert fuhren wir nach Berlin. Ich stellte
mir die Trümmer eigentlich viel schlimmer vor. In der alten
ausgebombten Wohnung war es aber tausendmal schöner.

Jetzt wohnen wir bei Tante Ursel, sie hat ja jetzt Platz, trotzdem ist es schrecklich eng. Emil hat mich zuerst gar nicht erkannt, hat mich richtig angebellt. Silvester kam Inge aus Leipzig, wo sie jetzt arbeitet. Wir haben gefeiert, aber fröhlich waren wir nicht gerade. Hänschen hatte die Masern, von Helga und Günther keine Nachricht und bei Tante Ursel ist ja sowieso das Unglück zuhause. Werner gefallen, Leo im Lazarett in Oberbayern und Onkel Herbert im ... na Du weißt es schon, ich will es lieber nicht sagen. Abends im Bett oft geweint, damit es Mutti nicht sehen sollte. Viel zu rasch waren die schönen Tage vorüber. Im Zug einen schönen Fensterplatz erwischt, aber wir fuhren fast nur nachts. Ein schicker Panzersoldat saß mir gegenüber, hat mich dauernd beobachtet, schrecklich! In Prag mußten wir zwei Tage bleiben, dann nach 5 Tagen kamen wir endlich im Lager an. Es gab Zeugnisse. Ich hab fünf Vieren drauf: In Beteiligung am Unterricht, Deutsch, Geschichte, Raumlehre und Rechnen. Die olle Schneekuh und der blöde Weberknecht!

Ende Januar kamen Helga und Günther aus Ostpreußen geflüchtet. Alles Gepäck haben sie in ihren Lagern verloren. Ob wir auch bald wegmüssen?

Jetzt haben wir »Adam« als Lamafü. Wir nennen ihn so, er hat ein ganz zerquetschtes Gesicht und Spitzkühler, tut immer ganz stramm, immer mit Uniform. Er ist unser Hauptgefolgschaftsführer, fast 50 Jahre alt und dann per »Du«, aber langsam gewöhnt man sich ja dran.

Das war jetzt vor einer Woche.

Freitag, den 2. 3. 45

Gestern nacht, wir waren gerade im Bett, hörten wir plötzlich zwei Detonationen. Wie auf Befehl hüpften wir sofort aus den Betten, da rief Adam auch schon von draußen: »Fliegeralarm! Licht aus!« Dann ging die ganze Korona in den Wald. Die Jungen vom Neubau waren auch da. Schneekuh war ganz aufgeregt, daß sie alle ihre Küken zusammenhielt im Dunkel. Wir müssen jetzt ziemlich oft in den Wald, weil hier ewig Flieger brummen und auch mit Bordwaffen schießen.

11. 3. 45

Heut ist schon wieder Sonntag, die Zeit fliegt ja nur so dahin. Zu Mittag gabs Wiener Schnitzel und Salat. Bin mal wieder richtig satt geworden. Karola Urbanek hat Post aus Berlin bekommen. Die haben jetzt jede Nacht Terrorangriffe. Schrecklich. Die Feinde sind in Küstrin und haben im Westen jetzt auch Bonn eingenommen. Wie soll das nur weitergehen? Werden wir siegen? Na, wir malen uns schon immer aus, daß wir nach Sibirien Steineklopfen gehen. Ob ich da auch Tagebuch schreiben kann?

Sonntag, den 18. März 1945
Heute waren wir im Flüchtlingslager. Am Vormittag wurden Sachen gesammelt, Puppen, Mäntel, Kleider, alles mögliche. Auf Stroh schlafen sie, und so viel Kinder. Dann so wenig zu essen, Frauen, die Kinder kriegen, schrecklich. Wir haben gestern alle auf unsern Käsekuchen verzichtet für sie.
Wir sind jetzt 25 Mädel in der 4 b, letzte Woche kamen noch 6 dazu, die waren vorher in einem Lager in Schlesien, sie haben schon die Front gehört, als sie weg sind. Am Abend haben wir dem guten alten Weberknecht ein Ständchen gebracht: »Der Mond ist aufgegangen«. Er war ganz gerührt und meinte: »Ja das Herz wird einem immer schwerer«. Wer weiß, wie lange er noch bei uns bleibt. Bei dem Adam ist ja nichts sicher. Nach den Nachrichten hält er immer noch eine Ansprache, daß wir den Endsieg haben werden.

Mittwoch, den 21. März 1945
Kein besonderer Tag. In der 2. Stunde, grade als Adam reinkam, Fliegeralarm und wir mit Hallo in den Wald. Ich mit Spinne immer tiefer rein. Plötzlich waren zwei Jungs aus dem Neubau da, mitten in einem Gebüsch. Sie meinten, sie sagen immer bei Fliegeralarm, daß sie die Entwarnung nicht gehört hätten und kommen zu spät. Wir machten es auch so. Als wir zurückkamen hatten die anderen schon eifrig Schule, wir hatten die ganze Stunde Physik versäumt. Weberknecht war tief empört, aber wir grinsten nur. Mittags gabs nur Suppe und zwei Liwanzen. Wir werden jetzt überhaupt nicht mehr satt. Zucker spare ich für zuhause.

Freitag, den 30. März 1945
Endlich nach fast zwei Monaten wieder Post von zuhause. Alle sind noch wohlauf. Das ist ja das wichtigste. Eben kommt Spinne von den Nachrichten runter und erzählt, daß sie in

Berlin schon wieder einen Terrorangriff am Tag hatten. Und die Feinde sind in Würzburg und an der Oder! Was soll das nur noch werden. Gestern sprach ein HJ-Führer zu uns, er kam aus Berlin. Die Zustände dort müssen ja furchtbar sein. Keine Nahrungsmittel, dauernd Stromsperre, nur wenig Gas. Was werden wohl die Meinen machen? Mutti hat mir Lebensmittelmarken mitgeschickt. Ich kaufte mir unten im Städtchen gleich Brot und Wurst, da war ich endlich mal wieder satt. Im Moment sitzt unser ganzes Zimmer am Tisch und wir quatschen über unsere Zukunft in Sibirien. Ob wir dies Jahr Ostereier erwarten können?

Ostermontag 2. IV. 45
Ja, wir konnten Ostereier erwarten. Morgens um ¾45 Uhr wurden wir leise geweckt, gingen zum Bach und wuschen uns mit Osterwasser, damit wir das ganze Jahr über hübsch und gesund bleiben. Die doofe Gerbern hat sich am längsten gewaschen, aber das wird ihr auch nichts nützen. Doof bleibt doof und fett bleibt fett, da helfen keine Pillen. Dann Frühlingsmorgenfeier im Park. Sonst war nichts besonderes. Zweiter Ostertag war wie ein gewöhnlicher Feiertag.

Mittwoch, 11. April 1945
Strahlend blauer Himmel und richtig heiß und den ganzen Tag Tiefflieger. Schon in der ersten Stunde kam zum ersten Mal Alarm und wir alle mit Gejohle in den Wald. Wenn so schönes Wetter ist, können sie ruhig kommen. Wieder mit Spinne ganz weit reingerannt. Die zwei Jungen vom Neubau waren auch wieder da. Der eine meinte, daß wir bald von hier weg müssen ins Reich. Er ist der, der mal getürmt ist bis nach Potsdam. Hätte ich ihm aber nicht zugetraut. Erst zu Mittag zurück, aber der Unterricht fällt jetzt sowieso dauernd aus.

Freitag, 13. April 1945
Der vom Neubau hat vielleicht doch recht. Adam machte heute auch so eine Andeutung. Auch hören wir jetzt nicht mehr die Nachrichten, sondern nur den »Werwolf«, sehr interessant. Ich bin ja so gespannt, wie das alles werden soll.

Freitag, 20. April 45
Jetzt ist es also soweit. Unser ganzes Gepäck ist schon vor der Eingangshalle gestapelt. Wir müssen also doch unser liebes

Schlößchen verlassen. Gestern mittag war plötzlich Appell, und Adam sagte, daß wir nun weg müßten. Jeder nur das nötigste an Gepäck, die schweren Sachen alle in die Bettsäcke, die kämen mit LKW nach. Den ganzen Tag haben wir aus Decken Rucksäcke genäht. Erst sollten wir schon gestern abend los, dann war es doch nichts, aber das ganze Bettzeug war schon verpackt. Wir haben entsetzlich gefroren in der Nacht. Fräulein Redwitz sagt, wir müßten nach Tirol, alles zu Fuß, 25 Kilometer am Tag. Wenn ich an meinen Rucksack denke, wird mir jetzt schon schlecht. Für drei Tage Marschverpflegung mußte ich auch noch drin unterbringen. Jetzt heißt es, daß wir die Bettsäcke mit den ganzen Sachen doch gleich mitnehmen. Adam will einen Wagen organisieren. Hätte ich bloß nicht so viel in meinen Rucksack gestopft, aber wer weiß, sicher ist sicher. Eben kommt die Schneekuh mit ihrer Sturmhaube auf dem Kopf.

ERSTES KAPITEL

Der Kaiser

»Frauen und Kinder zuerst«, sagte der fette Heini. Es sollte
forsch klingen, aber es hörte sich ein bißchen dünn an.
Sie hingen zu dritt aus dem Fenster ihrer Stube im ersten
Stock, Heini, Peter und Christo. Wenn sie sich weit genug
hinauslehnten, konnten sie um das Hauseck herum gerade
noch den Eingang des Schlosses sehen. Und dort, zwischen den
Säulen des Vorbaus, der den Eingang überdachte, die Mädchen,
die davor warteten. Eng zusammengedrängt, wie Bienen vor
dem Flugloch, inmitten hoher Stapel von Gepäck, Rucksäcken,
verschnürten Kartons, Spankoffern, Schließkörben, Bettsäk-
ken, alles wirr aufeinandergeschichtet. Die warteten auf den
Abmarsch, das war klar. Die warteten schon eine Ewigkeit auf
den Abmarsch. Wie lange wollten die eigentlich noch
warten?
Peter hatte sie als erster entdeckt. Früh um sieben durch das
Fenster des Waschraums. Da hatten sie schon genauso marschbereit herumgestanden wie jetzt.
Später beim Morgenappell hatte es dann das ganze Lager
mitbekommen. Wie eine Parole war es durch die Reihen
gegangen, und einer nach dem anderen hatte hinübergeschielt,
und sogar beim Fahnengruß war die Flüsterei weitergegangen,
obwohl der Deutsche Wald wie ein Jochgeier gebrüllt hatte.
Jetzt war es halb zwei, und noch immer tat sich drüben
nichts.
»Die wollten mit dem Zug weg und dann ist keiner gekommen«,
sagte Heini. Es war schon das fünfte Mal, daß er das sagte.
Aus einem der zweistöckigen Betten hinter ihnen in der Stube
maulte einer, sie sollten endlich das Fenster zumachen. Sie
kümmerten sich nicht darum. Es war einer, der nichts zu sagen
hatte. Heini schob sich vorsichtig auf der Fensterbank zurück,

bis seine Füße den Boden berührten. Ihm wurde leicht schwindlig, wenn er aus dieser Höhe hinunterschaute. »Mit was wollen die sonst fahren?« fragte er patzig. »Mit LKW vielleicht? Das glaubste ja selber nicht. Die bräuchten ja fünf LKW, so viel wie das sind.«

Christo drehte den Kopf Peter zu, der bäuchlings neben ihm lag, und fragte leise: »Wie weit ist das eigentlich bis zur Grenze?« Er hatte eine hohe, näselnde Stimme, die so klang, als verstellte er sie absichtlich.

»Hundert Kilometer«, sagte Peter, »und wenn wir um Pilsen außen herum müssen, noch'n bißchen mehr.« Sie wechselten einen bedeutungsvollen Blick und starrten wieder zum Schloß hinüber.

Heini hatte den Blick bemerkt. Für einen kurzen, unbehaglichen Augenblick hatte er das Gefühl, daß ihm die beiden etwas verheimlichten. Er wollte fragen und hatte gleichzeitig Angst, daß er sich eine flapsige Antwort einhandeln könnte, die ihn vor den anderen bloßstellen würde, und wie immer war seine Angst größer als seine Neugier. Was sollten sie auch schon wissen, das er nicht wußte. Gar nichts konnten sie wissen. Er quetschte sich wieder neben sie auf das Fensterbrett, zog sich an der Kante vor. Seine kurzen, fleischigen Beine, die waagerecht ins Zimmer ragten, waren bläulich marmoriert in der Kälte. Er war stolz darauf, daß er nach dem Winter immer als erster in der Stube kurze Hosen trug.

Das Schloß lag gut zweihundert Meter hinter dem Neubau auf der Kuppe des sanft ansteigenden Hügels, der sich vom Ort heraufzog. Es war kein echtes Schloß, es hieß nur so. Als sie vor zwei Jahren nach Kusice verlegt worden waren, hatten sie selbst darin gewohnt. Im Elternbrief, den man ihnen damals diktiert hatte, war vom ›Kurhotel Kusice‹ die Rede gewesen: ›Das herrlich gelegene ehemalige Kurhotel der kleinen Bäderstadt, in dem wir jetzt untergebracht sind, übertrifft unsere kühnsten Erwartungen.‹ Das war nicht einmal übertrieben gewesen. Riesige Zimmer mit Balkon, ein Eßsaal so groß wie eine Bahnhofshalle und ein Park, in dem man sich verlaufen konnte.

Nach einem Jahr waren zwei Mädchenschulen einquartiert worden, und sie hatten in den Neubau daneben umziehen müssen. Der hieß auch nur so. In Wirklichkeit war er ein uralter Kasten. Sie hatten damals eine ganz schöne Wut gehabt auf die Weiber, die sie vertrieben hatten.

Ein gummibereifter Stellwagen kam die Schloßauffahrt heraufgefahren mit einem knochigen Gaul davor, der den Kopf tief hängen ließ. Auf dem Bock saß ein alter Mann mit blauer Kittelschürze, und neben dem Pferd her ging ein kleiner Dicker in einem grauen Reitanzug, der ein Fahrrad schob.

»Ein Pferdewagen! Da! Hab ich ja gleich gesagt«, schrie Heini. Er schnaufte vor Aufregung.

»Halt doch mal die Klappe«, sagte Peter grob. Heini verstummte augenblicklich. Und als in diesem Augenblick auch noch die Stubentüre aufgerissen wurde, wäre er vor Schreck fast aus dem Fenster gefallen. Aber es war keiner von den Lehrern, der hereinkam, sondern nur der kleine Achimsen aus der 5b in schwarzer Winterkluft, vorschriftsmäßig von der Schimütze bis zu den grauen, umgeschlagenen Wollsocken über den Stiefeln.

»Wo ist'n der Milch?« fragte er knapp, ohne den Türgriff loszulassen.

Peter kam als erster von der Fensterbank herunter. Achimsen war einen halben Kopf kleiner als er, der sollte erst einmal sagen, was er überhaupt wollte. »Wieso? Was ist'n los?« fragte er. Ging langsam auf ihn zu. Wenn Maxe Milch nicht da war, hatte er das Sagen in der Stube.

Auch Heini und Christo kamen vom Fenster herunter, und die in den Betten setzten sich auf. Sie waren alle begierig auf Neuigkeiten. Könnte ja sein, daß es auch bei ihnen jetzt losging, wie bei den Mädchen drüben im Schloß, das mußte ja was bedeuten, daß nach Maxe gefragt wurde, schließlich war er der Stubenälteste. Vielleicht gab's Appell für die Stubenältesten?

Der Junge in der Tür zog sich zurück, bevor sie zu nahe kamen. »Arschlöcher!« sagte er noch, bevor er die Tür zuwarf. Dann rannte er den Gang hinunter. Wenn Maxe Milch nicht in der Stube war, konnte er nur noch auf dem Klo sein, schließlich war Mittagsruhe, und da durfte keiner das Haus verlassen. Die Klotüre war versperrt.

»Milch! Magermilch!« rief er drängend, den Mund nah am Türspalt. Er hatte es eilig. Es war der erste Befehl, den er ausführte als frischverpflichteter HJ-Junge, und er wollte ihn gut ausführen. Er rüttelte vorsichtig an der Türklinke. »Mach schnell, du sollst zum Lagerleiter!«

Maxe ließ sich Zeit. Er zeigte auch keine Eile, als er endlich herauskam. Er hatte die Hände in den Hosentaschen, die Schultern hochgezogen, ein schmaler, drahtiger Junge, der beim Gehen leicht auf den Ballen wippte, wie ein Hochspringer beim Anlauf. Als er an der Stube vorbeikam, drängten sich die anderen in der Tür, und Peter fragte aufgeregt: »Was ist'n los? Sag doch, was los ist?« Aber Maxe zog nur die Schultern noch ein bißchen höher. Es war ihm nicht anzumerken, ob er wirklich nichts wußte oder ob er sie nur abwimmeln wollte. Es war ihm überhaupt nur selten etwas anzumerken, und sie wußten, daß es keinen Sinn hatte, weiter in ihn zu dringen. Wenn er nicht von selbst kam, war nichts aus ihm herauszuholen.

Achimsen wieselte vor ihm her, den Gang hinunter zur Treppe. Er hatte Eisen unter den Stiefeln, die laut auf den Treppenstufen knallten und auf den Steinplatten, mit denen die Eingangshalle im Erdgeschoß ausgelegt war. Maxe hätte ihm mit geschlossenen Augen folgen können. Sie durchquerten die Eingangshalle und hielten vor einer weißlackierten Kassettentüre. Die Kassette in Augenhöhe war mit einer bunten Schülerzeichnung ausgefüllt. Sie zeigte einen Jungenchor im Halbrund auf einem tannengeschmückten Podium. Zwei Reihen weißer Gesichter, wie Perlen auf einer Schnur, runde Münder, die gerade den Mond aufgehen ließen. Davor die Rückenansicht eines schwarzgekleideten Mannes, riesengroß mit ausgebreiteten Armen, die wie schwarze Flügel über dem Chor hingen. In der rechten Hand hielt der Mann einen mächtig aufragenden Taktstock. Darunter stand in Schönschrift: DR. KARL KAYSER – LAGERLEITER!

Achimsen öffnete die Tür, und Maxe trat ins Zimmer, streckte den Arm, meldete sich zur Stelle. Er hörte, wie die Tür hinter ihm ins Schloß fiel.

Das Büro des Lagerleiters sah aus wie eine Mönchszelle, lang und schmal mit einem kleinen, hochliegenden Fenster, das nur wenig Licht einließ. Ein karger, ungemütlicher Raum, der früher womöglich einmal als Wäschekammer gedient hatte, zu einer Zeit, als der Neubau noch eine Dependence des Kurhotels gewesen war. Aktenschränke rechts und links an den Wänden machten ihn jetzt noch enger und ungemütlicher. In der Mitte stand längs ein einfacher Tisch mit klobigen Beinen, der als Schreibtisch herhalten mußte. Auf dem Fußboden vor den

Schränken und um den Tisch lagen Stapel von Aktenordnern, einige zu Paketen verschnürt, Schnellhefter kreuz und quer aufgeschichtet, einzelne Blätter, Briefe, Formulare in unordentlichen Haufen.

Maxe nahm alles nur aus den Augenwinkeln wahr. Er hielt den Blick starr geradeaus gerichtet. Zwei Männer standen vor dem Schreibtisch. Er hatte sie schon beim Eintreten erkannt. Der eine war ein Bauer, den hatte er erwartet. Der andere war der einzige Polizist von Kusice, ein dürres, verschrumpeltes Männchen in grünverwaschener Uniformjacke und mit steifen Ledergamaschen um die Waden. Warum der da war, konnte er sich nicht erklären, aber es war ihm auch egal. Er hatte keine Angst. Er wartete, daß der Mann, der hinter dem Schreibtisch saß, endlich anfing zu sprechen, damit er es bald hinter sich hätte.

Lagerleiter Kayser war ein großer Mann mit kantigem Schädel, straff zurückgebürsteten, kurzgeschnittenen, lohgelben Haaren und einem Gesicht, das so glatt und ebenmäßig war wie die Marmorgesichter jener römischen Charakterköpfe, die er im Geschichtsunterricht vorstellte und deren Bildnisse er manchmal durch die Bankreihen wandern ließ. Er unterrichtete in Deutsch, Geschichte und Musik. Sie nannten ihn ›Kaiser Karl‹ oder ›Karl der Große‹, aber meistens sagten sie nur ›der Kaiser‹. Er war kein Lehrer, dem man einen Spitznamen geben konnte. Bei ihm herrschten Zucht und Ordnung, er war immer korrekt, hart, aber gerecht.

Er saß vornübergebeugt am Tisch, die Arme gestreckt, die Hände flach auf der Tischplatte. Heftete den Blick auf Maxe, deutete mit einer knappen Kopfbewegung auf den tschechischen Bauern. »Bei diesem Mann wurde Bettwäsche aus unserem Lager gefunden. Zwei Überzüge und zwei Laken.« Er ließ eine Hand auf den Wäschestoß fallen, der vor ihm auf dem Tisch lag. »Lagermannschaftsführer Wald und der Heimleiter haben mir berichtet, daß sie dich gestern vormittag während des Alarms mit einem entsprechend großen Paket zu diesem Mann haben gehen sehen. Sie sind überzeugt, daß du ihm die Wäsche verkauft hast.« Wieder deutete er mit einer Kopfbewegung auf den Bauern. »Bevor ich *ihn* frage, möchte ich von *dir* wissen, ob sie recht haben oder nicht.«

Maxe senkte den Kopf. Er wußte, daß es keinen Sinn hatte, die Sache abzustreiten. Schon als er gestern aus dem Hof des

Bauern herausgekommen war, hatte er bemerkt, daß er beobachtet worden war. Das wäre noch nicht weiter schlimm gewesen, niemand hätte ihm etwas nachweisen können. Aber dann am Nachmittag nach dem Geländespiel waren sie mit dem Deutschen Wald noch einmal an dem Hof vorbeigekommen, und da hatte die Bettwäsche mit dem unverkennbaren KLV-Einheitsmuster aus blauen Karostreifen im Garten auf der Leine gehangen. Sogar dem fetten Heini war es aufgefallen. Der Vollidiot von einem tschechischen Bauern hatte sie gewaschen, obwohl sie ganz frisch gewesen war. Und jetzt hatte er garantiert schon längst alles zugegeben.

»Wird's bald!« sagte der Kaiser.

Maxe hob den Kopf. »Jawoll, Herr Oberstudiendirektor«, sagte er, »die Wäsche habe ich verkauft!« Es kam leichter heraus, als er gedacht hatte. Der Kaiser ließ sich nicht anmerken, ob ihn das Geständnis überraschte. Mit gleichmütiger Stimme wandte er sich an den Polizisten. »Sagen Sie dem Kerl, daß der Junge den Verkauf eingestanden hat.«

Der Polizist sprach leise in Tschechisch auf den Bauern ein, aber der hörte ihm nicht zu. Er hatte sich halb zu Maxe umgedreht, die Hände tief in den Taschen seines Arbeitskittels, und betrachtete ihn von oben herab mit einem schiefen Lächeln, in dem sich Verwunderung und Mitleid mischten. Er war groß, mindestens ebenso groß wie der Kaiser, und im Gegensatz zu dem Polizisten, der in seiner weiten Uniformjacke immer mehr zusammenschrumpfte, schien er vor dem Kaiser keine Angst zu haben. Maxe brauchte einige Zeit, bis er begriff. Er war nicht der Schnellste im Denken. Er hatte sich schon gewundert, warum der Bauer so tat, als verstünde er kein Deutsch, obwohl er doch selbst mit ihm in Deutsch verhandelt hatte. Jetzt wurde ihm klar, daß der Mann versucht hatte, ihn aus der Sache herauszuhalten. Er wich dem verwundert-mitleidigen Blick aus. Er kam sich auf einmal wie ein Verräter vor und wie ein erbärmlicher Dummkopf.

Als der Kaiser ihn barsch fragte, was er für die Bettwäsche bekommen habe, hatte er Mühe, zu antworten.

»Eine Hartwurst und einen Dreipfünder Brot«, sagte er stockend.

»Fragen Sie ihn, ob das wahr ist!« sagte der Kaiser zu dem Polizisten, der eilfertig übersetzte. Der Bauer brummte in Tschechisch eine kurze Antwort.

»Er sagt, es ist richtig«, sagte der Polizist, »aber er sagt, der Junge hat die Sachen noch nicht erhalten.«

Der Kaiser stand auf, und es sah fast so aus, als stieße er mit dem Kopf an die Decke. Er war doch größer als der Bauer. »Gut, ich brauche Sie nicht mehr«, sagte er. »Sie werden von mir hören!« Der Polizist salutierte lahm und linkisch. Der Bauer drehte sich wortlos um. Im Vorübergehen griff er nach Maxes Schulter. Maxe spürte den Druck seiner großen, schweren Hand. Er wagte nicht aufzusehen.

Als sie allein waren, kam der Kaiser hinter seinem Schreibtisch heraus. Maxe hob den Blick. Genau in Augenhöhe und in Reichweite vor sich sah er den V-förmigen Ausschnitt einer Strickweste, die von zwei lederbezogenen Knöpfen zugehalten wurde. Er starrte auf die Spitze des V, die genau auf den Solarplexus zeigte, und unwillkürlich spannten sich seine Muskeln. So hatte er schon einmal vor dem Kaiser gestanden.

Das war vor einem Jahr gewesen. Damals, als der Chor des Lagers in Prag beim großen KLV-Wettsingen den ersten Preis gewonnen hatte.

Der Knabenchor war das Lieblingskind des Kaisers. Sein Steckenpferd. Die Chorsänger waren seine Jungs. Nicht daß er sie bevorzugt hätte. Er war ein strenger Vater. Aber die Mitgliedschaft im Chor bedeutete eine Auszeichnung, obwohl sie mit vielen Verpflichtungen verbunden war. Jeden Werktag eine Stunde Chorprobe und an den meisten Feiertagen Auftritte vor Publikum bei Schulfeiern, auf Heimatabenden mit Sudetendeutschen, bei Fahnenweihen und Parteiveranstaltungen und vor allem dann, wenn hoher Besuch kam: Ritterkreuzträger von der Front, HJ-Führer oder andere große Tiere aus Prag.

Trotzdem setzten die meisten Schüler alles daran, in den Chor aufgenommen zu werden. Der Kaiser verstand es, ihre Begeisterung zu wecken, weil er selbst begeistert war. Beim Singen verlor er seine Strenge, seine Unnahbarkeit. Da zeigte sich ein warmes Lächeln auf seinem Gesicht, das man sonst nie an ihm sah. Am Ende einer Aufführung, in der atemlosen Stille, wenn der letzte Ton verklungen war, stand er oft in starrer Verzückung vor dem Chor, als wollte er alle umarmen. »Unsre jungen Herzen sich vereinen ...« da sang er beim Dirigieren mit, ohne Stimme, aber die Worte so deutlich mit dem Mund formend, daß man sie ablesen konnte.

Damals nach dem Gewinn des Pokals in Prag hatte auch in der Klasse Hochstimmung geherrscht, denn die 4b war mit acht Mann im Chor vertreten gewesen. In der ersten Musikstunde hatte der Kaiser diese acht vortreten lassen und jedem mit Handschlag eine Urkunde überreicht. Maxe erinnerte sich an jede Einzelheit. Er sah den Kaiser wieder vor sich, wie er mit weitausholenden Schritten durch die Bankreihen gelaufen war, die Arme auf dem Rücken verschränkt. Wie er sich dann vor der Tafel aufgebaut hatte, eine Hand auf den Lehrertisch gestützt, »miiimimimimi . . . müüümümümümü . . .« in Sängerpose mit hoher Stimme tremolierend. Brustkasten aufgeblasen, Bauchmuskeln gespannt. »Ja, die richtige Atmung, darauf kommt es an! Nicht so wie einer, der gerade aus dem Wasser auftaucht chchchch-hääh, chchchch-häääh . . . sondern Bauchatmung huuuh-haaah, huuuh-haah . . . das ist das Geheimnis!«

Und dann wieder ein Gang durch die Bankreihen mit gewölbter Brust, so daß die Arme seitlich abstanden und beim Gehen schlenkerten. »Müüümümümümü . . . miiimimimimi . . . man singt nicht bloß mit dem Mund und mit dem Kehlkopf! Der ganze Körper muß mitsingen, Jungs. Da braucht man Muskeln! Muskulatur! Hier! Bauchmuskulatur!« Und nach jedem Wort ein Schlag auf den Bauch, daß die Faust zurückschnellte wie ein Paukenschlegel vom gespannten Fell. »Ja, das geht nur, wenn man richtig atmen kann. Richtig atmen, das ist die Kunst!« Und wieder zwei Schläge auf den Bauch. »Na, ihr glaubt wohl nicht, daß ich fest genug zuschlage, wie! Komm mal einer her und hau mir in den Bauch, aber feste!«

Sie hatten alle die Luft angehalten. Keiner war auf den Gedanken gekommen vorzutreten, aber der Kaiser hatte darauf bestanden. »Na, was ist? Hat keiner die Traute?«

Und dann, nach einem prüfenden Blick über die Bankreihen, hatte er Maxe ins Auge gefaßt. »Was ist mit dir, Milch! Das wäre doch mal eine Gelegenheit für dich, auch in der Musikstunde etwas zu zeigen. Du sollst doch den härtesten Schlag haben in deiner Boxstaffel, wie ich höre. Jetzt zeig mal, was du kannst!«

Automatisch war Maxe aus der Bank getreten, als der Kaiser ihn angesprochen hatte. War mit steifen Beinen zur Tafel vorgegangen, hatte vor dem Kaiser Aufstellung genommen. In seinem Rücken das Getuschel und das verschluckte Kichern der anderen.

»Na, dann mal zu!« hatte der Kaiser gesagt. »Aber feste druff! Wenn's mich von den Beinen reißt, hast du gewonnen, werde ich nie mehr etwas über deine Sangeskünste verlauten lassen.«

Maxe hatte ihn nicht angesehen, hatte nur auf den V-förmigen Ausschnitt der Strickweste gestarrt, gerade so wie jetzt.

Und dann hatte er blindlings zugeschlagen. Ohne Ansatz, Schulter vor und die Faust gerade heraus mit einer Wucht, daß es seinen ganzen Körper auf die Zehen gehoben hatte. Der Schlag war genau in dem Augenblick angekommen, als der Kaiser die Spannung seiner Bauchmuskeln für eine Sekunde gelockert hatte. Vielleicht weil er durch Maxes langes Zögern unaufmerksam geworden war, vielleicht, weil er ihn noch einmal hatte aufmuntern wollen. Maxe war sofort klar gewesen, wie gut er getroffen hatte. Er hatte lange genug geboxt, um das einschätzen zu können. In hilfloser Bestürzung hatte er zugesehen, wie dem großen, schweren Mann die Beine weggeknickt waren, wie er in zitternder Anstrengung die Knie durchgedrückt und mit steifen Armen auf dem Tisch Halt gesucht hatte, das Gesicht verspannt zu einem starren Grinsen. Er hatte eine furchtbare Ohrfeige erwartet, einen Fußtritt, der ihn durch das Klassenzimmer geschleudert hätte. Aber nichts war geschehen. »Setzen, Milch!« hatte der Kaiser mit ruhiger Stimme gesagt. Hart auch gegen sich selbst. Und gerecht.

Aber Maxe hatte diese kalte Gerechtigkeit angst gemacht. Wenn der Kaiser nur einmal zurückgeschlagen hätte, wenn er nur für einen Augenblick seine Selbstbeherrschung verloren hätte, dann wäre alles gut gewesen. So aber hatte Maxe ein Gefühl der Schuld behalten, hatte in wachsender Unruhe auf die fällige Bestrafung gewartet.

Zwei Monate später war er abgehauen. Nach Hause. Nach Berlin. Vier Tage Bahnfahrt ohne Essen und dann in Potsdam die Bahnpolizei und die ewigkeitslange Rückfahrt voller Angst. Und dann wieder kein Donnerwetter, nur ein paar spöttische Bemerkungen und eine peinigende Bloßstellung vor der ganzen Klasse, als der Kaiser einen Brief seines Vaters vorgelesen hatte mit der Bitte, ihm wegen des Ausreißversuchs ›eine Abreibung zu verpassen, aber eine orntliche!‹. Den Rechtschreibfehler hatte Maxe auch noch vorne an der Tafel verbessern müssen.

Vier Jahre lang, die ganze KLV-Zeit hindurch, war der Kaiser sein Lagerleiter gewesen. Er hatte in schüchterner Verehrung zu ihm aufgeblickt, hatte ihn aus der Ferne mit einer scheuen Zuneigung verfolgt, die nichts erwartete als ein wenig Aufmerksamkeit, eine kleine Geste freundlicher Anerkennung.

Nach seinem Ausreißversuch war diese Zuneigung in einen wilden, selbstquälerischen Trotz umgeschlagen, in eine verzweifelte Auflehnung. Monatelang war er im Unterricht stumm geblieben, hatte keine einzige Frage mehr beantwortet, hatte bei Deutschaufsätzen leere Blätter abgegeben, hatte sich bei den KLV-Boxmeisterschaften im Endkampf absichtlich schlagen lassen, hatte eine lange Nacht frierend auf einem Baum verbracht und zugesehen, wie das ganze Lager ausgerückt war, um ihn zu suchen. Das alles hatte ihm vom Kaiser nichts anderes eingetragen als lässigen Spott und gleichmütig erteilte Verweise, Strafarbeiten, Bunker, Ausgehverbote, die üblichen Strafen nach der Lagerordnung. Hart, aber gerecht.

Er wußte auch jetzt, welche Strafe ihn erwartete. Es war ihm gleichgültig. Er hatte nie Angst vor Strafen gehabt. Er starrte immer noch auf den Ausschnitt der Strickweste und bemerkte plötzlich, daß der Kaiser seine Bauchmuskeln straff gespannt hielt. Daß er schon die ganze Zeit, seit Maxe sich vor ihm aufgestellt hatte, nur ganz flach atmete, als erwarte er jeden Augenblick einen Schlag.

Maxe dachte darüber nach, und als er aufblickte, lag auf seinem Gesicht ein kaum wahrnehmbares spöttisches Lächeln.

»Gut, Milch«, sagte der Kaiser, »das einzige, was für dich spricht, ist die Tatsache, daß du nicht versucht hast, zu leugnen.«

Maxe hörte nicht, was er sagte. Er lächelte. Es war ihm egal, was er sagte. Es würde ihn nie mehr berühren, was der Kaiser sagte. Er beobachtete ihn, wie er sich umdrehte und mit gestelzten Schritten zum Fenster ging und dort verharrte. Es war ihm noch nie aufgefallen, daß der Kaiser einen so komisch gestelzten Gang hatte. Wie ein Storch im Salat.

»Der Tatbestand ist klar«, fuhr der Kaiser fort, »du hast Eigentum des Lagers gestohlen. Du hast damit auch deine Kameraden bestohlen. Du hast also einen Kameradendiebstahl begangen.« Er wandte sich wieder um und ging zum Schreibtisch. »Du weißt, welche Strafe darauf steht. Ich erwarte also, daß deine Haare bis heute abend um 18 Uhr abgeschnitten sind. Sauber und glatt. Welche Strafe der Lagermannschaftsführer noch zusätzlich für angemessen hält, wirst du von ihm erfahren.«

Maxe stand stramm und sagte: »Jawoll, Herr Oberstudiendirektor!« Er lächelte noch immer. Und weil er nicht wußte, ob er schon entlassen war oder ob der Kaiser noch etwas sagen wollte, blieb er ruhig stehen und wartete.

Der Kaiser stand am Schreibtisch, stützte sich mit den Händen auf, starrte auf das Wäschebündel, das vor ihm lag.

»Herrgott noch mal, Milch, nun erzähl mir schon endlich, warum du diesen Unsinn gemacht hast!« sagte er. Seine Stimme klang so gepreßt, daß Maxe überrascht aufblickte. So hatte er ihn noch nie sprechen hören. Und für einen Augenblick überlegte er ernsthaft, ob er ihm etwas sagen sollte. Aber dann ließ er es doch. Was hätte er ihm schon erzählen können? Vom Heimleiter vielleicht, den er vor drei Tagen nachts im Suff hatte herumgröhlen hören, daß das Lager aufgegeben werde und der ganze Kram sowieso den Tschechen in die Hände fiele? Das mußte der Kaiser doch selbst wissen. Oder sollte er ihm erzählen, daß der Verkauf der Bettwäsche nur der erste Teil seines Plans gewesen war? Da hätte der Kaiser nur neue Fragen gestellt und wieder neue Fragen, und er wäre aus dem Erklären gar nicht mehr herausgekommen. Er schwieg und wartete.

Der Kaiser ließ ihm viel Zeit. Dann richtete er sich langsam auf und reckte das Kinn, wie er es immer machte, wenn er eine spöttische Bemerkung auf der Zunge hatte. »Na gut, ich will dich nicht länger schweigen lassen«, sagte er. »Du könntest dir allerdings ab und zu etwas Originelleres einfallen lassen. Du kannst gehen.«

Maxe baute sich vorschriftsmäßig auf, und während er den Arm streckte, kam etwas angeflogen und traf ihn vor der Brust mit solcher Wucht, daß es ihn rückwärts gegen die Wand schleuderte. Seine Füße glitten weg, und er rutschte mit dem Rücken an der Wand herunter, bis er auf den Boden aufknallte. Er hatte instinktiv mit beiden Armen zugegriffen, als es ihn getroffen hatte, und jetzt stellte er fest, daß er das Waschebündel umklammert hielt. Er rappelte sich wieder hoch.

»Bring die Wäsche dorthin zurück, wo du sie weggenommen hast!« hörte er den Kaiser sagen.

Er ging rückwärts zur Türe hinaus, ließ den Kaiser nicht aus den Augen, bis die Türe dazwischenklappte.

Er brachte die Wäsche in den Keller hinunter. Als er zurückkam, war wieder das spöttisch-erstaunte Lächeln auf seinem Gesicht. Und als er die Treppe hinauflief, pfiff er eine Melodie, die kam mißtönend falsch heraus, aber sie hörte sich fröhlich an.

Die anderen in der Stube hatten mitangesehen, wie die Mädchen drüben vom Schloß losgelaufen waren. Das schwere Gepäck auf dem Stellwagen voraus und dahinter die Lehrerinnen und klassenweise die Mädchen, behängt mit Rucksäcken und Taschen und Beuteln und Mappen, wie Flüchtlinge auf dem Treck. Sie waren durch das rückwärtige Parktor verschwunden auf den Wald zu, der die Hügel hinter dem Schloß bedeckte, Richtung Südwesten.

Und dann war es erst richtig spannend geworden. Vom Ort waren Leute heraufgekommen in kleinen Trupps, immer mehr, Männer und Frauen mit Leiterwagen und Fahrrädern. Die waren alle im Schloß verschwunden und hatten zu plündern angefangen mit Geschrei und Schlägereien und Fenstereinwerfen und Möbelherausschmeißen.

Sie lagen jetzt alle im Fenster und schauten hinüber, und als Maxe hereinkam, räumten sie ihm einen Platz auf der Fensterbank ein und berichteten ihm, was vorgefallen war, und stritten sich, ob die Plünderer Tschechen wären, die man alle umlegen müßte, oder Deutsche aus dem Flüchtlingslager. Sie stritten sich ziemlich lange, und als sie endlich das Fenster schlossen, war es so kalt in der Stube, daß sie sich alle in den Betten verkrochen, nur Peter und Christo blieben auf und spielten Seeschlacht mit Wilhelmshavener Schiffsmodellen auf dem Schachbrett-Fußboden.

Der kleine Hellwig fragte Maxe, was es beim Lagerleiter gegeben hätte, aber Maxe sagte nur, daß es nichts Besonderes gegeben hätte, und weil sie alle noch mit den Plünderern beschäftigt waren, gaben sie sich damit zufrieden. Ab und zu schaute einer durchs Fenster zum Schloß hinüber und gab Bericht.

»Was meint ihr, wann's bei uns losgeht?« fragte der fette Heini besorgt. Er hatte ein Akkordeon mit 64 Bässen in einem nagelneuen schwarzen Kunstlederkoffer, und er überlegte gerade, wie er den Koffer am besten verpacken könnte, damit er auf der Fahrt nicht beschädigt würde.

Maxe erinnerte sich an die herausgeräumten Akten im Büro des Kaisers. Er war überzeugt, daß sie höchstens noch ein, zwei Tage hierbleiben würden. Aber er sagte nichts.

»Was heißt hier fahren?« fragte Peter höhnisch zurück. Heini war ein dankbares Opfer. Man konnte ihn leicht in Angst versetzen. Er rutschte auch sofort aus seinem Bett heraus und hockte sich neben Peter auf den Boden. »Wieso sollen wir *nicht* fahren?« fragte er.

Peter tat so, als ob er geheime Informationen hätte, die er nicht so ohne weiteres preisgeben dürfte. »Brauchst ja nur mal nachzudenken«, sagte er, »denk mal an die aus dem Schloß, sind die vielleicht gefahren!«

Heini dachte nach. »Vielleicht sind sie bloß zum Bahnhof gelaufen und dann mit dem Zug weiter.«

»Zu welchem Bahnhof?«

»Nach Pilsen vielleicht«, sagte Heini hoffnungsvoll. Peter bedachte ihn mit einem mitleidigen Blick. »Wenn hier keine Züge mehr durchkommen, glaubste vielleicht, daß es in Pilsen welche gibt?«

Heini suchte verzweifelt nach einem Ausweg. Es waren hundert Kilometer bis zur Grenze, das hatte er sich genau gemerkt. Hundert Kilometer zu Fuß! Und das Akkordeon und der Rucksack und die ganzen Sachen, die er unbedingt mitnehmen mußte. Das würde er ja nie schaffen. »Der Kaiser findet garantiert was, damit wir nicht laufen müssen«, sagte er kleinlaut.

»Was denn?« fragte Peter ungerührt.

»Vielleicht Busse oder LKW«, sagte Heini.

»Wer's glaubt, wird selig«, sagte Peter.

Die anderen hatten jedes Wort mitbekommen. Sie hatten alle genausoviel Angst wie der fette Heini, Maxe und Christo ausgenommen, nur waren sie so schlau, ihre Angst nicht offen zu zeigen. Jetzt gaben sie sich betont gleichmütig, taten so, als ginge sie das alles gar nichts an. Der dünne Tjaden, der das Bett über Heini hatte, ließ einen seiner berühmten Fürze fahren. Er hielt den Schulrekord mit einem elf Sekunden langen Furz, den er am Ostersonntag nach dem Morgenappell vor drei Zeugen gelassen hatte. Christo sprang hoch und riß das Fenster auf und schimpfte über Gasvergiftung. Und Heini wickelte sein Akkordeon in eine Decke und schob es wieder unters Bett.

Maxe lag flach auf dem Rücken und starrte gegen die Decke. Er dachte darüber nach, wie er den Friseur bezahlen sollte. Er hatte nur noch 20 Pfennig. Die Mittagsruhe war gleich zu Ende, es war kurz vor drei. Er beschloß, Adolf anzupumpen. Irgendwie mußte er versuchen, zu Geld zu kommen, er mußte sich etwas einfallen lassen. Er schaute über den Bettrand nach unten. Adolf hatte ein Buch vor der Nase, wie üblich. Er überlegte, was er Adolf sagen sollte, und gab auf, weil ihm nichts einfiel. Er mußte nach einer anderen Lösung suchen. Von Adolf hätte er alles haben können, aber das machte es gerade so schwer.

Er kroch vorsichtig ans Fußende des Bettes, ließ sich am Eckpfosten hinuntergleiten. Peter und Christo waren mit ihrer Seeschlacht fast fertig. Peter hatte nur noch ein U-Boot und einen Kreuzer, der nur noch einen Treffer brauchte. Er war wieder einmal am Verlieren.

Maxe schloß das Fenster. Die Stube mit den fünf doppelstöckigen Betten, den Sperrholz-Spinden und den Flugzeugmodellen, die von der Decke hingen, kam ihm auf einmal wie eine Gefängniszelle vor. Er stieg über die Seeschlacht und ging zur Tür. Er hatte noch immer keine Idee, wie er das Geld für den Friseur auftreiben sollte.

An der Tür war ein Spiegel befestigt, und rechts und links daneben hingen zwei Wachstuchbeutel mit je fünf Fächern, in denen ihre Kämme und Bürsten steckten. Er blieb vor dem Spiegel stehen und betrachtete sein Spiegelbild. Die Haare standen schon an den Ohren auf, und vorne hingen sie fast bis vor die Augen. Er hatte einen Haarwispel, der wie ein Hahnenschwanz über der Stirn stand und der sich auch mit Wasser nicht zurückbürsten ließ. Er fuhr sich mit der Hand durch die Haare, strich den Wispel glatt nach hinten und sah zu, wie er wieder nach vorn fiel. Er dachte angestrengt nach und fuhr sich wieder mit gespreizten Fingern durch die Haare. Es fiel ihm nichts ein. Er nahm seine Bürste und bürstete den Wispel zurück, immer wieder. Es fiel ihm einfach nichts ein.

Christo war der erste, der auf ihn aufmerksam wurde. Er hatte Peters letztes U-Boot versenkt, das Spiel war gelaufen. Eine Zeitlang beobachtete er Maxe schweigend, dann stand er auf und lehnte sich lässig gegen den Türpfosten. »Hast du Läuse, oder was ist?« fragte er beiläufig. Maxe zuckte zusammen. Es war nicht seine Art, daß er sich so ausführlich mit seinen Haaren beschäftigte. Und es war ihm peinlich, daß man ihn dabei beobachtet hatte. Er versuchte, sich nichts anmerken zu lassen, aber als er sich umdrehte, sah er, daß auch die anderen aufmerksam geworden waren. Er mußte irgend etwas sagen.

»Ich denke, ich laß mir 'ne Glatze schneiden«, sagte er. Er sagte es ohne Hintergedanken. Es war ihm nur gerade nichts Besseres eingefallen.

Im ersten Augenblick herrschte beinahe andächtige Stille. Dann ging das Gejohle los. »Du spinnst! Glaubste ja selber nicht! Sagste ja bloß so! Alles Angabe, trauste dich ja doch nicht! Wenn du dir die Haare schneiden läßt, laß ich mir...« Der fette Heini drängte sich vor und überschrie die anderen: »Ich wette zehn Mark!«, und als Maxe nicht gleich darauf einging, erhöhte er auf zwanzig. Es wurde still. Das war ein Haufen Geld.

Der fette Heini konnte leicht mit Geld um sich schmeißen. Er hatte es. Außer dem Taschengeld, das offiziell vom Lagerleiter ausgegeben wurde, und außer dem, was er aus den Ferien mitbrachte, kriegte er noch jeden Monat fünfzig Märker, die wurden in einem verschlossenen Umschlag mit Brief an eine deutsche Familie in Kusice geschickt, und Heini holte sie sich dort an jedem Ersten ab. So etwas war zwar vom Lager aus verboten, aber Heinis Mutter hatte eben Angst, daß ihr Goldstück nicht genug zu essen bekäme, und die in der Stube, die davon wußten, hielten dicht, weil sie auch einiges davon abbekamen. Heini wurde überhaupt nur deshalb geduldet, weil er so viel von zuhause bekam. Am besten waren seine Freßpakete. Seit seine Mutter erfahren hatte, daß alle Pakete in der Stube gleichmäßig aufgeteilt werden mußten, hatte sie immer die dreifache Ladung geschickt. Riesenpakete, um die sie vom ganzen Lager beneidet wurden.

Maxe nahm die Wette an. Es war ein verdammt gutes Angebot. Der kleine Hellwig legte noch fünf Mark dazu, Peter sieben und die beiden Hermänner je drei, machte zusammen achtunddreißig Mark. Dazu kamen noch ein echter Ledergürtel mit schwarzer Eisenschnalle von Christo, ein Taschenmesser von Tjaden und ein langes Stück Feuerstein von

Rottmännchen. Adolf war der einzige, der sich nicht an der Wette beteiligte, aber von ihm hätte Maxe sowieso nichts genommen.

Der kleine Hellwig notierte die Einsätze sorgfältig auf einem Zettel, und gerade als er damit fertig war, läutete die Glocke zum Ende der Mittagsruhe.

Sie waren als erste aus dem Haus, alle zehn auf einem Haufen, auch Adolf zockelte mit. Maxe ging an der Spitze, Peter und Christo neben ihm, und Heini versuchte sich dazwischenzudrängen, er war ungeheuer stolz, weil er sich einbildete, alles wäre seine Idee gewesen.

Sie bogen in die Lindenallee, die vom Schloß in den Ort hinunterführte. Ein paar Männer auf Fahrrädern fuhren vorbei, die vom Plündern kamen. Auf den Gepäckträgern hatten sie hastig zusammengeschnürte Ballen mit Röcken und Blusen, Mänteln, Schuhen, lauter Kleiderkram. Sie machten mißmutige Gesichter. Es waren lauter Deutsche aus dem Flüchtlingslager.

Das Friseurgeschäft lag in einer schmalen Gasse, die vom Marktplatz wegführte. Wie ein Stoßtrupp brachen sie in die Gasse hinein, daß die Eisen auf dem Pflaster knallten. Vor dem Geschäft wurden sie dann auf einmal ganz leise. Starrten Maxe an, grinsten verlegen und waren beinahe schon bereit, die Wette wieder zurückzunehmen, wenn es sich Maxe doch noch überlegen sollte.

Maxe lächelte, als er die drei Stufen hochging und die Tür öffnete. Es machte ›ping‹, und beim Schließen der Tür machte es wieder ›ping‹. Links hinter dem Eingang standen zwei Sessel, der vordere am Fenster war nicht besetzt, und der Friseur bedeutete Maxe mit einer Kopfbewegung, daß er sich darauf setzen sollte. Maxe kannte den Friseur nicht, es war nicht der, der alle vier, fünf Wochen in den Neubau kam und ihnen den Einheitsschnitt verpaßte.

Der Kunde im Nachbarsessel beobachtete Maxe im Spiegel. Dann fragte er den Friseur etwas auf tschechisch, und sie unterhielten sich laut und beobachteten ihn beide im Spiegel. Es sah nicht unfreundlich aus, wie sie ihn beobachteten.

»No sag, was hast du angestellt?« fragte der Kunde schließlich. Maxe zog den Kopf ein. Was wußten die beiden Tschechen? Woher konnten die wissen, warum er hier war? Er war voller Mißtrauen, bei den Tschechen konnte man nie wissen. Vor fünf Tagen erst hatte es geheißen, daß sie nur noch in größeren Gruppen in die Stadt gehen durften. Warum taten die so freundlich?

Dann überlegte er, daß es ja nur dieses eine Friseurgeschäft in Kusice gab, und daß er wohl nicht der erste war, der sich eine Glatze scheren lassen mußte. Er zuckte die Achseln und setzte ein überlegenes Lächeln auf.

Die beiden Tschechen unterhielten sich wieder und lachten. Maxe drehte den Kopf weg. Schaute zum Fenster hinaus. Die anderen standen aufgereiht an der Hauswand gegenüber. Sie machten ihm Zeichen und kicherten. Nur Adolf war nicht zu sehen.

Bald würden sie nicht mehr kichern. Der Deutsche Wald würde es ihnen beim Morgenappell schon ausführlich genug erzählen, warum er sich eine Glatze scheren ließ. Das fiese Schwein, von dem hatte er auch noch einiges zu erwarten. Bei Kameradendiebstahl gab es normalerweise Glatze und vom Lagermannschaftsführer Klassenkeile. Aber der Deutsche Wald würde sich bei ihm sicher etwas Besonderes ausdenken, das war ja seine Spezialität.

Peter und Christo hatte er einmal beim Kleiderappell erwischt. Bei Christo hatte ein Knopf an der Winterbluse gefehlt, und bei Peter war es ein daumenlanger Riß in der Hosennaht gewesen. Er hatte sie ihre ganzen Klamotten anziehen lassen, zwei kurze Hosen, zwei lange Hosen, Hemden, Jacken, Windbluse, alles übereinander und alles zugeknöpft und Reißverschlüsse zugezogen. Und dann auf Kommando »Arme streckt! Knie beugt!«. Es hatte richtig gekracht, und die Knöpfe waren mit so viel Druck abgeplatzt, daß sie über den ganzen Schulhof geflogen waren. Zwei Tage lang hatten sie genäht, bis alles wieder in Ordnung gewesen war.

Oder die Eimerkette. Die hatte er einmal für den dünnen Tjaden erfunden, der das Wasser scheute und ein paarmal die Morgenwäsche ausgelassen hatte. Er hatte ihn mit drei Scheuereimern zum Bach gehetzt, und dann Kleider runter, zwei Mann zum Festhalten und von jedem in der Klasse einen Kübel eiskaltes Wasser über den Kopf.

Der Deutsche Wald würde sich auch für ihn etwas Spezielles einfallen lasse.

Maxe sah im Spiegel, wie der Friseur hinter seinen Sessel trat. »Alles weg? Alles herunter?« fragte der Friseur, während er ihm den Umhang um die Schultern legte und am Kragen zuschnürte. Maxe nickte.

»Nur scheren oder auch rasieren?«

»Auch rasieren«, sagte Maxe. Sein Atem ging flach, und sein Magen zog sich zusammen wie beim Zahnarzt, wenn der Bohrer lossurrte. Er beobachtete im Spiegel, wie der Friseur nach dem Schermesser griff und damit ein paarmal spielerisch in der Luft schnappte. Seit er auf dem Sessel Platz genommen hatte, war er seinem Spiegelbild ausgewichen. Jetzt blickte er auf, sah sein finster verkniffenes Gesicht und den braunen Haarwispel, der in die Stirn hing. Tjaden hatte noch ein Foto machen wollen ›vorher – nachher‹, warum hatten sie das bloß vergessen? Und dann fiel ihm ein, daß er seine Mütze nicht dabei hatte, aber da faßte die Hand des Friseurs schon nach seiner Stirn, und in seinem Nacken war das Schermesser. Es fühlte sich kalt an, und er spürte, wie es sich langsam am Hinterkopf hochfräste und über den Scheitel nach vorn bis auf die Stirn. Er kniff die Augen zu.

Als er sie wieder öffnete, hing ein dicker Ballen brauner Haare auf dem Umhangtuch zwischen seinen Knien. Noch ein Büschel fiel herunter, stieß weich auf den Ballen auf, und der ganze Knäuel rollte über den Rand des Tuches und fiel zwischen seine Beine. Er überlegte, ob die abgeschnittenen Haare wohl etwas Kriegswichtiges wären, und ob die Friseure sie vielleicht sammelten und verkauften. Er erinnerte sich undeutlich, daß sie bei der U-Boot-Waffe Menschenhaare brauchten für irgendwas, es fiel ihm nicht ein, wofür. Oder brauchten sie sie für die V2? Vielleicht für den Antrieb? Er versuchte angestrengt herauszufinden, wer ihm das einmal erzählt hatte.

Er hielt den Blick gesenkt. Auf seinem Scheitel spürte er etwas Weiches, Warmes, und sein Kopf wurde auf einmal ganz schwer und pendelte hin und her. Und er überlegte immer noch, wer ihm das mit den Haaren erzählt hatte.

Er kam erst wieder zu sich, als ihm der verhaßte Duft von Kölnisch Wasser in die Nase stieg, aber da war es schon zu spät. Da schüttelte der Friseur schon die Flasche über seinem Kopf, und die Tropfen klatschten auf die nackte Kopfhaut. Starr vor Schreck, den Kopf zwischen die Schultern gezogen, blieb er auf dem Sessel hocken. Er blickte auch nicht hoch, als ihm der Friseur den Handspiegel in den Nacken hielt. Er wollte sich nicht sehen, wollte nur schnell weg hier, heraus aus der stinkenden Parfümwolke, die seinen Kopf einhüllte.

»Eine Mark fünfzig, mit Rasieren«, sagte der Friseur. Er hatte sich neben der Tür aufgestellt und wischte sich die Hände an einem Zipfel seines Mantels trocken. Sein Blick ruhte wohlgefällig auf Maxes Kopf.

Maxe gab ihm zwei Mark, wartete nicht auf das Wechselgeld, drängte sich hastig an ihm vorbei durch die Tür. Die anderen standen unter ihm im Halbrund, die Gesichter andächtig erhoben. Er blickte über ihre Köpfe hinweg. Und dann entdeckte er in plötzlichem Erschrecken sein Spiegelbild in einer Fensterscheibe gegenüber, schemenhaft nur, aber doch deutlich zu erkennen. Ein blanker, weißer Kugelkopf, der ihm entgegenleuchtete. Er ging die drei Stufen hinunter und stellte sich vor den anderen auf. »Also, was ist!« sagte er.

Sie drängten sich um ihn, beeilten sich, ihm das Geld in die Hand zu drücken, das sie schon abgezählt bereithielten. Nahmen mit bewundernder Scheu seine Glatze in Augenschein, streckten sich auf die Zehenspitzen, um besser draufblicken zu können, wollten sie mit dem Finger berühren, über die glatte, polierte Oberfläche streichen und trauten sich nicht.

Maxe steckte das Geld in die Tasche und ging los. Wenn er an einem Schaufenster vorbeikam, schaute er aus den Augenwinkeln nach seinem Spiegelbild. Als er auf den Marktplatz einbog, stand Adolf da, wagte nicht, ihn anzusehen. Er legte ihm den Arm um die Schulter, zog ihn mit sich. Und dann, mit einer raschen beiläufigen Bewegung, faßte er mit der anderen Hand nach seiner Stirn, fuhr langsam tastend mit der flachen Hand über die glatte Rundung bis in seinen Nacken. Es fühlte sich angenehm an, nach Gänsehaut prickelnd, ziemlich hart und gar nicht so glatt und rund, wie er gedacht hatte, sondern eher höckerig und gebuckelt. Er begann, sich an seine Glatze zu gewöhnen.

Sie überquerten im Pulk den Marktplatz, und als sie halbwegs drüber waren, war aus der Straße, die von Prag kam, anschwellendes Motorengebrumm zu hören, das sich schnell näherte. Sie rannten los und hatten kaum den Gehsteig erreicht, als eine Wagenkolonne in einem Höllentempo aus der Straßenmündung herausdonnerte und in den Platz einkurvte. Voraus ein Kübelwagen, dahinter zwei schwarze Limousinen und zwei Kurzschnauzer-LKW und ein klappriger Bus mit Rot-Kreuz-

Bemalung, die rasten geradewegs auf sie zu und kamen rutschend und schleudernd vor ihnen an der Bordsteinkante zum Stehen. Und im gleichen Augenblick fegte mit fauchendem Pfeifen ein Tiefflieger über den Platz, so dicht über den Dächern, daß ein paar Ziegel herunterschepperten. Sie konnten nicht einmal erkennen, was für eine Maschine es war, hörten nur, wie sie hinter dem Ort aufheulend hochzog und zu einer Schleife ansetzte. Und die Wagenkolonne fuhr schon wieder los, bog wild hupend und reifenquietschend neben der Kirche in die Straße nach Pilsen ein. An allen Häusern gingen die Fenster auf, und Leute schauten heraus, und aus den Läden kamen sie und suchten den Himmel ab, der ganze Platz stand auf einmal voller Leute. Sie machten, daß sie weiterkamen.

Maxe steuerte auf einen kleinen Laden zu, der im Winkel des Marktplatzes neben der Kirche lag, ein Kolonialwarenladen mit einem winzigen Schaufenster. Es war der schäbigste Laden auf dem ganzen Platz, aber der einzige, in dem man auch ohne Marken einkaufen konnte, sogar Lebensmittel und Süßigkeiten, die man sonst nirgends bekam.

Der Laden gehörte einem alten Ehepaar. Meistens war nur der Mann da. Mit dem konnte man sich gut verständigen und von dem kriegte man auch alles. Wenn die Frau bediente, hatte es wenig Sinn hineinzugehen. Sie sprach kein Wort Deutsch, und selbst wenn man mit dem Finger auf die Sachen deutete, die man haben wollte, tat sie manchmal so, als verstände sie nicht. Und bei ihr bekam man auch nichts ohne Marken.

Maxe spähte durch das Schaufenster. Die Frau war drin und sie war allein. Ohne anzuhalten lief er vorbei, die anderen dichtauf. Hinter der Kirche bogen sie ab. Ein kalter Wind schlug ihnen entgegen, der nach Schnee schmeckte. Maxe spürte ihn wie Nadelstiche auf der Kopfhaut. Er ließ sich Adolfs Mütze geben. Er brauchte die Mütze, um seine Glatze zu verstecken. Die Alte konnte mißtrauisch werden, wenn sie ihn mit der Glatze sah, das durfte er nicht riskieren. Er lief noch ein Stück neben den anderen her, dann hielt er an, sagte, daß er beim Friseur etwas vergessen hätte, und daß sie inzwischen vorausgehen sollten, er würde gleich nachkommen.

Er rannte den Weg zurück, zog im Laufen den Ohrenschutz der Schimütze hinten herunter, damit sein ausrasierter Nacken verdeckt war. Seine Hand zitterte, als er die Ladentür öffnete.

Die Alte musterte ihn argwöhnisch über die Registrierkasse hinweg.

»Dobry Den«, sagte er höflich und hätte beinahe die Mütze vom Kopf genommen, drückte sie hastig wieder fest, beobachtete die Alte verstohlen. Es sah nicht so aus, als ob ihr etwas aufgefallen wäre.

Er hatte sich von Olinka, der tschechischen Küchenhilfe im Lager, die drei Worte beibringen lassen, die er brauchte. Mutter, Geschenk, Geburtstag. Die brachte er an. »Darek pro Maminku, Marozeniny«, sagte er und machte ein hilfloses Gesicht dazu. Die Alte kam hinter der Kasse hervor. Ihre Augen waren noch immer voll Argwohn.

»Darek pro Maminku«, wiederholte Maxe. Sie murmelte etwas auf tschechisch, ruderte mit den Armen, stocherte in einem Schließkorb herum, in dem lauter metallene Gegenstände lagen, Silberbesteck, Kerzenständer, Aschenbecher, Teebüchsen. Warf den Deckel wieder zu, trottete zum Schaufenster und zog sich dann mißmutig hinter die Kasse zurück. Maxe deutete schüchtern auf eine mattglänzende Zuckerdose, die in dem Regal hinter der Ladentheke stand, wo die wertvolleren Artikel aufbewahrt wurden.

Die Frau stieß einen Zischlaut aus, der tief aus dem Hals kam und mit einem rollenden R vermischt war. Packte die Dose, wischte heftig mit der Unterseite ihres Ärmels daran herum und hielt sie Maxe unter die Nase. »Silber!« schrie sie, »Silber!« Holte einen Tintenstift unter dem Ladentisch hervor, leckte daran, schrieb mit zittriger Hand etwas auf einen Zettel. Maxe las die Zahl 70. Er tat zerknirscht, entschuldigte sich mit vielen Gesten, ließ seine Augen aufs neue umherwandern, deutete zaghaft auf eine Flasche aus dunkelblau getöntem Milchglas, die verdeckt im obersten Fach des Regals ganz rechts an der Wand stand. Sie war knapp 25 Zentimeter hoch, vierkantig mit abgerundeten Ecken und mit zwei gegenüberliegenden, schräg abstehenden Hälsen, in denen Glasstöpsel steckten. Maxe wußte nicht, was für eine Art Flasche es war oder wozu sie gut war. Aber genau dieses Ding wollte er haben, genau diese blaue Flasche. Seit fünf Monaten träumte er von ihr. Sie war für ihn die Flasche mit dem Geist, sein Sesamöffne-dich und der Schatz des Korsaren dazu.

Er hatte am wenigsten von allen in der Stube, so peinlich wenig, daß er sich schämte, wenn ihm die anderen bei der

Verteilung ihrer Lebensmittelpakete seinen Anteil zuschoben. Er bekam nie Geld von zu Hause außer an Weihnachten, und da bekam er fünf Mark. Er bekam nur einmal im Jahr ein Paket mit zwei Paar Socken, zwei Unterhosen, zwei Taschentüchern und einer Tüte zerkrümelter Plätzchen, die er den Vögeln aufs Fensterbrett streute, um sie nicht unter seinen Stubenkameraden aufteilen zu müssen. Er war seit vier Jahren bei der KLV und hatte nie in den Ferien heimfahren können, und nie hatte ihn jemand besucht. Seit er von der blauen Flasche wußte, machte ihm das nichts mehr aus.

Voll Ungeduld schaute er der Alten zu, wie sie einen kleinen Staffelhocker heranzog, mit steifen Knien hinaufstieg und die kostbare Flasche herunterholte. Ihr Mann brauchte keine Staffelei, um an die Flasche zu kommen, der war gut einen Kopf größer als sie. Vor einem halben Jahr hatte er ihn zum erstenmal dabei beobachtet.

Er war mit dem fetten Heini im Laden gewesen. Heini hatte riesige Mengen von Keksen und Drops und Brausepulver und Oblaten eingekauft und mit Reichsmark bezahlt. 22 Mark hatte er hingelegt. Draußen vor dem Laden hatten sie die Sachen erst einmal verstaut, und dabei hatte er zufällig durchs Schaufenster gesehen, wie der Alte einen Schein abgezweigt und in die blaue Flasche gesteckt hatte.

Von da an hatte er jedesmal genau aufgepaßt, wenn er mit einem aus dem Lager zum Einkaufen gegangen war. Sooft man mit Tschechenkronen bezahlte, legte der Mann das Geld in die Registrierkasse. Nur wenn man mit Reichsmark zahlte, steckte er etwas weg und ließ es in der blauen Flasche verschwinden, und das auch nur dann, wenn er allein im Laden war, wenn seine Alte nicht dabei war.

Seit dieser Entdeckung hatte Maxe sich damit beschäftigt, wie er an den Schatz herankommen könnte. Daß es nur über die Alte ging, darüber gab es von Anfang an keinen Zweifel. Aber bis jetzt hatte ihm immer das Geld gefehlt, um die Flasche zu kaufen. Von Adolf hatte er nichts leihen wollen wegen des Risikos. Es konnte ja sein, daß der Mann die Flasche regelmäßig leerte.

Er hörte sein Herz schlagen, als die Frau das matt-dunkelblau glänzende Ding auf den Ladentisch stellte. Sie beäugte es mißtrauisch von allen Seiten, wahrscheinlich hatte sie es noch nie wahrgenommen. Maxe zog einen Zehnmarkschein aus der

Tasche, machte eine Faust darum, so daß nur ein Ende heraussah, und legte die Faust auf den Ladentisch.

Die Frau blickte auf den Geldschein, zischelte etwas vor sich hin, ergriff in plötzlicher Hast Zettel und Tintenstift, strich die 70 durch, kritzelte eine 30 daneben und schob Maxe den Zettel hin.

Maxe wußte, daß dieser Preis viel zu hoch war und daß er ihn herunterhandeln konnte, aber er hatte Angst, daß der Mann dazwischenkommen könnte, und außerdem war es jetzt schon egal. Er zählte die 30 Mark auf den Tisch.

Die Alte wischte mit dem Jackenärmel über die Flasche. Am liebsten hätte er sie ihr aus der Hand gerissen, aber er zwang sich, ruhig stehenzubleiben. Sah mit angehaltenem Atem, wie sie sie auf einmal dicht vor die Augen hielt und den größeren der beiden Stöpsel herauszog und mit halb zugekniffenem Auge in die Öffnung hineinäugte. Stand starr und hielt immer noch den Atem an und meinte, sein Herz müßte aufhören zu schlagen. Aus. Alles vorbei. Nichts mehr zu machen. Er war sich so sicher, daß er verloren hatte, daß er zuerst gar nicht begriff, warum die Alte den Stöpsel wieder aufsetzte, die Flasche in einen Bogen Zeitungspapier wickelte und vor ihn hinstellte. Hatte sie nichts gesehen? Gab es gar nichts zu sehen?

Die Alte ließ ihm keine Zeit zum Nachdenken. Sie kam hinter dem Ladentisch hervor und hielt ihm die Tür auf. Zum erstenmal, seit er sie kannte, sah er sie freundlich lächeln.

Er packte die eingewickelte Flasche und stürzte aus dem Laden. Rannte los, rannte, bis er aus der Stadt heraus war, riß das Zeitungspapier herunter, steckte die Flasche unter seine Windbluse. Weit voraus sah er die anderen. Sie waren schon in der Schloßallee, die von der Landstraße nach Pilsen abzweigte. Er rannte weiter, bis er nur noch hundert Meter hinter ihnen war.

Dann faßte er mit der Rechten unter die Windbluse, zog den größeren der beiden Stöpsel heraus, griff in die Öffnung hinein. Nichts. Er zwängte die ganze Hand durch die Öffnung, bis er mit den Fingerspitzen den Flaschenboden erreichte. Nichts. Leer.

Die anderen vorn sahen ihn kommen, hielten an, warteten. Maxe zog den zweiten Stöpsel heraus. Durch die kleine Öffnung paßten gerade zwei Finger. Er hatte sie noch nicht ganz drin, da stieß er schon auf Widerstand. Scheine, lauter Scheine, festgestopft bis oben hin. Er hätte schreien mögen, in die Luft springen, aber er zwang sich zur Ruhe, preßte die Lippen aufeinander. Nickte den anderen zu, lief weiter, als wäre nichts gewesen.

Walds Dekawuppdich* kam ihnen entgegengefahren. Der Deutsche Wald saß am Steuer, der Kaiser auf dem Beifahrersitz. Maxe nahm die Mütze vom Kopf und schwenkte sie, während sie vorbeifuhren. Der Kaiser blickte nicht zu ihm her.

Im Neubau erfuhr Maxe dann, daß die beiden nach Pilsen gefahren wären. Das bedeutete, daß sie erst spät am Abend zurückkommen würden. Bis zum nächsten Morgen hatte er also nichts zu befürchten. Er versteckte die Flasche in seinem Spindfach hinter dem Wäschestapel. Er war erleichtert, als er sie endlich unter der Windbluse weg hatte, denn bis zum Abendessen wurde er keine Minute in Ruhe gelassen. Das halbe Lager ging durch die Stube, um seine Glatze zu begutachten. Erst zur Lagerruhe um neun, als das Licht ausging, konnte er sich an die Arbeit machen. Alles was er brauchte, hatte er schon vorsorglich unter seiner Bettdecke verstaut: Die Flasche, die Windbluse, Taschenmesser, Nähzeug. Jetzt ließ er sich von Adolf noch die Lampe hochreichen. Adolfs Wunderlampe, die größte Erfindung aller Zeiten. Mit ihr konnte man nachts unter der Bettdecke lesen, ohne befürchten zu müssen, daß einen die Stubenkontrolle dabei überraschte. Sie bestand aus dem Vorderteil einer Taschenlampe mit Schalter, der Batterie, die in einem extra Kästchen unter der Matratze steckte, und zwei Kabeln, die am Eckpfosten des Bettes nach unten führten und in den Scheuerleisten um die ganze Stube herumliefen. Das erste Kabel endete am rechten Türpfosten unter einem kleinen Stückchen Silberpapier, das an der Türschwelle klebte. Das zweite Kabel führte zum linken Türpfosten und von dort an der Unterkante der Tür entlang, wo es mit Reißzwecken befestigt war, und endete vorn in einem kleinen Kupferpinselchen, das genau auf dem Silberpapier auflag, wenn die Tür geschlossen war. Adolfs Wunderlampe brannte nur bei geschlossener Tür. Sobald die Tür geöffnet wurde, entfernte sich das Kupferpinselchen vom Silberpapier, war der Stromkreis unterbrochen, ging das Licht aus. Der UvD oder wer auch immer einen

* DKW der Auto Union

Kontrollgang machte, konnte so leise hereinschleichen, wie er wollte, man merkte es in jedem Fall und hatte noch genügend Zeit, sich schlafend zu stellen.

Maxe wartete eine halbe Stunde, dann nahm er sich als erstes die Windbluse vor, trennte am Ärmelloch das Futter auf, bis er die Hand durch den Schlitz stecken konnte. Wenn er das Geld hier einnähte, hatte er es genau unter der Achsel und konnte es immer spüren.

Als er den Verschluß der Flasche öffnete, war ihm beinahe feierlich zumute. Er brauchte eine gute Stunde, um alles herauszuholen. Jeden Schein einzeln zwischen Mittel- und Zeigefinger an der Ecke fassen, vorsichtig einrollen und noch vorsichtiger herausziehen, damit er nicht einriß. Er war naß vor Schweiß, als er den letzten Schein endlich draußen hatte. Er glättete ihn sorgfältig und schichtete ihn auf die anderen, die unter dem Kopfkissen lagen. Machte die Lampe aus, drehte sich auf den Rücken, streckte sich. Er wußte noch nicht, wieviel Geld es war, hatte absichtlich nicht mitgezählt. Das Zählen wollte er extra auskosten. Er ließ sich Zeit.

Die Nacht davor hatte er auch wach gelegen. Da hatte es so ausgesehen, als wäre alles verloren. Dabei war es vielleicht gerade sein Glück gewesen, daß der Deutsche Wald ihn erwischt hatte. Für das Brot und die Wurst vom Bauern hätte ihm der fette Heini höchstens 15 Mark gegeben, und für 15 Mark hätte er wieder die Flasche nicht gekriegt. Und nur weil er erwischt worden war und sich eine Glatze hatte schneiden lassen müssen, war die Wette zustande gekommen, war er gerade rechtzeitig am Laden vorbeigekommen, als die Alte allein drin war. Er bildete sich schon seit einigen Monaten ein, daß er einen Schutzengel hätte. Keinen von diesen weißen, silberglänzenden mit Flügeln und Heiligenschein, sondern einen ziemlich rauhen, ruppigen, der ihn immer erst ordentlich hineinrasseln ließ, bevor er ihn wieder herauszog. Jetzt glaubte er noch ein bißchen fester daran.

Er kroch wieder unter die Bettdecke und zählte die Scheine. Es waren 294 Mark.

Er legte zwei Zehner und 24 Mark in kleinen Scheinen beiseite, wickelte das verbleibende Bündel in ein Taschentuch, das er mit drei Stichen zunähte, steckte das Paket unter das Futter der Windbluse, heftete es fest und verschloß den Schlitz. Es war Mitternacht, als er mit allem fertig war.

ZWEITES KAPITEL

Aufbruch

Der Weckruf riß ihn aus tiefem Schlaf. Er brauchte lange, bis er hochkam. Er fand seine Turnschuhe nicht und verhedderte sich im Trainingsanzug, und bis er ihn endlich anhatte, waren die anderen schon längst weg. Er raste den Gang entlang und die Treppe hinunter, aber es war schon zu spät. Als er an der Schulhoftüre ankam, hörte er Walds Feldwebelstimme über den Platz schallen. »Was soll'n das sein! Das soll 'ne Linie sein! Die hat ja'n Bulle im Galopp geschifft! Los-los-los! Tempo-Tempo-Tempo! Zieh dein Fahrgestell ein, altes Tränentier! Und in Linieeee stillgestanden! Armeee Seit! Und hopp-hopp-hopp...«
Maxe öffnete die Tür, rannte über den Hof und reihte sich ein. Der Deutsche Wald schien ihn gar nicht zu bemerken. Die Luft war so kalt und klar, daß die Augen tränten und der Atem in weißen Dampfwolken aufstieg. Maxe spürte die Kälte in seine Kopfhaut eindringen. Es prickelte wie Brausepulver auf der Zunge. Der Frühsport verging ihm sonst immer halb im Schlaf. Heute zog er sich endlos lange hin. Endlich hieß es: »Wegtreten zum Waschen und Bettenbauen!«
Maxe legte einen Spurt ein und war als erster im Waschraum. War auch als erster mit seinem Bett fertig und, während sich die anderen noch anzogen, legte er jedem das aufs Bett, was er bei der Wette gewonnen hatte. Sie musterten ihn halb verwundert und halb empört und wollten wissen, was er auf einmal hätte. »Das gilt nicht, das war ausgemacht! Wettschulden sind Ehrenschulden! Du hast sie wohl nicht mehr alle!« und redeten auf ihn ein, und der fette Heini wollte ihm das Geld wieder in die Tasche stecken. Da kam zum Glück der UvD zur Stubenabnahme und jagte sie hinunter in den Speisesaal.
Die Lehrer waren noch nicht da, und sie warteten ziemlich

lange. Vom Nebentisch wurde ihnen die Nachricht weitergegeben, daß der Kaiser schon den ganzen Morgen in der Küche gewesen wäre und im Küchenherd lauter Papiere verschürt hätte. Sie waren sich alle einig, daß das nur eines bedeuten konnte: Es würde bald losgehen.

Als der Deutsche Wald hereinkam und losbrüllte »Alle mal herhörn!« herrschte Grabesstille, und als er sie zum Appell rief, waren sie so schnell draußen wie noch nie zuvor. Standen sauber ausgerichtet, Augen geradeaus und mäuschenstill und warteten geduldig, bis der Kaiser herauskam und sich vor ihnen aufbaute. Er machte ein ernstes Gesicht.

»Also, Jungs«, sagte er, »wie schon die anderen Lager in der Stadt werden auch wir auf Reichsgebiet verlegt. Es handelt sich dabei um eine vorübergehende Maßnahme, und es besteht keinerlei Grund zur Beunruhigung. Wir fahren heute im Lauf des Abends. Für Transport ist gesorgt.« Er sprach schnell und ruhig wie immer, als wäre gar nichts Besonderes. Er sagte, daß sie ihre wichtigsten Sachen ins Marschgepäck verstauen sollten und das, was sie nicht so nötig brauchten, in Koffer und Kartons. Die Stubenältesten würde man gleich nach dem Appell über alle Einzelheiten unterrichten, von denen würden sie dann alles weitere erfahren. »Der Unterricht fällt aus. 17 Uhr Gepäckkontrolle. Abendessen wie üblich. 20 Uhr Abmarsch. Ich erwarte, daß ihr das Haus und die Einrichtungen des Lagers in tadellosem Zustand hinterlaßt. Und ich bitte mir absolute Ruhe und Disziplin aus. Das ist alles!«

Er nickte ihnen zu, beugte sich zu Wald hinunter und sagte etwas zu ihm, und Wald streckte sich und wippte auf den Zehenspitzen. Neben dem Kaiser wirkte er mickrig und aufgeblasen, wie ein Dackel neben einem Schäferhund.

Maxe hatte ein flaues Gefühl im Magen. Er wartete darauf, daß Wald seinen Namen brüllte. Aber als der Kaiser weg war, gab es Fahnengruß, und sie hielten alle den rechten Arm gestreckt, Fingerspitzen in Augenhöhe, während Plattfuß Petersen die Fahne einholte. Er wollte es besonders lässig machen, da verhedderte sich die Fahne in den Leinen, und es dauerte so lange, bis er sie unten hatte, daß sie die gestreckten Arme mit der linken Hand unterstützen mußten, um sie wenigstens halbwegs oben halten zu können.

Petersen war der einzige aus der 6. Klasse, der zurückgekommen war. Drei Monate zuvor war er mit den anderen aus seiner

Klasse von einem Stabsfeldwebel und einem Obergefreiten zur Schnellausbildung weggeholt worden. Damals hatte er noch weiß Gott wie zackig getan und herumgetönt, daß sie mit den Russenpanzern kurzen Prozeß machen würden, die würden sie bloß anpinkeln, und nach zwei Wochen wäre nur noch ein Rostfleck übrig.

Aber als er dann zwei Monate später wiedergekommen war, hatte er nur ·noch gemeckert. Die Panzerfäuste wären aus Besenstielen und Pappe gewesen, statt LMGs* hätten sie Skistöcke gehabt und mit so was hätten sie Sturmangriff auf einen Hügel üben und bei jedem Feuerstoß »ratatatat« machen müssen, wie die Kinder im Sandkasten. So könnte man keinen Krieg gewinnen, wenn das der Führer wüßte, die Wehrmacht wäre ein lahmer Verein, er ginge nur noch zur Waffen-SS. Aber wahrscheinlich hatte er sich nur gegiftet, weil sie ihn wegen seiner unwahrscheinlichen Plattfüße nach Hause geschickt hatten.

Sie sahen zu, wie er die Fahne zusammenfaltete und sie an den Deutschen Wald übergab, der sie noch einmal faltete und an den kleinen Achimsen weitergab, der sie auf den Unterarmen hielt, bis der Fahnenspruch aufgesagt war, und sie dann ins Haus trug. Sie dachten alle, damit wäre es überstanden und sie könnten endlich ans Packen gehen, auch Maxe begann schon zu hoffen.

Aber dann ließ der Deutsche Wald fünf Mann von der fünften Klasse raustreten und gab ihnen den Befehl, einen Tisch aus dem Speisesaal zu holen samt Tischdecke und einen Eimer Wasser aus der Küche. Und dann war es soweit.

»Max Milch! Raustreten!« brüllte er. Ließ Maxe kehrtmachen, daß er mit dem Gesicht zu den anderen stand, haute ihm die Mütze vom Kopf.

»Ich bin froh, daß ich das, was ich jetzt tun muß, nicht im Angesicht der Fahne tun muß«, sagte er in der abgehackten Sprechweise, in die er immer dann verfiel, wenn er eine wichtige Rede hielt oder den Wehrmachtsbericht erklärte. »Max Milch hat sich des Kameradendiebstahls schuldig gemacht. Er hat Eigentum der Gemeinschaft gestohlen und er hat damit nicht nur seine Ehre beschmutzt, sondern auch die Ehre des Lagers, indem er das gestohlene Gut an einen Tschechen

* Leichtes Maschinengewehr

verkauft hat.« Er machte eine Pause, um seine Worte wirken zu lassen, und fuhr mit schneidender Stimme fort: »Die Schulstrafe ist ihm bereits zuteil geworden. Unsere Strafe, die Strafe, die unsere Gemeinschaft über ihn verhängt, muß härter sein, denn wir strafen ihn nicht nur für den Diebstahl, wir strafen ihn, weil er unser Höchstes beschmutzt hat, unsere Ehre!«

Die fünf, die er ins Haus geschickt hatte, kamen zurück und stellten den Tisch quer vor der Linie auf, den Eimer Wasser daneben. Er riß das Tischtuch herunter und faltete es, wie Petersen vorher die Fahne gefaltet hatte. Das Tischtuch hatte das gleiche blaue Karomuster wie die Bettwäsche. Er faltete es bis auf Handtuchgröße und rollte es dann der Länge nach ein wie für eine Handtuchschlacht.

Klassenkeile, dachte Maxe, das Übliche. Aber Wald ließ nicht seine Klasse vortreten, sondern die von der Fünften. Es waren nur zwanzig Mann, aber ziemlich kräftige Kerle dabei, und alle waren erst am Tag zuvor in die HJ verpflichtet worden und ganz scharf auf ihre Ehre. Von denen hatte er nichts Gutes zu erwarten.

»Hose runter!« brüllte der Deutsche Wald.

Sie zogen ihn bäuchlings auf den Tisch und hielten ihn fest. Zu acht an Armen und Beinen. Und jetzt erst begriff er, wozu der Eimer Wasser da war, als er sah, wie der Deutsche Wald das zusammengedrehte Tischtuch eintauchte und triefend naß wieder herauszog. Er schloß die Augen.

Der erste Schlag traf ihn mit solcher Wucht, daß es ihn in gestreckter Länge vom Tisch hob. Er kannte Prügel mit dem Rohrstock, mit dem Lederkoppel, dem Haselstecken, dem Kochlöffel, mit der flachen Hand, das war alles nichts gewesen gegen diesen Schlag. Das Wasser schoß ihm durch die zusammengekniffenen Lider, und in seiner Kehle sammelte sich ein Schrei, den er nur unter Anspannung aller Kräfte zurückhalten konnte. Nach dem dritten Schlag wußte er, daß der Schrei stärker war als seine Kraft, sich dagegen zu wehren.

Der vierte Schlag ließ auf sich warten, und als er traf, spürte er ihn kaum, und dann drang plötzlich das Brummen der Sirene von Kusice an sein Ohr, ein tiefes Brummen, das sich immer schneller hochschraubte zu einem durchdringenden Heulen. Fliegeralarm!

Maxe sah aus den Augenwinkeln, wie die Köpfe der anderen nach oben fuhren und wie ihre Augen den Himmel absuchten. Fliegeralarm bedeutete nicht viel in Kusice. Mit Ausnahme des Bahnhofs gab es keine Ziele, die für feindliche Bomber lohnend gewesen wären. Aber seitdem einmal eine verirrte Bombe genau zwischen Schloß und Neubau eingeschlagen war, und seitdem ein Begleitjäger eine Lagermannschaft beim Frühsport im Schulhof beschossen hatte, bedeutete jeder Alarm schulfrei und nichts wie ab in den Wald.

Der fünfte in der Reihe, der dran war, zuzuschlagen, zögerte, und die anderen, die im Glied standen, wurden unruhig. »Stillgestanden!« brüllte der Deutsche Wald. »Weitermachen!« Wieder ein Schlag, der Maxe hochwarf. Ein peitschender Knall, als das nasse Laken auf die Haut klatschte, und ein zweiter Knall dichtauf, als das Echo von der Wand des Neubaus zurückkam wie ein trocken bellender Schuß. In den Nachhall hinein hörte Maxe plötzlich den Kaiser mit Donnerstimme von oben aus dem ersten Stock. »Runter vom Hof! Seid ihr taub! Fliegeralarm! Marsch ab, verschwindet!«

Die anderen stoben davon, über den Hof und durch das Tor hinaus. Die Jüngsten voraus, dann auch die aus der Fünften, die vor dem Tisch standen.

Maxe ließ sich seitlich über die Tischkante hinuntergleiten, zog die Hose hoch und schloß das Koppel. Der Deutsche Wald stand auf der anderen Seite des Tisches. Er hatte die Hände in den Hüften und starrte Maxe aus bösen Augen an. »Du kommst mir nicht davon!« sagte er zwischen den Zähnen. »Warte, bis wir in Bayern sind, du Mistsau!«

Maxe hob seine Mütze auf und ging langsam über den Hof. Hinter dem steinernen Türpfosten draußen wartete Adolf. Von den anderen war niemand mehr zu sehen.

Unmittelbar an den Schulhof schloß sich ein hoher Fichtenwald an mit dichtem, struppigem Unterwuchs, in den schmale Trampelpfade getreten waren. Sie liefen in den Wald hinein und bogen ab in Richtung Schloß und liefen am Zaun des Schloßparks entlang und noch ein gutes Stück darüber hinaus und auf der anderen Seite den Schloßhügel hinunter bis zu einer ausgedehnten Dickung. Sie zwängten sich durch das Gewirr der Zweige, die Arme schützend vor dem Gesicht, und kamen schließlich zu einer beinahe kreisrunden Lichtung am Fuß einer mächtigen Kiefer, die man als Samenbaum stehengelassen hatte. Der Boden um den Stamm der Kiefer war dicht mit Zweigen bedeckt.

Sie begannen, die Zweige vorsichtig wegzuheben und sie am Rand der Lichtung aufzuschichten. Die Fläche darunter war sauber gefegt, geebnet und aufgeräumt. Es war ihr Kriegsschauplatz. Die Wurzelhöcker waren Gebirge, Silberpapierstreifen markierten Flüsse und Seen, Steine stellten Städte und Festungen dar. Dazwischen lagen ein paar Glasperlen in verschiedenen Farben, einfache runde Glasperlen mit einem Loch zum Auffädeln in der Mitte.

Maxe bemerkte, daß Adolf ihn verstohlen beobachtete mit schmerzlich verzogenem Gesicht, als hätte er selbst die Prügel bezogen. Er lächelte ihm zu. »Ist nicht so schlimm gewesen«, sagte er leichthin. Sie hockten sich einander gegenüber auf den Boden und nahmen ihr Spiel auf.

Sie hatten das Spiel im Sommer des vergangenen Jahres erfunden. Zuerst hatten sie es in der Stube gespielt mit echten Spielzeugsoldaten, die dem fetten Heini gehörten, aber der hatte sich immer so geziert und hatte Angst gehabt, daß sie seine Soldaten kaputtmachen könnten, einen Arm abbrechen oder sonst etwas, und da war Adolf auf die Idee mit den Glasperlen gekommen. Die Perlen gab es im Laden der beiden Alten in Beuteln zu hundert Stück, gemischt, man mußte sie erst sortieren. Es gab matte und durchsichtige, häufige und seltene. Am häufigsten waren die matten weißen und die matten hellblauen. Das waren einfache Landser. Dann gab es matte dunkelblaue und hell- und dunkelgrüne, das waren Panzergrenadiere, Gebirgsjäger, Pioniere. Die Durchsichtigen waren alle mehr oder weniger selten. Daraus rekrutierten sich die Eliteeinheiten, Fallschirmjäger, Leibgarde und natürlich die Offiziere von den Leutnants bis zu den Generälen und Generalfeldmarschällen. Maxes Feldmarschälle waren durchsichtig violett, die von Adolf durchsichtig blaugrün, von denen gab es nur je drei. Die allerseltensten Perlen waren wieder matt, das waren die Könige und Königinnen. Adolf hatte einen schwarzen König und eine blauschwarze Königin. Maxes Königin war dunkelgelb, sein König knallrot.

Die Grundregeln des Spiels waren einfach. Der Krieg wurde mit dem Würfel ausgetragen. Mit einer Eins hatte man einen Gegner erschossen, mit einer Zwei hatte man ihn verwundet, mit einer Drei gefangen. Die anderen Augen waren Nieten. Für je zehn Gefangene mußte man einen Wächter abstellen. Von je fünf Verwundeten starb einer, die anderen vier wurden wieder kriegsverwendungsfähig.

Im Lauf der Zeit hatten sie das Spiel noch ausgebaut, hatten einen ganzen Katalog von Regeln aufgestellt über die Art der Truppenbewegung, über die Mindestentfernung für tödliche Schüsse, über Zwangskapitulation bei Umzingelung und Gefangenentausch und andere Dinge, die für Strategie und Taktik von Bedeutung waren. Alle Regeln und Abmachungen hatte Adolf fein säuberlich in einem kleinen Oktavheft aufnotiert. Es hatte nie Streit gegeben bei ihren Kriegen.

Im Sommer hatten sie mit einer Streitmacht von je 250 Glasperlen angefangen, nach und nach waren dann noch gut 80 Beutel dazugekommen, so daß sich die Kriege schließlich über Monate hinzogen. Den letzten hatten sie im November angefangen. Über den Winter war ein Waffenstillstand geschlossen worden, Mitte März, an den ersten warmen Tagen, hatten sie den Krieg wieder aufgenommen. Zuerst waren die einfachen Soldaten aufgerieben worden, dann die Elitetruppen. Jetzt kämpfte jeder nur noch mit knapp 30 Mann, lauter Leibgardisten, Generäle, Feldmarschälle.

Sie würfelten rasch und ohne zu reden. Der Krieg mußte noch heute zu Ende gebracht werden. Sie hörten das dumpf dröhnende Brummen der Bomber, die hoch über ihren Köpfen in Richtung Pilsen flogen, und später dann ein kaum wahrnehmbares Wummern. Das kannten sie schon, da wurde wieder die Autofabrik belegt oder der Bahnhof.

Als gegen zehn Uhr die Sirene zur Entwarnung aufheulte, besaß Adolf noch zwei Feldmarschälle außer dem König und der Königin. Maxe hatte nur noch sein Königspaar und dazu vier Verwundete.

Maxe erschoß den ersten Feldmarschall. Adolf würfelte eine Niete. Maxe nahm den zweiten Feldmarschall gefangen. Adolf würfelte wieder eine Niete. Jetzt war Maxe dran.

Er hatte das Spiel schon verlorengegeben, als sein König allein dagestanden hatte, jetzt fühlte er sich plötzlich auf der Siegesstraße. Sie waren gleichauf, König gegen König, aber er war am Würfeln.

Er holte weit aus und ließ den Würfel bis an den Rand der Lichtung rollen. Sie starrten ihm nach. Von ihrem Platz aus konnten sie nicht sehen, welche Zahl er zeigte. Jeder wartete, daß der andere aufstand und nachsah.

Monatelang war der Krieg hin und her gegangen, wie oft hatten sie darum gewürfelt? Jetzt auf einmal sollte mit einem einzigen Wurf alles entschieden sein? Sie blickten sich an, und Adolf zeigte ein schüchternes, beinahe hilfloses Lächeln, als hätte er sich schon mit der Niederlage abgefunden. Er hatte wenig Zuversicht.

Endlich stand Maxe auf. Seine Beine waren steif vom langen Hocken, und er ging mit staksigen Schritten. Ohne sich zu bücken, schaute er nach dem Würfel, dann wandte er sich wieder um und hockte sich an seinen Platz. Mit einem Kopfnicken deutete er an, daß Adolf an der Reihe wäre.

Adolf holte den Würfel, er zeigte eine Vier. Jetzt hatte er es in der Hand. Er blieb vor Maxe stehen. Auch er wollte jetzt einen weiten Wurf machen, den Würfel lange rollen lassen, als ließe sich dadurch die Entscheidung noch hinauszuzögern. Er warf ihn ein paarmal in die Luft und fing ihn wieder auf.

»Los, mach schon!« sagte Maxe und stand auf und drehte ihm den Rücken zu. Und fuhr plötzlich mit einem Ruck wieder herum. »Eins sag ich dir aber, wenn du meinen König triffst, hab ich immer noch die Königin!«

Adolf brauchte eine Weile, bis er begriff. »Das gilt aber nicht!« sagte er ehrlich empört.

Maxe sagte: »Die kann genauso kämpfen wie der König!«

»Das war aber nicht ausgemacht!«

»Es war überhaupt nichts ausgemacht mit der Königin, daß du's weißt!«

Adolf wußte genau, worauf Maxe hinauswollte. Maxe hatte vier Verwundete. Wenn er mit König und Königin kämpfen konnte, hatte er noch zweimal die Chance, daß Adolf eine Zwei würfelte, und danach hätte er wieder vier Mann ins Feld stellen können. Das wäre der Sieg für ihn gewesen.

»Frauen können nicht kämpfen«, sagte Adolf.

»Meine Königin kann«, sagte Maxe. Seine Königin war tatsächlich eine sehr kräftige Perle.

»Mein König kämpft nie gegen Frauen«, sagte Adolf.

»Das ist ja bloß, weil er Schiß hat, weil er so mickrig ist«, sagte Maxe höhnisch, »weil meine Königin ihn fertigmacht!«

»Du hast ja bloß Angst, daß du verlierst, das ist alles!« schrie Adolf. Er stand vor Maxe, als wollte er auf ihn losgehen, als hätte er vergessen, daß er klein und schwächlich war und gegen

Maxe nie etwas ausrichten konnte. Er zitterte vor Wut und Empörung.

»Dann wirf doch endlich, du Flasche!« schrie Maxe. »Du wirfst ja sowieso bloß 'ne Niete!«

Adolf wollte ihm den Würfel ins Gesicht pfeffern. Er holte schon aus, da hielt ihn im letzten Augenblick etwas zurück. Als hätte ihn die Heftigkeit seiner Erregung selbst erschreckt. Seine Wut war plötzlich verflogen. Er ließ den erhobenen Arm wieder fallen und stand da, traurig, mit hängenden Schultern, ein kleiner, dünner Junge, spitzes Kinn und kleiner Mund und ein blasses Gesicht, das nach oben auseinanderlief, schwarze Haare, die rechts und links vom Kopf abstanden, nicht weit genug, um seine großen Ohren verdecken zu können. Er dachte darüber nach, daß Maxe der einzige war im ganzen Lager, der ihm etwas bedeutete, der einzige Freund, den er hatte, und daß er gerade dabei war, diese Freundschaft wegen eines albernen Spiels preiszugeben. Das war es nicht wert. Was bedeutete es schon, ob er dieses Spiel gewann oder verlor. Sie konnten ein neues Spiel anfangen, sie konnten noch so viele Spiele zusammen spielen.

Und er holte aus und warf den Würfel weit, so weit er konnte, über Maxes Kopf in das Dickicht hinein.

Die anderen in der Stube waren schon beim Packen. Die Stubenältesten waren zum Lagerleiter gerufen worden. Peter war für Maxe hingegangen, er war der Stellvertreter. Als Maxe und Adolf in die Stube traten, war er gerade dabei, von einem Zettel abzulesen, was sie alles im Marschgepäck unterbringen sollten: »Waschzeug, Putzzeug, Verbandszeug, Flickzeug, Kochgeschirr, Eßbesteck, Fahrtenmesser, Ersatzunterwäsche, Ersatzhose, zwei Hemden, Pullover, ein Paar Schuhe, zwei Paar Strümpfe.« Das andere Gepäck würde mit dem Wagen zur Bahn gefahren werden.

Der fette Heini hüpfte herum und schrie: »Siehste, siehste, hab' ich ja gleich gesagt«, und Peter warf ihm einen bösen Blick zu und las weiter ab von seinem Zettel. Nach dem Mittagessen würde Marschverpflegung für drei Tage ausgegeben, dafür müßten sie noch Platz im Rucksack lassen. Und für die Fahrt sollten sie ihre wärmste und festeste Kleidung anziehen, Zivilsachen oder Winteruniform, und festes Schuhwerk vor allem.

Dann faltete Peter den Zettel zusammen und steckte ihn weg und sagte mit einem schrägen Blick auf Heini: »Das Marschgepäck darf nicht zu schwer sein, weil wir vielleicht auch ein Stück zu Fuß laufen müssen.«

»Wieso? Wer sagt das?« fragte der fette Heini bestürzt.

»Der Kaiser, wer denn sonst«, sagte Peter.

»Aber wieso? Wenn wir doch mit'm Zug fahren«, fragte Heini zurück. Er war ziemlich kleinlaut geworden.

»Weil der Zug vielleicht beschossen wird«, sagte Peter hämisch, »weil die Tiefflieger ja nicht wissen können, daß *du* drinsitzt mit deiner dämlichen Quetsche!« Es klang so, als hätte er sich diesen Satz schon vorher auf dem Weg zur Stube genüßlich ausgedacht. Er ärgerte sich, weil er gehofft hatte, Heinis Spielzeugsoldaten eintauschen zu können, auf die er schon lange scharf war. Wenn sie nur Marschgepäck hätten mitnehmen können, wäre sicher etwas zu machen gewesen, aber so wie es jetzt aussah, würde sich der fette Heini natürlich nicht von ihnen trennen. Sollte er eben seine dämlichen Soldaten behalten.

Sie sortierten ihre Habseligkeiten und breiteten sie auf den Betten und auf dem Boden aus, rissen die sauber auf Kante gestapelten Wäschestöße aus den Spinden, teilten ein, teilten neu ein, zum Glück hatten sie vor Ostern schon einmal ausgemistet und die Klamotten, die ihnen zu klein geworden waren, an die Flüchtlinge im Lager weggegeben, jetzt war gar nicht mehr so viel übrig. Sie stopften ihre Koffer voll, Rucksäcke, Aktenmappen, Schulranzen, Brotbeutel. Was war mit den Decken? Natürlich die Decken! Das hatte Peter vergessen, auf seiner Liste abzuhaken. Die Decken sollten auf die Rucksäcke geschnallt werden. Das machte den fetten Heini wieder froh, weil er als einziger einen richtigen Affen* hatte mit Fellbesatz und Lederriemen, daß man die Decke außen herumschnallen konnte. Er setzte ihn gleich auf und stellte sich mit dem Rücken zum Spiegel und verrenkte sich fast den Hals, daß er sich im Spiegel bewundern konnte, und war furchtbar stolz, weil er mit dem Affen und der umgeschnallten Decke so feldmarschmäßig aussah. Adolf packte alle seine Bücher in einen Koffer, der wurde so schwer, daß er ihn kaum heben konnte. Ben Hur wollte er im Marschgepäck mitnehmen, weil er das gerade las,

* Tornister

aber es paßte nicht in die Außentasche seines Rucksacks, deshalb riß er den Umschlag weg und das, was er schon gelesen hatte, und danach paßte es.

Die beiden Hermänner jammerten herum, weil sie kein Behältnis für das Segelschiff fanden, das sie gemeinsam gebastelt hatten. Es war ein langer, windschnittiger Klipper mit drei Masten, der Rumpf aus einem Stück Lindenholz geschnitzt und sauber ausgehöhlt und mit einem Bleikiel versehen. Die Planken und die Decksaufbauten aus Streichhölzern und Zigarrenkistenholz, Rettungsboote an den Seiten, Anker aus Zinn gegossen, Takelage und Segel alles originalgetreu, aber eben vom Kiel bis zur Spitze des Großmasts mehr als einen halben Meter hoch. Wo sollten sie das unterbringen?

Christo sagte ihnen, sie sollten die Masten absägen, da fingen sie an zu flennen, aber dann machten sie es doch, legten die Masten mit Segeln und allem Schnurgewirre auf Deck, rollten das Ganze erst in Handtücher und dann in Packpapier und wickelten ein Riesenknäuel Schnur darum, daß es aussah wie eine Kindermumie.

Maxe hatte keinen Rucksack und mußte für sein Marschgepäck den Schulranzen hernehmen. Was nicht innen hineinpaßte, band er außen fest. Waschbeutel, Schuhe, eingerollte Hose, Decke, das baumelte alles hinten herunter. Er und Adolf waren die einzigen, die mit dem Packen fertig waren, als es zum Mittagessen läutete.

Von den Lehrern war nur der alte Klettmann da, den sie in Mathe und Raumlehre hatten. Sie versuchten ihn auszufragen, wohin es ginge, und wie lange und wann sie nach Berlin zurückkämen, und ob er den Wehrmachtsbericht gehört hätte, aber er wußte nichts oder wollte nichts sagen. Wahrscheinlich wußte er nichts, er wußte ja nie etwas.

Nach dem Essen kam der Kaiser, und die aus der fünften Klasse teilten die Marschverpflegung aus. Jeder bekam sechs Scheiben Brot, eine halbe Packung Kekse, eine kleine Büchse Leberwurst, fünf Cebiontabletten, und für jede Stube gab es noch ein Paket Kunsthonig, das die Stubenältesten verwahren mußten. Vor dem Abmarsch sollten sie noch Kartoffeln in ihre Kochgeschirre kriegen.

Am Nachmittag hockten sie auf den Betten herum und langweilten sich. Die Zeit kroch dahin wie in einem Wartesaal. Adolf zog seinen Detektor aus dem Koffer, legte sich bäuchlings auf sein Bett, das Ohr auf dem Kopfhörer und das Kopfkissen auf dem Kopf. Er war der einzige in der Stube, der einen Detektor besaß. Gegen eine Leihgebühr von 20 Pfennig für die Stunde hatte er ihn oft an die anderen ausgeliehen.

Er blieb ziemlich lange unter dem Kopfkissen und suchte nach einem Sender. Die anderen hatten ihn schon vergessen, da setzte er sich plötzlich kerzengerade auf und sagte, gerade eben hätten sie durchgegeben, daß die Russen schon in den Außenbezirken von Berlin wären.

Sie starrten alle auf den Detektor in Adolfs Händen, wie auf ein giftiges Insekt, das sich unbemerkt in die Stube eingeschlichen hatte. Und Peter, Christo und der dünne Tjaden gingen auf Adolf los, er sollte bloß die Klappe halten, das wäre ein Feindsender gewesen, dafür könnte er ins Konzertlager kommen, alles bloß Feindpropaganda. Adolf sagte, das wäre ja auch im Wehrmachtsbericht gekommen, daß die Russen schon die Oderfront durchbrochen hätten. Die anderen sagten, der Führer würde schon wissen, warum er sie so weit reinkommen ließe, erst alle reinkommen lassen und dann die Klappe zu, dann säßen sie alle in der Falle, da käme keiner mehr raus. Adolf sagte nichts mehr, und er wehrte sich auch nicht, als sie ihm den Detektor abnahmen. Peter drückte sich den Kopfhörer ans Ohr, und Christo wollte mithören, und dann riß der Kopfhörer ab, und sie warfen den Detektor Adolf vor die Füße, und Adolf packte ihn wieder weg.

Nach einer Weile sagte Christo, ihm wäre sowieso alles egal, er ginge nach Köln zu seiner Oma, er müßte gar nicht mehr nach Berlin zurück. Sein Vater war schon 41 gefallen, und jetzt, ein paar Tage vor Ostern, war noch die Nachricht aus Berlin gekommen, daß seine Mutter und seine Schwester bei einem Luftangriff verschüttet worden waren. Der alte Klettmann hatte es früh in der ersten Stunde vorgelesen, und er hatte sich dauernd geschneuzt, und die Stimme war ihm weggeblieben, und sie hatten bloß gegrinst, weil Christo auch sein Taschentuch herausgezogen und so getan hatte, als würde er gleich in Tränen ausbrechen. Und dann war deswegen auch noch die Mathearbeit ausgefallen, die sie an diesem Tag hätten schreiben sollen.

Kurz nach vier brüllte der UvD durch den Gang, daß sie das schwere Gepäck hinunter vors Schultor schaffen sollten. Anschließend gingen sie Kartoffeln fassen. Jeder bekam sein

Kochgeschirr gefüllt, und danach gab es Abendessen, haufenweise Kartoffeln mit Mehlsoße und Kümmel.

Später beobachteten sie vom Gangfenster aus, wie die aus der Fünften das Gepäck auf einen gummibereiften Pritschenwagen luden, der mit zwei Kühen bespannt war. Es mußte mit Seilen festgezurrt werden, denn der Stapel aus Koffern und Kartons ragte hoch über die Bordwände des Wagens hinaus.

Kurz vor acht marschierten sie ab, klassenweise in Zweierreihen, die Fünftkläßler mit dem Deutschen Wald voraus, dann die Kleinsten, in der Mitte der Wagen mit dem Gepäck, am Schluß sie selbst mit der Klette. Sie marschierten die Schloßallee hinunter. Nur das gleichförmige, weinerliche Quietschen der Wagenachsen war zu hören und das Geräusch ihrer Stiefel auf dem Asphalt, manchmal kräftig und im gleichen Takt und dann wieder eintönig trappelnd, wenn sie aus dem Tritt kamen. Vorne fingen sie an zu singen, aber der Kaiser, der neben dem Wagen herlief, rief vor, sie sollten aufhören.

Sie marschierten schweigend in den Ort hinein. Keiner drehte sich um. Über zwei Jahre hatten sie hier gelebt, aber sie ließen nichts zurück, was ihnen den Abschied hätte schwermachen können. Sie marschierten über den Marktplatz. Es war inzwischen so dunkel geworden, daß sie die Spitze des Zuges kaum mehr erkennen konnten. In ihrem Rücken fing eine Frau an zu schreien, hoch und keifend, fast überschnappend, sie schrie etwas auf tschechisch. Dann wieder Stille und nur der beruhigende Marschtritt ihrer Stiefel.

Die Rucksäcke kamen ihnen leicht vor, obwohl sie so viel hineingestopft hatten, daß die Riemen gerade noch im letzten Loch schlossen. Und Kochgeschirre und Feldflaschen baumelten an den Gürteln, und Beutel und Taschen hingen ihnen an Tragegurten von den Schultern. Sie marschierten aus dem Ort hinaus, weiter ins Tal hinunter. Ein feuchter Nebel hing in der Luft, der sich klebrig auf die Haut legte. Das Bahnhofsgebäude unten im Tal war nur noch zu ahnen. Alles war verdunkelt.

Dann hörten sie Walds Stimme von vorne: »Abteiluuung halt!«

Sie folgten dem Wagen, der rechts um das Bahnhofsgebäude herumfuhr und längs neben dem Zaun hielt, der den Zugang zum Bahnsteig versperrte. Sie sammelten sich in einer großen Traube zwischen dem Wagen und dem Gebäude, standen dichtgedrängt in der Dunkelheit, versuchten mit den Ohren zu

erfassen, was vor sich ging. Dann wieder Walds Kommando-
stimme, der die Fünftkläßler zum Abladen einteilte, und die
Stimme des Kaisers, ruhig und bestimmt und jedes Wort
deutlich zu verstehen.

»Hört mal her, Jungs!«

Er brauchte nicht zu warten, bis Ruhe war. Es wagte ohnehin
niemand, ein Wort zu sagen. »Die ersten und zweiten Klassen
kommen jetzt mit mir in die Bahnhofshalle. Alle anderen
warten hier, bis ich wiederkomme, und suchen sich dann einen
Platz auf dem Bahnsteig. Jeder achtet selbst auf sein Gepäck,
niemand verläßt seinen Platz. Wenn der Zug einläuft, stellt ihr
euch in Zweierreihen auf, so wie ihr hergekommen seid. Ich
rufe dann die einzelnen Klassen auf. Zuerst die 1a, dann die 1b
und so fort. Jede Klasse wartet auf ihrem Platz, bis sie
aufgerufen wird. Und daß mir niemand drängelt! Wer nicht
spurt, kriegt's mit mir zu tun!«

Schweigend warteten sie, bis die Kleinen im Bahnhofsgebäude
verschwunden waren. Sie hörten, wie die von der Fünften das
Gepäck vom Wagen über den Zaun wuchteten und auf dem
Perron aufschichteten. Leise Zurufe und dumpfes Gerumpel,
wenn die Koffer auf dem Boden aufschlugen, dann fing eine der
Kühe an, ausdauernd zu muhen. Im ersten Augenblick klang es
so, als würde die Sirene losheulen.

Als der Kaiser wieder herauskam, folgten sie ihm auf sein
Zeichen hin durch die Bahnhofshalle. Eine mattgelbe Kugel-
lampe verbreitete trübes Licht. Die Fenster waren mit Brettern
vernagelt. Die Kleinen hockten eng zusammengedrängt auf
den Bänken, die sich an den Wänden entlangzogen, und auf
dem Boden zwischen ihrem Gepäck. Nur ein schmaler Durchgang war freigelassen. Im Gänsemarsch schoben sie sich
vorwärts. Dicht neben dem Ausgang auf der rechten Seite
stand eine Tür offen. In dem Zimmer dahinter saß ein Mann in
tschechischer Eisenbahneruniform. Er hatte einen Telefonhö-
rer am Ohr und drehte an der Kurbel. Ein Kanonenofen drückte
einen Schwall warmer Luft aus dem Zimmer.

Die Schwingtüre, die auf den Bahnsteig führte, stand nur einen
Spaltbreit offen. Sie zwängten sich hindurch, einer nach dem
anderen, blieben dicht hintereinander, damit sie den Rucksack
des Vordermannes nicht aus dem Griff verloren, tasteten sich
vorwärts, suchten einen Platz an der Mauer, wo sie sich
anlehnen konnten, zogen ihre Rucksäcke herunter.

Langsam gewöhnten sich die Augen wieder an die Dunkelheit. Sie wußten, wo sie waren, sie kannten den Bahnhof, die schmalen, gußeisernen Säulen, die das Vordach trugen, den doppelten Schienenstrang und dahinter in der schwarzen Finsternis die schemenhaften Umrisse des zerbombten Lagerschuppens.

Sie warteten. Die Kälte kroch langsam durch die Kleider, aber niemand wagte es, seine Decke vom Rucksack abzuschnallen, denn jeden Augenblick konnte der Zug kommen. Sie lauschten angestrengt in die Nacht hinein, sie wußten, woher er kommen mußte. Sie hatten keine Angst, daß er nicht kommen könnte, obwohl seit Tagen kein Zug mehr durch Kusice gefahren war. Wenn der Kaiser es gesagt hatte, mußte er kommen. Alles, was der Kaiser organisierte, das klappte, das funktionierte, da gab es keine Pannen. Sie dachten an die Mädchen aus dem Schloß, die zu Fuß in Richtung Pilsen hatten loslaufen müssen. Das war eben der Unterschied, die hatten nur ihre dämlichen, alten Lehrerinnen, sie hatten den Kaiser, bei dem flutschte alles.

Als nach einer Stunde das leise Stampfen der näher kommenden Lok zu hören war, gab es keine besondere Aufregung. Sie griffen nach ihrem Gepäck, setzten die Rucksäcke auf und warteten ruhig, jeder auf seinem Platz.

Die Lok schob sich langsam vorbei, ein schwarzer Schatten, der die Nacht unter dem Bahnhofsvordach noch schwärzer machte. Dann Waggon nach Waggon, endlos, der Taktschlag der Räder auf den Schienenfugen unmerklich langsamer werdend, und endlich, langgezogen, gedämpft, das Quietschen der Bremsen. In der schwarzen Wand vor ihnen öffneten sich schmale, blau schimmernde Schlitze, da bewegte sich etwas, da schauten Leute heraus. Weiter vorn Türenschlagen und der unruhig hüpfende Lichtkegel einer Taschenlampe, der rasch näher kam bis an die Bahnsteigkante vor ihnen. Und dann noch mehr Taschenlampen, leise Rufe, unterdrückte Kommandos, Walds Stimme von vorn: »Tempo, Tempo, alles in den Gepäckwagen!« Sie warteten, bis der Kaiser sie aufrief, schlurften langsam vorwärts, Fuß vor Fuß, hingen in der Waggontüre, nach vorn ging es nicht weiter, und hinten zog der Rucksack. Sie schoben sich vorwärts, stumm, verbissen, als hätten sie auf einmal Angst, daß der Zug ohne sie abfahren könnte.

Im Innern des Waggons fahlblaues Flackerlicht, Notbeleuchtung, schwarze Verdunkelungsrollos vor den Fenstern, Holzbänke. Und gleich Geschrei und Gestreite wie auf einem Schulausflug. »Ich will ans Fenster! Das ist mein Platz, hau ab da! Los weiter, steh nicht im Gang rum, kannste nicht aufpassen!« Rucksäcke ins Gepäcknetz, Kochgeschirrgeklapper, Rempelei, immer mehr drängten hinein, die zuletzt kamen, mußten sich auf den Boden setzen, jeder Fleck war schon belegt, überall Haufen von Gepäck, da kletterte zum Schluß noch Klette herein, und der fette Heini mußte seinen Fensterplatz freimachen, und als er maulte, wurde die Klette auf einmal ganz streng und klebte ihm eine. Und im gleichen Augenblick ruckte der Zug an, und für eine Sekunde war Stille, und dann johlten sie los, brüllten und kreischten, wie sie es immer im Kino taten, wenn das Licht langsam verlosch und auf der Leinwand der Film aufblendete.

Peter hatte die Strecke im Kopf. 40 Kilometer bis Pilsen und dann Klattau, Bayrisch Eisenstein, da war die Grenze. Kurz vor zehn waren sie losgefahren. Wenn der Zug 30 Kilometer in der Stunde machte, konnten sie schon um 2 Uhr über der Grenze sein. Und dann? Sie überlegten, wie es dann weitergehen könnte, schauten auf der Karte nach. Die Bahnlinie führte weiter nach Regensburg, und eine andere zweigte nach Passau ab und nach Österreich. Also entweder Österreich oder Oberbayern. Vielleicht Tirol? Alpenfestung? Sie fragten wieder die Klette, aber der sagte nur, sie sollten endlich Ruhe geben. Er sah müde aus in dem blauen Licht und uralt, und er schlief als erster ein. Rutschte in sich zusammen, und der Kopf fiel ihm auf die Schulter, und im Mundwinkel bildeten sich kleine Speichelbläschen, wenn er ausatmete. Sie beobachteten, wie aus den Bläschen ein dünner Speichelfaden zu fließen begann, der langsam über das Kinn hinuntertroff und in der Weste versickerte. Sie machten sich gegenseitig darauf aufmerksam und kicherten, aber nach kurzer Zeit wurde es langweilig, und unter dem gleichmäßigen Stoßen der Räder dösten sie einer nach dem anderen weg.

Maxe wachte auf, als der Zug mit hartem Geruckel über eine Weiche rumpelte und kurz darauf über eine zweite. Die anderen schliefen alle. Er stakste durch den Gang zur hinteren Plattform und schob das Verdunkelungsrollo am Fenster so weit hoch, daß ein schmaler Sehschlitz frei wurde. Zuerst sah er nur sein Gesicht, das sich in der Scheibe spiegelte. Er nahm die Mütze ab. Seine Glatze schimmerte bläulich wie ein Gespensterschädel. Er fuhr mit dem Finger darüber. Sie fühlte sich rauher an als am Abend vor der Abreise. Da kamen schon die ersten Stoppeln.

Er legte die Hände an die Schläfen, um das Licht abzudecken. Draußen sah er einen dunkelrot glühenden Flackerschein am Himmel und die schwarzen Umrisse von Häusern, Bäumen und Telegraphenmasten. War das Pilsen? Brannte da noch etwas, das die Flieger am Vormittag bombardiert hatten? Wie lange waren sie überhaupt schon unterwegs? Er hatte keine Uhr. Auf dem Rückweg schaute er bei einem nach, dem der Ärmel hochgerutscht war. Halb drei. Wollten sie da nicht schon über der Grenze sein? Er schlief bald wieder ein.

Als er zum zweitenmal aufwachte, stand der Zug. Weiter vorn hatten sie schon ein Rollo hochgezogen, helles Tageslicht fiel herein. Es war kalt. Adolfs Kopf lag auf seiner Schulter, der Kleine schlief noch. Er schob ihn vorsichtig zur Seite und stand auf. Klettes Platz war leer.

Er ging zur Plattform vor. Einer aus der Fünften versperrte ihm den Weg. »Es darf keiner raus. Befehl vom Lagerleiter«, sagte er wichtigtuerisch.

»Wo sind wir denn? Schon in Bayern?« fragte Maxe.

Der andere warf ihm einen geringschätzigen Blick zu. »Wir sind gerade erst 'n Stück hinter Pilsen, du Blödmann«, sagte er herablassend. Maxe war noch zu schläfrig, um sich beleidigt zu fühlen. Er schaute aus dem Fenster.

Drei Gleisstränge nebeneinander. Auf dem dritten eine Reihe Kesselwagen, die Kessel zerfetzt, durchlöchert, ausgefranst. Dahinter das verkohlte Gerippe eines Schuppens und eine steil ansteigende Böschung, verbranntes Gestrüpp und schwarze Brandflecken im verdorrten Gras, ein zarter Flaum von jungem Grün darüber. Oben auf der Böschung, dicht hinter der Kante ein sauber geschichteter Wall aus Sandsäcken und darüber hinausragend die schlanken Rohre einer Vierlingsflak.

Maxe ging in den Wagen zurück. Inzwischen waren alle wach geworden und drängten sich an den Fenstern. Einer aus der 4a hatte einen Feldstecher, der äugte zur Flak hoch. Neben der Sandsackbarriere erschienen zwei Gestalten, Stahlhelme auf dem Kopf, Wehrmachtsmäntel, die bis zu den Füßen reichten, Karabiner über der Schulter.

»Mann, das sind welche von uns, das sind welche aus der Fünften!« schrie plötzlich der mit dem Fernglas. »Der rechte, der sieht aus wie der Schilling! Das ist der Schilling!« Sie versuchten, das Fenster herunterzuziehen, aber es saß fest. Sie wedelten mit den Armen hinter der Scheibe, rissen sich das Fernglas gegenseitig aus der Hand. »Das ist er nicht! Das ist nie der Schilling!« Sie waren aufgeregt wie junge Hunde im Zwinger. Was hatten sie sich geärgert, damals, kurz nach Ostern, als die aus der Fünften, die schon 15 gewesen waren, zur Flak gedurft hatten.

Die beiden oben auf der Böschung schlugen sich die Arme um die Brust. Sie winkten nicht zurück, vielleicht hatten sie es nicht bemerkt, daß unten vom Zug heraufgewunken wurde. Vielleicht durften sie als Soldaten gar nicht winken.

Die Klette kam in den Waggon zurück. Er stellte sich am Ende des Mittelgangs auf und mühte sich, den Lärm zu übertönen. »Seid mal ruhig, Kinder, seid doch mal ruhig!« Es dauerte einige Zeit, bis er sich Gehör verschaffen konnte. »Ich will euch doch nur sagen, was los ist!« Das brachte sie endlich zur Ruhe. »Wir haben einen Aufenthalt, weil die Strecke blockiert ist. Vorläufig bleiben wir hier im Zug. Es kann sein, daß wir bis in die Nacht hinein warten müssen. Betragt euch also anständig und achtet vor allem darauf, daß die Toiletten sauber bleiben!«

»Wann gibt's was zu essen?« rief einer vom anderen Ende des Waggons vor, und sofort setzte das Geschrei wieder ein. »Ihr müßt euch zunächst aus euren Vorräten verpflegen«, sagte die Klette, aber das hörten nur die, die in seiner Nähe standen. Niemand achtete mehr auf ihn. Sie hielten die Flak im Auge, und besprachen ausführlich, was passieren würde, wenn ein Tiefflieger eine Garbe der Länge nach durch den Zug fetzen ließe. Und einigten sich schließlich darauf, daß keine Tiefflieger zu erwarten wären. Der Himmel war grau verhangen mit tiefziehenden Wolken, und dazu ging ein scharfer Wind, der ab und zu einen dünnen Nieselregen gegen die Fenster peitschte. Das war kein Wetter für Tiefflieger.

Sie holten ihre Vorräte aus den Rucksäcken und langten richtig zu, viele machten schon die Leberwurstbüchsen auf, es war ja fast bombensicher, daß sie in der nächsten Nacht in Bayern ankommen würden, was sollten sie das Zeug noch lange im Rucksack schimmeln lassen.

Draußen tat sich nichts, was sie hätte ablenken können. Die Soldaten auf der Böschung waren hinter den Sandsäcken verschwunden. Manchmal kamen zwei Lehrer vorbei, die sie nicht kannten, machten die Runde. Sie langweilten sich.

Ein paar spielten 17 und 4 auf dem Waggonboden. Der dünne Tjaden machte einen Rekordversuch im Furzen, kam aber bloß auf sieben Sekunden. Sonst gab es den ganzen Vormittag nichts Besonderes. Auch die Klette ließ sich nicht mehr sehen.

Aus der Toilette stank es wie Katzenscheiße. Das Wasser floß nicht mehr, und Papier hatte es von Anfang an nicht gegeben. Adolf verteilte die Seiten aus Ben Hur, die er inzwischen gelesen hatte. Später warteten sie schon bei ihm und rissen ihm die Blätter einzeln aus der Hand, sobald er sie ausgelesen hatte. Er war der einzige im ganzen Waggon, der ein Buch in seinen Rucksack gepackt hatte.

Allmählich wurden sie unruhig, und als der dünne Tjaden am Nachmittag noch einmal zu einem Rekordversuch ansetzte, stürzten sie sich zu dritt auf ihn und vermöbelten ihn mit solcher Wut, daß Maxe und Peter ihn herausschlagen mußten.

Erst gegen sechs Uhr abends kam die Klette wieder. Der Kaiser war bei ihm. Er war so wütend, wie sie ihn noch nie erlebt hatten. »Ist der Lagermannschaftsführer hier gewesen?« bellte er.

Sie starrten ihn an, keiner sagte etwas.

»Wann habt ihr ihn zuletzt gesehen?«

Sie berieten sich flüsternd, die meisten hatten ihn gesehen, wie er am Zug entlanggelaufen war, aber das war schon am Vormittag gewesen, das war ja schon ewig lange her. Christo meldete, daß es um neun gewesen wäre.

»Später hat ihn keiner mehr gesehen? Seid ihr ganz sicher?« fragte der Kaiser eindringlich. Sie schüttelten die Köpfe, warteten gespannt auf eine Erklärung, aber der Kaiser sagte nur ganz leise etwas zur Klette, dann drehten sich beide um und verließen den Waggon. Der einzige, der etwas gehört hatte, war Adolf, auf den stürzten sich jetzt alle, und er mußte es gut ein dutzendmal erzählen, jeder wollte es mit eigenen Ohren hören. »Diesen Schweinskerl, wenn ich den jemals wieder in die Hände kriege!« das hätte der Kaiser gesagt, genauso, wörtlich. Und Adolf gab sich Mühe, auch die Betonung richtig wiederzugeben. »Diesen *Schweinskerl,* wenn ich den *jemals* wieder in die Hände kriege!«

Sie standen dichtgedrängt um Adolf herum, versuchten noch mehr aus ihm herauszubekommen, aber er hatte nur diesen einen Satz gehört. Also kauten sie an diesem einen Satz herum.

Offenbar war der Deutsche Wald weg. War er abgehauen? Aus welchem Grund? Wo doch alles bestens organisiert war, wo alles wie am Schnürchen lief. Der Transport war gesichert, morgen würden sie in Bayern sein. Oder vielleicht nicht? Wußte der Deutsche Wald vielleicht etwas? Hatte diese fiese Drecksau sich einfach verdünnisiert, weil er wußte, daß sie hier festsaßen?

Endlich gegen sieben Uhr, als es schon anfing, dunkel zu werden, kam die Klette zurück.

Ja, der Lagermannschaftsführer wäre seit dem Vormittag nicht mehr gesehen worden. Nein, niemand könnte sagen, daß er abgehauen wäre. Nein, natürlich säßen sie hier nicht fest. Ja, heute nacht würde es weitergehen.

Es wurde rasch dunkel, und da nicht einmal die blaue Notbeleuchtung brannte, saßen sie bald in schwarzer Finsternis. Ab und zu blitzte eine Taschenlampe auf, leises Getuschel, wenn sich einer auf seinem Schlafplatz zurechtrutschte, unterdrücktes Geschimpfe, wenn sich zwei dabei in die Quere kamen, und dazwischen der tief ziehende Atem der Schlafenden, verschlucktes Schnarchen, Seufzer, rasselndes Schnaufen. Bald schliefen sie alle.

Maxe schreckte hoch, riß die Augen auf, schwarze Nacht um ihn, Stille. In seinen Ohren war der Nachhall eines Schreis. Da hatte jemand geschrien in einem Traum, der ihm gerade eben noch ganz klar im Bewußtsein gewesen war und der jetzt schon verschwamm. Er lauschte angestrengt. Da war etwas draußen, das am Abend noch nicht dagewesen war. Stimmen, Geräusche, undeutlich, nicht unterscheidbar.

Und dann plötzlich wieder dieser Schrei. Kein Traum. Das kam von draußen, da schrie einer, schrie nicht eigentlich, stöhnte, ein gräßlich schreiendes Stöhnen, das quälend langsam anschwoll, sich aufbäumte, anhielt, unerträglich lange. Und endlich verröchelte, erstarb.

Und danach andere Schreie, als hätte der erste sie geweckt.

Maxe saß aufrecht, starr und lauschte. Die Schreie verebbten wieder, wurden leiser, verloren sich.

Maxe tastete sich zur Waggontür vor. Der aus der Fünften, der als Wache eingeteilt war, schlief. Maxe drückte leise den Türgriff hinunter und schob die Tür auf. Gegen die Dunkelheit, die im Wagen herrschte, war es draußen fast schon hell. Graue Nacht. Oder wurde es schon Tag?

Auf dem zweiten Gleis stand ein Zug. Der mußte sich ganz leise dahergeschlichen haben in der Nacht. Lange D-Zug-Wagen, schwarz gegen das Dunkelgrau des Himmels. Aus denen kam es, das Stöhnen und Schreien. Das lief durch den ganzen Zug. Fast unhörbar manchmal und dann wieder ansteigend zu einem jähen Schmerzensschrei.

Und plötzlich hörte Maxe Schritte auf dem Schotter. Ein dunkler Schatten löste sich aus dem Schwarz der Waggons und kam über die Gleise auf ihn zu. Metallisches Geklapper. Das war ein Posten. Maxe begann die Tür ganz langsam zuzuziehen, aber der Posten ließ ihn nicht so weit kommen.

»Warte mal!« rief er leise und drängend, als hätte er Angst, daß man ihm die Tür vor der Nase zuschlagen könnte. Er war klein. Und er schien alt zu sein. Seine Stimme hörte sich alt an. Sein Atem stank nach Tabak.

»Hör mal«, sagte er flüsternd, »hast du was zu fressen?« Maxe war so überrascht, daß er zuerst kein Wort herausbrachte.

»Hast du nichts zu fressen?« wiederholte der Posten. Es klang beinahe flehend. »Nur 'n Stück Brot, irgendwas.«

»Wir haben selber nur 'n bißchen Marschverpflegung«, sagte Maxe zögernd. Der da vor ihm stand, war ein Wehrmachtsobergefreiter, er konnte die Winkel erkennen. Das gab's doch nicht, daß ein Wehrmachtssoldat ihn um etwas zu essen anhaute. Da steckte doch etwas dahinter. Der wollte ihn sicher auf die Probe stellen.

Er hörte, wie hinter ihm jemand näherkroch, fühlte eine Hand auf seiner Schulter. Eine Flüsterstimme fragte: »Was is'n los?« Es war Peter.

»Er will was zu essen«, flüsterte Maxe zurück.

»Wenn ihr was habt, ich zahl's«, sagte der Posten, »ich will ja nichts geschenkt.«

»Ich hol was«, flüsterte Peter.

»Wo kommt'n ihr her?« fragte der Posten. »Was macht'n ihr hier?«

»Wir sind aus Berlin, KLV«, sagte Maxe, »wir sollen nach Bayern.«

»Na, dann habt ihr ja Glück«, sagte der Posten. Von drüben aus dem schwarzen Zug kam wieder das Stöhnen. Das traf nicht nur das Ohr, das ging durch die Haut, das stellte die Haare auf.

»Arme Schweine«, sagte der Posten. »Dabei haben sie's noch gut erwischt.«

»Wieso?« fragte Maxe. Seine Stimme war heiser, ohne Ton.

»Immerhin sind sie im Zug«, sagte der Posten. »Sind bald zu Hause. Erster Klasse ins Lazarett.«

»Wo kommen die her?« fragte Maxe.

»Von der Oderfront«, sagte der Posten.

Peter kam mit zwei Scheiben Brot zurück. Draußen war es heller geworden.

»Habt ihr nicht noch'n bißchen mehr?« fragte der Posten. Er kramte in der Manteltasche. »Warte mal, ich hab was für euch, das kann ich euch geben dafür.« Er hielt ihnen ein Abzeichen unter die Nase.

»Das ist'n EK I, Mensch«, sagte Peter fassungslos. Sie starrten das mattglänzende Ding an. »Ist das Ihres? Haben Sie das bekommen?« fragte Peter ehrfürchtig.

»Für'n ganzes Brot gehört's euch«, sagte der Posten.

Sie hielten die Luft an. Mannomann, war der nicht mehr ganz richtig? Hatte der'n Kopfschuß? Das gab's doch gar nicht, daß der sein EK I hergab. Das war doch nicht nur irgend so'n Abzeichen, wie es alle hatten, das war nur eins unterm Ritterkreuz, da mußte man schon was gezeigt haben vor dem Feind, das konnte der doch nicht für einen Kanten Brot wegschmeißen.

»Na, was ist«, fragte der Posten drängend. »Wollt ihr's nicht?« Sie brachten noch immer kein Wort heraus. »Also, 'n halbes Brot«, sagte er, »ein halbes könntet ihr mir aber schon geben dafür.« Er stand in der Tür wie ein Bettler.

»Wir haben jeder nur noch'n paar Scheiben ... zwei, drei Scheiben, mehr nicht«, sagte Maxe unsicher.

»Dann gebt mir noch'n paar Scheiben, das reicht auch«, sagte der Posten. Er kaute und kaute, als könnte er jeden Bissen durch langes Kauen verlängern.

Der aus der Fünften wachte plötzlich auf und rappelte sich hoch. »Seid ihr wahnsinnig geworden!« zischte er. In der gleichen Sekunde war der Posten verschwunden, und die Tür schnappte zu.

Und auf einmal hörten sie ganz entfernt das Stampfen einer Lok. Es kam von der Spitze des Zuges und wurde lauter. Und draußen waren Schritte zu hören, eilige Schritte auf dem Schotter und Rufe und Pfeifsignale. Und dann ging ein Ruck durch den Zug, und die Puffer knallten. Da hatte eine Lok angekuppelt. Und die Tür wurde aufgerissen, und ein Lichtschein fiel herein, der sie so stark blendete, daß sie die Augen zusammenkneifen mußten. Sie erkannten die Klette, die sich mühsam auf das Trittbrett hantelte, und dahinter war noch einer, der die Taschenlampe hielt. Ihr Lichtkegel richtete sich auf sie, während sie aufstanden und sich an die Wand drückten.

»Was habt ihr hier zu suchen?!« Der Kaiser.

Peter verdrückte sich um die Ecke. Der Lichtkegel hielt Maxe fest, der der Tür am nächsten stand.

»Dir reicht's wohl noch nicht, wie?!«

Die Klette schob Maxe vor sich her. »Nehmen Sie die Verdunkelung weg«, rief der Kaiser ihnen nach. Dann schlug die Tür zu.

Maxe tastete nach einem Rollo. »Soll ich aufmachen?« fragte er nach rückwärts. Die Klette hielt sich mit beiden Händen an seinen Schultern fest. »Ja, mach auf.« Maxe ließ das Rollo hochfahren. »Fahren wir?« fragte er.

»Ja, wir fahren«, sagte die Klette.

»Aber es wird schon Tag«, sagte Maxe.

»Setz dich auf deinen Platz«, sagte die Klette.

Dann ruckte der Zug an. Unendlich langsam gewann er an Fahrt, kroch aus dem Bahnhof hinaus. Waggon nach Waggon schob sich der Lazarettzug an den Fenstern vorbei. Es war inzwischen so hell geworden, daß sie die Rot-Kreuz-Bemalung auf den Waggondächern erkennen konnten. Die Lok an der Spitze stand unter Dampf. Der Lokführer und der Heizer hingen im Fenster des Führerstands und schauten herüber, als warteten sie nur darauf, daß der andere Zug den Bahnhof verlassen hätte, um selbst abfahren zu können. Von dem Ort, der zu der Bahnstation gehörte, war nichts zu sehen außer der Spitze eines Kirchturms, der aus dem Dunkel aufragte.

Noch immer fuhr der Zug so langsam, daß man zu Fuß hätte nebenherlaufen können. Und er wurde kaum schneller.

»Schleichfahrt«, sagte Peter, »der macht eben nur Schleichfahrt.« Immerhin fuhren sie, es ging vorwärts, sie kamen
weiter.

Unmerklich wurde der Himmel heller, ließen sich die Kontu-
ren der Landschaft ausmachen. Ein Tal, ein Fluß zwischen
Bäumen, eine kahle Pappelallee. Dann Wald, hochstämmiger,
dunkler Wald rechts und links, bis dicht an die Gleise heran.
Das ewig gleichförmige Auf und Ab der Telegraphendrähte.
Und dann eine weite Ebene mit verstreuten Waldinseln. Ein
Krähenschwarm, der von einem Acker aufflog und sich auf
einem einzeln stehenden Baum niederließ. Flache, geduckte
Höfe zwischen Bäumen, unscheinbare Dörfer weitab, ein
kleines Städtchen, das sie umfuhren. Und wieder Wald, fast
endlos, eintönig. Traurig-düsterer Fichtenwald.

Schwärzliche Rauchschwaden von der Lok, die sich zwischen
die Bäume senkten und an den Waggonfenstern vorbeizogen.
Das war gut, daß es den Rauch der Lok herunterdrückte. Da
war die Rauchfahne nicht so weit zu sehen. Jetzt war es schon
gefährlich hell. War das noch eine Wolkenschicht über ihnen?
Oder färbte sich der Himmel schon blau?

Immer noch dieses Schneckentempo. Der Zug wollte einfach
nicht schneller werden. Wenn da ein Tiefflieger kam, der
konnte ja gar nicht vorbeischießen.

Sie hielten den Himmel im Auge. An jedem Fenster acht
Beobachter, die den Horizont absuchten nach verdächtigen
schwarzen Punkten. Sie atmeten jedesmal auf, wenn der Zug in
ein Waldstück einfuhr, als könnte sie der Wald vor den Blicken
der Flieger verstecken. Der einzige, der schlief, war die Klette.
Er war in seiner Ecke zusammengerutscht, die Hände hingen
ihm schlaff zwischen den Beinen herunter. Er sah grau aus.
Wie ein Toter.

Sie waren noch im Wald, als plötzlich eine Flak losbellte. Ein
langer Feuerstoß, der das Stampfen der Lok übertönte. Das
kannten sie alle, dieses kleingehackte, stoßende Bellen. Noch
ein Feuerstoß, das war doch ganz in der Nähe, das war vorne bei
der Lok. Stotternd, als kämen die Geschosse nicht schnell
genug heraus. Und dann fauchte etwas über ihre Köpfe hinweg.
Und im gleichen Augenblick kreischten die Bremsen auf, und
sie flogen durcheinander, schlugen gegen die Bänke. Vorn im
Wagen schrie einer wie am Spieß: »Deckung! Tiefflieger!«
Aber sie hockten wie erstarrt, glotzten immer noch aus den

Fenstern. Der Wald war zu Ende, da waren weite Felder, eine Straße mit einer niedrigen Baumreihe, Schornsteine in der Ferne und darüber ein schwarzer Punkt im weißen Himmel, der senkrecht nach oben stieg und abkippte und wieder herunterfiel und rasch größer wurde.

Da kam er. So dicht über dem Boden, daß er fast die Baumreihen rasierte. Der vorne schrie immer noch »Deckung! Tiefflieger!« und darüber das Kreischen der Bremsen und das Bellen der Flak. Endlich kamen sie hoch, stürzten übereinander zum Ausgang, verkeilten sich in dem engen Gang vor der Tür. Da war er heran. Ein Gesicht in der Pilotenkanzel, so nah, daß sie es erkennen konnten. Und über ihnen fetzte es durchs Dach des Waggons, und wieder das Fauchen über ihren Köpfen und Rauch und brenzliger Gestank und Schreie durch den Rauch, und einer, der wild um sich schlug, und dann waren sie aus der Tür, sprangen hinunter, schlugen hart auf, kollerten die Böschung hinunter, nur weg, weg vom Zug. Schwerer, nasser Ackerboden, in dem die Schuhe steckenblieben, und tiefe Furchen, in die sie sich hineinfallen lassen konnten, kalte, schmierige Erde. Und ganz entfernt das Brummen des Flugzeugmotors und aufheulend wie ein Hilferuf die Dampfpfeife der Lok.

Maxe hob den Kopf. Der Zug stand mitten auf freiem Feld. Keine Deckung. Weit vorn die Lok, ganz klein. Und direkt hinter der Lok auf einem langen, niederbordigen Wagen die Flak, die jetzt wieder losbellte, eine Spielzeugflak in einem grauen Betonring, viel zu klein auf dem langen, flachen Wagen. Sie verstummte sofort wieder, und drei Gestalten sprangen vom Wagen, ließen das Spielzeug im Stich, warfen sich auf den Boden. Auch aus den Waggons dahinter stürzten noch welche heraus, verkrochen sich zwischen den Rädern, rannten weg vom Zug aufs freie Feld. Die aus den letzten Wagen hetzten auf das Waldstück zu, das der Zug gerade verlassen hatte, hoppelten über die Ackerfurchen wie die Hasen.

Und dann hörten sie das Rattern der Bordkanonen, das kam von vorn. Und plötzlich stieg eine Dampfsäule aus dem Kessel der Lok, stieg kirchturmhoch in den Himmel, und Sekunden später kurvte der Flieger über der Lok und der Dampfsäule hoch, ließ sich wieder herunterfallen, fing sich dicht über dem Boden ab, verschwand hinter den Bäumen, kam zurück. Tauchte neben der Lok wieder auf in Baumwipfelhöhe. Kam genau von vorn. Schmaler Rumpf, der wie ein schwarzes Ei auf den leicht schräggestellten Flügeln saß, darüber das Leitwerk. So hatten sie sich's einprägen müssen von den Schautafeln, die der Deutsche Wald am Kartenständer aufgehängt hatte. Feindflieger, römisch Eins, Jagdflugzeuge. Drei Schattenrisse. Von der Seite. Von vorn. Von unten. Da kam der Schattenriß von vorn. Das war eine Mustang, eine amerikanische Maschine. Was nützte ihnen das jetzt, daß sie wußten, was das für eine Maschine war. Du lieber Gott, der brauchte ja nur abzudrücken und ein paar Nähte hinzusetzen rauf und runter, sie lagen ja wie auf dem Präsentierteller, einer neben dem anderen.

Sie preßten sich in die Ackerfurchen, machten sich ganz klein, ganz flach. Hörten ihn kommen. Hell sägendes Motorengeräusch, das rasend schnell heranfegte und über ihren Köpfen rauschend-jaulend abkippte zu einem tiefen, dröhnenden Brummen. Da war er schon über sie hinweg, verschwand über dem Wald, dicht über den Baumspitzen. Er hatte nicht geschossen. Warum hatte er nicht geschossen?

Sie lauschten auf das abschwellende Motorengebrumm. Kein Aufheulen, der flog keine Schleife, der flog weiter.

»Der ist weg, der kommt nicht zurück«, sagte Maxe flüsternd, als fürchtete er, ein lautes Wort könnte ihn zurückholen. »Ich glaube, der kommt nicht mehr zurück.«

Neben ihm kam Adolf hoch, nasse Erde im Gesicht und auf dem Mantel. Und hinter ihm Peter. Sein Gesicht war weiß unter der Dreckkruste, und er schluckte krampfhaft, schluckte etwas hinunter, das immer wieder hochkam.

Überall auf dem Acker standen sie jetzt auf, wischten sich den Dreck aus den Gesichtern und von den Kleidern. Haste das gesehn, wie der Dampf aus der Lok raus ist! Mannomann, der hätte uns alle einzeln abknallen können! Diese Flaschen an der Flak! Die sind ja schon abgehauen, bevor er überhaupt da war! Alle hatten sie es gesehen. »Diese Arschgeigen! Mit 'ner Handgranate hätten sie den runterholen können!«

Drüben vor dem letzten Waggon tauchte der Kaiser auf, fuchtelte mit den Armen. »Lager Neubau! Alle her zu mir!« brüllte er. »Los – los – los! Bißchen plötzlich!« Sie beeilten sich, daß sie zu ihm hinüber kamen. Auch vor den anderen Waggons weiter vorne sammelten sie sich, jetzt konnte man erst sehen, wie viele das waren. Mindestens tausend, vielleicht zweitau-

send. Das wimmelte nur so. Neben ihnen war eine Mädchenschule, davor wieder Jungen. Und haufenweise Lehrer. Das
gab's doch gar nicht, daß die alle in den einen Zug gepaßt
hatten.

»Ruhe!« brüllte der Kaiser. »Ihr habt fünf Minuten Zeit, um
euer Gepäck aus dem Wagen zu holen!« Sie hetzten los,
verkeilten sich vor den Türen, schoben und drückten, quetsch-
ten sich über die Trittbretter hoch. »Kinder, so geht's doch
nicht!« zeterte die Klette. »Schlange bilden! Macht doch eine
Schlange!« Keiner hörte auf ihn. Nur erst einmal hineinkommen. Hauptsache, daß man drin war. Fünf Minuten! Der war ja
verrückt geworden, das schafften sie doch nie. Endlich waren
sie drin. Da drängten schon wieder welche dagegen, wollten
hinaus mit ihrem Gepäck. »Fenster einschlagen!« schrien sie
von draußen. »Schlagt doch die Fenster ein!« Maxe stieg
zwischen zwei Bänken hoch, hakte sich rechts und links im
Gepäcknetz ein, hing wie ein Affe, schaukelte mit angezogenen
Knien, stieß mit beiden Beinen zugleich zu, traf voll mit den
Absätzen, daß die Scheibe splitternd zerbarst.

Sie rafften ihre Sachen zusammen. Das lag alles nur so herum,
die Rucksäcke offen, die Decken ausgebreitet. Warfen alles aus
den Fenstern, kletterten hinterher, sprangen hinunter, suchten
ihre Gepäckstücke zusammen, da latschten die anderen schon
drauf herum, traten sie in die schmierige, gelbbraune Lehm-
erde. Fünf Minuten! Hatten sie's geschafft? Wo war der
Kaiser?

Vorne war er, in der Mitte des Zuges. Winkte und schrie. Was
schrie er? Es sah so aus, als ob er sie zu sich herwinken wollte.
Wieder hetzten sie los, warfen ihre Rucksäcke über die Schul-
ter, schleiften die Decken nach. Die Mädchen in den nächsten
Waggons waren noch alle mit Packen beschäftigt, und die
Jungen davor waren auch noch nicht viel weiter.

»Hierher! Hierher!« schrie der Kaiser. Er stand vor einem
Packwagen. Die Schiebetür war offen, und durch die Luke
kamen Koffer geflogen, Kartons, Pakete, verschnürte Ballen.
Ihr Gepäck, ihr schweres Gepäck. Sie waren als letzte zugestiegen, und deshalb lag ihr Gepäck ganz vorne, kam als erstes
heraus. So ein Glück.

»Holt eure Sachen!« brüllte der Kaiser. »Los, Tempo! Paßt auf,
daß euch nichts an die Köpfe fliegt. Alles da rüber auf den
Feldweg!« Die ersten waren schon unterwegs, schleiften Koffer

über den Acker, kamen zurück, blieben erschöpft stehen. »Weiter – weiter!« brüllte der Kaiser. »Nicht schlappmachen! Los – los – los! Die Großen helfen den Kleinen!«

Sie rannten hin und her zwischen dem Gepäckhaufen am Zug und dem Feldweg, stolperten über die Ackerfurchen, an den Schuhen dicke Dreckklumpen, die immer schwerer wurden. Langsam ging ihnen auf, warum der Kaiser so zur Eile trieb, denn jetzt kamen auch die aus den anderen Waggons, und das Gedränge und Geschiebe um das Gepäck wurde größer. Aber da hatten sie schon das meiste weggeschafft und konnten zuschauen, wie sich die anderen balgten.

Drei bleiben zurück

Sie standen in langer Reihe am Feldweg und warteten auf den Kaiser, der noch die letzten Nachzügler herüberscheuchte. Die Klette hechelte aufgeregt hin und her wie ein alter, lahmer Hirtenhund. »Klassenweise aufstellen!« schrie er mit dünner Stimme. Sie ließen ihn schreien. Was wollte er überhaupt. Sie standen ja sowieso schon klassenweise zusammen. Dann kam endlich der Kaiser.

»Putzt euch erst mal den Dreck von den Kleidern, ihr Schweinebande, wie seht ihr denn aus!« brüllte er. Und während sie eilfertig an ihren Jacken und Hosen herumschabten und die braune Schmiere mit den Fingernägeln abzukratzen versuchten, fuhr er in ruhigerem Ton fort. »Also, Jungs, es wird euch ja klargeworden sein, daß wir jetzt zu Fuß weiter müssen, und zwar zunächst einmal bis Klattau. Das sind gute 50 Kilometer. Wir wollen versuchen, diese Strecke in zwei Tagen zurückzulegen. Deshalb nehmt ihr aus eurem großen Gepäck nur das Allernötigste mit: Wertsachen, Essen, warme Kleidung. Habt ihr verstanden?« Er ließ seinen Blick über die Reihe der Schüler gleiten, als ob er jeden einzeln ins Auge fassen wollte. »Bis ich zurückkomme, seid ihr parat und fertig zum Abmarsch. Aufstellung klassenweise in Zweierreihen, die 1a an der Spitze, die Fünfte am Schluß. Noch Fragen?«

Keiner hatte eine Frage. Schweigend blickten sie dem Kaiser nach, der über den Acker zum Zug zurückstiefelte, wo sich eine kleine Gruppe von Lehrern versammelt hatte. Auch zwei in Uniform waren dabei, der eine sah aus wie ein Gebietsführer.

»Zu Fuß!« heulte der fette Heini. »Fuffzig Kilometer!« Er saß auf seinem dicken Lederkoffer und hielt sein Akkordeon in den Armen wie eine Mutter ihr Baby, und sah so aus, als wollte er gleich anfangen zu flennen.

»Na und?« sagte Peter. »Das machen wir doch auf der linken Arschbacke.«

Maxe saß in der Hocke vor seinem Pappkarton und holte einen Stapel Schulbücher und Hefte heraus. Stand auf und schaute sich grinsend um und begann, die Bücher und Hefte einzeln, eines nach dem anderen mit lässigem Schwung weit über den Acker zu werfen. Sie segelten durch die Luft, öffneten sich, daß die Seiten flatterten, und fielen zu Boden wie flügellahme Vögel. Das war wie ein Signal. Überall machten sie es ihm nach, warfen ihre Schulsachen in die Gegend. Dann flogen Wäschestücke hintennach, Hosen, Mäntel, Schuhe. Bald war der ganze Acker bedeckt damit.

Maxe fand eine nagelneue, flauschige Wolldecke mit eingefaßten Kanten, die er gegen seine kratzige Pferdedecke eintauschte. Und dazu Strümpfe und Handschuhe und ein Nähzeug in einem Etui aus echtem Leder.

Ein paar von den Kleinen weinten, weil sie so viel liegenlassen mußten. Die beiden Hermänner machten aus, ihr Segelschiff abwechselnd zu tragen. Und der fette Heini bastelte einen Tragegurt für sein Akkordeon, daß er es vor den Bauch schnallen konnte.

Peter half ihm dabei. Wenn Heini das Akkordeon mitnahm, mußte er irgendwann seinen Rucksack leichter machen. Beides zusammen konnte er nicht lange tragen. Vielleicht würde er auch die Soldaten wegwerfen. Peter beschloß, ihn nicht aus den Augen zu lassen.

Als der Kaiser zurückkam, standen sie wie befohlen in Reih und Glied. Er holte die Fünftkläßler nach vorn und verteilte sie unter die Kleinen aus der 1a und 1b. Dann gab er das Zeichen zum Abmarsch. Sie waren die erste Schule, die losmarschierte. Das machte eben, daß sie den Kaiser als Lagerleiter hatten. Solange der dabei war, konnte ihnen nichts passieren.

Sie marschierten ohne Tritt an der langen Kette der Waggons vorbei und an der Lok, die verlassen dastand und so aussah, als wäre sie unbeschädigt und könnte gleich weiterfahren. Nur wenn man genau hinblickte, erkannte man dicht unterhalb des Schornsteins ein paar ausgefranste Löcher.

Hinter ihnen begannen sich jetzt auch die anderen Schulen zu formieren, aber sie hatten einen guten Vorsprung. Das war wichtig, denn wenn sie beim Marsch die ersten waren, dann waren sie auch die ersten im Quartier und die ersten beim Essen und kriegten die besten Plätze und die größten Portionen.

Sie bogen auf einen breiten Feldweg ein, der in spitzem Winkel vom Bahndamm wegführte zur Straße hin. Es war kalt, und ein scharfer Wind blies ihnen schräg von vorn ins Gesicht, daß sie die Köpfe einzogen. Aber als sie die Straße erreichten, war ihnen vom Laufen schon so warm geworden, daß sie ihre Jacken und Mäntel aufknöpften, und die Mützen in die Hand nahmen und die Handschuhe auszogen.

Vorne stimmte der Kaiser ein Lied an, und sie fielen gröhlend ein und faßten Tritt und schritten kräftig aus, als ob sie die 50 Kilometer bis Klattau gleich im ersten Anlauf hinter sich bringen wollten. Die Kochgeschirre klapperten im Takt, und die Riemen knarzten, und die Absätze knallten dumpf auf dem Asphalt, und für eine Weile war es genauso wie auf einem Wandertag.

Dann wurde der Gesang allmählich dünner und versickerte, und sie marschierten stumm weiter. Und nach einer Weile blieb der Kaiser vorn stehen und wedelte mit den Armen und rief: »Von jetzt an immer in Einerreihen rechts und links am Straßenrand. Und bei Tieffliegerangriff sofort in den Graben und flach auf den Bauch, verstanden!« Er stand mitten auf der Straße mit dem Gesicht zu ihnen und teilte die Kolonne bis zum Schwanz, dann drehte er sich um und lief zwischen ihnen wieder nach vorn mit weit ausholendem Storchenschritt. Maxe, der am Ende der rechten Reihe lief, beobachtete ihn von hinten und grinste unter dem Schild seiner Schimütze hervor. Der Kaiser schien es zu bemerken, ohne daß er sich umblickte.

»Gut, daß du am Schluß gehst, Milch«, sagte er so laut, daß es jeder hören konnte. »Wenn du hinter dir ein Auto kommen hörst, nimm deine Mütze ab und laß deine Glatze leuchten, daß wir ein Rücklicht haben.«

»Arschloch!« sagte Maxe zwischen den Zähnen. Es störte ihn nicht, daß die anderen lachten.

Sie trotteten im Gänsemarsch hintereinander her. Das Tempo hatte schon merklich nachgelassen. Die Kleinen vorn wurden müde, die kriegten schon lahme Beine.

Von hinten kam eine andere Schule. Die hatten keine Erstkläßler dabei, das waren lauter Ältere. Und sie kamen immer näher, waren plötzlich heran, zwei Reihen am Straßenrand genauso wie sie, bogen nach innen und überholten, schoben sich an ihnen vorbei, einer nach dem anderen, grinsten und taten überlegen und sagten etwas von morschen Knochen und von lahmem Verein. Und als sie vorbei waren, fingen sie auch noch an zu singen.

Der Wind war stärker geworden und kam jetzt genau von vorn. Die Straße zog sich schnurgerade dahin. Glänzende Wagenspuren auf dem Asphalt, langgestreckte, ineinanderverschlungene Schlangenlinien. Ab und zu kamen Autos von rückwärts, große Limousinen mit zugehängten Fenstern, PKW in kleinen Gruppen zu dreien und vieren mit aufgeschnallten Kisten und Schließkörben, hochbeladene Kleinlaster und einmal fünf schwere Wehrmachts-LKW hintereinander, alle leer, nur auf dem ersten und dem letzten Wagen saßen dickvermummte Beobachtungsposten mit Ferngläsern. Die hätten ruhig anhalten und sie ein Stück mitnehmen können. Verdammte Schweinerei.

Maxe zählte die Alleebäume am Straßenrand. Wie lange waren sie schon unterwegs? Bei dem Schneckentempo, das sie draufhatten, machten sie doch höchstens drei Kilometer pro Stunde. Um halb sieben waren sie vom Zug losmarschiert. Wieviel Uhr war es jetzt? Er fragte Peter, der vor ihm lief. Es war neun, also waren sie schon zweieinhalb Stunden auf dem Marsch. Acht Kilometer. Da war doch bald eine Pause fällig. Das hielten die Kleinen doch gar nicht aus. Das spürte ja schon er, wie die Rucksackriemen in die Schultern schnitten. Vielleicht wollte der Kaiser warten, bis sie ein Dorf erreichten. Aber es war kein Dorf in Sicht, nur Einzelhöfe abseits der Straße.

In einem Waldstück kam endlich das Kommando von vorn. »Ganze Abteiluuung halt! Marschpause!« Die meisten waren so im Trott, daß sie erst nach ein paar Schritten zum Stehen kamen und aufeinander aufliefen. Sie streiften die Riemen von den Schultern, wo sie gerade standen, ließen die Rucksäcke auf den Boden plumpsen, schleiften sie hinter sich her durch den Straßengraben, ließen sich am Waldrand niederfallen. Erst jetzt spürten sie, wie schwer das Gepäck auf ihren Schultern gelastet hatte.

Adolf stand noch auf der Straße mit gesenktem Kopf und mit hängenden Armen, als hätte er nicht einmal mehr die Kraft, den Rucksack abzunehmen. Maxe holte ihn. »Komm mit«, sagte er so leise, daß es die anderen nicht hören konnten, und fragte: »Geht's dir schlecht?«

Adolf schüttelte stumm den Kopf, ließ sich mit steifen Beinen auf den Boden nieder.

»Was hat er denn?« fragte Peter beiläufig. Er erwartete keine Antwort. Er saß mit dem Rücken gegen einen Baumstamm, die Füße weit von sich gestreckt. Kaute an einem Brot. Hielt den fetten Heini im Auge.

Der saß zusammengefallen zwischen seinen zwei Packen, schniefend mit zuckenden Schultern, die Augen tränenverschmiert. Vor ihm lag das Akkordeon. Mattglänzend die Tasten und die Perlmuttbeschläge. Der Kasten war aufgeplatzt, als er ihn auf den Boden hatte fallen lassen, und das Instrument war herausgesprungen, aber er schien es noch gar nicht wahrgenommen zu haben, starrte es an mit stumpfen Augen.

Er war noch nie gut auf den Beinen gewesen, bei Marschübungen immer einer der letzten. Und diesmal hatte er dazu noch die doppelte Last getragen. Das war zu erwarten gewesen, daß er da zusammenbrechen würde. Ein Wunder, daß er es überhaupt bis hierher geschafft hatte.

Peter beobachtete ihn kühl abschätzend. Er dachte an die Soldaten und überlegte, ob sie ihm vielleicht bis zum Abend schon gehörten. Er war guter Laune. Und als der Kaiser das Kommando zum Weitermarsch gab, sprang er auf wie ein junger Hund beim Pfiff des Jägers.

Adolf schnürte seinen Rucksack zu. Er hatte die Ersatzschuhe herausgenommen, eine lange Hose, eine Jacke, einen Satz Unterwäsche, sein Schreibzeug und sein Putzzeug und zum Schluß auch noch den Feldstecher, den er zum zehnten Geburtstag bekommen hatte. Alles lag fein säuberlich aufgeschichtet neben dem Baumstumpf, auf dem er saß. Der Feldstecher versteckt unter der Wäsche. Er hatte zuerst vorgehabt, ihn Maxe zu schenken, aber Maxe hätte ihn nicht angenommen, das wußte er. Maxe hätte ihn ihm nach der Ankunft zurückgegeben. Das konnte er nicht zulassen.

Immerhin war sein Rucksack jetzt ein gutes Stück leichter geworden. Er stieg durch den Graben und reihte sich ein. Er war einer der letzten, vorne marschierten sie schon los. Nur der fette Heini stand noch drüben am Waldrand. Der hatte seinen Rucksack auf dem Rücken und das Akkordeon in den Armen, nur das Instrument ohne den Kasten. Und heulte plötzlich auf, voll Wut und Jammer und hob es über den Kopf und knallte es auf den Boden. Die Ziehharmonika zog sich auseinander, er sprang mitten hinein, trampelte darauf herum, stieß mit den Stiefeln danach, trat gegen die Tasten, daß sie wegflogen, heulte auf bei jedem Tritt. Die Tränen liefen ihm übers Gesicht.

Die Klette mußte ihn mit Gewalt auf die Straße ziehen.

Als sie das Waldstück hinter sich hatten, kam ein Dorf in Sicht. Das Tempo wurde auf einmal wieder schneller, als munterte der Anblick der Häuser alle auf. Es war ein kleines Dorf. Niedrige, grauverputzte Häuser mit hohen Ziegeldächern, aufgereiht rechts und links der Straße. Die Häuser durch Mauern verbunden mit breiten Toren dazwischen. Alle Tore waren geschlossen, genauso wie die Haustüren. Und an den Fenstern im Erdgeschoß waren die Läden zugeklappt. Hundegebell hinter den Mauern und den verschlossenen Toren. Sonst kein Laut. Kein Mensch zu sehen.

Sie beobachteten, wie der Kaiser vorn die Reihe der Häuser abschritt. Hörten ihn rufen und gegen die Tore pochen. Und sahen ihn plötzlich losrennen, in eine Seitenstraße hinein.

Sie schlossen dicht auf, versuchten, leise aufzutreten, keinen Lärm zu machen, lauschten, hielten Ausschau, als könnte jeden Augenblick eines der Tore aufgehen und etwas über sie herfallen.

Aus der Seitenstraße war ein heftiger Wortwechsel zu hören, und als sie zur Einmündung kamen, sahen sie einen Ochsen, der einen leeren Heuwagen zog, und einen Bauern, der den Ochsen führte, und daneben den Kaiser, der eine Pistole auf den Bauern gerichtet hielt.

»Bleibt stehen!« brüllte er ihnen zu. »Ganze Abteilung halt!«

Sie standen auf einen Schritt, und keiner rührte sich, während der Ochsenwagen auf die Hauptstraße einbog und zwischen den Reihen nach vorn fuhr.

Ein Fenster öffnete sich über ihnen, und eine Frau beugte sich heraus und schrie etwas auf tschechisch. Der Bauer neben dem Ochsen wandte sich um und rief ihr etwas zu. Sie schrie zurück, zeterte und keifte. Und überall fingen die Hunde wieder an zu kläffen mit verdoppelter Wut, und die Frau schimpfte und schrie ununterbrochen, bis der Wagen die Spitze der Kolonne erreicht hatte und anhielt.

Auch an den anderen Häusern gingen jetzt Fenster und Türen auf, und Männer kamen heraus, stellten sich neben der Straße auf mit verschränkten Armen, sammelten sich zu kleinen Gruppen. Der Bauer rief wieder etwas, und einige von den Männern antworteten.

Die Kleinen vorne fingen an, ihr Gepäck auf den Wagen zu laden, einer nach dem anderen. Von beiden Seiten hoben sie ihre Rucksäcke hinein und marschierten gleich weiter. Und hinten rückten sie nach, langsam ging es vorwärts im Gänsemarsch. Aber der Wagen füllte sich rasch. Die von der Zweiten waren noch nicht einmal dran, da türmten sich die Rucksäcke schon, und nach der 3a war endgültig Schluß.

Der Mistbauer, warum hatte der keinen größeren Wagen. Und warum besorgte der Kaiser keinen zweiten, wenn er schon eine Pistole hatte. Aber es ging schon weiter. Der Kaiser trieb zur Eile an und schweigend marschierten sie an den Männern vorbei, die am Straßenrand standen und ihnen feindselig nachblickten.

Der Himmel hatte sich grau zugezogen, und der Wind peitschte ihnen einen feinen Nieselregen ins Gesicht. Sie drückten die Mützenschilde in die Stirn, stemmten sich gegen den Wind, weit vorgebeugt und die Köpfe gesenkt, daß sie gerade noch die Hacken des Vordermannes im Blickfeld hatten.

Immer mehr Autos überholten jetzt, wirbelten lange Wasser-Fahnen hinter sich her, überschütteten sie mit einem feinen Staubregen, der immer tiefer in ihre Kleider eindrang. Der Asphalt war durchlöchert von tiefen Frostaufbrüchen, die mit gelbbraunem Wasser gefüllt waren. Manchmal waren sie so tief, daß die Brühe oben in die Schuhe hineinlief.

Weit voraus erhoben sich bewaldete Hügel, sanft gerundete, schwarze Kuppen. Die wollten nicht näherkommen. Und keine Stadt war zu sehen, kein Dorf, nicht einmal eine Kirchturmspitze, die ein Dorf angekündigt hätte.

Zwei andere Gruppen holten auf, genauso stumm und verbissen gegen den Wind und den Regen ankämpfend wie sie selbst, nur eben noch ein bißchen schneller auf den Beinen. Sie blieben am Straßenrand stehen, stellten sich zwischen die Bäume, um die anderen vorbeizulassen. Sollten sie doch zulaufen, was hatten sie schon davon, wenn sie schneller waren. Deswegen kriegten sie auch kein besseres Quartier als einen Platz im Wald, so wie es aussah.

Eine Weile hielten sie sich dicht dahinter, zwei lange Reihen vermummter Gestalten mit gleichförmig wippenden Rucksäkken auf krummen Buckeln. Dann zogen die beiden anderen Gruppen unaufhaltsam davon. Jedesmal, wenn sie aufschauten, war der Abstand größer geworden. Und bald hatten sie sie ganz aus den Augen verloren.

Es mußte längst nach Mittag sein. An den Schultern war die Nässe inzwischen bis auf die Haut gedrungen, die Riemen scheuerten, und sie mußten sie mit den Daumen weghalten. Und in den Schuhen quatschte das Wasser bei jedem Schritt.

Dann ging es auf einmal bergab, hinunter in ein Tal, durch das sich ein Fluß zog und ein Bahngleis. Radfahrer kamen ihnen entgegen, und unten am Fluß waren kleine umzäunte Gärten, in denen Leute arbeiteten. Und weiter vorn im Tal sahen sie einen Kirchturm und Häuser, die sich auf den Hängen über dem Fluß ausbreiteten.

Sie hielten gleich hinter dem Ortseingang vor einem hohen schmutzigroten Ziegelbau, der nur im Erdgeschoß Fenster hatte und in der Mitte eine breite Tür, zu der eine Freitreppe hinaufführte. Der Kaiser verschwand hinter der Tür, zusammen mit dem tschechischen Bauern.

Sie warteten draußen, schweigend und mit der Geduld der Erschöpfung. Sie mußten lange warten, und sie froren, obwohl der Wind hier unten im Tal nicht mehr so heftig blies.

Endlich kam der Kaiser wieder heraus und holte sie ins Haus. Hinter der Tür lag ein kleiner Vorraum, dort stand die Klette mit einem Wäschekorb, in den jeder die Hälfte seiner Kartoffelration hineinwerfen mußte. An den Vorraum schloß sich ein weiträumiges Gastzimmer an. Zwei alte Frauen standen hinter einem langen Tresen, die unterhielten sich mit dem tschechischen Bauern.

Sie schoben sich langsam weiter, eine Treppe hinauf und durch eine weite Flügeltüre in einen Saal hinein, der das ganze Obergeschoß des Hauses ausfüllte. Oben zog sich eine Empore herum, und an der Stirnseite hing ein blaßblauer Samtvorhang, wie in einem Kino. Sie ließen sich auf den Boden nieder.

Peter zog seine Straßenkarte heraus und suchte den Ort. Jetzt wußten sie wenigstens, wo sie waren, das war auch schon etwas wert. Sie errechneten nach dem Maßstab die Entfernung bis Klattau und kamen auf 35 Kilometer. Es gab sogar eine

Abkürzung, die über Nebenstraßen führte, auf der konnten sie vier oder fünf Kilometer einsparen. So weit war es also gar nicht mehr. Sie zogen die feuchten Jacken aus, die Schuhe, die nassen Strümpfe. Rieben mit den Händen ihre kalten Füße, auf denen sich das Strickmuster der Strümpfe in roten Linien eingeprägt hatte. Sie holten frische Strümpfe aus den Rucksäcken und Ersatzhemden und Pullover, zogen sich um, wickelten sich in ihre Decken ein. Es roch nach nasser Wolle und nach Bohnerwachs. Sie dösten vor sich hin und streckten die Beine aus.

Eineinhalb Stunden später wurden sie zum Essen gerufen, stellten sich in einer endlos langen Schlange auf. Jeder bekam zwei Schöpfer in sein Kochgeschirr, es war wenig genug, nur Wasser mit zerstampften Kartoffeln, nicht einmal Grünzeug darin, aber wenigstens war es warm. Sie löffelten langsam und mit Bedacht, und was sie nicht mit dem Löffel herausbrachten, holten sie mit den Fingern.

Sie waren kaum fertig mit dem Essen, da kam schon das Kommando zum Abmarsch, und sie liefen wieder los. Durch die Stadt und über den Fluß und auf der anderen Seite den Berg hinauf. Adolf biß die Zähne zusammen. Bei jedem Schritt fuhr ihm ein Stich in die Füße, es war, als hätte er Reißnägel in den Schuhen. Schon beim Abmarsch nach dem Essen hatte er seine Schuhe kaum mehr an die Füße gebracht, so stark waren sie in der kurzen Pause aufgeschwollen. Wenn er nur nicht die neuen Stiefel angezogen hätte, sondern seine alten eingelatschten Treter. Aber die lagen jetzt schon einige Kilometer zurück neben der Straße. Nichts mehr zu machen. Er überlegte, was er noch alles wegwerfen konnte, um seinen Rucksack zu erleichtern. Und als sie am späten Nachmittag die Hügelkette erreichten und wieder ein langer Anstieg vor ihnen lag, warf er den ganzen Rucksack in den Graben, behielt nur noch den Brotbeutel.

Maxe und Peter waren die einzigen, die noch keine Zeichen von Erschöpfung zeigten. Peter hatte ein Briefmarkenalbum aufgesammelt, das einer aus der 3b weggeworfen hatte, und eine Agfa-Box in einem Lederetui, die trug er am Gürtel wie eine Patronentasche. Und bevor sie den Anstieg bewältigt hatten, kam er endlich auch zu seinen Soldaten, auf die er schon so lange gewartet hatte.

Der fette Heini kämpfte schon seit Stunden mit dem Wolf zwischen seinen Beinen, konnte sich nur noch mit kleinen Schritten vorwärtsschleppen, breitbeinig wie eine Kuh, die zum Melken geht. Bei jeder Rast hatte er seinen Rucksack mehr geleert, jetzt endlich zog er den schwarzen Karton heraus, der die Soldaten enthielt. Peter war sofort neben ihm, denn bisher hatte Heini alles, was er weggeworfen hatte, zertreten und in den Dreck getrampelt. Aber diesmal fehlte ihm sogar dazu die Kraft, er blickte nicht einmal auf, als Peter den Karton an sich nahm.

Die Soldaten waren noch wie neu, keine abgeschlagenen Stellen, kein bißchen Farbe abgeblättert, Heini hatte sie gut gehütet. Ein Offizier zu Pferd war dabei und eine MG-Gruppe und eine PAK*-Gruppe und Handgranatenwerfer und Schützen stehend, kniend, liegend. Sogar der Führer in brauner Uniform mit Hakenkreuzbinde. Er drehte die Figuren vorsichtig in seinen Händen, betrachtete sie von allen Seiten. Von ihm aus konnte der Marsch noch lange weitergehen. Je mehr schlapp machten, desto größer war die Auswahl. Da warteten sicher noch ungeheure Schätze auf ihn, die er bloß aufheben mußte, wenn die anderen sie wegwarfen. Ums Tragen war ihm nicht bang. Er konnte noch einiges verkraften. Bis jetzt wurde ihm der Rucksack noch längst nicht zu schwer. Er hielt unverwandt den Straßengraben im Auge, aber er fand nichts Wertvolles mehr bis zum Abend.

Kurz vor Einbruch der Dunkelheit kamen sie vor einem schloßartigen Gebäude an, das unbewohnt und verlassen erschien. Neben der Tür hing das dreieckige KLV-Lagerschild. Der Kaiser rief und rüttelte an der Tür. Dann rissen die aus der Fünften den Fahnenmast um, der vor dem Haus stand, und rannten damit die Türe ein.

Innen brannte kein Licht, und sie mußten sich im Dunkeln ihre Schlafplätze suchen. Im Obergeschoß fanden sie eine Stube, die genauso eingerichtet war wie die, die sie in Kusice verlassen hatten. Doppelstöckige Betten, Blechspinde und an der Türe ein Spiegel. Sogar die Bettwäsche war noch da, sauber zusammengefaltet. Sie ließen sich auf die Betten fallen in voller Montur, gerade daß sie noch die Schuhe abstreiften.

Adolf schlief mit den Stiefeln an den Füßen, lockerte nur die Schnürsenkel. Er hatte Angst, daß er am Morgen nicht mehr hineinkommen würde, wenn er sie auszog. An den Fersen spürte er das Blut pochen.

* Panzerabwehrkanone

Als morgens die Tür aufgerissen wurde, und einer »Raus, aufstehn!« brüllte, waren sie noch so zerschlagen, daß sie kaum hochkamen. Sie dachten, sie könnten sich Zeit lassen, aber der Kaiser brüllte gewaltig von unten herauf und trieb sie an. Ließ sie alles durchexerzieren: Morgenappell, Frühsport, Waschgang, genau nach der Lagerordnung. Zum Frühstück gab es eine Scheibe Brot, und dazu sagte er noch, sie sollten nicht alles auf einmal essen, sondern sich etwas aufheben für später. Dann schickte er sie in den Keller, um nach Vorräten zu suchen. Sie fanden drei Sack Zucker, und die Größeren füllten ihre Kochgeschirre. Und Maxe fand in einem Schrank im Speisesaal einen Karton voll Cebion-Tabletten, die gleichen, die sie auch in Kusice immer zum Frühstück bekommen hatten, und stopfte sich damit die Taschen voll.

Oben in der Stube fanden sie Adolf auf dem Bett liegen. Es war ihnen gar nicht aufgefallen, daß er die ganze Zeit gefehlt hatte. Maxe fragte ihn, ob er etwas hätte, aber er sagte nichts, räumte schweigend seine Sachen zusammen und setzte dann vorsichtig seine Füße auf den Boden und stand auf.

Ein jäher Schmerz fuhr ihm in die Beine. Es war, als ob seine Fersen über Nacht an den Stiefeln festgewachsen wären, und als würde jetzt mit einem Ruck die Haut abgefetzt. Er preßte die Lippen zusammen und kniff die Augen zu. Bei jedem Schritt zuckte der Schmerz aufs neue von seinen Füßen hoch. Er wußte, daß er das nicht mehr allzu lange aushalten konnte, aber er nahm alle Kraft zusammen, er wollte wenigstens nicht der erste sein, der umkippte.

Sie stellten sich in Marschordnung vor dem Haus auf und hörten zu, wie sich der Kaiser mit den anderen Lehrern besprach. Der tschechische Bauer mit seinem Wagen war nicht mehr da. Deshalb sollten die dritten und vierten Klassen mit der Klette und mit Spinnenbein vorauslaufen. Der Kaiser wollte versuchen, wieder einen Wagen aufzutreiben, und würde dann mit den Kleinen und den Fünftkläßlern nachkommen. Als Treffpunkt wurde der Bahnhof in Klattau vereinbart.

Punkt acht marschierten sie ab. Adolf lief wie in Trance, ließ sich nach vorne kippen, zog die Beine nach, setzte die Sohlen flach auf. Meinte bei jedem Schritt, er könnte es nicht mehr aushalten, und machte doch noch einen Schritt und noch einen, bis sich der Schmerz in seinen Füßen immer mehr entfernte, als wären das nicht mehr seine Füße, die schmerzten, als ginge der Schmerz ihn gar nichts mehr an.

Nach einer Stunde erreichten sie die Abzweigung, die Peter auf seiner Karte entdeckt hatte. Er rannte vor zur Spitze, aber die Klette wollte nichts davon wissen. Sagte nur, daß sie hier noch auf tschechischem Gebiet wären, und daß ihnen die Leute nicht sehr freundlich gesonnen wären, und daß sie deshalb auf der Hauptstraße bleiben müßten.

Nach einem langen Anstieg kam von vorne endlich das Kommando für die erste Rast. Adolf schien es nicht zu hören. Er lief auf Peter auf, der stehengeblieben war, und als Peter sich umdrehte und ihn festhielt, bewegte er immer noch seine Beine wie ein Automat, und erst als Peter ihn anschrie, stand er still.

Er stand noch, als die anderen sich längst am Waldrand niedergelassen hatten, stand ganz allein auf der Straße und rührte sich nicht.

»Adolf komm!« rief Maxe. »Komm rüber!«

Adolf machte einen Schritt auf Maxe zu, versuchte einen Schritt zu machen und fiel im gleichen Augenblick in sich zusammen wie eine Marionettenpuppe, der man die Haltefäden durchgeschnitten hat.

Maxe war mit drei Sätzen bei ihm, schüttelte ihn, schlug ihm mit der flachen Hand ins Gesicht, trug ihn mit Peter über den Graben, bettete ihn auf den Boden. Der dünne Tjaden rannte los, um die Klette zu holen. Aber Adolf kam schon vorher wieder zu sich, blickte verwundert auf, als begriffe er gar nicht, warum er auf einmal am Boden lag und alle anderen um ihn herumstanden und auf ihn herunterstarrten. In seinem Gesicht war keine Farbe mehr. Er bewegte die Lippen, wollte etwas sagen, sie konnten sehen, wie er sich anstrengte, ein Wort herauszubringen, aber er kriegte die Kiefer nicht auseinander, als hätten sie sich ineinander verbissen.

Maxe machte sich daran, ihm die Schuhe auszuziehen. Er ging vorsichtig zu Werke, fädelte zuerst die Schnürsenkel heraus, drückte die Laschen auseinander. Er ahnte schon, was er zu sehen bekommen würde. Aber es war noch schlimmer, als er gedacht hatte. Die Strümpfe waren naß von Blut, durchgescheuerte, blutgetränkte Lappen, die er aufschneiden mußte, damit er sie herunterziehen konnte. Er drehte Adolf auf den Bauch und setzte sich so, daß er seine Füße im Schoß hatte. Die Fersen waren offen. Das waren keine Blasen mehr, auch keine abgelaufenen Blasen, da war schon die Haut unter den Blasen weggescheuert bis aufs Fleisch. Da schaute das rohe Fleisch heraus.

Maxe streute Wundpulver auf die offenen Stellen und holte eine Brandbinde aus seinem Verbandskasten und wickelte sie um den Fuß und wickelte noch seine Boxbandagen herum und zog ein Paar dicke Schisocken darüber.

Die Klette stand daneben mit flatternden Armen und jammerte: »Mein Gott, Junge, warum hast du dich denn nicht gemeldet?« Und lief wieder nach vorn, um Spinnenbein dazuzuholen, und dann kamen sie zu zweit zurück, und die Klette meinte, sie könnten ja vielleicht eine Art Bahre bauen und abwechselnd tragen, und Spinnenbein sagte, das wäre völlig ausgeschlossen, da kämen sie überhaupt nicht mehr vorwärts, und die einzige Möglichkeit wäre die, daß man Adolf dicke Fußlappen um die Füße wickelte, und daß er damit versuchen müßte, vorwärts zu kommen. Sie beredeten, woraus man die Fußlappen herstellen sollte, und fragten herum, wer noch etwas im Rucksack hätte, das man dazu hernehmen könnte. Und während sie redeten, verstaute Maxe sein Verbandszeug und schnürte seinen Rucksack zu, und als er damit fertig war, stand er auf und sagte ruhig: »Der kann nicht laufen. Mit den Füßen kann der nicht laufen!«

Zuerst waren alle still, dann fragte Spinnenbein ein wenig von oben herab: »Was würdest du dann vorschlagen, Milch?« Und Maxe sagte: »Ich würde warten, bis der Lagerleiter kommt mit dem Wagen.«

»Mit dem Wagen«, wiederholte Spinnenbein, »natürlich, der Wagen.« Er fuhr sich ständig mit den Fingern durch die Haare. »Was meinen Sie, Herr Kollege? Wir könnten natürlich alle hier warten. Das würde uns allerdings viel Zeit kosten.« Er machte eine Pause, wartete auf eine Bestätigung, aber die Klette zuckte nur hilflos die Achseln und machte ein grämliches Gesicht, aus dem man nichts herauslesen konnte.

»Ich meine, bei der Gruppe Kayser wäre er doch wirklich am besten aufgehoben«, fuhr Spinnenbein fort. »Selbst gesetzt den Fall, Kollege Kayser hat keinen Wagen aufgetan, so hat er doch immerhin die Fünfte bei sich, und die Größeren sind ja doch am ehesten in der Lage, einen solchen Verletztentransport durchzuführen, meinen Sie nicht auch?« Die Klette zuckte wieder nur die Achseln.

Maxe sagte: »Ich kann ja warten hier mit ihm. Dann können Sie weiter mit den anderen.«

Spinnenbein starrte ihn an und schluckte und sagte: »Das ist vielleicht wirklich die beste Lösung, wenn Milch bei ihm bleibt.« Er ging auf Maxe zu und machte Anstalten, ihm den Arm um die Schulter zu legen. Zögerte, als er bemerkte, wie Maxe sich versteifte, und ließ die schon erhobene Hand auf Peters Schulter fallen. »Oder sagen wir Milch und Reuther. Wären Sie damit einverstanden, Herr Kollege?«

»Wenn Sie meinen«, sagte die Klette halbherzig. Und Spinnenbein hob abwehrend die Hände. »Aber verehrter Kollege, ich will Ihnen natürlich in keiner Weise vorgreifen, es ist ja Ihre Klasse, selbstverständlich.«

Maxe dachte, wenn die beiden noch lange herumquatschten, brauchten sie sich gar nicht mehr zu bemühen, da käme der Kaiser sowieso gleich angefahren. Er beugte sich zu Adolf hinunter und fragte leise: »Wie geht's?« Und Adolf schob die Unterlippe vor und hob die Brauen. »Meinst du nicht, daß ich doch laufen kann?« fragte er flüsternd zurück. Es klang wie eine Bitte. Als wäre es ihm peinlich, so im Mittelpunkt zu sein. Als wollte er das möglichst schnell beenden.

Maxe schüttelte den Kopf und sagte dicht an Adolfs Ohr: »Du wärst ja verrückt! Wenn wir warten, kannst du fahren. Der Kaiser hat garantiert 'nen Wagen, kannste dich drauf verlassen.«

»Meinste?« fragte Adolf hoffnungsvoll.

»Klar«, sagte Maxe.

Die Klette blieb bei ihnen, während sich die anderen zum Abmarsch bereit machten, blieb auch dann noch, als die Reihen sich schon in Bewegung setzten, zupfte mit unruhigen Händen an ihnen herum, machte ein bekümmertes Gesicht und sprach ununterbrochen mit weinerlicher Stimme auf sie ein. »Und rührt euch nicht von der Stelle, bleibt hier sitzen, bis der Lagerleiter kommt. Und legt dem Zeesen noch was unter, daß er sich hier nicht noch was holt auf dem kalten Boden. Und treibt euch nicht auf der Straße herum, wo ständig die Autos fahren wie die Verrückten, tut mir das bitte nicht an, Kinder, ich würde mir ewig Vorwürfe machen ...« Sie hofften, daß er endlich abhaute, aber er ging erst, als die anderen schon über dem Hügel verschwunden waren, und hatte ganz feuchte Augen vor Sorge. Sie waren froh, als er weg war.

Sie richteten sich auf eine halbe Stunde Warten ein, schnitten ein paar Zweige von den Bäumen, schichteten sie auf dem Boden auf, breiteten eine Decke darüber und legten Adolf darauf.

Ab und zu fuhren Flüchtlingswagen auf der Straße an ihnen vorbei. Und Holzgaser und schnelle PKW und Kübelwagen und schwere Wehrmachtslaster. Wenn Soldaten drauf saßen, winkten sie. Sie konnten die Straße in der Richtung, aus der der Kaiser kommen mußte, auf eine Länge von 200 Metern einsehen, und sie warteten jede Sekunde darauf, daß die Spitze der Marschkolonne in der Kurve auftauchte.

Nach einer Stunde fing Adolf an zu frieren trotz der Decken, in die sie ihn eingewickelt hatten. Er sagte nichts, aber Maxe sah, wie er zitterte, und rubbelte ihn mit den Händen warm. Peter war bis zur Kurve vorgerannt, wo er die Straße weiter einsehen konnte. Er stand da mit der flachen Hand über den Augen. Schien nichts zu sehen.

»Die kommen schon«, sagte Maxe, »die Kleinen sind eben langsamer, die hat's ja gestern am meisten geschlaucht.« Adolf schaute ihn von der Seite an, aber er sagte nichts. Auch Peter sagte nichts, als er zurückkam, starrte nur mißmutig auf die Straße.

Sie warteten bis gegen Mittag, dann ging Peter wieder zur Kurve vor, und Maxe folgte ihm. Nichts zu sehen. Das gab's doch gar nicht, da stimmte doch was nicht.

»Und wenn sie die Abkürzung genommen haben?« fragte Maxe. Peter hatte auch schon daran gedacht, aber er erschrak trotzdem vor der Frage. Er starrte auf die Schneise, in der die Straße aus dem Wald kam, schloß die Augen, zählte langsam »eins, zwei, zweieinhalb, zweidreiviertel, fünf vor drei ... drei« und öffnete die Augen wieder. Nichts.

»Was machen wir dann?« fragte er.

»Wir halten 'n Auto an. Wir wissen ja den Treffpunkt. Kann ja nichts passieren«, sagte Maxe.

»Und wenn sie doch noch kommen?«

»Glaub ich nicht.«

»Wir können ja noch 'ne halbe Stunde warten.« Peter war schon wieder ganz zuversichtlich. »Zu dritt nimmt uns doch jeder mit, oder?«

Sie gingen zu Adolf zurück. Stierten auf die Straße. Adolf wagte nicht, sie anzusehen. Er wagte auch nicht, vorzuschlagen, die letzte Büchse Leberwurst aufzumachen, die er im Brotbeutel hatte, obwohl sich ihm schon der Magen zusammenzog vor Hunger. Er war schuld daran, daß sie hier saßen. Er fühlte sich elend.

»Die haben zweieinhalb Stunden Vorsprung, das sind zehn Kilometer, wenn's hoch kommt«, sagte Maxe. »Wenn wir 'n Auto anhalten, haben wir die doch in 'ner Viertelstunde eingeholt.«

Peter schaute ihn verblüfft an. »Glaubste wirklich?« Und als Maxe nickte, wurde er ganz aufgeregt und sagte: »Aber dann wären wir ja blöde, wenn wir anhalten, dann fahren wir doch gleich durch bis Klattau, lassen wir uns gleich bis zum Bahnhof fahren.« Er war begeistert von dieser Idee. Und als in der Kurve ein Auto auftauchte, sprang er auf die Straße und schrie und winkte wie ein Hampelmann.

Der Wagen fuhr vorbei, ohne seine Geschwindigkeit zu vermindern. Er war vollbesetzt, soviel sie sehen konnten. Dann kamen andere, in denen war noch viel Platz, große Limousinen, in denen nur zwei Leute saßen. Die rauschten auch vorbei, und die Leute, die drin saßen, schauten stur geradeaus.

Sie stellten sich zu zweit mitten auf die Straße und versuchten, die Autos zum Anhalten zu zwingen, indem sie sich ihnen in den Weg stellten, aber die Fahrer dachten gar nicht daran zu bremsen, sie hupten nur ausdauernd und drohten mit den Fäusten und kurbelten die Fenster herunter und brüllten sie an. Sie legten Adolf an den Straßenrand, daß man seine weiß eingebundenen Füße sehen konnte. Auch das half nichts. Kein Auto hielt an.

Am späten Nachmittag rumpelte ein Flüchtlingswagen den Berg herauf. Ein schwerer Kastenwagen, die aufgetürmte Ladung mit einer Plane bedeckt, zwei Pferde vorgespannt, ein Dunkelbrauner und ein Rotfuchs. Hinten trottete eine Kuh nach, und neben den Pferden lief ein langer dünner Mann her in kurzem grauem Mantel mit Pelzkragen, Deckelmütze auf dem Kopf und Stiefel an den Füßen, in deren weite Schäfte die Hosenbeine hineingestopft waren. Er hielt an, bevor sie noch ihre Bitte geäußert hatten.

»Na, ihr drei, ihr wollt wohl mitgenommen werden«, sagte er. Er hatte einen harten Tonfall, wie ein polnischer Fremdarbeiter. Sie nickten zögernd.

Maxe deutete auf Adolf und sagte: »Er kann nicht mehr

laufen.« Der Mann faßte Adolf unter den Achseln und hob ihn auf das Brett, das vorne über den Bordwänden lag und als Kutschbock diente. »Ihr beiden müßt laufen«, sagte er zu Maxe und Peter, »tut mir leid.«

Hinter dem Wagen kam ein Junge hervor, der genauso alt war wie sie selbst. Er trug den gleichen Mantel und die gleiche Deckelmütze wie der Mann. Schaute sie mit neugierigen Augen an.

Eine Frau, die eingepackt halb unter der Plane saß, nahm ihnen die Rucksäcke ab und verstaute sie auf dem Wagen. Sie sah krank aus und trug ein Halstuch um den Kopf gewickelt, als hätte sie Zahnweh.

Sie liefen hinter dem Wagen her, neben der Kuh, die daran festgebunden war, und neben dem Jungen mit der Deckelmütze, der die Kuh unermüdlich mit einem Stecken antrieb. Der Junge sah nicht so aus, als ob man mit ihm eine Unterhaltung anknüpfen könnte.

Adolf saß zusammengekauert auf dem Bock, seine Füße baumelten in der Luft, und wenn der Wagen durch ein Schlagloch fuhr, stützte er sich auf seine Hände, um die Stöße abzumildern. Er machte sich ganz klein, damit die Pferde möglichst wenig Last mit ihm hätten. Er fühlte sich unglücklich, weil er allen nur zur Last fiel.

»Na, erzähl schon, wo kommt ihr her?« fragte der Mann. »Was macht ihr hier alleine?«

Adolf erzählte vom Lager, von der Zugfahrt, vom Tieffliegerangriff und erklärte, warum sie zurückgeblieben waren.

»Und ihr meint, daß ihr eure Schule noch einholen könnt?« fragte der Mann.

»Ja!« sagte Adolf. Und als wollte er sich selbst Mut zusprechen, setzte er voll Überzeugung hinzu: »Ja, natürlich!«

Von hinten kamen mehrere Autos, die schon von weitem hupten, laut und ungeduldig. Der Mann drückte die Pferde gegen den Rand der Straße, führte den Rotfuchs, der links ging, am Halfter, sprach beruhigend auf ihn ein. Die Autos preschten vorbei in einem Höllentempo, immer noch hupend, drei schwarze Limousinen hintereinander. Der Mann hob drohend die Peitsche und rief ihnen einen knurrigen Fluch nach, der im Motorenlärm unterging.

Nach einer Weile wandte er sich zu Adolf um und sagte ruhig: »Wir kommen aus Zabsche.« Und als er Adolfs verständnislose

Miene sah, setzte er erklärend hinzu: »Aus Hindenburg.« Adolf nickte, obwohl er weder das eine noch das andere kannte.

»Wir sind schon seit Januar auf der Straße«, sagte der Mann.

»Und wo wollen Sie hin?« fragte Adolf, nur um etwas zu sagen. Er wollte nicht unhöflich erscheinen.

Der Mann hob unmerklich die Schultern. »Wo wir unterkommen«, sagte er. Er ging mit gemessenem Schritt neben dem Gespann her, wie ein Bauer, der die Ernte einfährt.

Adolf rutschte in sich zusammen unter den Stößen des Wagens. In seinem Rücken war etwas Weiches unter der Plane, wie eine Matratze oder ein zusammengerolltes Federbett, das nachgab und ihn einsinken ließ, wenn er sich zurücklehnte. Er spürte, wie die Müdigkeit sich in ihm ausbreitete, und versuchte krampfhaft, sich gerade zu halten. Aber bald verschwamm ihm alles vor den Augen, die ruhig schaukelnden Pferderücken und die nickenden Spitzen der Kummete. Und das eintönig knirschende Geräusch der Räder und das stumpfe Klappern der Hufe auf dem Asphalt, das schläferte ihn ein. Wieder rutschte er in sich zusammen und sank langsam zurück. Und diesmal kam er nicht mehr hoch.

Als er aufwachte, war es dunkel, und der Wagen stand. Er brauchte einige Zeit, bis er sich zurechtfand. Da waren Häuser rechts und links. Sie waren in einer Stadt. War das schon Klattau? Waren sie schon angekommen? Er wollte nach Maxe rufen, aber er traute sich nicht. Dann hörte er Stimmen, die tiefe, kehlige Stimme des Mannes, der sie mitgenommen hatte, und eine helle Frauenstimme. Das war hinter ihm. Er rutschte auf dem Brett nach rechts, so weit er konnte, und blickte sich um. Aus einer Türe fiel ein schwacher Lichtschein. Im Licht sah er den Mann und eine Frau und Maxe und Peter, die daneben standen. Und dann, während er noch angestrengt lauschte, entdeckte er plötzlich auf dem Wagen hinter sich, keinen Meter entfernt, das Gesicht eines kleinen Mädchens, eingemummelt bis zur Nase in Decken, er sah nur die Augen, die ihn unverwandt anschauten. Er lächelte schüchtern, aber das Mädchen verzog keine Miene, schaute ihn nur an, bis er sich verlegen abwandte. Und da kam schon der Mann von der Türe herüber und hob ihn vom Bock herunter, trug ihn auf dem Arm wie ein kleines Kind, trug ihn zum Haus und durch einen dunklen Gang in einen großen düsteren Raum hinein. Heiße, stickige Luft schlug ihm entgegen und nahm ihm fast den Atem, und viele Stimmen drangen undeutlich an sein Ohr. Er wurde auf den Boden gesetzt, seine Fersen schlugen hart auf. Der Schmerz ließ ihn hellwach werden.

Um ihn waren lauter Mädchen, neugierige Gesichter, die ihn anglotzten. Endlich sah er Maxe, der sich zu ihm herunterbeugte. Er hielt die Luft an und schluckte und strengte sich gewaltig an, seine Stimme ganz ruhig erscheinen zu lassen. »Sind wir schon in Klattau?« fragte er.

Er sah, wie Maxe den Kopf schüttelte, und dann hörte er den Mann. »Na, dann wünsch ich euch Glück, Jungens, daß ihr gesund nach Hause kommt!« Der Mann stand an der Tür und winkte ihnen zu, und während er ihm nachschaute, hörte er Maxes Stimme an seinem Ohr. »Die Drecksau hat uns einfach hier abgeladen!«

»Wieso abgeladen?« fragte Adolf.

»Wir sind noch längst nicht in Klattau«, sagte Maxe finster.

Adolf spürte eine Wand in seinem Rücken. Es war ein Tresen, an dem er saß. Erst jetzt nahm er richtig wahr, wo sie sich befanden. Der Raum war ein Gastzimmer, vollgestellt mit Tischen und Stühlen, holzgetäfelte Wände, an denen Rehgehörne hingen, hohe Garderobenständer, die so vollgepackt waren, daß sie aussahen wie Bäume. In der Mitte, neben einem gußeisernen Pfeiler, ein Kanonenofen, und um den Ofen herum zwei Reihen von Stühlen, auf denen Mäntel und Kleider ausgebreitet lagen. Sie dampften in der Hitze.

Und überall auf den Stühlen und auf den Bänken an der Wand und auf Koffern am Boden saßen Mädchen, alles war voll Mädchen. Ein paar standen im Kreis um sie herum und flüsterten miteinander und kicherten verstohlen.

Plötzlich verstummten sie und gaben eine Gasse frei, und durch die Gasse kam eine hagere, alte Frau, die sich vor ihnen aufbaute. Sie trug einen dunklen Schirock und eine kurze Windbluse darüber. Sie hatte einen Mund ohne Lippen und Augen ohne Brauen, und auf ihrem Kopf saß schräg eine Filzhaube, die aussah wie ein verrutschter Topfdeckel.

»Also, wo kommt ihr her?« fragte sie. Ihre Stimme war verwunderlich tief und klang barsch und unfreundlich.

Adolf sah aus den Augenwinkeln, wie Maxe den Kopf einzog.

»Haben wir doch schon der anderen Frau gesagt«, erklärte Maxe mürrisch.

»Steht auf, wenn ich mit euch rede!« sagte die Frau. Maxe und Peter erhoben sich betont langsam, auch Adolf machte Anstalten. »Du nicht!« befahl die Frau, und streng setzte sie hinzu: »Nehmt gefälligst eure Mützen ab, wir sind hier nicht in der Judenschule!«

Sie stutzte, als sie Maxes Glatze sah, und hielt einen Augenblick inne, und die Mädchen hinter ihr fingen an zu kichern. Und dann war vom Ofen her eine helle Stimme zu hören. »Das sind doch welche vom Neubau!«

Ein Mädchen kam vor, der die anderen bereitwillig Platz machten. Sie war schmal und hochaufgeschossen. Genauso groß wie Peter. Blasses, ernstes Gesicht mit wachen Augen, ein flüchtiges Lächeln um den Mund, das kam und ging wie ein Schatten. Braune, gewellte Haare, die ein wenig unordentlich auf ihre Schultern fielen, über der linken Schläfe von einer Spange aus der Stirn gehalten. Sie fiel auf zwischen all den braven, straff geflochtenen Zöpfen.

Adolf erkannte sie sofort. Es war das Mädchen aus dem Schloß, das Maxe und ihn einmal auf ihrem Kriegsschauplatz überrascht hatte.

»Die sind vom Neubau, die kenn ich«, wiederholte sie, und zu der Alten gewandt, sagte sie: »Das Fräulein Redwitz hat schon mit ihnen gesprochen, Fräulein Doktor.«

Die Alte sagte: »So?« Es klang, als hätte sie eine Eisenfeile im Mund. Und drehte sich um und stockerte davon.

Das Mädchen hockte sich vor ihnen auf den Boden. Auch die anderen kamen jetzt näher.

»Ist das wahr, daß ihr jetzt mit uns geht?« fragte sie. Maxe fuhr hoch.

»Wer sagt das?« fragte er zurück.

»Unsere Lagerleiterin«, sagte das Mädchen.

»Die hat überhaupt nichts zu bestimmen über uns«, sagte Maxe. Er setzte hastig seine Mütze wieder auf. Er war voll Mißtrauen.

Später bekamen sie zwei Scheiben Brot mit Kunsthonig. Es war gerade genug, um ihren Appetit zu wecken. Hinterher waren sie noch hungriger als zuvor.

Maxe räumte den Platz hinter dem Tresen frei, der voll leerer

Bierkästen stand, und richtete eine Schlafstelle ein. In dem Gang zwischen dem Tresen und der Wand waren sie für sich und unbeobachtet.

Die ganze Rückwand hinter dem Tresen nahm ein großes Regal ein mit geräumigen Fächern für Gläser und Flaschen. Die oberen Fächer waren offen, die unteren hatten hölzerne Schiebetüren. Das unterste Fach am Boden war gerade so groß, daß Adolf sich bequem darin ausstrecken konnte, und wenn er die Schiebetür zuzog, hatte er ein Abteil für sich wie in einem Schlafwagen. Er legte es mit seiner Decke aus, holte seinen Brotbeutel herein und legte ihn sich unter den Kopf, und als er den anderen zeigen wollte, wie gemütlich er es hatte und die Schiebetür von innen zuzog, schlief er auf der Stelle ein.

Nach und nach wurde es stiller. Maxe und Peter saßen nebeneinander, halb unter dem Tresen. Sie hatten die Karte auf den Knien und sie hatten ausgemessen, daß es bis Klattau nicht mehr als acht Kilometer waren.

»In eineinhalb Stunden wären wir dort«, sagte Peter niedergeschlagen.

Maxe beugte sich über die Karte, und nach einer Weile sagte er ruhig: »Durchs Klofenster können wir raus.«

Peters Mund klappte auf. »Wieso?« fragte er flüsternd.

»Willst du vielleicht mit denen mit?« fragte Maxe.

Peter schüttelte stumm den Kopf. »Und der Zeesen?« fragte er.

»Der ist ja bei denen gut aufgehoben«, sagte Maxe. »Der muß ja sowieso ins Lazarett mit seinen Füßen. Ob er mit uns geht oder mit denen, kann ihm doch egal sein. Die haben doch die gleiche Richtung. Der Kaiser holt ihn schon wieder, wenn seine Füße in Ordnung sind.« Er sprach schnell und ohne Stocken, so als hätte er das alles gut überdacht.

Peter rutschte unruhig hin und her. »Und wann willste los? Jetzt gleich?« fragte er.

»Nicht in der Nacht«, sagte Maxe. »Morgen früh, wenn's hell wird. Dann sind wir um sechs in Klattau, da sind die anderen garantiert noch nicht weg.«

»Und wer weckt uns?«

»Wenn wir genug trinken, kriegen wir so'n Druck auf der Blase, daß wir aufwachen.«

Sie tranken beide am Spülhahn des Tresens, bis ihnen das

Wasser im Hals stand. Packten die Rucksäcke. Wickelten sich in ihre Decken ein.

Adolf lief durch eine grasgrüne Landschaft. Er kam nicht vorwärts, obwohl er sich verzweifelt abmühte. Seine Füße steckten immer wieder im grünen Boden fest, und bei jedem Schritt mußte er sie mit den Händen herausziehen. Die anderen waren schon weit voraus, kaum mehr zu sehen am Horizont. Und er mußte sie doch unbedingt einholen. Er schrie und winkte, daß sie auf ihn warten sollten, aber sie hörten ihn nicht.

Und in diesem Augenblick sah er plötzlich neben sich einen See mit weißverschneiten Ufern. Die Oberfläche des Sees war glatt und glänzte, der ganze See war mit spiegelblankem Eis bedeckt. Er rannte darauf zu und nahm einen gewaltigen Anlauf und schlitterte weit über das Eis und fing an, mit lang ausholenden Schlittschuhschritten zu gleiten. Der Wind pfiff in seinen Ohren, und das Eis sang und summte unter seinen Füßen. In Sekunden legte er eine Strecke zurück, für die er vorher Stunden gebraucht hatte. Immer rascher holte er auf, er konnte die anderen jetzt schon deutlich erkennen, den Kaiser, Maxe, Christo. Er rief ihnen zu, und sie blieben stehen und drehten sich um. Und fingen plötzlich an, mit den Armen zu fuchteln und zu schreien, aber weil sie alle durcheinanderschrien, konnte er nicht verstehen, was sie ihm zuriefen, er hörte nur, wie ihr Geschrei immer lauter wurde, und dann auf einmal merkte er, daß er seine rasende Fahrt nicht mehr bremsen konnte, und schon knackte das Eis, platzten Risse auf, und mit einem klirrenden Krachen brach es unter seinen Füßen wie splitterndes Glas.

Das Geschrei und das scheppernde Klirren waren noch in seinen Ohren, aber er war wach. War mit einemmal wach, lag auf dem Rücken, atemlos lauschend in schwarzer Dunkelheit, starr wie ein Tier, das einen Feind in der Nähe weiß.

Ein scheppernder Schlag ließ ihn zusammenfahren. Das war genau über ihm gewesen. Und jetzt wieder das Klirren. Da klirrte Glas auf dem Boden.

Mit einem Ruck setzte er sich auf, schlug hart mit der Stirne an. Vor seinen Augen zerplatzte eine Leuchtkugel, er biß die Zähne zusammen, um nicht zu schreien. Langsam ebbte das Dröhnen in seinem Kopf ab, und mit schmerzender Deutlichkeit drang wieder das Geschrei von draußen an sein Ohr. Ein gröhlender Baß, ein schrilles Lachen wie Hühnergegacker, spitze, quiekende Schreie, die in einem trillernden Kichern endeten, fettes, prustendes Männerlachen und viele Stimmen durcheinander, kreischende, schreiende, überschnappende Stimmen und gröhlender Gesang und der wimmernde Ton einer Mundharmonika und immer wieder das Klirren von zersplitterndem Glas.

Er zog sich zusammen in seinem dunklen Fach, machte sich klein, brachte seinen Kopf dicht an den Rand der Schiebetüre, versuchte die Türe um einen Spalt zu öffnen, damit er hinausschauen konnte. Und hörte plötzlich, daß da etwas war, direkt neben ihm, nur durch das dünne Holz der Schiebetüre von ihm getrennt, da atmete etwas, kam näher, bewegte sich. Stimmen, die flüsterten, als hätten sie Angst. Eine hohe Stimme und eine tiefe, brummende, so leise, daß er sie nicht verstehen konnte. Aber das waren nicht Maxe und Peter, das waren fremde Stimmen. Sie waren jetzt genau vor ihm, er konnte spüren, wie etwas gegen seine Türe stieß, wie draußen etwas daran entlangscheuerte. Er fuhr zurück, preßte sich gegen die Rückwand seines Verstecks, das ihm auf einmal wie eine Falle vorkam, in der er gefangen war. Und wieder die Stimmen, brummend die eine, gehetzt die andere, mit einem jammernden Wehlaut, der sich deutlich von dem Geschrei im Hintergrund abhob, der sich wiederholte und lauter wurde, wie gequälte Atemstöße, immer lauter wurde und schneller und endlich abbrach in einem winselnden Stöhnen.

Adolf verspannte sich in seinem dunklen Loch, starr vor Angst. Wo waren die anderen? Wo waren Maxe und Peter? Und die Mädchen? Wo kamen diese Leute draußen her?

Das Geschrei verstummte auf einmal. Hastige Schritte auf dem Bretterboden, Absatzgeklapper, Stühlerücken, Scherbenge-klirr und knappe Kommandos und Türenschlagen und von draußen aufheulendes Motorengebrumm, das sich rasch ent-fernte. Dann Stille, kein Laut mehr.

Adolf wartete. Lauschte mit angehaltenem Atem. Öffnete die Schiebetüre. In dem Gang hinter dem Tresen war niemand. Er stieg aus seinem Versteck, schaute über den Tresen. Kein Mensch. Alles leer. Rauchschwaden im Lichtkegel der Glühbir-ne, umgeworfene Stühle und Tische. Koffer, Kleider, Mäntel überall verstreut. Der Fußboden mit Scherben übersät. Sonst nichts. Kein Mensch. Er war allein.

Mittwoch 25. April 1945

Mein liebes, liebes Tagebuch, so viel ist passiert, ich weiß gar nicht, ob ich so viel Platz habe, daß ich alles einschreiben kann. Beinahe hätte ich dich ja weggeschmissen, wollte nie mehr Tagebuch schreiben, aber jetzt bin ich froh, daß ich dich doch behalten habe. Heute früh waren wir noch in der Tschechei, jetzt sind wir schon in Bayern, auf einmal ging alles ganz schnell.

Aber ich will von Anfang an erzählen. Ich muß mich kurz fassen, denn ich habe nur noch vier Seiten frei. Das dicke Heft, das als nächstes Tagebuch dienen sollte, hab ich ja in Kusice ausgemistet. Und ob ich jetzt irgendwoher Papier kriege, weiß ich noch nicht. Nun werd ich also anfangen nachzuschreiben:

Am Freitag sind wir los. Um drei Uhr früh standen wir schon marschbereit vor dem Schloß, alles gepackt und hergerichtet. Wer nicht kam, war Adam mit dem Wagen. Wir warteten bis nachmittags, bis er endlich kam. Dann war auch der Wagen nicht groß genug, so daß gerade unsere Bettsäcke draufpaßten. Wir mußten also ganz schön schleppen. Nicht mal eine halbe Stunde später war schon die erste Krise da, hätt ich mich am liebsten mitsamt dem schweren Rucksack in den Graben geschmissen, aber was wäre dann geworden? Wir mußten ja weiter. Wir schlossen uns der Redwitz an, denn die Schneekuh blieb weit zurück. Nach zwei Stunden machten wir zum ersten Mal Pause. An meine Aktentasche machte ich mir eine Strippe, aber bald kniff es ganz gemein, und ich mußte sie wieder in die Hand nehmen. Da zog es mir wieder fast den Arm aus der Schulter. In der Stunde machten wir 3 bis 4 Kilometer, ganz schön. Einmal, als wir grade im Straßengraben lagen und Rast machten, kamen Tiefflieger. Erst beguckten wir sie ganz gemütlich, doch dann bemerkten wir mit Schrecken, daß sie runterkamen. Sofort legten wir uns platt mit dem Gesicht der Erde zu. Wir konnten sehen, wie sie einen Bahnhof beschossen. Rechts von uns auf der Wiese stürzte ein Flugzeug brennend ab, huch, war das schrecklich. Adam, der Feigling, flitzte natürlich gleich in ein Haus.

In der ersten Nacht schliefen wir in einer Scheune, in der nächsten Nacht in einem KLV-Lager zusammen mit noch drei anderen Schulen, die nach und nach ankamen. Wir mußten zusammenrücken und schliefen auf Stroh. Fünfzig Mädel in einem Zimmer, puh! Die Luft am Morgen hätte man in Flaschen abfüllen können. Die Paukösen hatten natürlich zu zweit ein Zimmer für sich. Hier mußten wir die Bettsäcke ausmisten, jeder mußte was ausrangieren, weil die Fußkranken auf dem Wagen mitfahren sollten und sonst kein Platz war. Meine süße, blaue Strickjacke mußte dran glauben, die Mutti so lieb gestrickt hat und wo Inge die Blümchen draufgestickt hat. Dann der BDM-Rock, mein Sommermantel, den ich so mühselig verlängert und geweitet hatte, Ärmel und Taille und alles. Am Tag davor hatte ich auch schon einiges aus meinem Rucksack weggeschmissen und das aus der Aktentasche in den Rucksack gestopft und gepfropft und die Aktentasche auch weggeschmissen. Zu Essen gabs die ganzen Tage nur Kartoffel mit Salz und Vollkornbrot und einmal kriegten wir Kaffee. Am Montag organisierte die Redwitz einen kleinen Handwagen, da konnten wir unser Gepäck drauflegen, aber nur kurz, dann kamen die anderen dran. Ich hätte am liebsten unterwegs schlapp gemacht, habe aber immer wieder die Zähne aufeinandergebissen. In der Nacht wars am schlimmsten, wir suchten in einem Dorf ein Gasthaus, aber niemand nahm uns auf, nicht einmal eine Scheune bekamen wir. Wir mußten im Wald schlafen. Es war eine solche Kälte, wir schnatterten nur so. Ich kann es gar nicht mehr glauben, daß es erst gestern war, daß wir diese Nacht überstanden haben. Wir kamen nur noch ganz langsam voran, alle waren viel zu kaputt. Die Pauker hatten es noch am besten, die hatten ihr ganzes Gepäck auf dem Pferdewagen, Koffer, Rucksäcke und alles, damit sie sich man ja nicht verheben. Und Adam hatte auch noch sein Fahrrad, er fuhr immer voraus, und wahrscheinlich saß er zwischendurch immer im Warmen in einem Gasthaus und aß nach der

Speisekarte. Zuzutrauen wär's ihm. Am Abend kamen wir in ein Dorf, acht Kilometer vor Klattau, da hatten wir endlich Glück. Wir fanden ein Gasthaus, die Besitzer waren Deutsche, sie waren grade am Wegfahren mit ihren ganzen Sachen. Sie sagten, wir könnten in ihrem Gasthaus wohnen, solange wir wollten. Wir machten es uns erst mal gemütlich, heizten ordentlich ein. Adam fuhr mit dem Fahrrad nach Klattau, um einen Transport zu organisieren. (Der wird sich was wundern, wenn er zurückkommt.) Am Abend kamen noch drei Jungen, die auch aus Kusice waren, von der Schule im Neubau, die hatten ihre Leute verloren, zwei davon kannte ich schon, der eine konnte nicht mehr laufen. Sie sind die erste Strecke von Kusice mit dem Zug gefahren bis hinter Pilsen. Da sieht man's mal wieder, daß es die Jungen immer besser haben. Mitten in der Nacht wurden wir dann auf einmal aufgeweckt. Die Redwitz und die Schneekuh schrien, das ganze Zimmer war voller Offiziere, sogar ein General dabei und eine ganze Masse Frauen, auch ein paar in Uniform, aber die meisten ziemlich schick, mit Pelzkragen und so Hüten, wie Tante Lucie einen hat mit der weichen Krempe. Sie fanden auch gleich was zu trinken und machten sich's gemütlich. Die Schneekuh wollte sie rausschmeißen, aber da konnte sie schreien, soviel sie wollte. Die lachten sie bloß aus. Ich glaube, sie waren auch schon ziemlich blau. Wir hätten ja ganz gemütlich zusammen bleiben können, aber das wollte die Schneekuh nicht, sie dachte wohl, ihren Küken könnte was passieren. Also scheuchte sie uns raus, alles mußte hopp, hopp gehen. Die drei Jungen aus dem Neubau waren nicht mehr da. Die waren wohl in der Nacht abgehauen. Das haben sie jetzt davon. Draußen war es schon hell, aber dann kam die große Überraschung. Der Stellwagen mit dem Pferd war weg, den hatte jemand geklaut. Da standen wir mit unseren Bettsäcken. Jetzt mußten wir richtig ausmisten und alles ganz schnell, weil die Schneekuh schon abmarschieren wollte. Ich könnte heulen, wenn ich bloß dran denke. Mein rotgepunktetes Kleid, mein dunkelblaues Kleid, mit dem karierten abgesetzt, mein rosa Unterrock, meine Wollhemden, blaue dicke Hose, Strümpfe, mein lieber einziger roter Pullover, wo Mutti mit so viel Liebe den blauen Hirsch draufgestickt hat, und zum Schluß auch noch meine unersetzlichen hübschen braunen Pumps, von den anderen Sachen gar nicht zu reden. Auf der Straße stand alles voll Autos, lauter Wehrmachtwagen; auch eine ganze Masse Lastwagen. Die Redwitz fragt plötzlich einen von den Soldaten, ob sie uns mitnehmen können. Der Soldat geht ins Gasthaus. Dann kommt er wieder mit einem Oberst, der Oberst sagt, wir dürfen, und sie sollen uns mit den Lastwagen nach Klattau fahren. Wir wollten schnell noch unsere ausgemisteten Sachen holen, aber die Schneekuh scheuchte uns, daß wir gleich auf die Wagen stiegen, bevor sie sich's wieder anders überlegen. Dann fuhren wir los mit vier großen Lastwagen. Erst ging es bis Klattau, und als wir schon dachten, daß wir alle aussteigen müßten, ging es auf einmal weiter, eine Stunde lang mit einem Affenzahn, bis wir hier waren, wo wir jetzt sind, in Königshütt in Bayern. Wir sind in einer Scheune untergebracht. Zuerst war es ziemlich kalt, aber jetzt haben wir ein großes Blechfaß, in dem wir unten ein Feuer gemacht haben. Wir werfen einfach oben Holz hinein. Hinter der Scheune ist genug aufgeschichtet. Hoffentlich merkt es die Bäuerin nicht so bald.

Die Soldaten haben ihre Autos oben in den Wald gestellt. Als ich nachmittags mit Schwettchen und Spinne noch mal raufging, waren sie nicht mehr da, nur noch die Autos. Auf dem einen Lastwagen waren mindestens tausend Büchsen mit Fleisch. Wir haben mitgenommen, soviel wir konnten, und erst mal so viel gegessen, wie wir konnten. Später sind wir noch mal mit der Redwitz rauf, aber da war nichts mehr da. Auch die Soldaten sind nicht mehr aufgetaucht. Die Redwitz meint, daß sie uns nur deshalb bis hierher gefahren haben, weil sie auch abhauen wollten. Die Amerikaner sollen schon ganz nah sein. Für heute muß ich schließen, was steht mir wohl noch alles bevor. Gute Nacht, Bille, bis morgen wieder, denn die Tusche bleibt trotz Spucke aus.

VIERTES KAPITEL

Tilli

Maxe lief wie eine Maschine. Peter war dicht hinter ihm. Sie liefen im Gleichschritt. Im Geschwindschritt. Eine vierfüßige Maschine. Nach einer guten Stunde sahen sie Klattau vor sich. Sie hatten kein Wort gewechselt, seit sie losgelaufen waren. Auch jetzt sagte keiner etwas. Maxe hielt das Tempo, lief stur weiter, ohne Verschnaufpause. Er dachte an Adolf.

Er war sich auf einmal gar nicht mehr sicher, ob der Kleine bei der Mädchenschule wirklich so gut aufgehoben war. Der würde nicht glauben, daß sie ihn allein gelassen hatten. Der würde vielleicht warten. Sich hinter seiner Schiebetür verstecken und warten, bis sie zurückkämen. Der hatte einen harten Schädel. Lief lieber mit kaputten Füßen, bis er umfiel, als etwas zu sagen. Der war nur von außen so klein. Und er hatte Vertrauen zu ihm, das machte Maxe am meisten zu schaffen. Der würde sicher warten, würde einfach auf ihn warten.

Maxe lief, als wollte er seinen Gedanken davonlaufen. Seit vier Jahren gingen sie in dieselbe Klasse, seit vier Jahren waren sie in denselben Lagern und teilten dieselbe Stube. Anfangs hatte er den kleinen Kerl mit dem großen Kopf überhaupt nicht wahrgenommen. Erst vor einem Jahr hatte das angefangen, was sie jetzt verband.

Damals hatten sie einen neuen Lagermannschaftsführer bekommen, einen scharfen Hund, gerade fünf Jahre älter als sie selbst, beinahe schmächtig mit blassem Gesicht, aber unheimlich hart. Der hatte gleich beim ersten Appell gesagt, daß er aus ihnen den härtesten Haufen im ganzen Gau machen würde. Und so hatte er sie auch rangenommen. Exerzieren, Geländespiele, Staffelwettbewerbe, Langstreckenschwimmen, Karabinerschießen, Mutproben und immer wieder Märsche. Märsche am Tag und in der Nacht, mit und ohne Gepäck, Eilmärsche und Zielmärsche, Märsche mit eingebauten Hindernissen und mit unerwarteten Überfällen, Märsche, Märsche, Märsche.

Es war bei einem Nachtmarsch gewesen. Kurz vor Mitternacht hatte sie die Trillerpfeife aus den Betten gerissen und mit Marschgepäck auf den Hof gehetzt. Wettmarschieren. Stube gegen Stube. Nur die dritten und vierten Klassen. Die Drittkläßler hatten eine Vorgabe bekommen, sonst hatten die gleichen Regeln gegolten. Zwölf Kilometer auf einem markierten Rundkurs. Ohne Taschenlampen. Nur auf Tempo. Start in Minutenabstand. Zieleinlauf mit der Uhr gestoppt. Für die Stube mit der besten Gesamtzeit war eine Dreitagesfahrt nach Prag ausgesetzt, für die Verlierer Strafexerzieren.

Für zwölf Kilometer waren sie damals alle in der Stube gut gewesen, selbst Adolf und Heini, die beiden Schwächsten. Sie hätten eigentlich gewinnen müssen. Aber dann war Adolf nicht ins Ziel gekommen.

Sie hatten seinetwegen nicht nur den Wettmarsch verloren, sie hatten ihn auch noch suchen müssen. Und keine drei Kilometer vor dem Ziel hatten sie ihn gefunden. Er war weder verletzt gewesen noch erschöpft, noch sonst etwas. Er hatte nur haltgemacht, weil er einen aus der 3a, der zusammengebrochen war, nicht hatte allein lassen wollen in der Dunkelheit im Wald. Das war seine ganze Erklärung gewesen.

Sie hatten ihn wochenlang geschnitten daraufhin, keiner hatte mehr ein Wort mit ihm gesprochen, auch Maxe nicht. Aber dann hatte er ihn plötzlich in Schutz genommen. Der Kleine hatte ihn beeindruckt. Der war auf seine Art stärker als alle anderen in der Stube. Der hatte eine Kraft, auf die man sich verlassen konnte. Von da an hatten sie sich zusammengetan.

Maxe starrte auf die Straße, die wie ein graues Band zwischen seinen Stiefeln hindurchlief. Die ersten Häuser von Klattau waren schon vor ihnen.

Er fragte einen Mann nach dem Weg zum Bahnhof. Der Mann zeigte geradeaus, und als sie losgingen, rief er ihnen nach: »Was wollt ihr dort, da ist doch alles kaputt!« Sie liefen noch schneller, rannten fast. Der Geruch nach kaltem Rauch und nassem Ruß schlug ihnen in die Nase. Trümmer lagen auf der Straße, zersplitterte Dachziegel, Glasscherben, zerfetzte Zweige. In die Häuserzeilen rechts und links waren breite Lücken gerissen, ganz frisch, da mußten sie schwere Koffer geschmissen haben, da standen nicht einmal mehr die Treppenhäuser.

Ein Strom von Menschen war auf einmal um sie herum, von allen Seiten kamen sie mit Fahrrädern und Leiterwagen, hasteten die Straße entlang, stumm und grau und gehetzt. Und überall standen Pferdewagen am Straßenrand, hochbepackt, mit Planen überdeckt. Viele Kinder dazwischen und Frauen in langen Mänteln. Und Feuer brannten auf der Straße, um die sich alte Leute drängten, die sich über den Flammen die Hände warm rieben.

Und dann der Bahnhof. Das Bahnhofsgebäude halb weggeblasen. Davor, mitten auf dem Platz, das Führerhaus einer Lok wie ein verbogenes Denkmal. Kinder, die darauf herumturnten.

Sie bogen auf den Platz ein, hielten an, schauten sich um. Die Fahrradfahrer, Rucksackträger, Leiterwagenzieher, Schubkarrenschieber hasteten an ihnen vorbei, verschwanden zwischen den Trümmern des Bahnhofs. Sie liefen langsam über den Platz.

Vor einem Schutthaufen saß ein Dutzend Männer mit Pickeln und Schaufeln. Sie fragten einen in Feuerwehruniform, wo sie ihre Schule finden könnten, beschrieben den Kaiser und erklärten, daß sie den Bahnhof in Klattau als Treffpunkt vereinbart hätten.

Der Bahnhof wäre schon seit zwei Tagen weg, sagte der Feuerwehrmann, und Schüler wären Tausende durchgekommen, die wären alle weiter Richtung Neuern und Eisenstein. Mehr könnte er ihnen nicht sagen. Er sah erschöpft aus.

Sie fragten einen, der aus den Trümmern herauskam. Der schickte sie auf den Bahnsteig, dort wären Eisenbahner. Sie folgten einem Trampelpfad durch die Trümmer. Die Leute, die ihnen entgegenkamen, trugen Säcke und Eimer, gefüllt mit Zucker und Mehl. Sie waren weiß bestäubt, als hätten sie sich in Mehl gewälzt.

Auf dem Bahnsteig fanden sie einen mit einer roten Mütze und einem Kopfverband, der sich abmühte, einen angekohlten Schrank aus dem Schutt zu graben. Er schüttelte nur den Kopf, als sie ihn fragten. Und als sie wissen wollten, wo der Stationsvorsteher wäre, deutete er auf den Trümmerhaufen und sagte: »Da drin ist er« und setzte wie zur Bekräftigung noch hinzu: »Bis gestern hat er noch geklopft.«

Sie gingen auf den Gleisen zurück zwischen zerfetzten Schwellen, aufgebogenen Schienen, riesigen Bombentrichtern, in denen schon das Wasser stand. Überall ausgebrannte Waggons, eine Lok, die es neben die Gleise gehoben hatte, halb aufgestellt, als wollte sie zum Sprung ansetzen. Dahinter zwei Güterwagen, um die sich in einer dichten Traube die Menschen drängten. Da gab es etwas. Sie stürzten sich in das Gedränge, vielleicht konnten sie etwas abstauben. Aber sie gaben schnell auf. Da war nichts zu machen, da kamen nur noch die Stärksten durch, die keine Scheu hatten, um sich zu schlagen.

Sie fragten eine Frau nach dem Rathaus. Als sie erfuhr, was sie dort wollten, winkte sie ab. Die Ämter wären alle schon von den Tschechen übernommen. Wenn sie etwas erfahren wollten, müßten sie nach Neuern. Es war sechs Uhr, als sie aus dem Bahnhof herauskamen. Und es war kalt.

»Dann müssen wir nach Neuern«, sagte Peter, »der von der Feuerwehr hat's ja auch gesagt.«

»Erst gehn wir Adolf holen«, sagte Maxe.

Peter schaute ihn entgeistert an. »Spinnst du?!«

»Der wartet auf uns, der geht nicht mit den Mädchen mit, garantiert nicht«, erklärte Maxe mit Bestimmtheit.

Peter blieb stehen. »Du hast sie ja nicht mehr alle!« schrie er.

Maxe sagte ruhig: »Du brauchst ja nicht mit!« Er bog in die Straße ein, aus der sie gekommen waren, legte das gleiche Tempo vor wie beim Hermarsch. Peter mußte rennen, um ihn einzuholen.

»Mensch, Maxe, sei doch nicht verrückt«, sagte er atemlos, »wenn wir jetzt noch mal zurücklatschen, kriegen wir die anderen ja nie mehr. Wir können doch in Neuern warten, da müssen die Mädchen ja auch durch, da sehn wir doch, ob Adolf dabei ist, und wenn er nicht dabei ist, können wir ja immer noch...« Maxe achtete nicht auf ihn, lief stur weiter, es hatte keinen Sinn, ihn umstimmen zu wollen, da war nichts zu machen.

Peter hängte sich hinten an, nahm wieder den gleichen Tritt auf. »So was Idiotisches!« brummte er vor sich hin. »So ein Blödsinn!« Aber er lief hinter Maxe her, hielt das Tempo.

Sie brauchten auch für den Rückweg nur eineinhalb Stunden, aber als sie vor dem Gasthaus ankamen und die Stufen zum Eingang hinaufstiegen, waren sie so ausgepumpt, daß ihnen die Beine wegknickten. Sie mußten sich erst einmal setzen.

Dann hörten sie, wie hinter ihnen ein Riegel zurückgezogen wurde, und sahen, wie sich die Tür um einen Spalt öffnete.

Adolf stand dahinter, winkte ihnen hastig zu, winkte sie herein, schob den Riegel wieder vor, sobald sie drin waren.

»Da kommen dauernd Leute, die wollen rein«, sagte er flüsternd. »Lauter Tschechen, an der Hintertür waren sie auch schon und an den Fensterläden haben sie gerüttelt.«

»Wo sind die anderen?« fragte Maxe, als sie ins Gastzimmer kamen.

»Die waren schon weg, wie ich aufgewacht bin«, sagte Adolf.

»Bist du ganz allein im Haus?« fragte Maxe.

Adolf nickte. »Ich glaube schon, ich habe niemand gehört.«

Er sagte nichts von dem, was er in der Nacht erlebt hatte, von der Angst, die er ausgestanden hatte, allein in dem geisterhaft stillen Haus, von der Ungewißheit, die ihn gequält hatte, ob Maxe und Peter ihn im Stich gelassen hatten.

»Die anderen sind nicht in Klattau«, sagte Maxe, ohne ihn anzusehen. »Wir haben gefragt, wir waren dort.«

Adolf nickte. Das war es also gewesen. Er lächelte Maxe zu. Ein tapferes kleines Lächeln, als wollte er ihm sagen, daß er sich keine Gedanken machen sollte, daß sie es schon schaffen würden. In diesem Augenblick war es ihm ganz egal, wo die andern waren, Hauptsache, Maxe war wieder da.

»Wir müssen nach Neuern«, fuhr Maxe fort, »so schnell wir können, vielleicht erwischen wir sie da noch.«

»Ich kann wieder laufen«, sagte Adolf. Er hatte sich aus Streifen von Bettlaken und Wachstuch Fußlappen gebunden.

»Da ist auch ein Wagen«, sagte er und deutete auf eine Nische neben der Tür. Es war ein kleiner Leiterwagen, halb begraben unter einem Haufen von Kleidern. Sie zogen ihn heraus.

Peter war schon auf Schatzsuche, stocherte überall herum.

»Gibt's hier nichts zu fressen?« fragte er ärgerlich. »Die haben ja bloß lauter Klamotten dagelassen!«

»Da ist nichts«, sagte Adolf, »ich hab schon alles abgesucht.«

Er war verlegen, als wäre er daran schuld, daß nichts zu essen im Haus war. Maxe räumte den Leiterwagen leer. »Hol deine Sachen«, trug er Adolf auf. Sie schafften alles in den Vorraum und riefen Peter, der noch immer suchte.

Und dann hörten sie auf einmal Stimmen von draußen, viele Stimmen durcheinander, tschechische Laute. Und plötzlich ein donnernder Schlag gegen die Tür. Und noch einer. Sie drückten sich gegen die Wand, beobachteten in starrer Angst, wie der starke Riegel unter den Schlägen nachgab, wie das Holz splitterte, wie die Tür aufsprang und gegen die Innenwand knallte. Helles Licht fiel herein, daß sie die Augen zusammenkneifen mußten. Ein Mann stand in dem hellen Rechteck der Tür. Er hielt einen langen Vorschlaghammer in der Hand, wie eine Waffe. In seinen Augen war Mißtrauen und Wut, als er auf sie herunterblickte. Er brüllte sie an auf tschechisch, es klang böse, drohend, gefährlich.

Hinter ihm drängten andere herein, hasteten durch den Vorraum, verschwanden im Gastzimmer. Das war ihr Glück. Der Mann mit dem Vorschlaghammer schien zu fürchten, daß die anderen ihm zuvorkamen. Er brüllte noch einmal, zeigte mit dem Hammer auf die Tür.

Sie zögerten keine Sekunde, packten den Wagen, warfen ihre Rucksäcke darauf, trugen ihn auf die Straße, setzten Adolf hinein und rannten los. Der Wagen ratterte über das Pflaster. Hinter ihnen schrie jemand. Sie drehten sich nicht um. Rannten weiter, so schnell sie konnten.

Erst einen guten Kilometer hinter dem Dorf, als die Straße in einen Wald führte, hielten sie an, schoben den Wagen zwischen die Bäume, ließen sich daneben auf den Boden fallen. Ihre Lungen gingen wie Blasebälge.

Adolf saß still auf dem Wagen. Er schämte sich, weil er sich kein bißchen hatte anstrengen müssen.

Peter holte seine Straßenkarte aus dem Rucksack, und sie rechneten aus, daß es noch knapp 30 Kilometer bis Neuern waren. Das konnten sie nicht schaffen bis zum Abend mit Adolf im Leiterwagen und den drei Stunden Marsch, die sie schon in den Beinen hatten. Und jetzt meldete sich auch der Hunger. Sie mußten etwas Eßbares auftreiben, sonst kamen sie überhaupt nicht mehr weiter. Sie machten sich auf den Weg.

Der Wald dehnte sich endlos, und irgendwann fing Peter an, von einem Indianerbuch zu erzählen, das er einmal gelesen hätte, kein Abenteuerbuch, sondern ein wahres Buch über die echten Indianer, da hätte drin gestanden, wie man sich im Wald ernähren könnte von Knospen und Wurzelspitzen und der weichen Bastschicht unter der Rinde von jungen Bäumen. Und dann schnitt er mühsam mit dem Fahrtenmesser viereckige Rindenstücke aus Buchen- und Lärchenstämmen und kratzte die saftige, grüne Bastschicht heraus und schluckte das Zeug hinunter, ohne eine Miene zu verziehen, brach Zweige ab und streifte die Knospen ab und aß sie aus der hohlen

Hand. Er sagte nicht, wie es schmeckte.

Maxe probierte voll Mißtrauen, auch Adolf steckte sich eine Knospe in den Mund, und sie kauten mit spitzen Zähnen darauf herum, spuckten gleichzeitig aus, es schmeckte gallbitter, ein Geschmack, den man überhaupt nicht mehr aus dem Mund bekam. Peter aß ruhig weiter, kratzte auch noch Harz aus Fichtenstämmen und kaute darauf herum und erzählte von seiner Urgroßmutter, die wäre aus Ostpreußen gewesen und 107 Jahre alt geworden, weil sie in ihrer Jugend dem Vater beim Holzfällen geholfen hätte, und da wäre jedesmal Harz an ihren Händen gewesen, wenn sie ihre Stullen gegessen hätte, und eben von diesem Harz wäre sie so alt geworden.

Eine halbe Stunde später, als sie gerade aus dem Wald herausgekommen waren, wurde er auf einmal ganz grün um die Nase und stellte sich hinter einen Baum und kotzte wie ein Reiher. Er hörte überhaupt nicht mehr auf, es würgte ihm schier den Magen heraus, und das, was hochkam, war giftig grün, wenn man das sah, wurde einem noch schlechter. Sie brauchten jetzt wirklich dringend etwas zu essen.

Maxe lief zu zwei Höfen, die abseits der Straße lagen. Zweimal kam er mit leeren Händen zurück. Sie waren auf tschechischem Gebiet. Die Bauern hatten Maxe schon nach dem ersten deutschen Wort weggejagt. Beim nächsten Hof bat Adolf, sie sollten es ihn versuchen lassen.

Er humpelte los auf seinen Fußlappen, lief mit kurzen steifen Schritten querfeldein. Die beiden anderen blieben auf der Straße zurück. Sie hatten wenig Hoffnung.

Adolf betete. Auf dem ganzen langen Weg bis zum Hof betete er, daß der Bauer ihm etwas gäbe, etwas verkaufte. Irgend etwas. Nur damit er nicht mit leeren Händen zurückkam. Er holte sein Geld aus der Brusttasche, rollte die Scheine zusammen und hielt sie in der Hand. Es waren 40 Mark.

Als er das Hoftor öffnete, kläffte ein Hund los, und eine Frau kam aus dem Haus, eine große, knochige Frau mit grüner Kittelschürze und hohen Gummistiefeln an den Füßen. Die musterte ihn finster, daß er gleich jeden Mut verlor.

»Dobry Den«, sagte er zaghaft, »bitte haben Sie ein Stück Brot, Chleba prosim.« Er streckte ihr die Hand mit dem Geld entgegen.

Die Frau antwortete nicht. Sie blickte ihn an mit unbewegtem Gesicht, abschätzend, feindselig. Dann winkte sie ihn zu sich, deutete auf die offene Haustüre.

Adolf zögerte, an ihr vorbeizugehen. Plötzlich hatte er Angst. Das Gesicht der Frau war hart und abweisend und verschlossen. Und sie war riesengroß, fast so groß wie der Kaiser. Sie schob ihn vorwärts durch die Tür, hinein in eine dunkle Küche mit schwarzverrußter Decke und mit kleinen Fenstern. Schob ihn hinter einen Tisch, drückte ihn auf eine Sitzbank. Auf der anderen Seite des Tisches stand ein Stuhl, an dessen Rücklehne eine doppelläufige Schrotflinte hing. Er preßte die Hand um die Geldrolle.

Die Frau verschwand durch eine niedrige Tür, sie mußte sich tief bücken, um durch die Öffnung zu kommen. Als sie wiederkam, trug sie einen Laib Brot unter dem Arm, der Adolf so groß vorkam wie ein Wagenrad. Sie legte ihn auf den Tisch und schnitt mit einem Messer von der Mitte aus, wie man eine Torte anschneidet, einen breiten Keil heraus. Spießte ihn auf das Messer und hielt ihn Adolf hin.

Adolf drehte den Brotkeil in den Händen, bis die Spitze auf seinen Mund zeigte, und biß vorsichtig hinein. Er mußte ein paarmal schlucken, sein ganzer Mund war auf einmal voll Spucke.

Die Frau beobachtete ihn. Sprach ihn plötzlich an mit einer tiefen, harten Stimme, auf tschechisch. Er verstand nicht, was sie sagte, hob die Achseln, zeigte ein verlegenes Lächeln, das um Entschuldigung bat.

»Du daitsch?« fragte sie. Er nickte unsicher, schaute ihr nach, wie sie zum Herd ging und ein Scheit Holz nachlegte. Als sie wieder an den Tisch kam, legte er das Geld vor sie hin. Sie schüttelte den Kopf, schob es zurück und sagte etwas, das böse klang, und das sie mit einer heftigen Geste begleitete.

Adolf deutete aus dem Fenster auf Maxe und Peter, die an der Straße warteten. »Zwei Kameraden«, sagte er schnell, streckte zwei Finger hoch. Schob ihr wieder das Geld hin. Er deutete aus dem Fenster und dann auf das Brot und auf das Geld. Er hatte schreckliche Angst, daß sie ihn mißverstehen könnte.

Sie nahm das Messer und schnitt noch zwei Keile aus dem Brot und trug den Laib in die Kammer zurück hinter die niedrige Tür, brummte vor sich hin, laut und knurrig. Kam wieder heraus mit einem Stück Speck in der Hand, legte es zu den Brotkeilen auf den Tisch. Es war hellbraun geräucherter Speck, ein ganzes Stück, so groß wie eine Zigarettenschachtel.

»Dekusi, dekusi«, sagte Adolf. Sie unterbrach ihn mit einem kehligen Laut, der grob und unwirsch klang, als wollte sie ihn wegscheuchen. Er stand auf, hielt den Speck in der Hand und die Brotkeile gegen die Brust gepreßt, sagte »dekusi, dekusi«, lief über den Hof und zum Tor hinaus, zwang sich, langsam zu gehen, obwohl er hätte rennen wollen und jubeln vor Freude.

Sie aßen das Brot bis auf die Rinde, die sie sorgfältig in ihren Rucksäcken verstauten, und schnitten sich jeder von dem Speck ein Stück ab, so groß wie ein Bonbon. Darauf lutschten sie herum, während sie weitermarschierten.

Sie marschierten bis in den Nachmittag hinein, an Klattau vorbei und weiter durch ein Flußtal in Richtung Neuern. Wenn es bergab ging, setzten sie sich alle auf den Leiterwagen, Peter lenkte vorne mit der Deichsel zwischen den Beinen, Adolf saß in der Mitte und hielt sich an den Seitensprossen fest, und Maxe stand hinten drauf, weit vornübergebeugt und in den Knien federnd. Manchmal sprang er mittendrin ab, rannte ein Stück und schob an, bis der Wagen genügend Fahrt hatte, und sprang dann mit einem gewaltigen Satz wieder auf. Da überholten sie oft Pferdefuhrwerke, von denen sie vorher beim Anstieg am Berg abgehängt worden waren, und johlten und schrien, wenn sie vorbeiratterten, daß die Pferde scheu wurden.

Gegen zwei Uhr stießen sie auf eine Gruppe von Flüchtlingen, die am Straßenrand lagerten. Fünf Planwagen standen hintereinander auf der Straße. Die Pferde weideten auf der Wiese am Fluß zusammen mit Kühen und Ziegen. Hinter den Planwagen brannte ein großes Feuer, da saß die Besatzung herum, lauter Frauen und Kinder, keine Männer dabei, nur ein alter Opa und ein Junge, der höchstens zwei Jahre älter war als sie selbst. Der Junge winkte sie ans Feuer, fragte, ob sie Hunger hätten. Es gab Kartoffeln und Fische. Fische, soviel sie wollten, Forellen und andere, die rote Flossen hatten, einen ganzen Wäschekorb voll. Die mußten einen ganzen Fischteich ausgeleert haben, weiß Gott, wo die so viele Fische her hatten.

Sie spießten sie auf Stecken auf und hielten sie übers Feuer und aßen mit beiden Händen und warfen die Gräten über die Schulter nach hinten und stopften sich voll bis oben hin. Sie konnten sich nicht erinnern, daß sie jemals so satt gewesen wären wie nach diesem Fischessen.

Maxe teilte eine Ration Cebion-Tabletten aus, und der Flüchtlingsjunge gab ihnen noch einen Schlag Staucherfett für die Radlager ihres Leiterwagens. Es war ein guter Tag. Und als es dunkel wurde, fanden sie auch noch einen Streusandschuppen, in dem sie die Nacht verbringen konnten.

Am Morgen waren die Wiesen weiß vom Rauhreif. Sie froren unter ihren dünnen Decken und beeilten sich, daß sie auf die Straße kamen, wickelten Adolf in die Decken und rannten los, damit ihnen warm wurde, aßen im Laufen das Stück Brotrinde, das ihnen vom Tag davor noch übriggeblieben war. Es hatte so viel Geschmack, daß sie lange darauf herumkauen konnten.
Eine Wehrmachtskolonne rasselte an ihnen vorbei, ein Panzerspähwagen voraus, dahinter drei schwere LKW, vollgestopft mit Soldaten, und danach Kübelwagen und Beiwagenmotorräder und Sanitätsfahrzeuge mit Anhängern. Und eine ganze Reihe Zivilautos, die dichtauf folgten. Maxe und Peter winkten, als die LKW mit den Soldaten vorbeifuhren, und ein paar Soldaten winkten zurück.
Alle Wagen, von denen sie überholt wurden, schienen es auf einmal ganz eilig zu haben. Selbst die Flüchtlinge ließen ihre Pferde im Trab gehen.
Der Himmel war blau, aber es war ein kaltes Blau, und die Sonne hatte keine Wärme. In der Ferne konnten sie die Berge sehen. Hohe, dunkle, bis zur Spitze bewaldete Berge. Das mußte der Bayrische Wald sein, der Arber, genau da mußten sie hin. Es war gar nicht mehr so weit, vielleicht konnten sie das noch bis zum Abend schaffen.
Dann blieb Peter plötzlich stehen, lauschte mit schiefgehaltenem Kopf. Ein dumpfer, trockener Knall war zu hören wie gedämpfter Trommelschlag. Und noch einer und noch einer, hintereinander im gleichen Takt. Das kam von dort her, wo ihr Ziel lag, das kam von den Bergen her.
Noch einmal sechs Schläge. »Das ist Artillerie«, sagte Peter beinahe andächtig, »das ist 'ne Salve gewesen, das war 'ne Batterie!«
»Können ja auch Bomben gewesen sein«, meinte Max hoffnungsvoll, »Reihenwürfe.«
Peter ließ sich nicht abbringen, da kannte er sich aus. »Das war Artillerie, eindeutig.«
Sie lauschten atemlos. Wieder sechs Schläge hintereinander.

Wenn das wirklich Artillerie war, dann mußte der Feind schon ganz nah sein. Wo Artillerie war, da war die Front. Da liefen sie vielleicht geradewegs den Amerikanern in die Hände. Aber so nah konnten die doch noch gar nicht sein, das gab's doch gar nicht. Vielleicht war es doch etwas anderes gewesen. Ein Übungsschießen? Eine schwere Flakbatterie?

Sie marschierten schweigend weiter.

Gegen Mittag entdeckten sie einen großen Gutshof, der ein paar hundert Meter seitab der Straße behäbig in einem Taleinschnitt lag. Ein hellrotes Ziegeldach leuchtete zwischen hohen Bäumen hervor, und mitten auf dem Dach war mit dunklen Ziegeln unübersehbar ein großes Hakenkreuz eingelegt. Das mußte ein Deutscher sein. Bei dem würden sie etwas zum Mittagessen bekommen.

Sie bogen von der Straße ab, und als sie näher kamen, sahen sie einen Mann auf dem Dach, der dabei war, die dunklen Ziegel herauszunehmen und sie gegen helle auszutauschen. Auf der rechten Seite sah das Dach schon ganz gesprenkelt aus, und auch der rechte Ast des Hakenkreuzes war schon im hellen Rot verschwunden.

Sie grüßten zackig. »Heil Hitler, bittschön, haben Sie'n Stück Brot für uns!« Der Mann schrak zusammen, daß er fast den Halt verlor. »Haut ab!« brüllte er herunter. »Verschwindet! Haut bloß ab, sag ich euch! Haut ab!!«

Sie zogen sich zurück, aber der Mann hörte nicht auf zu brüllen, ein Schwall wilder Verwünschungen mit heiserer, überschnappender Stimme. Er brüllte immer noch hinter ihnen her, als sie ihm längst schon den Rücken zugedreht hatten und auf dem Weg zur Straße waren.

Ein Wegweiser zeigte an, daß sie nur noch zwölf Kilometer von Neuern entfernt waren. Über ihre Köpfe hinweg rauschten zwei Tiefflieger, Mustangs oder Thunderbirds, sie konnten es nicht genau erkennen, jedenfalls amerikanische Maschinen mit weißem Stern. Sie brauchten keine Angst vor ihnen zu haben, sie waren im Wald. Später hörten sie weit voraus Bordkanonen losrattern, lange Feuerstöße, das Aufheulen der Motoren beim Anflug und das dumpfe Krachen von Explosionen.

Sie kamen nur langsam voran. Die Beine taten ihnen weh, aber wenn sie sich ausruhten, kroch sofort die Kälte in sie hinein, und das trieb sie weiter. Erst jetzt spürten sie, wie ausgelaugt sie schon waren.

Dann senkte sich die Straße, und sie stiegen alle auf den Wagen und fuhren bergab. Ein kurzes Stück ging es noch durch den Wald, dann öffnete sich der Blick, und vor ihnen lag eine weite Ebene, die bis zu den Bergen reichte. Und über den Bergen stand hoch die Sonne.

Die Straße führte in einer langgestreckten Kurve hinunter. Sie war gesäumt von hohen Linden, deren ineinander verflochtene Zweige die Fahrbahn wie ein Gewölbe überdachten. Als sie aus der Kurve herauskamen, stieg ihnen der Geruch nach verbranntem Lack und verschmortem Gummi in die Nase, und dann sahen sie auch schon voraus die verkohlten Überreste eines Lastwagens mitten auf der Straße, und ausgeglühte Gerippe von Autos und einen umgestürzten Sanka 30 Meter von der Straße weg in der Wiese und zwischen den Autowracks einen Kastenwagen mit x-beinig eingeknickten Hinterrädern und verstreut auf der Fahrbahn Stahlhelme und Gasmaskenbüchsen und ausgefranstes Blech und zersplittertes Holz und abgerissene Äste. Da hatte es eine ganze Kolonne erwischt, vielleicht waren das die Schüsse gewesen, die sie gehört hatten. Aus dem LKW qualmte es noch.

Sie ließen den Leiterwagen ausrollen. Er hielt dicht hinter dem qualmenden LKW. Das Rattern der Räder verstummte. Auf einmal war es geisterhaft still, nichts zu hören, nicht einmal ein Vogel. Aber sie waren nicht allein. Weiter vorne, vor dem eingeknickten Fuhrwerk, bewegte sich etwas. Zwei Gestalten in dunklen Mänteln, die am Boden hockten, wie große schwarze Vögel. Da lag ein Pferd auf der Straße, der Kadaver eines Pferdes. Die Knochen lagen frei. Das ganze Fleisch war herausgeschnitten. Die beiden alten Leute, die da jetzt noch herumsäbelten, mußten sich mit ein paar Resten begnügen. Als sie die drei Jungen näher kommen sahen, machten sie sich mit einem Leiterwagen davon wie ertappte Diebe.

Am Straßenrand unter einer Plane, nur notdürftig verdeckt, lagen die, die es erwischt hatte, lauter Soldaten, aufeinandergeschichtet wie Brennholz. Als hätte man sie zum Abholen bereitgelegt. Ein paar Schritte weiter im Straßengraben war noch eine Plane, da lag auch etwas darunter.

Sie hatten ihren Leiterwagen stehengelassen, liefen zwischen den Trümmern herum mit eingezogenen Köpfen, traten ganz leise auf, um keinen Lärm zu machen. Peter schaute über die Bordwand des Kastenwagens. Da war nichts mehr zu holen, alles schon ausgeräumt.

»Das ist doch der, der uns mitgenommen hat«, sagte Adolf plötzlich. Er hatte zweimal Anlauf nehmen müssen, um den Satz herauszubringen. Der Wagen sah genauso aus wie der, den der Flüchtling gehabt hatte. Und der Pferdekadaver, der davor lag, das war ein Rotfuchs gewesen. Am Kopf konnte man es noch sehen. Aber es war nur ein einziges Pferd da. Der Flüchtling, mit dem sie mitgefahren waren, hatte zwei Pferde gehabt. Maxe stieg in den Straßengraben hinunter und hob die Plane an einer Ecke hoch. Es war der Flüchtling. Und die Frau, die auf dem Wagen gesessen hatte. Und der Junge, der hinter der Kuh hergelaufen war. Und es war die Plane ihres Wagens, unter der sie lagen. Maxe ließ sie wieder fallen.

Adolf drehte sich weg und lief über die Straße und in die Wiese hinein. Sein Magen zog sich zusammen, und es würgte ihn im Hals und er schluckte krampfhaft. Er lief weiter in die Wiese hinein, weg von der Straße. Blieb stehen mit hängenden Armen. In seinem Mund war ein ekelhaft bitterer Geschmack.

Zehn Schritte vor ihm in einem Busch über einem Feldrain bewegte sich etwas. Zuerst sah es aus wie ein Tuchfetzen, der sich in den Zweigen verfangen hatte und an dem der Wind zerrte. Aber dann sah er, daß sich unter dem Tuch ein Gesicht versteckte, Augen, die ihn unverwandt anschauten. Und in derselben Sekunde wußte er, daß er diese Augen schon einmal gesehen hatte, nachts, halb im Schlaf, als ihn der Flüchtling vom Wagen gehoben und in das Gasthaus getragen hatte.

Langsam ging er um den Busch herum. In weitem Abstand. Er wußte, daß er behutsam vorgehen mußte. Das Mädchen verbarg sich vor ihm. Sie hatte Angst. Er durfte sie nicht erschrecken.

Als er auf gleicher Höhe war, blieb er stehen. Sie saß in der Hocke hinter dem Busch, rührte sich nicht, saß wie ein Hase im Gras, der darauf vertraut, daß der Jäger ihn nicht sieht. Um den Kopf trug sie ein rotes Tuch, das war es, was ihn aufmerksam gemacht hatte. Sie versteckte das Gesicht hinter den Händen, aber er sah, daß sie ihn verstohlen durch die Finger beobachtete.

Er ging auf sie zu, Schritt für Schritt. Blieb wieder stehen. Wartete. Machte noch einen Schritt. Hockte sich nieder, genauso wie sie. Schaute weg, als ob er gar nichts von ihr wollte.

Als er wieder zu ihr hinblickte, hatte sie die Hände vom Gesicht genommen und schaute ihn an, mißtrauisch noch und voll Angst. Er lächelte kaum merklich, ein leises Lächeln, das nur in den Augen war. Es dauerte lange, bis sie es erwiderte, unsicher zuerst und vorsichtig und dann mit wachsendem Zutrauen.

Adolf lächelte zurück. Er sagte nichts, wartete. Er wartete, daß sie den Anfang machte.

»Ich kenn dich«, sagte sie leise, fast ein wenig verschmitzt. Sie hatte die gleiche Sprache wie ihr Vater, aber bei ihr klang sie nicht hart, sondern weich und singend. Sie versteckte wieder ihr Gesicht hinter den Händen, während sie auf eine Antwort wartete.

»Ich kenne dich auch«, sagte Adolf.

Sie schlang die Arme um ihre Knie. »Ich habe dich gesehn«, sagte sie.

»Ich hab dich auch gesehn«, sagte Adolf.

»Du bist auf unserem Wagen mitgefahren!«

»Stimmt, ich bin mitgefahren. Vorgestern.«

Sie nickte. Und nach einer Weile sagte sie: »Soll ich dir was zeigen?« Und rutschte zu Adolf hin, bis sie neben ihm hockte. Zog ein kleines Ledertäschchen hervor, das ihr an einem Riemen über der Schulter hing. Nahm eine Streichholzschachtel heraus.

»Soll ich dir zeigen, was drin ist?«

Adolf nickte. Er wußte schon, was drin war, sah die Löcher in der Schachtel, aber er tat so, als ob er nichts wüßte. Und als sie die Schachtel öffnete, tat er überrascht. »Ein Maikäfer!«

»Hab ich gefangen, heute früh«, sagte sie voll Stolz.

Adolf betrachtete den Käfer. »Es ist ein Männchen«, sagte er. Sie blickte ihn verblüfft an. »Woher weißt du das?« fragte sie. Adolf zeigte auf die Fühler. »Wenn sie dünne Fühler haben, sind es Weibchen. Wenn sie dicke Fühler haben so wie der, mit einer kleinen Bürste dran, dann sind es Männchen.«

Sie schaute genau nach. Sie war noch nicht überzeugt. »Glaubst du?«

»Das ist so«, sagte Adolf bestimmt.

Sie betrachtete den Käfer mit neuerwachtem Interesse. Es war viel aufregender, ein Maikäfer-Männchen zu besitzen als nur einen gewöhnlichen Maikäfer.

Sie verstaute die Schachtel wieder in ihrer Tasche, stand auf. »Ich hab auch ein Pferd«, sagte sie mit schiefgelegtem Kopf und beobachtete aus den Augenwinkeln, ob Adolf auch genügend beeindruckt war.

»Ein Pferd?« fragte Adolf ehrlich erstaunt.

»Da drüben!« sagte sie und deutete mit dem Arm hinter sich. Da stand wirklich ein Pferd in der Wiese, keine hundert Meter entfernt. »Es ist ein Weibchen«, sagte sie, »es heißt Herta. Soll ich es holen? Es folgt mir. Es ist ein braves Pferd.«

Adolf machte eine unbestimmte Geste und zog zweifelnd die Brauen hoch. Sie nahm es als Zustimmung. »Herta, Herta, komm!« rief sie. Das Pferd hob den Kopf und schaute herüber. Sie winkte mit beiden Armen und rannte in die Wiese hinein. Die Ledertasche an ihrer Seite hüpfte auf und ab, und ihr blauer Mantel wippte, als sie durch das Gras sprang. Adolf blickte ihr nach.

Er überlegte, was sie alles mit angesehen haben mußte von ihrem Versteck hinter dem Busch aus. Die toten Eltern und den toten Bruder, die von fremden Leuten in den Straßengraben getragen und dort mit einer Plane zugedeckt worden waren. Die Plünderer, die ihren Wagen ausgeräumt hatten und über das getötete Pferd hergefallen waren, das auf der Straße lag und das sie sicher genauso gern gehabt hatte wie das andere, das sie jetzt holen wollte.

Er hörte Maxe rufen und winkte zurück und rief: »Kommt mal her! Kommt doch mal her!«

Sie kamen zögernd über die Wiese auf ihn zu. »Was ist denn?« fragten sie auf halber Strecke und drängten: »Wir müssen weiter, Mensch!«

Adolf sagte: »Da ist'n Mädchen, die gehört zu dem Flüchtlingswagen.« Er deutete mit dem Arm. »Da drüben! Sie will das Pferd holen.«

Sie sahen zu, wie die Kleine das große Tier am Halfter faßte und ihm auf den Hals klopfte. Das Pferd trug noch das Kummet und schleifte die langen Zügel und die Stränge mit dem Zugscheit hintennach. Sie sahen, wie sie nach den Zügeln faßte und das Zugscheit aufhob und das Pferd antrieb. Sie schien es gewohnt zu sein, mit Pferden umzugehen.

»Willst du die vielleicht mitnehmen?« fragte Peter.

»Wir können sie doch nicht hier lassen«, sagte Adolf. Die Kleine brachte das Pferd vor ihnen zum Stehen. Sie nickte

Maxe und Peter zu. Sie schien keine Scheu mehr zu haben. »Das müssen wir abmachen«, sagte sie und ließ das Zugscheit fallen und zeigte ihnen, wo die Stränge am Kummet befestigt waren. Aber sie trauten sich nicht heran. Das Tier war riesengroß, wie es so vor ihnen stand und schnaubte und den Kopf warf.

»Sie tut nichts«, sagte die Kleine und tätschelte dem Pferd die Nüstern. »Sie ist brav, sie ist die Allerbravste.«

Adolf schlug vor, den Wagen an das Pferd anzuhängen, und das taten sie auch. Hoben die Kleine aufs Pferd und setzten sich zu dritt auf den Wagen, Peter wieder an der Deichsel und Maxe hintendrauf als Bremser.

Sie ratterten gemütlich dahin, so bequem waren sie noch nie vorwärts gekommen, seit sie den Zug verlassen hatten. Und als Adolf etwas von Ben Hur sagte, riefen sie der Kleinen zu, sie sollte Dampf machen, und die Kleine trieb das Pferd an, bis es im Trab lief und drehte sich um und lachte und schrie, und sie machten sich ganz klein in ihrem Wagen, damit sie dem Wind keinen Widerstand boten, und winkten ihr begeistert zu, bis der Wagen plötzlich in ein Schlagloch knallte und hochgeworfen wurde und schräg durch die Luft flog und auf zwei Rädern aufkrachte, daß Peter beinahe die Deichsel zwischen den Füßen herausgesprungen wäre. Sie fingen an zu rufen: »Hej! Halt! Hej du!« Die Kleine lag auf dem Hals des Pferdes, schien nichts zu hören, vielleicht machte der Wagen einen solchen Höllenkrach, daß sie wirklich nichts hörte, oder sie hielt die Rufe für Anfeuerungsrufe.

Endlich fiel das Pferd von selbst wieder in eine ruhige Gangart. Das bockspringende Gefährt in seinem Rücken war ihm wohl nicht ganz geheuer, oder es war müde geworden.

Die Kleine drehte sich um und strahlte. »Noch mal?« rief sie.

Sie schrien »Nein!« und Maxe fragte leise: »Wie heißt'n die überhaupt?« Und Adolf rief nach vorne: »Sag mal! Wie heißt'n du?« Und die Kleine rief zurück »Tilli!« und lachte und strahlte übers ganze Gesicht.

Eine halbe Stunde später erreichten sie Neuern. Ein Tieflflieger jagte über sie hinweg, und weiter voraus fing er an zu schießen, sie konnten nicht sehen, auf was er schoß, sie sahen nur, wie er herumkurvte, und hörten immer wieder das Rattern der Bordkanonen.

Es war eine Villenstraße, durch die sie zogen. Kleine zweistökkige Häuser zu beiden Seiten mit Gärten, in denen Forsythien-Büsche blühten und Krokusse auf den Rasenflächen und Tulpen und Osterglocken.

An allen Häusern waren die Fensterläden geschlossen, und manchmal waren sie auch mit Brettern und schweren Bohlen verrammelt. In einigen Häusern wurde gepackt, da standen Möbel vor den Türen und große Überseekoffer und halbbeladene Wagen.

Ein schweres Beiwagenmotorrad brauste vorbei, SS darauf. Und ein Trupp HJ kam ihnen entgegen, 30 Mann in Dreierreihen, die trugen alle schwarze Winterkluft und Schimützen auf dem Kopf und Tornister auf dem Rücken mit aufgeschnalltem Spaten, und jeder zweite hatte eine Panzerfaust über der Schulter. Ein Fähnleinführer war dabei, der trug ein LMG, und zwei Mann schleppten die Munitionskisten hintennach. Sie marschierten vorbei, daß es auf dem Pflaster knallte, und alle hatten die Augen starr geradeaus, kein einziger schaute herüber.

Maxe und Peter stiegen vom Wagen und gingen zu Fuß weiter, nur Adolf blieb noch drin sitzen, und die Kleine führte das Pferd am Halfter.

Drei kleine Pferdewagen überholten in scharfem Trab, leichte Panjewagen, auf denen Soldaten saßen in langen Wehrmachtsmänteln, Stahlhelme am Gürtel, Karabiner über dem Rücken und Patronengurte kreuzweise. Sie sahen wild und verwegen aus. Peter sagte: »Jetzt kann uns nichts mehr passieren.«

Sie fragten einen Mann, der eine Armbinde trug, nach dem Weg zum Bahnhof und gingen in die Richtung, die er ihnen wies. Es ging bergab und über einen Fluß. Auf der Brücke waren zwei SSler, die lehnten am Geländer und rauchten. Unterhalb der Brücke auf der Flußwiese lagerten Menschen dicht an dicht, Hunderte, Tausende, alles war grau vor Menschen. Auf den ersten Blick sah es so aus, als wäre eine Wagenladung grauer Lumpen über das Brückengeländer gekippt worden, aber dann sahen sie Gesichter, das waren Frauen, die da unten hockten, ein paar schauten herauf, streckten die Hände. Sie konnten sehen, wie sie die Lippen bewegten, aber sie hörten nicht, was sie riefen.

»Weiter – weiter – weiter!« sagte der eine SSler, scheuchte sie vom Geländer weg. »Hier gibt's nichts zu sehen!« Sie machten, daß sie fortkamen.

In der Straße, die zum Bahnhof führte, stand ein Flüchtlingswagen neben dem anderen. Drei Frauen mit Armbinden und eine Rot-Kreuz-Schwester verteilten Suppe aus einem großen Topf, den sie in einem Kinderwagen vor sich herschoben.

Und plötzlich sahen sie den Bahnhof vor sich, und vor dem Bahnhofsgebäude lauter Jungen, die auf der Bordsteinkante saßen, wie Vögel auf der Stange. Das konnten welche aus ihrer Schule sein, die sahen genauso aus. Maxe und Peter rannten los, und Adolf reckte den Hals, damit er an dem Pferdehintern, der ihm die Sicht versperrte, vorbeischauen konnte. Er sah, wie die beiden mitten unterm Laufen innehielten und stehenblieben, da wußte er schon Bescheid.

Es waren auch Berliner, die hatten ihr Lager noch weiter nördlich gehabt und waren die ganze Strecke bis nach Neuern zu Fuß gelaufen, und so sahen sie auch aus. Sie erzählten, daß sie schon seit drei Stunden vor dem Bahnhof herumhockten und auf ihren Lagerleiter warteten, der Quartier besorgen wollte. Sie hatten eine ganze Masse KLV vorbeikommen sehen, aber als Maxe ihnen den Kaiser beschrieb und die Klette und Spinnenbein, konnten sie sich nicht erinnern.

Maxe und Peter gingen in das Bahnhofsgebäude hinein. Die Halle war leer, und sie wollten schnell zum Bahnsteig durch, aber bevor sie die Brettertür erreichten, die hinausführte, wurden sie von einem Mann abgefangen, der aus einer Seitentür kam und ihnen den Weg verstellte.

»Was wollt ihr hier!« schrie er sie an. Sie konnten nicht erkennen, ob er ein Eisenbahner war, denn er trug einen langen Wachstuchumhang und hatte keine Mütze auf dem Kopf. Sie fragten ihn nach ihrer Schule. Er war kurz angebunden. Kein Mensch hätte eine Nachricht hinterlassen. Und während er sie zum Ausgang drängte, sagte er noch, sie sollten in der Kirche nachfragen, die wäre voll Berliner KLV. Er schien es eilig zu haben, sie aus der Bahnhofshalle hinauszubringen.

Sie liefen zur Kirche. Dort war es genauso, wie der Mann im Bahnhof gesagt hatte. Mindestens fünf, sechs Schulen. Jungen und Mädchen. Aber von ihrer Schule niemand dabei.

Eine Rot-Kreuz-Schwester sagte, sie könnten noch in der Schule nachfragen, dort wären auch Berliner Schüler einquartiert, und wenn sie dort niemand fänden, sollten sie zurückkommen und sich einer anderen Gruppe anschließen. Alle KLV-Gruppen würden Richtung Eisenstein-Zwiesel weitergeleitet nach Bayern hinein, in Zwiesel wäre eine Sammelstelle, dort würden sie ihre Leute auf jeden Fall wiederfinden.

Der Weg zur Schule führte mitten durch die Stadt. Am Marktplatz war alles voll Soldaten. LKW, Kübelwagen und große Planwagen, vor die drei Pferde nebeneinander gespannt waren, standen in den Seitenstraßen im Schutz der Häuser, und dazwischen standen Dutzende von Panjewagen. Es sah aus wie ein großes Landsknechtslager, und sie wunderten sich, warum so viele Soldaten hier herumsaßen, wo die Front doch nicht weit war. Der Geschützdonner von den Bergen nahm immer mehr zu.

Maxe und Peter liefen neben dem Wagen her, die Kleine führte das Pferd am Halfter.

»Was machen wir jetzt mit ihr?« fragte Adolf so leise, daß sie es nicht hören konnte.

»Rotes Kreuz«, sagte Peter, »die sind ja für so was da, oder? Da gibt's ja Waisenhäuser.«

Adolf war nicht glücklich über diese Antwort. Maxe sah es ihm an. »Vielleicht hat sie Verwandte irgendwo«, sagte er. Es sollte tröstlich klingen.

Peter sagte: »Sie hat ja'n Pferd. Vielleicht findet sie Leute, die'n Pferd brauchen.«

»Die kann einem schon leid tun«, sagte Maxe.

Tilli führte das Pferd über den Platz. Sie redete mit ihm in einer fremden Sprache, die sie nicht verstanden, und das Tier hielt den Kopf gesenkt, als hörte es aufmerksam zu.

Maxe wollte zwei Volkssturmmänner, die vor einem Treppenaufgang standen, nach dem Weg fragen, da sah er, daß sie genau vor dem Rathaus angekommen waren. Er ging mit Peter hinein. Wenn sie schon einmal da waren, konnten sie auch gleich wegen der Kleinen fragen.

Adolf sah ihnen nach, während sie die Stufen zum Eingang hinaufstapften. Er hörte, wie die Kleine näher kam und hinter ihm stehenblieb.

»Was machen sie da drin?« fragte sie.

Adolf suchte nach einer Antwort. »Sie fragen, wo unsere Schule ist«, sagte er.

»Wie, in der Kirche?« fragte sie.

Adolf nickte.

»Und dann?«

»Wenn die nichts wissen, fragen wir in der Schule.«

»Und wenn die auch nichts wissen?«

»Dann weiß ich nicht . . .« Er zögerte. »Dann müssen wir eben überlegen.«

»Und dann?«

»Dann gehn wir nach Bayern, nach Zwiesel. Das ist 'ne Stadt in Bayern.«

»Und dann?«

Aus der Tür des Rathauses drang lautes Gebrüll. Und kurz darauf kamen drei Soldaten aus der Tür in Tarnjacken und weiten Fallschirmjägerhosen. Kurzläufige Sturmgewehre an Riemen über der Schulter und Handgranaten im Gürtel. Die sahen richtig nach Krieg aus, nach Front und Nahkampf, nicht so wie die anderen, die auf ihren Pferdewagen herumlungerten überall auf dem Platz. Hinter den dreien kam noch ein Mann in grünem Ledermantel die Treppe herunter, und in der Tür erschien ein kleiner Dicker mit Glatze, dem vor Aufregung das Kinn wackelte. Der schrie den dreien nach mit schriller Stimme: »Es ist kein Tropfen mehr da! Alles beschlagnahmt! Die Wehrmacht hat alles beschlagnahmt!« Und der vorderste der drei Fallschirmer, der eine zerknautschte Leutnantsmütze trug, schrie zurück: »Dreißig Liter in einer Viertelstunde, oder ich leg Sie um! Ist das klar?« Und danach fuhren die drei auf Fahrrädern davon, quer über den Platz. Auf den Fahrrädern sahen sie nicht mehr so kriegsmäßig aus wie vorher, als sie polternd und mit metallischem Geklapper die Treppe heruntergekommen waren.

»Und dann?« fragte Tilli.

»Was dann?« fragte Adolf zurück.

»Wenn ihr dort seid, wo du gesagt hast?«

»In Zwiesel? Wenn wir in Zwiesel sind, finden wir unsere Schule wieder.«

»Und dann?«

»Dann fahren wir mit unserer Schule nach Berlin.«

»Und dann?«

»Dann sind wir zu Hause«, sagte Adolf. Er saß immer noch mit dem Rücken zu ihr und hörte, wie ihr Atem ging, und wartete voll Unruhe, daß sie weiterfragte. Aber sie fragte nicht weiter.

FÜNFTES KAPITEL

Die Amis

Der Mann mit dem grünen Ledermantel war am Fuß der Treppe stehengeblieben und unterhielt sich mit einem Einarmigen, der einen Walroßschnauzer hatte und eine Baskenmütze trug. Die beiden kamen näher, und der Einarmige deutete auf Tillis Pferd, und sie gingen um das Pferd herum und flüsterten miteinander, und der mit dem Ledermantel fragte plötzlich: »Gehört euch das Pferd?« Er stand dicht vor ihnen, und Adolf kam es vor, als wäre er mindestens zwei Meter groß.

»Ihr gehört's«, sagte Adolf und deutete mit dem Kopf auf Tilli.

»Und wo sind eure Leute?« fragte der Mann weiter.

Adolf griff nach den Rucksäcken, die neben ihm im Wagen lagen, schlang sich die Tragriemen um die Handgelenke. Er sagte nichts.

»Seid ihr allein?« fragte der Mann. Er wurde ungeduldig, und als Adolf immer noch keine Antwort gab, beugte er sich herunter und faßte ihn mit zwei Fingern am Jackenaufschlag und zog ihn hoch. »Na, komm schon, du kleiner Kümmerling, mach den Mund auf!«

Adolf machte sich steif und zog den Kopf ein.

Der Einarmige drängte den mit dem Ledermantel zur Seite. Er sah nicht so gefährlich aus, und seine Stimme klang freundlicher. »Wo wollt ihr denn hin mit eurem Pferd?« fragte er. »Habt ihr eure Leute verloren?«

Adolf schüttelte den Kopf. »Wir suchen unsere Schule, wir sind KLV.«

»Soso, eure Schule sucht ihr«, sagte der Einarmige. Er sprach so, wie man zu kleinen Kindern spricht. »Na, vielleicht können wir euch helfen. Wo soll sie denn sein, eure Schule?«

Der mit dem Ledermantel war neben das Pferd getreten und begutachtete das Kummet, faßte nach dem Halfter. Tilli beobachtete ihn mit wachsendem Mißtrauen, schrie plötzlich los: »Gehn Sie weg!« Der Mann hielt für einen Augenblick inne und blickte überrascht auf sie herunter. »Nananana«, machte er, »nun reiß mal nicht gleich so die Gosche auf, Kleine.«

»Lassen Sie los!« schrie Tilli außer sich vor Wut, und als der Mann seine Hand auf die Nüstern des Pferdes legte und ihm über den Hals strich, trat sie zu, knallte ihre Stiefelspitze gegen sein Schienbein, daß er aufschrie, und wie ein Taschenmesser zusammenklappte und mit beiden Händen das schmerzende Bein hielt und herumhüpfte. »Du dreckiges, kleines Biest!« brüllte er und versuchte, sie zu fassen, aber sie hatte sich schon unter dem Pferd in Sicherheit gebracht und hielt sich dicht hinter den Vorderbeinen, damit sie unter dem Bauch des Tieres hindurchtauchen konnte, wenn es gefährlich wurde.

Die beiden Volkssturmmänner kamen vom Treppenaufgang herüber. Sie hielten die Riemen ihrer Karabiner straff gespannt und blickten streng unter ihren Stahlhelmen hervor, und der größere der beiden streckte sich, damit er nicht gar zu verhutzelt wirkte neben dem Langen mit dem Ledermantel. »Was ist hier eigentlich los? Was wollen Sie von den Kindern?« fragte er barsch.

»Die wollen mein Pferd wegnehmen!« schrie Tilli unter dem Bauch des Tieres hervor. »Die wollen mein Pferd wegnehmen!« Sie schrie so laut, daß die Leute stehenblieben. Der größere der beiden Volkssturmmänner nahm den Karabiner von der Schulter.

»Nun halten Sie aber mal die Luft an!« sagte der mit dem Ledermantel und machte Anstalten, auf ihn loszugehen. Der Einarmige drängte sich dazwischen. »Ist ja schon gut, ist ja schon gut, ist ja doch gar nichts passiert!« Er schob den mit dem Ledermantel beiseite, zog ihn mit sich. Sie liefen über den Platz davon.

Der Volkssturmmann sagte: »Kinder Gottes, nehmt euch bloß in acht und treibt euch nicht so herum! Schaut, daß ihr nach Hause kommt!« Er schien ehrlich besorgt zu sein, wie ein alter Opa. »Es läuft zu viel fremdes Gesindel herum, lauter Strauchdiebe, vor denen ist nichts sicher, die stehlen wie die Raben. Paßt bloß auf!«

Adolf nickte geduldig und sagte »jajaja«, und dann kamen

endlich Maxe und Peter zurück, und sie konnten wegfahren. Die beiden hatten nichts erreicht.

Sie machten sich auf den Weg zur Schule, überquerten den Fluß und liefen eine lange Steigung hinauf. Sie ließen sich Zeit, denn die beiden Männer vom Marktplatz, der Einarmige und der mit dem Ledermantel, waren vor ihnen, und denen wollten sie nicht zu nahe kommen.

Die Schule war ein hoher, heller Bau mit großen Sprossenfenstern und einem Türmchen und einer Sirene auf dem Dach. Ein kiesbedeckter Schulhof lag davor, der von einer sauber gestutzten Buschreihe gesäumt war. Vor dem Tor saßen ein paar Mädchen herum. Die waren aus Berlin, das hörte man schon von weitem.

Von denen erfuhren sie, daß nur eine Jungenschule aus Hartmanice einquartiert wäre. Sie waren nicht allzu enttäuscht. Sie waren schon ohne große Hoffnungen hergekommen. Sie wurden nur langsam müde.

Auf der Straße war kein Mensch außer ihnen und dem Mädchen. Und es war still. Auch das Artilleriefeuer hatte nachgelassen. Zwei Flieger waren am Himmel, aber es waren keine Tiefflieger, nur Beobachter, von denen sie nichts zu befürchten hatten. Die schwirrten schon seit geraumer Zeit über der Stadt herum.

Sie überquerten die Straße und bogen in einen Weg ein, der zwischen dunklen Bretterzäunen hindurchführte. Hinter den Zäunen lagen Baracken mit Wellblechdächern, langgestreckt und ohne Fenster. Der Weg öffnete sich nach hundert Metern auf eine baumbestandene Wiese, die mäßig steil zum Fluß hinunter abfiel. Unter den Bäumen lagerten Flüchtlinge um ein Feuer. Zwei Pferde standen in der Wiese. Tilli stellte ihres dazu, daß es grasen konnte.

Sie hatten noch die Nudelpampe in ihren Kochgeschirren, die ihnen die Frauen in der Bahnhofsstraße gegeben hatten. Darüber machten sie sich her. Sie war so kalt, daß ihnen die Zähne weh taten, und sie mußten jeden Bissen erst in der Mundhöhle anwärmen, bevor sie ihn kauen konnten. Sie brauchten eine halbe Stunde, bis sie aufgegessen hatten, und dann holte Tilli das Pferd, und gerade als sie zurückkam und sie sich zum Aufbruch fertig machten, knallte es plötzlich ganz in der Nähe. Ein trockener Knall und dicht darauf ein pfeifendes Zischen über ihren Köpfen, und dann stieg drüben auf der gegenüberliegenden Talseite mitten zwischen den Häusern eine Fontäne hoch aus Dreck und Trümmern, und zwei Sekunden später schlug ein berstendes Krachen gegen ihre Ohren, und da waren schon die nächsten Abschüsse und das Zischen über ihren Köpfen und drüben die Einschläge, einer neben dem anderen. Es war wie bei der Wochenschau im Kino, und sie saßen auf den besten Plätzen im Balkon. Da hob sich ein Dach ganz langsam und fiel wieder zurück und drückte die Mauern unter sich zusammen, und weiße Staubwolken quollen zu den Seiten hinaus und hüllten die Trümmer ein. Und winzig kleine Menschen rannten zwischen den Häusern herum und warfen sich auf den Boden zwischen den hochschießenden Dreckfontänen. Sie sahen nicht aus wie richtige Menschen, sie sahen komisch aus, wie sie so planlos herumrannten und umfielen.

Und die Einschläge wanderten weiter, sprangen zurück über den Fluß auf das diesseitige Ufer, da fetzte es in ein rotes Haus hinein, das aussah wie eine Fabrik, ein Schornstein knickte um, und rote Trümmer flogen durch die Luft und Balken und Mauerbrocken, das spritzte auseinander und schwarzer Rauch stieg auf.

Sie duckten sich hinter einen Holzstoß, der ihnen Deckung bot, nur der Kopf des Pferdes schaute darüber hinweg, und Tilli zog verzweifelt am Halfter, um den Kopf herunterzubringen.

Ein Mann auf Krücken stockerte auf sie zu in fliegender Eile. Hechtete sich vorwärts, schwang zwischen den Krücken hindurch wie ein Turner am Barren. »Jetzt decken sie uns ein, die Dreckskerle!« rief er schnaufend, als er bei ihnen ankam. Er schaute über den Rand des Holzstoßes. Er war groß und dürr und hatte einen kahlen Schädel und aufgerissene Augen und ein dümmliches Grinsen um den Mund. »Kommen sie schon?« fragte er mit einer Stimme, die sie kaum verstehen konnten, es klang so, als spräche er mit vollem Mund. »Habt ihr sie gesehen? Wo kommen sie her?« Er war atemlos vor Neugier, kriegte kaum Luft und grinste immerzu, das Grinsen war auf seinem Gesicht eingewachsen. »Menschenskinder, das sind Panzer, da kommen sie, wieviel sind'n das, Menschenskinder!« Da fetzte etwas heran, ein heulendes Surren, und das Gesicht war auf einmal weg, nur das Grinsen hing noch da, wo das Gesicht gewesen war, und das eine Bein knickte im Knie ein und der Körper rutschte zwischen den Krücken nach unten, die standen noch aufrecht und fielen dann klappernd zusammen auf den Haufen Mensch, der am Boden lag. Der hatte keinen Kopf mehr, nur noch ein roter Stumpf war da, aus dem quoll das Blut wie roter Schaum.

Maxe bewegte die Lippen, wollte etwas sagen. Weg hier, nichts wie weg, wollte er sagen, aber er brachte nichts heraus. Er kam auf die Beine. Drüben am Bretterzaun galoppierte ein Pferd. War das ihr Pferd? Das war doch ihr Pferd! Wo war die Kleine? Sie stand noch da, mit dem Rücken am Holzstoß, starrte auf den Mann zu ihren Füßen.

»Weg! Weg hier!« schrie Maxe, packte die Kleine unter den Armen, hob sie auf den Wagen, half Adolf hinauf, zog Peter mit sich, rannte los mit dem Wagen.

Am Bretterzaun hielten sie an. Es war plötzlich still geworden, keine Abschüsse mehr, keine Detonationen. Das Pferd war nirgends zu sehen. Sie hetzten weiter. Voraus lag eine Häuserzeile. Dahinter brannte es. Eine dunkle Rauchwolke stieg über den Dächern auf. Glühende Trümmer schossen rasend schnell in die Luft und verglimmten hell aufleuchtend. Der Bretterzaun bog nach rechts ab, da führte ein Weg zur Hauptstraße zurück und zur Schule. Und da war das Pferd. Es kam auf sie zu. Tilli sprang vom Wagen, lief ihm entgegen, schrie »Herta, komm, komm her, komm zu mir!« rannte auf das große Tier zu, furchtlos wie eine Zirkusreiterin. »Komm Herta, brav, ganz brav!« Das Pferd hielt an, tänzelte wie in der Manege, sprang im Stand vor und zurück, warf den Kopf, schnaubend, mit herausquellenden Augen, die Ohren flach angelegt.

Jetzt war auch deutlich das Prasseln des Feuers zu hören, die krachenden Explosionen von trockenem Holz, das in der Gluthitze zersprengt wurde, das Fauchen der Flammen.

»Sei gut, Herta, ganz ruhig, Herta, ich bin's doch, Tilli, komm zu Tilli!« Vorsichtig, mit kleinen Schritten näherte sie sich, sprach beruhigend auf das Tier ein, bis sie so nah war, daß sie es am Halfter fassen konnte. »Ja, Herta, ist ja schon gut, Herta, ist alles wieder gut.« Sie konnte nicht sehen, daß hinter dem Pferd die zwei Männer vom Marktplatz auftauchten, der Einarmige und der mit dem Ledermantel.

»Na, da wären wir ja wieder«, sagte der Einarmige. Er hielt seinen einen Arm in die Hüfte gestützt und schaute Tilli mit schräggelegtem Kopf an. Er lächelte, blinzelte ihr zu. »Da könnt ihr von Glück sagen, daß wir gerade zur rechten Zeit hier waren«, fuhr er fort. »Wenn wir das Vieh nicht aufgehalten hätten, wär's davon über alle Berge.« Er lächelte immer noch, aber dann war das Lächeln von einer Sekunde auf die andere fort aus seinem Gesicht, und seine Augen wurden hart, und auch in seiner Stimme war keine Spur von Freundlichkeit mehr, als er weitersprach. »Nun hört mir mal gut zu, ihr Grünschnäbel. Der Feuerzauber, den wir grade erlebt haben, das waren die amerikanischen Panzerspitzen. Die haben sich nur deshalb wieder zurückgezogen, weil es bald dunkel wird. Aber morgen sind die wieder da, und dann sitzen wir hier fest. Das wollen wir doch alle miteinander nicht, oder?« Er machte eine Pause und trat mit zwei Schritten neben das Pferd, fuhr ihm mit der Hand über den Hals und faßte wie zufällig nach dem Halfter. Tilli verfolgte jede seiner Bewegungen, aber sie rührte sich nicht.

»Na gut«, fuhr der Einarmige fort. »Wir wollen so schnell wie möglich weg hier und über die Grenze. Das wollt ihr ja wohl auch. Wir haben einen Wagen. Ihr habt ein Pferd. Also werden wir zusammen fahren, ist das klar?« Das freundliche Lächeln erschien wieder auf seinem Gesicht. »Es sei denn, ihr wollt hierbleiben. Dann fahren wir allein.«

Sie blickten alle auf Maxe, der mit hochgezogenen Schultern vor dem Einarmigen stand.

»Wir fahren mit«, sagte er. Und in einem hilflosen Versuch der Auflehnung setzte er hinzu, »aber wir müssen nach Zwiesel!«

»Da wollen wir doch auch hin, Junge«, sagte der Einarmige, »wer sagt's denn, da haben wir doch genau die gleiche Richtung.« Er verzog den Mund zu einem breiten Grinsen und befahl gleich darauf mit barscher Stimme: »Also gehn wir!« Und zog das Pferd mit sich.

Die Kleine ließ das Halfter los und wartete, bis die anderen drei heran waren, und trottete hinter dem Leiterwagen her. Sie hielt den Kopf gesenkt. Niemand sollte sehen, daß sie Tränen in den Augen hatte.

Sie folgten den Männern bis zur Hauptstraße und durch ein Tor in das Barackengelände hinein. Gleich hinter dem Tor stand ein altes Tempo-Dreirad ohne Windschutzscheibe und mit Splitterlöchern im Dach und in der Motorhaube. Die Ladung auf der flachen Pritsche war mit einer Zeltplane zugedeckt. Auf der Plane lag ein Mann in einem Wehrmachts-

Lammfellmantel mit grünem Kragen, eine lederne Autofahrerkappe auf dem Kopf, der setzte sich auf und schwang seine Beine über die Bordwand und sagte kopfschüttelnd: »Meine Fresse, 'n Gaul mit Geschirr, wenn das kein Schwein ist!«

Der Einarmige bugsierte das Pferd vor das Dreirad. »Halt keine Volksreden«, sagte er in seinem barschen Befehlston. »Bind den Gaul an!« Er war der Anführer der drei, da gab es keinen Zweifel.

Der mit der Lederkappe legte einen Strick um die Fensterstreben des Dreirads und hängte das Zugscheit in die Schlaufe ein. Und der Einarmige kletterte ins Führerhaus hinter das Lenkrad und ließ sich die Zügel hereinreichen. »Die Kleine könnt ihr draufsetzen und euer Gepäck auch, aber ihr drei müßt laufen«, sagte er. »Wir müssen das Pferd schonen. Es ist 'n ganz schönes Stück Weg, das wir vor uns haben.«

Maxe deutete auf Adolf. »Er kann aber nicht laufen!« sagte er trotzig. Der Einarmige warf ihm einen mißtrauischen Blick zu. Dann sagte er: »Meinetwegen, rauf mit ihm, aber 'n bißchen dalli!« Und im nächsten Augenblick schnalzte er mit den Zügeln und trieb das Pferd an.

Der mit der Lederkappe half ihnen, das Gepäck und den Wagen auf die Pritsche zu hieven, und half auch Adolf und Tilli hinauf. Er schien noch der anständigste von den dreien zu sein. Als sie aus der Stadt draußen waren, verteilte er zwei Kommißbrote an sie, die er unter der Plane hervorholte, und gab jedem dazu noch ein Stück von einer harten roten Wurst, die so scharf war, daß es ihnen das Wasser in die Augen trieb. Sie aßen sie trotzdem, denn es war Wurst. Wann hatten sie das letzte Mal Wurst bekommen? Die Schärfe ließ sich mit viel Brot wegkauen.

Das Pferd war müde und langsam. Wenn es bergauf ging, mußten auch die beiden Männer im Führerhaus aussteigen, und wenn es steil wurde, mußten sie schieben. Es ging oft bergauf.

Tilli und Adolf schliefen ein unter der Plane. Maxe und Peter hielten sich an der Bordwand fest, setzten Schritt vor Schritt, ihre Beine waren wie aus Gummi, und die Straße war auch aus Gummi, aus weichem Gummi, in den ihre Füße einsanken, mit jedem Schritt sanken sie tiefer ein und kamen schwerer heraus.

Die vorn im Führerhaus machten keine Pause, die brauchten

keine Pause, die konnten ja zwischendurch immer wieder fahren, sich ausruhen. Es wurde dunkel und die Straße wurde schwarz, und der Wagen war ein schwarzer Schatten vor ihnen, der davonfuhr, wenn sie die Bordwand losließen. Sie mußten dranbleiben, sich festhalten. Sie hängten sich an. Bergauf, bergab. Sie spürten keinen Unterschied mehr, ob es bergauf ging oder bergab, es war alles gleich, ein Schritt nach dem anderen, Knie durchdrücken, rechtes Bein vor, linkes Bein vor, rechts, links, rechts, links. Sie ließen sich mitziehen, hängten die Ellbogen ein, legten den Kopf auf die Ellbogen, stützten sich auf, die Beine liefen hinterher, der Kopf schaukelte im Takt der Schritte hin und her. Und die Augen klappten zu. Nichts mehr sehen, nichts mehr spüren, die Straße nicht mehr spüren, die Beine nicht mehr spüren. Schlafen. Nur die Beine bewegten sich noch, liefen im Schlaf.

Irgendwann ein lautes Geräusch, das in den Schlaf eindrang, ein plötzlicher Halt, der den gleichförmigen Takt der Schritte durcheinanderbrachte und sie aufschreckte. Und Hände, die sie an den Schultern packten und unbarmherzig rüttelten, und ein Schlag auf den Rücken und laute Stimmen: »Na komm, Junge, nun faß mal mit an!« Das Gepäck, das schwer an den Armen zog, und Tillis weinerlich fragende Stimme und Heugeruch, Stallgeruch und das unstete Licht einer Taschenlampe, und dann endlich Ruhe, ein weicher Platz am Boden, auf den sie sich niederlassen konnten, nicht mehr laufen müssen, sich flach legen, sich einrollen, schlafen.

Maxe hörte die Atemzüge der anderen, ruhig und gleichmäßig. Die schliefen noch. Er lag wach und hielt die Augen geschlossen. Und plötzlich hörte er noch etwas anderes. Da war etwas in der Luft. Ein dumpfes Brummen, das anschwoll und wieder leiser wurde, und sich steigerte, bis die Luft davon erzitterte. Und über dem Brummen war wie schrille Begleitmusik ein kreischendes Quietschen, das in den Ohren schmerzte.

Maxe kannte dieses Geräusch. Er wußte, was das war. Das waren Panzer. Mit einem Ruck setzte er sich auf und öffnete die Augen. Halbdunkel um ihn. Ein schmaler Lichtstreifen, in dem Staubflusen schwammen. Ein stacheliges Ungetüm von einer Maschine, und rechts ein Bretterverschlag, alles voller Staub und voller Spinnweben.

Der Lichtschein kam von links, da war ein Fenster mit einem

Laden, der nicht schloß. Maxe stand auf. Sein ganzer Körper war steif, als wäre er durch und durch gefroren. Er ging zum Fenster, stieß den Laden auf. Eine gepflasterte Straße lief draußen am Haus vorbei, dahinter lag eine weite Wiese, und über der Wiese war Wald, dunkler Wald, der sich einen Hügel hinaufzog. Es war schon heller Tag und es war eiskalt, das spürte er erst jetzt. Er hauchte in seine Hände, rieb sie gegeneinander, schlug sich die Arme um die Brust.

Neben dem Bretterverschlag war ein Durchgang. Wo waren sie hier überhaupt? Das sah aus wie eine Scheune, ein Verschlag in einem Bauernhof. Waren sie schon in Bayern? Nach diesem Gewaltmarsch mußten sie doch sicher schon in Bayern sein. Vielleicht schon in der Nähe von Zwiesel? Und wo waren die Männer mit dem Dreirad und dem Pferd?

Aus den Augenwinkeln sah er einen Schatten vor dem Fenster. Da war jemand vorbeigelaufen. Er streckte seinen Kopf hinaus. Links von ihm, keine drei Meter entfernt, stand einer an der Hauswand, spähte um die Ecke, ein kleines, sichelbeiniges, dickes Männchen in schwarzer SS-Uniform mit blitzenden Schaftstiefeln und blankem Mützenschild, als käme er gerade von der Parade. Der drehte sich plötzlich um, und bevor Maxe den Kopf zurückziehen konnte, war er schon an ihm vorbei und rannte im Galopp die Straße hinunter mit vorgestrecktem Bauch, rannte auf einen Bahndamm zu, unter dem die Straße hindurchführte, verschwand in der Tunnelöffnung.

Das Brummen war noch lauter geworden, so laut, daß die Fensterscheiben klirrten. Maxe lief um den Bretterverschlag herum, an einer hölzernen Leitertreppe vorbei, die ins Obergeschoß führte, kam in einen großen fensterlosen Raum. An den Wänden Stapel von Heureitern und ein Garbenbinder und andere Maschinen, eingestaubt und mit Heu verhängt. Ein starker Geruch nach Pferdestall in der Luft. Wo war das Pferd? Wo waren die Männer?

Maxe lief zum Tor, das auf der rechten Seite lag, öffnete es um einen Spalt. Drei schiefergedeckte Scheunen, unten gemauert, das Obergeschoß mit Brettern verschalt, lagen vor ihm. Dahinter ein Dorf auf einem Hügelkamm.

Und da kamen sie. Kamen hinter den letzten Häusern des Dorfes heraus wie riesige, schwerfällige Käfer. Einer hinter dem anderen. Fünf, sechs, sieben, immer mehr. Dazwischen kleine flache Wagen, wie er sie noch nie gesehen hatte. Die fuhren zwischen den Panzern her, und Soldaten liefen auf der Straße vorneweg in langer Reihe, Gewehre im Anschlag. Liefen dicht am Straßenrand, sichernd, Abstand haltend. Das waren keine Deutschen. Das waren Amerikaner mit runden Helmen. Noch mehr Fahrzeuge rollten über den Hügelkamm, hochbeinige Lastwagen und wieder Panzer und die kleinen flachen Wagen, die an der Kolonne entlangflitzten. Die Soldaten an der Spitze waren jetzt schon bis auf hundert Schritte an die erste der drei Scheunen herangekommen. Sie gingen hinter den Alleebäumen und im Straßengraben in Deckung, nur noch die runden Helme schauten heraus und die Läufe ihrer Gewehre. Drei gingen im Straßengraben vor, sprangen über die Straße auf die Scheune zu. Maxe starrte wie gebannt, konnte sich nicht losreißen. Verdammt noch mal, wenn er noch lange wartete, war es zu spät. Da kamen sie nicht mehr weg.

Er raste zurück hinter den Verschlag. »Wacht auf!« rief er den anderen zu, rüttelte an ihnen, zog sie hoch. Sie waren kaum wachzukriegen. »Die Amerikaner!« rief er. »Los, steht auf, wir müssen abhauen!« Er schnappte sich seinen Rucksack, warf die Decken über die Schulter, hob Tilli auf die Beine, rüttelte sie, die schlief noch im Stehen weiter. Peter und Adolf begriffen endlich. »Draußen ist alles voll Panzer«, sagte Maxe. Er lief voraus, schaute durch den Torspalt. Da kamen die Soldaten schon an.

»Versteckt euch!« rief er den anderen zu, rannte zurück in die hinterste Ecke, wo die Heureiter gestapelt waren, verkroch sich dahinter. Adolf und Peter folgten ihm in stummer Hast. Und im gleichen Augenblick schrie plötzlich die Kleine los, ein entsetzter Schrei, der das Brummen der Motoren und das Quietschen der Panzerketten übertönte. »Wo ist Herta?! Herta ist nicht mehr da, wo ist sie hin?!« Sie stand hinter dem Tor, neben einem Haufen Pferdeäpfel, aus dem noch der Dampf aufstieg.

»Tilli, komm her!« rief Adolf mit unterdrückter Stimme. »Los, komm her!« Sie rührte sich nicht von der Stelle, stampfte mit dem Fuß auf. »Wo die Herta ist, will ich aber wissen!« schrie sie.

Etwas krachte gegen das Tor, ein Flügel flog auf und ein Soldat sprang herein, war mit drei Sätzen an der Wand. Stand geduckt, sprungbereit, Maschinenpistole im Anschlag. Kleines spitzes Gesicht unter einer großen, stoffbespannten Helmkugel. Keine Sekunde später kam der nächste. Der war zwei Köpfe größer als der erste. Ein Riese. Das Gesicht war nicht zu erkennen. Der Kleine rief ihm etwas zu, und der Riese rannte zur Treppe, stürmte hinauf. Sie hörten seine Schritte oben und kurze Rufe wie Kommandos und das Splittern von Holz. Als er wieder herunterkam, deutete der Kleine auf Tilli. Erst jetzt schienen sie sie wahrzunehmen.

Sie stand vor ihnen, hielt sich an ihrem Kindergartentäschchen fest und starrte sie mit offenem Mund an. Sie hatte nicht eigentlich Angst, sie war viel zu überrascht, um Angst zu haben. Sie stand da wie angewurzelt.

Der Riese beugte sich plötzlich zu ihr herunter und sagte etwas, und in fassungslosem Erschrecken sah sie, daß sein Gesicht rabenschwarz war, wie mit Schuhwichse eingeschmiert, und wenn er den Mund aufmachte, blitzte es weiß auf, als würde in seinem schwarzen Gesicht eine Lampe angeknipst.

Sie rannte los, so schnell ihre Beine laufen konnten, in die Ecke, wo die anderen versteckt saßen, kauerte sich hinter einen Lattenhaufen, verbarg das Gesicht in den Händen, als könnte sie sich dadurch unsichtbar machen.

Als sie wieder aufblickte, waren die zwei Soldaten verschwunden. Draußen röhrten Motoren auf. Der Boden zitterte unter ihren Füßen. Das ganze Haus zitterte, daß der Putz von den Wänden fiel. Und dann schob sich langsam ein Panzer vor das offene Tor. Ruckte herum mit eckigen Bewegungen, Benzingestank stieg ihnen in die Nase. Der Panzer blieb genau vor dem Tor stehen mit blubberndem Motor. Im Ausschnitt des Tores war nur ein Teil des Radkastens zu sehen mit der Kette und den kleinen Rädern, auf denen sie lief. Darüber eine rosa Matratze unter einem Netz, da wo der Turm sein sollte, eine dicke rosa Stahlfeder-Matratze. Und immer lauter der Motorenlärm draußen und das ohrenzerreißende Quietschen der Panzerketten auf dem Pflaster der Straße und kurze bellende Kommandos in einer Sprache, die sie nicht verstanden.

Tilli konnte das alles nicht beeindrucken. Nichts reichte heran an dieses haarsträubende Erlebnis, das sie gerade gehabt hatte, als sie in das kohlpechrabenschwarze Gesicht mit den riesigen, blitzend weißen Menschenfresserzähnen geblickt hatte, das so nah gewesen war, daß sie danach hätte greifen können. Sie drehte sich zu Adolf um. »Hast du gesehn! Ein Mohr!« sagte sie, und dabei zitterte ihre Stimme vor Aufregung, und ihre

Augen waren rund wie Glasmurmeln.

»Ein Neger war das!« sagte Adolf hastig. Und Peter zischte ihr zu: »Komm endlich rein und halt die Klappe!« Die ganze Zeit hatte er Angst gehabt, der kleine Amerikaner würde eine Garbe in die Ecke fetzen, in der sie saßen, und bei dem Gedanken daran hatte er sich schon fast übergeben müssen.

In der Tür tauchte wieder der kleine Amerikaner auf, und diesmal war ein anderer bei ihm, ein langer, dürrer Weißer mit eingebundenen Hosen, die viel zu kurz waren für seine langen Beine. Der schaute sich suchend um und streckte seinen langen, dünnen Hals, und dabei wackelte sein Kopf unter dem riesengroßen Stahlhelm, daß er jeden Augenblick vom Hals zu fallen drohte. Der Lange sah nicht so aus, als ob man sich vor ihm fürchten müßte.

Er rief etwas, und nachdem er dreimal gerufen hatte, verstanden sie, daß er nach ihnen rief. »Hallo, Kinder, kommt heraus hier!« rief er mit einem kehligen L und einem kehligen R. Sie drückten sich tiefer in ihr Versteck, aber der Kleine hatte sie schon entdeckt, winkte mit seiner MP.

Sie stellten sich in einer Reihe vor den Soldaten auf, stierten auf den Boden wie ertappte Diebe.

Noch zwei Soldaten kamen herein, der eine mit einem Fernglas um den Hals, die verschwanden hinter dem Bretterverschlag.

»Habt ihr gesehn deutsche Soldaten hier?« fragte der Lange. Er sagte ›gesejn‹, aber jetzt verstanden sie ihn schon besser. Sie schüttelten die Köpfe. »Nix Wehrmakt, nix SS?« fragte er. »Nix Soldaten?« Wieder schüttelten sie die Köpfe, stumm und voller Mißtrauen und in der unbestimmten Angst, daß ihr Kopfschütteln vielleicht böse Folgen haben könnte.

Maxe dachte an den SS-Mann mit dem Spitzbauch, den er durch das Fenster gesehen hatte, aber er sagte nichts davon. Er war verwirrt, er hatte sich den Krieg ganz anders vorgestellt. Mit Panzern, die feuernd vorwärtspreschten. Mit Sturmangriff und Nahkampf Mann gegen Mann. Mit Flammenwerfern und Scharfschützen und Fallschirmjägern, die vom Himmel fielen, und mit verwegenen Stoßtrupps, die sich nachts heimlich durch die feindlichen Linien schlichen. Und jetzt? Wo waren hier die feindlichen Linien? Wo war die Front? Warum fragten die? Die mußten doch wissen, wo die Front war!

»Ihr seid allein?« fragte der Amerikaner. Peter nickte eifrig.

»Wo ist eure...« der Amerikaner suchte nach dem richtigen Wort, »Vater, Mutter, wo ist?« fragte er.

»Berlin«, sagte Peter schnell, »in Berlin!« Er hatte Angst, daß der Amerikaner ihm nicht glauben könnte.

Der Soldat mit dem Fernglas kam aus dem Verschlag zurück, blieb vor ihnen stehen, schaute sie eindringlich an. Und als der Lange ihm etwas sagte, verzog er sein Gesicht noch mehr und machte eine heftige Geste mit der Hand und knurrte etwas, das böse klang, und ging mit raschen Schritten hinaus.

Der Kleine kaute ununterbrochen, saß mit einem halben Hintern auf einem Holzbock und kaute und ließ sie nicht aus den Augen, und sobald der Lange draußen war, kam er langsam auf sie zu und blieb vor Peter stehen und öffnete mit gestrecktem Arm die Lasche der ledernen Kameratasche, die Peter am Gürtel hängen hatte, zog die Kamera heraus, steckte sie in den Ausschnitt seiner Jacke. Er grinste dabei und kaute immer noch und deutete mit der MP auf das Tor, und als sie losliefen, folgte er ihnen dicht auf, die MP im Arm.

Sie drückten sich an dem Panzer vorbei, der vor dem Tor stand. Er war hoch und schmal und gedrungen, mit einer kurzen dünnen Kanone und aufgesetztem MG. Der Turm war auf allen Seiten von Matratzen umgeben, und über den Matratzen schaute ein Neger heraus, der hatte eine lange Zigarre im Mund stecken und bleckte die Zähne, als wollte er ihnen zulachen.

Der Kleine hinter ihnen brüllte etwas über ihre Köpfe hinweg, ein quäkender Laut, der ihnen in den Ohren gellte. Weiter vorn an der Straße, in Höhe der letzten Scheune, antwortete einer und hob den Arm.

Sie trabten los, die Straße entlang. Maxe und Peter voraus, behängt mit ihrem Gepäck. Die beiden Kleinen hintennach. Tilli hielt sich an Adolfs Jackenärmel fest.

Überall hockten Soldaten herum, lagen im Straßengraben, rauchend und kauend, saßen in kleinen, eckigen, offenen Autos, aus denen lange Antennen ragten wie riesige Peitschen. Und hinter den Scheunen und in langer Reihe auf der Straße und in den Wiesen daneben Panzer und Lastwagen. Große Lastwagen mit vielen Rädern und kleinere mit breitgerripptem Kühler und grobstolligen Reifen. Es kam ihnen so vor, als ob jeder Soldat sein eigenes Auto hätte.

Hinter ihnen am Bahndamm bellte es plötzlich los. Zwei kurze

Feuerstöße. Da lagen Soldaten auf dem Bauch ganz oben am Rand der Böschung, und einer, der stand, warf die Arme in die Luft. Alles schien erstarrt, nur dieser eine Soldat auf dem Bahndamm bewegte sich, deutlich sichtbar vor dem hellen Himmel, fiel rückwärts mit ausgebreiteten Armen, kugelte die Böschung hinunter. Und im gleichen Augenblick schlug eine Woge von Lärm über ihnen zusammen, als säßen sie inmitten einer brüllenden, krachenden, berstenden, heulenden, jaulenden, motordröhnenden Höllenorgel.

Sie sahen Mündungsfeuer aufblitzen am Hang des bewaldeten Hügels hinter den Wiesen, und weiße gezackte Linien wie rasende Luftschlangen, die in flachem Bogen in den Wald fetzten und das Mündungsfeuer suchten. Sie sahen, wie sich die Panzer schwerfällig in Bewegung setzten, wie sie sich schüttelten unter den Abschüssen ihrer Kanonen. Sie sahen, wie das Haus, in dem sie gerade noch gewesen waren, in einer aufwirbelnden Trümmerwolke zusammenstürzte. Sie sahen die Erde aufspritzen, sahen Lastwagen mit durchdrehenden Rädern über die Wiese davonpreschen, sahen den Soldaten, der ihnen zugewunken hatte, auf der Straße liegen, das eine Bein nach hinten gedreht. Er schrie, sie konnten sehen, daß er schrie, aber sie konnten ihn nicht hören in dem Höllenlärm.

Maxe lief endlich los, zog die Kleine mit sich, lief geduckt über die Straße, warf sich in den Graben, preßte sich gegen den Boden, drückte das Gesicht ins Gras. In seinen Ohren dröhnte es, aber durch das Dröhnen hörte er auf einmal einen Schrei. Da schrie einer ganz in der Nähe, schrie und schrie aus Leibeskräften »Deckung! Deckung! Deckung! Deckung!« Schrie immerzu. Das war Peter, der da schrie, und als Maxe aufblickte, sah er ihn, mitten auf der Straße, aufrecht, die Arme halb erhoben, als wollte er seinen Kopf schützen, das Gesicht verzerrt zu einer greinenden Grimasse. Und immer noch schreiend. »Deckung! Deckung! Deckung!«

Maxe sprang auf, brüllte ihn an. Peter rührte sich nicht, stand starr und steif. Maxe trat mit dem Fuß zu, schlug ihm die Faust ins Gesicht, stieß ihn vorwärts über die Straße und in den Graben hinunter. Peter hörte endlich auf zu schreien, ließ sich auf den Bauch fallen, kroch den Graben entlang, hastig wie ein Käfer, der ein dunkles Loch sucht, drehte sich im Kreis, kroch unter die Decke, die ihm von der Schulter gerutscht war, verkroch sich darunter.

Allmählich ließ der Lärm nach. Über dem Motorengebrumm lagen nur noch vereinzelt krachende Abschüsse von Panzerkanonen, und ganz entfernt von jenseits des Bahndammes war MG-Feuer zu hören.

Auf der Straße tauchte plötzlich ein Amerikaner auf, behängt mit Munitionsgurten, Eierhandgranaten am Gürtel und ein MG mit Zweibein auf der Schulter, unförmig dick in seiner grünbraunen Pluderjacke mit vollgestopften Taschen, der rief ihnen etwas zu, deutete mit ausgestrecktem Arm nach rückwärts: »Mak snell!« rief er, »mak snell!« Er wurde ungeduldig, als sie nicht gleich verstanden, fuchtelte mit dem Arm.

Maxe rappelte sich auf, kletterte den Graben hoch auf die Straße. Adolf und Tilli kamen nach. Stumm und verschreckt starrten sie den Soldaten an. Der deutete auf einen Laster, der neben dem letzten Haus auf der Straße stand, mit dem Heck zu ihnen.

Peter lag noch unten im Graben. »Los, komm rauf, du Arschloch!« brüllte Maxe. Er war wütend. Und wütend lief er los, die beiden Kleinen im Dauerlauf hinterdrein.

Zwei Mosquitos zischten heulend über ihre Köpfe hinweg auf den Hügel zu, an dessen Hang das Mündungsfeuer aufgeblitzt war. Sie konnten sehen, wie die Bomben fielen, und wie sie aufschlugen in einem gelbrot leuchtenden Feuerball, der sich durch den Wald fraß. Und Jäger waren auf einmal in der Luft, eine ganze Rotte, die kurvten wie Hornissen um den Hügel, beharkten ihn mit Bordkanonen, es ratterte ununterbrochen.

Ein rotgesichtiger Hüne mit roten Haaren und mit Händen wie Schaufeln hob sie auf die Ladefläche des Lasters unter die Plane, einen nach dem anderen, als wären sie kleine Hunde. Tilli beobachtete ihn mit offenem Mund, und als er bemerkte, wie sie ihn anstaunte, fing er an zu grinsen, daß sich sein roter Schnauzbart sträubte, und faßte in seine Jackentasche und steckte Tilli mit einer schnellen Bewegung etwas in den offenen Mund. Sie erschrak so, daß sie den Mund nicht schnell genug zukriegte, und als sie ihn schloß, steckte schon etwas zwischen ihren Zähnen. Sie zog die Lippen zurück und machte ein Gesicht, als hätte sie einen Regenwurm verschluckt und wollte schon anfangen zu schreien, da ruckte der Wagen an, daß es sie hart gegen die Bordwand drückte, und fuhr los.

Der Rote blieb zurück, er lachte und deutete mit dem Zeigefinger in seinen geöffneten Mund und kaute mit mahlendem Unterkiefer, daß es aussah, als wollte er seinen Zeigefinger zermalmen. Tilli ließ ihn nicht aus den Augen, bis die Alleebäume ihr die Sicht nahmen. Dann zog sie vorsichtig das Ding zwischen ihren Zähnen heraus. Es war ein flacher, rechteckiger Streifen, in Silberpapier eingewickelt. Sie beäugte ihn mißtrauisch. Unter dem Silberpapier verbarg sich ein graues, weißlich bestäubtes Plättchen, das nach Pfefferminz roch. Sie leckte daran, steckte es in den Mund. Es schmeckte süß und wurde weich zwischen ihren Zähnen.

»Vielleicht ist es vergiftet«, sagte Peter.

»Halt bloß die Klappe!« fuhr Maxe ihn an.

Der Wagen holperte durch Schlaglöcher. Sie mußten sich festhalten, damit sie nicht in die Luft geschleudert wurden. Die Straße schoß unter der Bordwand heraus wie ein rasendes graues Band. Alleebäume huschten vorbei, rechts und links, blieben zurück. Dann waren Häuser zu beiden Seiten, weiße Tücher hingen aus den Fenstern, und Leute standen auf den Gehsteigen, die winkten. Der Wagen bremste nicht ab, fuhr mit unverminderter Geschwindigkeit durch den Ort. Die Plane flatterte klatschend im Fahrtwind. Was war das für eine Stadt? Warum hatten die Leute gewinkt? Waren sie vielleicht noch gar nicht in Deutschland? Maxe hielt Ausschau nach dem Ortsschild, aber er konnte keines entdecken. Es war auch nur ein kleiner Ort gewesen, der war sicher nicht auf der Karte verzeichnet.

Vorn auf der Ladefläche fing plötzlich einer an zu schreien. Der hatte beide Hände dick eingebunden. »Komm, komm!« rief er. Der wollte etwas von ihnen. »Komm her!« rief er. Tilli hockte ihm am nächsten. Er nickte ihr zu, winkte mit der eingebundenen Hand. »Komm, komm!« drängte er. Sie hatte Angst vor ihm, aber sie hatte noch mehr Angst davor, daß er wütend werden könnte, wenn sie ihm nicht folgte. Sie rutschte zögernd zu ihm hin.

»Hier!« schrie er und deutete auf seine Jackentasche. »Hier!« Er mußte schreien, um das Dröhnen des Motors zu übertönen. Tilli langte in seine Jackentasche, zog eine Zigarettenschachtel heraus. Er nickte ihr zu, zeigte auf die Schachtel, auf seinen Mund. Sie begriff. Und im gleichen Maß, wie sie begriff, verging ihre Angst und wuchs ihr Eifer. Mit spitzen Fingern zog sie eine Zigarette aus der Schachtel. Es war schwierig, weil der Wagen bockte und sie sich nicht festhalten konnte. Sie steckte ihm die Zigarette in den Mund, blickte ihn beifallheischend an. Und im gleichen Augenblick machte der Wagen einen Sprung, daß es sie mit voller Wucht auf den Soldaten schleuderte, genau auf die eingebundene Hand. Und der Soldat brüllte auf, und Tilli kugelte über den Boden, kroch auf allen vieren zu Adolf in die äußerste Ecke, versteckte sich hinter seinem Rücken. Und der Wagen schleuderte um eine Kurve, wurde langsamer, fuhr durch ein Tor und hielt an.

Musik war zu hören, laute, schnelle, fröhliche Musik. Und die Plane wurde aufgerissen, und einer mit einem dunkelbraunen Gesicht klappte die hintere Bordwand herunter. Ein weiter Hof lag vor ihnen, auf drei Seiten von Gebäuden umgeben, einem langgestreckten Wohnhaus, Schuppen, Scheunen, Stallungen. Die vierte Seite war durch eine Mauer abgeschlossen. In der Mitte erhob sich ein Gebirge von Misthaufen. Daneben standen Odelwagen und lange Leiterwagen und zwei Traktoren und ein Mähdrescher. Auf dem Hochsitz des Mähdreschers saß ein amerikanischer Posten mit einer MP über den Knien.

Der mit dem braunen Gesicht scheuchte sie vom Wagen, deutete auf das Hoftor. Sie liefen los. Liefen bis zur Mitte des Hofes und am Misthaufen vorbei. Da lagen Stapel von Gewehren und Pistolen und MGs und Stielhandgranaten und Stahlhelme, alles auf dem Boden verstreut. Und plötzlich sahen sie deutsche Soldaten. Die standen in den offenen Schuppen auf der anderen Seite des Hofes, standen dichtgedrängt, zu Hunderten. Offiziere in Reithosen und Fallschirmer und Luftwaffenhelfer und Landser in langen Mänteln und in Tarnjacken und mit umgehängten Dreiecksplanen, abgerissen und verdreckt. Faltige Jacken, Ziehharmonikahosen, schlaffe Rucksäkke, graue, müde, stoppelbärtige Gesichter. Die waren gefangen. Das waren alles Gefangene. Und nur ein Posten zur Bewachung.

Sie blickten verstohlen hinüber, liefen scheu weiter, durch das Tor hinaus und auf einem breiten, gepflasterten Weg bis zur Landstraße.

Weite Wiesen ringsum, von Holzgattern eingezäunt. Düstere, schwarze Wälder, die sich über die Hügel hinzogen. In ihrem Rücken ein hoher Berg, bis zum Gipfel bewaldet. Von dort war Geschützfeuer zu hören mit lang rollendem Nachhall.

An der Einmündung in die Landstraße machten sie halt. Sie

mußten ihre Sachen in Ordnung bringen. Und sie mußten herausfinden, wo sie waren. Das war das wichtigste. Peter kramte die Karte aus seinem Rucksack und gab sie Maxe. Er war kleinlaut und verlegen. Verdrückte sich, lief zu einem Bach, der unterhalb der Straße durch die Wiesen floß, verschwand hinter den Büschen. Strampelte seine Hose herunter in fliegender Hast. Zum Glück hatte die Hose nichts abgekriegt, es war alles in der Unterhose. Er wusch sie aus, stieg mit einem Bein ins Wasser, wusch sich zwischen den Beinen. Stopfte die nasse Unterhose in das lederne Fotoetui, das er noch am Gürtel hatte, streifte die Hose über. Den Hosenladen knöpfte er erst zu, als er wieder hinter dem Busch hervorkam, die anderen sollten denken, daß er nur gepinkelt hätte.

Die Kleine hockte am Straßenrand, das Gesicht hinter den Händen versteckt. Adolf war bei ihr. Klein und hilflos stand er neben ihr, hielt zwei Schritte Abstand.

»Wir hätten ja doch nichts machen können, Tilli«, sagte er, »das waren ja drei Männer, gegen die hätten wir sowieso nichts machen können.« Er hätte am liebsten selbst geheult.

Maxe faltete die Karte wieder zusammen, es hatte keinen Sinn, darauf herumzusuchen. Der große Berg hinter ihnen mußte der Arber sein, aber sie wußten nicht, wie sie zu ihm standen. Im Süden? Oder im Norden? Der Himmel war grau, von der Sonne nichts zu sehen.

Peter meinte, sie wären im Norden. Aber das konnte nicht sein. Die Männer mit dem Dreirad hatten gesagt, daß sie nach Zwiesel wollten. Und Zwiesel lag südlich des Arbers. Sie machten sich auf den Weg, liefen im Gänsemarsch am Straßenrand entlang. Tilli zockelte hintennach. Sie ließen sie in Ruhe.

An der nächsten Kreuzung stand ein Wegweiser, der in die Richtung zeigte, aus der sie kamen. Darauf stand »Königshütt 5 km«. Sie hatten die Karte genau im Kopf. Sie waren im Norden.

»Siehste!« sagte Peter. »Siehste!« Maxe warf ihm einen bösen Blick zu.

Sie hockten sich auf die Böschung über der Straße, holten wieder die Karte heraus. Bis nach Zwiesel waren es mindestens 30 Kilometer. Die mit dem Dreirad, diese Dreckschweine, waren von Eisenstein aus nach Norden abgebogen, sie konnten es auf der Karte genau verfolgen. Jetzt saßen sie hier, und

Zwiesel lag im Süden, und der Arber war dazwischen, und am Arber wurde noch gekämpft.

Gesang war zu hören von der Straße her, auf der sie gekommen waren. »Humba humbarassa, humba humbarassa, humba heeeoheohee.« Das kam schnell näher. »Und im Dorf der alte Häuptling, knabbert noch an einem Säugling, und von dessen letzten Knochen läßt er sich ein Süppchen kochen.« Vier im Gleichschritt hintereinander, schwarze Winterkluft, Rucksäkke auf dem Rücken, Schimützen auf dem Kopf, wie eine Viererstaffel. Dreißig Schritte dahinter kam noch einer, der hatte einen Stock in der Hand, mit dem stocherte er unentwegt im Gras am Straßenrand, hielt seine Augen am Boden. Die waren nicht viel älter als sie selbst, höchstens vierzehn, nur bei dem an der Spitze war die Stimme schon am Kippen. »In den Teichen schwimmen Leichen mit aufgeschlitzten Bäuchen, darin stecken noch die Messer der alten Menschenfresser.«

»Hej!« rief Maxe. »Hej, hört mal!« Die sangen weiter, marschierten weiter, hielten ihr Tempo. »Wo macht'n ihr hin?« Der an der Spitze schaute kurz hoch. »Immer gradeaus!« rief er herauf.

»Wo kommt'n ihr her?« fragte Peter.

»Von da hinten!« schrie der an der Spitze und deutete mit dem Daumen über die Schulter. Die drei hinter ihm lachten.

Sie warteten, bis der mit dem Stock heran war. Der sah nicht so stur aus wie die anderen.

»Wo wollt'n ihr hin?« fragte Peter.

Der mit dem Stock hörte auf zu stochern. »Nach Hamburg«, sagte er und fragte gleich zurück: »Und ihr?«

Sie waren so überrascht, daß ihnen keine Antwort einfiel.

»Dann macht's mal gut«, sagte der unten und nahm seinen Stochergang wieder auf.

Tilli rutschte zu Adolf und flüsterte ihm etwas ins Ohr, aber Adolf schüttelte nur kurz den Kopf und legte den Finger auf den Mund. Er blickte auf Maxe. Jetzt mußte Maxe etwas sagen.

»Wir gehn erst mal Richtung Süden«, sagte Maxe zögernd. »Da kommt 'ne Bahnlinie, die geht nach Zwiesel.« Er stand auf und schnallte sich den Rucksack um. Bog in die Nebenstraße ein, die hinter dem Wegweiser abzweigte. Sie führte in die Waldberge hinein, wand sich in engen Kurven bergauf.

Adolfs Füße begannen wieder zu schmerzen. Er konnte nur

noch kleine Schritte machen. Sie brauchten fast drei Stunden, bis sie die Höhe erreicht hatten, und noch einmal zwei, bis sie aus dem Wald herauskamen. Ein kleiner Ort lag vor ihnen mit dunklen, schiefergedeckten Häusern. Die Kirchturmuhr zeigte auf zwölf, und aus dem Schallfenster über der Uhr hing ein langes weißes Tuch, das sich im Wind bauschte.

Der Ort war wie ausgestorben, kein Mensch zu sehen. Auch auf der Landstraße war ihnen während des fünf Stunden langen Marsches niemand begegnet. Erst jetzt fiel ihnen das auf.

Langsam gingen sie weiter in den Ort hinein. Hinter einem Lattenzaun standen zwei kleine Mädchen, die schauten ihnen neugierig entgegen. Rannten davon, als sie näher kamen, und verschwanden um eine Hausecke. Dann ging über ihnen ein Fenster auf, und eine alte Frau beugte sich heraus, die fragte etwas mit einer hohen Fistelstimme. Sie verstanden nur das Wort ›Amerikaner‹, wahrscheinlich wollte sie wissen, ob sie die Amerikaner gesehen hätten. Maxe deutete in die Richtung, aus der sie gekommen waren, und im gleichen Augenblick war plötzlich aus der Ferne leises Motorengebrumm zu hören, und die Frau schaute auf und schlug ein Kreuz vor der Brust und sagte »Jesus Maria, da kommen's« und schlug das Fenster zu. Über das Fensterbrett hing ein weißes Tuch herunter.

SECHSTES KAPITEL

Nach Berlin

Das Motorengebrumm kam schnell näher, das mußte eine ganze Kolonne sein, und dann sahen sie sie auch schon durch die Dorfstraße heraufbrausen. Voraus einer von den kleinen, flachen Wagen mit aufmontiertem Maschinengewehr und einem aufragenden Eisenstab vor dem Kühler, und dahinter eine lange Reihe von Lastern, alle von der gleichen Sorte, aber ohne Plane, mit offener Pritsche und darauf deutsche Soldaten, dicht an dicht, als hätte man sie von oben hineingestopft. Ein paar winkten, und sie winkten zurück, als die Laster einer nach dem anderen vorbeidonnerten.

Auf dem vorletzten Wagen beugte sich einer weit heraus und wedelte mit dem Arm und warf ihnen etwas zu und schrie: »Nach Berlin! Nach Berlin!«

Sie warteten, bis die Kolonne durch war, dann holte Peter das Ding aus dem Straßengraben. Es war ein eng zusammengefalteter Zettel, darauf war mit Tintenstift eine Adresse geschrieben. Peter las vor: »An Frau Annette Schatzmann, Berlin-Reinickendorf, Schäferstraße 12.«

Maxe nahm ihm den Zettel aus der Hand und verstaute ihn sorgfältig in der Brusttasche seiner Jacke.

»Was willst'n damit machen?« fragte Peter. Maxe sagte nichts. Er lief wieder los, und Peter beeilte sich, daß er an seine Seite kam. »Kennst du die Schäferstraße?« fragte er.

Maxe schüttelte den Kopf.

»Ich hab gedacht, du kennst dich aus in Reinickendorf?«

Maxe zuckte die Achseln. »Schäferstraße kenn ich aber nicht«, sagte er.

Weiter vorn kamen jetzt Leute aus den Häusern, sammelten sich auf der Straße, schauten in die Richtung, in der die Wagenkolonne verschwunden war. Es wurden immer mehr.

Frauen in Kittelschürzen und Männer mit abgegriffenen Schiebermützen auf dem Kopf und ein Haufen Kinder, die gafften sie an, als kämen sie aus dem Zoo.

Auf dem Dorfplatz stand ein Wehrmachts-LKW mit offener Motorhaube, der vollbeladen war mit Stahlhelmen. Dahinter war ein Haus mit rosafarbenem Verputz, und quer über die ganze Front stand in fetten schwarzen Buchstaben ›Mit dem Führer zum Sieg‹ und zwei Ausrufungszeichen dahinter. Neben dem Eingang hing ein Schild mit der Aufschrift ›Gemeindeamt‹. Adolf entdeckte es als erster, und er hoffte, Maxe würde es übersehen, aber Maxe bog auf den Platz ein und lief an dem LKW vorbei geradewegs auf das Haus zu und sagte, sie sollten warten, er käme gleich wieder.

Neben der Tür war ein Klingelzug. Er zog daran, und als sich drinnen nichts rührte, ging er hinein. Es roch nach Schule, und als sich die Tür hinter ihm schloß, wurde es so dunkel, daß er fast nichts mehr sehen konnte. Er wollte schon wieder zurück, da ging neben ihm eine Tür auf, und eine dünne alte Frau schaute heraus, die ihn mit unverhohlenem Mißtrauen anschaute. »Was willst'n du da?« fragte sie. Sie hatte eine Stimme wie ein Mann.

Maxe war eingeschüchtert, obwohl die Frau kleiner war als er. »Ich wollte nur fragen...« begann er stotternd. Sie ließ ihn nicht ausreden. »Wo kommst'n du her?« fragte sie. Maxe sagte es ihr, aber ihr Mißtrauen schwand erst, als er von den Amerikanern berichtete. Da wurde sie auf einmal hellhörig.

»Wo, sagst, war das?« fragte sie. Maxe beschrieb es ihr. Den Bahndamm und die vier Scheunen davor und den Gutshof. Sie rief nach oben: »Frau Scheurer, Frau Scheurer, wissen's das Neuste! D' Amerikaner sind in Eisenstein!« Und zu Maxe plötzlich ganz besorgt: »Hast Hunger, Bub?« Und wieder mit Trompetenstimme: »Frau Scheurer, kommen's doch amal runter! Bringen's a Brot mit!«

»Ich wollte nur fragen«, fing Maxe noch einmal an, »ich wollte nur fragen, ob es hier ein Rotes Kreuz gibt oder so was. Es ist nur, weil bei uns ein Mädchen dabei ist. Die hat ihre Eltern verloren. Die können wir ja nicht ewig mit uns herumschleppen. Die müssen wir irgendwo abliefern.«

Eine schwere, breite Frau kam die Treppe herunter mit einer dünnen Haarkrone und wäßrigen Augen, die hielt ein Brot gegen ihren Busen gepreßt, es war ein halber Laib, aber er verschwand fast unter ihren dicken roten Händen.

Die Kleine mit der Männerstimme wandte sich an sie: »Ham's so was schon g'hört, Frau Scheurer«, sie weinte fast, »ist das nicht furchtbar? Ja, gütiger Gott im Himmel, da laufen die Kinder mutterseelenallein in der Gegend umeinander, daß so was möglich ist...« Sie jammerte und jammerte. Maxe hörte schon gar nicht mehr zu, es hatte sowieso keinen Sinn, hier würden sie die Kleine nie loswerden. Er starrte nur auf das Brot, wartete, daß sie ihm endlich das Brot gaben. Die Dicke preßte es immer noch gegen ihren Busen. Und die Dünne redete auf ihn ein. Wo er wegen der Kleinen überall hingehen sollte, dahin und dorthin, und wenn dort nicht, dann zum Pfarrer, dem sollte er einen schönen Gruß ausrichten. Sie schrieb etwas auf einen Zettel und stopfte ihm den Zettel in die Jackentasche, und Maxe nickte immerzu und wartete, daß sie ihm das Brot gab, und endlich nahm sie es der Dicken ab und faßte ihn an der Hand und legte ihm das Brot hinein und faßte seine andere Hand und drückte sie gegen das Brot, als ob er es nicht selbst festhalten könnte.

Die Dicke blieb stumm, glotzte ihn nur unentwegt an mit ihren wäßrigen Augen und drückte ihre gefalteten Hände gegen den Mund, und die Kleine redete in einem fort. Er hörte sie immer noch jammern, als er schon aus der Tür war, aber er dachte an das Brot, er hatte wenigstens ein Brot bekommen. Noch im Laufen holte er sein Messer aus der Tasche, und als er bei den anderen ankam, schnitt er vier Scheiben ab und teilte aus, und erst als er seine Scheibe zur Hälfte gegessen hatte, sagte er beiläufig: »War nichts zu machen.«

Die zwei Frauen standen noch immer in der Tür des Gemeindeamts und schauten zu ihnen herüber. Ein Mann mit einem Gurkeneimer war dabei, die Schrift auf der rosa Wand mit schwarzer Farbe zu übermalen. Es war nur noch zu lesen ›Mit dem Füh‹, danach kam ein dicker schwarzer Balken.

»Warum macht'n der das?« fragte Tilli. »Warum macht der das weg?«

»Damit man's nicht mehr lesen kann«, sagte Adolf.

»Was?« fragte Tilli.

»Was da steht!«

»Was steht'n da?«

»Kannste ja selber lesen«, sagte Adolf kurz angebunden. Weil Maxe und Peter dabei waren, wollte er sich hart geben, aber als er sah, wie Tilli den Kopf einzog, tat es ihm schon wieder leid.

»Kannste überhaupt lesen?« fragte er.

Sie sagte nichts. Drehte sich weg, bis sie ihm den Rücken zuwandte.

»Wie alt bist'n du überhaupt?« fragte Adolf. »Sag doch, wie alt biste denn?«

»Sieben«, sagte sie kaum hörbar.

»Dann mußte doch schon in der Schule sein«, sagte Maxe. »Dann mußte auch lesen können.«

Adolf schluckte hastig den Bissen hinunter, den er im Mund hatte. »Die waren doch seit Weihnachten unterwegs«, flüsterte er Maxe ins Ohr, so leise, daß sie es nicht hören konnte.

Maxe schaute die Kleine an, nahm sie zum erstenmal richtig wahr. Die kurzen flachsblonden Haare, die ihr strähnig und verfilzt in den Nacken hingen. Der blaue Wollmantel, der ihr zu klein war. Die dünnen Beine in den braunen langen Strümpfen. Das Kindergartentäschchen, das sie auch jetzt wieder umklammert hielt. Er schaute sie an und zog die Schultern hoch und hätte gerne etwas Freundliches zu ihr gesagt. Aber statt dessen zog er die Rucksackriemen mit den Daumen stramm und sagte: »Gehn wir weiter!« Und wandte sich um und lief los.

Sie liefen so lange, bis Adolf nicht mehr konnte. Er sagte nichts, aber er wurde immer langsamer, und es war ihm anzusehen, daß er Schmerzen hatte. Sie machten halt, und Maxe teilte noch einmal Brot aus. Er hatte gehofft, daß sie bis zum Abend den nächsten größeren Ort erreichen könnten. Daran war nicht mehr zu denken. Sie konnten froh sein, wenn sie noch ein Nachtquartier fanden.

Er dachte an Tillis Pferd und an die drei Männer, die es mitgenommen hatten, und malte sich aus, was er mit denen machen würde, wenn er ihnen in fünf Jahren wieder begegnete. Er würde sich ihre Gesichter merken. Die würde er nicht vergessen.

Er wickelte Adolfs Fußlappen ab. Sie waren hinten durchgeweicht, und die Fersen waren wieder offen, der Schorf abgescheuert wie vorher. Er wickelte eine neue Binde um, er mußte sie teilen, es war die letzte, die sie hatten. Adolf ließ alles stumm über sich ergehen. Er verzog keine Miene, obwohl es ihm das Wasser aus den Augen drückte.

»Vielleicht ist es doch besser, wenn ich die Schuhe wieder

anziehe«, sagte er. »Wenn ich sie fest zuschnüre, kann es nicht scheuern, dann geht's vielleicht.« Er lächelte schüchtern und blickte Maxe hilfesuchend an.

»Kommste ja nicht rein in deine Schuhe«, sagte Maxe mürrisch. Und stand plötzlich auf und knüllte die Fußlappen zusammen und warf das Knäuel mit heftigem Schwung in die Wiese hinein. »Diese elenden Drecksäue!« sagte er.

Er kramte in seinem Rucksack, holte etwas heraus, das ganz unten steckte und das sorgfältig in Packpapier eingeschlagen war. Es waren ein Paar Schuhe, braune Halbstiefel aus festem Spaltleder, mit ledernen Riemen über Haken geschnürt, mit starker Sohle, zwiegenäht, Eisen vorn und hinten, die blitzten noch, als wären sie frisch poliert. Maxe hatte sie noch nie getragen. Er wäre eher barfuß gelaufen, als sie anzuziehen. Sie waren das Gesellenstück seines Vaters.

Solange er sich erinnern konnte, hatten sie zu Hause im Wohnzimmer in einer Vitrine hinter Glas gestanden, zusammen mit dem gerahmten Meisterbrief. Auch vor vier Jahren, als er von zu Hause weggefahren war, hatten sie noch dort gestanden. Und vergangene Weihnachten waren sie dann plötzlich in dem Paket gewesen, das ihm seine Mutter geschickt hatte. ›Paß gut auf sie auf, mein Junge‹, hatte sie dazugeschrieben. ›Du weißt ja, wie Vater daran hängt, und deine Brüder sollen auch noch was von haben‹. Im selben Brief hatte sie ihm mitgeteilt, daß der Vater vermißt gemeldet worden wäre an der Ostfront. Er hatte nie sehr an seinem Vater gehangen, dazu war der zu streng gewesen, hatte den Lederriemen immer zu schnell parat gehabt. Und Maxe als Ältester hatte ihn am häufigsten zu spüren bekommen. Trotzdem hatte er die Stiefel wie einen Schatz gehütet.

Er lockerte die Riemen, damit Adolf leichter hineinkam. Das Leder war weich und schmiegsam, er hatte es regelmäßig eingefettet. Er wußte, wie man mit Schuhen umgehen mußte. Mit zwei Paar Socken über den Füßen paßten sie Adolf wie angegossen. Wenn er kleine Schritte machte und leicht in den Knien ging und die Sohlen flach aufsetzte, dann scheuerte nichts, dann spürte er seine Fersen kaum mehr.

Die Straße folgte einem Wiesental. Ab und zu begegneten ihnen jetzt auch andere Leute, die unterwegs waren. Zwei Frauen, die mit Schulterriemen einen schweren Handwagen bergauf zogen. Ein Trupp schwerbewaffneter Landser, die

vorsichtig sichernd und jede Deckung ausnutzend den Wiesen-
grund überqueren und wieder im Wald verschwanden. Bauern, die Mist streuten. Zwei Beinamputierte auf Krücken, die
eine Zeitlang neben ihnen herliefen. Die behaupteten, daß der
Krieg bald zu Ende wäre, die Amerikaner und die Russen
hätten sich schon an der Elbe getroffen, das wäre am Morgen
im Radio gekommen. Von Berlin hatten sie nichts gewußt.
Vielleicht hatten sie das andere auch bloß erfunden.

Gegen Abend kamen sie an einen Fluß. Die Brücke war
gesprengt. Sie folgten den Reifenspuren, die von der Straße
weg über die Wiesen flußaufwärts führten, bis zu einer Furt.
Maxe und Peter zogen Schuhe und Strümpfe aus und krempel-
ten ihre Hosen hoch. Sie brachten zuerst das Gepäck ans andere
Ufer, dann machten sie einen Sitz mit den Händen und holten
Adolf und wollten auf die gleiche Weise auch Tilli hinüber-
schaffen, aber Peter meinte, das könnte er auch allein machen,
und nahm die Kleine auf die Schultern und watete mit ihr
durchs Wasser. Und als er fast schon das Ufer erreicht hatte,
glitt er aus, und die Kleine rutschte ihm von den Schultern und
platschte längelang ins Wasser. Sie erschrak so, daß sie nicht
einmal schrie, und danach konnte sie nicht mehr schreien, weil
es sie vor Kälte schüttelte. Maxe und Peter faßten sie an den
Händen und rannten mit ihr auf eine Scheune zu, die ein paar
hundert Meter weiter flußaufwärts in der Uferwiese stand.

Das Scheunentor war versperrt, aber an der Seite fanden sie ein
loses Brett, das eine Öffnung freigab. Innen waren Heureiter
gestapelt und Dachziegel und Sterholz und darüber war eine
Zwischendecke aus lose verlegten Brettern, da hing Heu
herunter.

Sie trugen Tilli in die Scheune, und Maxe versuchte ihr den
Mantel herunterzuziehen. Er fluchte, weil die Ärmel so festsaßen, als wären sie auf den Armen festgeklebt. Und Peter zog an
den Schuhen, und Adolf kramte in den Rucksäcken nach
trockenen Sachen, und sie schnauften vor Anspannung und
waren so beschäftigt, daß sie nicht hörten, wie sich über ihnen
auf dem Heuboden etwas bewegte. Nur Tilli sah plötzlich einen
Kopf über sich, da schaute einer vom Zwischenboden herunter.
Vor Schreck hörte sie auf mit den Zähnen zu klappern, aber
bevor sie die anderen warnen konnte, rief der oben herunter:
»Ihr wollt doch der Kleinen nichts antun, ihr Rabenkerle!«
Sie fuhren zusammen.

»Wir wollten bloß … weil … sie ist ins Wasser gefallen«, brachte Maxe endlich heraus.

Der oben ließ eine Leiter herunter. »Dann laßt ihr mal ruhig die Sachen am Leibe«, sagte er und setzte sich an den Rand der Bodenöffnung, daß seine Beine herabbaumelten. »Bringt sie mal hoch zu mir!«

Tilli kletterte zögernd die Leiter hinauf.

»Na komm schon, Kleine«, sagte der Mann. Er hob sie mit gestreckten Armen hoch. »Nu, da biste ja schön naß geworden, das tröpfelt ja noch.« Er sächselte gemütlich. Tilli faßte schnell Zutrauen zu ihm.

Er trug sie in eine Ecke, wo das Heu noch übermannshoch lag, setzte sie ab und begann ein Loch in den Heuhaufen zu graben. »Nun wirste mal sehen, wie du gleich wieder warm wirst, da wirste gucken.«

Mit wachsender Neugier schaute sie ihm zu, wie er eine Handvoll Heu nach der anderen aus dem Loch holte. Es war schon so tief, daß sein Kopf darin verschwand, und wenn er hochkam, prustete er und nieste und lachte ihr zu. »Gleich isses soweit, gleich wirste sehen! Warm wie in ner Backstube!« Er hob sie wieder hoch und steckte sie in das Loch und stopfte das Heu um sie fest, bis nur noch der Kopf herausschaute.

»Bringt mir mal'n Handtuch und 'ne Decke«, rief er. Breitete die Decke so um sie aus, daß es aussah, als läge ein abgeschnittener Kopf auf einer Decke im Heu. Rubbelte ihr die Haare trocken. »Na, spürste schon, wie's dir warm wird? Fängt's schon an, warm zu werden?«

Sie nickte abwesend. Alle ihre Sinne waren nach innen gerichtet, um mitzuerleben, wie die Wärme langsam in ihr hochstieg, eine wohlige, prickelnde Wärme, die sie schwer werden ließ, müde werden ließ, ihre Beine, ihre Arme, ihre Augenlider. Das Handtuch fuhr durch ihre Haare. »Füße warm, Kopf kalt, wirste hundert Jahre alt«, hörte sie den Mann sagen. Sie machte noch einmal die Augen auf und sah Adolf in den viel zu großen braunen Stiefeln und lächelte ihm zu und war im nächsten Augenblick eingeschlafen.

»Na siehste, da schläft sie schon«, sagte der Mann. Er führte die drei Jungen auf die andere Seite des Zwischenbodens. Dort lag noch ein Heuhaufen um einen hölzernen Lüftungsschacht. Dahinter saß ein zweiter Mann, größer und dünner als der erste und viel jünger, vielleicht zwanzig Jahre alt. Oder dreißig.

Um die Augen sah er nicht so jung aus. Die beiden waren Landser, das konnten sie jetzt sehen. Hinter dem Heuhaufen lagen ihre Uniformen. Und Decken und Rucksäcke, Koppel, Stahlhelme, Feldflaschen, Karabiner. Und auf zwei zusammengelegten Dachziegeln stand ein Karbidkocher, und in einem Kochgeschirr dampfte heißes Wasser.

»Wo kommt'n ihr her?« fragte der Jüngere. Der war Berliner. Sie fühlten sich auf einmal wie zu Hause.

»Wir sind auch aus Berlin«, sagte Peter glücklich. Alle Müdigkeit und aller Ärger waren wie weggewischt.

»Na, dann macht's euch mal gemütlich«, sagte der Berliner. Er legte eine Rasierklinge in einen Schleifapparat und gab Peter das eine Ende der Schnur zum Festhalten und ratschte den Schleifer hin und her. »Habt ihr zufällig 'ne Zigarette einstekken?« fragte er. »Nichts? Kein Rauch?« Sie schüttelten die Köpfe, verblüfft über seine Frage und gleichzeitig geschmeichelt. Sie hätten viel darum gegeben, wenn sie jetzt ganz lässig eine Schachtel Zigaretten aus der Hosentasche hätten ziehen können.

»Und jetzt wollt ihr wohl wieder nach Hause?« fragte der Berliner. Adolf hielt die Luft an und starrte mit offenem Mund auf Maxe. Auch Peter wartete gespannt.

»Hm«, machte Maxe und hob die Schultern. Man hätte es gut für ein Ja nehmen können.

Nach Berlin! Warum sollten sie eigentlich nicht nach Berlin? Die beiden Einbeinigen auf der Straße hatten gesagt, der Krieg wäre sowieso verloren. Was sollten sie da erst noch ihre Schule suchen. Da konnten sie auch allein zurückgehen. Die beiden Landser schienen auch zu glauben, daß der Krieg zu Ende war. Der Sachse hatte schon alles Militärische von seiner Uniformjacke abgetrennt. Abzeichen, Schulterklappen, Aufschläge, Kragenspiegel. Und statt der Metallknöpfe hatte er falsche Hirschhornknöpfe aufgenäht. Sie sah aus wie eine Trachtenjacke. Der Berliner hatte überhaupt nichts mehr an, was an Wehrmacht erinnerte, nicht einmal die Knobelbecher. Er trug elegante, gelochte Halbschuhe und weite braune Hosen und ein Hemd, das aussah wie eine Damenbluse, und darüber eine weiße Leinenjacke.

»Und Sie?« fragte Maxe. »Wo wollen Sie hin?«

»Mhm«, machte der Berliner. »Mal sehen, wie wir uns durchschlagen können.« Er seifte sein Kinn ein und den kleinen

Schnauzer, den er auf der Oberlippe trug. Maxe schaute ihm zu, wie er sich rasierte.

»Hör mal, Egon«, fing der Sachse plötzlich an. »Was meinste, wenn ich den Vater spiele?«

»Hab ich auch schon dran gedacht«, sagte der Berliner mit schiefgezogenem Mund. Er war mit der Klinge auf der rechten Backe, blies sie auf. »Mal überschlafen«, sagte er. Er hatte das ganze Kinn sauberrasiert, nur das Hitlerbärtchen stand noch, ein kleiner Schaumtupfer unter der Nase.

Und auf einmal setzte er sich kerzengerade auf und kämmte mit den Fingern eine Haarsträhne in die Stirn und plusterte sich auf und zog die Stirne kraus. Und mit einer Stimme, die sie alle von der Schule her kannten, wenn sie mit der ganzen Mannschaft, vom Lagerleiter bis zum letzten Pimpf, in Reih und Glied vor dem Volksempfänger gestanden hatten, mit dieser Stimme sagte er knurrend und bullernd: »Volksgenossen und Volksgenossinnen! Es ist nicht meine Schuld, daß die Vorsehung versagt hat!« Und zog mit zwei Fingern die Nase hoch und setzte die Klinge an und rasierte den Bart ab.

Tilli wachte auf. Durch die Ritzen in der Scheunenwand fiel blendend helles Licht in breiten Streifen. Draußen schien die Sonne, eine kalte Sonne. Die Decke unter ihrem Kinn fühlte sich eiskalt an, und wenn sie ausatmete, stieg eine dicke Dampfwolke hoch. Aber ihr war nicht kalt. Ihr ganzer Körper war angefüllt mit Wärme wie eine Dampfheizung, und die Wärme stieg hoch, und sie mußte den Dampf durch ihren Mund ausblasen, damit ihr nicht zu heiß wurde. Sie dachte an das, was ihr der Mann gesagt hatte, bevor sie eingeschlafen war, und sie dachte, wie schön es sein müßte, in diesem warmen Loch zu stecken, bis sie hundert Jahre alt wäre. Sie hielt ganz still. Nichts war zu hören. Nur leises, piepsiges Vogelgezwitscher. Die frieren draußen, die Vögel, dachte sie. Und streckte sich in ihrer warmen Höhle.

Wo waren die anderen? Sie drehte vorsichtig den Kopf. In dem Heuhaufen gegenüber lag niemand. Vielleicht lagen sie hinter ihr?

Sie lauschte mit angehaltenem Atem. Kein Laut. Eine leise Unruhe zitterte in ihr auf.

»Adolf!« rief sie. Und noch einmal: »Adolf!« Ihre Stimme

klang so piepsig wie das Gezwitscher der Vögel draußen. Keine Antwort.

Und mit einemmall war die Angst da. Eine Angst, die sie taub und blind machte. Die in ihr schrie und ihr die Kehle abdrückte. Sie strampelte sich in wilder Hast aus dem Heu, lief den Zwischenboden ab, suchte in allen Ecken, rief: »Adolf! Adolf!«

Nichts. Niemand. Auch keine Rucksäcke, keine Decken. Sie rutschte die Leiter hinunter, kletterte über die Holzstapel, ihr Mantel hakte sich fest, sie riß sich los, zog das Brett in der Scheunenwand beiseite, kroch hinaus. Schimmernde, glitzernde, blitzende Helligkeit blendete sie, nahm ihr die Sicht. Alles war weiß, grell weiß, gleißend weiß. Sie rannte los in diese weiße Helle hinein, rannte, stolperte, stürzte, da war etwas Kaltes an ihren Händen, auf ihrem Gesicht. Sie rappelte sich hoch, rannte weiter. »Adolf! Adolf!« Sie blieb stehen, blickte sich um. Die Wiese war mit Rauhreif bedeckt. Dahinter stand der Wald wie eine schwarze Wand. Alles verschwamm vor ihren Augen. »Adolf! Adolf!« schrie sie.

Und dann hörte sie auf einmal Rufe. Da rief jemand nach ihr, rief ihren Namen. »Tilli! Hej, Tilli!« Adolfs Stimme, das war Adolf, der nach ihr rief. Und da sah sie ihn auch schon, er kam vom Wald, kam über die weiße Wiese auf sie zugelaufen. Er trug etwas auf den Armen vor sich her. Reisig, trockene Äste. Er war nicht weg. Er hatte sie nicht allein gelassen. Er hatte nur Holz gesammelt.

Sie schämte sich plötzlich. Und bevor er heran war, drehte sie sich schnell weg und zog den Kopf ein und verrieb heimlich die Tränen auf ihrem Gesicht.

»Biste trocken geworden?« fragte Adolf.

Tilli tastete ihren Mantel ab. Er war trocken. Nur über und über eingestaubt und voller Heu, aber trocken. Sie nickte und klaubte das Heu von ihrem Mantel und klopfte den Staub heraus.

»Das gibt's ja gar nicht«, sagte Adolf. »Hast du überhaupt nicht gefroren?«

Sie schüttelte den Kopf. Sie hatte Angst, er könnte ihrer Stimme anhören, daß sie geweint hatte.

»Los, wir müssen Feuer anmachen«, sagte er. »Die andern kommen gleich.«

Vor der Scheune schichteten sie das Holz zu einer Pyramide,

stopften Heu darunter, zündeten es an. Es brannte schon mit dem ersten Streichholz. Und Adolf zerrte einen Heureiter heraus, stellte ihn über der Feuerstelle auf wie ein Dreibein und hängte ihre Kochgeschirre daran, die er ·unter dem Heu hervorholte.

Als die anderen kamen, kochte schon das Wasser. Peter und Maxe kamen zuerst, und Peter leerte einen Rucksack voll Kartoffeln auf den Boden und schnatterte los. Was die beiden Landser für tolle Hechte wären. Die hätten vielleicht was drauf. Die wären auf Draht. Das hätten sie sehen müssen, wie der Berliner auf dem Bauch zu einer Kartoffelmiete gerobbt wäre und blitzschnell die Kartoffeln herausgeholt hätte, obwohl der Bauer keine fünfzig Meter weiter auf dem Acker gewesen wäre. Jetzt wären sie noch ins Dorf, um ein Huhn abzustauben.

Die beiden Landser brachten kein Huhn mit. Aber sie hatten fünf Eier organisiert. Und Maxe schnitt den Rest von dem Speck der tschechischen Bäuerin in die Eier, und die Landser steuerten noch eine Büchse Wurst bei, und sie aßen Rührei mit Speck und Kartoffeln mit Wurst. So viel, bis sie satt waren.

»Na, dann wollen wir mal unsere Koffer packen«, sagte der Berliner.

Maxe beobachtete ihn aus den Augenwinkeln. Er wußte, daß die beiden Landser nach Hause wollten. Der Sachse in die Nähe von Wittenberg, wo er einen Bauernhof hatte. Der Berliner nach Spandau. Das hatten sie am Abend gesagt. Und sie hatten auf Peters Karte den Weg abgesteckt, den sie einschlagen wollten. Aber sie hatten nichts davon gesagt, ob sie sie mitnehmen wollten. Am Abend nicht und auch jetzt am Morgen nicht. Und Maxe hatte nicht gewagt, sie zu fragen, aus Angst, sie könnten nein sagen.

Sie standen marschbereit vor der Scheune. Der Berliner kam als letzter heraus. Schaute nach der Sonne und sagte beiläufig: »Wie heißt das nächste Nest? Cham, oder wie? So hieß das doch auf der Karte.« Und zu Maxe gewandt, fuhr er fort: »Das wären fünfundzwanzig Kilometer. Meint ihr, daß wir das schaffen bis heute abend?«

Maxe überlegte nur eine Sekunde. »Klar«, sagte er dann. Sagte es so beiläufig, wie er nur konnte. »Klar schaffen wir das.«

Sie machten sich auf den Weg nach Norden. Zogen mitten durch die Wälder auf schmalen Wegen abseits der Straßen, richteten sich nur nach der Sonne.

Der Sachse schnitzte Tilli ein Pfeifchen aus einem Haselstekken, und sie pfiff im Takt ihrer Schritte. Dann nahm sie der Berliner auf die Schulter, und sie spielten das Spiel »ich sehe was, was du nicht siehst«, und einmal sah Tilli etwas mitten im Wald, das war blau, und es war nicht der Himmel und auch keine Blume, sondern eine Luftwaffenuniform, die hing sauber gefaltet mitsamt einer Flugzeugführermütze über einer Wildfütterung. Und Männer kamen ihnen entgegen, die sahen aus wie Bauern, aber wenn sie die nach dem Weg fragten, hatten sie keine Ahnung.

»Sieht so aus, als wären wir nicht die einzigen, die unterwegs sind«, sagte der Berliner.

Als sie aus dem Wald herauskamen, sahen sie einen Kilometer voraus ein kleines Dorf, auf das sie zuhielten. Und kurz danach hörten sie plötzlich jemanden schreien, es war ein alter Mann, der stand in einem offenen Schuppen halb hinter dem Torpfosten, und als er weiter herauskam, sahen sie, daß er nur ein schmutzigweißes Unterhemd und eine lange Unterhose trug. Er schrie und fuchtelte mit den Armen. Sie konnten ihn nicht verstehen.

»Vielleicht gibt's was abzustauben«, sagte der Berliner und lief zu dem alten Mann hin. Und als er zurückkam, sagte er, es wäre ein Bauer gewesen, dem hätten zwei Landser die ganzen Klamotten abgeknöpft, und jetzt würde er sich nicht nach Hause trauen in seinen Unterhosen. »Wir sollen seinen Leuten Bescheid sagen, damit sie ihm Kleider bringen. Ein Stück Speck und ein Brot hab ich ausgehandelt«, sagte er, und grinsend setzte er hinzu, »vielleicht ist noch'n bißchen mehr drin.«

Aus dem nächsten Haselbusch schnitt er sich einen langen biegsamen Stock, in dessen dünnes Ende er eine Rille schnitzte. Zog seinen Gürtel aus der Hose, das war kein normaler Gürtel, sondern ein doppeltgelegter, kräftiger Lederriemen. Den band er an dem Stock fest und ließ ihn ein paarmal durch die Luft schnalzen, daß es knallte.

Der Sachse beobachtete ihn voll Unruhe und machte ein bekümmertes Gesicht und sagte: »Mach doch keinen Scheiß!« Aber der Berliner lachte nur und sagte: »Ist doch noch gar nichts passiert, ist ja nur für den Fall der Fälle!« Und legte den Riemen sorgfältig in Schleifen und schwang den Stock wie einen Spazierstock.

Das Dorf bestand nur aus wenigen Höfen rechts und links der Straße. Als sie am ersten Hof vorbei waren, sagte der Berliner plötzlich zu Tilli: »Ich höre was, was du nicht hörst, und das schmeckt gut!« Und machte dazu ein geheimnisvolles Gesicht, und als sie fragen wollte, legte er den Finger auf den Mund und sagte nur: »Abwarten!«

Das Tor des zweiten Hofs war versperrt. Sie klopften, und eine junge Frau schaute aus einem Fenster und schrie herunter, sie hätte nichts zu verkaufen, und zu verschenken hätte sie erst recht nichts. Der Berliner versuchte ihr zu erklären, weswegen sie gekommen wären, aber sie blieb mißtrauisch, und erst als er ihr den Alten beschrieb, wurde sie zugänglich.

»Red du mit ihr«, sagte der Berliner, »aber erzähl ihr nicht, wo der Alte ist. Erst wenn sie dir die Sachen gegeben hat.«

Die Bäuerin öffnete das Tor nur um einen Spalt, aber der Berliner drückte sich dagegen, daß ihr nichts übrigblieb, als sie einzulassen. Der Hof war schlammig und verdreckt. Sie warteten hinter dem Tor und blickten der Bäuerin nach, die mit dem Sachsen im Haus verschwand. Ein Pulk Gänse lief schnatternd vorbei, und der Ganter kam mit langem Hals auf sie zu und zischte sie an. Und Tilli versteckte sich hinter dem Rücken des Berliners und sah plötzlich, wie der mit zwei schnellen Schritten neben dem Ganter war und die Peitsche schwang, und wie sich das Ende der Peitschenschnur schlangenschnell um den Hals des Ganters ringelte, wie die Schnur mit einem Ruck straff gezogen wurde, daß der Kopf umknickte, und wie das Tier mit einem zweiten Ruck vom Boden gehoben wurde und geradewegs, von der Schnur gezogen, dem Berliner in die aufgehaltene Jacke flog. Wie der sich umdrehte und mit derselben Bewegung seinen Rucksack abstreifte und die Gans hineinstopfte und ihn wieder über die Schulter warf.

Das ging so rasch und war so schnell vorüber, daß Tilli im ersten Augenblick meinte, sie hätte alles nur geträumt. Und erst als der Berliner ihr zuzwinkerte und ihr mit einer kleinen Schulterdrehung den prallen Rucksack zeigte, begriff sie. Und fing an zu grinsen, ein verstecktes, verschwörerisches Grinsen, in dem sich Bewunderung und diebische Freude mischten. Das breitete sich aus in ihrem Gesicht. Sie mußte es hinter beiden Händen verstecken, damit es der Bäuerin nichts verriet, die jetzt wieder aus dem Haus kam und dem Sachsen Brot und Speck aushändigte.

Und als sich das Tor hinter ihnen geschlossen hatte, prustete sie los, da konnte sie sich nicht mehr halten, bog sich vor Vergnügen. Und faßte den Berliner an der Hand und hielt gleichen Schritt mit ihm und sang dazu: »Ich weiß etwas, was du nicht weißt, und das ist weiß!«

Gegen Mittag machten sie halt, und der Sachse verteilte Brot und Speck, der Berliner wurde auf einmal ganz ernst und sagte: »Also hört mal zu, Kinder, die Sache ist nämlich die, daß wir keine Entlassungspapiere von der Wehrmacht haben. Wenn wir also den Amerikanern in die Hände laufen, werden die uns wahrscheinlich kassieren, trotz unserer schönen Verkleidung.« Er blickte sie der Reihe nach an und grinste ihnen zu und fuhr dann fort: »Wenn wir aber zusammen gehen, dann könnten wir vielleicht durchkommen. Jemand, der mit Kindern unterwegs ist, sieht nicht aus wie ein Soldat.«

»Wir tun so, als würden wir zusammengehören, als wären wir eine Familie«, sagte der Sachse kauend. »Kapiert?«

Sie machten sich daran, eine Geschichte zu erfinden. Der Sachse wäre Lokomotivführer gewesen und der Berliner sein Heizer. Sie kämen aus Berlin, aber 1942 wären sie nach Zwiesel evakuiert worden, dort hätten sie gelebt, bis sie vor drei Tagen ausgebombt worden wären. Das Haus verbrannt, die Mutter verschüttet, alle Papiere vernichtet, nur das, was sie auf dem Leibe trugen, hätten sie retten können.

Auf dem Weitermarsch bauten sie die Geschichte aus. Und der Berliner nahm Adolf auf die Schultern und der Sachse die Kleine, und Maxe und Peter liefen nebenher, und sie übten wie in der Schule.

»Wer bin ich?«

»Du bist der Onkel Egon.«

»Und wie heißt euer Vater?«

»Alex Heinze, achtundvierzig Jahre alt.«

»Und wo haben wir in Zwiesel gewohnt?«

»In der Bahnhofsstraße fünfzehn im ersten Stock.«

»Und wo ist eure Mutter?«

»Sie ist gestorben beim Bombenangriff. Wir waren schon im Bahnhofsbunker, und sie war noch zu Hause, als die Flieger kamen, und da ist sie verschüttet worden.«

»Wann war das?«

»Vor drei Tagen, nachmittags um zwei.«

Der Sachse sagte zweifelnd: »Glaubste nicht, daß sie das nach-
prüfen? Sollen wir nicht lieber sagen, vor zwei Monaten?«
»Ach was«, sagte der Berliner, »laß es doch vor drei Tagen
gewesen sein, da ist es noch ganz frisch, und wenn sie mal 'ne
Antwort nicht wissen, dann können wir immer sagen, es wäre
der Schock.«
Auf einer Schotterstraße zwischen zwei Dörfern stießen sie auf
einen Holzvergaser-LKW, der am Straßenrand stand. Der
Fahrer bastelte am Vergaser herum, und als der Berliner ihn
fragte, ob er sie mitnähme, wenn er die Kiste wieder flottkrieg-
te, war er einverstanden.
Zehn Minuten später fuhren sie, saßen zwischen Milchkannen
hinten auf der Pritsche. Es war kalt und zugig, und wenn es
nicht gerade bergab ging, fuhr der Wagen nur im Schneckentempo, aber immerhin fuhren sie.
Der Berliner fing an, die Gans zu rupfen, und Tilli half ihm
dabei und warf die Federn hinten hinaus, daß sie wie Schnee-
flocken herumwirbelten. Und Peter, der hinter dem Führerhaus stand, schrie plötzlich los und deutete aufgeregt nach
vorn. Da waren die fünf Hamburger, der mit dem Stock
hinterher, der stocherte immer noch im Gras am Straßenrand.
Und davor die vier anderen im Gleichschritt, aber nicht mehr
ganz so schnell wie am Tag zuvor.
Maxe und Peter hängten sich über die Bordwand, und während
sie überholten, schrien sie ihnen zu: »Immer gradeaus! Immer
gradeaus!« und zeigten mit dem Daumen in die Richtung.
An der nächsten Steigung begann der Motor zu stottern, und es
half auch nichts, daß sie alle absprangen und schoben, sie
brachten den Wagen nicht hinauf. Der Berliner machte sich
wieder an die Arbeit, und nachdem er den Vergaser angesehen
hatte, sagte er, diesmal wäre es eine größere Operation, und sie
könnten es sich inzwischen im Straßengraben bequem machen.
Sie setzten sich ein Stück bergauf an den Waldrand, nur Peter
lief ganz hinauf bis zum Kamm. Von dort hatte er einen weiten
Ausblick, aber eine Stadt war nicht zu sehen. Er zog die Karte
heraus, breitete sie auf dem Boden aus, nordete sie ein.
Vielleicht konnte er anhand der eingezeichneten Berge herausfinden, wie weit sie noch von Cham entfernt waren. Er war so
vertieft, daß er nicht bemerkte, wie die fünf Hamburger den
Berg heraufkamen.

Auf einmal standen sie neben ihm. Er fühlte sich unbehaglich, einer gegen fünf. Aber der an der Spitze, der ihr Anführer zu sein schien, fragte nur, ob er in der Karte nach dem Weg schauen könnte. Seine Oberlippe rutschte zurück, wenn er sprach, und legte lange vorstehende Zähne frei.

Sie beugten sich zu viert über die Karte, nur der mit dem Stock schien sich nicht dafür zu interessieren. Er hockte sich neben Peter an den Straßenrand.

»Ihr wollt nach Berlin?« fragte er.

Peter zuckte die Achseln. »Na und?« sagte er lässig.

Der mit dem Pferdegebiß hob kurz den Kopf. »Gib doch nicht so an, Mensch«, sagte er. »Was ist 'n schon dabei, wenn euch der Papi hinbringt!«

»Was weißt'n du, Mensch!« gab Peter zurück. »Das haben wir doch bloß ausgemacht, du Blödmann!« Wenn sie nicht in der Überzahl gewesen wären, hätte er ihnen die Karte weggenommen.

»Wieso ausgemacht?« fragte der mit dem Stock.

»Damit die nicht geschnappt werden«, sagte Peter. »Das sind Landser, die kennen wir auch erst seit gestern abend.«

Die vier über der Karte besprachen die Strecke, die sie nehmen wollten, und einer schrieb die Namen der Ortschaften, die auf dieser Strecke lagen, auf einen Zettel.

»Wo kommt'n ihr her?« fragte Peter den mit dem Stock.

Er sagte, sie kämen aus dem Burgenland und wären mit dem Zug bis Linz gekommen und von dort zu Fuß bis Passau. In Passau wäre ihnen der Lehrer abgehauen, und seitdem wären sie unterwegs, seit fünf Tagen schon. Sie waren auch in der KLV gewesen.

»Bei Zwiesel haben wir vom Berg aus 'ne Panzerschlacht gesehen«, sagte er. »Zwei deutsche Tiger gegen massenhaft amerikanische.«

»Haben wir auch«, sagte Peter. »Aber wir waren mittendrin im Schlamassel, kann ich dir vielleicht sagen, da war vielleicht was los.«

»Unsere hatten sich in 'nem Dorf verschanzt«, sagte der mit dem Stock. »Da stand kein Haus mehr hinterher. Die hatten keine Chance, wie die Amerikaner da reingeballert haben, Bomben und alles.«

»Bei uns haben sie auch Bomben geschmissen«, sagte Peter. »Wo sich was gerührt hat, gleich Bomben drauf. Da kannste ja

153

nichts machen, bei der Luftüberlegenheit, die die haben.«
»Nachher sind wir runter und haben's uns angeguckt«, sagte
der mit dem Stock. »Haufenweise Tote. Einer, dem ist 'ne
Panzerfaust in der Hand explodiert, der sah vielleicht aus. Nur
noch Matsch, ein Auge hing ihm raus an 'nem Faden, hing
richtig runter bis zum Kinn.«
»Das ist noch gar nichts«, sagte Peter. »Neben uns stand einer,
dem hat'n Splitter den Kopf weggerissen. Das hättste erst mal
sehen sollen. Glatt abrasiert. Der war keinen Meter weg!«
Der mit dem Pferdegebiß stand auf und warf Peter einen
abschätzigen Blick zu. »Angeber!« sagte er. Und zu den
anderen: »Los, gehn wir!«
Sie liefen los ohne Gruß. Nur der mit dem Stock drehte sich
noch einmal um und nickte Peter kurz zu, bevor er wieder seine
Stocherei aufnahm.

Der Berliner brauchte eine gute Stunde, bis er den Holzverga-
ser wieder in Schwung hatte, und hinterher schimpfte er wie
ein Fuhrknecht, als sie feststellten, daß er sich die Reparatur
hätte ersparen können, wenn der Wagen nur noch die letzten
50 Meter der Steigung geschafft hätte. Denn von da an ging es
nur noch bergab, und als sie unten im Tal ankamen, lag die
Stadt vor ihnen, und der Fahrer hielt an und fragte, ob sie
weiter mitfahren wollten, am Ortseingang stünde ein Ami-
posten, der würde alles kontrollieren, was in die Stadt hinein
wollte.
Der Berliner sagte: »Das riskieren wir«, aber der Sachse war
dagegen. Er hätte keine Lust, jetzt, fünf Minuten vor zwölf,
noch hinter Stacheldraht zu landen. Kein Risiko würde er mehr
eingehen, gerade jetzt nicht, wo die Feldarbeit losginge und die
Frau zu Hause allein auf dem Hof wäre und ihn dringend
brauchte.
Der Wagen fuhr ohne sie weiter.
Sie liefen halb um die Stadt herum, hielten sich dicht am
Waldrand. Der Sachse ging voraus, der Berliner folgte in
einigem Abstand. Er war wütend und fluchte vor sich hin.
»Warum lassen wir die Stadt nicht einfach liegen?« fragte ihn
Adolf nach einer Weile. »Warum müssen wir unbedingt
rein?«
Der Berliner schlug ihm leicht auf die Schulter. »Wir brauchen
Papiere, Junge«, sagte er freundschaftlich. »Wir können uns

nicht fünfhundert Kilometer durch die Büsche schlagen.« Er lächelte ihm aufmunternd zu. »Und außerdem müssen wir sehen, daß wir die Kleine irgendwo unterkriegen.« Adolf wünschte, er hätte lieber nicht gefragt.

Sie fanden einen Feldweg, der ihnen genügend Deckung bot, um unbemerkt an die Stadt heranzukommen, und erreichten einen Fußballplatz am Stadtrand und von dort eine Siedlung und eine gepflasterte Straße, die in die Stadt hineinführte.

Kein Mensch war zu sehen. Totenstille wie in einer Gespensterstadt. Ihre Absätze knallten laut auf dem Pflaster, und der Berliner blieb stehen und sagte: »Verdammt noch mal, hier ist was faul, das hab ich im Urin!« Und im gleichen Augenblick schrie ein Mann aus einem Fenster: »Sperrstunde, ihr Idioten! Dort vorne sind sie doch im Jeep! Seht ihr die nicht!«

Da röhrte schon ein Motor auf, und keine fünfzig Schritte vor ihnen schoß einer dieser flachen, flinken Wagen hinter einem Haus hervor und kurvte mit quietschenden Reifen auf die Straße ein und kam auf sie zu.

»Haltet bloß die Schnauze, laßt mich machen!« zischte der Berliner ihnen zu. Zum Abhauen war es zu spät.

Hinter dem Steuer des Wagens saß ein dicker Schwarzer und neben ihm ein Weißer mit einem Kindergesicht. Sie trugen stoffbezogene Stahlhelme und dicke aufgeplusterte Jacken, und der auf dem Beifahrersitz hatte eine riesige Pistole locker in der Hand, als er ausstieg.

»Ausweis bitta schäin!« sagte er freundlich grinsend.

Der Berliner fing an, mit den Armen zu fuchteln, riß sich den Hut vom Kopf, klopfte sich auf die Brust und zeigte die leeren Handflächen und sagte: »Nix Ausweis, all destroyed! Bombs! You understand? Bombs!« Er machte eine Bewegung mit der Hand, die das Fallen von Bomben andeuten sollte. »Ausweis kaputt, mother of child kaputt!« Er zeigte auf Tilli. »All kaputt, destroyed!«

Der Amerikaner schien nicht sonderlich beeindruckt. »Nix Ausweis?« fragte er immer noch grinsend und kam näher und fragte: »Wieviel Uhr es ist, bitta schäin?« Es hörte sich so an, als sei er besonders stolz auf seine deutschen Sprachkenntnisse.

Der Sachse schaute eilfertig auf seine Armbanduhr. »Viertel nach sieben«, sagte er, und um es dem Amerikaner auch verständlich zu machen, hielt er ihm die Uhr unter die Augen.

Der grinste ihn an und öffnete das Armband, schnell wie ein Taschenspieler und schob die Uhr in seine Brusttasche. »Danke schäin«, sagte er. Musterte der Reihe nach auch die anderen von oben bis unten, grinste immer noch, blieb vor Peter stehen, öffnete mit flinken Fingern die Fototasche an Peters Gürtel und faßte hinein. Und plötzlich gefror das Grinsen, als er die braunfleckige Unterhose in seiner Hand sah, und er stieß einen Fluch aus, spuckte ihnen ein paar englische Brocken ins Gesicht und fuchtelte mit der Pistole herum.

Sie setzten sich in Bewegung, blieben dicht beieinander, liefen die Straße hinunter. Der Jeep mit den beiden Amerikanern fuhr hinter ihnen her.

»Das haste davon, du Arschgeige!« zischte der Berliner dem Sachsen zu. »Sperrstunde! Wenn wir mit dem Holzgaser mitgefahren wären, hätten wir's lässig geschafft. Aber du mit deiner Scheißvorsicht! Du hängst den Arsch aus dem Fenster und scheißt doch in die Stube. Und ich darf den Haufen dann noch wegwischen!« Der Sachse schwieg.

Sie liefen an schäbigen zweistöckigen Siedlungshäusern entlang und dann an schäbigen dreistöckigen Häusern, die waren alle grau gestrichen oder schmutziggelb oder schmutzigrot. Ab und zu war ein Laden im Erdgeschoß, Gemischtwaren, Kurzwaren, Backwaren und die Namen der Besitzer in abblätternden Goldbuchstaben. Die Schaufenster verhängt oder mit Brettern zugenagelt. Aber kein Haus zerstört. Als hätte die Stadt vom Krieg nichts mitbekommen. Nur auf dem Pflaster hatten die Panzer helle Spuren eingekratzt.

Sie kamen zu einem kleinen Platz mit einem schmächtigen Baum in der Mitte. Überall standen Autos, amerikanische und deutsche, die mit einem amerikanischen Stern bemalt waren. Aus einem der Häuser hing eine amerikanische Fahne. Vor dem Eingang darunter standen zwei Posten. Dorthin scheuchte sie der mit der Pistole.

Drinnen herrschte eine brüllende Hitze. Ein großer Eisenofen stand hinter der Türe, der dunkelrot glühte. Es war ein kahler Vorraum, in den sie kamen, die Wände bis in Kopfhöhe mit hellgrüner Leimfarbe gestrichen und darüber grauweiß mit Schmutzrändern und Spinnweben in den Ecken. Nur ein rechteckiger Fleck an der Stirnseite war noch hellweiß, da hatte ein Bild gehangen, der Haken steckte noch in der Wand.

Rechts und links gingen je drei Türen ab, dazwischen standen

Bänke und hinten war ein doppelter Treppenaufgang. Von da kam Musik, die gleiche, flotte, fröhliche Musik, die ihnen schon vertraut war und die irgendwie zu den Amerikanern zu gehören schien.

Der mit der Pistole deutete auf eine Bank, und sie setzten sich eng nebeneinander. Neben ihnen und auf den Bänken gegenüber saßen Leute, die sahen so aus, als säßen sie schon seit Tagen hier. Müde, mit stumpfen Augen und hängenden Schultern. Die wurden nur lebendig, wenn sich eine der Türen öffnete und ein amerikanischer Soldat durch den Raum ging mit quietschenden Sohlen auf dem Linoleum, die Uniformhosen messerscharf gebügelt, elastisch in den Knien federnd, wenn er die Treppe hinauflief, mit straff gebürsteten Haaren und rosigem Gesicht, als käme er gerade aus der Badewanne.

»Wir bleiben bei unserer Geschichte«, flüsterte der Berliner. »Da ist noch gar nichts verloren. Laßt bloß nicht die Köpfe hängen.« Sie schauten hoffnungsvoll zu ihm hoch. Dem Berliner konnte man vertrauen, der sagte das bestimmt nicht nur, um sie zu trösten. Der war ein ausgekochtes altes Frontschwein, der würde sie hier schon herausholen.

Nach einer halben Stunde kam einer von diesen jungen, sauber gebadeten und scharfgebügelten Soldaten und baute sich vor ihnen auf, faßte die beiden Landser ins Auge und fragte in fließendem Deutsch: »Sind Sie Angehöriger der Wehrmacht oder der Waffen-SS oder der Polizei?«

Die beiden schüttelten entrüstet den Kopf, als hätte er ihnen etwas Unanständiges zugemutet, und der Berliner fing gleich an, die Geschichte von dem Bombenangriff zu erzählen. Aber der Amerikaner winkte nur ab und befahl ihnen, mitzukommen.

Sie verschwanden in einem der Zimmer gegenüber, und fünf Minuten später kamen sie wieder heraus, und der Berliner zwinkerte ihnen schon von der Türe aus mit einem Auge zu. Und als er sich setzte, sagte er leise: »Alles bestens!«

Sie warteten weiter. Draußen wurde es dunkel, und manchmal kamen amerikanische Soldaten herein, unbekümmert laut und lärmend, wärmten sich am Ofen, lachten, daß es von den Wänden widerhallte, rauchten und kauten und unterhielten sich kauend. Es klang so, als müßten sie jedes Wort zerkauen, bevor sie es herausbrachten.

Dann kam ein Posten von draußen und führte die fünf

Hamburger herein. Sie schienen ihre ganze Selbstsicherheit verloren zu haben, blickten sich scheu um, setzten sich auf eine Bank neben dem Ofen. Und der mit dem Stock nickte Peter zu und fing an, unter dem Ofen herumzustochern, als suchte er etwas. Das schien bei dem schon eine Art Krankheit zu sein, daß er ständig mit seinem Stock herumsuchte.

Nach einer halben Stunde kam der mit der scharfgebügelten Uniform und winkte die Hamburger in sein Zimmer, schloß die Tür hinter ihnen.

»Das kann noch lange dauern«, flüsterte der Berliner. Die Hitze machte sie allmählich schläfrig. Tilli kippte auf die Seite und schlief an Adolfs Schulter ein. Durch die Türen drang Schreibmaschinengeklapper, und von oben dudelte unaufhörlich die Musik.

Dann kam der Amerikaner wieder heraus, blieb in der Tür stehen. Der Hamburger mit dem Pferdegebiß war bei ihm. Er deutete auf die beiden Landser. Und sie hörten, wie der Amerikaner fragte: »Diese beiden?« Und sahen, wie der Hamburger nickte, ohne aufzuschauen, und wie der Amerikaner ihn wieder ins Zimmer zog und die Türe hinter ihm schloß.

Der Berliner saß kerzengerade und starrte auf die Türe und sagte zwischen den Zähnen: »Diese kleine Drecksau, was weiß der?« Und zu Maxe gewandt, fragte er mit einem gefährlichen Unterton in der Stimme: »Hat da einer von euch das Maul nicht halten können, verdammt noch mal!«

»Die haben uns gesehen, wie wir noch allein waren«, sagte Maxe atemlos. Peter hatte die Luft angehalten. Jetzt ließ er sie ganz langsam wieder aus. Er zitterte.

Der mit der scharfgebügelten Uniform trat aus dem Zimmer. »Kommen Sie!« schnarrte er die beiden Landser an. Jetzt war seine Stimme scharf und schneidend. »Nehmen Sie Ihr Gepäck mit!«

Der Berliner holte seinen Rucksack unter der Bank hervor, und während er sich bückte, sagte er flüsternd: »Das läuft schief, Jungs, tut mir leid!« Sie blickten ihm nach, bis sich die Tür hinter ihm schloß.

Die Hamburger wurden aus dem Zimmer geführt und zeigten dem Posten an der Tür einen Zettel und gingen im Gänsemarsch hinaus. Nicht einmal der mit dem Stock drehte sich um.

Sie warteten stumm, bis der Amerikaner noch einmal den Kopf aus der Tür steckte und dem Posten etwas zurief. Durch den Türspalt konnten sie den Berliner erkennen. Er hatte den Oberkörper halb entblößt und den linken Arm erhoben. Es war das letzte, was sie von ihm sahen.

Der Posten winkte sie zu sich, und als er bemerkte, daß Tilli schlief, nahm er sie auf den Arm, und sie folgten ihm stumm aus dem Haus hinaus und über den Platz zu einem Gasthof. Hörten zu, wie er dort mit einem anderen Posten sprach, warteten, bis ein riesengroßer Neger kam, der dem ersten Posten die Kleine aus den Armen nahm, folgten dem Neger zu einem Wagen mit geschlossenem Verdeck, krochen auf die Rücksitze, wie es der Neger ihnen anwies, bewegten sich wie im Schlaf.

Der Motor röhrte los, und die Scheinwerfer leuchteten auf, und mit einemmal war der ganze Platz in grellweißes Licht getaucht. Sie schraken hoch, und Peter hatte den Schrei auf den Lippen »Licht aus!« Diesen Schrei der Angst vor dem Licht in der Nacht, das die Bombenflieger anzog. Sie mußten sich erst daran gewöhnen, daß das auf einmal nicht mehr galt. Daß da wieder Fenster leuchteten in den schwarzen Wänden der Häuser. Ohne Verdunkelung. Überall in den Straßen, durch die sie fuhren, brannte Licht hinter den Fenstern.

Sie fuhren aus der Stadt hinaus über freies Feld. Alleebäume huschten vorbei, dann ging es durch einen Wald und eine lange Steigung hinauf, und als sie die hinter sich hatten, bog der Wagen in eine Seitenstraße ein, die in zwei steilen Kurven bergauf führte und vor einem großen gelbgestrichenen Haus endete.

Der Neger stieg aus und ging zur Tür, die im Scheinwerferlicht lag. Eine alte Frau öffnete. Sie schien ihn zu kennen, ließ ihn ein.

Über ihnen schlug eine Glocke an, tief und brummend und lang nachhallend, nur ein einziger Schlag. Der Neger und die Frau kamen wieder heraus, und die Frau trug ein Windlicht und hatte einen Mantel umgehängt. Sie war klein und lief mit schnellen Schritten, und ihr Oberkörper pendelte heftig hin und her. Ihr rechtes Bein war steif.

SIEBTES KAPITEL

Boxen für Candy

Der Neger hob Tilli aus dem Wagen, und die Frau stand mit vorgerecktem Hals daneben, und als sie einen nach dem anderen aus dem Wagen steigen sah, sagte sie: »Jessas, wieviel seid's denn noch?!« Und hielt das Windlicht so, daß es in das Wageninnere leuchtete.

Dann ging sie voraus mit dem Licht über einen Kiesweg und eine lange Reihe breiter, ausgetretener Steinstufen hinauf und wieder über einen Kiesweg mit Grabkreuzen zu beiden Seiten bis vor eine hohe Kirchentüre. Sie schloß auf und wartete, bis alle an ihr vorbei waren. Dann zog sie die Tür wieder ins Schloß.

In dem schwachen Schein ihrer Lampe konnten sie ein hohes weißes Kirchenschiff erkennen. Rechts und links waren Bankreihen, und voraus an der Stirnseite brannte eine dicke Kerze. Dahinter glitzerte es golden. Die holpernden Schritte der Frau hallten, als sie zwischen den Bankreihen nach vorn lief. Sie setzte das Windlicht ab und streckte ihr steifes Bein seitlich weg und machte eine schiefe Kniebeuge. Auch der Neger, der Tilli auf dem Arm trug, berührte mit einem Knie den Boden und schlug mit der freien Hand ein Kreuz vor der Brust. Dann wickelte er Tilli in eine Decke und legte sie behutsam, als wäre sie zerbrechlich, auf die Bodenbretter der ersten Bankreihe.

»Habt's ihr Decken dabei?« fragte die Frau, und als sie nickten, sagte sie: »Dann legt's euch erst amal da rein.« Und deutete auf die Bank hinter Tilli. »Morgen früh sehn wir dann weiter.« Sie gehorchten stumm.

Die Frau wartete, bis sie ihre Decken ausgebreitet und sich in der engen Bank hintereinander niedergelegt hatten. »Wickelt's euch g'scheit ein, es wird recht kalt werden in der Früh«, sagte sie noch, bevor sie ging.

Das Flackerlicht entfernte sich, und sie hörten, wie die Tür zuschlug und der Schlüssel sich drehte, dann war Stille. Sie lagen auf dem Rücken, die Arme angelegt wie in einem Sarg. Über ihnen war das Sitzbrett, und daran vorbei konnten sie undeutlich und verschwommen die Gewölbe der Kirchendecke erkennen.

Maxe setzte sich plötzlich auf, lauschte mit schiefgelegtem Kopf. Da war etwas, das sich bewegte. Holz knackte. Auch Peter und Adolf fuhren hoch. Da wisperte etwas, da war jemand. Und dann hörten sie ganz deutlich eine Stimme in lautem Flüsterton. »He, ihr da vorn! Wer seid'n ihr? Wo kommt'n ihr her?«

Sie setzten sich auf. Fünf Reihen hinter ihnen erhob sich ein Kopf über den Bänken. Ein Mädchen. »Wo kommt'n ihr her?« fragte sie noch einmal.

»Bist du aus Berlin?« fragte Maxe zurück.

Sie nickte. »Ihr auch?«

»KLV«, sagte Maxe, »wir waren in Kusice.«

»Wir waren in Bad Lettin«, sagte das Mädchen. Noch ein Kopf kam hoch und noch einer. Überall zwischen den Bänken kamen sie hoch, lauter Mädchen, die ganze Kirche schien voll zu sein. Es sah geisterhaft aus, nur die Köpfe waren zu sehen, die schwebten über den Bänken, bewegten sich hin und her.

»Wieviel seid'n ihr?« fragte Maxe.

»Zwanzig«, sagte das Mädchen. »Unsere Lehrerin ist im Krankenhaus.«

Aber da waren noch mehr da. Flüchtlingskinder aus Schlesien und aus Mähren und aus Ungarn, die hatten ihre Eltern verloren, ein paar waren schon seit Wochen in der Kirche. Sie erzählten ihre Geschichten. Dann verschwanden sie nach und nach wieder hinter den Bänken.

Adolf wachte auf. Er fror. Seine Beine waren wie Eiszapfen, er hatte das Gefühl, sie würden abbrechen, wenn er sich bewegte. Er hörte dumpf hallende Geräusche, viele Stimmen durcheinander, er brauchte einige Zeit, bis er sich wieder daran erinnerte, wo er war. Als er die Augen aufschlug, war ein Gesicht über ihm, das Gesicht eines kleinen Jungen, der mit ernsten Augen auf ihn herunterblickte. Adolf richtete sich auf. Maxe und Peter waren weg, aber ihre Rucksäcke und Decken lagen noch auf der Bank hinter ihm. Und dann sah er sie zur Kirchentüre hereinkommen. Sie liefen hinter der Frau mit dem Hinkebein her, trugen einen großen dampfenden Henkeltopf. Und nach ihnen kam noch ein Mädchen mit zwei runden Brotlaiben.

»Kommt's, Kinder, Frühstück gibt's«, sagte die Frau.

Der Geruch nach heißem Malzkaffee füllte die Kirche. Sie saßen aufgereiht wie beim Gottesdienst in den vordersten zwei Bänken, und jeder hatte eine Scheibe Brot in der Hand, einmal rund um den Laib, und das Kochgeschirr voll heißem milchigbraunem Malzkaffee. Wie lange war das schon her, daß sie zum letztenmal heißen Kaffee getrunken hatten!

Adolf schlürfte in kleinen vorsichtigen Zügen, fühlte, wie es warm die Kehle hinunterrann, wie sich die Wärme in seinem Körper ausbreitete, wie seine Beine kribbelnd auftauten. Tilli saß neben ihm, tunkte ihr Brot in den Kaffee, mampfte auf beiden Backen. Er hatte sie zum Frühstück wecken müssen, hatte schnell eine Geschichte erfunden, daß die beiden Landser von den Amerikanern ein Motorrad bekommen hätten, da hätten die nur zu zweit draufgepaßt, und deshalb wären sie hier in der Kirche gelandet. Es hatte sie gar nicht sonderlich interessiert. Adolf sah ihr zu, wie sie tunkte und mampfte. Es kam ihm auf einmal vor, als würden sie sich schon seit ewigen Zeiten kennen. Er war froh, daß sie neben ihm saß.

Sie waren noch beim Frühstück, als die Türe aufging und ein Mann mit einem langen schwarzen Mantel hereinkam. Er war kurz und gedrungen, und so breit, daß er nur seitlich durch die Tür paßte. Ein vierkantiger Schädel mit borstigen, rotbraunen Haaren saß ihm auf den Schultern. Zuerst sah er so aus, als ob er dick wäre, aber er war nicht dick, nur breit und schwer und gewichtig. Er schob einen Jungen vor sich her, und einen zweiten trug er auf dem Arm, der hing ihm vor der Brust wie ein Klammersack. Und hinterher kam noch ein alter Mann mit krummem Rücken, der trug einen dritten Jungen.

Die Frau mit dem Hinkebein ließ den Schöpflöffel in den Kaffeetopf fallen und flatterte ihnen entgegen wie ein lahmer Vogel und rief mit ihrer schrillen Stimme: »Mei', Hochwürden, wieviel bringen S' mir denn noch daher!« Aber plötzlich blieb sie stehen und schlug die Hände vors Gesicht und sagte ganz leise: »Jesus, Maria und Joseph!« Und blieb so stehen mit gefalteten Händen, bis der Pfarrer neben ihr war.

»Bringt's amal a paar Decken her!« sagte der Pfarrer mit einem blechernen Baß, der die ganze Kirche ausfüllte. Und zu der Frau gewandt, sagte er: »Die brauchen was zum Essen, aber was Leicht's!« Und als sie nicht gleich loslief, setzte er barsch hinzu: »Und schnell!«

Die in der vordersten Bank standen auf und machten Platz. Maxe saß in der zweiten Bank gleich vorn am Mittelgang. Starrte den drei Jungen entgegen. Zuerst sah er nichts als ihre Haare, ihre kurzgeschorenen Haare. Und erinnerte sich in plötzlichem Erschrecken, daß er genauso aussehen mußte. Seit Tagen hatte er nicht mehr darauf geachtet, hatte sich nicht mehr im Spiegel gesehen. Er mußte sich anstrengen, seine Hand unten zu halten und sich nicht über den Scheitel zu fahren.

Du lieber Himmel, wenn er wirklich so aussah wie die drei, die da ankamen mit ihren großen, knochigen Schädeln, wie aus Holz geschnitzt und mit dünner gelber Lederhaut überzogen, so dünn und straff, daß sich die Zähne darauf abzeichneten.

Nein, so sah er nicht aus. Er hatte nur die Haare geschoren bekommen, aber mit denen war noch etwas anderes geschehen, die sahen aus wie Figuren aus einem grausigen Kasper-Theater mit ihren großen, schaukelnden Köpfen und den schlaffen, grauen Kitteln darunter, in denen kein Körper zu stecken schien. Mit ihren streichholzdünnen Armen und Beinen, die aus den grauen Sackkitteln herausragten und den unnatürlich klobigen, aufgeschwollenen Händen und Füßen daran. Wie verängstigte Tiere, die man aus ihrer Höhle ans Tageslicht gezerrt hat, sahen sie aus.

»Ich hätts gar net g'funden«, sagte der alte Mann, während er den Kleinsten der drei auf die Bank bettete. »Der Hund hat's aufg'spürt auf'm Heuboden.«

»Und wo's her sind?« fragte der Pfarrer. »Ham's net g'sagt, wo's her sind?«

»Nix, sie reden ja net!« sagte der alte Mann.

Der Pfarrer wickelte die drei in Decken und sprach beruhigend auf sie ein.

»Am End sind's Juden«, sagte der alte Mann. »Oder Polen. Die ham's ja haufenweis vorbeitrieb'n noch die letzten Tag'!«

Der Pfarrer stand mit gekreuzten Armen vor der Bank, murmelte etwas vor sich hin, wandte sich dann an die Mädchen, die scheu um ihn herumstanden.

»Kann wer polnisch?« fragte er. Und als eines der Mädchen sich meldete, sagte er: »Dann frag's amal auf polnisch.«

Das Mädchen stellte eine Frage, und der älteste der drei antwortete, aber obwohl es so klang, als müßten sie sich verstehen, schüttelte das Mädchen den Kopf.

»Jedenfalls sind's Ausländer«, sagte der Pfarrer.

»Sie sind tschechisch«, sagte ein Mädchen aus der zweiten Bank. Sie drängte sich nach vorn. Adolf wußte, daß sie aus Iglau war, sie hatte ihm vor dem Frühstück noch einen Kamm geliehen, damit er Tillis Haare hatte kämmen können.

»Sie sind tschechisch«, sagte sie noch einmal. Und sprach mit leiser Stimme auf den Ältesten der drei ein, und als er antwortete, hörte sie aufmerksam zu.

»Er sagt, sie sind aus einem Lager hier in der Nähe«, übersetzte sie. »Er sagt, sie sind fünf Tage gelaufen, alles Frauen und Kinder.« Sie lauschte wieder auf das, was der Junge erzählte, beugte sich nahe zu ihm hin. Er sprach so leise, daß es kaum zu hören war.

»Sie haben Angst gehabt, daß die SS alle erschießt, viele sind erschossen worden, weil sie nicht mehr haben laufen können. Die Frauen haben ihn versteckt und die zwei anderen. Nachts. Unter Gras.« Sie fragte den Jungen noch einmal. Es klang so, als wollte sie sich vergewissern, daß sie nichts Falsches übersetzte. »Unter Grasstücke versteckt auf einer Wiese.«

»Also Tschechen sind's«, sagte der Pfarrer und räusperte sich vernehmlich, als hätte ihm etwas den Hals verstopft. »Wenn's Tschechen sind, dann sind d'Amerikaner zuständig, dann muß ich's d'Amerikaner melden.« Er blickte den alten Mann an, als erwarte er von ihm eine Antwort.

Der alte Mann faßte nach seiner Mütze und zog sie hastig herunter. »Ja dann...«, begann er verlegen, »dann kann ich ja jetzt wieder gehn.« Der Pfarrer schien ihn nicht zu hören.

Der alte Mann zog sich langsam zurück und lief durch den Mittelgang zur Tür. Er hatte schon die Klinke in der Hand, als ihn die Stimme des Pfarrers aufhielt.

»Lechner!« rief der Pfarrer, daß die ganze Kirche hallte, »Lechner, hör amal, du hast doch Platz genug, daß d' mir zwei oder drei abnehmen kannst, oder?« Der alte Mann hob beide Arme in einer abwehrenden Geste, aber der Pfarrer ließ ihn nicht zu Wort kommen. »Dann schau ich die nächsten Tag amal vorbei, daß dich drauf einricht'st.«

Der alte Mann machte zwei Schritte in die Kirche hinein, als wollte er noch einmal zurückkommen, dann ließ er die Arme sinken und drehte sich um und ging hinaus. Drückte die Tür mit einem kräftigen Ruck ins Schloß.

Über ihnen schlug die Glocke an. Zehn dröhnende Schläge. Der Pfarrer wartete, bis der zehnte verhallt war, dann richtete er sich auf und legte Maxe, der neben ihm stand, die Hand auf die Schulter und sagte: »Hinterm Altar steht a Fahrrad, hol das amal her!« Es schien ihm gar nicht aufzufallen, daß Maxe neu in der Kirche war und daß er ihn noch nie gesehen hatte. Und er gab ihm auch keine weiteren Erklärungen, sondern beugte sich zu dem Mädchen aus Iglau hinunter und sagte: »Du kümmerst dich um die drei, solang d'Frau net da ist. Und paß auf, daß ihnen keiner was zum Essen zusteckt. Die sind so ausg'hungert, daß sie eingehn, wenn's zuviel zum Essen krieg'n.« Und richtete sich wieder auf und hielt Ausschau nach Maxe und rief: »Ja wo bleibt jetzt der mit'm Fahrrad?« Und faßte Peter ins Auge, sagte zu ihm: »Du kommst auch mit!« Und als er Maxe das Fahrrad über den Altarteppich schieben sah, schrie er: »Ja, kannst es net trag'n! Du kannst doch net Fahrrad fahr'n vorm Altar!« Und lief los mit kurzen schnellen Schritten und schob Peter vor sich her.

Maxe folgte ihm. Vor Schreck trug er das Fahrrad gleich bis zur Kirchentüre und wagte erst draußen, es wieder abzusetzen.

Der Pfarrer nahm es ihm aus der Hand und schob es bis zur Treppe und trug es mit gestrecktem Arm hinunter. Er mußte Kräfte haben wie ein Kran.

Er pumpte die Reifen auf mit schnellen Stößen und klemmte sich Wäscheklammern in die Hosenbeine und ließ Peter auf der Stange Platz nehmen und Maxe auf dem Gepäckträger hinten. Und strampelte los. Raste die engen Kurven des Kirchbergs hinunter. Die Schöße seines schwarzen Mantels schlugen Maxe ins Gesicht. Er hielt sich krampfhaft an der Sattelstange fest und zog die Beine an. Vor jeder Kurve hatte er Angst, daß die Bremse versagen könnte. Die mußte ja schon glühen, bei dem Gewicht.

Sie bogen auf die Landstraße ein und fuhren die lange Gefällstrecke hinunter. Das zog sich endlos dahin. Nachts im Auto war ihnen der Weg viel kürzer vorgekommen.

Endlich erreichten sie die Stadt, ratterten über das Kopfsteinpflaster. Maxe versuchte, seine Hände unter dem Hintern zu halten, er spürte jeden einzelnen Pflasterstein.

Sie fuhren nicht bis zu dem Platz, den sie kannten, sondern

bogen vorher ab und hielten vor einer Bäckerei. Da stand eine Schlange davor, die zwei Häuser weit reichte. Es waren mindestens sechzig Leute, die da warteten.

Der Pfarrer händigte ihnen vier Brotmarken aus und einen Zettel, auf den er ein paar Zeilen kritzelte. Den sollten sie dem Bäcker vorlegen, sagte er. Und sie sollten hinterher auf ihn warten, es könnte sein, daß er länger brauchte, und wehe, wenn sie nicht da wären, wenn er zurückkäme.

Sie stellten sich ans Ende der Schlange, und Peter versuchte, sich an einer Frau vorbeizudrängeln, aber die blaffte ihn gleich so böse an, der Schwanz wäre hinten, und ob er ein paar hinter die Löffel haben wollte, daß er es aufgab.

Sie warteten stumm in der Reihe.

Auf der anderen Straßenseite war ein Gasthaus, da kam Amerikanermusik heraus, und Geschrei und Gejohle war zu hören. Und Kinder rannten über die Straße und verschwanden hinter dem Gasthaus in einem Hoftor.

Sie besprachen, daß sie ja nicht zu zweit in der Schlange warten müßten, und Maxe hob einen Stein auf und nahm die Hände auf den Rücken und hielt den Stein in der rechten Hand. Und Peter tippte auf die Linke, und Maxe sagte, er käme gleich wieder, er würde nur mal nachsehen.

Peter wartete. Er konnte die Kirchturmuhr sehen und wartete fünf Minuten und dann noch einmal fünf Minuten, und als Maxe noch immer nicht auftauchte, sagte er einem Jungen, der hinter ihm stand, daß er ihm den Platz halten sollte, und rannte los.

In der Hofeinfahrt neben dem Gasthaus standen amerikanische Laster Stoßstange an Stoßstange. Peter lief zwischen der Hauswand und den Lastern nach hinten. Am Hauseck blieb er stehen. Ein großer, gepflasterter Hof lag vor ihm, umgeben von dunkelbraunen Holzschuppen und gemauerten Garagen, deren Tore offenstanden. Überall in den Garagen waren Jeeps abgestellt und davor Laster und Spähwagen, nur die Rückseite des Gasthauses war freigehalten. Ein Pulk Kinder stand dort, mindestens dreißig, ganz Kleine dabei und Vierzehnjährige, die standen mit dem Rücken zu ihm, versperrten ihm die Sicht.

Er ging an der Hauswand entlang. Gegenüber auf den Pritschen der Laster und der Jeeps und auf Matratzen am Boden und auf herausgestellten Stühlen und Sesseln saßen amerikanische

Soldaten. Die hatten die Beine ausgestreckt und tranken Kaffee aus großen Henkeltassen und aßen weiches Brot, und jeder hatte einen Haufen kleiner Büchsen vor sich und Päckchen in Stanniol und Cellophan. Sie waren dauernd damit beschäftigt, Büchsen aufzumachen, und wenn sie leer waren, warfen sie sie in die Gegend, daß es schepperte. Auch von oben warfen sie sie herunter, da standen welche auf einem Balkon über der Haustüre und andere hingen aus den Fenstern daneben.

Die Kinder waren ständig in Bewegung. Immer wenn irgendwo eine Büchse auf den Boden scheppterte, rannten sie los, balgten sich herum, schleckten sie mit den Fingern aus, warteten gierig auf die nächste Büchse, waren immer auf dem Sprung.

Maxe stand an der Hauswand, Hände in den Taschen, Schultern hochgezogen und leicht vornübergebeugt. Er beteiligte sich nicht an der Jagd nach den Büchsen. Stand ruhig da, als beobachte er etwas, das seine ganze Aufmerksamkeit erforderte. Und jetzt sah auch Peter, was er im Auge hatte.

Genau gegenüber, auf der anderen Seite des Hofes, vor einem Lastwagen, mitten zwischen den Amerikanern, stand der Hamburger mit dem Pferdegebiß. Stand da in schwarzer Turnhose und weißem Unterhemd, eine Decke um die Schultern. An den Händen hatte er Boxhandschuhe, große schwere Trainingshandschuhe, die ihm ein amerikanischer Soldat gerade zuband. Hinter ihm saßen die vier anderen. Auch der mit dem Stock war dabei. Sie schienen Maxe noch nicht entdeckt zu haben.

Der mit dem Pferdegebiß schlug die Handschuhe gegeneinander, daß es klatschte, hüpfte im Sand und markierte ein paar Boxschläge.

»Was macht'n der hier?« fragte Peter flüsternd.

»Boxen tut er«, sagte Maxe, ohne sich umzudrehen. Er schien nicht überrascht, daß Peter auf einmal hinter ihm stand.

»Wo hat'n der die Handschuhe her?« fragte Peter.

Maxe deutete mit einer Kopfbewegung auf die Amerikaner. »Das ist alles von denen«, sagte er, »Handschuhe und alles.« Er nahm eine Hand aus der Tasche und zeigte auf einen Jeep gegenüber. Ein langer Neger saß auf der Rücklehne des Fahrersitzes, der hatte einen glänzenden, schwarzen Zylinder auf dem Kopf und klatschte in die Hände im Takt der Musik, die aus den Fenstern des Gasthauses tönte. Und neben ihm saß ein fetter, rotgesichtiger Weißer, der mit offenem Mund kaute und sich durch laute Zurufe mit einem andern Soldaten auf dem Balkon unterhielt und einen Geldschein herzeigte und ihn dann längs gefaltet in den Aufschlag seiner Mütze steckte, daß er wie eine Indianerfeder herausragte. Und vor den beiden auf dem Kühler des Jeeps lag ein Haufen Büchsen und Päckchen, alle in der gleichen braungrünen Einheitsfarbe. Und obenauf lag noch eine Schachtel Zigaretten. »Das kriegt der, der gewinnt«, sagte Maxe.

Peter hatte seine Augen nicht von dem Hamburger gelassen, hatte ihn über Maxes Schulter hinweg unentwegt angestarrt, als wollte er ihn hypnotisieren. Erst jetzt bemerkte er, daß noch ein zweiter Junge mit Boxhandschuhen da stand, fünf Schritte neben dem Hamburger. Bei dem war auch ein Amerikaner, der ihm in die Handschuhe half und ihm eine Decke um die Schulter legte.

»Der hat doch keine Chance«, sagte Peter.

»Hat er auch nicht«, bestätigte Maxe. Der Junge war fast genauso groß wie der Hamburger, aber er war viel schmächtiger. Es sah so aus, als hätte er schon Mühe, die schweren Handschuhe überhaupt oben zu halten.

Ein Amerikaner, der in einem Sessel neben der Haustüre saß, stand plötzlich auf und schaute auf seine Armbanduhr, und die anderen fingen wie auf Kommando an zu johlen und lachten und pfiffen und warfen ihre Mützen in die Luft, und der Neger mit dem Zylinder tanzte auf dem Fahrersitz des Jeeps und der Rotgesichtige schwenkte seine Mütze und brüllte wie ein Ochse.

Der mit der Armbanduhr schien den Ringrichter zu spielen. Er untersuchte die Handschuhe und führte die beiden Jungen in der Mitte des Hofes zusammen.

»Der hat vorhin schon mal so'n Schwächling umgehauen«, sagte Maxe. »Das ist denen auch egal, ob sie verlieren, die sind bloß auf den Trostpreis scharf.«

Der Ringrichter schaute wieder auf seine Armbanduhr und hob die Hand und wartete, bis einer der Soldaten mit der Faust auf die Kühlerhaube eines Lasters donnerte. Dann ließ er die beiden Jungen aufeinander los.

Es war ein ungleicher Kampf. Der Hamburger ging seinen Gegner an wie eine Dampframme, schlug mit beiden Fäusten wild auf ihn ein, schob ihn vor sich her, holte weit aus, um gewaltige Schwinger zu landen und Rundschläge, die von unten trafen. Der andere Junge suchte sich, so gut es ging, hinter den riesigen Handschuhen zu verbergen, aber das half nicht viel. Der Hamburger konnte ausholen, wie er wollte, weil er keinen Gegenschlag befürchten mußte, und seine Schwinger bekamen dadurch eine solche Wucht, daß er auch dann einen Treffer landete, wenn er nur den Handschuh traf. Er schlug dem anderen einfach den eigenen Handschuh an den Kopf.

Die Amerikaner verstummten nach kurzer Zeit. Der Kampf war zu einseitig. Nur der Rotgesichtige im Jeep hatte noch seinen Spaß. Er war aufgesprungen und beugte sich weit über die Windschutzscheibe und boxte mit. Er stand auf seiten des Hamburgers, und je überlegener der wurde, desto lauter schrie er, zog den Geldschein aus der Mütze und schwenkte ihn zum Balkon hin und schrie, daß sein Gesicht noch röter anlief.

»Gegen den kannste nichts machen, der hat zu viel Kraft«, sagte Peter leise. »Der schiebt dich einfach um mit Kraft. Wie willst'n dich da wehren, wenn der einfach draufdonnert wie'n Verrückter?«

»Na und?« sagte Maxe. Er ließ den Hamburger nicht aus den Augen. »Der macht doch bloß die Windmühle.«

Peter hielt die Luft an. »Willst du gegen den antreten?« fragte er ungläubig.

»Warum nicht?« sagte Maxe.

»Du spinnst ja, das schaffste doch nie«, sagte Peter. Er bekam es plötzlich mit der Angst. »Was willst'n gegen den machen, Mensch. Da kannste technisch doch gar nichts machen, da kommste doch nicht durch mit den Riesen-Handschuhen, Mensch!«

»Wenn der so wedelt, hält er die Arme nicht lange oben«, sagte Maxe ruhig. Zum erstenmal drehte er sich jetzt um, blickte Peter ins Gesicht. »Der nicht«, sagte er. »Der ist nach zwei Runden schlapp. Der bringt seine Arme nicht mehr hoch nach zwei Runden, das garantier ich.«

»Und wie willst du's aushalten, zwei Runden lang?« fragte Peter. Maxe zuckte die Achseln, drehte sich wieder um.

Der Gegner des Hamburgers war jetzt schon so schwach, daß er nur noch herumtaumelte und nach jedem Schlag in den Knien einknickte.

Der Ringrichter hob die Arme, um einzugreifen, aber er kam um eine Sekunde zu spät. Der Junge fiel um, bevor er heran war. Der Hamburger hatte ihn gar nicht mehr richtig getroffen. Er schien selbst nicht befriedigt über diesen leichten Sieg.

»Der kommt mir nicht davon, die Drecksau!« sagte Maxe. Es klang so, als wollte er sich selbst Mut zusprechen.

Der Hamburger ließ sich feiern. Seine vier Leute führten einen Freudentanz auf und warfen die Büchsen, die er gewonnen hatte, in die Luft, und einer brachte ihm gleich die Decke und legte sie ihm um die Schultern, und der rotgesichtige Amerikaner war bei ihm und klopfte ihm auf den Rücken und hob ihn hoch über den Kopf und trug ihn auf den Schultern bis vor den Balkon und setzte ihn erst wieder ab, nachdem er mit ihm eine Ehrenrunde gedreht hatte.

Maxe starrte zu ihm hinüber. Und da endlich erkannte ihn der Hamburger. Machte zwei Schritte auf ihn zu.

»Heeej«, rief er höhnisch und zeigte seine Zähne. »Willste was, Kleiner?«

»Drecksau!« sagte Maxe gerade so laut, daß er es hören konnte.

Der Hamburger wandte sich zu seinen vier Kumpanen um. »Er will frech werden, der Flaschenkopf!« sagte er und kam noch einen Schritt auf Maxe zu. »Willste frech werden, du Krücke?«

Maxe gab keine Antwort, zog ruhig seine Jacke aus, warf sie Peter zu und begann langsam auf den Hamburger zuzugehen. Krempelte sich im Laufen die Ärmel hoch.

Der Neger mit dem Zylinder sprang aus dem Jeep und kam mit tänzelnden Schritten näher. Bei jedem Schritt wippte er und wiegte sich in den Hüften und schnitt Grimassen und winkte zum Balkon hoch mit seinen langen Armen. Maxe wurde verunsichert, als er ihn bemerkte, und blieb mitten auf dem Platz stehen. Und er wurde noch unsicherer, als plötzlich um ihn herum das Gejohle und Gepfeife losging. Er steckte die Hände in die Taschen und blickte sich mit eingezogenem Kopf um.

»Jetzt haste Schiß, wie?« schrie der Hamburger. »Jetzt geht dir der Arsch mit Grundeis! Laß dich doch heimgeigen, Glatzkopf!«

Maxe hörte nur das Wort Glatzkopf und hörte die Amerikaner schreien und lachen und dachte für einen Augenblick, sie lachten über ihn und über seinen kurzgeschorenen Kopf, und eine solche Wut packte ihn, daß er sich auf den Hamburger gestürzt hätte, wenn ihm nicht der Neger mit dem Zylinder den Weg verstellt hätte. Der grinste ihn an und zeigte seine großen weißen Zähne und sagte etwas, das Maxe nicht verstand, aber es klang freundlich, und der Neger sah auch freundlich aus.

»Kann ich richtige Handschuhe haben?« fragte Maxe und versuchte, mit Gesten anzudeuten, was er meinte. »Richtige Handschuhe mit Bandagen, keine Trainingshandschuhe!« Der Neger verstand ihn nicht, aber als er Maxes Wickelgeste sah, schien er zu begreifen, und ein ungeheures Lachen breitete sich plötzlich auf seinem Gesicht aus, und er drehte sich um und rief etwas zum Balkon hoch mit wedelnden Armen und warf die großen Trainingshandschuhe quer über den Platz auf die Pritsche eines Lasters. Und auf einmal waren sie umringt von Soldaten, die Boxhandschuhe in allen Größen brachten und Bandagen dazu. An beiden Händen zugleich wickelten sie Maxe die Bandagen um und steckten die Handschuhe auf die Fäuste und sprachen auf ihn ein und klopften ihm auf die Schulter und boxten ihn freundschaftlich in die Seite und schoben ihn vorwärts, bis er neben dem Hamburger stand.

Der blickte ihn mit offenem Haß an. »Laß deine Knochen numerieren!« zischte er ihm zu. »Ich hau dir'n paar vor'n Latz, daß du denkst, es ist Fliegeralarm!«

»Drecksau!« sagte Maxe ruhig. Er hatte auch ein paar gute Sprüche auf Lager, aber jetzt hatte er eine Stinkwut im Bauch, und wenn er wütend war, stotterte er, und er wollte nicht, daß der Hamburger ihn stottern hörte.

»Ich hau dir die Zähne in'n Hals, da kannste im Arsch mit Klavierspielen!« sagte der Hamburger.

»Drecksau!« sagte Maxe.

Sie standen plötzlich allein auf dem Platz, nur der Ringrichter war noch bei ihnen. Er blickte auf die Uhr. Warum fängt er nicht endlich an, dachte Maxe, wozu die ganze Zeremonie mit Handschuhkontrolle und Fäusteschütteln und Gong? Das, was sie vorhatten, war ja kein Boxkampf, das war eine Schlägerei, da galten sowieso keine Regeln.

Der Ringrichter faßte nach Maxes Handschuh und zog ihn zu sich, bis er den Handschuh des Hamburgers berührte.

»Pißgurke! Arschgeige! Glatzkopf!« sagte der Hamburger.

»Drecksau!« sagte Maxe.

Und dann kam der Gong von der Kühlerhaube, und unter dem

Gejohle der Soldaten griff der Hamburger an. Er ging los wie ein wildgewordener Bulle. Den Kopf vorgestreckt und mit beiden Armen um sich schlagend.

Maxe war auf diesen Angriff vorbereitet. Er kannte solche Gegner. Er wußte, daß es jetzt keinen Sinn hatte, den tapferen Roland zu spielen. Er mußte erst einmal den Hasen machen, sich wegducken, ausweichen, Haken schlagen, bis dem anderen die Luft ausging, und dann, wenn der sich gerade wunderte, warum sein Angriff verpufft war, zwei trockene Schläge aus der Deckung heraus, um ihn wieder in Wut zu versetzen, ihn zu einem neuen Windmühlenangriff zu verleiten, der an seinen Kräften zehrte. Maxe wußte genau, wie er es anstellen mußte. Aber der andere schlug verflucht hart zu. Und mit den Handschuhen, die ihnen die Amerikaner verpaßt hatten, spürte Maxe die Schläge auch dann, wenn nur seine Deckung getroffen wurde. Und er spürte auch, daß er in den letzten vier Wochen im Lager nicht mehr trainiert hatte. Die Amerikaner pfiffen, ein wildes Pfeifkonzert ging los. Die pfiffen ihn aus.

Und dann griff er selbst an, schlug zu ohne Überlegung, drosch auf den anderen ein, kam nicht durch, der hatte lange Arme, stieß ihn immer wieder weg. Das durfte er nicht noch einmal machen, das kostete zu viel Kraft. Er mußte bei seiner Linie bleiben, mußte warten, bis der andere sich verausgabt hatte.

Er dachte an Bernd, den ersten Lagermannschaftsführer, den er bei der KLV gehabt hatte, Bernd Königer, der ihn zum Boxen gebracht hatte. Alles, was er konnte, hatte er von dem. Trainier die linke Gerade, hatte Bernd gesagt, das ist die Wespe, die giftige Wespe, die immer wieder zusticht. Ein Stich ist nicht besonders schmerzhaft, aber immer wieder ein Stich, fünf Stiche, zehn Stiche, zwanzig, da schwillt dem Gegner der Kopf an, da dreht er durch. Und dann erst kannst du zuschlagen, dann kommt die Rechte. Daran mußte er sich halten. Der andere war einen halben Kopf größer als er und um einiges stärker, gegen den konnte er nur mit Taktik etwas gewinnen.

Er ging zurück, blockte ab, pendelte, duckte weg unter diesen Hämmern, die der Hamburger losließ. Die waren leicht zu berechnen, diese weit hergeholten Schwinger. Gefährlich war es nur, wenn er ihn zu nahe herankommen ließ. Er mußte auf Distanz gehen, immer Abstand halten. Sollten die Amerikaner ruhig pfeifen und schreien.

Ein paarmal brachte er seine Linke durch, traf am Kopf, aber dann kam viel zu früh der Gong, gerade, als der Hamburger anfing nachzulassen.

Der atmete schwer. »Feige Flasche!« schrie er. »Gurke! Dich mach ich fertig!« Er hatte schon Mühe, genug Luft für seine Schimpfereien zu kriegen.

Der Neger kam mit einer Decke und legte sie Maxe um und fächelte ihm Luft zu mit seinem Zylinder und gab ihm einen Schluck zu trinken aus einer Büchse. Es war ein süßer, klebriger Saft. Maxe spuckte ihn wieder aus.

Er beobachtete den Hamburger, der gegenüber saß. Er mußte ihn am Körper treffen. Der war so groß, daß man nur schwer zum Kopf durchkommen konnte. Aber mit Körpertreffern konnte er ihn mürbe machen. Er fühlte sich noch gut in Form, als die zweite Runde begann.

»Jetzt kannste was erleben!« sagte der Hamburger. »Ich hau dir die Schnauze zu Matsch!«

Wieder legte er los, heulte schier vor Wut, weil Maxe sich nicht stellte, immer nur vor ihm her lief, seinen Kopf mit beiden Fäusten deckte. Aber dann hatte er ihn auf einmal in einer Ecke, schlug beidhändig auf ihn ein, rechts-links, rechts-links, traf so hart, daß Maxe aus dem Stand umfiel, wollte sich auf ihn stürzen, um ihm den Rest zu geben. Der Ringrichter mußte ihn mit Gewalt zurückhalten.

Maxe kam benommen hoch, hörte den Ringrichter zählen. War es schon soweit? War er schon am Ende, daß sie ihn auszählten? Herrgott noch mal, der hatte ihn doch gar nicht erwischt, der hatte ihn nur umgestoßen. Er schüttelte den Kopf, nahm die Fäuste hoch. Gegen diese Drecksau durfte er einfach nicht verlieren.

Er stellte sich. Er durfte sich nicht wieder in die Enge treiben lassen. Brachte eine linke Gerade heraus und noch einmal zwei hintereinander, genau zwischen den Fäusten des Hamburgers hindurch. Und ein Höllenlärm brach plötzlich los und Geschrei und Anfeuerungsrufe von allen Seiten. Wieder kam er durch mit seiner Linken, und dann schlug er zum erstenmal mit der Rechten zu. Traf genau über der Gürtellinie, kein harter Schlag, aber der Hamburger war nicht darauf vorbereitet. Er glotzte wie ein Frosch und beugte sich vor, und ehe er die Fäuste wieder oben hatte, landete Maxe noch zwei Treffer am Kopf. Jetzt war er ihm über, jetzt hatte er ihn in der Hand, jetzt ging es wie nach dem Lehrbuch. Linke Gerade zum

Kopf, antäuschen, und dann die Rechte mit einem Leberhaken.

Der Hamburger wehrte sich verzweifelt, aber seine Schwinger pfiffen nur durch die Luft, die brauchte Maxe nicht mehr zu fürchten, da war kein Dampf mehr dahinter, das war nur noch blinde Dreschflegelei. Er war jetzt ganz ruhig, boxte mit einer kalten Wut. Das sollte dem weh tun, der sollte seinen Denkzettel haben, dieses Schwein, am Boden sollte er liegen. Linke Gerade und rechter Haken und wieder zwei Gerade zum Kopf. Dem lief schon das Blut aus der Nase.

Und dann brachte er einen Haken durch, der den Hamburger von den Beinen holte. Da fehlte nicht mehr viel. Und Maxe ließ ihn nicht zur Ruhe kommen, er wollte ihn noch in dieser Runde am Boden haben.

Da traf ihn etwas am Ohr. Ein furchtbarer Schlag, wie mit dem Hammer. Vor seinen Augen zuckte ein greller Blitz auf und in seinen Ohren war ein irrsinnig hoher Ton, der ihm fast den Kopf sprengte. Er drückte krampfhaft die Beine durch, hielt die Fäuste vors Gesicht. Was war das für ein Schlag gewesen? Den hatte er nicht kommen sehen. Woher hatte der Kerl noch die Kraft für so einen Schlag hergenommen. Nicht einmal im Ansatz hatte er den mitbekommen. Er taumelte, stolperte mit einknickenden Beinen zur Seite auf die Hauswand zu. Nur nicht umfallen, er durfte jetzt nicht umfallen, gleich mußte der Gong kommen.

Da zog jemand an seinen Handschuhen, wollte sie ihm herunterreißen. War das der Ringrichter? War er schon ausgezählt? Er mühte sich, seine Hand aus dem Griff zu winden, aber er kam nicht los. Die Hand saß fest wie in einem Schraubstock. Und dann übertönte plötzlich eine Donnerstimme das bohrende Singen in seinen Ohren. »Geb a Ruh! Saubär elendiger!«

Der Pfarrer! Wie kam der Pfarrer hierher? Der Schreck ließ ihn mit einemmal wieder zu sich kommen.

Da stand er in seinem schwarzen Mantel, mit hochrotem Kopf, warf den Amerikanern, die ihn lachend und schreiend umstanden, die Handschuhe vor die Füße. Er war so wütend, daß Maxe Angst bekam, aber er achtete gar nicht auf ihn. Er rauschte aus dem Hof mit wehendem Mantel, zog Maxe hinter sich her wie einen widerspenstigen kleinen Hund.

Peter wartete draußen auf der Straße, hielt sich außer Reichweite, zuckte bei jeder Bewegung, die der Pfarrer machte, zusammen. Seine rechte Backe war glühend rot. Ihn hatte es also auch getroffen.

Vor der Bäckerei machte der Pfarrer halt, nahm sein Fahrrad, das dort lehnte, und während er sich die Wäscheklammern in die Hosenbeine zwickte, sagte er mit einem wütenden Knurren: »Ihr kommt zu Fuß zurück. Und wenn ihr nicht bis eins da seid, dann hau ich euch die Hucke voll, daß es kracht!«

Sie nickten stumm, stellten sich wieder an das Ende der Schlange, sahen ihm nach, wie er davonfuhr.

Tilli war im Garten hinter dem Pfarrhof, als es Mittag läutete. Sie harkte eines der sauber aufgehäufelten Beete, bewegte stumm die Lippen, während sie die Harke handhabte. Adolf schaute ihr zu.

Er saß auf einer Holzbank an der Wand des Pfarrhofs und hatte die Füße hochgelegt. Die Berliner Mädchen hatten ihm neue Binden gegeben, und er hatte die Verbände gewechselt und Maxes Schuhe ausgezogen. Seine Füße waren abgeschwollen und paßten wieder in seine eigenen Stiefel.

Ein Hahn fing an zu krähen, laut und ausdauernd, als wollte er das Mittagsläuten übertönen. Adolf konnte ihn sehen im rückwärtigen Teil des Gartens hinter einem Maschendrahtzaun. Es war ein kleiner rostbrauner Gockel.

»Das ist der Josef«, sagte Tilli, »der kräht am lautesten, hat die Frau vom Pfarrer gesagt.«

»Das ist nicht die Frau vom Pfarrer«, sagte Adolf. Es hörte sich so an, als hätte er ihr das schon mehrmals gesagt.

»Siehste den dicken weißen?« rief Tilli. »Der heißt Hermann. Der wird morgen geschlachtet, weil er so fett ist, hat sie gesagt.«

Adolf blickte hinüber, um sie nicht zu enttäuschen. Aber er achtete nicht auf den Hahn. Seine Gedanken waren woanders.

Die Berliner Mädchen hatten ihm erzählt, daß sie alle auf die umliegenden Dörfer verteilt würden, bis die Eisenbahn wieder fuhr und Züge nach Berlin gingen. Und dann hatte er im Pfarrhof ihre Namen eintragen müssen in eine Liste. ›Max Milch, Berlin‹ hatte er geschrieben, ›Peter Reuther, Berlin‹ und ›Adolf Zeesen, Berlin‹. Und in die Zeile darunter nur den Vornamen ›Tilli‹ und dahinter zwei Pünktchen, als wüßte er den Nachnamen nicht. Er hatte die Pünktchen aber genau unter den Namen ›Zeesen‹ gesetzt, so daß man meinen konnte, es hieße ›Tilli Zeesen‹.

Jetzt mußte er das der Kleinen irgendwie beibringen, damit sie sich nicht verplapperte. Aber er wußte nicht, wie er es ihr sagen sollte.

Wieder krähte ein Hahn. Diesmal war es ein schwarzer, der auf dem Dach des Hühnerstalls saß.

»Siehste den?« rief Tilli. »Weißte, wie der heißt? Der heißt wie du. Den kann sie nicht schlachten, sagt die Frau. Den mögen die Hennen am liebsten.«

Plötzlich war Motorengebrumm zu hören, das kam den Kirchberg herauf. Sie rannten um den Pfarrhof herum, und gerade als sie um die Ecke bogen, kam der Pfarrer auf dem Fahrrad von der Straße her über den Vorplatz gefahren. Er schnaufte wie ein alter Gaul, und der Schweiß lief ihm von der Stirn trotz der Kälte, und jedesmal, wenn er ausatmete, verschwand sein Kopf in einer Dampfwolke. Er wischte sich die Stirn mit einem weißen Taschentuch, das so groß war wie ein Bettlaken, und verstaute es wieder in seiner Manteltasche.

Das Auto, das sie gehört hatten, kurvte auf den Platz ein und kam knirschend auf dem Kies zum Stehen. Es war eine Art Lieferwagen mit bulliger Schnauze und dem grobgerippten Kühler, den alle Amerikaner-Autos hatten. Hinten hatte es einen Kastenaufbau, der auf allen Seiten das Rote Kreuz zeigte.

Ein blasser junger Soldat stieg aus und öffnete die hintere Tür. Maxe und Peter sprangen heraus. Jeder hatte zwei Laib Brot unter den Armen.

Der Pfarrer blieb wie angewurzelt stehen, als er sie sah, und sog hörbar die Luft ein, blies sich auf wie ein Truthahn, wurde noch breiter, als er schon war, und noch röter im Gesicht. Alle sahen, daß er kurz davor war zu platzen, nur der blasse junge Soldat schien es nicht zu bemerken. Er legte Maxe den Arm um die Schulter.

»Ich habe nicht gewußt, daß dies ist eine von Ihre Kinder«, sagte er schuldbewußt. »Meine Kameraden haben sich eine Spaß gemacht mit ihm, es tut mir leid.«

Ganz langsam schrumpfte der Pfarrer wieder auf seine normale Größe. »Bringt das Brot rein ins Haus!« fauchte er die beiden an. Sie rannten los. Machten einen Bogen um ihn.

Der junge Soldat nahm mit einer linkischen Bewegung den

Stahlhelm ab und ging neben dem Pfarrer her zur Kirche. Er sah aus wie ein ängstlicher Sünder auf dem Weg zur Beichte. Er sah überhaupt nicht aus wie ein Amerikaner. »Es tut mir leid«, hörten sie ihn noch sagen, »es hat alles viel schneller funktioniert, als wir dachten.« Auch die Art, wie er sprach, mit nickendem Kopf und die Hände unter dem Kinn gefaltet, unterschied ihn von allen Amerikanern, die sie bis jetzt erlebt hatten. Er kaute auch nicht. Vielleicht war er gar kein Amerikaner, hatte nur eine amerikanische Uniform an.

Nach dem Mittagessen verkündete der Pfarrer in der Kirche, daß sie bei Bauern in der Umgebung einquartiert würden. Dort sollten sie bleiben, bis die Verhältnisse wieder besser wären, und er würde sich um sie kümmern, und wenn sie Sorgen hätten, könnten sie immer zu ihm kommen.

Eine halbe Stunde später kam ein Lastwagen, und der blasse, junge Soldat war wieder dabei, diesmal hatte er eine elegante Uniform an, und der Pfarrer sagte zu ihm ›Herr Leutnant‹ und war sehr freundlich zu ihm.

Sie stellten sich alle vor dem Pfarrhof auf, und der Pfarrer holte die Liste mit den Namen aus der Tasche und begann, der Reihe nach die Namen aufzurufen. Zuerst kamen die Berliner Mädchen dran, dann die Flüchtlingskinder. Jeder, der aufgerufen wurde, trat vor und wurde auf die Pritsche des Lastwagens gehoben.

Adolf spürte, wie sein Herz schneller schlug.

»Max Milch!« rief der Pfarrer.

»Jawoll!« sagte Maxe und ging zum Lastwagen.

»Peter Reuther!«

Adolf hielt den Atem an. Nur noch Tilli und er waren übrig. Aber dann war auf einmal alles ganz einfach. Der Pfarrer schaute in seine Liste und nickte ihnen zu und sagte: »Und zum Schluß noch ihr zwei Hübschen, dann haben wir ja alle.« Und hob sie auf die Pritsche.

Der junge Leutnant klappte die Bordwand hinter ihnen hoch und schloß die Plane, daß nur noch ein Spalt offen blieb. Dann setzte sich der Lastwagen in Bewegung.

Sie fuhren eine gute Viertelstunde durch Wälder und über Straßen, die mit Schlaglöchern übersät waren, und einmal ging es über einen Fluß auf einer Holzbrücke, die auf riesigen Schlauchbooten lag. In einem kleinen Dorf am Fluß machten sie zum erstenmal halt.

Sie beobachteten, wie der Pfarrer von Hof zu Hof ging und mit einer Bäuerin oder einem Bauer wieder herauskam, und wie er zwei oder drei der Berliner Mädchen vom Wagen hob und wie die Mädchen mit den Bauern hinter den Hoftoren verschwanden.

Er brachte die ganze Berliner Klasse in dem Dorf unter. Und danach fuhren sie weiter in südlicher Richtung durch den Wald. Und hielten nacheinander an sechs Höfen, die einsam zwischen Fluß und Wald lagen. Beim ersten fuhr der Wagen in den Hof, und das Mädchen aus Iglau mit ihren beiden kleinen Geschwistern stieg ab, und sie konnten hören, wie die Bäuerin den Pfarrer fragte, ob er nicht kräftigere Kinder hätte, und dabei auf Maxe zeigte und sagte, so einen könnte sie eher gebrauchen. Und beim zweiten sahen sie, wie der amerikanische Leutnant auf den Bauern losging, damit er sich überreden ließ. Sie wurden von Mal zu Mal schweigsamer.

Am Ende blieben sie zu viert übrig. Der Wagen rumpelte über einen Feldweg, in dem er tiefe Spuren hinterließ, fuhr durch ein Hoftor und hielt dicht dahinter. Sie warteten, bis der Pfarrer nach hinten kam. Er holte sie alle vier herunter.

Als sie um den Wagen herumbogen, lag der Hof vor ihnen. Ein zweistöckiges Gebäude auf der linken Seite, nur das Erdgeschoß gemauert, das Obergeschoß aus Holz. Vorn das Wohnhaus, dahinter der Stall. An der Rückseite ums Eck ein offener Schuppen, in dem Wagen und Geräte standen. Und wieder ums Eck eine Scheune, so daß die Gebäude ein Hufeisen bildeten, das den Hof einschloß.

In der Mitte des Hufeisens lag der Misthaufen, überragt von einem Taubenschlag. Der Boden war ein einziger Morast, und der Pfarrer krempelte seine Hosen hoch, bevor er weiterging. Er rief: »Lederer!« Und als sich nichts rührte, noch einmal mit lauter Stimme: »Lederer!« In dem Eck zwischen der Tormauer und der Hauswand hielten sie an und warteten.

Ein großer, struppiger Schäferhund stand bellend vor seiner Hütte neben der Stalltüre, den Kopf so weit vorgestreckt, wie es die Kette nur irgend zuließ, die Zähne entblößt.

Endlich ging die Stalltüre auf, und ein großer, hagerer Mann kam heraus, der einen Schubkarren zum Misthaufen schob.

»Lederer!« rief der Pfarrer und machte ein paar Schritte auf ihn zu, obwohl seine Halbschuhe schon fast bis zum Rand im Morast steckten.

»Lederer, jetzt wär ich mit die Kinder da, von denen ich g'sproch'n hab letzten Sonntag.«

Der Bauer setzte den Schubkarren mitten auf dem Misthaufen ab und schaute herüber: »Was soll ich mit dene?« sagte er nach einer langen Pause. »Die falln mir ja z'samm, wenn's bloß a Heugabel tragen müssen. Wenn's keine größern ham, dann is nix!« Er nahm den Schubkarren wieder auf und kippte ihn mit einem energischen Ruck um und kratzte ihn mit der Mistgabel aus.

Sie konnten hören, wie der Pfarrer sich aufblies und die Luft anhielt, so lange, daß sie schon meinten, er müßte gleich ersticken.

»Herrgott noch amal, Lederer!« sagte er endlich, und man merkte ihm an, daß er sich mit äußerster Anstrengung zur Ruhe zwang. »Es kann sich's doch net a jeder aussuchen, wie er will. Flüchtling wollt's net, Evakuierte wollt's net, Kinder wollt's net. Es geht aber net anders! Wennst d'Kinder net nimmst, quartiern's dir jemand andern ein.«

Der Bauer fuhr seinen Schubkarren zum Stall zurück. Er schien gar nicht zuzuhören. Kurz bevor er die Stalltüre erreichte, hielt er an. »Wenn's größere ham, nehm ich's«, brummte er und verschwand im Stall.

»Dann futter's halt raus!« brüllte der Pfarrer plötzlich mit solcher Lautstärke, daß die Tauben erschrocken vom Schlag aufflogen. »Futter's halt raus, dann wer'ns schon kräftiger!«

Der Bauer kam wieder aus der Stalltüre, schrie den Hund an: »Geb a Ruh, Mistviech elendigs!« Dann drehte er sich um, nahm den Hut ab und setzte ihn wieder auf und brummte: »Die Buam können's dalassen, das Madl net!«

Der Pfarrer tat einen Seufzer. »Herrgott, Lederer, das sind G'schwister, die kann man doch net auseinanderreißen!«

»Das Madl nehm i net!« wiederholte der Bauer.

Der Pfarrer machte noch zwei Schritte auf ihn zu, dann gab er auf, drehte sich kopfschüttelnd um. Er schien erschöpft.

Tilli blickte zu ihm hoch. Sie hielt ihr Täschchen fest umklammert, und ihre Augen waren voll Mißtrauen.

»Hör zu, Kleine«, sagte der Pfarrer. Er beugte sich zu ihr herunter und versuchte, ihr übers Haar zu streichen, aber sie wich seiner Hand aus. »Was meinst du, wenn ich dich in die Sägemühle bringe, die ist gleich da drüben, siehst du?« Er deutete auf ein großes Anwesen, das einen halben Kilometer entfernt am Waldrand lag. »Da sind auch Kinder, da geht's dir gut.«

Tilli schüttelte stumm den Kopf.

»Da könnt ihr euch doch jeden Tag besuchen, das ist doch gar net weit«, fuhr der Pfarrer in beinah beschwörendem Ton fort und zeigte mit dem Kopf auf Adolf. »Du kannst ihn besuchen und er kann dich besuchen, sooft ihr wollt.«

Tilli schüttelte den Kopf.

»Es geht aber net anders!« schrie der Pfarrer plötzlich. Der Hund, der sich nach dem Anpfiff des Bauern in seine Hütte verkrochen hatte, fuhr kettenrasselnd wieder heraus und bellte mit verdoppelter Wut los.

Adolf flatterte vor Unruhe und blickte Tilli an und sah, wie sich ihre Augen mit Tränen füllten, und war mit drei Schritten neben ihr und legte ihr den Arm um die Schulter und flüsterte ihr etwas ins Ohr.

Er sprach lange auf sie ein. Und sie flüsterte zurück, und Adolf nickte. Und dann blickte er den Pfarrer an, blasses, spitzes Gesicht mit ernsten Augen. Nickte dem Pfarrer zu.

Und der Pfarrer tat noch einen Seufzer und nahm Tilli an der Hand und ging mit ihr zum Lastwagen zurück.

»Was hast'n ihr gesagt?« fragte Peter.

Adolf blickte dem Wagen nach, der durch das Tor fuhr und über den Feldweg davonrumpelte auf die Sägemühle zu. Blickte ihm nach, bis er hinter den Bretterstapeln, die vor der Mühle lagen, verschwand.

Dann drehte er sich um und sagte leise: »Ich hab ihr gesagt, daß sie mit zu mir kann nach Berlin, wenn wir hier weg-kommen.«

Billes Tagebuch
29. April bis 26. August 1945

Sonntag 29. 4. 1945
Nun hängen wir schon seit 5 Tagen hier in Königshütt herum.
Zu 20 hausen wir in der eiskalten Scheune, alle guten Geister
haben uns verlassen, die anderen wohnen wenigstens in der
Schule, aber hier zieht es ja wie Hechtsuppe. Augenblicklich
sitze ich auf einem Blechsitz auf einer Maschine. Mit Susi hab
ich Kartoffeln gebettelt, sie roh reingeschnitten in eine Büchse,
bißchen Fett rein und am Feuer gebraten. Es schmeckt. Das Fett
hat die Schneekuh organisiert, wenn wir die nicht hätten,
wären wir längst verhungert.
Vor zwei Tagen kamen die Amis. Abends standen sie in der
Scheunentür. Wir haben uns gleich ganz fest an den Händen
gefaßt und eine Kette gemacht, daß sie nicht eine rausziehen
konnten, aber sie haben nur gelacht. Sie sehen auch nicht
anders aus als wir. Auf dem Helm haben sie in klein ihre Fahne
mit den Sternchen gemalt und darüber ein Netz. Zwei Neger
waren auch dabei, huch schrecklich. Gestern abend haben wir
ihnen Lieder vorgesungen und bekamen Schokolade und »che-
wing gum«.

Mittwoch den 2. Mai 1945
Draußen ist ein richtiger Schneesturm und in meinem Bauch
ist auch Sturm. Gestern hab ich mit Schwettchen die letzte
Büchse Fleisch heimlich gegessen, Kartoffeln zerdrückt und das
Büchsenfleisch rein und viel Brennesseln dazu und Salz, wir
konnten schon nicht mehr, den Rest mußte ich mir richtig
reinekeln. Das hab ich jetzt davon, dauernd muß ich raus.
Vorhin kam Frau Gschwentner, die Bäuerin und sagte, daß der
Führer am 30. April seinen »Verwundungen« erlegen ist. Zum
Abendessen gab's ein Ei und eine Stulle, aber bei mir geht ja zur
Zeit sowieso alles durch wie warmes Wasser.

Donnerstag, den 10. Mai 1945

Inzwischen ist schon wieder eine Woche vergangen. Ehrlich gesagt, war ich zu faul, einzuschreiben. Geschehen ist eine ganze Menge. Wir sind in eine Werkstatt umgezogen, leider erst jetzt, wo es nicht mehr nötig ist, denn seit gestern ist wirklich der Mai gekommen, vor Hitze hält man es kaum noch aus.

Das wichtigste, das geschehen ist, ist wohl, daß »Friede« ist. Vorgestern nacht ist er ausgebrochen. Das Wort »Frieden« kommt mir ganz komisch vor. Jetzt können einem die Flugzeuge nichts mehr tun, verdunkeln braucht man auch nicht mehr. Ob wir bald wieder Schokolade und Kleidung kriegen? Die Schneekuh kam gestern noch und erzählte, daß die Berliner alle aus den Häusern gekommen wären und sich vor Freude umarmt hätten. Ob meine Lieben auch dabei waren? Sie sagte auch, daß Berlin ganz von den Russen erobert worden wäre, alles wäre zerstört, am schlimmsten wäre es im Osten, zum Glück wohnen wir im Westen. Die Bevölkerung soll sich in den Vororten aufhalten, da sind die Meinen sicher zu Tante Lucie gezogen und wohnen im Gartenhaus. Die Schneekuh wollte noch mehr erzählen, aber da kam Marianne rein und flezte sich so hin und da ging sie leider raus.

Marianne meinte, wir sollten Lieder üben, weil wir Pfingsten vor der Dorfbevölkerung singen müßten. Wir gröhlten so, daß sie es aufgab. Wenn wir Pfingsten noch hier sind, hau ich aber ab, so lange hält's ja kein Schwein aus, Mensch. Gerade kommen sie mit dem Essen. Werd ich heute satt? Bestimmt nicht.

Sonnabend den 12. Mai 1945

Heute ist wieder eine Bullenhitze. Die Schneekuh sagte heute morgen, wenn wir Weihnachten zuhause wären, könnten wir froh sein. Das mache ich aber nicht mit, da türme ich. Ich bin alleine in der Werkstatt, die anderen sind alle beim Essen. Hoffentlich wird mein Magen bald besser.

Puh, war das eben ein Schreck. Ich hab mir am Bach meinen Kopf gewaschen (nach 7 Wochen!) und hab mich auf die Wiese gelegt zum Trocknen und das Hemd halb hoch, um schön braun zu werden. Auf einmal kommt ein amerikanischer Panzer. Ich kuck mich um, da winken sie: »Hallo Baby!« Ich denke: »Ihr Idioten!« und leg mich wieder hin. Aber der Panzer fährt nicht ab. Da zieh ich vorsichtshalber meine Strickjacke an, und da kommt auch schon die ganze Besatzung runter. Dann unterhalten wir uns auf englisch. »What an age are you!« meinte einer. Dreimal mußte ich fragen, dann kapierte ich erst. Sie quatschen schrecklich schnell.

Eben kam nochmal eine Korona in die Werkstatt rein. Es ist furchtbar, nirgends ist man sicher vor den »soldiers«. Ich hab sie gefragt, ob sie was zu essen bringen können. Ja, sie wollen demnächst was bringen. Tolle Masche, was?

Montag, den 14. Mai 1945
Die »armies« haben wirklich was zu Essen gebracht, eine Büchse »Schinken mit Eier«, eine Büchse Tomaten, eine Büchse Käse und Fleisch lose und Kekse und Brause, wir haben alles geteilt. Zeitungen brachten sie auch, »Frankfurter Neue Presse«, was da so alles drinsteht, Junge, Junge. Auch Fotos haben sie uns gezeigt, haufenweise Leichen wie Gerippe so dünn. Ganz schrecklich. Wenn ich denke, daß Onkel Herbert auch im KZ war, du lieber Gott. Abends hat uns Marianne eine Standpauke gehalten. Wir sollen die »armies« nicht beachten, auch sagte sie, daß die Fotos nur Propaganda wären und vielleicht in Dresden geknipst nach der Bombardierung. Dann fing sie wieder mit ihrer alten Leidensgeschichte an, daß sie ihrer Mutter in Ostpreußen nicht mal ein paar Blumen aufs Grab legen kann und mit ihrem Nationalsozialismus usw. Wenn ich an Marianne denke, wird mir schlecht.

Dienstag, den 15. Mai 1945
Gestern nacht sind drei aus der Fünften abgehauen. Wenn ich das gewußt hätte, wär ich mitgegangen.

Mittwoch den 16. Mai 1945
Die »armies« sind wieder da. 10 sind es im ganzen. Eben haben sie Kaffee gekocht und dann den Rest aus dem Topf wegge-schüttet, da kam Frau Gschwentner und suchte herum und schimpfte furchtbar, das wäre wieder so eine Gemeinheit von den »armies«. Erst wußten wir gar nicht, was sie meinte, aber dann merkten wir, daß sie den Kaffeesatz suchte, dabei haben die »armies« nur ein Pulver, da gießt man heißes Wasser drauf und schon hat man Kaffee ohne Kaffeesatz.

Negus und Opa spielten gerade so Max und Moritz. Sie sind

richtige Kindsköpfe. Negus ist ein großer dunkler, der ist prima, er ist in Amerika Lehrer. Wir haben ihnen allen Spitznamen gegeben: Drache(*), Negus, Opa, Igel (er ist der einzige von denen, der etwas deutsch kann und ist aus England), John, Kuli, Tango, Dicker, Krebs und Hampel (der Leutnant). Der zehnte ist unwichtig und hat keinen Namen. Sie bringen uns jetzt immer ihre Essensreste, auch Zucker und Kekse. Jetzt fängt es an zu regnen. Schluß für heute. – Träume süß, Bille, du weißt schon von was(*).

Freitag den 18. Mai 1945
Zu abend gabs wieder nur eine Kelle Mehlsuppe und ein Mohnblatt von Stulle, davon soll man satt werden. Danach kam die Schneekuh und meinte, wir sollen es uns durch den Kopf gehen lassen, was wir einmal werden wollen.
Sie meinte, früher war es ja meistens so, daß wenn ein Mädchen aus der Schule kam, irgendeinen Beruf nahm und dann nach fünf Jahren heiratete, aber jetzt wäre es anders geworden. Wir müßten einen praktischen Beruf ergreifen, wo wir, wenn Not kommt, auch Geld verdienen können. Jetzt brauchen sie wieder Aufbaukräfte, und die Tüchtigsten sind dann am besten dran. Meine einzige Sorge ist: Ich weiß nicht, was ich werden will. Ich will dasselbe werden wie Inge. Aber was will Inge werden? Vielleicht Apothekerin wie Ulla? Aber das ganze Leben lang immer dasselbe? Ich weiß auch nicht recht.
Gestern sind schon wieder drei bei Nacht und Nebel abgehauen.

Samstag den 19. Mai 1945
Heute hatte ich Küchendienst. Bin endlich wieder mal satt geworden. Die andern klauen ja auch, ist ja der Zweck der Sache.
Marianne schimpfte, wir sollen nicht mit den Amis über Politik quatschen. Eine hätte gesagt: »Hitler ist ein Mörder« und dabei schaute sie mich so komisch an, dabei hat keine von uns was gesagt, ich möchte bloß wissen, wer die blöde Petze ist, die alles weitertratscht. Wenn ich nur erst aus dem Betrieb hier raus wäre, es ist ekelhaft.
Draußen ruft der Negus schon wieder sein »Juchhu«, das er so gut kann. 19 ist er erst, die anderen Anfang 20. Zwei Jahre sind

sie schon von zuhause fort, na, wir ja auch. Sie haben Angst, daß sie nach Japan müssen, da ist der Krieg noch. Ich kann mich so darüber ärgern, daß ich nur noch so wenig zum anziehen habe. Das blaue Kleid könnte ich jetzt so gut gebrauchen. So ein Mist.

Mittwoch den 23. Mai 1945
Wir werden jetzt überhaupt nicht mehr satt. Die Amis sind am Sonntag morgen abgehauen, und die Futterrüben, die wir uns in letzter Not immer geholt haben, sind jetzt auch alle. Sonntag war Pfingsten und Muttertag in einem, wie gern wäre ich da zuhause gewesen.
Eben bestellte uns die Schneekuh, daß wir einzeln auf Bauernhöfe kommen sollen in ein Dorf in der Nähe. Vielleicht gibt's da mehr zu essen. Schlechter kann's auch nicht werden.

Donnerstag den 24. Mai 1945
Es ist jetzt nachts halb 12 Uhr. Ich befinde mich augenblicklich in einer ganz enormen Stimmung. Heute war ein schicker Tag. Mittags kamen neue Amis, die zogen gleich in das Gasthaus nebenan und am Nachmittag waren sie schon herüben. Dann ging ich abends mit Schwettchen und Susi Kartoffeln klauen. Als wir zurückkamen, machten wir absichtlich Lärm, daß die Amis herauskamen. Wir sagten ihnen, daß wir vor Hunger »potatoes« klauen müßten. Endlich gelang es uns, daß sie es verstanden. Sie meinten, wir sollten warten. Wir schüttelten rasch unsere Kartoffeln aus den Hosenbeinen und dann kamen sie schon mit Büchsen und Keksen, Schokolade, Klopapier, Zigaretten, Kaugummi usw. Wir teilten alles auf. Morgen paffen wir erstmal. Jetzt ade, ich muß noch auf den Eimer (»mal müssen«) und dann »switch out the light«. –

Sonntag den 27. Mai 1945
Kinder wie die Zeit vergeht, man kommt ja kaum zur Besinnung. Freitag sind wir also losgefahren mit drei »trucks« von den Amis. In zwei Dörfern hatten wir Pech, dann kamen wir in diesem hier an. Es heißt Schwarzbach. Hier sind wir alle untergekommen. Ich bin mit Schwettchen zusammen in einem Hof, der ein bißchen außerhalb liegt. Eine Sägemühle ist dabei. Der Sägemüller heißt Vogt, aber eigentlich ist nur seine Frau da, schon ziemlich alt. Er soll irgendwo versteckt sein, damit

ihn die Amis nicht finden, weil er in der Partei war, sagt Frau Kulick. Auch sagt sie, daß er ganz wild war, als die Amis kamen und daß ihn seine Frau gefesselt hat, damit er nicht gegen sie kämpfen konnte. Frau Kulick ist eine Evakuierte aus Leipzig. Außer ihr wohnen noch zwei Polen da, die sollen nächste Woche wegkommen, und ein alter Knecht und eine Flüchtlingsfamilie aus Pommern mit vier Kindern und noch ein Mädchen die Tilli heißt. Sie ist mit den drei Berlinern aus Kusice zusammen, die wir schon mal auf dem Marsch getroffen haben. Heute früh waren sie in der Kirche. Sie wohnen auf dem Nachbarhof. Die Schneekuh sagte, daß wir deshalb von Königshütt hierher gegangen sind, weil hier die Züge nach Berlin durchfahren. Der Bahndamm ist ganz in der Nähe. Sie sagt, der Bürgermeister von Berlin hat gesprochen, daß die KLV sofort zurück soll und die rote Armee hat schon Wagen ausgeschickt. Na hoffentlich stimmt es.

Donnerstag den 31. Mai 1945
Letzte Nacht hab ich mich fünfmal übergeben, und Schwettchen hat Dünnschiß, hier herrscht so eine Art Ruhr, da sind wir dauernd in den Pferdestall runtergeflitzt, den Eimer leeren, dann war es uns zu blöd und wir haben ihn aus dem Fenster gekippt. Da steht ein Spalierobstbaum, die werden sich schön wundern, wenn sie später ihre Birnen essen. Aber da sind wir ja Gottseidank nicht mehr da. Ich habe mit Schwettchen zusammen ein Bett, da liegen wir augenblicklich.
Heute ist hier Feiertag für die. Fronleichnam. Es sind ja alles Katholiken. Nach dem Essen beten sie immer zehn Minuten lang. Das erste Mal mußte ich lachen, denn sie reden immer dasselbe.
Wenn wir nur nicht so viel zu arbeiten brauchten. Um 6 Uhr aufstehen und spät ins Bett. Gestern mußten wir außer Feldarbeit auch Mist aufladen und Wäsche waschen, es wird immer schöner.
Eben gabs Abendbrot. Das fette Fleisch ist schrecklich, mein Magen verträgt überhaupt nichts mehr. Die Frau Kulick erzählte uns eine fürchterliche Neuigkeit. Rußland hat sich mit Japan verbündet. Jetzt fängt der ganze Mist von vorne an und die Russen sind ja noch in Berlin. Ich überlege, wann wir da überhaupt nachhause kommen. Auf keinen Fall möchte ich hier noch zur Sommerernte sein, da schuftet man sich ja

kaputt. Eben mußten wir schon wieder Wassereimer schleppen. Und sowas ist ein Feiertag. Mutti, wäre ich nur bei dir. Ich
werde dich nie mehr ärgern! –

Sonntag den 3. Juni 1945
Augenblicklich sitze ich in unserer stinkenden Kammer über
dem Stall. Ich bin ganz trostlos. Gestern war ein schrecklicher
Tag. Um halb sechs wurden wir geweckt. Dann nach dem
Kaffee (vielmehr Milch) gleich abwaschen, Herd putzen, Fuß-
boden scheuern, das geht jetzt schon immer ganz mechanisch.
Dann mußten wir 6 Stunden lang Rüben verziehen. Dann
Essen und Küche saubermachen und schon vernahmen wir,
daß wir wieder aufs Feld sollten. Schnell verzogen wir uns auf
unsere Kammer, wollten uns bloß ein bißchen ausruhen.
Natürlich schliefen wir ein. Die Sägemüllerin kam rauf und
weckte uns. Dann 5 Stunden Disteln stechen. Nach dem
Abendbrot Kartoffeln schälen, Schuhe putzen und scheuern.
Endlich um 11 Uhr »durften« wir gnädigerweise ins Bett.
Und heute trafen wir welche aus der 2. Klasse, die brauchen nur
das zu tun, wozu sie Lust haben.
Das mit Rußland und Japan stimmt gar nicht, wer weiß, wer
das wieder aufgebracht hat. Die Frau Kulick hat einen kleinen
Volksempfänger, da hören wir jetzt jeden Tag Nachrichten.
Von Berlin hat der Affe bis jetzt noch nichts gesagt. Vorhin war
der kleinste von den Berlinern da, er heißt Adolf. Er hat uns
Tilli abgenommen, die kann einem ganz schön auf die Nerven
fallen mit ihrer ewigen Fragerei.

Dienstag den 5. Juni 1945
Heute kamen zwei Soldaten vorbei, einer aus Berlin und einer
aus Hamburg. Sie wollten uns mitnehmen, aber Schwettchen
konnte sich nicht entschließen. So haben wir ihnen bloß Briefe
mitgegeben. Wär ich bloß mitgegangen. Ich hab mich mal
wieder richtig ausgeheult. Für heute gute Nacht.

Sonntag den 10. Juni 1945
Heute war vielleicht was los. Wir machten uns grade fertig für
die Kirche, da kamen die drei Berliner an mit Rucksäcken und
allem. Fragten, wo die Tilli wäre. Sie war bei der Sägemüllerin.
Sie fragten, ob ich sie holen könnte. Ich fragte, warum, da
sagten sie, sie wollten nach Berlin. Schwettchen ging los, Tilli

holen, plötzlich fliegt die Türe auf und der Bauer kommt herein, bei dem sie wohnen, gibt ihnen gleich ein paar Backpfeifen, daß es die durch die ganze Stube haut. Da war es natürlich aus mit Berlin.

Na, in denen ihrer Haut möchte ich nicht stecken. Da geht's uns hier ja noch gold dagegen. Die müssen alleine pflügen mit Ochsengespann und Wendepflug und den Stall misten, alles, was bei uns noch die Polen machen. Der eine von den Polen heißt Stephan, er macht mir dauernd Komplimente. Hoffentlich bleiben sie noch lang, sonst müssen wir noch mehr arbeiten.

Sonntag den 17. Juni 1945
Gisela, die Tochter von den Flüchtlingen geht mit einem Ami. Heute nach der Kirche habe ich sie gesehen. Sie kann nicht englisch und ich mußte ihr übersetzen. Am Nachmittag kam er mit einem Jeep, und wir hörten Platten auf dem Grammophon von Frau Kulick. Gisela wollte, daß ich das Lied »Mein Schatz hat blonde Locken« übersetze. Ich wußte nicht, wie ich »mein Schatz« übersetzen soll. »My treasure« klingt so komisch. Ich muß die Redwitz fragen, aber wahrscheinlich kennt sie solche Wörter gar nicht. Der kleine Berliner war da, er kommt jetzt fast jeden Tag kurz rüber. Er sagt, der Bauer würde sie jetzt nie mehr zu dritt weggehen lassen, sondern immer einen in seiner Nähe behalten. Und nachts könnten sie wegen dem Hund nicht weg. Aber er meint, sie würden trotzdem abhauen. Wenn wir nicht bald wegkommen, geh ich mit denen mit. Frau Vogt, die Sägemüllerin, hat furchtbar geschimpft, daß Gisela einen Ami mitgebracht hat, es gab einen richtigen Krach. Vielleicht stimmt es doch, daß sie ihren Mann versteckt hat.

Mittwoch den 20. Juni
Es ist jetzt genau auf die Minute 9 Minuten vor halb 9 Uhr. Ich sitze in der Kammer, und mein Gepäck ist gepackt, nur noch du mein liebes Tagebuch bist draußen. Das nächstemal wenn ich etwas schreibe, werde ich schon in Berlin sein. Gestern waren wir also beim Klee-Mähen mit dem Pferd, Schwettchen und ich, da kam Tilli angerannt und sagte ganz aufgeregt »eure Mutter ist da!« Erst dachten wir, sie spinnt, aber sie sagte es stimmt und wir sollen sofort nachhause. Wir wußten ja nicht,

ob es Schwettchens Mutter war oder meine. Also, wir rannten los. Es war Schwettchens. Sie hatte den Brief bekommen. Nur leider von meinen Eltern wußte sie nichts. Auf jeden Fall fahre ich mit nach Berlin, ich werd sie schon finden. Jetzt warten wir nur noch, daß Schwettchens Mutter zurückkommt. Sie ist zum Bürgermeister und zum »Military Government« wegen der Papiere. Dann gehn wir zum Bahnhof. Irgendein Zug wird schon kommen.

Donnerstag den 21. Juni 1945
Wir müssen noch warten, weil Frau Schwettig noch nicht alle Papiere hat, auch brauchen wir noch Proviant für die Fahrt. Aber morgen soll es nun endgültig losgehen.
Der kleine Berliner war wieder hier. Er hat Frau Schwettig gefragt, ob sie sie auch mitnehmen könnte, aber sie sagt, das wären zu viele und es wäre zu gefährlich wegen der Zonengrenze zwischen der amerikanischen Zone und der russischen Zone. Da müßte man schwarz rüber. Er tut mir leid, denn er ist richtig nett, vor allem zu der Kleinen.
Die Frau Vogt hat uns noch ein Brot versprochen als Reiseverpflegung. Bald werde ich meine Lieben wiedersehen, ach Mutti, wenn du wüßtest, wie froh ich bin.

Freitag den 22. Juni 1945
Sie sind ohne mich weggefahren. Ich ahnte es schon gestern. Zuerst dachte ich, ich könnte es nicht aushalten, den ganzen Vormittag hab ich geheult. Tilli war mein einziger Trost. Gegen sie hab ich es ja noch gut, ich hab ja wenigstens noch meine Eltern. Sie muß ja schreckliche Dinge erlebt haben, und dabei dachte ich immer, sie ist die Schwester von dem kleinen Berliner. Plötzlich fing sie auch an zu weinen und erzählte mir alles. Ich muß mich ein bißchen um sie kümmern.

Sonntag den 8. Juli 1945
Am Nachmittag traf ich mich mit den beiden Berlinern am Bahndamm hinter dem Dorf. Adolf und Maxe. Maxe sind die Haare nachgewachsen und er sieht nicht mehr wie ein Russe aus. Tilli war auch dabei. Sie sagten, daß sie es noch einmal probieren wollen. Nur wissen sie noch nicht wie. Auf jeden Fall fahre ich mit, wenn sie fahren. Ich halt es einfach nicht mehr aus. Gisela hat einen neuen Ami. Sie ist jetzt oft die ganze

Woche in der Stadt, hat sich die Haare blond gefärbt und mit Dauerwelle. Es ist jetzt schon wieder 11 Uhr. Gute Nacht, hoffentlich träume ich von zuhause.

Mittwoch den 18. Juli 1945
Mein Bauch ist voll wie seit Jahren nicht mehr. Heute war nämlich Schlachtfest, nur war es ganz heimlich. Zwei Schweine wurden schwarz geschlachtet, eins vom Lederer und eins von uns. Am Montag sind die beiden Polen endgültig weggegangen, Stephan hat Tilli noch seine Mundharmonika geschenkt, es war richtig traurig, als er ging. Gestern mußten wir dann die Waschküche sauber machen und heute in aller Frühe wurde geschlachtet. Der Lederer hat es gemacht. Maxe mußte ihm helfen. Und ich (der Esel nennt sich selbst zuerst) und die beiden anderen Berliner und noch zwei von den Flüchtlingsjungen mußten aufpassen, daß niemand kam. Es kommen ja jetzt jeden Tag Hamsterer, man muß ständig aufpassen, daß sie nichts klauen. Jeden Tag werden es mehr und Sonnabend-Sonntag wimmelt es richtig. Auch die Felder müssen jetzt bewacht werden. Zum Glück kam diesmal keiner und weil Wind ging roch man auch nichts.
Wir aßen Schlachtsuppe und Würste und gekochtes Fleisch soviel wir wollten. Natürlich dürfen wir niemand etwas sagen. Dafür sollen wir jeder ein Stück Speck bekommen, wenn er fertig geräuchert ist. Den Speck werde ich mir für zuhause aufheben. Ob meine Lieben auch genug zu essen haben? Ich hab noch die Geschichte von Frau Kulick vergessen. Der alte Knecht hat ihr am Dienstag gesagt, daß sie den Kümmel für die Wurst schneiden muß. Er hat ihr nämlich weisgemacht, daß man von jedem Kümmelchen die Spitze abschneiden muß, bevor man ihn in die Wurst tun kann, weil sonst die Wursthaut durchgestochen wird. Also hat Frau Kulick am Abend vier Stunden lang die Spitzen vom Kümmel abgeschnitten. Zuerst war sie richtig beleidigt, aber dann hat sie auch mitgelacht.

Freitag den 20. Juli 1945
Gisela gab mir heute 10 Mark und einen Lippenstift. Sie sagt, weil ich ihr damals übersetzen geholfen habe. Sie sieht sehr schick aus, trägt jetzt immer Pumps mit ganz hohen Absätzen. Sie sagte, »Schatz« heißt auf englisch »darling« oder »honey«.

Das letztere heißt auf deutsch »Honig«. Ich weiß nicht, wenn man zu jemand »Honig« sagt???

Sonnabend 11 Uhr, den 29. Juli 1945
Eigentlich bin ich gar nicht in Tagebuchstimmung, aber ich muß ja ab und zu nachschreiben. Nun ist die Ernte also auch vorbei. Ich mußte immer oben auf dem Wagen packen. Zuerst gingen die Garben immer wista und hott, aber nachher bin ich sogar – oh Wunder – gelobt worden. Zum Schluß hab ich Handschuhe angezogen, die Disteln waren zu schlimm.
Als der Binder noch nicht ging, mußten wir alles mit der Hand binden, huch war das schlimm, na einmal und nie wieder. Seit die Polen weg sind, muß ich auch jeden Tag den Pferdestall ausmisten und die Pferde füttern. In der Ernte sind wir um 5 aufgestanden und um 10 erst ins Bett. Und weil sie so gut ausfiel bekam heute jeder ein halbes Hähnchen, und zum Abendbrot gab's belegte Brote und Pudding, und 20 Mark Trinkgeld gab's auch noch. Mit eigener Hand verdient. Bin richtig stolz darauf. Die andern waren auch alle so nett, Frau Kulick und die Flüchtlinge, richtig prima.
Jetzt geh schlafen, Bille, morgen mußt du wieder mit dem Ochsen ackern. Gestern hab ich mich auf den Pflug raufgestellt, da ging der Ochse wieder zu weit hott, ich wollte anziehen und ihm eine mit dem Stock rüberziehen, zuerst wollte ich ja nicht, weil er mir so leid tat, aber die Biester folgen ja nicht, wenn man ihnen nicht eine rüberzieht, also wie ich ihm eine rüberziehen will, fall ich doch runter und halte mir noch meinen Hintern und such mir meine Holzklotzen zusammen, da flitzt der Ochse mit dem Pflug davon, ich hinterher. Zum Glück sah es der Bauer nicht.
Nun good night, sleep well in your Bettgestell. – –

Sonntag den 19. August 1945
Eben sehe ich mit Schrecken, daß ich so lange nicht mehr eingeschrieben habe, aber wann sollte ich auch dazu kommen. Anfang des Monats hieß es, daß wir am 15. nachhause kommen würden, dann war es wieder nichts. Viermal hab ich schon Briefe mitgegeben, daß sie mich holen sollen. Wahrscheinlich wollen sie gar nichts mehr von mir wissen. Zwei aus meiner Klasse sind inzwischen schon wieder abgeholt worden. Die olle Schneekuh läßt sich auch nicht mehr sehen, schon seit zwei

Wochen war sie nicht mehr da. Im Radio wird jetzt immerzu angesagt, daß es allen verboten ist, nach Berlin zurückzukehren, wer es trotzdem tut, kriegt keine Lebensmittelmarken und keine Unterkunft. Ich hab eine ganze Nacht schlaflos gelegen, und jetzt glaube ich gar nichts mehr. Maxe war auch nicht am Bahndamm, keiner von denen war da. Für heute Schluß.

Donnerstag den 23. August 1945
Ich kann's noch gar nicht fassen. Vorhin kam Gisela in meine Kammer und legte einen 100-Mark-Schein auf mein Bett und eine Schachtel »Chesterfield«. Ich kuckte sie ganz verdutzt an, da sagte sie, das wäre für den Karton. Da erinnerte ich mich erst.
Das war vor drei Wochen gewesen, nach der Ernte, da waren Tilli und Adolf dagewesen und Tilli hatte Luftballons gehabt, so eingerollte, die man erst aufrollen mußte, damit man sie aufblasen kann. Gisela nahm sie ihr weg und fragte gleich, wo sie die her hätte, und Adolf sagte, sie hätten einen ganzen Karton voll davon, den hätte Maxe am Bahndamm gefunden, vielleicht wäre er aus einem Waggon gefallen. Nächsten Tag brachte Adolf den Karton und ich gab ihn ihr.
Ich möchte bloß wissen, warum das so viel wert ist? Hundert Mark! Und die Zigaretten! Jetzt habe ich 160 Mark und die Zigaretten. Muß ich natürlich mit den anderen teilen.

Freitag den 24. August 1945
Maxe meint, sie könnten am Sonntag Nacht abhauen. Sie haben Brot gespart und den Speck vom Schlachten. Ob ich's riskiere. Und wenn jetzt schon einer von den Meinen unterwegs ist von Berlin? Es kann ja sein, daß sie endlich meine Briefe gekriegt haben. Wenn ich es nur wüßte.

Sonntag den 26. August 1945
Heute haben wir uns nochmal getroffen. Ich habe gesagt, daß ich doch mitgehe. Ob es richtig ist Bille?? Na bis zum Abend kann ich es mir noch überlegen. Tilli weiß noch nichts. Auch sonst weiß es niemand.

ACHTES KAPITEL

Flucht

Maxe saß auf Ladeks Wäschekiste am Fenster. Er steckte den Kopf durch die Fensteröffnung. Sie war so eng, daß er ihn gerade durchbrachte.

Im Westen, über dem Dach des Geräteschuppens, war der Himmel noch hell. Schmale schwarze Wolken lagerten über dem Horizont. Eine Viertelstunde vorher hatten diese Wolken noch in tiefem Rot geglüht. Morgen würde es genauso heiß werden wie heute. Vielleicht gab es auch wieder ein Gewitter.

Der Abendwind trug leises Glockengeläute vom Dorf herüber. Maxe brauchte die Schläge nicht zu zählen. Er wußte auch ohne das Glockenzeichen, daß es acht war. Seit sie hier wohnten, hatte er ein genaues Gefühl für Zeit bekommen.

Der Hof lag schon im Dunkeln. Aus den Stallfenstern unter ihm drang ein schwacher Lichtschein, und vorn am Haus war das Küchenfenster erleuchtet. Um Viertel nach neun würde das Licht in der Küche ausgehen, und wenig später würde es in dem Zimmer darüber hell werden, und eine Viertelstunde danach würde das Licht auch da erlöschen. Am Sonntag ging der Bauer schon um halb zehn ins Bett.

Bevor er ins Bett ging, drehte er die Sicherung heraus, dann erlosch auch die trübe Birne in ihrer Kammer. Am Sonntag um halb zehn, werktags um zehn und während der Ernte um elf. Früh um sechs schrie er von unten herauf: »Los, aufstehn!« Während der Ernte hatte er um fünf geschrien, sonntags schrie er um sieben.

Um zwölf gab es Mittagessen. Um sieben Abendbrot. Wer so spät kam, daß er das Tischgebet versäumte, mußte froh sein, wenn ihm die Bäuerin hinterher heimlich noch ein paar Reste zusteckte. Da kriegte man ganz von selbst ein gutes Zeitgefühl.

Genau unter dem Fenster stand die Hundehütte. Der Hund lag davor. Der verdammte Hund. Wenn der nicht gewesen wäre, säßen sie schon längst nicht mehr hier. Das Mistvieh.

Der Zugang zu ihrer Kammer, der einzige Zugang, führte über eine Art Hühnerleiter ohne Geländer, die außen an der Stallwand hochlief. Die Hundehütte stand fünf Meter neben dem Fuß der Leiter. Und seit Ladeks Abreise war der Bauer jeden Abend, nachdem er in der Küche das Licht gelöscht hatte, herausgekommen und hatte den Hund losgebunden. Damit waren sie eingesperrt gewesen, besser als durch jedes Schloß, denn an dem Hund kam niemand vorbei.

Der Hund ließ nur drei Menschen an sich heran. Den Bauern, weil er der Herr war, die Bäuerin, weil sie ihm das Fressen brachte. Und Ladek. Vor Ladek hatte er Angst gehabt. Ladek hätte ihn mit bloßen Händen erwürgen können. Und das hatte der Hund wohl gespürt.

Einmal war Maxe mit Ladek zur Sägemühle gefahren, mit Fichten-Stammholz, fünf Meter langen Stämmen. Ladek hatte sie vom Wagen geworfen wie Dachlatten und sie dann auf die Waage gehoben. Und die Waage hatte drei Zentner angezeigt, vier Zentner, viereinhalb Zentner. Vor Ladek hatte auch der Bauer Angst gehabt, und solange Ladek dagewesen war, war es ihnen gutgegangen.

Ladek stammte aus der Ukraine, aus einem Dorf bei Lemberg. 1941 war er in Gefangenschaft geraten, und seitdem hatte er auf dem Hof gearbeitet. Wenn er nicht gewesen wäre, hätten sie das Leben hier nicht durchgehalten. Der Bauer schlug gleich zu, wenn sie etwas falsch machten, mit der Hand, mit der Pferdepeitsche, und wenn sie gerade zu weit weg standen, warf er auch mit Erdklumpen. Ladek hatte Geduld gehabt.

Er hatte ihnen gezeigt, wie man mit dem Pflug umgeht, wie man Hühner schlachtet, wie man Wurzelstöcke sprengt mit dem Pulver aus MG-Munition, die sie im Bach gefunden hatten. Er hatte ihnen beigebracht, wie man Hasen fängt mit der Schlinge und wie man mäht mit der Sense. Er hatte ihnen erklärt, daß man keine Angst haben mußte vor den Pferden und den Ochsen. Und wenn sie Durchfall gehabt hatten, war er mit einem Kräutertee gekommen, und wenn sie am Ende ihrer Kraft gewesen waren, hatte er ihnen die Arbeit abgenommen.

Ladek hatte ihnen auch helfen wollen abzuhauen. Aber dann

waren eines Morgens die Amerikaner gekommen mit einem Jeep und einem russischen Dolmetscher und hatten ihn abgeholt, damit er wieder in seine Heimat käme. Das war Ende Mai gewesen. So lange lag das schon zurück. Als wären seitdem drei Jahre vergangen. Und nicht drei Monate.

Das Küchenfenster wurde dunkel. Maxe zog den Kopf zurück. Er hörte den Bauern kommen, er hörte den Hund winseln und das Rasseln der Kette und die Schritte, die sich wieder entfernten. Dann erlosch das Licht in ihrer Kammer.

Er lauschte auf die gleichmäßigen Atemzüge von Peter und Adolf. Das gehörte auch zu den Dingen, die ihnen Ladek beigebracht hatte: Jede Pause zum Schlafen zu nutzen.

Langsam gewöhnten sich seine Augen an die Dunkelheit. Die Nacht war sternenklar. Gegen elf Uhr würde der Mond aufgehen. Wenn sie um zwei Uhr aufbrachen, würden sie genug Licht haben, um den Weg zu finden.

Er steckte den Kopf wieder durch die Fensteröffnung und wartete, bis das Licht im Schlafzimmer des Bauern ausging. Halb zehn. Um zehn mußte er Peter wecken, der hatte die Wache bis zwölf. Die letzten zwei Stunden war Adolf an der Reihe. Der Gedanke plagte ihn, daß Peter einschlafen könnte. Er würde ihn ordentlich treten müssen. Bei Adolf brauchte er nichts zu befürchten. Auf den Kleinen war Verlaß. Er dachte nach über Adolf.

Eine Zeitlang hatte er vorgehabt, allein mit Peter abzuhauen. Wie damals auf dem Marsch, als sie noch hinter ihrer Schule hergelaufen waren. Mit Peter konnte man dreißig, vierzig Kilometer am Tag herunterreißen, der würde nicht schlappmachen: Und er wäre auch mit ihm abgehauen, sogar ohne Gepäck, einfach los und weg. Er hatte ja noch das Geld in der Windbluse. Aber der Bauer hatte es verhindert. Als hätte er es geahnt. Hatte immer ihn oder Peter in seiner Nähe behalten, niemals Adolf.

Der Hund hob den Kopf. Vielleicht hatte er Maxes Witterung in die Nase bekommen. Er knurrte leise. Maxe hielt den Atem an, zog unendlich langsam den Kopf zurück. Wie um alles in der Welt mochte es Adolf nur fertiggebracht haben, sich mit diesem Mördervieh anzufreunden.

Vor einer Woche hatte Maxe es zum erstenmal beobachtet. Der Kleine war die Hühnerleiter heruntergekommen, hatte sich vor der Hundhütte hingehockt, und der Hund war herausgekrochen, winselnd und wedelnd, hatte sich auf den Rücken gewälzt, der riesige Hund hatte sich vor dem kleinen Kerl auf den Rücken gelegt und sich die Brust kraulen lassen und ihm die Hände abgeschleckt wie ein Hündchen.

Am nächsten Morgen im Stall beim Misten hatte Adolf ganz beiläufig gesagt, er könnte es vielleicht bewerkstelligen, daß sie alle drei an dem Hund vorbeikämen.

Maxe starrte in die Kammer. Er konnte Adolf nicht sehen in der Dunkelheit, aber er wußte, daß er dalag. Die Decke weggestrampelt und das Kopfkissen in den Armen, als müßte er sich an etwas festklammern. Adolf war schon in Ordnung. Wenn er nur nicht so an der Kleinen hängen würde. Die konnten sie doch niemals bis nach Berlin mitschleifen. So eine Schnapsidee.

Er stieg leise von der Wäschekiste herunter, machte zwei schnelle Kniebeugen, schüttelte seine Beine aus, die eingeschlafen waren. Vielleicht war es ganz unnötig, sich Gedanken zu machen um die Kleine. Vielleicht ging das Mädchen doch nicht mit, Bille oder wie sie hieß, die wußte ja sowieso nicht, was sie wollte. Und wenn die nicht mitging, konnte man die Kleine ja bei ihr lassen. Da war sie gut aufgehoben, vielleicht blieb Adolf dann auch hier. Aber vielleicht wäre es doch besser, wenn Adolf mitkäme. So einen wie Adolf dabeizuhaben war immer gut.

Es schlug zehn. Maxe wartete ab, bis der zehnte Schlag verklungen war, dann weckte er Peter. Er mußte lange rütteln, bis er ihn wach kriegte, und als er sich dann auf seinen Strohsack niedergelegt hatte, hielt er noch eine ganze Weile krampfhaft die Augen offen, aus Angst, Peter könnte die Ablösung verschlafen, aber dann sackte er doch weg.

Die Angst war noch in ihm, als Adolf ihn weckte. Er fuhr mit einem Ruck hoch, riß die Augen auf, schaute zum Fenster. Alles in Ordnung. Draußen war noch schwarze Nacht.

Sie holten ihre Rucksäcke aus der Wäschekiste. Alles war gut verschnürt und festgezurrt, so daß nichts klapperte und baumelte.

Adolf öffnete die Tür und rief leise: »Rolf! Rolf!« Wartete ruhig, rief noch einmal. Der Hund rührte sich in seiner Hütte, kam langsam heraus, hob den Kopf, streckte sich, wedelte mit dem Schwanz. Adolf sprach mit ihm, einschmeichelnd und leise. Dann stieg er die Hühnerleiter hinunter, ging auf ihn zu, hockte sich nieder. Wartete, bis der Hund zu ihm kroch, ihm den Kopf in den Schoß legte. Kraulte ihn zwischen den Ohren und vor der Brust.

Max und Peter schauten vom Fenster aus zu, warteten mit angehaltenem Atem auf Adolfs Zeichen. Endlich winkte er.

Sie liefen die Hühnerleiter hinunter, Peter voraus, angespannt lauschend, auf dem Sprung. Adolf hatte ihnen gesagt, sie sollten sich nicht nach dem Hund umdrehen, während sie hinuntergingen, sollten ihn nicht ansehen. Sie hörten, wie Adolf mit ihm redete. Sie erreichten den Fuß der Stiege, liefen weiter, dicht an der Stallwand entlang nach hinten, stiegen durch ein Fenster im Schuppen nach draußen. Der Mond stand über dem Wald und leuchtete ihnen. Aber sie hätten den Weg auch im Dunkeln gefunden, hier kannten sie jeden Stein. Gut hundert Schritte hinter dem Hof, an einem Gebüsch, machten sie halt.

Ein paar Minuten später sahen sie Adolf aus dem Schatten des Hofes herauskommen. Er rannte auf sie zu. Er war nicht mehr so kurzatmig wie früher. Die Arbeit hatte ihm gutgetan, er war kräftiger geworden. Sie waren alle drei ziemlich kräftig geworden. Zu essen hatte es immer reichlich gegeben.

Sie liefen im Gänsemarsch bis zum Wald und am Waldrand entlang bis zur Sägemühle und setzten sich hinter einen Bretterstoß. Sie sahen das Wohngebäude vor sich und den Stall dahinter. Bille und Tilli wohnten in einer Kammer über dem Stall. Der Zugang lag innen. Sie konnten rückwärts durch den Heuboden heraus, der über dem Stall lag. Brauchten nicht einmal auf einen Hund aufzupassen. Der Sägemüller hatte nur einen alten Spitz, der im Haus schlief.

Sie warteten. »Meinste, die kommt mit?« fragte Peter nach einer Weile. Er hatte die Frage lange hin und her gewälzt. Maxe zog die Mundwinkel herunter. »Glaub ich nicht«, sagte er.

Adolf war beunruhigt. Er mochte Bille. Mochte sie, weil sie sich um Tilli gekümmert hatte. Und weil die Kleine sich an sie gewöhnt hatte. Er starrte auf das Haus, bis es ihm schwarz vor den Augen wurde.

Tilli kam als erste. Sie rannte so schnell, daß ihre Beine kaum nachkamen. Und ein paar Minuten später folgte Bille.

»Ziemlich spät«, sagte Maxe, ohne sie anzusehen. Sie blickte überrascht auf, zog die Brauen hoch. »Auf die paar Minuten wird's ja auch nicht ankommen, oder?« sagte sie. Maxe drehte sich um und lief los.

Kurz bevor sie den Wald erreichten, schob sich eine dicke Wolke vor den Mond, und als sie in den Ziehweg einbogen, der zum Bahndamm führte, konnten sie die Hand nicht mehr vor den Augen sehen. Sie stolperten blind hinter Maxe her, der sein Tempo nur wenig verringerte. Er lief mit dem Kopf im Nacken, schaute nach der nachthimmelhellen Schneise im schwarzen Dach des Waldes, die den Verlauf des Weges anzeigte. Er hatte im Lager so viele Nachtmärsche hinter sich gebracht, daß er wußte, wie man sich auch in tiefster Dunkelheit zurechtfinden konnte.

Nach einer knappen Viertelstunde stießen sie auf den Bahndamm, kletterten die Böschung hinauf und liefen auf den Schwellen zwischen den Schienen weiter, im Gleichschritt einer hinter dem anderen mit zwei Schwellen Abstand.

Der Bahndamm führte in weitem Bogen um einen Bergrücken herum und dann auf halber Höhe an einem Hang entlang und in einer engen Kurve über den Talgrund. Am Eingang der Kurve hielt Maxe an. Hier wollte er auf den Zug warten.

Er trug diesen Plan schon seit langem mit sich herum, hatte alles genau ausgekundschaftet. An jedem Montag, morgens zwischen drei und acht, kamen zwei Züge vorbei, die nach Norden fuhren. Der erste kam meistens pünktlich um drei, der zweite kam unregelmäßig. Den ersten hatte er immer nur hören können, den zweiten hatte er manchmal beobachtet, und sooft er ihn gesehen hatte, war es immer ein Güterzug gewesen. Wenn sie auf den ersten nicht aufspringen konnten, beim zweiten würden sie es sicher schaffen, der hatte immer auch offene Waggons mitgeführt. Aber vielleicht kamen sie schon mit dem ersten mit, der konnte jeden Augenblick auftauchen. Vielleicht war das auch ein Güterzug. Maxe hielt das Ohr an die Schiene. Da war noch nichts zu hören. Sie setzten sich unter die Bäume am Waldrand neben dem Bahndamm und warteten.

Die Brücke, die über den Talgrund führte, war zwischen den Mittelpfeilern gesprengt worden. Sie war nicht eingestürzt, aber die Stahlträger, auf denen die Gleise liefen, waren angeknickt. Jetzt ruhten sie behelfsmäßig auf einem hohen Gerüst aus Bahnschwellen. Solange die Loks auf der Brücke waren, fuhren die Züge nur im Schrittempo. Während dieser Zeit konnte man gefahrlos aufspringen. Maxe hatte oft beobachtet, wie die Hamsterer hier zugestiegen waren. Die Stelle am

Eingang der Kurve war besonders günstig, weil sie weder vom Lokführer noch vom Bremser im letzten Wagen eingesehen werden konnte.

Der erste Zug erschien kurz nach drei. Er bestand nur aus einer Schnellzuglok und zwei langen D-Zugwagen, nagelneuen, sauberen Waggons mit Licht in den Abteilen und Glas in den Fenstern. Ein Amizug. Da war nichts zu machen.

Sie zogen sich tiefer zwischen die Bäume zurück und legten sich auf den Boden, die Köpfe auf den Rucksäcken. Sie hatten keine Angst, den nächsten Zug zu verschlafen. Das Stampfen der Lok würde sie schon wecken.

Maxe wachte um Punkt sechs auf. Er hörte noch die letzten Schläge der Kirchturmglocke. Er sah Peter und Bille vorn am Waldrand sitzen und ging zu ihnen. Die Sonne war schon warm. Und in den Bäumen summten Bienen. Und Zitronenfalter schaukelten über dem Bahndamm.

»Mensch, komm mal her!« rief Peter. »Das mußte gesehen haben!« Er lag auf dem Bauch und beobachtete etwas auf dem Boden. »Komm schnell, sonst ist es vorbei!« rief er drängend. Maxe hockte sich neben ihn.

»Ist schon vorbei«, sagte Peter und setzte gleich beruhigend hinzu »aber warte, ich mach's noch mal.« Da waren kleine Trichter im trockenen, feinen Sand des Waldbodens, einer neben dem anderen. Peter lockerte mit einem Ästchen ein paar Sandkörner und ließ sie in den Trichter rollen. Unten am Trichtermund bewegte sich etwas, zwei dunkle Krallen stießen durch den Sand, eine winzige Zange, die bereit war, zuzukneifen.

»Der wirft dauernd Ameisen da rein, absichtlich!« sagte Bille vorwurfsvoll. »Ich finde das so gemein, kann ich gar nicht sagen, wie gemein ich das finde!« Sie zitterte vor unterdrückter Wut.

»Na und!« sagte Peter. Er ließ eine kleine rote Ameise auf das Ästchen kriechen, das er in der Hand hielt, und schnippte sie in einen der Trichter. »Jetzt paß auf«, sagte er flüsternd. »Wirste kucken, was der gleich macht.«

Die Ameise versuchte, an der Trichterwand hochzukommen. Strampelte verzweifelt mit den Beinen, kam nicht höher, rutschte immer wieder zurück, weil der Sand unter ihren Füßen nachgab. Aber sie ruderte weiter, wühlte und kämpfte sich vorwärts, als ahnte sie die Gefahr, die am Grunde des Trichters auf sie lauerte. Und hatte schon fast den rettenden Trichterrand erreicht, da schoß von unten eine kleine Sandfontäne hoch, traf sie und riß sie zurück. Sie nahm einen neuen Anlauf, und wieder traf sie eine Ladung Sand. Der mit den Krallen, der unten drinsteckte, der warf nach ihr, schoß auf sie mit Sand, holte sie immer wieder herunter, bis sie erschöpft abrutschte. Und da schnappte die Zange zu, packte sie und zog sie im nächsten Augenblick in den Sand hinein, zog sie tiefer, nur noch ihr Kopf schaute heraus mit den zappelnden Fühlern, dann war sie weg. Der Sand bewegte sich noch ein bißchen, dort, wo sie verschwunden war.

Sie hatten mit angehaltenem Atem zugesehen, ein Kribbeln im Nacken, ein Gänsehautkribbeln.

»Was ist'n das für'n Vieh?« fragte Maxe mit leiser Scheu.

»Weiß ich auch nicht«, sagte Peter.

»Das ist'n Ameisenlöwe!« sagte Bille unwillig. »Das weiß doch jeder!« Sie musterte Peter feindselig, stand auf, drehte ihm den Rücken zu und stellte sich an den Bahndamm.

Zwei Männer kamen auf den Gleisen näher im kurzen, trippelnden Schwellenhupfergang. Es waren Hamsterer mit ausgebeulten Rucksäcken und Aktentaschen in den Händen. Sie sahen zufrieden aus, als hätten sie Erfolg gehabt, nickten ihnen freundlich zu und setzten sich zu ihnen an den Waldrand. Der eine zündete sich eine angerauchte Zigarette an, sie ließen sie zweimal hin und her gehen, und der erste verwahrte die Kippe dann wieder sorgfältig in der Blechschachtel, aus der er sie geholt hatte. »Ihr habt nicht zufällig 'ne Aktive?« fragte er ohne viel Hoffnung.

Bille ging wortlos zu ihrem Rucksack, holte zwei Zigaretten aus der Packung, die sie von Gisela hatte, und brachte sie ihm.

»Mensch, Mädel!« sagte er. Und der andere langte gleich nach seiner Aktentasche und fragte: »Willste was zu essen? 'n Stück Brot könnt ich dir geben mit Sirup.« Bille schüttelte den Kopf. »Wir haben selber«, sagte sie. Sah zu, wie sich die beiden Männer längelang auf den Rücken legten und mit geschlossenen Augen an ihren Zigaretten zogen. Sie rauchten in so tiefen Zügen, daß beim Ausatmen keine Rauchwolke mehr herauskam.

Der Zug kündigte sich schon von weitem an. Schwerfällig stampfend kam er näher. Sie versteckten sich hinter den

Bäumen und ließen die Lok vorbeirollen. Eine fette, braunschwarze Wolke quoll aus dem Schornstein und legte sich schwer auf die Waggons dahinter. Die ersten Waggons waren mit Bruchkohle beladen, dann kamen Kesselwagen und hohe geschlossene Güterwagen mit Schiebetüren. Jetzt mußten sie aufspringen, jetzt war es höchste Zeit. Aber in diese Wagen kamen sie nicht hinein. Die beiden Hamsterer waren auf die Puffer gestiegen. Das konnten sie nicht riskieren mit Tilli und Adolf, das war zu gefährlich, da mußten sie zwischen die Waggons, und die Lok zog schon wieder an.

»Was ist denn?« schrie einer der Männer.

»Wir können nicht!« rief Bille zurück. Der Mann sprang ab, nahm Maxe auf seine Schultern, lief mit ihm neben einem Waggon her: »Los, Junge, schlag den Riegel hoch!« Da war ein schwerer Kippriegel mit einem Griff dran und einem Zapfen am Ende, der in einer Öse steckte. Maxe schlug mit dem Handballen gegen den Griff, und der Riegel flog auf, klappte krachend zurück. »Gut, Junge!« sagte der Mann. »Wir schaffen's schon noch!« Er stemmte sich gegen die Schiebetür, die quietschend aufrollte: »Jetzt aber Tempo.« Er hob einen nach dem anderen in den Wagen, zog sich zuletzt noch selbst hinein. »Das ist ja grade noch mal gutgegangen.«

Der Waggon lag voll Stroh und Kuhmist. »Das stinkt mir zu sehr, Kinder«, sagte der Mann, »das halte ich nicht aus.« Er wartete, bis der Waggon über der Brücke war, dann sprang er ab, rannte nach vorn und hechtete auf den Puffer.

Sie machten sich einen Platz hinter der Tür sauber, kehrten den Mist mit den Füßen zusammen und schoben ihn zur Luke hinaus. Der Gestank machte ihnen nichts aus. Sie fuhren. Sie fuhren mit dem Zug. Niemand konnte sie mehr aufhalten. Sie waren auf dem Weg nach Hause.

Der Zug fuhr mit der Geschwindigkeit eines Radfahrers in nordwestlicher Richtung, fuhr Stunde um Stunde, blieb manchmal auf freier Strecke stehen, ohne daß sie erkennen konnten, warum er stehengeblieben war. Ruckte mühsam wieder an. Fuhr durch Wälder, an steilen Hängen entlang, an Bahnwärterhäuschen vorbei und an kleinen verlassenen Bahnhöfen, die einsam neben den Gleisen standen.

Dann kamen sie auch durch Städte und durch einen Bahnhof, der von Bomben zu Klump gehauen war, ein Trümmerhaufen voll von zerschossenen, verrosteten Loks und den Gerippen ausgebrannter Waggons. Auf den Bahnsteigen und unter dem zerborstenen Vordach des Bahnhofsgebäudes standen Hunderte von Menschen. Der Zug fuhr durch, ohne anzuhalten.

Sie hatten die Türe so weit zugeschoben, daß nur noch ein schmaler Spalt offen war, durch den sie hinaussehen konnten. Als sie den Bahnhof hinter sich hatten, schoben sie sie wieder auf.

Das Land wurde flacher, der Wald wich zurück. Die beiden Hamsterer sprangen ab und winkten ihnen zu. Der Zug war immer mehr nach Westen abgedreht, jetzt bog er wieder nach Norden, in ihre Richtung.

Sie fuhren zwischen weiten Feldern hindurch. Da waren Leute beim Kartoffelklauben. Die richteten sich auf, während der Zug vorüberfuhr, streckten ihre krummen Rücken. Viele Kinder waren dabei, die herüberwinkten. Sie winkten zurück. Die Kartoffelernte hatten sie sich erspart. Nie wieder würden sie auf dem Land arbeiten, niemals, im ganzen Leben nicht mehr.

Peter holte seine Karte heraus und versuchte herauszufinden, wie weit sie schon waren. Die Bahnlinien waren nicht eingezeichnet, und auf dem zerbombten Bahnhof hatten sie kein Stationsschild entdecken können. Sie hatten keinen Anhaltspunkt. Aber wenn sie den Kurs des Zuges nach der Richtung und der Geschwindigkeit berechneten, mußten sie schon in der Nähe von Weiden sein. Trotz des Bogens, den der Zug gemacht hatte, schon gute 50 Kilometer näher an Berlin als am Morgen bei der Abfahrt. Sie waren in guter Stimmung.

Gegen Mittag wurde die Hitze im Waggon immer unerträglicher. Schwärme von Fliegen schwirrten über dem Mist. Nur im Fahrtwind an der Türöffnung war es noch auszuhalten. Sie setzten sich ganz vorne an den Rand und ließen die Beine herunterbaumeln.

Dann kam voraus eine größere Stadt in Sicht, und als sie in den Bahnhof einfuhren, schoben sie die Tür zu. Der Zug rumpelte über viele Weichen und verlangsamte seine Fahrt und hielt an. Sie schauten durch den Türspalt. Sie konnten nichts sehen. Auf dem Nachbargleis stand ein Güterzug, der ihnen die Sicht versperrte.

»Wir gehen erst mal raus«, sagte Maxe. Er schulterte seinen Rucksack und schob vorsichtig die Türe zurück, stockte plötzlich und bedeutete den anderen, sich ruhig zu verhalten. Da waren auch schon Schritte zu hören, die draußen näher kamen. Und im nächsten Augenblick rollte die Tür vor, bis sie krachend anstieß. Und der Riegel klappte mit hartem Knall herunter.

Für Sekunden standen sie wie gelähmt. Starrten auf die geschlossene Tür. Sie waren eingesperrt. Und sofort waren die Fliegen über ihnen, und die Hitze stieg an, daß ihnen der Schweiß ausbrach.

Von innen ließ sich die Türe nicht öffnen, und einen anderen Ausstieg gab es nicht.

»Wir müssen jemand rufen«, sagte Bille. Es hörte sich an, als würde sie gleich in Panik geraten, und sie holte schon mit dem Fuß aus, um gegen die Türe zu donnern. Maxe hielt sie zurück. »Spinnst du!« zischte er ihr zu. »Das können wir immer noch machen, wenn uns nichts anderes einfällt.«

»Was soll uns schon einfallen!« sagte Bille erregt.

Maxe zeigte nach oben. Da war ein ausgefranstes Loch im Dach oberhalb der Türe, wie von einem Bombensplitter aufgerissen. »Vielleicht kommen wir da raus, wenn wir's größer machen«, sagte Maxe.

Bille hielt nichts von diesem Einfall, das war ihr anzusehen, aber sie schwieg.

Peter stellte sich mit dem Rücken gegen die Türe und machte eine Leiter, und Bille half Maxe hinauf. Er erreichte das Loch gerade eben mit gestrecktem Arm.

Das Dach bestand aus schmalen Brettern, die in Längsrichtung verlegt waren. Darauf lag Dachpappe. Maxe konnte zwei Bretter, die von dem Splitter durchtrennt worden waren, bis zur nächsten Dachspante herausbrechen. Auch die Dachpappe ließ sich leicht wegreißen. Aber die Öffnung war noch zu schmal. Ein Brett mußte noch heraus. Er ließ sich sein Messer geben.

Es war Hartholz, das er durchschnitzen mußte, und er hatte einen wackligen Stand auf Peters Schultern. Und seine Arme erlahmten schnell, weil er sie hoch über den Kopf halten mußte.

Draußen fuhren Züge vorbei und einzelne Loks. Und Dampfpfeifen waren zu hören und Trillerpfeifen und laute Rufe. Das mußte ein Rangierbahnhof sein, auf dem sie gelandet waren.

Maxe schnitzte eine Kerbe in das Brett. Er dachte an den Jungen, den er drei Wochen zuvor am Bahndamm getroffen hatte. Der war aus einem Lager bei Regensburg gekommen. Dort hatten sie zu Hunderten in Baracken gehaust, lauter Berliner KLV-Schüler, die abgehauen waren und die man unterwegs geschnappt hatte. Er hatte keine Lust, in so einem Lager zu landen. Verbissen schnitzte er weiter.

Das Brett war zur Hälfte durch, als den Waggon ein Stoß traf, so stark, daß sich Peter nicht mehr auf den Beinen halten konnte. Maxe stürzte herunter, fiel mit dem ganzen Gewicht auf Tilli, die am Boden hockte. Er zog sie hoch. Sie sah aus, als wollte sie schreien, aber sie konnte nicht schreien. Sie hatte die Augen aufgerissen und den Mund weit offen. Sie kriegte keine Luft.

Hilflos standen sie vor ihr, sahen zu, wie sie nach Luft schnappte, wie sie sich stöhnend mühte, den Krampf zu lösen, der ihr die Lungen abdrückte, wie sie endlich keuchend wieder zu Atem kam.

Und da ging plötzlich ein Ruck durch den Zug und eine Dampfpfeife jaulte auf, und der Zug setzte sich in Bewegung. Sie fuhren.

NEUNTES KAPITEL

Minensperrgebiet

Sie hatten zuerst gehofft, daß der Zug nur zum Rangieren hin und her geschoben würde, aber diese Hoffnung verging schnell. Der Zug gewann immer mehr an Fahrt, wurde schneller und schneller. Die Geräusche des Bahnhofs blieben zurück. Er rumpelte wieder über die Weichen. Er fuhr zurück, fuhr in die Richtung, aus der er gekommen war. Der Sonnenstrahl, der durch die Dachluke hereinfiel, zeigte es ihnen wie ein Kompaß. Sie fuhren nach Süden.

Sie machten sich wieder an die Arbeit. Peter stieg jetzt auf Maxes Schultern, und dann löste ihn Bille ab. Als sie zum drittenmal wechselten, ließ sich das Brett endlich herausbrechen. Sie stützten Maxe an beiden Beinen, damit er sich hochziehen konnte. Er zwängte sich bis zum Bauch durch die Luke, beugte sich hinaus.

Der Kippriegel war genau unter ihm. Wenn er einen Haken in die Öse bringen konnte, mußte er ihn aufziehen können.

Sie knüpften drei Rucksackschnüre zusammen und feilten mit Billes Nagelfeile eine Gürtelschnalle auf und bogen sie zu einem Haken, und Maxe stieg wieder hinauf und hängte sich bäuchlings aus der Luke und ließ den Haken hinunter. Es war nicht einfach, ihn in den Griff des Riegels zu bekommen, während der Waggon schwankte und der Fahrtwind die Schnur nach hinten drückte, aber dann gelang es ihm doch. Er zog an der Schnur. Der Riegel saß fest. Er gab erst nach, als die anderen innen im Waggon an der Schiebetüre ruckelten. Da klappte er hoch. Die Tür war offen.

Maxe sprang herunter, und sie schoben sie ganz auf. Und jetzt erst nahmen sie wahr, daß der Zug wieder die Richtung geändert hatte. Er fuhr jetzt nach Westen. Und er fuhr schnell für einen Güterzug, mindestens 30 Stundenkilometer.

Eine gute Stunde fuhren sie mit gleichbleibender Geschwindigkeit. Viel zu schnell, um abspringen zu können. Fuhren genau nach Westen. Kamen durch zwei Städte. Die konnten sie auf Peters Karte nicht finden. Vielleicht waren sie schon weiter, als Peters Karte reichte.

Plötzlich zogen die Bremsen an. Das kam so überraschend, daß sie sich nicht mehr feststemmen konnten. Sie schlitterten über den Boden, landeten im Mist an der Stirnwand des Waggons. Der Zug hielt an mit einem langgezogenen Bremsenkreischen, das in den Ohren schmerzte. Stand mit einem Ruck. Draußen waren Schritte zu hören auf dem Schotter, da rannte jemand nach vorn. Sie warteten, bis er vorbei war. Dann sprang Maxe hinaus, ließ sich die Rucksäcke zuwerfen, half der Kleinen herunter, die anderen sprangen nach.

Der Mann, der vorbeigerannt war, stand neben der Lok. Er hatte eine rote Fahne in der Hand, sprach mit dem Lokführer, der sich weit aus dem Führerstand lehnte.

Sie rutschten die Böschung hinunter. Der Bahndamm war haushoch an dieser Stelle und mit Ginster und Disteln und Amerikanerblumen bewachsen. Am Fuß der Böschung zog sich ein Drahtzaun entlang. Sie krochen drunter durch. Dahinter begann der Wald, hoher, dichter Fichtenwald. Hier waren sie sicher, hier konnte sie niemand mehr sehen. Sie hockten sich zwischen die Bäume. Sie waren verschwitzt und verdreckt und von der Hitze ausgedörrt.

Der Zug oben setzte sich wieder in Bewegung, fuhr langsam zurück, bis die Lok genau über ihnen war. Dann hielt er an.

Und plötzlich ließ sie ein Schrei zusammenfahren. Ein heulender Schrei voll Wut und Angst. Das war ein Mann, der da geschrien hatte, nicht weit voraus am Bahndamm. Und jetzt waren auch Rufe zu hören und Motorenlärm.

Maxe und Peter sprangen auf, liefen in die Richtung, aus der die Rufe kamen. Sie hielten sich weit genug im Wald, daß man sie vom Bahndamm aus nicht sehen konnte. Nach hundert Metern wurde es lichter, öffnete sich der Wald auf eine Wiese. Sie schlichen gebückt von Stamm zu Stamm, robbten das letzte Stück bis zum Waldrand. Da führte ein Weg entlang, der auf den Bahndamm zulief und in einem engen gemauerten Tunnel unter ihm hindurchführte. Vor dem Tunnel stand ein Jeep. Ein Ami saß darin.

Sie legten sich auf den Bauch hinter einen Schotterhaufen am

Wegrand, spähten darüber hinweg. Die tiefhängenden Zweige der Randfichten schützten sie gegen Sicht vom Bahndamm. Dort kauerten fünf Männer, hinter den Rand der Böschung geduckt, daß nur gerade ihre Köpfe herausschauten. Einer trug einen großen, breitkrempigen Hut. Der war auch ein Ami. Er rief etwas herunter.

Der unten antwortete schreiend. Das gleiche Geschrei, das sie vorher gehört hatten, ein weinerlich-wütendes Gejammer mit verzerrter Stimme. Er war ein feister, specknackiger, schwitzender Riese. Saß in seltsam verspannter Haltung auf dem Beifahrersitz des Jeeps, wie einer, der sich in einen feststehenden Nagel gesetzt hat und nicht wagt aufzustehen, aus Angst, das Herausziehen könnte noch mehr schmerzen als das Einstechen.

Der Jeep hing schräg an der Wegböschung, die Vorderräder auf der geschotterten Fahrbahn, das Hinterteil in der Wiese. Über dem Rücksitz ragten Angelruten heraus und die Läufe zweier Gewehre. Der Riese saß starr, rührte keinen Muskel.

Und dann entdeckte Peter das runde, grüne Ding unter dem rechten Vorderrad, wie eine flache Schüssel mit einem Deckelknopf, schräg herausgedrückt aus dem Straßenschotter.

»Der ist auf 'ne T-Mine gefahren«, flüsterte er Maxe zu. »Siehst du sie unterm Vorderrad?«

In der Unterführung tauchte ein Mann auf in einem blauen Monteuranzug und mit einer schweren Aktentasche in der Hand. Er ging gebückt, die Augen am Boden, machte kurze, vorsichtige Schritte. Der Ami im Jeep heulte wieder auf. Der Mann im Monteuranzug blickte nicht einmal hoch, ging ruhig weiter, bis er am Jeep war, ging um den Kühler herum, blieb neben dem Vorderrad stehen, setzte seine Aktentasche ab.

»Wie schaut's denn aus?« rief einer vom Bahndamm herunter.

»Net so schlimm!« rief der Mann im Monteuranzug zurück. »Schwein ham's g'habt!« Er packte Werkzeug aus der Aktentasche, Rohrzangen, Flachzangen, Spachtel.

»Kannst ihn net aussteigen lassen?« fragte der von oben. »Der stirbt doch vor Angst.«

Der Sprengmeister am Jeep hatte angefangen, mit einem Spachtel den Schotter unter der Mine abzugraben. Er blickte kurz hoch zu dem Ami auf dem Beifahrersitz, der nicht einmal mehr wagte, die Augen zu bewegen.

»Das schad't dem gar nix, wenn er noch a bißl zittert, der Hundling, der b'soffene«, rief er zurück.

Sie hörten, wie die drei anderen hinter ihnen durch den Wald angeschlichen kamen. Sie brauchten ihnen nicht zu sagen, daß sie leise sein sollten, sie gingen von selbst auf die Knie und krochen auf allen vieren heran.

»Was is'n los?« fragte Bille flüsternd.

»Der Ami ist auf 'ne Mine gefahren«, sagte Maxe.

Sie beobachteten den Sprengmeister, der behutsam mit der Hand unter die Mine faßte. Tilli zitterte vor Neugier. Durst und Kopfweh und Erschöpfung, alles war vergessen. Etwas Geheimnisvolles ging hier vor.

»Was macht'n der da?« fragte sie atemlos an Adolfs Ohr.

»Der macht die Mine weg, auf die der draufgefahren ist«, sagte Adolf. »Das Runde unter dem Rad vorne, das ist 'ne Mine.«

»Unterm Rad?« fragte sie zaghaft. »Warum macht der das weg?«

»Weil sonst alles in die Luft fliegt!« sagte Adolf, ohne den Blick von dem Sprengmeister zu wenden, der das Loch unter der Mine mit dem Spachtel noch tiefer aushöhlte.

»Warum geht das in die Luft?« fragte Tilli.

»Wenn sie explodiert«, sagte Adolf unwillig, »wenn die Mine explodiert, dann geht alles in die Luft!«

Tilli hielt für ein paar Sekunden inne. Dann fragte sie: »Warum? Warum explodiert die?«

Peter drehte den Kopf. »Halt doch mal die Klappe«, fauchte er.

Der Sprengmeister hatte das Loch unter der Mine tief ausgegraben, jetzt nahm er eine Flachzange in die Hand, legte sich bäuchlings neben den Jeep.

»Warum die aber explodiert, will ich aber wissen?« fragte Tilli ungehalten.

»Sei doch mal ruhig!« sagte Bille.

Der Sprengmeister lag auf dem Bauch, faßte mit der Linken unter die Mine und schob die Rechte nach, in der er die Flachzange hielt.

»Was macht er jetzt?« fragte Maxe.

»Den Draht vom Abreißzünder zwickt er ab«, sagte Peter flüsternd. Sie duckten sich hinter den Schotterhaufen, zogen die Köpfe ein. Keiner achtete auf Tilli, die sich plötzlich aufrichtete. Zornig und beleidigt.

»Weil ich das aber wissen will!« sagte sie laut in die atemlose Stille hinein.

Bille zog ihr geistesgegenwärtig die Beine weg, preßte ihr die Hand auf den Mund. Da hörten sie schon den Sprengmeister. »Wer war denn das? Da war doch a Kind!« Und vom Bahndamm oben rief einer herunter: »Was soll g'wesen sein?« Und wieder der Sprengmeister: »Da war a Kind! Ich hab's genau g'hört, da drüben im Wald war's!«

»Los, weg da!« zischte Maxe den anderen zu und drehte sich um und kroch in den Wald hinein, dicht am Boden. Sie folgten ihm auf dem Fuß. Sie hörten Männer auf dem Bahndamm rufen und den Sprengmeister. Sie verstanden nicht, was sie riefen, hetzten weiter, sprangen auf, als sie tief genug im Wald waren, daß man sie nicht mehr sehen konnte, rannten weiter in den Wald hinein.

Sie lagen auf dem Rücken im trockenen Gras, das die Sonne einen ganzen heißen Tag lang aufgeheizt hatte. Sie hörten die Lok abdampfen und Motorengebrumm, das sich schnell entfernte, und einen kurzen, hochgezogenen Pfiff aus der Dampfpfeife, der von der dunklen Wand des Hochwaldes zurückgeworfen wurde. Dann war Stille. Nur noch das Gesumm der Bienen und das Gezwitscher der Vögel über ihnen in den Bäumen. Der ganze Wald war voller Vögel. Noch nie hatten sie so viele Vögel singen gehört.

Der Durst trieb sie weiter. Sie machten sich wieder auf den Weg, liefen in einigem Abstand neben dem Bahndamm her durch den Wald in die Richtung, aus der sie mit dem Zug gekommen waren. Der Bahndamm war ihr einziger Wegweiser, sie mußten sich in seiner Nähe halten.

Nach kurzem Marsch erreichten sie eine Wiesenschneise, die den Wald durchschnitt. Links von ihnen erhob sich der Bahndamm, auf der rechten Seite, einen halben Kilometer entfernt, war ein Fluß zu erkennen, gesäumt von Bäumen und dichtem Buschwerk. Auch durch die Wiesenschneise zog sich eine Reihe dunkler Erlenbüsche auf der ganzen Länge vom Bahndamm bis zum Fluß. Dort mußte ein Bach sein.

Sie wateten in die Wiese hinein. Das Gras ging ihnen bis an die Schultern, das hätte längst gemäht werden müssen, die Halme waren schon vertrocknet und auf weiten Flächen vom Wind niedergedrückt.

Tilli rannte voraus, und als sie den Bach erreicht hatte, streifte sie ihren Rucksack ab und ließ sich auf die Knie nieder.

»Spinnst du! Das kannste so nicht trinken!« schrie Peter.

Tilli fuhr hoch und starrte ihn erschrocken an.

»Wieso?« fragte Bille.

Peter setzte eine überlegene Miene auf. »Weil du Flußwasser abkochen mußt. Wegen Leichengift!« Er machte eine Pause und setzte dann auftrumpfend hinzu: »Kannste jeden Soldaten fragen!«

Bille musterte ihn mit schräggehaltenem Kopf, dann drehte sie sich weg und stiefelte mit energischen Schritten zum Bach, schnallte ihr Kochgeschirr ab und schöpfte es voll Wasser. Und bevor sie es an den Mund setzte, sagte sie mit einem spöttischen Seitenblick: »Leichengift! In so 'nem kleinen Bach! Wo soll denn da 'ne Leiche Platz haben!« Sie trank in langen Zügen und kniete sich nieder und wusch sich die Hände und das Gesicht, und Tilli kauerte sich neben sie hin und trank gierig. Und als sie ihren Durst gelöscht hatte, wandte sie sich zu Peter um und sagte spitz: »Höchstens 'ne Babyleiche!«

Peter spürte, wie ihm das Blut ins Gesicht schoß. Billes Spott hatte ihn an einer empfindlichen Stelle getroffen. Und als er mitansehen mußte, wie auch Maxe und Adolf aus dem Bach tranken, traf es ihn noch mehr. Er stand in der Wiese, steif mit hocherhobenem Kopf, und starrte an den anderen vorbei.

»Los, komm schon!« rief ihm Maxe zu.

Er wartete, bis sie hinter den Erlenbüschen verschwunden waren. Dann trottete er in der Spur hintennach.

Auf der anderen Seite des Baches, halbwegs zwischen dem Bahndamm und dem Fluß, fanden sie eine Scheune. Sie beschlossen, dort zu übernachten, obwohl es noch nicht spät war. Die Fahrt im Viehwagen hatte sie erschöpft. Und sie mußten sich waschen und ihre Kleider säubern.

Die Scheune war nur ein halbverfallener Schuppen, nach dem Fluß zu offen. Aber das Dach war noch dicht. Wenn ein Gewitter kam, hatten sie es wenigstens trocken. Sie richteten sich ein.

Bille nahm die beiden Kleinen mit sich, um etwas Eßbares aufzutreiben. Sie hatten im Wald Himbeeren gesehen und Pilze, vielleicht fanden sie bis zum Dunkelwerden so viel, daß es für eine Mahlzeit reichte. Sie mußten sparsam mit ihren Vorräten umgehen.

Peter drückte sich hinter dem Schuppen herum, er kam erst herein, als die drei weg waren.

»Gib mir mal Streichhölzer«, sagte Maxe. Er hatte ein paar morsche Bretter zertreten und die Spreißel zu einem Holzstoß aufgeschichtet.

»Wieso ich? Ich hab keine«, sagte Peter ärgerlich. Maxe suchte in Adolfs Rucksack. Er fand nichts. »Schöne Scheiße«, sagte er. Peter nickte trübsinnig. Er hatte Durst.

Maxe ging mit seinem Kochgeschirr zum Bach und holte Wasser. »Komm jetzt, trink das! Ist ja alles Quatsch!« sagte er.

Peter zierte sich, aber schließlich trank er doch. »Die spielt sich ganz schön auf«, sagte er.

Maxe zuckte die Achseln.

»Ich finde, daß die sich ganz schön aufspielt, die blöde Ziege!«

Maxe deutete auf Billes Rucksack. »Schau mal nach, ob sie welche hat«, sagte er. Peter kramte in der Außentasche des Rucksacks, holte eine Blechdose heraus. Ein Lippenstift war darin und ein silbern glänzender Ohrring und ein zusammengerollter Ledergürtel, ein Drehbleistift und ein blaues Heft. »Hör mal!« sagte er. »Die schreibt'n Tagebuch!« Er hielt grinsend das Heft hoch.

»Hat sie Streichhölzer oder nicht?« fragte Maxe grob.

»Nee«, sagte Peter kleinlaut.

Sie hielten Ausschau nach den anderen. Auf dem Bahndamm tauchten plötzlich zwei Männer auf. Die liefen an den Gleisen entlang, blieben stehen, blickten in ihre Richtung. Der eine setzte ein Fernglas an die Augen. Sie warfen sich auf den Boden. Die beiden Männer setzten ihren Weg fort, suchten noch einmal mit dem Fernglas die Wiesenschneise ab, bevor sie hinter den Bäumen verschwanden.

»Meinste, das ist wegen uns?« fragte Peter.

Maxe schüttelte den Kopf. »Wieso sollen die uns suchen?« sagte er.

Die drei anderen kamen mit einem Brotbeutel voll Pilzen aus dem Wald.

»Habt ihr noch kein Feuer gemacht?« fragte Bille vorwurfsvoll.

»Hast du vielleicht Streichhölzer?« schnappte Maxe zurück.

»Ach du meine Güte!« sagte Bille.

Adolf musterte die beiden voll Unruhe. Sie waren kurz davor, aufeinander loszugehen. Er spürte es. Er wollte nicht, daß sie sich stritten. Er sprang auf, rannte in den Wald zurück, kam kurze Zeit später mit ein paar Gewehrpatronen wieder. Brach die Geschosse aus den Hülsen, schüttete das Pulver unter den Holzstoß, schnitt sich eine Astgabel aus einem Busch, klemmte eine Hülse in die Gabel und drückte die Enden zusammen, daß sie wie in einer Zange festsaß. Hielt die Mündung der Hülse an das Pulverhäufchen und schlug mit dem Pfriem seines Taschenmessers auf das Zündhütchen. Eine Stichflamme schoß heraus, entzündete das Pulver.

»Wo hast'n die Patronen her?« fragte Maxe.

»Da liegen noch mehr im Wald«, sagte Adolf, »massenhaft.«

»Na also«, sagte Bille.

Sie brieten die Pilze mit einem Stück Speck und aßen Kartoffeln dazu und saßen um das Feuer und sahen zu, wie es langsam verglomm. Dann rollten sie sich in ihre Decken ein. Nur Bille blieb noch an der Feuerstelle und holte das blaue Heft und den Drehbleistift aus ihrem Rucksack und begann auf dem Bauch liegend zu schreiben.

Peter beobachtete sie aus halbgeschlossenen Augen. Er stellte sich vor, daß sie die Geschichte mit dem Leichengift einschrieb. Meinte zu sehen, daß sie beim Schreiben grinste. In diesem Augenblick haßte er sie aus ganzem Herzen.

Adolf schlief außen an der Scheunenwand zum Bach zu. Eine Amsel weckte ihn. Die Wandbretter waren am Boden abgefault, er konnte hinaussehen. Die Amsel saß keine zwei Meter vor ihm auf einem Busch und scheckerte mit hängenden Flügeln und wippendem Schwanz. Dann flog sie auf und schimpfte vom Dach des Schuppens weiter. Irgend etwas mußte sie erschreckt haben. Adolf lauschte angestrengt. Außen an der Rückwand des Schuppens kratzte etwas herum, schnüffelte. Das hörte sich an wie ein Hund. Er richtete sich auf.

Es war ein Hund. Ein mittelgroßer, struppiger Bastard mit Hängeohren und dünnen Beinen. Der stand plötzlich vor ihm, äugte herein, genauso erschrocken wie er selbst. Stand fluchtbereit, mit aufgestellten Nackenhaaren.

Adolf rührte sich nicht, sagte nur ganz leise »jajajaja« und »kommkommkomm« und schnalzte mit der Zunge. Der Hund wedelte zaghaft mit dem Schwanz und wurde zutraulicher und senkte den Kopf und kroch unter den Brettern hindurch. Kroch auf dem Bauch weiter, bis er so nah war, daß Adolf ihn streicheln konnte. Er drängte sich an Adolf heran und schlappte mit der Zunge nach ihm und blickte auf einmal an ihm vorbei und stieg ihm über die Beine, und als Adolf sich umdrehte, sah er, daß auch Bille wach war und sich aufgesetzt hatte. Und der Hund war bei ihr und ließ sich von ihr streicheln.

»Meine Güte, wie dürr der ist«, sagte sie leise.

Sie krochen aus ihren Decken und setzten sich hinter dem Schuppen an den Bach, um die anderen nicht zu wecken. Der Hund folgte ihnen. Es war noch früh am Morgen, Nebel lag über der Wiese, und das Gras war naß vom Tau. Aber sie froren nicht, es war nicht kalt.

»Ich hab auch 'nen Hund zu Hause«, sagte Bille, »'nen Dackel.« Und nach einer Weile fragte sie: »Habt ihr auch einen?«

»Mein Vater hat einen«, sagte Adolf zögernd.

»Was für einen?« fragte Bille.

»Schäferhund«, sagte Adolf.

»Ach so«, sagte Bille.

Der Hund schaute sie an mit einem traurigen Bettelblick, schnüffelte und trippelte unruhig hin und her und setzte sich und hob die Pfote.

»Vielleicht kennt er mich gar nicht mehr, wenn ich nach Hause komme«, sagte Bille. »Schon das letzte Mal, zu Weihnachten, da hat er mich angebellt, wie ich heimgekommen bin. Wollte gar nicht mehr in meinem Zimmer schlafen. Früher hat er sein Körbchen immer vor meinem Bett gehabt.«

»Unserer darf nicht ins Haus«, sagte Adolf.

»Wieso?« fragte Bille.

Adolf spürte die Mißbilligung, die in ihrer Frage lag. »Der ist dressiert«, sagte er schnell, »das ist 'n Wachhund, der ist immer im Freien, der hat seinen Zwinger.« Er blickte sie scheu von der Seite an und fuhr hastig fort: »Den darf auch nur mein Vater füttern, der ist so dressiert, daß er nur das frißt, was ihm mein Vater gibt.«

Bille blickte ihn fragend an, eine steile Falte zwischen den Augen.

»Das ist, wenn Einbrecher kommen und werfen ihm vergiftetes Fleisch hin, daß er das nicht frißt«, erklärte Adolf stotternd. »So ist der dressiert. Der frißt nur das, was ihm mein Vater gibt.«

»Ich dachte, dein Vater ist Offizier!« sagte Bille.

Adolf nickte unsicher.

»Und wer hat ihn gefüttert, wie er an der Front war?« fragte Bille.

»Mein Vater war nicht an der Front«, sagte Adolf, »der war immer in Berlin.«

»Und wenn er krank ist, dein Vater?« fragte Bille. »Wenn er mal ins Krankenhaus muß, wer füttert ihn dann?«

Adolf dachte nach. »Ich weiß nicht«, sagte er zögernd.

Sie schwiegen. Der Hund legte sich zwischen sie, und sie streichelten ihn beide, und als sich ihre Hände berührten, zog Adolf die seine schnell zurück.

»Und von dir nimmt er auch nichts?« fragte Bille zweifelnd. Adolf sagte nichts. »Gib zu, daß er von dir was nimmt«, sagte sie.

Der Nebel hatte sich gelichtet. Nur über dem Fluß hing noch ein feiner Dunstschleier, der sich unmerklich verflüchtigte. Die Uferbäume traten heraus, und dann brach auf einmal die Sonne durch. Zuerst war nur ein blendend heller Schein hinter dem Dunst, dann eine runde grellweiße Scheibe, und endlich drangen die Strahlen durch den Schleier. Sie spürten sie warm auf der Haut.

»Und wie hast du das gemacht mit dem Hund vom Lederer?« fragte Bille.

Adolf zuckte die Achseln. Er wußte nicht, was er ihr antworten sollte. Er wußte nicht, wie er es gemacht hatte. Er sagte: »Man darf nur nicht wollen, daß sie einen mögen.« Und nach einer Weile setzte er hinzu: »Man muß einfach warten, bis sie einen mögen.«

Bille stand auf. »Ich geh zum Fluß und wasch meine Sachen«, sagte sie. »Wenn du willst, daß ich dir was mitwasche, kannst du's ja bringen.«

Adolf wartete, bis die anderen wach wurden. Tilli wachte als letzte auf. Sie sah den Hund und vergaß alles andere. Warf Stöcke in die Wiese, die er mit atemberaubender Schnelligkeit wieder zurückbrachte, nahm ihn in die Arme und streichelte ihn und gab ihm zärtliche Namen in der gleichen Sprache, in der sie sich auch mit ihrem Pferd unterhalten hatte.

Sie gingen in Billes Spur durch das hohe Gras zum Fluß hinunter. Bille kniete am Ufer und rieb ihre Kleider mit Seife ein und rubbelte den Stoff gegeneinander und fleite und wrang über den Ellbogen das Wasser heraus und hängte die Sachen zum Trocknen über die Uferbüsche. Adolf schaute ihr eine Weile zu, und als sie ihm sagte, er sollte ihr sein Hemd zum Waschen geben, genierte er sich sehr. Aber er gab es ihr schließlich, und als er im Unterhemd vor ihr stand, genierte er sich noch mehr, und seine Arme kamen ihm auf einmal noch viel dünner vor und seine Schultern viel spitzer. Er verdrückte sich schnell, lief flußabwärts. Dort waren die anderen.

Er sah Maxe und Peter, die in der Turnhose am Ufer standen, ins Wasser springen. Die Kleine schrie auf, als sie eintauchten, und der Hund fegte jaulend am Ufer hin und her. Das Wasser war an dieser Stelle so tief, daß Maxe und Peter gerade noch stehen konnten. Sie japsten nach Luft und prusteten und schlugen wild mit den Armen um sich. Und Peter tauchte auf einmal unter, und als er hochkam, hatte er etwas Rundes in der Hand, das er ans Ufer warf und schrie: »Mensch, da ist alles voll da unten!« Und tauchte wieder unter, und jetzt tauchte auch Maxe. Er brachte ein Gewehr hoch, hielt es über den Kopf. Peter holte ein zweites Gewehr heraus. »Mann, das ist noch wie neu!« schrie er. Sie wateten ans Ufer, krochen heraus, und Peter rief Adolf zu: »Mensch, so was haste noch nicht gesehen, kuck dir das an!« Gab ihm das Gewehr, köpfte wieder ins Wasser, warf Eierhandgranaten heraus, ein Bajonett, Patronenmagazine, einen Gurt MG-Munition. »Mannometer, der ganze Fluß ist voll!« schrie er.

Bille stand plötzlich neben ihnen, ging auf Tilli los, die eine Eierhandgranate in der Hand hielt. Nahm sie ihr weg, warf sie in den Fluß zurück. »Lang das bloß nicht an!« sagte sie drohend.

Peter kam aus dem Wasser heraus, baute sich vor ihr auf. »Da kann überhaupt nichts passieren«, sagte er lässig. »Die kannste ja nicht mal abziehn, da ist ja noch die Kappe drauf.«

»Das ist mir egal!« sagte Bille giftig. »Die Kleine jedenfalls faßt das Zeug nicht an!«

»Ach!« sagte Peter gedehnt. Und fing auf einmal zu grinsen an. Das Grinsen breitete sich aus auf seinem Gesicht. Und immer noch grinsend, bückte er sich, griff sich eine Handgranate, schraubte die Verschlußkappe herunter, faßte mit dem Finger in den Abzugsring, schrie »Deckung!«, zog ab und warf das schwarzglänzende Ding mit lässigem Schwung in die Wiese hinein.

Sie lagen schon auf dem Boden, da sahen sie den Hund, der

jaulend hinterher sprang. Für einen Augenblick waren sie starr vor Schreck: Wie lange brauchte eine Handgranate, bis sie explodierte? Wie weit hatte Peter geworfen? Wie schnell war der Hund?

Bille kam als erste auf die Beine. »Ins Wasser!« schrie sie. Und packte Tilli, hetzte zum Fluß, sprang hinein, tauchte unter, preßte die Kleine an sich, die wild mit Armen und Beinen strampelte, kämpfte gegen den Auftrieb, ruderte verzweifelt, damit sie unter Wasser blieb. Und Tilli schlug und trat und kratzte, sie konnte sie nicht mehr untenhalten, tauchte auf.

Da stand der Hund, genau vor ihnen am Ufer, wedelte mit dem Schwanz und winselte und hatte die Handgranate in der Schnauze. Sie meinte, ihr Herz müßte aussetzen, meinte, das schwarze Ding auseinanderfliegen zu sehen. Und dann hörte sie Peters Stimme hinter sich, ruhig und ohne Angst. »Das ist 'ne Niete«, sagte Peter. »Die geht nicht mehr los!« Erst jetzt spürte sie, wie eiskalt das Wasser war.

Peter nahm dem Hund die Handgranate aus dem Maul und wog sie in der Hand. »Ne Niete«, sagte er abschätzig. »Vielleicht ist Wasser reingekommen.«

Bille schrie ihn an: »Wirf bloß das Ding weg, sonst kannste was erleben!« Sie war außer sich vor Wut, und wenn sie sich nicht vor der Handgranate gefürchtet hätte, wäre sie auf ihn losgegangen.

»Jetzt kann nichts mehr passieren«, sagte Peter. »Wenn sie einmal nicht geht, geht sie nie mehr. Die ist hin. Völlig ungefährlich.« Er warf sie in die Höhe, fing sie wieder auf. Dann holte er weit aus und warf sie in hohem Bogen flußabwärts, daß sie fast bis zum Waldrand flog. Sie sahen, wie sie zwischen den Uferbüschen aufschlug, sahen, wie etwas durch die Zweige fetzte, sahen die Explosion, noch bevor sie den Knall hörten, und das jaulende Surren der Splitter. Warfen sich auf den Boden, als es längst schon zu spät war.

Nur Peter blieb stehen. Erstarrt, benommen, fassungslos. Flüsterte heiser, ohne Ton: »Das gibt's doch nicht!« Immer wieder: »Das gibt's nicht! Das gibt's doch nicht!« Und zu Maxe beinahe flehend: »Das ist doch nicht möglich! Das hat's noch nie gegeben! Die kann niemals explodieren!«

Bille sprang wütend auf. »Vielleicht ist sie auch gar nicht explodiert!« schrie sie höhnisch. »Vielleicht haben wir uns die Explosion nur eingebildet!« Und während sie davonstiefelte, hörten sie sie noch sagen: »So ein Schwachsinn! Das muß man sich auch noch anhören. Dieser Idiot!«

Peter brauchte lange, bis er sich beruhigt hatte. Er erklärte ihnen in allen Einzelheiten, wie der Zünder einer Handgranate funktioniert, bot ihnen jede Wette an, und sie könnten jeden Soldaten fragen, und er würde es ihnen beweisen. Sie ließen ihn reden.

Sie beobachteten Bille, die mit ihrer Wäsche zum Schuppen zurücklief. Sie war immer noch wütend. Sie mußten ihr Zeit lassen.

Es war warm in der Sonne, und sie hängten ihre Füße ins Wasser, und Peter putzte an einem Karabiner herum, bis er ihn so sauber hatte, daß sich das Schloß öffnen ließ, und Adolf bog sich einen Angelhaken aus einer Sicherheitsnadel und schnitt sich einen Stock und spießte einen Grashüpfer auf den Haken und hielt ihn ins Wasser.

»Was wär dir lieber, 'n abbes Bein oder 'n abber Arm?« fragte Maxe nach einer Weile.

»Wieso, wie meinst'n das?« fragte Peter zurück.

»Wenn was explodiert und dir reißt's was ab, was dir da lieber wäre, mein ich«, sagte Maxe.

»Arm weg natürlich«, sagte Peter, ohne lange zu überlegen.

»Meinste?« sagte Maxe. Und nachdenklich setzte er hinzu: »Ich weiß nicht«, und zu Adolf »was meinst'n du?«

Adolf wiegte den Kopf und sagte: »Wenn du'n abbes Bein hast, da gibt's ja Prothesen, brauchste ja keine Krücken mehr. Und mit der Prothese kannste ja richtig laufen.«

Der Grashüpfer war vom Haken gerutscht. Adolf hob die Angel und spießte einen neuen auf.

»Wenn du'n abben Arm hast, da gibt's keine solchen Prothesen«, fuhr er fort. »Da kriegste höchstens 'n Lederarm, da haste aber keine Finger dran. Da mußte alles mit einer Hand machen, Schuhe binden, Nase putzen, essen, alles mit einer Hand.«

»Find ich auch«, sagte Maxe.

»Na ja, wenn's der rechte Arm ist«, sagte Peter, »bin ich auch lieber für'n abbes Bein.« Er drückte eine Patrone in das Magazin des Karabiners und schob das Schloß zu. Legte an und zielte auf einen Heureiter auf der Wiese am gegenüberliegenden Ufer.

»Und wenn du zwei ab hast?« fragte Maxe. »Ich meine zwei Arme oder einen Arm und ein Bein, was wär dir da lieber?«

Peter hatte es schon wieder auf der Zunge, aber er schwieg, ließ Adolf vor.

Adolf überlegte lange, dann sagte er: »Zwei Arme ab, das geht nicht.«

Die beiden anderen nickten ernsthaft, und Peter sagte: »Da kannste dir nicht mal mehr den Hintern abwischen.«

»Und zwei Beine weg?« fragte Maxe.

Peter zog die Stirn in Falten. »Da biste ja bloß noch halb so groß«, sagte er entsetzt.

»Kannste ja Prothesen tragen«, sagte Adolf.

»Und wenn du hinfällst, wie stehste dann auf, wenn alles nur Prothesen sind?« fragte Peter.

»Also lieber ein Arm und ein Bein«, sagte Maxe.

»Klar«, sagte Peter. »Da biste wenigstens noch ganz, da haste noch die ganze Länge.«

Sie starrten auf den Grashüpfer, der am Angelhaken zappelte und mit den langen Hinterbeinen sich aus dem Haken zu ziehen versuchte. Tilli blickte gespannt von einem zum anderen, wartete, daß sie noch etwas sagten, rutschte unruhig hin und her.

»Und wenn du drei ab hast?« fragte sie ungeduldig.

»Komm, hör auf!« sagte Adolf.

Bille saß im Schuppen und wartete. Sie hatte ihren Rucksack gepackt, die frisch gewaschenen Sachen sorgfältig gefaltet und in ein trockenes Handtuch gewickelt und außen auf den Rucksack geschnürt. Sie wartete voll Ungeduld. Sie war immer noch wütend, und je länger sie wartete, desto mehr wuchs ihre Wut. Die anderen waren nicht zu sehen. Sie überlegte, ob sie sie holen sollte. Stand auf und lief los, aber dann drehte sie wieder um. Warum sollte sie ihnen nachlaufen.

Sie riß eine leere Seite aus ihrem Tagebuch-Heft, schrieb darauf in großen Blockbuchstaben ›ICH WARTE AM BAHN-DAMM‹, heftete den Zettel an Adolfs Rucksack und machte sich auf den Weg. Sie lief mit schnellen, staksigen Schritten, schlug mit der Hand das Gras beiseite. Sie war barfuß, hatte die Schuhe in der Hand. Der Wiesenboden war weich unter ihren Füßen und feucht und kühl.

Am Fuß des Bahndamms zog sich ein Drahtzaun entlang. Sie kroch hindurch und stieg die Böschung hinauf. Die Schotter-steine oben waren spitz und scharfkantig. Sie setzte sich, um ihre Schuhe anzuziehen. Von ihrem Platz aus konnte sie die

ganze Wiesenschneise überblicken bis hinunter zum Fluß. Sie
hielt die Hand über die Augen und suchte das Flußufer ab, aber
sie konnte die anderen nicht entdecken. Sie setzte sich auf die
Signaldrähte am Rand des Bahndammes und wippte ungeduldig.

Unten an einem der Zaunpfosten war ein Schild, am übernäch-
sten noch eines und drei Pfosten weiter das nächste. Und am
obersten Draht des Zaunes hingen rote und weiße Lappen, die
waren ihr schon gestern aufgefallen, als sie aus dem Zug
gestiegen und die Böschung hinuntergerutscht waren. Da war
derselbe Zaun gewesen.

Auf den Schildern stand etwas, sie konnte es von oben nicht
lesen. Aber unter der Schrift war ein Zeichen, das sah aus wie
ein Totenkopf.

Sie hörte auf zu wippen und spürte auf einmal, wie ihr kalt
wurde. Und war im nächsten Augenblick auf den Beinen,
schlitterte die Böschung hinunter, starrte auf das Schild, wollte
nicht glauben, was sie las. ›Minensperrgebiet‹ las sie. Und
›Achtung Lebensgefahr‹. Und das, was so ausgesehen hatte wie
ein Totenkopf, das war ein Totenkopf. Und zwei Pfosten weiter
das gleiche Schild. Ein Schild nach dem anderen. Und der Zaun
zog sich den ganzen Bahndamm entlang, zu beiden Seiten, so
weit sie sehen konnte.

Auf einmal gab das alles einen Sinn. Die Mine unter dem Jeep,
die Rufe des Sprengmeisters, die ungemähte Wiese, die Muni-
tion im Wald und im Fluß. Und jetzt erinnerte sie sich, daß sie
beim Waschen auf dem gegenüberliegenden Ufer auch einen
Zaun gesehen hatte, den gleichen Zaun, behängt mit roten und
weißen Lappen. Minensperrgebiet! Und die anderen waren
noch mittendrin.

Sie schrie »Adolf!!«, hielt die Hände wie einen Trichter vor den
Mund und schrie aus Leibeskräften »Adolf! Maxe!!«, hetzte
die Böschung hinauf. Schrie von oben. Lauschte mit vorgestrecktem Kopf. Nichts. Keine Antwort. Die konnten sie gar
nicht hören. Der Fluß war zu weit, und die saßen zwischen den
Büschen, und das Wasser rauschte. Die konnten sie nicht
hören.

Sie sah die Spur, die sie im Gras hinterlassen hatte, und die
Haut auf ihrem Rücken zog sich zusammen bei dem Gedanken,
daß sie mit jedem Schritt hätte in die Luft gehen können.
Sollte sie warten, bis die anderen auftauchten? Vielleicht war es

da schon zu spät. Vielleicht hatte Peter doch recht gehabt mit der Handgranate, vielleicht war es doch nicht die Handgranate gewesen, die explodiert war. Sie konnte nicht warten, sie mußte sofort etwas tun. Jetzt saßen die anderen noch am Fluß. Wenn sie rechtzeitig zu ihnen kam, brauchten sie nur durch das Wasser waten. Sie mußte auf die andere Seite des Flusses kommen, am Zaun entlang um das Sperrgebiet herum. Sie mußte es versuchen, egal, wie weit es war.

Sie ließ ihren Rucksack die Böschung hinunterkollern, rannte los, neben den Gleisen her. Unter ihr war der Zaun mit den Schildern, der zog sich endlos hin, ein Schild nach dem anderen, und rote und weiße Lappen an den Drähten.

Ihr Atem ging pfeifend. Die Angst, sie könnte die falsche Richtung eingeschlagen haben, schnürte ihr fast die Kehle zu. Aber dann erreichte sie ein Seitental, und hier bog der Zaun ab, führte an einem Bach entlang auf den Fluß zu. Sie rannte mit neuer Kraft weiter, jetzt hatte sie ihr Ziel vor Augen, konnte sehen, wie sie dem Fluß näher kam. Und sie hatte eine frischgemähte Wiese unter den Füßen, harten Boden, auf dem es sich gut laufen ließ.

Die Pfostenreihe endete am Flußufer. Über dem Wasser hing ein langer Draht mit einem Schild in der Mitte. Auf der anderen Seite setzte sich der Zaun fort. Bille watete durch das Wasser, es ging ihr bis zur Brust, und sie ruderte mit den Armen, um schneller hinüber zu kommen. Rannte weiter, am Ufer entlang, am Zaun entlang, der sich am Ufer entlangzog.

Und dann hörte sie plötzlich die Kleine, hörte sie schreien und kreischen, hörte den Hund, der kläffend einfiel. Und jetzt konnte sie sie auch sehen, sah ihren Kopf, der über einem Busch hochkam, auf und ab wippte.

»Tilli!« rief sie. Sie hatte keine Luft mehr zum Rufen. Sie schnappte nach Luft. Drüben standen die beiden Kleinen. Adolf mit der Angel, die er hoch über dem Kopf hielt, die Augen starr auf einen Fisch gerichtet, der an der Schnur zappelte. Und Tilli daneben, hüpfend und vor Freude kreischend: »Da ist einer dran! Da ist einer dran!« Und der Hund, der sich kläffend im Kreis drehte. Wo waren die beiden anderen?

»Tilli!« rief Bille. Die Kleine hörte sie endlich. »Wir haben einen!« schrie sie. »Bille, wir haben einen!« Und Adolf kämpfte noch immer um den Fisch, der zappelnd vor ihm baumelte, er konnte nicht nach ihm greifen, weil er die Angel mit beiden Händen halten mußte.

»Tilli, bleib stehn!« rief Bille. »Adolf, sag ihr, sie soll ruhig bleiben! Da sind Minen, wo ihr seid, das ist Minensperrgebiet!« Adolf starrte zu ihr herüber. Er schien nicht zu begreifen, was sie sagte. »Das ist vermint, wo ihr seid, das ist Minensperrgebiet!« rief Bille mit verzweifeltem Ernst. Jetzt hielt auch Tilli ein. »Ihr müßt den Hund festhalten!« rief Bille.

Der Fisch hing genau vor Adolfs Gesicht, er zuckte nur noch schwach, pendelte schlaff an der Schnur. Es war ein langer, schwerer Fisch, so lang wie eine Salatgurke.

»Wo sind die anderen?« fragte Bille.

Adolf deutete mit dem Kopf hinter sich. Bille sah Maxes Kopf über dem Gras hochkommen, ein paar Schritte hinter Tilli. Peter war neben ihm.

»Woher weißt du das?« hörte sie Maxe mit dünner Stimme fragen.

»Da ist'n Zaun«, sagte Bille. »Das ist alles eingezäunt, da steht's drauf!« Sie sah, wie Maxe die Schultern hochzog, als wollte er sich leicht machen, so leicht wie er nur konnte. Sah, wie er den Boden um seine Füße absuchte und vorsichtig tastend einen ersten Schritt machte auf das Ufer zu. Sie hielt den Atem an.

Schritt für Schritt kam er näher. Peter hielt sich dicht hinter ihm, trat in seine Fußstapfen, versuchte, sich mit ausgebreiteten Armen im Gleichgewicht zu halten.

Adolf hatte noch immer die Angel in den Händen, die Arme hoch über dem Kopf, wagte nicht, sich zu rühren. Seine Arme zitterten vor Anstrengung.

»Wirf doch den Stock weg!« rief ihm Bille zu.

Er ließ den Fisch pendeln, stieß die Angel von sich. Der Hund fuhr jaulend hoch, als sie ins Wasser platschte. Tilli konnte ihn nicht mehr festhalten. Aber da war Maxe schon heran, packte ihn am Nacken. Sie mußten ihn mit über den Fluß nehmen. Er durfte nicht frei am Ufer herumlaufen.

Peter hastete plötzlich mit zwei Sätzen an Maxe vorbei und sprang mit einem weiten Satz ins Wasser.

»Spring ihm nach!« rief Maxe Adolf zu. Und Adolf hüpfte. Tauchte unter, kam strampelnd wieder hoch, schwamm mit hastigen Zügen.

Maxe wartete, bis er das andere Ufer erreicht hatte. Er hielt den

Hund, und Tilli stand hinter ihm und hielt sich an seinem Gürtel fest. Er spürte, wie sie zitterte.

»Du brauchst keine Angst zu haben«, sagte er, ohne den Kopf zu wenden. »Ich trag dich rüber.«

Er warf den Hund ins Wasser, rutschte hinterher, zog Tilli auf seine Schultern. Hörte die anderen schreien, sah, wie sie sich auf den Boden warfen, sah den Hund, der wild strampelnd zum Ufer zurückschwamm, sich zwischen den Wurzeln der Uferbäume hocharbeitete.

Er stürzte vorwärts, kämpfte sich durch die Strömung, die Kleine wurde immer schwerer auf seinen Schultern. »Deckung!« schrie er. »Deckung!« Er hörte den Hund hinter sich kläffen, schob die Kleine ans Ufer, kroch hintennach, rief: »Weg hier, weg!« Rannte gebückt hinter den anderen her, zwischen den Heureitern hindurch über die Wiese.

Erst am Fuß des Talhanges an einem Schotterweg machten sie halt. Beobachteten den Hund, der immer noch hinter ihnen her jaulte und mit hängendem Kopf das Ufer absuchte und die Schnauze reckte und ein Klagegeheul anstimmte.

Ein schwarzes Wolkengebirge hatte sich über dem Wald aufgetürmt und schob sich vor die Sonne. Da zog ein Gewitter auf. Bille drängte zur Eile.

Sie liefen auf der Straße bis zum Ende des Sperrgebiets, wateten durch den Fluß und liefen weiter, in sicherem Abstand am Bach entlang. Als sie den Bahndamm erreichten, fegte der erste Windstoß durch das Tal. Sie stiegen die Böschung hinauf und trotteten auf den Schwellen zurück bis zu der Schneise, in der der Schuppen stand.

Der schwarze Wassersack am Himmel über ihnen platzte auf mit Blitz und Donner, und ein Gießbach stürzte auf sie herunter. Die Bäume, die den Fluß säumten, verschwammen in grauen Regenschleiern. Der Schuppen war gerade noch als dunkler Fleck in der Wiese zu erkennen. Dort lag ihr Gepäck.

Bille rutschte die Böschung hinunter. Die anderen sahen zu, wie sie ihren Rucksack aus dem Gras holte und langsam wieder heraufstieg. Wenigstens Bille hatte also noch ihr Gepäck.

Tilli hatte nur ihr Täschchen. Peter die Fototasche am Gürtel, da waren nur ein paar von den Spielzeugsoldaten drin und sein Geld. Auch Adolf hatte immerhin sein Geld gerettet. Maxe hatte nichts mehr.

»Gehn wir«, sagte Maxe. Er lief voraus über die Schwellen.

Der Regen prasselte in unverminderter Heftigkeit auf sie herunter. Maxe zog sein Hemd aus. Er spürte, wie der Regen auf seine Haut trommelte, wie das Wasser von seinen Haaren tropfte und in eiligen Rinnsalen zwischen seinen Schulterblättern hindurchlief, den Rücken hinunter. Er hielt die Augen halb geschlossen, atmete in tiefen Zügen. Auf seinem Gesicht lag ein starres Lächeln. Er dachte an das Geld, das in der Windbluse eingenäht war. Er dachte an die Stiefel. Damals in der Kirche hatte er sie wieder auf Hochglanz gebracht, das Leder gefettet, die Sohle gewachst, die Eisen mit einem Kiesel geschliffen und blankpoliert. Jetzt lagen sie gut verpackt in seinem Rucksack unter den Bodenbrettern des Schuppens. Dort würden sie vermodern.

Was sollte er seinem Vater sagen, wenn er heimkam? Als ihm die Mutter geschrieben hatte, daß der Vater vermißt gemeldet worden wäre, hatte er geglaubt, daß er ihn nie wiedersehen würde. Wer an der Ostfront vermißt gemeldet wurde, der war so gut wie tot.

Aber jetzt war Maxe auf einmal überzeugt, daß sein Vater zurückkommen würde. Daß er zu Hause sitzen und nur auf die Stiefel warten würde. Es wurde ihm heiß bei diesem Gedanken.

Er hatte sich seine Ankunft zu Hause oft ausgemalt, nachts in der Kammer über dem Stall beim Bauern. Den Gang durch die Straße am Milchgeschäft vorbei und an der Fleischerei. Die alte Frau Striebeck würde aus dem Fenster schauen mit ihrer Katze hinter den Blumenkästen, die würde ihn gleich wiedererkennen: ›Da haste 'ne Wurst, du magerer Sperber!‹ Und dann die Hofeinfahrt und der Weg zum Hinterhaus über den gepflasterten Hof mit den Teppichstangen. An denen würden vielleicht seine Geschwister spielen, aber die würden ihn nicht erkennen. Die Treppen hoch bis zum vierten Stock und die Drehklingel ›brrrring!‹ und dann das Gesicht seiner Mutter, wenn er auspackte. Speck und Zucker und Vitamintabletten und das Geld aus der Windbluse und die Stiefel. So hatte er es sich ausgemalt.

Der Regen ließ plötzlich nach. Nur noch ein feiner Wasserstaub hing in der Luft.

Manchmal hatte er Mühe gehabt, sich das Gesicht seiner Mutter in Erinnerung zu rufen. Es war schon so lange her, daß er sie das letzte Mal gesehen hatte. Vielleicht gab es auch die

Straße gar nicht mehr und den Milchladen nicht und die Fleischerei nicht und die Wohnung im Hinterhaus nicht. Vielleicht gab es da nur noch Ruinen und Trümmer und Schutt.

Von hinten kam ein Güterzug, hüllte sie in beißenden Qualm. Lauter offene Waggons und alle leer von vorn bis hinten. Aber er war zu schnell, als daß sie hätten aufspringen können.

Die Strecke führte endlos durch dichten Wald, bog nach Nordwesten. Sie mußten endlich herausfinden, wo sie waren.

Sie fragten drei Frauen, die auf dem anderen Gleis entgegenkamen. Nach deren Auskunft waren sie keine zwanzig Kilometer nördlich von Regensburg. In dem Viehwaggon hatte es sie fast bis an die Donau verschlagen. Sie waren weitab von ihrem Weg.

Sie trotteten weiter, eine gute Stunde lang, bis sie aus dem Wald herauskamen. Voraus war ein Bahnübergang und eine Straße, die die Bahnlinie kreuzte, und rechts vor ihnen über einem Hügel ragte eine Kirchturmspitze heraus, auf die die Straße zulief.

Maxe wollte an der Bahnlinie bleiben, aber Bille redete es ihm aus. Sie konnten nicht an der Bahn bleiben, wo die Hamsterer schon alles abgegrast hatten. Sie mußten über Land, über die Dörfer. Sie bogen in die Straße ein, auf die Kirchturmspitze zu, die ihnen den Weg zum nächsten Dorf wies.

Es war ein kleines Dorf mit einem Dutzend behäbiger Höfe und ein paar kleineren Anwesen dazwischen. Sie ließen kein einziges Haus aus, bettelten sich durch vom Dorfeingang bis zum letzten Hof, klopften an jede Tür, sagten im Chor »Grüß Gott!«, schoben die Kleine vor, damit sie den Bettelspruch aufsagte. »Bitte, haben Sie etwas zu essen für uns?« Meist kamen sie gar nicht so weit, daß Tilli den Spruch aufsagen konnte. Da wurde ihnen die Tür gleich wieder vor der Nase zugeschlagen. Manchmal kam ein kleines Kind an die Tür und schrie ins Haus zurück: »Mama, da sind schon wieder welche, die was wollen!«, und von innen tönte die Antwort: »Wir ham nix!« Oder eine mißtrauische alte Frau keifte zum Fenster heraus: »Betteln könnt ihr woanders!« Oder die Bäuerin schrie, kaum daß sie sich im Hoftor aufgestellt hatten: »Schaut bloß, daß ihr weiterkommt!« Und bei jedem zweiten Hof rührte sich überhaupt nichts, da bellten nur die Hunde.

Sie zogen weiter. Der Hunger begann sie zu quälen. Sie hatten den ganzen Tag noch nichts gegessen. Erst gegen fünf erreichten sie das nächste Dorf.

Sie dachten sich eine Geschichte für die beiden Kleinen aus. Daß sie aus Schlesien stammten und sechs Monate in einem Lager gelebt hätten, und die Mutter wäre ihnen gestorben und der Lagerleiter hätte ihre ganze Habe unterschlagen, und jetzt wollten sie zu ihren Großeltern nach Berlin. Es war eine Geschichte, die einmal zwei Mädchen der Sägemüllerin erzählt hatten, und Bille konnte sich erinnern, daß die beiden dafür immerhin einen Viertel Laib Brot und ein Kochgeschirr voll Milch bekommen hatten. Es mußte eine gute Geschichte sein.

Vor den ersten Höfen trennten sie sich, nur Adolf und Tilli blieben zusammen. Sie teilten die Höfe auf, die jeder abklappern sollte, machten aus, sich hinterher an der Kirche wieder zu treffen.

Bille kam als erste zum Treffpunkt zurück. Sie brachte nur einen Kanten Brot mit, ein kleines Ende, hart wie Stein, aber Bauernbrot, man konnte es lutschen. Peter hatte zwei Kartoffeln. Maxe hatte nichts. Er war niedergeschlagen. Er konnte nicht hamstern, er mußte sich schon jedesmal überwinden, überhaupt anzuklopfen.

Auf dem Ledererhof hatte er die Hamsterer oft genug beobachtet. Da hatte es wahre Weltmeister gegeben, die waren durch nichts abzuwimmeln gewesen. Die hatten ganz schnell herausgehabt, wie es um die Bäuerin stand: Zwei Söhne gefallen, sonst keine Kinder mehr auf dem Hof, die hoffnungslose Trauer auf ihrem ausgetrockneten Gesicht. Das hatten die auf einen Blick erkannt und sofort die passende Geschichte parat gehabt von einem Nachbarn, dessen Sohn auch als gefallen gemeldet worden wäre und der dann zwei Jahre später aus englischer Gefangenschaft geschrieben hätte. Oder von dem Arbeitskollegen, dessen Krankenblatt im Lazarett verwechselt worden wäre.

Wer mit einer solchen Geschichte gekommen war, hatte von der Bäuerin immer etwas bekommen. Eier, Brot, Kartoffeln, ein Glas Milch, einen Löffel Schmalz, einen halben Liter Mehl. Sogar der Bauer, der sonst alle ohne Unterschied vom Hof gescheucht hatte, war einmal weich geworden, als ihm ein älterer Herr in einem eleganten, dunkelblauen Nadelstreifenanzug hinter vorgehaltener Hand mitgeteilt hatte, er verfüge über sichere Informationen, daß die Russen am nächsten Tag über die Grenze stoßen würden.

Maxe hatte alles durch das Stallfenster mit anhören können und war selbst ganz erschrocken gewesen, weil der Mann so glaubwürdig erzählt hatte von Truppenaufmärschen hinter der Grenze und von einer riesigen fünften Kolonne aus ehemaligen Fremdarbeitern und heimlich abgesetzten Fallschirmjägern in den Bergwäldern. Der Mann hatte genau vorgerechnet, wann die russischen Panzerspitzen den Lederer-Hof überrollen würden, und dem Bauern dann für zehn Eier und eine halbe Blutwurst einen kleinen Russisch-Sprachführer verkauft. Und nur Maxe hatte sehen können, daß er die ganze Aktentasche voll von diesen kleinen Heften hatte, wie ein Vertreter.

Das war es eben. Man mußte reden können wie ein Vertreter, wenn man hamstern wollte. Man mußte Geschichten wissen, gleich ein Gespräch anknüpfen, sich nicht abwimmeln lassen. Und dazu immer freundlich sein, höflich sein, einen Diener machen, sich dumm anquatschen lassen, ohne die Miene zu verziehen. Geduld haben, immer einen Scherz auf den Lippen haben, ein dickes Fell haben. Nie nachlassen, auch wenn man zum zehntenmal, zum dreißigstenmal hinausgeworfen wurde. Maxe wußte das alles, er hatte genügend Beobachtungen gemacht. Aber selbst konnte er es nicht, brachte es einfach nicht fertig. Seine Bitten klangen schon wie eine Entschuldigung, und die Bäuerinnen mußten ihn nur scharf genug ansehen, dann machte er von selbst kehrt. Die merkten alle sofort, daß er leicht abzuwimmeln war.

Sie saßen zu dritt auf der Kirchentreppe und warteten auf die beiden Kleinen. Die Sonne ging unter, aber die Steine waren noch warm, strahlten die Sonnenhitze aus, die sie tagsüber gespeichert hatten. Es schlug acht, und es wurde allmählich dunkel, und die beiden ließen sich immer noch nicht blicken. Sie warteten schweigend.

Endlich kam Adolf angerannt, erhitzt und außer Atem. Sie hätten ein Quartier für die Nacht, und dreimal hätten sie zu Abend gegessen, ihm wäre schon ganz schlecht, immer hatte es Kartoffeln mit fettem, gekochtem Schweinefleisch gegeben, und Tilli hätte ihre ganze Tasche damit vollgestopft, da könnten sie auch noch satt werden davon.

Er führte sie zu einem niedrigen Hof am Dorfausgang. Nur zwei winzige Fenster im Erdgeschoß waren erleuchtet. Adolf klopfte, und wenig später kam eine alte Frau heraus, die Tilli an der Hand führte und mit einem Windlicht leuchtete. Sie gingen hinter ihr her um den Hof herum. An der Rückwand öffnete sie ein Vorhängeschloß und schob einen Balken hoch und zog das Tor auf und ließ sie hinein. Hielt das Licht hoch, daß sie etwas erkennen konnten, und schrie ihnen nach, sie sollten auf dem Stroh schlafen und es sich bloß nicht einfallen lassen, ins Heu zu kriechen, da könnten sie etwas erleben. Dann schloß sie das Tor.

Sie setzten sich unter eine Fensterluke und nahmen sich Tillis Täschchen vor. Es war vollgestopft bis zum Rand mit Fleischbrocken und zerquetschten Kartoffeln. Bille holte die Pampe mit dem Löffel heraus und teilte sie in drei Portionen auf und säuberte das Fleisch von Tillis Krimskrams. Da hingen Haarspangen daran und Münzen und Flaschengummis und Glasperlen und eine verschrumpelte Kastanie.

Sie wurden nicht satt. Aber sie mußten nicht mit leerem Magen einschlafen und hatten ein Dach über dem Kopf und eine weiche, warme Unterlage zum Schlafen. Sie konnten zufrieden sein.

ZEHNTES KAPITEL

Laubenkolonie

Um sechs ging knarrend das Tor auf, und die alte Frau sagte, sie könnten sich ein Frühstück verdienen, wenn sie ihr beim Stallmisten helfen würden, und hinterher in der Küche versprach sie ihnen noch ein Mittagessen und einen halben Laib Brot für drei Fuder Heu, die einzufahren wären. Und sie strengten sich mächtig an und hatten das Heu bis zum Mittag in der Scheune, gerade rechtzeitig vor einem Gewitter.

Sie warteten, bis sich das Gewitter ausgetobt hatte, und marschierten dann weiter auf der Straße nach Norden. Liefen drei Stunden ohne Unterbrechung. Gruben zwei Stunden lang in einem Kartoffelacker, aber der war schon so ausgelesen, daß sie nur noch winzige Knollen fanden, die nicht einmal ein Kochgeschirr füllten. Schließlich gaben sie auf und liefen weiter und bettelten sich durch ein Dorf, in dem nicht einmal die beiden Kleinen etwas bekamen. Setzten ihren Weg fort, müde und niedergeschlagen und verdreckt vom Kartoffelgraben.

Es war wenig Verkehr auf der Straße. Sie winkten jedem Lastwagen, der überholte, und Bille hielt jedesmal ihre Zigarettenschachtel hoch, aber keiner hielt an.

Der Himmel war nicht mehr aufgerissen nach dem Gewitter. Die schwarze Wolkenwand hatte weiße Schlieren hinter sich hergezogen, die immer dichter zusammengewachsen waren, bis sie den ganzen Himmel bedeckten. Und von Westen her war Wind aufgekommen, ein stetiger, scharfer, kalter Wind, der sie allmählich auskühlte.

Bille teilte aus, was sie noch an warmer Kleidung hatte, einen Pullover für Adolf, eine Steppjacke für Tilli. Sie selbst zog sich ihre Berchtesgadener Strickjacke über, und Maxe und Peter hängten sich ihre Decke um die Schultern.

Sie mußten ein Quartier für die Nacht finden. Es sah so aus, als würde es in der Nacht regnen. Kurz vor Einbruch der Dunkelheit kamen sie zu einer Gastwirtschaft, die einsam an einer Straßenkreuzung stand unter hohen Kastanien, mit einem Wirtshausgarten daneben, der von zwei Schuppen eingeschlossen war. Zwei Pferde standen davor und Ziegen und eine Kuh, und an den Tischen im Wirtshausgarten saßen Frauen und Kinder. Sie fragten eine Frau, ob sie hier übernachten könnten, und die Frau sagte, sie müßten sich beim Wirt anmelden, und fragte, ob sie Geld hätten, denn ohne Bezahlung würde sie der Wirt nicht bleiben lassen.

Bille ging allein in die Gastwirtschaft. Die Gaststube war leer, nur ein altes Ehepaar saß an einem Tisch neben dem Tresen vor einem Teller Suppe. Der Mann musterte sie voll Mißtrauen und fragte brummig zwischen zwei Löffeln, was sie wollte. Er war der Wirt.

Die Übernachtung kostete zwei Mark für jeden, und der Wirt verlangte, daß Bille das Geld im voraus bezahlte. Die Frau saß über ihren Teller gebeugt und schlürfte gurgelnd die Suppe aus dem Löffel, und als Bille das Geld auf den Tisch zählte, hob sie den Blick gerade so weit, daß sie die Scheine sehen konnte. Der Wirt zeigte auf den längeren der beiden Schuppen. Dort könnten sie sich einen Platz suchen.

Der Schuppen beherbergte eine Kegelbahn. Dort hatten sich schon die Frauen eingerichtet, die im Wirtshausgarten saßen. Der lange, schmale Raum war unterteilt durch Decken und Planen, die von der niedrigen Bretterdecke herunterhingen. Matratzen und Strohsäcke lagen auf der Bahn und in dem Gang daneben, und an den Wänden standen einige Säcke voll Kartoffeln und Kisten und Koffer übereinander. Nur vorne hinter dem Eingang war noch Platz zwischen aufgestapelten Klapptischen und Stühlen. Es stank nach Schweiß und aufgekochtem Kohl und nach stockigem Stroh und alten Lumpen. Und ein Baby schrie, das mußte irgendwo im rückwärtigen Teil der Kegelbahn liegen hinter den Decken und Planen. Es schrie wie am Spieß. Niemand schien sich darum zu kümmern.

Sie standen unschlüssig im Eingang und trauten sich nicht weiter, bis die Frau kam, mit der sie gesprochen hatten. Die wies ihnen einen Platz an dicht hinter der Tür und erklärte ihnen, wie sie die Tische zusammenstellen könnten, damit sie ein eigenes Schlafabteil bekämen, und zeigte ihnen, wo sie Kartoffelsäcke und Stroh finden konnten.

Als es dunkel wurde, setzten sie sich zu den anderen ans Feuer vor den Schuppen. Es waren Flüchtlinge aus der Walachei, die schon seit einem Monat hier hausten und bei den Bauern arbeiteten und die abgeernteten Äcker zum zweiten- und drittenmal durchwühlten und Ähren lasen und Himbeeren und Pilze und Kräuter sammelten, die sie bis nach Regensburg verkauften. Die Frau lieh ihnen einen Topf, und Bille briet ein Stück Speck aus und würfelte Kartoffeln hinein und verteilte an jeden eine Scheibe Brot, und von den Flüchtlingen bekamen sie noch einen Schlag Kartoffelsuppe mit Brennesseln.

Nach dem Essen zogen sie sich in ihr Abteil zurück. Die Kleine war schon am Feuer eingeschlafen. Sie wickelten sie in Billes Decke und betteten sie auf einen Strohsack.

Durch die dünne Bretterwand drang leises Gemurmel von draußen und das Prasseln des Feuers, wenn ein Scheit nachgelegt wurde, und das blecherne Klappern der Löffel in den Kochgeschirren. Alle paar Minuten ging die Tür auf, und jemand kam herein mit einem Flackerlicht und verschwand hinter den Deckenvorhängen im hinteren Teil der Kegelbahn, und das Baby fing wieder an zu schreien und schrie immerfort.

Sie verkrochen sich unter ihre Kartoffelsäcke und zogen die Beine an und rollten sich ein. Lagen noch lange wach, bevor sie endlich einschliefen.

Polternde Schritte, die die Fußbodenbretter ins Schwanken brachten, weckten sie auf. Es war feucht und kalt, und sie froren unter den dünnen Säcken. Und als sie sahen, wie die Flüchtlinge einer nach dem anderen die Kegelbahn verließen, standen sie auch auf. Die Frau sagte, sie könnten zum Kartoffellesen mitgehen, da gäbe es noch zwei Äcker in der Nähe, die erst gestern abgeerntet worden wären, da könnte man noch etwas herausholen.

Sie ließen Tilli, die noch schlief, unter der Obhut einer Zehnjährigen zurück, die versprach, auf die Kleine aufzupassen, steckten jeder noch eine Scheibe Brot ein und schlossen sich der Frau an.

Ein kalter Nieselregen schlug ihnen ins Gesicht, als sie auf die Straße einbogen. Sie legten die Kartoffelsäcke um die Schultern, aber es nützte wenig. Sie waren naß bis auf die Haut, noch bevor sie den Acker erreichten. Da gruben schon ein gutes Dutzend Leute, die noch früher aufgestanden waren. Und ein Feldhüter mit einem Schäferhund stand daneben, weil der Nachbaracker noch nicht gelesen war.

Sie wühlten sich mit den Händen durch die aufgerissenen Furchen. Die Erde war kalt unter ihren Füßen und naß und schwer und klebrig. Es war mühsam, die Knollen zu finden in dem zähen Dreck. Die Bauern hatten nicht viel übriggelassen. Und der Feldhüter ließ sie nicht aus den Augen.

Mittags aßen sie ihr Brot, das naß und schleimig geworden war und zwischen den Zähnen glitschte. Dann machten sie sich wieder an die Arbeit mit zäher Verbissenheit. Gruben mit den Fingern die Erde um, zerkrümelten die schmierigen Brocken. An den schlimmsten Tagen der Erntezeit hatten sie beim Bauern nicht halb soviel gearbeitet. Trotzdem brachten sie noch nicht einmal einen halben Sack zusammen, bis es dunkel wurde und der Feldhüter sie vom Acker scheuchte. Die Flüchtlinge hatten längst vorher aufgegeben.

Sie waren abgekämpft und zerschlagen, als sie zurückkamen. Sie wuschen sich an der Pumpe, und Bille zahlte noch einmal zehn Mark Übernachtungsgeld und kochte mit den Flüchtlingsfrauen Kartoffelsuppe in der Küche der Gastwirtschaft.

Sie aßen im Dunkeln in ihrem Abteil hinter dem Eingang des Schuppens, ließen Billes Kochgeschirr herumgehen, löffelten stumm.

Verkrochen sich wieder unter die Kartoffelsäcke. Den ganzen Tag über hatten sie gefroren. Sie froren noch immer. Sie lagen wach. Nur die Kleine schlief bald ein, die hatte es warm in Billes Decke.

Sie hörten, wie Maxe sich aufrichtete. Das Stroh raschelte.

»So hat's keinen Sinn«, sagte Maxe, »so kommen wir nicht weiter.« Seine Stimme klang merkwürdig tief, als hätte er unbemerkt den Stimmbruch bekommen. »Da können wir ja gleich wieder zum Bauern zurück, bei dem brauchen wir wenigstens für die Übernachtung nichts zu zahlen.«

Sie schwiegen. Keiner sagte etwas dagegen. Was sollten sie schon dagegen sagen?

Hinten am anderen Ende der Kegelbahn fing wieder das Baby an zu schreien. Eine Frau kam herein und verschwand zwischen den Deckenvorhängen. Sie hörten, wie sie beruhigend auf das

Kind einsprach: Aber es ließ sich nicht beruhigen. Schrie weiter.

»Ich hab' Verwandte in Weißenbach«, sagte Adolf plötzlich. Er sprach so leise, daß sie ihn kaum verstanden. »Das ist bei Hof, da könnten wir vielleicht hin.« Er schluckte. Sie konnten hören, wie er schluckte.

»Wo ist das?« fragte Peter ungläubig.

»Bei Hof«, sagte Adolf.

Sie wußten alle, wo Hof lag. Bei Hof mußten sie über die Grenze. Das lag genau auf ihrer Strecke.

»Mensch, du hast sie ja nicht mehr alle!« sagte Peter.

»Ich bin nur einmal dort gewesen«, sagte Adolf. »Vor dem Krieg.« Es klang wie eine Entschuldigung. Er hatte nie etwas gesagt von diesen Verwandten. Weder damals, als sie mit den beiden Soldaten losgezogen waren, noch in der Kirche beim Pfarrer. Und auch nicht auf dem Bauernhof. Er hatte mit den anderen zusammenbleiben wollen, zusammen nach Berlin gehen. Er hatte Angst gehabt, daß sie ihn abschieben würden, wenn er etwas sagte.

Jetzt hatte er es gesagt. Seine Verwandten würden ihn nicht weiterziehen lassen, wenn er erst einmal dort war. Das wußte er. Er schluckte krampfhaft. Ihm war zum Weinen zumute.

Sie saßen um einen Tisch im Wirtshausgarten vor dem Kegelbahnschuppen und hatten die Karte ausgebreitet, und Peter fuhr mit dem Finger die Linie ab, die am linken Rand der Karte eingezeichnet war. Die Städte, die auf dieser Linie lagen, waren mit nassem Tintenstift dick umrandet: Weiden, Marktredwitz, Selb, Hof. Jetzt malte Peter noch einen Ring auf die Karte, dicht unterhalb von Hof. Da lag Weißenbach.

Bis Hof waren es gute 150 Kilometer. Bis Weißenbach ein paar Kilometer weniger. Wenn sie jeden Tag nur 20 Kilometer hinter sich brachten, konnten sie es in einer Woche schaffen. Sie mußten es schaffen.

Gegen neun brachen sie auf. Liefen ohne Pause bis zum Mittag. Da kamen sie zum erstenmal an einen Wegweiser, der nach Weiden zeigte: ›Weiden 42 km‹ stand darauf. Sie machten halt und kochten Kartoffeln in einer Ami-Büchse, die Bille im Straßengraben aufgelesen hatte. Für die eine Mahlzeit brauchten sie fast ein Viertel ihres Kartoffelvorrats. Sie mußten wieder betteln.

Auf dem Weitermarsch klapperten sie alle Höfe rechts und links der Straße ab. Bettelten abwechselnd, der Reihe nach. Einer rannte los, die anderen warteten an der Straße.

Vom ersten Hof brachte Tilli zwei Eier mit, da machten sie sich schon große Hoffnungen, aber dann kam nichts mehr. Die zwei Eier blieben die ganze Ausbeute bis zum Abend.

Dann tauschte Bille ihre Strickjacke gegen fünf Eier und einen halben Laib Brot. Und als es schon dunkel zu werden begann und sie aufgeben wollten und nach einer Unterkunft für die Nacht suchten, zog Maxe noch einmal los.

Der Hof, bei dem er es versuchen wollte, lag oberhalb der Straße am Waldrand, gute 200 Meter entfernt. Ein schmaler Feldweg, der von einer Weißdornhecke gesäumt war, führte darauf zu. Weder auf dem Hof, noch auf den Feldern ringsum war ein Mensch zu sehen.

Sie hockten sich in den Straßengraben und blickten Maxe nach. Sie sahen zu, wie er am Hoftor klopfte und wartete. Niemand schien zu antworten. Er blieb eine Weile unschlüssig stehen, dann lief er außen an der Hofmauer entlang auf einen kleinen, von einem Lattenzaun eingeschlossenen Garten zu, der zwischen Obstbäumen vor dem Haus lag. Er strich am Zaun entlang, blickte sich um, kletterte plötzlich hinüber.

»Der ist ja wahnsinnig geworden!« sagte Bille entsetzt. »Am hellichten Tag!« Sie starrten auf den Zaun, hinter dem Maxe verschwunden war. Und sahen plötzlich, wie der Bauer aus dem Hoftor kam und gebückt auf den Garten zurannte. Er war schnell, war schon fast am Zaun, viel zu nah, als daß sie Maxe noch hätten warnen können. Und von Maxe war noch immer nichts zu sehen.

Endlich kam er über dem Zaun hoch. Es dauerte quälend lange, bis er drüber weg war, bis er losrannte. Er hielt auf die Stoppelfelder zu, hetzte querfeldein. Der Bauer war dicht hinter ihm, holte mit der Peitsche aus, schlug zu. Sie konnten nicht sehen, ob er Maxe traf, aber sie sahen, wie der Bauer durch den Schlag außer Tritt geriet. Der Abstand wurde größer. Und Maxe ließ nicht nach, rannte wie ein Hase.

Der Bauer wurde langsamer, hielt an, drohte mit der Peitsche. Und bückte sich und warf Maxe etwas nach und machte kehrt. Und im gleichen Augenblick fiel Maxe mitten aus dem Lauf nach vorn, kippte um wie eine steifbeinige Puppe, fiel aufs Gesicht, ohne sich mit den Händen abzustützen, rutschte auf dem Bauch am Boden entlang, bis er liegenblieb. Der Bauer stapfte zum Hof zurück, drehte sich nicht um. Maxe lag regungslos auf dem Acker.

Bille sprang als erste auf, rannte los in die Felder hinein. Der Rucksack hüpfte auf ihrem Rücken. Maxe rührte sich immer noch nicht. Er lag auf dem Bauch, das Gesicht im Dreck. Sie ließ sich neben ihm nieder, rief: »Maxe! Maxe! Was ist denn?« Er bewegte sich nicht. Am Hinterkopf war Blut, das sickerte zwischen den Haaren heraus in dicken Tropfen.

Die drei anderen kamen über den Acker heran, hockten sich neben Maxe in den Acker. Der stöhnte plötzlich auf, zog die Arme unter den Körper, versuchte den Kopf zu heben.

»Maxe!« rief Bille flüsternd, »Maxe!« Er drehte den Kopf langsam hin und her, stemmte sich mit den Armen hoch, versuchte, sich aufzurichten. Blut lief ihm über die Stirn und aus der Nase. Die Nase war auch verletzt, sah aus wie eingedrückt. Und das Blut lief ihm über das Kinn und tropfte auf das Hemd.

Bille kramte mit fliegenden Händen ihren Rucksack durch. Zog ein Unterhemd heraus, riß es in Streifen, wischte Maxe das Blut von der Stirn und vom Kinn. Er wehrte sich kraftlos, stöhnte wieder, hockte da, auf die Arme gestützt, kniff die Augen zusammen und hielt den Kopf seltsam schräg, als hätte er Schmerzen, die nur in dieser starr verdrehten Stellung zu ertragen waren.

»Maxe, kannst du mich hören?« fragte Bille. Sie kam sich schrecklich hilflos vor. Was konnte sie schon machen? Wie sollte sie ihm helfen? Sie konnte nur ein bißchen Blut abtupfen. Er brauchte einen Arzt. Er mußte dringend zum Arzt. Sie mußten ihn zur Straße bringen, ein Auto anhalten.

Maxe bewegte die Lippen. Seine Lider zuckten, und er blinzelte und schluckte und leckte mit der Zunge über die Lippen. Der Geschmack des Blutes schien ihn zu überraschen. Seine Augen wurden plötzlich klar, und er faßte mit der Hand nach seinem Kopf, seiner Nase. Verzog schmerzlich das Gesicht. »Was ist'n los?« fragte er unsicher.

»Der Bauer hat dich mit 'nem Stein erwischt«, sagte Bille. Maxe schloß die Augen. In seinem Gesicht spiegelte sich die Anstrengung, die es ihn kostete, nachzudenken. Es sah aus, als müßte er sich mühsam zu seinen Erinnerungen zurücktasten, als hätte das, was geschehen war, nur ganz verschwommene

Spuren in seinem Gedächtnis hinterlassen.

»Du mußt zum Arzt«, sagte Bille. Maxe schüttelte den Kopf. Er versuchte aufzustehen, kam schwankend auf die Beine. Bille hielt ihn am Arm fest. »Bleib doch sitzen, wir können dich doch tragen«, sagte sie beinahe flehend. Er schüttelte ihre Hand ab, setzte unsicher einen Fuß vor, zog den anderen nach, knickte in den Knien ein, hielt sich krampfhaft aufrecht, setzte schleppend Schritt vor Schritt. »Laß dir doch helfen«, sagte Bille.

Sie liefen über die Felder zur Straße zurück. Maxe in der Mitte, mit steifen Beinen, die Arme auf den Schultern von Bille und Peter. Die beiden Kleinen hinterher mit Billes Gepäck und dem Kartoffelsack, in dem sich ihre Lebensmittel befanden.

Am Straßenrand machten sie halt, setzten Maxe mit dem Rücken gegen einen Baum. Er hielt die Augen geschlossen. Die Wunde auf seinem Hinterkopf blutete noch immer. Und die Nase war geschwollen.

Sie warteten auf ein Auto. Unmerklich wurde es dunkler, und der Wald warf schwarze Schatten, die sich über die Wiesen und die Felder legten. Kein Auto kam, auch kein Radfahrer, nichts. Die Straße war wie ausgestorben.

In dem Bauernhof am Waldrand ging ein Licht an, zwei gelb leuchtende Fenstervierecke in der schwarzen Wand des Hauses. Bille wollte hinüberlaufen, dem Bauern mit einer Anzeige drohen, wenn er ihnen nicht half. Peter und Adolf hielten sie zurück. Es hatte keinen Zweck, das wußten sie vom Lederer. Nachts wurden alle Höfe verrammelt, da machte keiner mehr die Tür auf. Und wenn ein Kind anklopfte, war man doppelt vorsichtig. Da hatte es Banden gegeben, die hatten Kinder vorgeschickt, Banden, die sich auf einzeln stehende Höfe spezialisiert hatten. Wenn es nachts geklopft hatte, war der Lederer nur mit der Axt in der Hand zum Tor gegangen. Und er hatte nur die eingelassen, die er kannte.

Endlich tauchte ein Auto auf, kam über den Hügel herunter, der hinter ihnen lag. Kurzer, trübe flackernder Lichtkegel, leise blubbernder Motor, der spuckend wieder losbrummte, als der Wagen die Gefällstrecke hinter sich hatte. Das war ein Deutscher.

Bille und Peter stellten sich nebeneinander auf die Straße, winkten mit ausgebreiteten Armen, standen hell im Scheinwerferlicht. Der Wagen kam mit unverminderter Geschwindigkeit auf sie zu, eine Hupe knörte, noch immer wurde er nicht langsamer. Peter sprang zur Seite, und der Wagen knatterte vorbei, und ein Mann schrie etwas heraus. Sie blickten den roten Lichtern nach, die sich rasch in der Dunkelheit verloren.

Sie warteten weiter. Es wurde so finster, daß sich nicht einmal mehr die Konturen der Straßenbäume gegen das Schwarz des Himmels abhoben. Dann kamen drei Wagen. Nach dem Motorengeräusch mußten es amerikanische Trucks sein. Rasend schnell kamen sie den Hügel herunter, in einem solchen Höllentempo, daß keiner wagte, sich auf die Fahrbahn zu stellen. Sie winkten vom Rand aus, kniffen die Augen zu vor der blendenden Helligkeit der Scheinwerfer, winkten zaghaft. Und da waren die Wagen schon heran. Der Luftzug riß sie fast von den Beinen. Sie donnerten vorbei, ließen eine Dunkelheit zurück, die noch schwärzer war als zuvor.

»Das hat keinen Sinn in der Nacht«, sagte Maxe. »Da hält nie einer.« Seine Stimme klang verschnupft. Sie hörten, wie er aufstand.

»Du kannst doch nicht laufen!« sagte Bille. »Das ist doch sinnlos!«

»Hier können wir auch nicht bleiben«, sagte Maxe. »Das ist genauso sinnlos.«

Sie liefen los. Bille und Peter nahmen Maxe wieder in die Mitte, zogen ihn mit sich, hielten ihn aufrecht. Seine Füße schleiften nach, sein Gewicht lastete auf ihren Schultern, Kaum daß er noch die Beine bewegte. Es hatte keinen Sinn. Sie konnten ihn nicht tragen, er war einfach zu schwer. Sie konnten ihn nicht kilometerweit über die Straße schleppen.

Adolf blieb plötzlich stehen. »Da kommt was!« sagte er. Sie lauschten in die Dunkelheit hinein. Von vorne war Hufgeklapper zu hören, ein einzelnes Pferd im Trab, das auf der Straße näher kam. Kein Geräusch von Wagenrädern dazu, das mußte ein Reiter sein.

Sie standen mitten auf der Straße, warteten bis das Pferd heran war. Da war doch ein Wagen dabei, einer mit Gummireifen. Bille rief: »Hallo, bitte, können Sie uns helfen!«

Nichts war zu sehen, aber sie konnten hören, wie das Pferd angehalten wurde. »Was ist los?« fragte eine Männerstimme.

»Einer von uns hat'n Loch im Kopf«, sagte Bille. »Dem haben sie 'nen Stein nachgeworfen.« Und aus Angst, der Mann könnte weiterfahren, setzte sie hastig hinzu: »Können Sie selber sehn, wenn Sie's nicht glauben.« Sie riß ein Streichholz an, hielt die Flamme so, daß sie Maxes Kopf beleuchtete. Das nasse Blut in den Haaren am Hinterkopf und im Nacken glänzte. Im Schein der Streichholzflamme sah es noch schlimmer aus als bei Tageslicht.

»Der muß ja zum Arzt!« sagte der Mann. »Hier gibt's keinen Arzt in der Nähe.«

»Vielleicht hat er'n Schädelbruch!« sagte Bille.

»Der nächste Arzt ist in Schwandorf«, sagte der Mann. »Ihr seid ja wahnsinnig geworden, das ist fast 'ne Stunde Weg!«

»Die Nase hat er auch gebrochen«, sagte Bille. »Zwei Stunden war er bewußtlos, wir haben schon gedacht, er ist tot!«

Der Mann schwieg. Nur das Pferd war zu hören, das leise schnaubte und mit den Hufen auf den Asphalt der Straße schlug.

»Warum habt ihr kein Auto gestoppt, ihr Idioten!« brummte der Mann. Sie dachten schon, er würde losfahren, aber dann hörten sie ihn vom Bock springen. »Macht mal Licht an!« sagte er. Und als Bille ein Streichholz anzündete, faßt er Maxe unter den Achseln und hob ihn auf seinen Wagen und half auch den anderen hinauf und sagte: »Paßt auf, daß er nicht mit dem Kopf aufschlägt!« Und wendete auf der Straße und trieb das Pferd zu einem schnelleren Trab an.

Nach kurzer Zeit bogen sie von der Asphaltstraße ab auf einen Schotterweg, der so höckerig war, daß es sie auf der Pritsche durcheinanderschüttelte. Sie konnten nicht mehr sitzen, mußten sich auf die Füße hocken. Und Bille und Peter klammerten sich mit einer Hand an der Bordwand fest, und mit der anderen versuchten sie, Maxe im Gleichgewicht zu halten.

Von der Straße war nichts zu sehen. Undurchdringliche Finsternis. Nur das Pferd schien zu sehen, wo es hinlaufen mußte.

Nach einer halben Ewigkeit tauchten voraus Lichter auf, und die Umrisse von Häusern wurden sichtbar. Es war um eine Spur heller geworden. Die Wolkendecke war aufgerissen, und über ihnen waren Sterne zu sehen. Es mußte eine größere Stadt sein, auf die sie zufuhren. Die schmale Silhouette eines Fabrikschornsteins hob sich gegen den dunklen Himmel ab.

Der Wagen hielt plötzlich an, und der Mann sagte: »Weiter als bis hierher kann ich nicht, es ist Sperrstunde, das ist mir zu riskant.«

Er hob Maxe vom Wagen und Bille hielt ihm fünf Zigaretten hin. Zuerst wollte er sie nicht nehmen, aber dann steckte er sie doch ein. Erst jetzt sah sie, daß er gar kein Mann war, sondern ein Junge. Und daß er ein Bein nachzog. Sie blickte ihm nach, wie er davonfuhr.

Maxe konnte sich kaum mehr auf den Beinen halten. Sie schleppten ihn ein Stück zu zweit, dann nahm ihn Peter auf den Rücken, und Bille rannte voraus, um Hilfe zu holen.

Die ersten Häuser waren dunkel, erst im vierten brannte Licht, und als Bille klopfte, ging oben ein Fenster auf, und eine Frau schaute herunter und fragte, was los wäre.

»Einer von uns ist verwundet!« rief Bille ihr zu. Die Frau kam herunter und half ihnen, Maxe ins Haus zu bringen.

Seine Nase war dick aufgeschwollen und blaurot angelaufen und das ganze Gesicht blutverschmiert und am Hals und im Nacken dicke Blutkrusten, und aus der Wunde am Hinterkopf sickerte es immer noch hellrot und tropfte von den Haaren auf das Hemd. Der ganze Hemdrücken war blutgetränkt.

Im Hausflur lagen zwei alte Männer auf Feldbetten, die schauten sich Maxes Kopfwunde an, und eine Frau kam die Treppe herunter und drei Mädchen hintennach. Alle waren sich einig, daß Maxe sofort in ein Krankenhaus müßte, und die Frau, die ihnen geholfen hatte, holte ein Fahrrad aus dem Keller und sagte, sie würde versuchen, die Amis zu holen.

Eine Viertelstunde später hörten sie vor dem Haus einen Jeep vorfahren, und zwei MP-Soldaten kamen hinter der Frau herein, die faßten Max rechts und links unter den Armen und trugen ihn hinaus und fuhren davon. Die Frau sagte, sie brächten ihn ins Lazarett, und morgen würden sie Nachricht geben.

Der ganze Hausflur war inzwischen voll von Leuten. Und aus den angrenzenden Zimmern schauten welche heraus und auf der Treppe saßen sie, Männer und Frauen und Kinder und alte Omas mit dünnen, langen, gelbweißen Haaren, in schwarze Umhangtücher gewickelt und in abgewetzte Schlafmäntel.

Die Frau nahm einen Schlüsselbund von einem Haken hinter der Haustür und schob Bille und die drei anderen hinaus und lief mit ihnen auf der Straße stadteinwärts. Der Mond war herausgekommen und leuchtete ihnen. Sie konnten jetzt deutlich die Stadt erkennen, die vor ihnen lag, und die Häuser zu beiden Seiten der Straße, die dunkel waren, als wären sie unbewohnt. Sie kamen an einer Fabrik vorbei. Das Fabrikgebäude war ein riesiger, schwarzer Kasten ohne Dach. Ausgebrannt und an einer Ecke eingestürzt und mit hohen, schmalen, leeren Fenstern. An den Gitterzaun, der das Fabrikgelände versperrte, schloß sich ein hoher Lattenzaun an, dahinter lagen Gärten mit kleinen Häuschen. Es sah aus wie eine Laubenkolonie.

Vor einem Tor in dem Lattenzaun machte die Frau halt und schloß auf und führte sie auf einen schmalen Kiesweg, der auch wieder von hohen Lattenzäunen begrenzt war mit Stacheldraht darüber und Brettertüren dazwischen, durch Riegel und schwere Schlösser versperrt. An der dritten Türe hielt sie an und öffnete das Schloß und schob den Riegel zurück. Es quietschte, als sie die Türe aufzog, und ganz in der Nähe fing ein Hund an zu bellen, tief und heiser, es mußte ein großer Hund sein. Und eine Männerstimme rief: »Ist da wer?« Und die Frau rief zurück: »Ich bin's Herr Knief! Ich muß hier'n paar Kinder einquartieren, nur daß Sie Bescheid wissen!«

Der Garten war nicht groß, höchstens fünf auf zehn Meter mit querliegenden Beeten und einer Buschreihe und einer Reihe Stangenbohnen an der Längsseite zur Straße hin. An der Rückseite stand ein aufgebockter Wagen mit geschlossenem Aufbau und gewölbtem Dach, und rechts hinter der Tür, an den Zaun gebaut, war ein Bretterverschlag. Auch an dem Verschlag hing ein Schloß, das die Frau aufsperrte. Alles hier schien verschlossen und versperrt und verrammelt zu sein.

Die Frau zündete eine Kerze an und leuchtete ins Innere des Bretterschuppens. Er war vollgestellt mit Gartengeräten und großen Büchsen und Körben und Drahtrollen, und gegenüber der Tür stand ein hoher weißer Küchenschrank mit vielen Fächern übereinander, die mit Maschendraht vernagelt waren. In den Fächern saßen Kaninchen, deren Augen im Schein der Kerze rot aufleuchteten. Der rückwärtige Teil des Schuppens war durch eine halbhohe Bretterwand abgeteilt und mit Heu vollgestopft. Dort sollten sie sich einen Schlafplatz einrichten, sagte die Frau. Sie händigte Bille die Schlüssel aus und schärfte ihr ein, das Tor und die Gartentür immer sorgfältig abzuschließen, und sagte, daß sie erst am nächsten Abend wiederkäme, und wenn sie wollten, könnten sie sich tagsüber im Garten nützlich machen und die beiden hinteren Beete umgraben und Hasenschacht und Löwenzahn pflücken für die Karnickel.

Sie wartete draußen auf dem Weg, bis Bille die Türe versperrt hatte, erst dann ging sie. Sie schien ziemliche Angst zu haben um ihren kleinen Garten.

Sie setzten sich vor den Schuppen und stellten die Kerze auf die Türschwelle, und Peter teilte an jeden eine Scheibe Brot aus, und sie kauten andächtig. Es war ihr letztes Stück Brot.

In den anderen Gärten rührte sich nichts, kein Laut zu hören, nur ab und zu aus der Ferne das klagende Heulen eines Hundes, dem ein anderer von noch weiter her antwortete.

Sie hatten nach der einen Scheibe Brot alle noch knurrenden Hunger, aber ein Feuer anzumachen, um Kartoffeln zu kochen, wagten sie nicht. Sie mußten den Hunger überschlafen.

Peter und Adolf verkrochen sich ins Heu, und Bille grub daneben eine Kuhle für Tilli und deckte die Kleine zu und war gerade dabei, die Türe zu schließen, als sie von der Straße her einen Ruf hörte, so leise und kläglich, daß sie zuerst dachte, eine kleine Katze hätte geschrien. Aber es war eine Frau, die rief, jetzt konnte sie es deutlich hören.

Sie hatte die brennende Kerze noch in der Hand, zog leise die Tür zu.

»Da ist wer draußen auf der Straße, 'ne Frau«, flüsterte sie den anderen zu. Adolf und Peter setzten sich auf, lauschten mit angehaltenem Atem. Wieder dieser klägliche Ruf, verzagt und schon ohne Hoffnung. »Was will sie?« fragte Adolf flüsternd. Bille zog die Schultern hoch. »Ich weiß auch nicht.«

Adolf ließ sich über die Bretterwand heruntergleiten, stellte sich lauschend neben Bille. Es blieb still, nichts mehr zu hören. Vielleicht war die Frau schon weitergegeangen. Sie warteten. Dann öffnete Bille in plötzlichem Entschluß die Türe und hielt die Kerze über den Kopf und wandte sich zur Straße hin. »Ja?« rief sie leise.

Die Frau war noch da, sie schien sich nicht von der Stelle gerührt zu haben. »Bitte, können Sie mir helfen«, hörten sie sie rufen. Sie war kaum zu verstehen.

Bille suchte nach den Schlüsseln in ihrer Tasche. »Wir müssen erst aufschließen«, rief sie zurück. Ihre Hände zitterten, als sie den Schlüssel ins Schloß steckte und den Riegel zurückschob. Sie hatte Angst, der große Hund könnte draußen auf den Gartenwegen frei herumlaufen. Sie hatte Angst, die Frau könnte beobachtet haben, daß sie allein waren, und sich nur verstellen. Sie hatte Angst, die Frau, die ihnen geholfen hatte, könnte böse sein, wenn sie jemanden hereinließen. Sie blies die Kerze aus und schlich dicht am Zaun entlang zum Tor.

Die Frau stand draußen, gegen die Latten gelehnt, hielt sich mit beiden Händen am Querbalken fest. Die sah nicht so aus, als ob sie sich verstellte, der schien es wirklich dreckig zu gehen.

»Warten Sie«, sagte Bille, »ich muß hier auch noch aufschließen.« Sie öffnete vorsichtig die Tür. Die Frau hielt sich immer noch fest. »Mir geht's nicht sehr gut«, sagte sie. Bille faßte sie unterm Arm. »Mir sind auf einmal die Beine weggeknickt. Da hab ich das Licht gesehn. In den Häusern war schon alles dunkel.« Ihre Hand fühlte sich heiß an. Bille führte sie den Kiesweg entlang.

»Sie haben Fieber«, sagte Bille. Die Frau hob leicht die Schultern. »Ich weiß nicht, mein Magen behält nichts mehr, schon seit drei Tagen.« Bille sagte: »Das kenn ich, das ist die Ruhr, das hab ich auch mal gehabt.«

Als sie den Schuppen erreicht hatten, fiel die Frau plötzlich zusammen, und der Frost schüttelte sie, daß die Zähne aufeinanderschlugen.

Bille zündete die Kerze an, zog der Frau den Rucksack von den Schultern, legte ihr die Decke um, gab Peter die Schlüssel, damit er die Türen wieder versperrte. Dann holte sie ihre Feldflasche und eine kleine Blechbüchse, in der sie noch ein paar Ami-Kekse hatte, flößte der Frau Wasser ein und gab ihr die Kekse und bestand darauf, daß sie sie aß. Wusch ihr das Gesicht mit einem nassen Taschentuch.

Im Licht der Kerze sah die Frau geisterhaft blaß aus. Ein schmales Gesicht mit fiebrig glänzenden Augen. Die Wangen eingefallen, daß sich die Backenknochen scharf abzeichneten. Das Kopftuch, das sie umgebunden hatte, ließ sie alt aussehen, aber sie war noch jung, nicht älter als vielleicht fünfundzwanzig. Sie zitterte immer noch unter der Decke.

Sie trugen sie in den Schuppen.

Sie mußten ihr ein Bett machen, sie mußte liegen und sie mußte es warm haben, und sie brauchte einen Eimer, wenn sie die Ruhr hatte. Du lieber Himmel, sie konnte ja nicht hier im Schuppen zusammen mit den Jungen bleiben, wenn sie den Eimer benutzen mußte.

Bille zog die beiden nach draußen. »Wir haben nicht alle Platz hier drin«, sagte sie.

Sie lief zu dem Wagen am anderen Ende des Gartens. An der Stirnwand war eine Tür, drei Stufen führten hinauf. Aber die Tür war verschlossen.

»Der Schlüssel liegt garantiert irgendwo«, sagte Peter eifrig. »Wir haben auch 'ne Laube zu Hause, da haben wir immer'n Schlüssel liegen zur Sicherheit.« Er tastete die Reifen ab, die T-Träger am Rahmen, die Holzstöße, auf denen der Wagen ruhte. Er nahm Adolf auf die Schultern, damit er an die Kehle zwischen dem Dach und der Wandbekleidung herankam. Bille leuchtete mit der Kerze.

Sie fanden den Schlüssel in einem Hohlraum an der Unterseite der ersten Treppenstufe. »Schlechtes Versteck«, sagte Peter abschätzig und sperrte auf und öffnete die Tür. Und sog plötzlich schnuppernd die Luft ein und sagte: »Da ist 'ne Ziege drin!« Und im gleichen Augenblick fing die Ziege an zu meckern.

Bille leuchtete ins Wageninnere. Die Ziege stand vorne hinter dem Eingang, mit einem Strick angebunden, ein junges Tier, braun und struppig. Sie paßte nicht recht in die säuberliche Ordnung, die im Wagen herrschte. Da schien alles genau an seinem Platz zu sein. Werkzeug, Gartengeräte, Bienenkästen, Arbeitskleidung. Jeder Gegenstand hatte seinen eigenen Haken, sein eigenes Fach in den Sperrholzregalen an den Wänden. Im rückwärtigen Teil war eine Klappliege eingebaut und ein Klapptisch mit Klappstühlen unter einer Hängelampe. Hier konnten sie die Frau unterbringen.

Sie machten die Ziege los und banden sie vor dem Wagen an einen Baum. Und brachten die Frau herüber und betteten sie auf die Liege. Sie mußten sie zu dritt tragen, sie hatte keine Kraft mehr zu laufen. Bille blieb bei ihr, bis sie eingeschlafen war. Es war schon nach Mitternacht, als sie sich selbst im Schuppen schlafen legte.

Als sie aufwachte, war Tillis Platz leer, nur die beiden Jungen schliefen noch in der anderen Ecke. Sie stieg leise über die Bretterwand hinunter, streifte mit den Fingern das Heu aus den Haaren und von den Kleidern. Sie fühlte sich müde und zerschlagen, und ihre Kehle war ausgetrocknet und kratzte, daß sie husten mußte. Und es schmerzte, wenn sie hustete.

Draußen schien hell die Sonne, und die Büsche und die Bohnenranken leuchteten in sattem Grün, und die schwarzglänzenden Beete hatten grüne Muster, und die Bäume streckten flirrend grüne Zweige aus, und an den Zäunen rankte und wucherte es grün. In der Nacht hatte sie überall nur schwarze Zäune gesehen und versperrte Türen und Stacheldraht. Jetzt sah der Garten aus wie ein großes grünes, freundliches Zimmer.

Die Kleine saß neben dem Wagen am anderen Ende des Gartens und fütterte die Ziege mit Karotten. Bille wurde mit einemmal hellwach. Rannte zu ihr hin, riß ihr die Karotten aus der Hand. »Bist du verrückt geworden!« schrie sie. »Du kannst doch hier nicht einfach was herausrupfen!«

Tilli zog den Kopf ein und beobachtete aus den Augenwinkeln, wie Bille die Karotten wieder in das Beet stopfte, aus dem sie sie herausgezogen hatte. Blickte ihr nach, wie sie zum Schuppen zurücklief und mit einem Rechen wieder herauskam. Bille war oft wütend gewesen auf sie und ärgerlich und hatte mit ihr geschimpft. Aber noch nie hatte sie sie so zornig erlebt, so streng. Sie war eingeschüchtert. Und sie saß noch in der Hocke neben der Ziege, die Hände vor dem Gesicht, als es plötzlich an der Gartentüre rüttelte. Sie beobachtete, wie Bille das Schloß aufsperrte und einen Mann einließ, der einen kleinen Wagen hinter sich herzog. Der Mann war alt und hager, mit schmalem Kopf und dünner Nase und einer fleischigen Unterlippe, die vorwurfsvoll herunterhing.

Hinter der Tür blieb er stehen und wackelte mit dem Kopf und starrte Bille unter hochgezogenen Brauen an und schob seine Unterlippe noch weiter vor und fragte mit einer Stimme wie ein Pfarrer: »Was machst du hier, Kind?«

Bille stellte sich vor ihm auf. »Wir wohnen hier«, sagte sie.

Der Mann wackelte noch heftiger mit dem Kopf. »Wir?« fragte er gedehnt. »Wer ist wir?«

»Wir sind zu viert«, sagte Bille.

»Wir sind zu viert«, wiederholte der Mann. Seine dicke Unterlippe zitterte.

Adolf und Peter kamen aus dem Schuppen, blieben unschlüssig stehen, musterten den Mann, der sie mit offenem Mund anstarrte.

»Wer hat euch das erlaubt?« fragte er.

»Eine Frau«, sagte Bille ruhig. »Sie können sie ja fragen, wenn

243

Sie's nicht glauben. Sie wohnt oben an der Straße.« Sie zeigte in die Richtung. Aber der Mann achtete schon nicht mehr auf sie. Er hatte die Ziege entdeckt und schoß darauf zu, kam mit langen, steifen Schritten auf Tilli zu. »Wer hat die Ziege ...« kreischte er mit überschnappender Stimme. Blieb schnaufend vor Tilli stehen, die sich zwischen die Büsche drückte. »Wer ist in meinen Wagen ... wer hat sich erlaubt, in meinen Wagen ...« Er wandte sich ruckartig ab, lief zum Wagen. Da war Bille schon hinter ihm. »Sie können da jetzt nicht rein! Da ist 'ne kranke Frau drin!« sagte sie. Der Mann erstarrte, stand gebückt vor der Treppe, richtete sich langsam wieder auf und drehte den Kopf. »Da ist 'ne kranke Frau drin!« sagte Bille noch einmal, jedes Wort betonend. Und als er immer noch keine Antwort gab, setzte sie ungeduldig hinzu: »Sie hat die Ruhr! Wir konnten sie ja nicht im Freien schlafen lassen!«

»Konnten sie nicht im Freien schlafen lassen«, wiederholte der Mann mit tonloser Stimme. Setzte sich schwerfällig und steif auf die Treppe am Fuß des Eingangs und fingerte abwesend nach dem Schlüsselversteck unter der Stufe.

»Den Schlüssel haben wir gefunden«, sagte Peter über Billes Schulter hinweg.

»Haben wir gefunden«, wiederholte der Mann. Sie standen alle um ihn herum und schauten ihn mit wachsendem Mitleid an. Er war schon sehr alt, sah aus wie ein alter, zerstreuter Professor.

»Sie brauchen keine Angst zu haben«, sagte Bille tröstend, »wir machen nichts kaputt.«

Der Mann nickte. Es schien so, als hätte er sich wieder beruhigt. Nur seine Unterlippe zitterte immer noch. Mit dem würden sie schon auskommen.

Am Nachmittag gingen Peter und Adolf in die Stadt. Sie nahmen Geld und Zigaretten mit. Sie mußten etwas zu essen organisieren. Ihr Kartoffelvorrat reichte höchstens noch für zwei Tage, und so, wie Maxe ausgesehen hatte, würde es wohl noch einige Zeit dauern, bis sie weiterziehen konnten.

Sie liefen auf der Straße stadteinwärts. Ein Mann mit einem zweirädrigen Schiebkarren voll brauner Kohlebrocken war vor ihnen. Sie halfen ihm schieben und fragten ihn, wo man ohne Marken etwas kaufen könnte. Er sagte, der Schwarzmarkt wäre hinter dem Marktplatz, da gäbe es alles, aber nur zu Wahnsinnspreisen. Und sie sollten lieber ins Braunkohlenrevier gehen, das wäre nur eine Stunde weit, dort gäbe es Kumpel, die Marken verkauften und Bergmannspunkte.

Sie begleiteten ihn bis zum Marktplatz. Da standen noch alle Häuser, kein einziges war zerstört, und die meisten hatten schön geschwungene und gestufte Giebel. Gegenüber erhob sich eine Kirche. Der Mann zeigte ihnen, wo sie den Schwarzmarkt finden konnten, und sie überquerten den Platz. Kamen an einem Gasthaus vorbei, das von den Amis besetzt war. Ein Posten mit weißem Lederzeug stand davor und ein Half-Truck mit festgebundener Antenne und ein MP-Jeep. Zwei Häuser weiter war eine Apotheke. Sie gingen hinein und fragten nach einem Medikament gegen Ruhr. Die Verkäuferin sagte, daß sie nur Kohletabletten hätte gegen Durchfall, aber die würden nicht viel helfen. Bei Ruhr müßten sie sowieso zum Arzt gehen. Sie kauften die Kohletabletten und fragten nach einem Arzt, und die Verkäuferin zeigte auf ein großes Giebelhaus am unteren Ende des Marktplatzes und sagte, dort wäre ein Krankenhaus, da könnten sie sich erkundigen.

Sie gingen hinüber zu dem Haus. Es sah aus wie ein Kaufhaus, aber die Schaufensteröffnungen waren mit Brettern vernagelt, und oben hing eine Rot-Kreuz-Fahne heraus, und an der Türe stand ›HOSPITAL‹ und ein ›Off-Limits‹-Schild hing darunter.

Die Türe öffnete sich zu einer Art Warteraum, einem langen schmalen Gang mit behelfsmäßig eingezogenen Wänden aus Sperrholzplatten, die von einem Lattengerüst gehalten wurden. In der rückwärtigen Stirnwand war eine Schwingtüre und daneben ein Guckloch, darüber stand ›Anmeldung‹.

Der ganze Raum war voller Menschen, die hockten auf langen Bänken und standen angelehnt an den Wänden rechts und links. Viele Frauen mit kleinen Kindern und Einbeinige, die sich mit dem Beinstummel auf den Krückengriff stützten, und Männer mit eingebundenen Köpfen und hohläugige, zaundürre Gestalten, die in Taschentücher husteten. Es stank nach Sagrotan und nach schmutziger Wäsche. Und ab und zu wurde die Schwingtüre aufgestoßen, und eine Schwester rief eine Nummer auf und holte einen der Wartenden herein.

Sie stellten sich in die Schlange vor dem Guckloch. Da saß eine junge blau-weiß gestreifte Rot-Kreuz-Schwester dahinter, der erzählten sie ihre Geschichte, als sie endlich an die Reihe kamen. Aber die Schwester ließ sie gar nicht erst ausreden und sagte, sie wären hier in einem Krankenhaus, und wenn die Frau wirklich die Ruhr hätte, müßten sie zu einem praktischen Arzt gehen, der könnte sie im Notfall einweisen. Einen besseren Rat könnte sie ihnen leider nicht geben. Es schien ihr wirklich leid zu tun, sie sah selbst so aus, als ob sie die Ruhr hätte.

Draußen vor der Tür blieben sie unschlüssig stehen. Die Seitengasse, in der der Schwarzmarkt sein sollte, war gleich um die Ecke. Adolf wollte zurück zum Garten. Was sollten sie auf dem Schwarzmarkt? Wenn dort Wahnsinnspreise verlangt wurden, konnten sie sowieso nichts kaufen. Aber Peter überredete ihn mitzugehen.

Sie bogen in die Gasse ein. Es war eine schmale Pflastergasse, zwischen hohe, düstere, grauverputzte Häuser eingezwängt. Ein widerlicher Geruch nach Urin und nassem, verkohltem Holz stieg ihnen in die Nase. In einer Toreinfahrt standen ein paar Männer in langen Mänteln, die eine Zigarette herumgehen ließen. Sonst war kein Mensch zu sehen.

Sie gingen weiter in die Gasse hinein. Es wurde heller. Da standen nur noch Ruinenwände zu beiden Seiten, und davor lag Schutt hinter aufgeschichteten Ziegelmauern. Ein schmaler Durchgang führte dazwischen entlang, wie ein Schützengraben. Dahinter lag alles in Trümmern. Mauerstümpfe mit ausgefransten Fensterhöhlen, verkohlte Dachbalken, Treppenhäuser, die ins Leere führten, Rohrgeschlinge, Zerfetztes, Zerborstenes, bloßgelegte Innereien von Wohnungen, Tapetenwände, Kachelwände an den Mauern, Spülsteine und Waschbecken, die noch oben an den Wänden hingen. Schwarzverkohlte, zerrissene Ruinenwände, die über den Schutthalden aufragten.

Sie stiegen aus dem Schützengraben heraus. In die Schuttberge waren Staffeln eingetreten, und schmale Trampelpfade schlängelten sich durch das Trümmerfeld. Sie hatten auf einmal freie Sicht über das Tal, in dem sich die Stadt ausbreitete, ein paar hundert Meter weit bis zu einem Fluß. Kein Haus verstellte den Blick. Alles war eingeebnet, abrasiert. Nur Trümmer von Häusern und dahinter Bahnhofstrümmer, Waggontrümmer, Lokomotiventrümmer. Plattgewalzt, dem Erdboden gleichgemacht, als wäre ein Riese mit Riesenstiefeln darauf herumgetrampelt.

Sie folgten einem der schmalen Pfade und stiegen in einen

anderen Schützengraben hinunter. Da standen Leute in kleinen Gruppen zusammen mit Koffern und Rucksäcken, die unterhielten sich murmelnd, warfen verstohlene Blicke um sich, verschwanden zu zweit, zu dritt hinter halbhohen Mauerstümpfen, verständigten sich mit sparsamen Gesten, einem Kopfschütteln, einer geflüsterten Frage, waren ständig in Bewegung, wanderten von Gruppe zu Gruppe, aufmerksam umheräugend wie Krähen auf einer Müllkippe. Amis dazwischen, die den Kopf hochtrugen und mit gemessenem Schritt umherstolzierten, verfolgt von Kindern und Halbwüchsigen. Wo die Amis hinkamen, drängten die Leute zusammen, schwoll das Gemurmel an, wurden die Koffer geöffnet, die Aktentaschen, die Henkelkörbe. Sammelten sich die Neugierigen, reckten die Hälse. Auch Peter und Adolf schoben sich dazwischen, verloren schnell ihre Scheu, lauschten den Angeboten. Silberbesteck, Meißner Porzellan, goldenes Parteiabzeichen, Zeiss-Glas sieben mal fuffzig. Friedensware, prima Qualität. How much? Wieviel kostet? Dollar, Whisky, Chesterfield! Zwei Schachteln? Zwei Stangen! Kauen, Naserümpfen, Kopfschütteln. Too much!

Sofort öffnete sich eine Gasse, die dem Ami den Weg freigab, und die Neugierigen verdrückten sich, und die Zurückbleibenden zogen die Köpfe ein, rückten wieder zusammen, wanderten weiter, tuschelten, zeigten ihre Waren, die sie unter dem Mantel versteckt trugen. Rasierklingen, Glühbirnen, Trummsägen, Messer aus Solingen, Dauerwurst, Bohnenkaffee, Halbpfund Butter hundert Mark, Kilo Mehl achtzig Mark. Wer tauscht Leder gegen Feuersteine? Tabakschneider gegen Fahrradschlauch?

Wahnsinnspreise! Peter kriegte den Mund nicht mehr zu. Lief aufgeregt umher, schnüffelnd wie ein Jagdhund. Mit ihrem bißchen Geld konnten sie nicht viel anfangen. Aber er hatte die Zigaretten in der Tasche, dreizehn Chesterfield, dafür gab es schon einiges, das war wie bares Geld, mit denen konnte er handeln, er stand nicht mit leeren Händen da wie viele andere, die nur herumstreunten und glotzten. Einer bot eine kleine Büchse Fleisch an für zehn Amizigaretten. Für acht einen Dreipfünder Schwarzbrot. Adolf war dafür, das Brot zu nehmen, aber Peter wollte noch weiter herumhorchen. Vielleicht gab es noch bessere Angebote. Schokolade, Zucker, Trockenmilch. Er mußte erst die Preislage überblicken, bevor er kaufte, die Angebote vergleichen, handeln, feilschen. Da gab es noch mehr Händler, weiter unten gegen die Bahnhofsruine zu. Eine alte Frau bot Eier an, ein Ei für eine Zigarette. Das war kein Geschäft. Was waren schon dreizehn Eier? Davon konnten sie nicht satt werden zu viert. Und die kranke Frau war ja auch noch da, die hatten sie auch noch am Hals. Vielleicht hätten sie doch das Brot nehmen sollen für acht Zigaretten, das war ein gutes Angebot gewesen.

Sie kamen auf eine breite Asphaltstraße heraus, die am Bahngelände entlangführte. Der Gehsteig war unter Schuttbergen vergraben. Schwarz angekohlte Baumstrünke ragten daraus hervor, die tote Äste in den Himmel streckten. Da mußte es gebrannt haben wie in der Hölle.

Adolf drängte wieder, daß sie sich auf den Heimweg machen sollten. Sie hatten Bille versprochen, nicht zu lange wegzubleiben. Aber Peter war noch nicht bereit umzukehren. Das Trümmerfeld zwischen der Bahn und dem Marktplatz dehnte sich weit zu beiden Seiten, ein Niemandsland, das voller Abenteuer zu stecken schien.

Neben ihnen am Straßenrand saß einer auf einem Fahrrad, an einen der schwarzen Baumstrünke gelehnt. Er hatte beide Füße auf der Lenkstange, die Arme auf die Knie gestützt. Blickte sie aus halbgeschlossenen Augen an. Fragte von oben herab: »Sucht ihr etwas Bestimmtes?«

Peter blickte zu ihm hoch. Der war nicht viel größer als er selbst, auch nicht viel älter, höchstens zwei, drei Jahre. Knickerbockerhose, Anzugjacke, Brille auf der Nase, straff zurückgebürstete, strähnige, weißblonde Haare. Der sah nicht so aus, als ob er etwas Besonderes wäre.

»Hast du was zu verkaufen?« fragte er zurück. »Kommt drauf an«, sagte der Junge. Er nahm die Füße vom Lenker, zog eine Packung Zigaretten aus der Jackentasche, bot Peter eine an. »Ich hab selber welche«, sagte Peter.

Der Junge zuckte die Achseln, zündete sich eine Zigarette an, nahm einen tiefen Zug, blies langsam den Rauch aus. »Seid ihr von hier?« fragte er. Peter überlegte, ob er antworten sollte. Der schien doch nicht so übel zu sein, wie er am Anfang ausgesehen hatte. Er schüttelte den Kopf.

»Wo seid ihr'n her?« fragte der Junge. »Berlin«, sagte Peter. Und lässig setzte er hinzu: »Wir sind nur auf der Durchreise.«

»Allein?« fragte der Junge, und als Peter nickte, stieg er vom Rad und ging langsam auf ihn zu, klopfte wieder eine Zigarette aus der Packung und hielt sie ihm hin. Er war doch um gut einen halben Kopf größer. »Jetzt kannste ja eine nehmen«, sagte er, »oder rauchste nicht?« Peter steckte die Zigarette in den Mund, ließ sie sich anzünden, zog vorsichtig, behielt den Rauch im Mund, atmete durch die Nase, blies den Rauch wieder aus.

Adolf beobachtete ihn voll Unruhe, und als der Junge auch ihm eine anbot, schüttelte er heftig den Kopf. Er wußte ganz sicher, daß Peter noch nie in seinem Leben geraucht hatte, und es gefiel ihm nicht, wie er jetzt dastand und die Zigarette lässig zwischen die Finger geklemmt hielt.

»Ich heiße Karl«, sagte der Junge und streckte Peter die Hand hin, eine weiche Hand, die sich ohne Gegendruck in die seine legte. Der Zigarettenrauch stieg Peter in die Nase, und er räusperte sich vernehmlich, um ein Husten zu unterdrücken. »Was verkaufst du?« fragte er betont beiläufig.

Der Junge schlug mit der flachen Hand auf den Sattel seines Fahrrads und sagte achselzuckend: »Alles mögliche.«

»Das Rad auch?« fragte Peter. »Auch«, sagte der Junge. Er kniff die Augen zusammen, als müßte er scharf nachdenken, öffnete sie wieder, blickte an Peter vorbei. Seine Augen waren unnatürlich groß hinter den Brillengläsern. »Wollt ihr'n Geschäft machen?« fragte er.

»Kommt drauf an«, sagte Peter. Er bemerkte Adolfs entsetzten Blick, aber er kümmerte sich nicht darum, der Kleine hatte ja immer Schiß. »Was ist'n drin?« fragte er.

»Halbe Packung, ganze Packung«, sagte der Junge, während er die Glut von der Zigarette streifte und die Kippe wieder sorgfältig verstaute. »Vielleicht auch mehr.« Und als Peter zögerte, verzog er sein Gesicht zu einem aufmunternden Lächeln. »Okay?« sagte er.

ELFTES KAPITEL

Schwarzmarkt

Sie fuhren zu dritt auf dem Rad, Adolf auf der Stange und Peter hinten auf dem Gepäckträger. Fuhren die Straße hinunter, an der Bahn entlang, durch eine Unterführung und in Seitenstraßen hinein. Dort war kein Stein mehr auf dem anderen, und überall standen Schilder, die vor Blindgängern warnten. Sie fuhren aus der Stadt hinaus und am Ufer des Flusses entlang auf einem schmalen Weg bis zu einer Stelle, wo der Fluß eine scharfe Biegung machte. Die Strömung hatte die Uferböschung ausgehöhlt. Das Wasser war braunschwarz wie Odelbrühe.

Peter blickte zweifelnd auf die Schaumblasen, die unter ihm vorbeischwammen. »Wie tief ist'n das?« fragte er unsicher. »Zwei Meter, so was«, sagte der Junge. Und mit einem leichten Achselzucken fügte er hinzu: »Du brauchst es nicht zu machen, wenn du dich nicht traust.«

Peter begann, sein Hemd aufzuknöpfen. »Warst du schon mal unten?« fragte er.

»Nein«, sagte der Junge. »Ich kann nicht wegen der Brille.«

Peter zog sich aus bis auf die Unterhose, streckte seinen Fuß ins Wasser. Es war kalt. Er ließ sich vorsichtig hineingleiten, krallte die Finger in die lehmige Erde, damit ihn die Strömung nicht fortriß, holte tief Luft und stieß sich ab, tauchte kopfüber hinunter, strampelte mit den Beinen. Für einen kurzen Augenblick öffnete er die Augen, aber in der braunen Brühe war nichts zu sehen. Er erreichte den Grund, der sich schlammig anfühlte, die Strömung trug ihn schnell weiter, seine Hände glitten über eine Flasche, über Äste und Steine, nur mit großer Anstrengung konnte er sich unten halten, es trieb ihn immer wieder nach oben. Und dann ging ihm die Luft aus. Ein gutes Stück flußabwärts kam er wieder hoch, kletterte ans Ufer, rannte zurück, hechtete wieder hinein, ließ sich von der Strömung dicht über den Grund treiben, griff mit beiden Händen in den Schlamm, spreizte die Finger. Wieder trieb es ihn hoch, er ruderte wild, schlug mit den Beinen, kam noch einmal hinunter, spürte etwas Spitzes in der Hand, faßte zu. Und als er auftauchte, wußte er schon, daß er fündig geworden war, er fühlte es mit den Fingern. Es war eine Nahkampfspange.

Er gab sich Mühe, seine Freude vor den anderen zu verbergen, zog ein gleichmütiges Gesicht, als er dem Jungen das kleine Abzeichen zuwarf. »Nicht schlecht für den Anfang«, sagte der Junge.

Peter stürzte sich wieder ins Wasser, jetzt fühlte er sich schon sicherer. Der Junge hatte gesagt, daß sie auch Ritterkreuze hier in den Fluß geworfen hätten und Eiserne Kreuze, haufenweise Abzeichen und Orden. Und er hatte gesagt, daß die Amis für ein Ritterkreuz eine Stange Zigaretten zahlen würden. Zweihundert Zigaretten! Wenn sie halbe-halbe machten, wären das hundert Zigaretten für ihn. Er tastete sich durch den Schlamm, hielt die Luft an, bis ihm der Schädel brummte, tauchte auf, sprang wieder hinein, kämmte den Schlamm mit den Fingern durch. Gut ein dutzendmal schwamm er die Strecke ab, bis ihm vor Kälte die Zähne aufeinanderschlugen. Das einzige, was er noch herausholte, war ein Verwundetenabzeichen.

Der Junge zog seine Packung Zigaretten aus der Tasche und zählte ihm zehn Zigaretten auf die Hand. »Ist leider nicht mehr drin«, sagte er, »die Spange kann ich loswerden, aber das andere gibt's wie Sand am Meer.«

Sie liefen auf dem Uferweg zurück bis zur Straße. Peter ließ sich das Fahrrad geben, schwang das Bein über den Sattel und preschte los. In den Pedalen stehend und tief über den Lenker gebeugt, raste er zwischen den Schuttbergen entlang, daß die Schutzbleche klapperten. Seit ewigen Zeiten war er nicht mehr auf einem Rad gesessen.

»Was kostet so'n Rad?« fragte er, als er zurückkam. Der Junge wiegte den Kopf und sagte gedehnt: »Vielleicht kann ich dir eins verschaffen.« Es klang so, als wäre es für ihn die einfachste Sache der Welt, ein Rad zu besorgen. Aber er ließ sich nicht weiter darüber aus, obwohl Peter begierig auf eine Erklärung wartete.

Er begleitete sie bis zu der Trümmergasse, in der die Schwarzhändler standen, und half ihnen, ein Brot zu kaufen. Es war schlechtes Schwarzbrot, naß und schwer wie ein Klumpen und mit einer fingerdicken, schmierig zusammengebackenen Schicht am Boden, Kartoffelmehlbrot, vielleicht waren auch Sägespäne drin, aber dafür kostete es nur fünf Zigaretten. Sie kauften noch fünf Eier dazu und machten sich auf den Heimweg. Als sie sich verabschiedeten, sagte der Junge, daß er am nächsten Tag um drei wieder an der Ecke am Bahnhof wäre, und sie könnten vorbeikommen, wenn sie nichts Besseres vorhätten.

Peter blickte ihm nach, bis Adolf ihn am Arm zog.

»Das glaubste doch selbst nicht, daß der dir'n Rad verschafft«, sagte Adolf.

Peter musterte ihn überrascht. Erst jetzt fiel ihm auf, daß der Kleine die ganze Zeit über kaum ein Wort gesprochen hatte. Dem paßt wohl was nicht. Der sollte sich bloß nicht so anstellen. »Was weißt'n du!« sagte er von oben herab und schüttelte Adolfs Arm ab.

Er nahm sich vor, das nächste Mal allein loszuziehen. Der Kleine war ihm sowieso nur im Wege.

Es war schon dunkel, als sie zum Garten zurückkamen. Das Tor an der Straße war versperrt, und sie mußten Bille herausrufen, daß sie sie einließ. Sie war gereizt, weil sie so spät kamen, aber als sie auspackten, besserte sich ihre Laune. Sie saßen vor dem Schuppen und aßen Kartoffeln mit Petersilie, die ihnen der »Professor« gegeben hatte. Und jeder bekam noch eine Scheibe Brot und ein halbes Ei. Die anderen drei Eier trug Bille der Frau in den Wagen. Bei Ruhr müßte man Eiweiß essen, behauptete sie, und keiner wagte zu widersprechen, nur Peter maulte, das wäre rausgeschmissen und die Eier würden bei der Frau ja doch bloß durchrauschen. Aber das sagte er erst, als Bille schon im Wagen war und es nicht mehr hören konnte.

Dann stand plötzlich eine Frau in der Gartentüre, in einem hellen Gabardine-Mantel, mit Seidenstrümpfen und hohen Stöckelschuhen und mit angemalten Lippen und einem weichen Filzhut auf dem Kopf mit breiter Krempe, die über der Stirn herunterklappte. Erst an der Stimme erkannten sie sie wieder. Es war die Frau, die ihnen geholfen hatte.

Sie war in Eile und sagte nur, daß Maxe eine Gehirnerschütterung hätte und einen Nasenbeinbruch und daß er in zwei Tagen entlassen würde und dann noch ein paar Tage Ruhe bräuchte, und sie sollten sich deswegen keine Sorgen machen, sie hätte nichts dagegen, wenn sie in ihrem Garten wohnten, solange sie ihn in Ordnung hielten und die Karnickel versorgten. Und bevor sie ging, beschrieb sie ihnen noch, wo sie Maxe finden konnten. Er lag in dem Krankenhaus am Marktplatz, in dem Adolf und Peter am Nachmittag gewesen waren.

Sie zogen sich bald in ihr Heulager im Schuppen zurück, nur Peter blieb noch auf. Er setzte sich mit dem Rücken gegen die Schuppentüre und wartete, bis es drinnen still wurde. Dann steckte er sich eine Zigarette an. Er paffte ein paarmal und sog den Rauch dann vorsichtig in die Lungen. Seine Kehle sperrte sich zuerst, es fühlte sich heiß an und kratzte im Hals, und als er einatmete, traf es ihn wie ein Schlag mit dem Holzhammer. Die schwarzen Konturen des Gartens verschwammen vor seinen Augen, und er fühlte sich schwer und schwerer werden, als wären seine Glieder mit Wasser gefüllt. Saß bewegungslos, wie gelähmt. Aber er mußte nicht husten. Vor dem Husten hatte er am meisten Angst gehabt. Der Husten wär verräterisch.

Er machte noch ein paar Züge, bis die Zigarette halb aufgeraucht war. Dann streifte er die Glut ab und steckte die Kippe in die Packung zurück.

In der Nacht mußte er zweimal auf den Komposthaufen, aber das konnte seine Hochstimmung nicht beeinträchtigen. Er fühlte sich gut in Form für das nächste Treffen mit dem Jungen vom Bahnhof.

Am nächsten Tag brachen sie alle vier schon früh in die Stadt auf, warteten zwei Stunden auf dem Marktplatz, bis man sie in das Krankenhaus einließ. Maxe lag im ersten Stock in einem großen Saal, in dem vierzig Feldbetten standen, eines neben dem anderen, alle belegt. Sie mußten suchen, bis sie ihn fanden. Er hatte ein Pflaster quer über der Nase und einen weißen Verband um den Kopf, und sein Gesicht hatte nicht viel mehr Farbe als der Verband. Die Schwester sagte, sie könnten ihn am nächsten Abend abholen. Bis dahin müßte er noch ruhig liegen.

Peter blieb in der Stadt, als sich die drei anderen auf den Rückweg machten. Er hatte gefürchtet, daß sich Adolf an ihn anhängen würde, und hatte lange herumüberlegt, wie er ihn abwimmeln könnte, aber dann brauchte er die Ausrede gar nicht, die er sich zurechtgelegt hatte. Der Kleine hatte keine Lust, bei ihm zu bleiben.

Peter schlug den Weg zum Bahnhof ein, streunte durch das Trümmergelände. Es war erst elf Uhr, und es waren nur wenige Händler da, und er begann sich zu langweilen. Als ihn eine Frau mit einem großen Henkelkorb bat, ihr beim Tragen zu helfen, und ihm dafür versprach, ihn zu einem Kloster zu führen, wo es kostenlos etwas zu essen gäbe, ging er mit.

Das Kloster lag auf einer Anhöhe über der Stadt. Dort bekam er von einem Mönch einen Schlag Bohnensuppe, die er aus dem Teller schlürfte, weil er keinen Löffel dabeihatte. Und obwohl er nicht satt wurde, fühlte er sich doch wohler danach, denn vorher, beim Aufstieg mit dem schweren Korb, war es ihm schon schwindlig geworden vor Hunger. Er ging langsam wieder zurück in die Stadt hinunter und war eine Viertelstunde vor der Zeit am Treffpunkt, setzte sich auf eine Ruinenmauer und wartete.

Er hatte die Fototasche am Gürtel und die Soldaten drin. Den Offizier zu Pferd und die MG-Gruppe und den Führer. Das war ihm in der Nacht eingefallen, die Figuren mitzunehmen. Wenn die Amis Orden kauften, waren sie vielleicht auch auf so etwas scharf. Der Gedanke, sich von den Figuren zu trennen, war ihm gar nicht so schwergefallen. Es erschien ihm auf einmal viel aufregender, mit ihnen zu handeln, als mit ihnen zu spielen.

Er holte die angerauchte Zigarette aus der Packung und steckte sie sich zwischen die Lippen. Und sobald er Karl auf dem Fahrrad herankommen sah, zündete er sie an. Sie nickten sich zu wie alte Bekannte, und Karl steckte sich auch eine Zigarette an und fragte zwischen zwei Zügen beiläufig: »Hast du was vor heute abend?«

Peter schüttelte den Kopf.

»Es kann aber spät werden«, sagte Karl.

»Na wenn schon!« sagte Peter und versuchte, ein möglichst unbeteiligtes Gesicht zu machen.

Sie rauchten schweigend ihre Zigaretten zu Ende. Steckten die Kippen weg. Peter zog den Offizier zu Pferd aus der Fototasche.

»Kaufen die Amis auch so was?« fragte er.

Karl nahm ihm die Figur aus der Hand, betrachtete sie durch die Brille, zog die Mundwinkel herunter. »Kann sein«, sagte er. Es klang nicht gerade begeistert. Er gab sie zurück, fragte: »Haste noch mehr davon?«

Peter zeigte ihm den Führer. Karl hielt ihn vorsichtig zwischen Daumen und Zeigefinger. »Den krieg ich eher los«, sagte er. »Der bringt 'ne Packung, würd ich sagen.« Und nach einer Pause setzte er lächelnd hinzu: »Halbe-halbe? Okay?«

»Okay«, sagte Peter.

Karl setzte sich in den Sattel und fuhr langsam die Straße hinunter, und Peter ging neben ihm her. Hinter der Unterführung bogen sie in einen Trümmerweg ein, der an den Geleisen entlanglief, und dann in eine Straße, die mitten durch das Ruinengelände zum Fluß führte. Bevor sie den Fluß erreichten, fuhr Karl in einen Hof hinein, der von hohen Ziegelmauern umgeben war. Eingebeulte und von Splittern durchlöcherte Wellblechgaragen waren innen an die Hofmauer angebaut, und daneben erhob sich das T-Träger-Skelett einer großen Halle. Der Hof hatte einen zweiten Ausgang zum Fluß hin. Auch dort standen Wellblechgaragen. Aus einer ragte ein Ofenrohr mit einem Blechhut, da kam Rauch heraus. Peter dachte für einen Augenblick, daß Karl hier wohnte, weil er vom Rad stieg, aber Karl schob das Rad an den Garagen vorbei und zum Tor hinaus. Erst draußen machte er halt. Neben dem Torpfosten lehnte ein schwerer eiserner Türflügel, den es aus den Angeln gerissen hatte. Karl schob das Rad in den Hohlraum zwischen der Tür und der Mauer und ging über die Straße und setzte sich auf das Geländer, das die Straße zum Fluß hin abschloß. Er holte einen Kaugummi aus der Tasche und riß den Streifen mittendurch und bot Peter die eine Hälfte an. Peter setzte sich neben ihn. Sie kauten, bis sie den Geschmack herausgekaut hatten, und starrten auf das schaumige Wasser, das zu ihren Füßen vorbeifloß.

»Du wolltest doch'n Fahrrad, oder?« sagte Karl. Peter nickte erwartungsvoll.

»Hast du schon mal'n Rad geklaut?« fragte Karl.

Peter blickte ihn von der Seite an, schüttelte zögernd den Kopf.

Karl kaute ausgiebig auf seinem Kaugummi herum, kaute mit offenem Mund.

»Okay, also hör zu«, sagte er. »Wenn du'n Rad klauen willst, mußt du erstens das Schloß aufkriegen, dann mußt du abhauen damit, zweitens. Und drittens mußt du's umbauen, damit's keiner mehr erkennt. Kapiert?«

Peter nickte.

»Okay«, fuhr Karl fort. »Die Schlösser sind meine Sache. Das Umbauen besorgt einer, der 'ne Werkstatt hat. Wenn du das andere machen willst, kannste einsteigen.«

Peter war viel zu erregt, als daß er gleich hätte antworten können. Er kaute hastig und verschluckte sich fast in dem verzweifelten Bemühen, sich nichts anmerken zu lassen. Das war schon immer sein Ärger gewesen, daß er so leicht aus der Fassung geriet. Er wäre gern kühl gewesen, kaltschnäuzig und abgebrüht. Aber immer wieder ging es mit ihm durch. Er mußte sich mit Gewalt zusammenreißen.

»Und was ist für mich drin?« fragte er. Seine Stimme klang belegt, und er räusperte sich laut, damit es Karl nicht auffiel.

»Jedes fünfte Rad gehört dir«, sagte Karl gleichmütig kauend.

Peters Gedanken überschlugen sich. Die ganze Stadt war voll von Fahrrädern. Am Vormittag auf dem Marktplatz hatte es nur so gewimmelt von Radfahrern. Wenn sie zehn Räder klauten, wären es schon zwei für ihn. Und bei zwanzig wären es vier. Vier Räder! Mit denen konnten sie erst einmal nach Berlin fahren. Und dann könnte er drei davon verkaufen. Ein Riesengeschäft könnte er damit machen.

»Okay«, sagte er schnell.

Karl schob die Lippen vor und spuckte den Kaugummi in den Fluß und ging über die Straße zum Tor. »Merk dir den Platz hier«, sagte er, während er das Rad hinter dem Torflügel hervorholte. »Hier fährst du die Räder her und stellst sie ab, klar!«

»Klar«, sagte Peter. Er spürte, wie das Blut in seinen Schläfen pochte. Keine Zeit zum Nachdenken. Es ging schon los. Er war schon mittendrin. Er beeilte sich, Karl einzuholen, der das Rad über die Uferstraße schob.

Die Häuser am Fluß waren nicht so stark zerstört wie die in der Nähe des Bahnhofs. Bei den meisten standen noch die Außenmauern, und bei einigen waren die Keller bewohnt.

»Wenn sie hinter dir her sind, schmeißt du das Rad hinters Tor und haust hier durch die Ruinen ab«, sagte Karl. »Bis zum Abend hast du Zeit, dir die Gegend anzuschauen. Du mußt dich hier auskennen wie in deiner Westentasche. Verstecke, Wege,

Keller, alles mußt du kennen. Klar?«

»Klar!« sagte Peter.

Sie bogen in die Straße ein, auf der sie hergekommen waren. Als sie am Hoftor vorbeiliefen, sagte Karl: »Du kannst außen herumfahren oder durch den Hof. Wenn jemand hinter dir her ist, fährst du durch den Hof. Du mußt die Wege genau kennen, jede Ecke, jedes Schlagloch. Du mußt bedenken, daß du nachts fährst ohne Licht. Klar?«

»Klar!« sagte Peter.

Sie liefen an der Bahn entlang und durch die Unterführung und dann geradeaus weiter auf die Kirche zu und auf den Marktplatz. »Das ist der Weg, auf dem du herkommst«, sagte Karl. »Alles nachts und ohne Licht. Straßenbeleuchtung ist nicht. Nur am Marktplatz und in der Unterführung brennt eine Lampe.«

»Alles klar!« sagte Peter.

Sie überquerten den Marktplatz und bogen in eine Gasse ein, die wieder zur Bahn hinunterführte. Karl stieg aufs Rad und ließ Peter hinten aufsitzen und fuhr durch die Gasse bis zu einem Eckhaus, dessen obere Stockwerke ausgebrannt waren. Über dem Erdgeschoß war ein Zwischendach eingezogen.

Er fuhr durch die Toreinfahrt in den Hinterhof. Dort standen zwei Jeeps und ein paar deutsche Wagen mit Ami-Nummern. Und ein Soldat in Uniform stand vor einer Tür, die ins Haus führte. Ein Mädchen war bei ihm. Und Kinder drückten sich herum.

Karl stieg vom Rad. »Ich hab hier noch'n paar Geschäfte zu erledigen. Du kannst dir inzwischen den Weg anschauen, damit du dich auskennst am Abend. Um acht biste wieder hier. Punkt acht. Klar?«

Peter nickte. Er war ein bißchen enttäuscht. Aus den Kellerfenstern drang Gelächter und Geschrei und laute amerikanische Radiomusik, da war etwas los. Er wäre gern bei Karl geblieben, aber er machte keine Anstalten, ihn mitzunehmen. Sperrte sein Rad an ein Eisengeländer, deutete auf Peters Fototasche und sagte kurz angebunden: »Die Figuren kannste mir mitgeben, mal sehen, was sich machen läßt.«

Peter verdrückte sich aus dem Hof, lief zum Marktplatz zurück und die Straße hinunter zur Unterführung und zum Fluß. Vergaß langsam seine Enttäuschung, stürzte sich mit wachsendem Eifer auf seine Aufgabe.

Als er gegen acht wieder in den Hof kam, kannte er jeden Meter der Straße. Er wußte, wie er die Kurve hinter der Unterführung nehmen mußte, damit er nicht auf dem Trümmerstaub wegrutschte. Er hatte einen Ruinenkeller mit zwei Ausgängen gefunden, in dem er sich im Notfall verstecken konnte. Er war den Weg so oft abgelaufen, daß er sich auch mit geschlossenen Augen zurechtgefunden hätte.

Er wartete im Schatten der Hauswand. Aus den Kellerfenstern fiel helles Licht und, als er vorsichtig hinunterblinzelte, sah er Klubsessel und Lehnstühle um kleine, runde Tische und viele Flaschen auf den Tischen und zwei Amis, die lang ausgestreckt in den Sesseln hingen, und eine Frau mit einem giftgrünen Turbanhut und am Nebentisch noch zwei Frauen mit wasserstoffblonden Haaren und einen Ober in schwarzem Anzug, der steif herumstand, und zwei Amis, die schwankend im Takt der Musik auf der Stelle tanzten, und einen stiernackigen Kerl mit kurzgeschnittenen roten Haaren, der ein Mädchen auf dem Schoß hatte.

Er saß bewegungslos und starrte durch das Fenster, und je länger er hinunterstarrte, desto mehr verschwamm alles vor seinen Augen in einem Nebel von Rauchschwaden, und der viereckige Ausschnitt des Kellerfensters erschien ihm auf einmal wie eine Kinoleinwand, auf der ein geheimnisvoller Film ablief, dessen Handlung er nicht begriff.

Er schrak zusammen, als er plötzlich eine Hand auf seiner Schulter spürte, und brauchte eine ganze Weile, bis er erkannte, daß es Karl war, der neben ihm stand.

»Gehn wir«, sagte Karl. Und während er sein Fahrrad loskettete, setzte er gönnerisch hinzu: »Ich kann dich ja mal mit runter nehmen, wenn's dir Spaß macht.«

Sie liefen zum Marktplatz hinauf. Die Häuser waren dunkel, nur hinter wenigen Fenstern brannte Licht. Einzig die Gastwirtschaft, in der die Amerikaner saßen, war hell erleuchtet. Ein Jeep kam mit aufgeblendeten Scheinwerfern aus der Straße neben der Kirche, ein Karren ratterte über das Pflaster, und ein paar Radfahrer überholten.

In der Nähe der Kirche machten sie halt. An einem Eisengitter neben dem Portal lehnten eine Menge Fahrräder, die mit Ketten an die Gitterstäbe geschlossen waren. Karl schien sie nicht zu beachten. Sie gingen weiter bis zur Ecke, an der die Straße einmündete. Dort stand noch ein einzelnes Rad an den

Eisenpfosten eines Verkehrsschildes angekettet. Es war ein neues, lackglänzendes Herrenrad. Die Kette, die es mit dem Eisenpfosten verband, hatte ein Schloß so groß wie eine Männerfaust. Das konnte kein Mensch aufkriegen ohne Werkzeug. Und Karl hatte kein Werkzeug dabei.

»Eines muß dir klar sein«, sagte Karl, »du hältst die Schnauze! Du erzählst keinem Menschen was davon, nicht mal deinem besten Freund. Klar?«

Peter nickte. »Klar!« flüsterte er heiser. »Kannste dich drauf verlassen.«

Sie standen vor dem Verkehrsschild, und es sah so aus, als ob Karl sein Rad neben das andere an den Pfosten lehnen wollte. Er blickte sich ruhig um. Kein Mensch war in der Nähe.

»Halt die Kette fest, daß sie nicht klappert«, sagte er leise. Peter faßte nach der Kette, die um die Stange des Herrenrades geschlungen war. Seine Finger waren steif. Er hielt den Platz im Auge. Und sah plötzlich, wie Karl den Pfosten anhob. Der obere Teil des Pfostens ließ sich abheben. Er zog die Kette weg, und Karl ließ den Pfosten wieder herunter, setzte ihn auf den Zapfen auf, der in dem unteren Rohrstumpf steckte. Er glitt geräuschlos herunter, wie geschmiert, saß fest, wie vorher, ein festes Eisenrohr mit dem Verkehrsschild oben dran.

»Hau ab!« hörte er Karls Stimme. »Hau ab, Mensch!« Er hatte das Rad in der Hand, stand da wie gelähmt, sah Karl loslaufen, sich auf den Sattel schwingen, stand immer noch unbeweglich, krampfte die Hände um die Lenkstange, rannte endlich los, stieg mit dem linken Fuß aufs Pedal, stieß sich mit dem rechten ab, trat in die Pedale. Gleich würde es hinter ihm zu schreien anfangen, er meinte schon Schritte zu hören, die ihn verfolgten, stand in den Pedalen, raste die Straße hinunter, spürte den Fahrtwind im Gesicht. Da war schon die Unterführung und der gelbe Lichtkegel der Straßenlampe darin. Er bremste, bog um die Kurve, beugte sich tief über den Lenker und fuhr in die Straße ein, die zum Fluß führte.

Er hatte es geschafft, er war in Sicherheit, niemand war hinter ihm. Und er hatte das Rad. Er ließ es auslaufen, setzte sich auf den Sattel, der so hoch eingestellt war, daß seine Füße nicht bis an die Pedale reichten. Das mußte ein Riese sein, dem das Rad gehört hatte. Jetzt gehörte es ihm. Karl und ihm. Er hatte ein Rad geklaut. Er hatte zusammen mit Karl ein Rad geklaut. Ein Stück davon gehörte schon ihm. Das fünfte würde ihm ganz gehören. Und das zehnte. Und das fünfzehnte.

Er schob das Rad unter den Torflügel an der Mauer, holte tief Luft, streckte sich, lief langsam über die Straße zu dem Eisengeländer über der Ufermauer. Und gerade als er sich setzen wollte, durchfuhr ihn der erste Schauer, packte ihn der Schüttelfrost, schüttelte seine Hände, schlug ihm die Zähne aufeinander. Er hielt sich krampfhaft am Geländer fest. Er wußte, daß es keinen Sinn hatte, sich dagegen zu wehren. Er mußte warten, bis es von selbst aufhörte, dieses Schlottern, in dem sich seine Angst entlud und die Erregung und die Anspannung. Er kannte das. Er hoffte nur, daß Karl nicht auftauchte in diesem Augenblick. Der durfte ihn nicht sehen in diesem Zustand.

Er wartete, bis das Schütteln nachließ, setzte sich auf die Geländerstange, hielt Ausschau nach Karl. Und als er ihn die Uferstraße heraufkommen sah, ging er ihm langsam entgegen. Er zitterte nicht mehr.

Erst gegen Mitternacht kam er zum Garten zurück. Es war zu spät, um die anderen herauszurufen. Er hätte nur den Hund geweckt, und außerdem war das Gartentor für ihn kein Hindernis. Er kletterte mit Leichtigkeit darüber. So wie er sich fühlte, wäre er über jeden Zaun gekommen.

Das starke Gefühl war auch am nächsten Morgen noch da. Er nahm keine Notiz davon, daß Bille und Adolf ihn voll Unruhe beobachteten. Zuckte vielsagend die Achseln, wenn sie fragten, was er solange gemacht hätte, gab sich schweigsam und überlegen, zählte Adolf mit lässiger Geste zehn Zigaretten in die Hand.

Karl hatte ihm eine ganze Packung gegeben für die Soldaten-figuren, aber warum sollte er alles mit den anderen teilen, es war großzügig genug, wenn er halbe-halbe machte. Schließlich war es sein Geschäft gewesen. Er hatte es aufgetan. Sie kriegten schon genug ab. Sollten sie ruhig im Garten herumgraben und die Karnickel füttern und die Ziege. Er würde schon für sie sorgen.

Er war den ganzen Tag in der Sonne, machte nur ab und zu ein paar Liegestütze, ein paar Kniebeugen, um sich in Form zu halten. Ging auch zum Wasserholen, er konnte dem Kleinen ja nicht zumuten, den schweren Eimer zu schleppen, der konnte sich ja einen Bruch heben.

Am späten Nachmittag machten sie sich alle vier auf, um Maxe abzuholen. Sie warteten vor der Tür, bis er herauskam. Er stand wacklig auf den Beinen und blinzelte mißmutig in die Sonne, die tief zwischen den Giebeln der Häuser stand. Statt des Kopfverbandes hatte er nur noch ein Pflaster, das die kahle Stelle auf seinem Hinterkopf verdeckte. Und auf seiner Nase war ein breiter, bläulich verfärbter Höcker. Er gab sich mürrisch und unzugänglich.

Peter war froh, als ihn die anderen in die Mitte nahmen und mit ihm abzogen. So wie er aussah, war doch nichts mit ihm anzufangen.

Peter blieb auf dem Marktplatz zurück, lungerte herum, streifte um das Kirchenportal, zog immer engere Kreise um das Verkehrsschild. Er hatte den ganzen Tag über den Trick nachgedacht. Den würde er nachmachen, wenn er zu Hause in Berlin war. Daraus würde er ein Geschäft machen.

Er lehnte sich gegen den Pfosten, strich unauffällig mit dem Finger über das Metall. Da war fast nichts zu spüren. Die hatten das Rohr sauber mit der Eisensäge durchgesägt. Schräg, damit es sich nicht verdrehen konnte. Er hob es vorsichtig um einen Fingerbreit an. Es ließ sich leicht hochziehen, der Zapfen innen war mit Staucherfett geschmiert.

Er untersuchte die anderen Verkehrsschilder um den Marktplatz. Fand noch zwei Pfosten, die auf die gleiche Weise angesägt waren. Wartete ungeduldig, daß die Zeit verging. War schon lange vor acht am Treffpunkt. Drückte sich im Hof der Kellerbar herum.

Karl kam erst gegen neun. Grüßte nicht, stieg nicht vom Rad, fuhr gleich weiter. Peter mußte rennen, damit er nachkam.

An dem Pfosten vor der Kirche lehnte ein Rad, aber es war ein Damenrad, und als sie näher kamen, sahen sie, daß die Kette durch das Kettenrad geschlungen war. Sie konnten es losmachen, aber sie konnten nicht damit wegfahren. An den beiden anderen Pfosten auf dem Marktplatz stand nichts.

»Scheißdreck!« sagte Karl. Er saß im Sattel, hielt sich auf den Zehenspitzen im Sand. Er roch nach Bier und Zigarettenqualm und hatte Mühe, sich gerade zu halten.

»Wir können ja warten«, sagte Peter hoffnungsvoll.

»Hat keinen Sinn«, sagte Karl. Seine Stimme klang so, als wäre seine Zunge geschwollen.

»Und morgen?« fragte Peter.

»Morgen kann ich nicht. Hab was anderes vor«, sagte Karl. Peter wurde unruhig. Er hatte sich ausgerechnet, daß sie an diesem Abend zwei Räder klauen würden und am nächsten noch einmal zwei. Er hatte gehofft, daß er dann schon sein erstes Rad mit nach Hause nehmen könnte.

Karl musterte ihn aus halbgeschlossenen Augen. »Am Freitag hab ich 'ne große Sache vor«, sagte er träge. »Kannste mitmachen, wenn du willst.«

»Was für 'ne Sache?« fragte Peter voll neuer Hoffnung.

»Erklär ich dir später«, sagte Karl.

Sie verabredeten sich für Donnerstag abend im Hof der Kellerbar. »So long!« sagte Karl, als er davonfuhr.

Peter war allein im Schuppen. Es war stickig heiß, und die Luft war voller Heustaub. Er hatte geschlafen wie ein Murmeltier. Er hörte Stimmen von draußen. Tillis laute Krähstimme und die leise Stimme der kranken Frau, ganz nah an der Schuppenwand, und die leise Stimme des Professors. Der hörte sich an wie ein Lehrer. »Pferdemist ist der beste Mist, den es gibt«, hörte er ihn sagen. »Viel besser als Kuhmist, der schmierig ist und die Erde zusammenklumpt. Für den Garten darf man nur Pferdemist nehmen, der ist locker und luftig, da wachsen die Pflänzchen.« Peter schloß die Augen, und für einen kurzen Augenblick dachte er an die Klette und an Christo und den fetten Heini und die anderen aus der Klasse und überlegte, ob die jetzt wohl wieder Schule hätten und in ihren Bänken säßen mit Büchern und Heften und Geometrie und Deutsch und Geschichte. Er mußte grinsen bei dem Gedanken. Er konnte sich nicht vorstellen, daß er jemals wieder in einer Schulbank sitzen würde.

Er streckte sich und gähnte, und als er aus dem Schuppen trat, fühlte er sich kolossal gut in Form.

Die anderen waren alle im Garten. Maxe und Adolf saßen vor dem Wagen in der Sonne, und der Professor zeigte Tilli, wie sie den Mist auf den Beeten ausbreiten sollte, und Bille saß mit der kranken Frau neben der Schuppentüre.

Sie sagte: »Das ist der Peter, jetzt kennst du alle.« Und die Frau sagte: »Ich heiße Sophie.« Und lächelte ihm zu. Sie war dürr wie ein Gerippe.

Peter nickte steif und schlenderte langsam zu Maxe hinüber, hockte sich neben ihn hin. »Wie geht's?« fragte er.

Maxe zuckte die Achseln. Er schien noch genauso verdrossen und zugeknöpft wie am Tag zuvor, als sie ihn abgeholt hatten.

»Habt ihr was zu fressen?« fragte Peter nach einer Weile.

»Hast du was besorgt?« gab Maxe zurück.

Peter fuhr hoch. »Ich hab gestern und vorgestern«, sagte er maulend. »Ich bin überhaupt der einzige, der was besorgt hat!«

»Und was hast du heute mitgebracht, wenn du schon so lange unterwegs warst?« fragte Maxe ungerührt.

Peter langte in seine Tasche, holte die halbe Packung Zigaretten heraus, die er zurückbehalten hatte, warf sie Maxe vor die Füße. Er war beleidigt. Sprach den ganzen Tag kein Wort mehr mit den anderen, und am Abend saß er noch lange vor dem Schuppen und wälzte finstere Gedanken. Die Aussicht auf die große Sache, von der Karl gesprochen hatte, beruhigte ihn wieder. Er würde es ihnen schon zeigen.

Als er am nächsten Morgen aufstand, waren Maxe und Adolf weg, und Bille sagte, sie wären mit den Zigaretten losgegangen, um Lebensmittelmarken einzutauschen und Brot zu kaufen. Er wartete nicht, bis sie zurück waren. Machte sich gleich auf in die Stadt. Aß mittags eine Suppe im Kloster, trieb sich am Bahnhof herum, rauchte eine lange Kippe, die ein Ami aus seinem Jeep ihm genau vor die Füße geworfen hatte, brachte die Zeit herum bis zum Abend.

Karl war schon da, als er in den Hof der Kellerbar kam. Er unterhielt sich mit einem Ami, hatte lässig den Fuß auf die Stoßstange eines Jeeps gestützt, kaute und rauchte.

Peter blieb in der äußersten Ecke des Hofs stehen, wagte nicht, sich bemerkbar zu machen, wartete, bis der Ami sich von Karl verabschiedete und im Keller verschwand.

Karl rief »Hello!«, als er ihn sah, und streckte ihm die Hand hin. Er schien guter Laune zu sein.

Sie machten wieder die Runde am Marktplatz. An keinem der Pfosten lehnte ein Rad. Sie setzten sich nebeneinander auf eine Steinbank an der Kirchenmauer und hielten den Platz im Auge. Karl drehte eine Zigarette und steckte sie an und ließ Peter einen Zug machen und fragte beiläufig: »Wann wollt ihr eigentlich weiter?«

»Wieso?« fragte Peter verwirrt. »Wissen wir noch nicht«, sagte er, »kommt drauf an . . .« Und hastig setzte er hinzu: »Morgen bin ich jedenfalls noch da.«

Karl blies langsam den Rauch durch die Nase. »Und was ist mit deinem Freund, der im Krankenhaus war?« fragte er.

Peter blickte überrascht auf. Er hatte Karl einmal von Maxe erzählt. Das war ganz am Anfang ihrer Bekanntschaft gewesen. »Wieso, was soll mit ihm sein?« fragte er zurück.

»Den kannste mitbringen morgen«, sagte Karl.

Peter dachte nach. Er war sich gar nicht mehr so sicher, ob es gut war, wenn er Maxe mitbrachte. Der hatte sich irgendwie verändert, seit er den Stein auf den Kopf bekommen hatte. War lahm geworden, war nicht mehr der alte. »Ich weiß nicht, ob er mitmacht«, sagte er zögernd.

Karl setzte sich mit einemmal kerzengerade auf, zog die Brauen hoch. »Ob er mitmacht, weißte nicht?« sagte er gedehnt. »Mann, was glaubste, wie viele es gibt, die mir die Türe einrennen, daß ich sie einsteigen lasse. Was hast'n du für Vorstellungen! Das ist'n Riesengeschäft, was ich euch anbiete. Da geht's nicht bloß um'n paar lumpige Zigaretten, da geht's um Penunze. Benzin, Speck, Porzellan, Dollars. Dollars! Verstehste!« Er rauchte hastig, stieß den Rauch aus, schnippte die Kippe weg. »Meinste vielleicht, ich will hier versauern in diesem Stinknest? Ich bin doch nicht meschugge, Mann. Sobald ich'n bißchen Kapital habe, hau ich doch ab. Nürnberg! Frankfurt! Da werden die großen Geschäfte gemacht. Und dann in die Staaten, Mann. Mit Deutschland ist doch nichts mehr los, ist doch alles beschissen!« Er stieß sich plötzlich mit beiden Händen von der Bank ab, stand auf. »Also sag deinem Freund Bescheid!« sagte er knapp und stellte sein Rad auf, das vor der Bank auf dem Pflaster lag.

»Ich frag ihn heute abend, kannste dich drauf verlassen«, sagte Peter kleinlaut. »Der macht bestimmt mit, hundertprozentig.« Karl schien ihm gar nicht zuzuhören, krempelte die Hosenbeine hoch. Peter beobachtete ihn mit wachsender Unruhe. Er wollte etwas sagen, das ihn wieder versöhnlich stimmte, aber es fiel ihm nichts ein.

Und dann sah er plötzlich drüben auf der anderen Seite des Platzes einen Radfahrer neben einem der Verkehrsschilder haltmachen. Er sprang auf, zog Karl am Ärmel, deutete aufgeregt mit dem Kopf in die Richtung.

»Na bitte!« sagte Karl. Sie sahen zu, wie der Mann das Rad an den Pfosten schloß und drei Häuser weiter hinter einer Tür verschwand.

Karl stellte sein Rad an die Kirchenmauer, drehte sich grinsend um, steckte die Hände in die Hosentaschen. »Losen wir aus, wer's holt?« fragte er. Und hatte schon zwei Streichhölzer in der Hand und streckte sie Peter entgegen. »Wer das kürzere zieht, holt es. Okay?«

Peter starrte auf die beiden roten Schwefelköpfe, die zwischen Daumen und Zeigefinger klemmten. Erst jetzt ging ihm auf, was Karl da gesagt hatte. Er spürte, wie die Angst in ihm aufstieg. Griff nach einem der Hölzchen, zog es mit einem Ruck heraus. Es war das kürzere.

»Du bist dran«, sagte Karl, immer noch grinsend. »Dann mach mal zu, daß du's weg hast, bevor der Kerl wieder aus dem Haus kommt. Ich bleibe solange hier, okay?«

Peter nickte, drehte sich um, lief los, bewegte sich wie ein Automat. Lief dicht an den Häusern entlang. Hielt die Augen starr auf die Tür gerichtet, hinter der der Mann verschwunden war, in der verzweifelten Hoffnung, daß sie aufging, daß der Mann herauskam und mit dem Rad davonfuhr.

Aber die Tür ging nicht auf, und als er daran vorbeilief, war nichts zu hören, keine Schritte, die sich im Hausflur näherten, keine Stimmen. Er blickte sich um. Auch auf dem Platz war niemand zu sehen. Kein Mensch in der Nähe, nichts, das ihm eine Ausrede erlaubt hätte. Er mußte es machen. Karl stand vor der Kirche und beobachtete ihn.

Das Rad war mit einer Kette angeschlossen, die um die Stange lag, genau wie das erste, das sie geholt hatten. Er ging darauf zu. Seine Füße schienen am Boden festzukleben. Er blickte starr auf das Rad. Er mußte es machen. Seine Hände faßten den Pfosten, stemmten ihn hoch, drehten ihn aus dem Zapfen. Er mußte die Kette über den Zapfen ziehen, den Pfosten mit einer Hand hochhalten. Die Anstrengung ließ seinen Arm zittern. Er setzte das Rohr wieder auf, drückte es auf den Zapfen. Es schlug unten auf mit einem dumpfen, metallischen Laut, der ihm in den Ohren dröhnte. Und plötzlich war noch ein anderes Geräusch hinter ihm, da schlug eine Tür. Er rannte los mit dem Rad, hörte Stiefel knallen auf dem Pflaster, sprang auf den Sattel, da war einer hinter ihm her, war schon ganz nah, jetzt hörte er ihn schreien, hörte den Widerhall des Schreis in der engen Gasse, in die er einbog, fegte die Gasse hinunter. Die

Schritte waren immer noch hinter ihm. Wenn es ihn jetzt schmiß, war er geliefert. Die Gasse war so dunkel, daß er kaum den Weg sah, endlich wurde es heller, voraus konnte er die Straße erkennen, die zum Bahnhof führte. Er bremste, legte sich in die Kurve, stieg wieder in die Pedale.

Hinter der Unterführung überfiel ihn der Schüttelfrost. So stark, daß der Lenker schüttelte und er absteigen mußte. Er schob das Rad gegen die Bahnböschung, warf sich daneben zwischen Unkraut und Brennesseln, preßte sich auf den Boden.

Er sah Karl vorbeifahren, hielt die Hände vor den Mund, damit ihn sein keuchender Atem nicht verriet. Wartete, bis das Schütteln nachließ. Es hörte so plötzlich auf, wie es gekommen war. Und die Angst war weg und die Anspannung, als wäre nichts gewesen. Aufrecht im Sattel sitzend fuhr er zum Fluß hinunter.

Karl saß auf der Geländerstange. Er setzte sich neben ihn. Nahm die Zigarette, die Karl ihm anbot. Ein unbändiger Stolz erfüllte ihn. Er spürte den kühlen Nachtwind auf seinem erhitzten Gesicht und spürte, wie seine Glieder schwer wurden, als er den Rauch der Zigarette einsog. Er fühlte sich glücklich.

»Wenn dein Freund genauso gut ist wie du, dann können wir morgen ein Bombengeschäft machen«, sagte Karl. »Bloß schade, daß du nicht länger hierbleibst. Wir könnten ganz schön zusammen was aufziehn.«

Peter sagte nichts. Es kam ihm vor, als wäre er nie in seinem Leben so glücklich gewesen wie in diesem Augenblick.

»Hör zu«, sagte Karl. »Ich mach morgen tagsüber die Runde bei den Rädern. Ich krieg morgen die drei, die noch fehlen. Dann haste am Abend dein Rad. Okay?« Er klopfte Peter auf die Schulter, streifte die Glut von seiner Zigarette, stand auf.

»Wo treffen wir uns morgen?« fragte Peter.

»Hier unten. Um sechs«, sagte Karl. Sie gaben sich die Hand. »Alles klar?«

»Alles klar!« sagte Peter.

Er fühlte sich kolossal stark am nächsten Morgen. Saß vor dem Schuppen, hatte die Beine weit von sich gestreckt und kaute an einem Brot, spuckte die Spelzen in die Gegend, puhlte den schmierigen Bodensatz heraus, rollte ihn zu einer Kugel und warf die Kugel über den Zaun. Bald würde er sich etwas Besseres zum Frühstück leisten können.

Er beobachtete die anderen. Tilli, die sich nicht waschen wollte, obwohl ihr der Dreck schon in die Haut einwuchs. Und Bille, die sich als Mutter aufspielte und herumkommandierte. Und Adolf, der noch stiller geworden war, und Maxe mit seiner schlechten Laune. Er dachte darüber nach, ob er sie nicht allein weiterziehen lassen sollte und hierbleiben und mit Karl noch ein paar Geschäfte machen. Sie konnten ja bei Adolfs Verwandten warten, bis er nachkam. Je mehr er darüber nachdachte, desto besser gefiel ihm dieser Gedanke.

Gelangweilt sah er zu, wie Bille und Maxe die Lebensmittelvorräte neu einteilten. Jeden Tag war es das gleiche. Drei Scheiben schmieriges Brot pro Person, fünf Kartoffeln pro Person. Wenn man die Portionen ein bißchen kleiner machte, reichte es vielleicht noch einen Tag länger. Jetzt gab es nicht mehr viel einzuteilen. Es war nur noch ein halbes Brot da und Kartoffeln für eine Mahlzeit.

Peter stellte sich vor, was er essen würde, wenn erst die Geschäfte liefen. Eier mit Speck, Schokoladenpudding mit Vanillesoße, gebratenes Fleisch und Brote, dick mit Butter beschmiert, vollgeschmiert mit Butter und doppelt mit Wurst belegt. Am Abend zuvor hatte er auf dem Marktplatz einen Lastwagenfahrer gesehen, der hatte in der einen Hand einen Keil Bauernbrot gehabt und in der anderen einen Riemen Speck und hatte immer abwechselnd einen Bissen Brot in den Mund geschoben und ein Stück Speck. So stellte er es sich vor.

Um zehn ging er mit Maxe zum Bahnhof. Maxe wollte herausfinden, ob sie auf einen Zug aufspringen konnten. Die Fahrkarten waren zu teuer, danach hatte er schon gefragt.

Sie warteten zwei Stunden auf einen Personenzug, der um elf ankommen sollte. Und als er endlich einlief, war er so überfüllt, daß es die Leute zu den Fenstern herausdrückte. Und auf den Waggondächern saßen sie dicht an dicht und auf den Trittbrettern außen stand einer neben dem anderen, und auf dem Bahnsteig drängten sich noch ein paar hundert, die auch mit wollten. Da war nichts drin mit aufspringen. Da kamen nicht einmal die mit, die eine Fahrkarte hatten. Zu zweit hätten sie es vielleicht geschafft. Aber nicht zu fünft. Schon gar nicht mit der Frau. Die mußte ja auch noch mit, die wollte nach Hof.

Auf dem Rückweg begann Peter von dem Geschäft zu erzählen und von Karl und daß bei dem Geschäft eine Stange Amis drin wäre. Und als sie am Marktplatz vorbeikamen, zeigte er ihm die angesägten Pfosten. Maxe ließ sich leichter überreden, als er gedacht hatte.

Um halb sechs machten sie sich auf den Weg. Liefen schweigend nebeneinander her in die Stadt und durch die Unterführung zum Fluß. Setzten sich auf das Geländer und warteten, bis Karl mit dem Fahrrad die Uferstraße heraufgefahren kam. Er hielt am Randstein vor ihnen, blieb im Sattel sitzen, grüßte lässig mit der Hand. Er war schwarz gekleidet von oben bis unten, schwarzer Pullover, schwarze Manchesterhose, schwarze Gummistiefel. Hinten an seinem Fahrrad hing ein zweirädriger Anhänger mit Ballonreifen. Ein alter brauner Wollteppich lag darauf.
Peter stand auf und ging zu ihm hinüber. Maxe blieb auf der Stange sitzen.
»Ist das dein Freund?« fragte Karl. Und als Peter nickte, sagte er mit einem schrägen Blick auf Maxe: »Na meinetwegen, dann kommt mit.«
Sie liefen auf dem Gehsteig neben ihm her. Sie mußten lange Schritte machen, daß sie mitkamen.
»Ich dachte, der bringt dir'n Fahrrad mit«, sagte Maxe spöttisch. Peter warf ihm einen giftigen Blick zu. »Geht dich'n Scheißdreck an«, sagte er.
Sie liefen am Fluß entlang bis zum Stadtrand und dann über Feldwege eine gute Stunde bis zu einem Dorf und durch das Dorf zu einem Bahngelände, das mit Stacheldraht eingezäunt war.
Karl stieg vom Rad und sagte, sie sollten warten. Er sperrte ein Tor auf und schob sein Rad hinein und verschwand damit hinter eine Reihe ausgebrannter Güterwagen. Als er wieder zurückkam, hatte er etwas auf dem Anhänger, das dumpf und blechern rumpelte, wenn er durch ein Schlagloch fuhr. Sie konnten nicht sehen, was es war. Der braune Wollteppich lag darüber.
Karl fuhr vor ihnen her an der Bahn entlang und dann in einem weiten Bogen um die Anhöhe herum, auf der das Kloster lag, und durch einen hohen Fichtenwald wieder auf die Stadt zu, bis zwischen den Bäumen die ersten Häuser sichtbar wurden. Er

band den Anhänger los und schob das Rad in ein Dickicht und kettete es an einen Stamm.

»Also, dann hört mal zu«, sagte er, steckte sich umständlich eine Zigarette an, deutete mit dem Daumen über die Schulter. »Dahinten in dem Haus ist heut nacht was los. Kommen 'n Haufen Amis mit'm Haufen Autos. Die besaufen sich da, mit Weibern und so, braucht uns nicht zu interessieren.« Er machte eine Pause, nahm die Brille ab, blickte sie an mit Augen, die plötzlich ganz klein und ängstlich waren, kleine, wasserhelle Kinderaugen. »Habt ihr schon mal Benzin gezapft?« fragte er, während er die Brille wieder aufsetzte.

Peter schüttelte den Kopf. Das war es also. Um Benzin ging es.

»Ist nichts dabei«, sagte Karl lässig. Er zog den Wollteppich vom Anhänger. Vier Zwanzig-Liter-Kanister standen darauf, die Zwischenräume waren sorgfältig mit Putzwolle ausgestopft. Und an der Seite waren noch zwei große Amibüchsen eingeklemmt mit Drahtbügeln zum Tragen. Karl zog die beiden Büchsen heraus und warf jedem eine zu. »Da ist'n Stück Schlauch drin«, sagte er, »damit könnt ihr's rausholen.«

Er fing an zu erklären, wie sie den Schlauch in den Tankstutzen stecken müßten und wie sie ihn nach unten biegen und das Benzin vorsichtig ansaugen sollten. Maxe hörte nicht zu. Stand da mit unbeteiligter Miene, hielt das eineinhalb Meter lange Schlauchende in der Hand wie eine Peitsche und ließ es leicht aus dem Handgelenk schnalzen.

Karl verstummte und musterte ihn über den Rand der Brille hinweg. »Was ist mit dir?« fragte er.

»Ich kenn das«, sagte Maxe mürrisch.

Karl setzte sich mit dem Rücken gegen einen Baum, streckte sich und schloß die Augen und sagte durch die Nase: »Mir ist es egal. Aber es schmeckt ziemlich beschissen, wenn du Benzin in die Schnauze kriegst, das kann ich dir sagen.«

Sie warteten. Es wurde allmählich dunkel, und vom Waldrand drang Motorenlärm herüber und Gelächter. Und fahles Scheinwerferlicht geisterte durch die Baumstämme. Karl saß ruhig gegen den Baum gelehnt, schien zu schlafen. Dann schlug er träge die Augen auf und gähnte und sagte gähnend: »Keine Aufregung, wir haben noch Zeit. Die sollen sich erst mal besaufen.«

Nach und nach verebbte der Lärm zwischen den Häusern am Waldrand, nur noch vereinzelt kamen Autos. Sie dösten vor sich hin, warteten schweigend. Eine tiefe Glocke schlug an. Maxe zählte mit. Er zählte bis zehn, es konnten aber auch elf Schläge gewesen sein, er hatte nicht von Anfang an mitgezählt. Dann bimmelte die helle Glocke des Klosters. Es war elf.

Karl stand unvermittelt auf, schüttelte die Beine aus, als wären sie ihm eingeschlafen. »Mal die Lage peilen«, sagte er. »Ihr bleibt solange hier, verstanden!«

Sie lauschten auf seine Schritte, die sich rasch entfernten. Er mußte sich gut auskennen, daß er in der schwarzen Finsternis des Waldes so schnell vorwärts kam.

Ein paar Minuten später kam er zurück. Er hatte eine kleine Büchse dabei, die er auf den Boden stellte. »Hier ist Ruß«, sagte er. »Reibt euch die Gesichter ein und die Hände, es ist ziemlich hell draußen.«

Der Ruß fühlte sich weich und fludrig an. Auch Karl langte in die Büchse und schwärzte sein Gesicht. Sie konnten zusehen, wie es unter dem Ruß unsichtbar wurde in der Dunkelheit.

»Okay, dann greifen wir an«, sagte er.

Am Waldrand zog sich ein Weg entlang und ein hoher Staketenzaun mit einer dichten Hecke, die den Einblick in den dahinterliegenden Garten versperrte. Sie konnten nur die Silhouetten einiger hoher Bäume erkennen, schwarz gegen den dunklen Himmel, und zwischen den Baumwipfeln das schwarze Dreieck eines Hausdachs.

Karl bog in den Weg ein, zog den Anhänger hinter sich her. Der Staketenzaun endete an einem gemauerten Pfeiler. Daran schloß sich der Zaun des nächsten Gartens an, ein mit Stacheldraht gekrönter Bretterzaun.

Karl fuhr den Anhänger dicht an den Pfeiler heran, lud die Kanister ab, schob den Anhänger über den Weg in den Wald zurück. Dann drehte er ein breites Brett, das nur noch am oberen Nagel hing, aus dem Zaun heraus. Die Öffnung war gerade so groß, daß sie sich hindurchzwängen konnten. Karl reichte ihnen die Kanister hinein, und sie stellten sie in eine Reihe hinter den Zaun. Zuletzt stieg auch Karl ein, schob von innen wieder das Brett vor.

Sie tasteten sich hinter ihm her durch dichtes Buschwerk an einem Maschendrahtzaun entlang, der die beiden Gärten trennte. Aus der Richtung des Hauses war jetzt leise Musik zu hören. Und es wurde heller. Vor dem Haus brannte eine Lampe, die den Eingang beleuchtete. Sie erkannten eine breite Auffahrt mit einem Steingeländer davor, auf dem mannshohe Figuren standen, und einen Säulenvorbau mit geschwungenem Dach. Das war kein Haus, das war eine große Villa.

Sie schlichen weiter bis zu einer Garage, deren Rückwand an den Maschendrahtzaun stieß. Von hier aus konnten sie jetzt auch die Autos sehen. Sie standen in einer Reihe entlang der Auffahrt im Gras. Lauter deutsche Wagen, ein gutes Dutzend allein auf ihrer Seite.

»Am Haus ist einer, der aufpaßt«, hörten sie Karl flüstern. »Hinter der rechten Säule hockt er.« Er saß im Schatten, aber sie konnten seine Zigarette aufglimmen sehen. »Nicht gefährlich«, flüsterte Karl, »der ist garantiert schon besoffen, der rührt sich nicht von der Stelle.«

Er hob die untere Ecke des Maschendrahtzaunes an. Sie ließ sich so weit hochziehen, daß man leicht hindurchkriechen konnte. »Also hört zu«, sagte er leise. »Der Tank ist immer hinten am Auto. Ihr geht nur an die Karren, die mit dem Kühler zum Haus stehen. Nichts riskieren! Das ist 'ne Quelle, die wir noch öfter anzapfen wollen, klar?«

Sie nickten stumm. Auch Maxe war jetzt voll bei der Sache. Karl schien doch nicht nur ein Angeber zu sein, wie er am Anfang gedacht hatte. Das war alles bestens organisiert.

»Okay«, fuhr Karl fort. »Einer von euch zapft, der andere bringt die vollen Büchsen zum Zaun vor. Ich mach das Einfüllen. Alles klar?«

»Klar!« flüsterten sie zurück.

Maxe kroch unter dem Zaun hindurch, Peter folgte ihm dichtauf. Sie liefen gebückt an der Wand der Garage entlang bis vor an die Ecke. Von dort ging es im Schatten einer Buschreihe weiter. Das war ungefährlich. Schwierig waren nur die letzten zehn Meter von den Büschen zu den Autos, da ging es ohne Deckung über die Wiese, und da war es hell. Die Lampe über dem Eingang leuchtete wie ein Scheinwerfer. Maxe ließ sich auf den Boden nieder, robbte durch das Gras. Richtete sich auf, als er im Schatten des Autos war, stellte die Büchse ab. Das Auto stand schräg in der Wiese, mit der Breitseite zum Haus. Es war ein Hansa mit Kühlerklappen und breiter Tür, auf die ein Ami-Stern aufgemalt war. Der Tankstutzen war hinten über dem Kotflügel auf seiner Seite. Besser konnte es gar nicht sein.

Er schraubte den Deckel ab, steckte den Schlauch in das Rohr. Benzingeruch stieg ihm in die Nase, als er das andere Ende in den Mund nahm und daran saugte. Und plötzlich war es in seinem Mund, er spuckte und würgte und sah auf einmal, daß es schon aus dem Schlauch floß ins Gras und hielt das Schlauchende in die Büchse, das lief wie aus der Wasserleitung. Die Büchse war bald voll. Er wartete, daß Peter die seine dazustellte, drehte sich um. Peter war gar nicht hinter ihm, der stand noch drüben unter den Büschen. Warum kam der nicht her, der Scheißkerl?

Er klemmte den Schlauch ab, schob ihn in den Tank, bis nur noch ein kurzes Ende herausragte, nahm die Büchse auf, kroch zurück. Einen Meter kriechen, Büchse nachholen mit gestrecktem Arm, wieder kriechen, wieder Büchse nachholen.

»Gib her, los!« zischte er Peter zu, der neben dem letzten Busch kniete. Er konnte sein Gesicht nicht erkennen, der hatte wohl wieder Schiß, die Flasche.

Er holte die zweite Ladung, diesmal ging es ohne einen Schluck Benzin ab. Und als er mit der vollen Büchse zurückrobbte, hörte er Peter schon wieder durch den Maschendrahtzaun kommen und nahm die leere Büchse in Empfang, das lief wie geschmiert.

Noch eine Büchse aus dem Hansa und die nächsten drei aus einem langen, offenen BMW, der auch eine Ami-Nummer hatte, das waren alles beschlagnahmte Wagen. Zwei Büchsen aus einem Wanderer, dann stand noch ein DKW günstig, aber der fuhr Gemisch, das konnte er nicht brauchen. Brauchte er auch gar nicht, denn gleich dahinter stand ein Horch so groß wie eine Lokomotive, stand goldrichtig, aus dem konnte er den Rest abfüllen, der hatte garantiert einen 100-Liter-Tank.

Es lief so schnell, daß Peter gar nicht mehr nachkam. »Der dritte Kanister ist voll«, flüsterte er. Und nach der nächsten Büchse sagte er: »Laß mich mal zapfen.« Und Maxe zeigte ihm den Horch und sagte, daß der Schlauch noch im Tank wäre, und lief mit der vollen Büchse vor zum Zaun.

Von Karl war nichts mehr zu sehen, auch die Kanister waren nicht mehr da. Er wurde unruhig, steckte den Kopf durch die Luke im Zaun, rief flüsternd: »Hej!« und lauter »Hej, wo bist'n du?«

Vom Wald her kam Antwort. »Alles in Ordnung!« Karl kam herüber, nahm ihm die Büchse ab. »Bleib drin, ich bring sie gleich wieder«, sagte er leise, und als er zurückkam: »Hab schon alles verstaut, wir sind bald voll.«

Peter saß noch hinter dem Horch, als Maxe an das Ende der Buschreihe kam. Warum brauchte der so lange? Der mußte die Büchse doch längst voll haben. Maxe robbte hinüber, lief geduckt an den Autos entlang. Peter hatte die Hände am Hals, es sah so aus, als hätte er die Brühe geschluckt. Und die Büchse lief schon über. Maxe stellte die leere daneben, wartete, bis sie voll war, klemmte den Schlauch ab.

»Es geht schon wieder«, sagte Peter kleinlaut. Es würgte ihn immer noch.

Maxe nahm die beiden Büchsen auf. »Wart hier, ich bin gleich wieder da«, zischte er ihm zu.

Karl stand am Zaun. »Noch zwei, dann haben wir's«, sagte er. Maxe hörte, wie er das Benzin in den Kanister füllte. Seine Beine zitterten, und das Hemd klebte ihm am Körper. Er war naß von Schweiß.

»Gute Arbeit«, sagte Karl, als er die leeren Büchsen zurückbrachte. »Das sind die letzten.«

Maxe hetzte zurück. Zögerte plötzlich. In seinem Kopf arbeitete es. Irgend etwas stimmte nicht. Warum noch zwei Büchsen? Das gab's doch gar nicht. Peter hatte vorher gesagt, daß schon drei Kanister voll gewesen wären.

Er kroch durch den Maschenzaun. Peter lag auf dem Bauch am Ende der Buschreihe, nahm ihm die Büchsen ab, robbte über die Wiese. Auf einmal schien er Mut gefaßt zu haben.

Maxe blickte ihm nach. Und plötzlich sprang er auf, raste zurück, achtete nicht auf die Zweige, die ihm ins Gesicht schlugen. Vier Büchsen hatten sie noch geholt nach dem dritten Kanister, viermal fünf Liter. Und beim Einfüllen vorhin hatte es schon in den höchsten Tönen gegluckert. Da war etwas faul, da mußte etwas faul sein, die Drecksau wollte sie legen. Er quetschte sich durch die Luke, suchte mit den Augen den Weg ab.

Da war er. Gerade noch zu sehen als dunkler Schatten unter den Bäumen. Schon vierzig, fünfzig Meter entfernt. Ein paar Sekunden später, und er wäre weg gewesen.

Maxe rannte hinter ihm her. »Bleib stehen, du Drecksau!« rief er. Karl drehte sich um, schien ganz ruhig, sagte: »He-he-he; du hast sie wohl nicht mehr alle!« Kam langsam auf ihn zu, sagte: »Zisch ab, Mann, sonst passiert was!«

Maxe zog den Kopf ein, machte den Rücken krumm. Eine wilde Wut stieg in ihm hoch. Er ließ ihn kommen. Der war fast einen Kopf größer als er, aber er hatte keine Angst. Es war ihm alles egal.

Karl kam mit ausgestreckten Armen auf ihn zu, wollte ihn wegschieben, wie man ein Kind wegschiebt, fühlte sich ganz sicher, war auf nichts gefaßt. Als Maxes Faust ihn in den Magen traf, gab er nicht einmal einen Schmerzenslaut von sich, fiel zusammen wie eine Stoffpuppe.

Maxe stand schwer atmend über ihm, schnaufte seine Wut aus. Dann drehte er ihn auf den Rücken, faßte ihm in die Hosentaschen, holte zwei Packungen Zigaretten heraus, eine volle und eine angebrochene, und ein Bündel Geldscheine, steckte alles ein.

Er wartete, bis Karl wieder zu sich kam, sah zu, wie er sich am Boden zusammenkrümmte, wie er die Beine anzog, nach Luft schnappte, sich stöhnend am Fahrradanhänger hochzog.

Er hörte Peters Stimme hinter sich auf dem Weg, rief ihm zu, daß er herkommen sollte. Sagte ruhig zu Karl: »Das Benzin kostet zwei Stangen, für jeden eine!«

»Zwei Stangen!« heulte Karl. »Du hast sie ja nicht mehr alle!« Er hustete und spuckte, und seine Stimme klang weinerlich und gequetscht.

»Ich weiß, was die achtzig Liter wert sind«, sagte Maxe.

»Gar nichts weißte, du Schwachkopf! Das ist Amibenzin, das ist rot gefärbt, wenn sie dich damit schnappen, biste weg!«

Peter stand plötzlich neben ihnen, in jeder Hand eine Büchse.

»Was ist denn?« fragte er entgeistert.

»Du hältst die Klappe!« sagte Maxe grob und zu Karl gewandt: »Zwei Stangen, oder du fängst noch'n paar!«

»Ich hab keine zwei Stangen hier«, sagte Karl. Er hielt beide Hände auf den Magen gepreßt. »Du kannst das Rad haben.«

Maxe beobachtete ihn voll Mißtrauen. »Dann bring's her!« sagte er. Blickte ihm nach, wie er im Wald verschwand.

»Was ist'n eigentlich los?« fragte Peter noch einmal. Maxe nahm ihm die beiden Büchsen aus der Hand, stellte sie auf die Kanister im Anhänger. Zog eine Streichholzschachtel aus der Tasche.

»Bist du wahnsinnig?« schrie Peter auf.

Maxe sagte: »Hau ab! Hau bloß ab!« Und Peter wußte auf einmal, daß er es ernst meinte, und wich zurück, Schritt für

Schritt. Der brachte es fertig und zündete das Zeug an. Der brachte das wirklich fertig. Er stand zehn Schritte hinter ihm, und plötzlich hörte er Schritte im Wald näher kommen, aber das war nicht nur Karl, da war noch einer dabei, der fest auftrat, der keine Angst hatte. Und im gleichen Augenblick sah er, wie Maxe nach einer der Benzinbüchsen griff und sie wie einen Scheuereimer in die Hand nahm, und sah Karl mit einem Mann aus dem Wald kommen, und stand starr vor Angst und sah, wie Maxe die Büchse vorschwang und wie der Benzinschwall den Mann genau vor der Brust traf, daß es klatschte, und hörte die Büchse scheppernd auf den Boden aufschlagen, und während sie noch ausrollte, hörte er Maxe mit seltsam ruhiger Stimme sagen: »Ich hab'n Streichholz in der Hand!«

Der Mann stand keine drei Meter vor Maxe mit halb vorgestreckten Armen, bewegungslos, starrte auf die Streichholzschachtel, die Maxe in der Hand hielt, und auf das Streichholz, das er gegen die Reibfläche drückte. Und war mit einem Mal weg, war mit einem Satz im Wald, und ein sprühender Funke flog durch die Luft auf die Stelle zu, wo er gestanden hatte. Und Peter sah Maxe auf sich zukommen, und ein grellaufflammendes Licht blendete ihn, und er spürte, wie ihn etwas am Arm packte und herumriß, und seine Beine fingen an zu laufen, und ein gellender Schrei war in seinen Ohren, der nicht aufhörte. Und ihn verfolgte, und immer noch in seinen Ohren nachhallte, als sie längst die Straße entlangrannten, an Häusern vorbei und an Zäunen und Alleebäumen und am Kloster und die abschüssige Straße zur Stadt hinunter und durch die engen Gassen hinter dem Marktplatz.

Sie rannten, bis es ihnen vor den Augen flimmerte, drückten sich in Hausgänge, rannten weiter durch die dunklen Straßen. Es war ihnen schlecht vor Hunger und schlecht vom Rennen und von dem Geschmack des Benzins in ihrem Mund. Sie ließen sich in den Straßengraben vor dem Gartentor fallen.

Hinter ihnen über dem Horizont wurde es schon hell. Es mußte bald vier Uhr sein. Sie kletterten über das Tor und über die Gartentüre und weckten Bille im Schuppen. Sie schrie auf, als sie sie sah, und schlug die Hände vors Gesicht. Und erst da fiel ihnen ein, daß ihre Gesichter noch rußverschmiert waren.

»Wir müssen weg!« sagte Maxe.

Er zog die Zigaretten aus der Tasche und das Geld und starrte fassungslos auf das Bündel Scheine. Er hatte vier Hunderter und einen Fünfziger in der Hand.

Bille stellte keine Fragen. Sie weckte die Frau und die beiden Kleinen, packte ihre Habseligkeiten zusammen, sperrte die Ziege in den Wagen, versperrte auch die anderen Schlösser sorgfältig, brachte die Schlüssel zurück.

Gegen sechs standen sie an der Straße, die nach Norden aus der Stadt herausführte.

Ein paar Dutzend Leute hockten schon da am Straßenrand. Warteten auf eine Mitfahrgelegenheit. Männer, Frauen, Kinder mit Koffern und Handwagen und Fahrrädern. Und Mädchen, die in Decken gewickelt an der Böschung lagen. Und Einbeinige, die ihre Prothesen abgeschnallt hatten und damit winkten, wenn ein Lastwagen vorbeikam.

Es kamen nur wenige Lastwagen vorbei, und von denen hielten nur wenige an. Und waren sofort umringt. Nach Weiden? Nach Wunsiedel? Nach Hof! Zwei Personen ohne Gepäck, zweihundert Mark. Zwei Schachteln Amis. Was bietet ihr? Mit Fahrrad kostet's zweihundertfünfzig. Da waren viele, die bis Hof wollten, bis zur Grenze, die zahlten saftige Preise.

Erst gegen Mittag fanden sie einen, der versprach, sie bis Weißenbach mitzunehmen für fünfhundert Mark und eine Packung Zigaretten. Er machte es nur deshalb so billig, weil sein Lastwagen beinahe auseinanderfiel. Bei jeder größeren Steigung mußten sie absteigen.

Maxe und Peter schliefen im Stehen und im Sitzen, schliefen jede Minute, die sie fuhren. Als der Lastwagen abends kurz nach Einbruch der Dunkelheit in Weißenbach einfuhr, mußten die anderen sie wachrütteln.

Sie fuhren an zwei Fabriken vorbei und über die Bahn und auf einer gewölbten Brücke über einen Fluß. Da kannte sich Adolf plötzlich wieder aus. An den Fluß und an die Brücke konnte er sich erinnern und auch an das große, hellerleuchtete Haus, das sie von der Brücke aus sehen konnten. Das kam ihm bekannt vor, das mußte es sein.

Sie liefen am Fluß entlang auf das Haus zu und waren eingeschüchtert, weil es so groß war und weil alle Fenster erleuchtet waren. Und dann sahen sie durch das Gittertor, daß der Hof hinter dem Haus voller Amiwagen stand.

Sie liefen um das Haus herum, und Adolf fragte eine alte Frau, die im Nachbarhaus aus einem Fenster schaute. Die zeigte auf eine Villa über dem Fluß, und sie liefen über einen Steg, und als sie ankamen, ließen sie wieder Adolf vor. Nur die Kleine ging mit ihm, hielt sich an seiner Hand fest.

Er klingelte, und ein Dienstmädchen mit einer weißen Schürze öffnete die Tür und sagte, er sollte warten. Sie hörten sie im Treppenhaus rufen: »Gnä Frau, gnä Frau!« und hörten Türen schlagen und polternde Schritte auf der Treppe, und dann kam eine Frau, die mit ausgestreckten Armen auf Adolf zulief. Und Adolf machte sich steif, weil er dachte, sie wollte ihn in die Arme nehmen, aber sie blieb vor ihm stehen, hielt so viel Abstand, daß ein Floh nicht überspringen konnte, und schlug die Hände vor der Brust zusammen und sagte: »Ach Gottachgott, du armer Junge, wie siehst du denn aus!«

Und auf einmal waren noch zwei Frauen da, und hinten an der Treppe drückten sich drei Mädchen herum und ein Junge, der sie neugierig anglotzte, und eine alte Frau und das Dienstmädchen. Und Tilli spürte, wie ihr eine Hand über die Haare strich, und es kam ihr vor, als ob sich jemand seine schmutzige Hand an ihren Haaren abwischen wollte, und sie schüttelte sich und schrie: »Lassen Sie mich los!« und versteckte sich hinter Adolf, der immer noch ganz steif dastand und sich nicht rührte.

Billes Tagebuch
8. September bis 28. September 1945

Sonnabend, den 8. September 1945
Gerade eben haben wir Sophie zur Bahn gebracht. Sie wohnt ja
in Hof, hat uns ihre Adresse dagelassen, damit wir sie besuchen
können. Es sind nur 16 Kilometer von hier. Sie meinte, daß wir
erstmal hier bleiben sollen bei Adolfs Verwandten. Wir haben
wieder Briefe geschrieben nachhause, die hat sie mitgenommen. Vielleicht holen sie uns jetzt endlich mal ab, es sind ja nur
noch 350 Kilometer von hier bis Berlin. Adolf bleibt ja sowieso
hier, der arme Kerl. Er hatte schon seinen Brief geschrieben, da
kam Sophie und sagte es ihm. Seine Tante hat sich nicht
getraut, es ihm zu sagen, daß seine Eltern tot sind. Sie haben
sich vergiftet, als die Russen nach Berlin kamen. Damit er ein
bißchen getröstet ist, haben sie gleich gesagt, daß sie auch Tilli
dabehalten. Wenn ich mir vorstelle, daß sie ihr Kind einfach
ganz mutterseelenallein auf der Welt lassen, ich kann es mir
gar nicht vorstellen. Hoffentlich ist den Meinen nichts zuge-
stoßen, manchmal hab ich richtige Angst, ich darf gar nicht
dran denken.

Sonntag, den 9. September 1945
Vormittags mußten wir alle mit in die Kirche, hier sind sie
wieder alle evangelisch. Adolfs Verwandte haben einen eigenen Platz ganz vorne an der Empore, wie eine Loge, ganz für
sich allein. Ich hatte ein Kleid von Adolfs Cousine an, rot mit
weißen Punkten und Rüschen, ganz hübsch. Es sind drei
Cousinen da, aber es sind keine richtigen Cousinen, weil Adolfs
Vater ja nur der Cousin von Frau Sommerfeld war. Es ist auch
noch ein Cousin da, der ist schon 17, aber der ist so doof, daß
man ihn gleich vergessen kann. Maxe, Peter und Adolf bekamen von dem was zum anziehen, Maxe einen Knickebockeran-

zug. Er hat sich so geniert, daß er zuerst nicht mit in die Kirche wollte. Danach hat er ein Loch in die Hose gebrannt, jetzt muß er den Anzug nicht mehr anziehen. Zu Mittag gab es Buletten mit Kartoffelbrei, überhaupt gibt es phantastisches Essen, wo die das bloß herhaben möchte ich mal wissen. Tilli machte natürlich wieder Aufstand, wollte nicht mit Besteck essen und zum Schluß als sie ihren Teller ableckte und die dicke Frau Sommerfeld schimpfte, daß sie ihr »Manieren« beibringen müßte, schmiß sie einen Serviettenring nach ihr. Sie ist ziemlich wild, läßt sich überhaupt nichts mehr sagen.

Die dicke Frau Sommerfeld ist die Schwester von dem Mann von Adolfs Tante. Es gibt noch eine zweite Schwester, die heißt auch Frau Sommerfeld. Adolfs Onkel ist nicht da, er ist in amerikanischer Kriegsgefangenschaft. So jetzt hab ich keine Lust mehr zu schreiben und krieche in die Federn! Ja, mein liebes Tagebuch, du hast richtig gehört. Seit gestern schlafe ich in einem richtigen Federbett. Hurra.

Montag, den 10. September 1945

Gestern Abend stellten sie plötzlich fest, daß wir die Läuse eingeschleppt hätten. (Kann schon sein, in letzter Zeit kratzte es mich immer so am Kopf). Na es gab ein großes Trara. Erstmal in die Badewanne und Haare waschen und mit Spiritus einreiben und Betten wechseln und neue Wäsche und die alte auskochen, daß auch ja keine Laus überlebt. Seitdem sitzen wir alle mit Handtüchern um den Kopf und stinken nach Spiritus, drei Tage müssen wir das tragen, das hält keine Laus aus. Elisabeth, die eine von Adolfs Cousinen (oder was sie ist) sagte, Adolf könnte froh sein, daß er nicht mehr nach Hause müßte, sein Vater wäre ein altes Ekel gewesen, zum Beispiel hätte er gewollt, daß Adolf an Führers Geburtstag zur Welt kommen sollte, und weil Adolf drei Tage zu früh gekommen wäre, hätte er eine fürchterliche Wut gehabt. Ich weiß nicht, ob ich es glauben soll.

Maxe war den ganzen Tag Kippen sammeln. Oben unterm Dach wohnt ein Flüchtling, der ihm den Tabak abkauft.

Freitag, den 14. September 1945

Drei Tage haben wir gearbeitet, wie die Verrückten, ich bin ganz kaputt. Deswegen sind wir vom Bauern weg. Das ist ja wie vom Regen in die Traufe. Also Dienstag früh hieß es plötzlich, die Amis ziehen aus, wir alle hin, da waren sie schon am packen, fuhren alle mit Trucks weg, die ganze Besatzung, dann durften wir ins Haus. Huch sah das aus, der reinste Schweinestall. Überall leere Flaschen und der Flügel voll Scherben bis oben hin. In einem Zimmer war noch eine Ami-Schickse drin, hatte sich eingesperrt, die dicke Frau Sommerfeld schmiß sie hinaus. Adolfs Tante war ganz aufgeregt, daß bloß kein Geweih weggekommen ist, dabei hingen die ganzen Wände voll. Also wir fingen an zu putzen, holten auch die Möbel usw. aus der anderen Wohnung. Es nahm kein Ende, das Haus ist riesengroß, die Gänge alle mit Holz getäfelt, Wintergarten und in der Küche steht der Herd in der Mitte und zwei Speisekammern. Adolfs Onkel ist Fabrikbesitzer, besitzt eine Spinnerei.

Am Mittwoch große Aufregung, weil Anni, das Dienstmädchen plötzlich Wehen bekam. Sie kriegte das Kind gleich in ihrem Zimmer ohne Doktor, aber es war schon tot. Es war ein Negerkind, die Geschichte war nämlich so, (Elisabeth erzählte es mir): Anni kam vor drei Monaten an, sie kam aus einem Dorf in der Nähe von Aachen, da schickten sie die Eltern weg, weil sie schwanger war, daß es die anderen nicht merkten, denn es war ein Neger gewesen mit dem sie etwas gehabt hatte. Sie sollte zu ihrem Onkel nach Leipzig aber sie kam nicht über die Grenze, da nahmen sie die Sommerfelds als Dienstmädchen. Am Donnerstag hat sie schon wieder mitgearbeitet und heute auch. Sie heult den ganzen Tag, sie hätte das Kind so gern gehabt. Sie kann einem richtig leid tun. Morgen ziehen wir ins große Haus ein. Ich werde im Wintergarten schlafen mit Elisabeth und Tilli. Wenn ich bedenke, wie gut es uns geht. Hoffentlich haben die Meinigen auch genug zu essen.

PS: Jetzt weiß ich, was die Luftballons waren, damals in dem Karton den Gisela mitgenommen hat. Es waren natürlich keine Luftballons. Wie konnte ich das ahnen.

Sonntag, den 16. September 1945

Tilli kam gerade erst um zehn nachhause, alle waren ganz aufgeregt. Die dicke Frau Sommerfeld hatte ihr früh den Hintern versohlt, weil sie nicht in die Kirche mit wollte, da rannte sie davon. Sie ist kaum zu bändigen, das kleine Luder. Mittags gabs Blut gebacken mit geröstetem Brot und Zwiebeln drin. Schmeckte prima.

Montag, den 17. September 1945

Eben war ich in der Küche und wollte mir heiße Seifenlauge machen, weil die Eiterblase an meinem Daumen aufgegangen ist. Da fing Anni wieder an zu heulen, sie kriegt immer so Anfälle, heult plötzlich los, daß es nur so fließt. Es ist immer noch wegen dem Kind. Die alte Katrine, das ist die Köchin hier, will sie trösten und sagt: »Nimm es nicht so schwer. Du hättest mit dem armen Mohrenkind ja gar nicht reden können, es hätte dich ja nicht verstanden!« Erst wußte ich nicht was sie meinte, sie meinte, daß es nur englisch gesprochen hätte, wenn es groß gewesen wäre. Ich mußte gleich ganz schnell aus der Küche, weil ich so lachen mußte. Hab die ganze Seifenlauge umgeschüttet.

Die Frau Sommerfeld hat Lebensmittelmarken für uns beantragt für die Zuteilungsperiode, die heute anfängt. Wir sollen für die ganze Periode kriegen, die meinen wohl, daß wir noch vier Wochen hier bleiben. Da haben sie sich aber getäuscht. Maxe sagte auch, daß er lieber heute abhaut, als morgen. Er hat 80 Mark mit Alteisen verdient. Er hat einen riesigen Ofen entdeckt in einer Scheune mit Gußeisenrosten, die hat er alle raus, das brachte so viel. Sie sagen hier »Magermilchbande« zu uns. Die dicke Frau Sommerfeld hat das aufgebracht. So was blödes. Kann uns ja egal sein.

Dienstag, den 18. 9. 45

Frau Sommerfeld ist fuchsteufelswild, weil Peter Rehgeweihe geklaut hat und an die Amis verkauft. Der Idiot, was besseres fällt ihm nicht ein. Da kam zum Glück mittags ein Bauer und sagte, daß ihr Mann da wäre. Er ist versteckt in einer Jagdhütte, weil er aus dem Gefangenenlager geflohen ist. Niemand darf es wissen, ich habe es auch nur durch Zufall gehört. Nachmittags ist noch etwas Komisches passiert. Wie ich mit der dicken Frau Sommerfeld zum Einkaufen gehe, kommen wir eben aus der Haustüre, da steht Maxe am Hackklotz und hat drei Panzerfäuste und die eine liegt auf dem Hackklotz und er haut mit der Hacke darauf herum. Die dicke Frau Sommerfeld ist gleich in Ohnmacht gefallen, beinah hätte sie mich erdrückt. Aber Maxe sagte, es wäre ungefährlich und er will nur das Sprengzeug herausholen, das innen in dem Kopf von der Panzerfaust ist. Es stimmt. Es ist so gelbes Zeug, ganz weich, daß man es mit dem Messer schneiden kann und es brennt wie Kohlezünder. Na die dicke Frau Sommerfeld war ganz aus dem Häuschen. Mußte ich alleine zum Einkaufen gehen.

Mittwoch, den 19. Sept. 1945
Heute war ich mit Tilli bei Sophie in Hof. Es geht ganz einfach mit dem Zug, man kann von der Schranke auf den Bahnsteig ohne zu bezahlen. Wir fuhren auf dem Trittbrett bis Hof. Ihr Haus ist als einziges kaputt in der Straße, sie wohnt bei zwei alten Frauen im Nachbarhaus, da ist auch eine Ecke weg, aber nur ein Zimmer beschädigt. Wir haben den ganzen Tag Ziegelsteine geklopft, weil sie die Ecke wieder aufbauen wollen. Eine Gans haben sie auch, die Elsa heißt. Sie hatten ein Dienstmädchen, das hieß so und bevor die Amis einmarschierten, kam ihr Vater und holte sie wieder ins Dorf zurück, weil er Angst hatte, daß sie ihr was tun. Und als Ersatz hat er die Gans mitgebracht. Sie ist ganz zahm. Tilli war ganz verrückt nach ihr.
Sophie sagte, daß wir nicht allein über die Grenze können, es wäre zu gefährlich. Die Grenze ist ein Stück hinter Hof. Sie sagt, die Russen lassen niemand hinüber und schießen. Aber als wir mit dem Zug zurückfuhren, standen welche neben uns, die sagten, es wäre gar nicht so schlimm, man müßte nur den Posten was geben, Schnaps oder Zigaretten. Ich habe es Maxe erzählt, er will sich mal erkundigen.

Freitag, den 21. September 45
Die dicke Frau Sommerfeld hat Durchfall und Tilli muß ihr immer Tee bringen. Nachmittags sah ich, wie sie vor der Tür stehenblieb und in den Tee spuckte und umrührte bevor sie ihn reinbrachte. Sie sagte, das würde sie jedesmal machen. Dieses kleine Aas, mit der werden sie noch ihr blaues Wunder erleben. Ich möchte bloß wissen, wie das mit ihr werden wird mit der Schule. Ich habe doch alles längst vergessen.

Sonnabend, den 22. September 45
Jetzt sind unsere Briefe schon zwei Wochen unterwegs und noch immer ist keine Nachricht da. Langsam wird es mir aber zu dumm. Ich glaube, die wollen uns hier nur behalten, daß sie nicht noch mehr Flüchtlinge einquartiert kriegen. Vielleicht ist schon längst ein Brief da und sie geben ihn uns bloß nicht. Die blöden Arbeiten muß auch bloß ich machen. Jeden morgen um

sieben zum Milchholen und dann zwei Stunden in der Schlange, da kann man ja Plattfüße kriegen.

Montag, den 24. September 1945
Den ganzen Tag mit Maxe Blei hämmern in einem Steinbruch wo große Steinblöcke liegen mit Eisenstiften drin, die mit Blei eingegossen sind. Man muß es mit dem Meißel heraushämmern. Er hat schon 40 Kilo und heute haben wir noch zehn Kilo geklopft. Wenn er es verkauft, hat er alles zusammen 180 Mark, ich hab auch noch 80 und Peter 50. Maxe sagt, wenn bis Freitag kein Brief da ist, haut er ab. Natürlich fahre ich mit. Morgen muß ich Rucksäcke nähen. Wo krieg ich bloß den Stoff her? Na, da muß ich eben was organisieren.

Mittwoch, den 26. 9. 45
Tilli war wieder weg. Abends kam Sophie und brachte sie. Sie ist alleine mit dem Zug nach Hof. Sie sagte, sie will bei Sophie bleiben. Adolf war ganz unglücklich, da sagte Sophie, sie könnten ja alle beide das Wochenende zu ihr kommen. Naja, da sind wir schon weg.
Zwei Rucksäcke hab ich schon. Als Stoff hab ich eine Decke genommen, jetzt muß ich nur noch meinen flicken, da gehen schon die Nähte auf.

Donnerstag, den 27. 9. 45
Maxe hat eine Karte organisiert und hat auch die Grenze eingezeichnet. Er meint, daß wir in vier Tagen in Berlin sind. Einen Tag bis zur Grenze, einen Tag über die Grenze und zwei Tage bis Berlin, da könnte man mit der Bahn fahren. Wenn's nur mal gut geht. Vier Tage, da wären wir Montag oder Dienstag zuhause. Was wohl Mutti sagen wird, wenn ich plötzlich in der Türe stehe? Morgen nachmittag fahren wir, wenn kein Brief kommt. Aber ich glaube schon gar nicht mehr daß noch ein Brief kommt.

Freitag 28. 9. 45
Ich sitze hier am Bahnrangen. Die Grenze ist drei Kilometer von hier. Wir müssen warten bis es dunkel wird. Noch eine halbe Stunde, dann gehen wir los. Hoffentlich geht alles gut, ein bißchen Schiß hab ich schon. Gleich nach dem Mittagessen sind wir los mit der Bahn. Adolf hat natürlich was gemerkt, hat

noch massenhaft Sachen geklaut aus der Speisekammer, Zuk-
ker und Kunsthonig und Speck und Brot und sogar eine Büchse
Fleisch, die Rucksäcke sind richtig voll, das reicht gut für vier
Tage. Wir müssen ihm gleich schreiben, wenn wir ankommen.
Er war noch mit bei der Bahn. Eigentlich ist er richtig lieb. Ob
wir uns wohl mal wiedersehen in der Zukunft? Jetzt mach ich
mal lieber Schluß, es ist schon nichts mehr zu sehen.

ZWÖLFTES KAPITEL

Die Russen

Bille wachte auf. Sie lauschte mit angehaltenem Atem, aber nichts war zu hören als das leise Rauschen in den Baumwipfeln über ihr. Sie setzte sich auf, stützte sich mit den Händen ab. Der Boden war feucht vom Tau, auch ihre Decke war feucht, und ihr Gesicht fühlte sich eiskalt an. Durch die tief herabhängenden Zweige sah sie auf eine Wiese. Der Himmel darüber begann schon durchsichtig zu werden.

Und da war plötzlich wieder dieser Laut, ganz nah hinter ihr im Wald. Das war es, was sie geweckt hatte. Ein tiefes, röhrendes, heiseres Blöken, langgezogen zuerst und dann abgehackt und bellend. Und dann hörte sie eine Stimme neben sich, eine brummige Männerstimme, und für einen Augenblick saß sie starr vor Angst.

»Das ist bloß'n Reh, das hat unsern Geruch in die Nase gekriegt«, sagte die Stimme in breitem, gemütlichem Sächsisch. Sie atmete tief. Der Sachse. Den hatte sie ganz vergessen.

»Nu, ich denke, wir müssen bald wegmachen«, fuhr er fort, »'s wird schon helle.« Sie sah zu, wie er sich aufrichtete und sich streckte. Er war klein und rundlich und trug eine Bommelmütze auf dem Kopf.

Er war ihnen nachts auf dem Bahndamm entgegengekommen, auf dem Weg zur Grenze. Entlang der Bahn wäre es nicht günstig, hatte er gesagt, da würden es die meisten Grenzgänger probieren, und das hätten die Russen inzwischen auch schon spitzgekriegt und alles dichtgemacht.

Sie hatten sich ihm angeschlossen, waren querfeldein gestolpert. Wenigstens fünf Kilometer sollten sie von der Bahnlinie weg sein, wenn sie über die Grenze gingen, hatte er gesagt. Da gäbe es einen Fluß, und wenn sie Glück hätten und früh genug dran wären, könnten sie im Nebel auf die andere Seite übersetzen. Aber sie waren in der Nacht nicht mehr weit gekommen, es war zu dunkel gewesen.

Sie mußten sich beeilen. Bille weckte die beiden Jungen, rollte ihre Decke zusammen. Der Sachse hatte seinen Rucksack schon aufgesetzt und einen Schulterriemen durch den Griff seines Koffers gezogen. »Tempo, Tempo, Kinder!« sagte er drängend.

Trotz seiner kurzen Beine war er schnell, und sie hatten Mühe, ihm zu folgen. Sie liefen am Waldrand entlang durch das taunasse Gras. Nach kurzer Zeit waren ihre Schuhe durchweicht. Es quatschte bei jedem Schritt. Der Sachse hielt das Tempo.

Nach einer halben Stunde tauchten aus dem Morgendunst ein paar Häuser auf. Ein Hahn krähte verschlafen, und ein Hund fing an zu bellen und weckte andere Hunde, die ihm antworteten. Und plötzlich sahen sie vier Gestalten, die ein paar hundert Meter vor ihnen quer über die Wiese hasteten. Voraus ein Langer mit einem Gehstock und dahinter drei, die wie Packesel beladen waren.

»Die haben scheinbar 'n Schlepper«, sagte der Sachse und lief schräg über einen Acker, um ihnen den Weg abzuschneiden. Ein schmaler Weg führte in den Wald hinein. Er war voller Fußspuren. Da waren schon mehr Leute entlanggegangen, nicht nur die vier, die sie gesehen hatten. Sie brauchten nur den Spuren zu folgen.

Von weit her waren Schüsse zu hören, eine kurze, trocken klopfende Salve, ›tatatatat‹. Es klang nicht gefährlich. Den Sachsen schien es nicht zu beunruhigen. Vielleicht hatte er es auch gar nicht gehört unter seiner Bommelmütze.

Eine knappe Viertelstunde lang führte der Weg geradeaus durch den Wald, dann ging es mäßig steil bergab, schräg an einem Hang entlang. Die Dunstschleier wurden dichter und gingen in einen grauweißen Nebel über, der sich kalt und feucht auf ihre Gesichter legte und sie frösteln ließ. Die Bäume lichteten sich, und sie kamen auf eine Wiese heraus, und schemenhaft tauchte neben ihnen ein halbzerfallener Schuppen auf, grau in grau, ohne Farben. Und vor ihnen wuchs eine dunkle Baumreihe in die Höhe, da standen Leute dicht beieinander. Da war der Fluß.

Zwei Männer mit schweren Koffern kamen ihnen entgegen. »Wie sieht's aus?« fragte der Sachse.

»Bis fünf müßt ihr drüben sein, dann kommt die Ablösung«, sagte der vordere der beiden Männer, ohne anzuhalten.

Der Sachse schaute auf die Uhr. »Das kriegen wir hin«, sagte er. Er streifte seine Armbanduhr ab und schob sie in die Tasche. »Versteckt eure Uhren, da sind die Brüder drüben scharf drauf«, sagte er.

Am Ufer standen sie in einer ordentlichen Schlange wie vor einem Laden, elf Leute, lauter Erwachsene. Der Sachse war der zwölfte. Und zwei waren mitten auf dem Fluß, standen mit wackligen Beinen auf einem Floß aus Brettern und Rundhölzern, das mit Stricken hinübergezogen wurde. Am anderen Ufer standen sie zu dritt und holten den Strick ein, und hinter den dreien war auch eine Schlange.

Bille drehte sich um und grinste. Das sah aus wie ein Fährbetrieb, als gäbe es keine Grenze und keine Grenzposten, als wäre das alles ganz ungefährlich.

Vor dem Sachsen standen zwei, die nach Leipzig wollten. Die hatten schon Erfahrung. »Wenn Sie die ersten zwei Kilometer hinter sich haben, ist es nicht mehr problematisch, da haben Sie's geschafft«, erklärte der eine.

Drüben stiegen zwei auf das Floß, gingen in die Hocke, um sich an den Brettern festhalten zu können.

»Die einfachen Russkis sind gar nicht so schlimm, wenn Sie denen was geben, lassen die Sie ohne weiteres laufen.«

Der Fluß war nicht viel breiter als zehn Meter, aber die Strömung war so stark, daß das Floß immer ein gutes Stück abgetrieben wurde. Und die Bretter schienen glitschig zu sein, die beiden, die darauf hockten, hatten Mühe, sich zu halten.

»Wenn Sie geschnappt werden, müssen Sie natürlich sagen, Sie wollen nach drüben, also nach hier, nach hüben, wenn Sie drüben sind. Wenn Sie dann Glück haben, passiert Ihnen nichts weiter, als daß Sie zurückgeschickt werden, dann sind Sie genau drüben, verstehen Sie?«

Vom Wald her kamen ein Mann und zwei Frauen angehastet, stellten sich hinter ihnen an. Jetzt waren sie wenigstens nicht mehr am Ende der Schlange. Und aufrücken konnten sie auch, da war schon die nächste Fuhre unterwegs.

»Sie müssen sich das so vorstellen, wenn Sie drüben sind, dann ist ja drüben hüben, also müssen Sie sagen, Sie wollen nach drüben, ist ja völlig klar. Dann schicken die Russkis Sie zurück und Sie sind genau dort, wo Sie hinwollen, dann sind Sie drüben!«

Die beiden Frauen hinter ihnen zitterten vor Kälte. Vielleicht auch vor Angst oder vor Ungeduld. Es dauerte lange, bis das Floß einmal hin und her gezogen war. Noch acht Leute waren vor ihnen, noch vier Fuhren.

»Nach Sibirien? Alles Gerüchte! Eingesperrt werden Sie, ein, zwei Tage, 'ne Strafe müssen Sie zahlen. Wenn's schlimm kommt, kriegen Sie auch Ihr Gepäck abgenommen. Den Kindern schneiden sie vielleicht die Haare ab, wegen der Läuse, das ist alles.«

Peter drehte sich zu Maxe um. »Haste gehört?« fragte er mit einem schiefen Grinsen. Maxe sagte: »Leck mich am Arsch!« Natürlich hatte er es gehört. Langsam wurde er unruhig. Das dauerte ja ewig, bis die jedesmal abgestiegen und wieder draufgeklettert waren.

»Im Grunde ist der Iwan ja gutmütig, der einfache Iwan, wenn er nicht gerade besoffen ist. Der kennt eben die Zivilisation nicht, ich sage Ihnen, bei Schering haben sie die Versuchskarnickel aufgefressen, ein ganzer Divisionsstab ist draufgegangen.«

Ein Stück flußabwärts schwamm etwas im Wasser, das sich in der Strömung bewegte, als wäre es lebendig. Bille hielt es zuerst für ein bemoostes Stück Holz, aber das war kein Stück Holz, da lag ein Mensch im Wasser, eine Frau, die schwamm auf dem Bauch, eine Frau in einem grünen Mantel mit langen schwarzen Haaren. Manchmal kamen ihre Hände nach oben, weißlich aufgedunsene Hände, die sich sanft bewegten. Die mußte schon länger im Wasser liegen. Wieso holte die niemand heraus? Wieso hatte die niemand herausgeholt, als sie ins Wasser gefallen war? Warum hatte man die ertrinken lassen, du lieber Himmel, das war doch nur ein kleiner Fluß.

Eine der beiden Frauen hinter ihnen schrie plötzlich auf, preßte die Hand auf den Mund, und der Mann sagte grob: »Kuckt eben woandershin, verdammt noch mal!«

»Ruhe ihr Idioten!« rief jemand mit unterdrückter Stimme.

Endlich waren sie an der Reihe, hielten den Strick, warteten, bis der Sachse am anderen Ufer abgestiegen war, zogen das Floß leer wieder herüber, kletterten zu dritt hinauf, es sank so tief, daß ihnen das Wasser in die Schuhe schwappte, wurde von der Strömung unter Wasser gedrückt. Sie ließen sich auf die Knie

nieder, klammerten sich fest, brachten es wieder ins Gleichgewicht. Da bellte eine Maschinenpistole los, ohrenbetäubend
laut aus dem Nebel. Ein kurzer Feuerstoß und noch einer, sie
hörten die Kugeln über ihren Köpfen durch die Bäume fetzen
und spürten, wie das Floß mit ihnen davonschoß in der
Strömung, sich drehte, in den Wellen schwankte. Und hörten
laute Rufe in einer harten Sprache, wie Ladek gesprochen
hatte. Die Russen! Das waren die Russen! Und das Floß wurde
immer schneller. Trieb mit ihnen flußabwärts.

Sie stießen ans Ufer, aber das war das falsche Ufer, das
russische, sie mußten das andere erreichen, mußten zurück.
Und plötzlich sprang Peter ab, klatschte ins Wasser, ruderte
mit den Armen, kriegte einen Ast zu fassen, der tief ins Wasser
hing, zog sich daran hoch, kroch die Böschung hinauf und
rannte los mit hüpfendem Rucksack. Von den Grenzgängern
war keiner mehr zu sehen, auch von den Russen nicht.

Das Floß trieb kreisend mitten auf dem Fluß, und Maxe
versuchte, mit den Händen zu rudern, als sich auf einmal der
Strick, der hintennach schwamm, straffte und das Floß in der
Strömung hielt und es sanft gegen das Ufer pendeln ließ, so daß
Maxe eine Wurzel fassen und sich festhalten und Bille nachzie-
hen konnte. Sie hetzten über die Uferwiese zum Wald. Peter
war nirgends zu sehen. Sie riefen nach ihm. Er gab keine
Antwort. Sie liefen im Wald zurück bis zu dem Weg, auf dem
sie hergekommen waren, rannten den Talhang hinauf, riefen
wieder nach ihm. Wieder keine Antwort. Sie liefen den ganzen
Weg zurück durch den Wald bis zum Waldrand gegenüber dem
Dorf. Und dort fanden sie ihn endlich.

Er hüpfte herum und schlug sich die Arme um die Brust und
schlotterte vor Kälte in seinen nassen Kleidern, und als sie bei
ihm ankamen, hielt er kurz inne und sagte: »Mann, das war
vielleicht knapp, was?« Und fing wieder an zu hüpfen und mit
den Armen zu schlagen.

Maxe machte die Augen schmal. »Los, zieh dich aus!« sagte er
grimmig und warf seinen Rucksack auf den Boden und kramte
ein paar von den Sachen heraus, die sie von Adolfs Cousin
geerbt hatten.

Sie warteten, bis Peter sich umgezogen hatte, und weil Maxe
nichts sagte, schwieg auch Bille, obwohl sie vor Wut zitterte.
Der ganze Proviant, den Peter in seinem Rucksack hatte, war
naß, das Brot durchweicht, und die Ami-Kekse, die sie als

Überraschung mit nach Hause hatte bringen wollen, nur noch Matsch und das Mehl nur noch Mehlpapp.

»Und jetzt?« fragte sie mürrisch.

Maxe zuckte die Achseln. »Müssen wir eben 'ne andere Stelle suchen.«

»Am hellichten Tag, du spinnst ja!« kreischte Peter.

»Kannste ja hierbleiben, wenn du willst!« sagte Maxe wütend.

»Mach ich auch! Mach ich auch! Kannste dich drauf verlassen!« Peters Stimme schnappte fast über. »Ich bin doch nicht verrückt geworden, ich laß mich doch nicht abknallen am hellichten Tag!« Er stand vor ihnen in der Wiese, fuchtelte mit den Armen, kreischte, hörte nicht auf zu kreischen.

»Halt endlich die Schnauze, sonst hau ich dich um!« fauchte ihn Maxe an. Bille hielt ihn am Arm fest. »Hör doch auf«, sagte sie. »Komm, hör auf.«

Aus dem Wald kam ein Junge in kurzen Lederhosen, der einen Schulranzen auf dem Rücken trug mit eingestecktem Lineal und Schwamm und Lappen, die an Schnüren herunterhingen und bei jedem Schritt herumbaumelten. Er blieb stehen und äugte herüber und kam näher. Fragte zögernd: »Kommt ihr von drüben?« Und als Bille den Kopf schüttelte, kam er noch ein paar Schritte näher und fragte: »Wollt ihr rüber?«

Er war nicht viel älter als sie. Breites, offenes Gesicht, helle Augen, ein wirrer Schopf brauner, gekringelter Haare und ein starker Gang wie ein junger Kater. »Hier geht's nicht im Moment«, sagte er, »da haben sie gerade 'n paar geschnappt, da ist der Teufel los.«

Maxe musterte ihn aufmerksam. Der sah nicht so aus, als wäre er ein Volksschüler auf dem Weg zur Schule.

»Wissen wir«, sagte er. Und nach einer Weile fragte er: »Kennst du dich aus in der Gegend?«

Der Junge zog hastig seinen Schulranzen herunter, packte das Lineal und den Schwamm und den Lappen weg. Es schien ihm peinlich zu sein, daß sie ihn so gesehen hatten. Er grinste verlegen. »So'n bißchen kenn ich mich schon aus«, sagte er.

Adolf und Tilli saßen nebeneinander auf dem Trittbrett des Waggons und ließen die Beine herunterbaumeln. Die Sonne schien ihnen warm ins Gesicht, und der Zug fuhr so langsam, daß sie leicht hätten abspringen können, wenn sie gewollt hätten.

Auf den Telegrafenleitungen saßen Schwalben, eine neben der anderen wie die schwarzen Noten im Liederbuch auf den Notenlinien. Und Tilli fragte: »Warum sitzen die Schwalben auf den Drähten?« Und Adolf sagte: »Sie warten, bis alle beieinander sind, weil sie wegfliegen wollen nach Afrika.« Und Tilli fragte: »Warum sie aber auf den *Drähten* sitzen, will ich aber wissen?« Und Adolf sagte: »Weil es *Telefon-Drähte* sind, und wenn es telefoniert, dann kitzelt es an ihren Füßen, und das haben sie gern.« Er war sehr stolz, daß ihm das so schnell eingefallen war, und Tilli war sehr zufrieden über seine Antwort, weil sie sich gut vorstellen konnte, was für ein schönes Gefühl es sein müßte, auf einem Draht zu sitzen und es in den Füßen kribbeln zu spüren.

Sie kicherte und klatschte in die Hände, und jedesmal, wenn sie klatschte, flogen die Schwalben auf und flatterten aufgeregt herum, bevor sie sich wieder auf den Drähten niederließen.

Sie fragte: »Wissen die Schwalben, daß sie Schwalben sind?« Und Adolf überlegte eine Weile, und dann sagte er: »Ja, das wissen sie schon.« Denn wenn er nein gesagt hätte, dann hätte Tilli gefragt, warum sie es nicht wüßten, und eine Antwort darauf zu finden, wäre viel schwieriger gewesen.

Er beobachtete sie von der Seite, wie sie in die Hände klatschte und den Schwalben zurief und ihn fröhlich anlachte. Er fühlte sich glücklich in diesem Augenblick, aber zugleich war eine leise Traurigkeit in ihm, die sich nicht verscheuchen ließ. Er wußte, daß sie nur deshalb so fröhlich war, weil sie zu Sophie fuhren. Und es tat weh, das zu wissen. Seit es Sophie gab, war alles anders geworden zwischen ihnen.

Am Bahnhof in Hof sprangen sie ab und rannten zur Sperre und ließen ihre Fahrkarten lochen und liefen los. Und Tilli lief stolz vor Adolf her, weil sie den Weg schon kannte, und je weiter sie kamen, desto schneller rannte sie, und als sie die Straße erreichten, in der Sophie wohnte, war sie schon ein gutes Stück voraus und trieb ihn an voller Ungeduld, daß er sich beeilen sollte.

Es war eine stille Straße am Rand der Stadt, eingefaßt von weißgestrichenen Zäunen und von grünen Gärten, in denen sich die Häuser versteckten. Sie sah aus, als wäre der Krieg an ihr vorbeigegangen. Aber dann kam doch eine Lücke, da war im

Garten nur noch ein Schutthaufen, und Tilli sagte, das wäre Sophies Haus.

Auch am nächsten Haus war eine Ecke weggerissen. Durch die Öffnung in der Mauer konnte man in ein Zimmer hineinsehen, da saßen zwei alte Frauen an einem Klavier.

Tilli hielt vor der Gartentüre und läutete. Das Klavierspiel oben wurde nicht unterbrochen, und eine laute Stimme schimpfte im Takt dazu, und hinter dem Haus hackte jemand Holz, und Tilli läutete noch einmal, weil bei dem Lärm vielleicht niemand die Klingel gehört hatte.

Und dann kam plötzlich Bille um die Ecke mit einer weiß eingestaubten Schürze und einem Kopftuch, das unterm Kinn gebunden war, und Adolf war so verblüfft, daß er kein Wort herausbrachte, und Bille sagte schnell und ohne Pause: »Es hat nicht geklappt, sag bloß nichts zu den anderen, die sind ganz schön geladen, aber wir haben einen, der uns rüberbringt nächste Woche, nur damit du Bescheid weißt.«

Das Klavierspiel brach ab, und die laute Stimme tönte: »Du hast nicht geübt, Lisbeth, du hast wieder nicht geübt!« Und als Adolf erschreckt hochblickte, sagte Tilli beruhigend: »Das ist nur die Tante Selma, die schimpft wieder mit der Tante Lisbeth.« Und zog ihn am Arm weiter.

Hinter dem Haus stand ein Mann an einem Hackklotz inmitten eines riesigen Haufens Holzscheiter, und Tilli sagte: »Das ist der Rudel«, und von dem anderen, der jünger war und auf einer Bank neben der Tür saß mit einem Zeichenblock auf den Knien, sagte sie: »Das ist der Hermann.« Und im nächsten Augenblick war alles vergessen, die Männer und Bille und Adolf, und sie stürzte auf eine Gans zu, die hinter dem Holzstoß hervorwatschelte, und rief »Elsa, Elsa!« und nahm sie in die Arme und wollte sie hochheben und fiel auf den Rücken, weil die Gans viel dicker war als sie selbst.

Die Tür am Haus schlug auf, und eine Frau schoß heraus, eine kleine, stämmige, alte Frau in einem langen, schwarzen, zart weiß gemustertem Kleid und einer dünnen, geflochtenen, weißen Haarkrone auf dem Kopf. Sie trippelte mit energischen Schritten über den Hof und an dem Holzstoß vorbei zu einem Schuppen. Und hinterher kam eine zweite alte Frau, die der ersten zum Verwechseln ähnlich sah, nur daß sie einen Kopf größer war und nicht so rot im Gesicht. Die blieb in der Tür stehen und sagte mit einer dünnen, zittrigen Stimme: »Aber

ich hab wirklich geübt, Selma, warum glaubst du mir nicht!«
Adolf und Bille standen keine fünf Schritte vor ihr, und Adolf kam es vor, als ob sie zu ihm hersah, und er machte eine linkische Verbeugung und wollte grüßen, aber Bille flüsterte dicht an seinem Ohr: »Laß gehn, sie sieht dich sowieso nicht. Wenn sie keine Brille auf hat, ist sie so blind wie 'ne Fledermaus.«

Sophie kam erst gegen Abend. Sie hatte die Haare kurz geschnitten und trug ein blaues Kleid mit großen, bunten Blumen darauf und war braun gebrannt und lachte mit den Augen. Als sie beim Abendessen in der Küche saßen, mußte Adolf sie unentwegt anschauen, weil sie so ganz anders aussah, als er sie in Erinnerung hatte, bleich und fahrig mit traurig herunterhängenden Haaren und schrecklich mager. Er saß da und starrte sie an, und als sie es merkte und ihm zulächelte, wurde er rot und begann hastig seine Suppe zu löffeln und kaute verbissen auf einem Stück Milz herum, das ihm wie ein Schwamm zwischen den Zähnen hing.
Bille las aus einem Buch vor, das sie neben dem Teller liegen hatte. »Der Braten ist ausgezeichnet, aber die Soße ist ein wenig versalzen.«
Sophie zog die Stirn kraus. »The roastbeef tastes excellent, but the sauce is too much salted«, übersetzte sie.
»Stimmt«, sagte Bille.
Und Sophie sagte: »Wir müssen nächste Woche mal sehen, ob wir drüben den Keller ausgraben können. Wie ich weg bin letztes Jahr, hat da noch 'n ganzes Regal voll Eingemachtes gestanden. Vielleicht ist da noch was zu retten, das kann ja nicht kaputtgehen unterm Schutt, wenn die Gläser heil geblieben sind.«
»Möchten Sie Rühreier oder gekochte Eier?« las Bille zwischen zwei Bissen.
»Do you want scrambled eggs or boiled eggs«, übersetzte Sophie schnell, und mit einem Seitenblick auf Maxe sagte sie: »Ihr könnt ja vielleicht morgen schon 'n bißchen anfangen zu graben, oder?«
Maxe kaute ruhig zu Ende und sagte brummig: »Morgen hab ich schon was vor.«
»Mit diesem Dieter?« fragte Sophie. Und als Maxe nickte, holte sie tief Luft und sagte: »Herrgott noch mal, Maxe, ihr könnt

euch doch nicht von einem Kind über die Grenze bringen lassen, das könnt ihr doch nicht machen! Jetzt habt ihr doch selbst gesehn, wie's ist!«

»Der kennt sich aus«, sagte Maxe einsilbig. »Der macht das jede Woche.«

»Herr Ober, haben Sie bitte einige Knochen für meinen Hund?« las Bille schnell aus dem Buch vor.

»Wartet doch wenigstens, bis Nachricht kommt von euren Eltern«, sagte Sophie. »Da kann doch jetzt jeden Tag was kommen!«

»Und was ist, wenn der mit den Briefen geschnappt worden ist?« fragte Maxe. »Oder wenn er gar nicht bis Berlin gekommen ist?«

»Dann gibt er sie weiter, gibt sie jemand anderem mit, der in die Richtung unterwegs ist«, sagte Sophie. »Das wird doch überall so gemacht, das ist doch nicht das erste Mal!«

»Herr Ober, haben Sie bitte einige Knochen für meinen Hund?« wiederholte Bille laut.

»Do you have a few bones for my dog«, übersetzte Sophie unwillig, und im gleichen Tonfall fuhr sie fort. »Wir wissen ja nicht mal, ob eure Eltern überhaupt noch in Berlin sind! Vielleicht sind sie zum Schluß noch evakuiert worden. Oder sie wohnen in 'nem ganz anderen Viertel. Was wollt ihr denn machen, wenn ihr in Berlin niemand findet?«

Maxe ließ sich Zeit mit seiner Antwort, blickte Sophie ruhig an, sagte gleichmütig: »Können wir ja zu Verwandten gehn oder zu Nachbarn.«

Sophie stützte den Kopf in die Hände, stierte in ihren Teller. Bille sagte leise: »›Herr Ober‹ hast du vergessen.«

»Was?« fragte Sophie verwirrt. »Ach so«, sagte sie, »ist ja auch egal.«

Sie saßen stumm um den Tisch, und Tilli nahm ihren Teller in beide Hände und schleckte ihn mit der Zunge sauber und trug ihn zum Küchenschrank und sagte: »Den braucht man nicht mehr abzuspülen.« Und Tante Selma kam zur Tür herein und sagte vorwurfsvoll: »Sophie, mein Kind, würdest du bitte Rudel Bescheid sagen, daß er die Wasserleitung repariert, sie läuft schon wieder nicht!« Und Sophie zog die Brauen hoch und antwortete mit sanfter Betonung: »Die Wasserleitung ist ganz sicher nicht kaputt, Tante Selma, sondern das Wasser ist gesperrt. In der ganzen Stadt ist das Wasser gesperrt. Ich hab dir's aufgeschrieben auf dem Zettel an der Badezimmertür, wann gesperrt ist.« Und Tante Selma machte ein bekümmertes Gesicht und sagte: »Du liebe Zeit, da muß ich mich wohl bei Lisbeth entschuldigen. Ich war überzeugt, sie hätte wieder einmal ... da muß ich mich wohl entschuldigen.« Man konnte ihr ansehen, daß es ihr sehr unangenehm war, sich entschuldigen zu müssen.

Es war Sonntag, ein sonniger, warmer Sonntagvormittag, und Tilli hockte mitten auf der Straße neben einem kleinen, zweirädrigen Karren und war voll Eifer dabei, einen Haufen Pferdemist, der sich in einer langen Spur über die Fahrbahn zog, mit Schaufel und Besen aufzukehren und in ihren Karren zu laden.
Adolf sah ihr zu. Er stand am Gehsteig und fühlte sich sehr klein und sehr allein. Die anderen drei waren am Morgen ohne ihn losgezogen. Und am Abend zuvor hatten sie nur von Berlin gesprochen und er stumm dabeigesessen. Was hätte er auch sagen sollen. Er blieb ja hier, er gehörte nicht mehr dazu.
Er lächelte Tilli zu mit traurigen Augen. Auch die Kleine brauchte ihn nicht mehr. Sie fühlte sich nicht zuhause dort, wo er jetzt zuhause war. Sie wollte zu Sophie.
Am oberen Ende der Pferdeäpfelspur tauchte plötzlich ein alter Mann auf, der auch einen Karren bei sich hatte, und fing an, den Mist auf seinen Karren zu kehren.
Tilli fuhr hoch. »Hören Sie auf!« rief sie vorwurfsvoll. Und als der Mann ungerührt weitermachte, schrie sie wütend: »Sie sollen aufhören, das ist meiner!«
Der Mann lächelte freundlich zurück und sagte: »Nanana, kleines Fräulein, nicht so giftig, es ist ja für uns beide genug da.«
Tilli stampfte mit dem Fuß auf und schrie: »Den hab ich zuerst entdeckt, gehn Sie weg!« Und in diesem Augenblick kam von oben ein riesiger Ami-Truck mit heulendem Motor, und der alte Mann packte hastig seinen Karren und flüchtete sich auf den Gehsteig. Und Adolf stand schon auf dem Sprung, um Tilli von der Straße zu ziehen, aber die Kleine dachte gar nicht daran, ihren Misthaufen im Stich zu lassen. Sie stand auf der Fahrbahn, Schaufel und Besen in den Händen, mit eingezogenem Kopf und finsterem Blick und blickte dem Truck entgegen, der mit stehenden Rädern über das Pflaster rutschte und keine

zehn Meter vor ihr zum Halten kam. Und während der Fahrer wild auf die Hupe drückte und zum Fenster herausbrüllte, sammelte sie seelenruhig ihren Mist ein vom einen Ende bis zum anderen.

Maxe war mit dem Leiterwagen durch die ganze Stadt gelaufen, bis er eine Bahnlinie erreicht hatte, die im Norden um die Stadt herumführte. Er war der Bahnlinie in westlicher Richtung gefolgt bis zu einem Felsen, den ihm Dieter genau beschrieben hatte, einer mächtigen Steinplatte, die schräg aus dem Boden ragte und aussah wie ein Riesenfrosch, der neben dem Bahndamm saß. Dort hatte er auf Dieter gewartet.

Dann waren sie zusammen weitergezogen, immer am Bahndamm entlang, und nach einer guten Stunde hatten sie am Fuß eines Hügels, um den sich die Bahn in engem Bogen herumwand, ein paar Männer getroffen, die hinter einer Fichtenhecke neben den Gleisen lagen. Sie hatten ihre Leiterwagen bei ihnen abgestellt und waren auf den Hügel gestiegen, um nachzusehen, ob der Zug schon anrollte.

Sie standen oben auf der Kuppe. Karges, kahles Land dehnte sich zu ihren Füßen. Flachgerundete Hügel, wie vom Wind flachgefegt. Graugrüne Wiesen, graubraune Äcker und darüber verstreut dunkle Waldinseln, zerzauste Buschreihen, Häuser, die sich in Bodensenken duckten, daß nur die schwarzen Schieferdächer herausschauten.

Der Zug war noch nicht zu sehen, obwohl sie die Gleise bis weit zum Horizont überblicken konnten.

Dieter deutete auf das helle Doppelband einer Straße, die in einiger Entfernung die Bahnlinie kreuzte. »Das ist die Autobahn nach Berlin«, sagte er.

Maxe nickte. Er hatte sie schon gesehen, beobachtete eine Wagenkolonne, die darauf entlangfuhr in Richtung Norden.

»Das sind die Amis, die fahren jeden Tag um die Zeit, die fahren nach Berlin«, sagte Dieter. Die Kolonne war so weit entfernt, daß das Brummen der Motoren nur als feines Summen zu hören war. Voraus fuhr ein Jeep, danach kamen zwei Half-Trucks und eine lange Reihe schwerer Trucks, und am Schluß fuhr wieder ein Jeep.

»Die sind in fünf Stunden in Berlin«, sagte Dieter.

»In fünf Stunden«, murmelte Maxe, »wennste bedenkst.«

»Kommste aber nicht mit«, sagte Dieter.

Der Zug war immer noch nicht zu sehen.

Sie liefen wieder hinunter zum Bahndamm. Dort hatten sich in der Zwischenzeit gut dreißig Leute angesammelt, viele Jungen in ihrem Alter dabei, auch jüngere, die lagen im Windschatten der Fichtenhecke, hockten im Gras zwischen Leiterwagen und Fahrrädern, ließen Zigaretten herumgehen. Ein paar spielten Karten.

Dieter zündete eine Kippe an, und nach einem Zug gab er sie an Maxe weiter, und sie hockten sich auf ihre Leiterwagen. Maxe band seine Fußlappen ab und wickelte sie wieder fest um die Füße und zog die Stiefel darüber. Er trug eine lange schwarze Hose mit Flicken hinten und Flicken vorne und neuen Flicken auf den alten Flicken, und eine Jacke mit Fischgrätmuster, die genauso geflickt war. Es waren Arbeitsklamotten, die er von Rudel bekommen hatte. Für die Arbeit, die sie vorhatten, waren sie gerade gut genug.

Dieter machte noch einen letzten Zug und sagte beiläufig: »Vor nächsten Sonntag kann ich nicht zurück über die Grenze, so lange müßt ihr noch warten. Oder ihr sucht euch was anderes.«

Maxe schüttelte den Kopf. »Auf die paar Tage kommt's auch nicht mehr an«, sagte er.

Sie warteten. Die Sonne machte sie schläfrig. Maxe schlief ein. Er hatte keine Ahnung, wieviel Zeit vergangen war, als plötzlich einer »Achtung!« schrie. Er stieg vom Leiterwagen herunter, und wenig später hörte er die Lok aus der Ferne. Langsam stampfend kam sie heran, als könnte sie ihre Last kaum vorwärtsbringen.

Sie stellten sich neben die anderen hinter die Fichtenhecke, jeder mit einem Sack unter dem Arm. Warteten, bis die Lok vorbeigedampft war. Dann krochen die ersten durch die Hecke, und sie zwängten sich hintennach durch das verfilzte Geäst und rannten neben dem Zug her, der im Dauerlauftempo über die Schienen ratterte, warfen ihre Säcke auf einen Waggon, und zwei Männer faßten sie unter den Achseln und hoben sie hoch, bis sie mit den Händen an die Bordwand kamen. Sie stemmten sich hinauf und kletterten auf den Kohlenberg, der den Waggon füllte, und Dieter fing schon an, noch halb auf dem Bauch liegend, die Briketts hinunterzuwerfen, drehte sich auf den Rücken, die Stiefelabsätze gegen die Kante der Bordwand gestemmt, warf mit beiden Händen. Sie arbeiteten schnell im gleichen Takt, immer vier Briketts auf einmal, sahen, wie die Männer unten wieder hinter der Fichtenhecke verschwanden. Dicke schwarzbraune Rauchwolken zogen über sie hinweg.

»Du!« rief Dieter, »sag mal! Das Mädchen, die bei euch dabei ist, wer ist'n die? Deine Schwester?«

»Nee!« rief Maxe. »Die haben wir unterwegs getroffen. Die ist auch aus Berlin, verstehste!« Und als Dieter nichts mehr sagte, fragte er: »Wieso?«

»Wollt ich nur wissen«, sagte Dieter.

Sie warfen weiter die Briketts über die Bordwand, und Maxe fing an zu zählen, vier, acht, zwölf ... vierzig, vierundvierzig, achtundvierzig ...

»Er kommt!« rief plötzlich einer vom nächsten Waggon herüber, und Dieter war schon auf den Beinen, sagte: »Los, komm!« Und kroch wie eine Spinne über die Kohlen nach vorne und ließ sich über die Bordwand auf den Puffer herunter und sprang. Und Maxe sprang ihm nach und landete hart im Schotter, daß ihm die Füße wegknickten und er sich überkugelte, und kam wieder hoch und stellte sich neben Dieter, der am Fuß des Bahndamms wartete.

Sie sahen, wie jetzt auch die auf den vorderen Waggons absprangen, und sahen den Bahnpolizisten, der mit rudernden Armen von hinten über die Waggons nach vorn kam. Er hatte ein Gewehr in der Hand und schrie, während er auf dem Zug vorbeifuhr: »Laßt euch bloß erwischen, Saubande, dreckige! Laßt euch bloß erwischen!« und warf ein Brikett nach ihnen, das dicht neben Maxe aufschlug.

»Arschloch!« schrie Dieter aus vollem Hals und warf ihm einen Stein nach. Und Maxe hob das Brikett auf und steckte es in seinen Sack, und sie machten, daß sie weiterkamen, denn hinter ihnen waren die anderen schon beim Einsammeln.

Peter lief verdrossen neben Bille her. Den ganzen Vormittag lang hatten sie sich schon die Hacken abgelaufen, waren am Bahnhof gewesen und in den Ruinen um den Bahnhof herum und auf einem Fabrikgelände, wo sie beinahe von einem Wächter erwischt worden wären, und in drei zerstörten Häusern in der Innenstadt. Das einzige, was sie an Buntmetall gefunden hatten, war ein kleiner Wasserkran aus Messing.

Jetzt waren sie in einem Ruinengelände, das in einer Arbeitersiedlung lag. Kleine Backsteinhäuschen mit selbstgezimmerten Schuppen und Karnickelställen. Hier war garantiert nichts zu holen. Hier gab es keine kupfernen Dachrinnen und keine messingnen Türangeln und Fensterbeschläge und nur wenig elektrische Leitungen, aus denen man Kupferdraht ziehen konnte, wie in den Ruinen der Bürgerhäuser.

»Was willst'n da noch, da ist doch längst alles abgegrast!« sagte Peter mürrisch. Aber Bille ließ sich nicht aufhalten. Sie stieg über die Schuttberge am Gehsteig in die Ruinen ein, kroch in einen halb zugeschütteten Keller, stocherte in dem Ziegelgeröll herum, lief gebückt, die Augen am Boden wie ein Hund, der eine Fährte in der Nase hat.

Die Schneise, die die Bomben geschlagen hatten, reichte über zwei Straßen. Die Häuser, die dazwischenlagen, waren auf hundert Meter Länge eingeebnet. Nur am Rand standen noch ein paar Mauern. Bille lief das Trümmerfeld von einem Ende bis zum anderen ab, ließ keine Ecke aus, fand nichts, außer einem grünspanüberzogenen Türgriff, den sie mit der Rohrzange abdrehte und in ihren Beutel steckte. Sie ärgerte sich, daß sie nichts fand, und sie ärgerte sich noch mehr über Peter, der lustlos hinter ihr hertrottete und herumnörgelte und heim wollte. Sie hoffte, daß er endlich abhaute und sie allein ließ. Nur deshalb suchte sie noch weiter.

Sie lief bis ans äußerste Ende der Schneise, schaute durch ein aufgerissenes Fensterloch auf die Straße hinaus. Gegenüber standen schmale, zweistöckige Häuser, eines neben dem anderen in langer Reihe. Jedes hatte einen winzigen Vorgarten, der kaum zwei Meter tief war und von Haustür zu Haustür reichte. Darin standen Tabakpflanzen, hoch mit Stacheldraht eingezäunt, und Weißkohl und Erbsenstauden.

Es war wenig los auf der Straße. Ein paar Kinder spielten Himmel und Hölle, und ein kleiner Junge schob mit einem Stock ein Rad vor sich her, und ein anderer fuhr unter der Stange auf einem Herrenrad vorbei mit atemberaubender Geschwindigkeit. Er fuhr beinah auf einen Laternenpfahl auf, als weiter unten ein Jeep um die Kurve geschossen kam und in die Straße einbog.

Der Jeep hielt gegenüber am Randstein, und ein Offizier in einem eleganten Uniformmantel stieg vom Beifahrersitz und warf seine Offiziersmütze hinten in den Wagen und holte einen Karton heraus.

Bille drehte sich zu Peter um, der hinter ihr auf einem Mauerstumpf hockte. »Hej, komm mal her!« rief sie leise.

Der Offizier verschwand mit seinem Karton hinter einer Haustüre.

»Na und? Der geht zu seiner Flitschn!« sagte Peter lustlos. Bille hielt den Jeep im Auge.

Der Fahrer schien sich auf eine längere Wartezeit einzurichten. Er suchte in seinen Taschen, stieg aus, hob das Sitzpolster von seinem Sitz, zog eine Stange Zigaretten heraus, riß sie auf und holte eine Packung heraus. Steckte sich eine Zigarette an, verstaute die Stange wieder unter dem Sitz. Stand rauchend an den Jeep gelehnt.

»Haste gesehn?« flüsterte Bille.

Peter drehte den Kopf, sagte schniefend: »Na und? Wie willst'n da rankommen?«

»Wenigstens können wir auf die Kippe warten«, sagte Bille.

Peter klappte krötenlangsam die Augen zu und öffnete sie wieder. »Vielleicht wirft er sie in'n Gully«, sagte er gelangweilt.

Sie warteten. Sahen zu, wie der Ami rauchte, wie er die Kippe vor sich auf den Gehsteig warf und sie mit der Spitze seines Stiefels austrat und fein säuberlich zerkrümelte.

»Da siehste's!« sagte Peter. Bille gab keine Antwort.

Zwei Häuser vor dem Jeep ging oben ein Fenster auf, und eine junge Frau fing an, die Tomaten zu gießen, die auf dem Fensterbrett standen. Der Ami am Jeep wurde aufmerksam, streckte sich, damit er besser sehen konnte, hielt die Packung Zigaretten hoch.

»Fraulein! Hello, Fraulein! Wanna cigarette?« rief er. Die Frau oben im Fenster goß ruhig weiter ihre Tomaten, ließ sich nicht stören. Erst als sie fertig war, schaute sie herunter, warf den Kopf zurück und lachte und schloß das Fenster.

Der Ami ging langsam zum Jeep zurück, steckte sich wieder eine Zigarette an und setzte sich hinter das Steuerrad.

»Wenn ich den Ami vom Jeep wegbringe, trauste dich, die Stange rauszuholen?« fragte Bille.

»Was ist?« fragte Peter zurück. »Du spinnst ja!« sagte er. »Wie willst'n das machen, Mensch?«

»Trauste dich oder trauste dich nicht?« fragte Bille.

»Na und?« sagte Peter trotzig. »Was ist'n schon dabei!«

»Also gut«, sagte Bille. Und ohne sich noch einmal umzudrehen, sprang sie durch die Fensteröffnung hinaus, lief über die Straße, zockelte langsam am Jeep vorbei, drehte sich um, grinste den Ami an. ›WIE GEHT'S BABY‹ stand in weißer Kistenschrift unter der Windschutzscheibe. Der Ami beachtete sie nicht.

Sie öffnete die Haustüre unter dem Tomatenfenster, trat in den dunklen Gang, der dahinterlag. Es roch nach Kohl und nach gekochten Zuckerrübenschnitzeln. Sie blieb hinter der Tür stehen, zählte stumm bis zwanzig. Ging wieder hinaus auf die Straße, schwenkte ihre Stofftasche.

Der Ami saß noch immer im Jeep. Sie hüpfte auf ihn zu im Wechselschritt wie ein kleines Mädchen, warf die Haare aus der Stirn und blieb vor ihm stehen und sagte schnippisch in ihrem spelzigen Schulenglisch: »My sister want's to see you!« Und deutete auf das Tomatenfenster.

Der Ami sprang wie ein Affe mit einem Satz aus dem Wagen, setzte sein Käppi zurecht, strich sich die Uniform glatt. Folgte ihr, ohne zu zögern.

Sie hielt ihm die Haustür auf, und während er an ihr vorbeiging, blickte sie zu Peter hinüber und winkte hastig. Der Idiot saß noch immer in seinem Ruinenversteck, obwohl er schon längst auf der Straße hätte sein müssen.

»Where's your sister?« fragte der Ami nuschelnd. Bille deutete aufs geratewohl auf die Treppe am Ende des Ganges, wartete, bis er sie erreicht hatte, und verdrückte sich durch die Tür nach draußen.

Peter war am Jeep. Aber der Sitz schien zu klemmen. Er riß daran, brachte ihn endlich hoch. Und im gleichen Augenblick brüllte einer los, und drei Häuser weiter hinten kam der Ami-Offizier aus einer Türe, und Peter raste los, die Straße hinunter, bog um die nächste Ecke, und der Ami mit wehendem Mantel hinterher.

Bille zögerte keine Sekunde. Der Sitz war noch hochgeklappt, sie brauchte nur zuzugreifen. Und hastete schon über die Straße davon und in die Ruinen hinein. Und noch im Laufen steckte sie die Stange in ihre Stofftasche.

DREIZEHNTES KAPITEL

Grenzgänger

Maxe und Dieter trafen sie auf dem Heimweg. Sie sahen sie vor sich herlaufen, hundert Meter voraus, lang und schlaksig mit wippenden Haaren, die Stofftasche am ausgestreckten Arm herumwirbelnd.

Maxe rief ihr hinterher. »Bille!« rief er, und plötzlich wurde ihm bewußt, daß er sie zum erstenmal beim Namen nannte, und er wunderte sich, daß er ihm so leicht von den Lippen kam.

Sie wartete, bis die beiden Jungen heran waren, und legte ihre Tasche auf Maxes Leiterwagen und lief neben ihnen her.

Maxe sagte: »Nächsten Sonntag kann er uns rüberbringen.« Und Bille musterte Dieter, der neben ihr herging und starr geradeaus blickte, als wäre er gar nicht gemeint. Er sah nicht mehr so aus wie der Schuljunge an der Grenze. Seine Hände waren schwarz vom Kohlenstaub und sein Gesicht war schwarzverschmiert, und die Schimütze hatte er in den Nacken geschoben, daß der Schirm steil nach oben stand. Er sah aus, als könnte man sich ihm ruhig anvertrauen.

»Ich bin dabei«, sagte sie, »auf jeden Fall.« Und nach einer Weile fragte sie: »Wohnst du eigentlich drüben oder herüben?«

»Drüben«, sagte Dieter knapp.

Bille wartete, ob er noch etwas dazu sagen wollte, aber er sagte nichts mehr, blickte nur stur geradeaus.

»Und wenn du herüben bist, wo biste da?« fragte sie.

»Ich hab'n Onkel hier«, sagte Dieter einsilbig. Er schien keine Lust zu haben, sich ausfragen zu lassen.

Zwei kleine Mädchen kamen ihnen entgegen, die mit den Händen eine Fahrradfelge vor sich her trieben, daß es auf dem Pflaster schepperte. Bille wartete, bis sie vorbei waren, dann agte sie ruhig: »Ich hab 'ne Stange Amis, nur eine Packung ist raus.«

Die beiden Jungen blieben auf dem Fleck stehen, starrten sie an. Bille deutete auf den Leiterwagen. »In der Tasche ist sie.«

Sie schauten nach, und Dieter fragte: »Wo hast'n die her?«, und man konnte ihm ansehen, daß er stark beeindruckt war.

Bille erzählte es ihnen.

Dieter sagte: »Für fünf Packungen kann ich dir 'ne Flasche Schnaps besorgen, da kriegste mehr für drüben als für Zigaretten.«

Bille hob die Achseln. »Ich weiß nicht«, sagte sie, »wir müssen denen hier ja auch was geben, die füttern uns durch die ganze Zeit.«

»Ich hab ja nur gemeint«, murmelte Dieter verlegen und zog den Kopf ein. »Weil ich's grade ziemlich günstig besorgen könnte, weil mein Onkel grade 'ne Ladung gekriegt hat.«

Schweigend liefen sie nebeneinanderher bis zum Bahnhof. Dieter mußte entlang der Bahn weiter. Sie hielten an.

Bille fragte: »Was bringst'n du eigentlich immer über die Grenze, wenn du rübergehst?«

»Kommt drauf an«, sagte Dieter. »Wenn ich von hier rübergeh, hab ich meistens Schnaps dabei. Und wenn ich von drüben komm, na ja... Stoff manchmal, Kleiderstoff, Leder, alles mögliche.« Und nach einer Pause setzte er hinzu: »Das letzte Mal waren es Damenstrümpfe.« Er grinste verlegen.

Sie sahen ihm nach, wie er die Straße am Bahnhof hinunterlief mit wiegendem Schritten.

»Der ist schwer in Ordnung, kannste dich drauf verlassen«, sagte Maxe. Und Bille sagte: »Wir können das ja machen mit dem Schnaps, wenn er meint, daß es günstig ist.«

Und später, als sie in ihre Straße einbogen, sagte sie noch: »Ich glaube, es ist besser, wenn wir der Sophie nichts von der Stange erzählen. Sie macht sich sonst bloß Gedanken.« Und sie nahm ihre Tasche vom Leiterwagen und hängte sie sich über die Schulter.

Adolf sah sie durch die Gartentüre hereinkommen. Sie sahen aus wie zwei, die von der Arbeit nach Hause kommen. Erschöpft und müde. Und froh, daß sie den Tag wieder einmal hinter sich gebracht hatten und endlich daheim waren. Er beneidete sie darum.

Und er beobachtete, wie Tilli auf sie zusprang und sie überschwenglich begrüßte und ihnen voll Stolz ihr Beet zeigte mit dem frisch untergeharkten Mist. Und er winkte ihnen zu und lächelte, obwohl ihm gar nicht danach zumute war, und drehte sich schnell weg und machte sich wieder an seine Arbeit.

Er half Rudel beim Holzschichten. Seit vier Stunden war er damit beschäftigt, seit er mit Tilli vom Mistsammeln zurückgekommen war. Er mochte Rudel, er war gern mit ihm zusammen, auch wenn Rudel kein Wort mit ihm sprach. Sophie hatte ihm erzählt, warum er nichts sagte. Er hatte auf der Flucht seine Frau und seine Kinder verloren. Es störte Adolf nicht, daß er nichts sagte.

Er stapelte die Holzscheite, die um den Holzklotz lagen, auf das Gerüst, das Rudel gebaut hatte. Und Rudel, der oben stand, wählte mit Bedacht die Scheite aus, die er gerade brauchte für seinen Bau. Dünne Scheite, klobige Scheite, keilförmige, krumme, flache, gedrehte, runde, kantige. Rudel schichtete die Scheite nicht einfach nur aufeinander. Er war ein Baumeister. Er baute einen runden Turm aus Holz mit einer kunstvoll geschichteten Außenmauer aus Scheiten, die er sorgfältig aufeinanderpaßte. Kein Scheit durfte wackeln, die Fugen dazwischen mußten schmal sein und die Außenkanten glatt aufeinanderstoßen. In den Hohlraum innen warf er die Scheite, die er für die Mauer nicht brauchen konnte.

Adolf kletterte auf das Gerüst und baute mit. Baute genauso bedächtig wie Rudel, probierte ein Dutzend Scheite aus, bis er eines fand, das paßte. Achtete darauf, daß sich die Mauer leicht nach innen neigte, je höher sie wuchs. Arbeitete mit gesammeltem Ernst.

Durch das Küchenfenster konnte er Peter sehen. Sah, wie er auf Maxe einredete. Wahrscheinlich erzählte er Maxe gerade die Geschichte von der Stange Zigaretten, die er um ein Haar erwischt hätte. Er hatte sie schon ihm und Rudel ein paarmal erzählt und er hatte sie Tante Selma erzählt und er würde sie auch Sophie erzählen, sobald sie zurückkam. Er war ganz voll von dieser Geschichte.

Adolf baute weiter. Der Holzturm maß zwei Meter im Durchmesser und war inzwischen schon gut zwei Meter hoch geworden. Er stand so fest, als wäre er gemauert. Und Adolf stellte sich vor, wie es wäre, wenn er mit Rudel einen noch viel größeren Turm baute, so hoch wie das Haus oder vielleicht noch höher. So hoch wie ein Kirchturm. Mit fünffach geschichteter Außenmauer und mit kleinen Kammern im Innern und einer Wendeltreppe, die bis zur Spitze führte, alles aus Holzscheiten.

Er malte sich aus, wie dieser Turm aussehen würde. Vielleicht könnte man sogar drin wohnen.

Tante Selmas Stimme riß ihn aus seinen Gedanken. Sie hörte schwer, und man mußte schreien, wenn man sich mit ihr unterhielt, und sie schrie noch lauter zurück. Ihre Stimme klang so, als hätte sie einen Blechtrichter vor dem Mund.

Sie grub mit zäher Verbissenheit ein Beet um und schimpfte vor sich hin, auf den Spaten, der unter ihrem Gewicht nicht tief genug in den Boden eindringen wollte, und auf die Steine, die sich in der Erde versteckten, und auf das Unkraut und die Fliegen und auf Tilli, die in der Erde herumwühlte und sich schmutzig machte und sie mit kleinen Steinen bewarf und mit heller Trompetenstimme zurückschimpfte.

»Jetzt hast du'n Regenwurm auseinandergeschnitten!« schrie Tilli vorwurfsvoll. Und Tante Selma brüllte ungerührt: »Das macht dem Regenwurm nichts, der wächst schon wieder nach!« Und Tilli schrie: »Welcher wächst nach? Der oder der?«, und hielt anklagend ihre Hände hoch mit den beiden Regenwurmhälften. Und Tante Selma brüllte: »Weiß ich doch nicht. Der Regenwurm wird's schon wissen!« Und Tilli baute sich vor ihr auf, zornig und kampflustig, wie sie vor dem alten Mann gestanden hatte, der ihr den Mist hatte streitig machen, und vor dem Truckfahrer, der sie von der Straße hatte scheuchen wollen.

»Dann geb ich ihn eben der Elsa!« schrie sie. Und Tante Selma brüllte ihr nach: »Ja, geb ihn ihr nur, damit sie noch fetter wird, die fette Gans, die kommt sowieso bald in die Pfanne!« Und Tilli riß es herum, und sie schrie mit rotem Kopf: »Das darfst du nicht!« Und Tante Selma brüllte: »Eine Gans ist ein Gansbraten und kein Spielzeug!« Und Tilli schrie wie am Spieß: »Du bist gemein! Du bist gemein! Du bist gemein!« Und warf einen Erdklumpen nach ihr, und Tante Selma drohte mit dem Spaten und schimpfte und brüllte und stampfte mit dem Fuß auf.

Adolf vergaß den Holzturm und beobachtete die beiden und dachte nach, warum Tilli diese schimpfende alte Tante Selma trotz allem lieber hatte als seine Tanten, die sich um sie bemühten und ihr Süßigkeiten zusteckten und es ihr schön machten und nachsichtig waren und geduldig und freundlich.

Er hoffte, daß Sophie bald zurückkäme, denn er mußte um sechs Uhr mit Tilli am Bahnhof sein, und er hatte Angst, daß sie nicht mit ihm mitkommen würde, wenn Sophie nicht dabei war. Ihm allein würde sie sicher nicht folgen.

Sie folgte auch Sophie erst nach langem Zureden und nachdem Sophie ihr versprochen hatte, daß sie am nächsten Wochenende wiederkommen dürfte, und nachdem Maxe und Bille versprochen hatten, daß sie mit zum Bahnhof gehen würden, und nachdem Tante Selma versprochen hatte, die Gans Elsa nicht zu schlachten.

Und sie heulte auf dem ganzen Weg zum Bahnhof und wollte keinem die Hand geben, als sie in den Zug stieg, und winkte auch nicht zurück, als sie ihr nachwinkten.

»Der Adolf kann einem leid tun«, sagte Maxe auf dem Heimweg. »Wenn sie den nicht gehabt hätte, wäre sie längst im Waisenhaus. Hat sie nur ihm zu verdanken.«

An den nächsten beiden Tagen ging Maxe wieder mit Dieter zum Kohlenholen an die Bahn. Und nachmittags half er den beiden anderen, den Ruinenkeller im Nachbargarten auszugraben. Als sie am Dienstagabend das Regal mit dem Eingemachten endlich freigelegt hatten, war kein einziges Glas mehr ganz.

Am Mittwoch kam Tilli schon in aller Frühe. Sie war wieder davongelaufen. Und Maxe brachte sie mit dem Rad zurück. Und danach fuhr er mit vier Packungen Zigaretten über die Dörfer und kam zurück mit ein paar Pfund Äpfeln und Kartoffeln und zwei Pfund Mehl und zehn Eiern und einer Büchse Rindertalg.

Zwei Tage aßen sie mittags und abends nur Kartoffeln in Rindertalg gebraten. Und obwohl sie sie so heiß hinunterschlangen, daß sie sich die Zunge verbrannten, klebte der Talg im Mund fest und legte sich wie eine pelzige Schicht auf den Gaumen und in den Hals. Es war ein Gefühl, als hätten sie lauter Federn in der Kehle stecken.

Dann entschied schließlich Tante Selma mit Donnerstimme, daß die Gans geschlachtet würde. »Aus! Schluß! Punktum!« Sie machten sich ja lächerlich, die Kinder wären mager wie die liebe Not und das dumme Vieh würde immer fetter. Sie ließ sich nicht aufhalten und hatte die Gans schon am Hackstock und die Axt in der Hand, aber dann brachte sie es doch nicht übers Herz, und Sophie konnte es auch nicht, und Tante Lisbeth war sowieso dagegen, und Rudel und Hermann waren nicht da. Und die Gans blieb am Leben.

Am Sonnabend brachen Maxe und Bille früh auf und machten sich auf den Weg zu Dieter.

Sophie hatte drei Tage zuvor eine Stelle bei der Militärregierung bekommen und hatte ihnen Hoffnung gemacht, daß sie über die Amis einen Transport nach Berlin organisieren könnte, aber bis Freitag abend hatte sie noch nichts erreicht, und es war auch keine Nachricht aus Berlin gekommen.

Sie trafen Dieter in einer Bahnhofswirtschaft in der Nähe der Grenze und tauschten eine Flasche Schnaps ein gegen fünf Packungen Zigaretten. Und Dieter beschrieb ihnen den Ort, an dem sie sich in der Nacht von Sonntag auf Montag treffen wollten, und zeichnete ihnen alles genau auf, daß sie ihn nicht verfehlen konnten. Sie waren fest entschlossen, mit ihm über die Grenze zu gehen. Niemand würde sie aufhalten, auch Sophie nicht.

Es war schon dunkel, als sie zurückkamen. Sophie war noch nicht da, und Peter und Adolf saßen belämmert in der Küche, und Tante Selma schimpfte lauthals, und Adolf flüsterte ihnen zu, daß Tilli im Ruinenkeller hockte und keinen an sich heranließ.

Die Gans war weg.

Adolf hatte schon seit Mittag die ganze Umgebung abgesucht und die Nachbarn befragt. Nirgends war sie gesehen worden. Sie war spurlos verschwunden. Und Tante Selma brüllte, sie sollten sie endlich in Ruhe lassen, sie hätte die Nase voll, das dumme Vieh wäre nun einmal weg, wahrscheinlich hätte sie einer gestohlen, und damit basta.

Tilli ließ sich nicht aus ihrem Versteck herauslocken. Schlug wild um sich, wenn man sie anfassen wollte, schrie und heulte. Sie mußten sie im Keller lassen, mußten warten, bis Sophie zurückkam. Vielleicht konnte Sophie sie beruhigen.

Sophie kam gegen neun. Sie stand plötzlich in der Tür und hatte ein geheimnisvolles Lächeln im Gesicht. Und als Peter anfangen wollte, die Geschichte von der Gans zu erzählen, legte sie nur den Finger auf den Mund und drückte ihn wieder auf seinen Stuhl zurück. Holte drei große Amibüchsen aus ihrer Tasche und ein Sechser-Paket C-Rations, stellte alles auf den Tisch, setzte sich zu ihnen und blickte einen nach dem anderen lächelnd an und sagte: »Kinder, ihr fahrt morgen mit einem Ami-Transport direkt nach Hause. Um neun fahrt ihr los und um zwei seid ihr in Berlin.«

Sie saßen um den Küchentisch und hielten den Atem an. Und Sophie fuhr leise fort: »Es ist alles fest ausgemacht, kann nichts schiefgehen. Es ist einer von den Transporten, von denen Maxe erzählt hat, mit dem fahrt ihr mit.«

Maxe war plötzlich voll Mißtrauen. Er dachte an das, was Dieter gesagt hatte über die Amikolonne auf der Autobahn. Mit denen kommt keiner mit, hatte er gesagt. Vielleicht machte ihnen Sophie nur etwas vor, damit sie hierblieben, damit sie nicht mit Dieter über die Grenze gingen, vielleicht täuschte sie alles nur vor, damit sie die Gelegenheit, mit Dieter über die Grenze zu kommen, verpaßten. Er starrte sie an, sah ihr Lächeln, das so offen war, daß es ihn verwirrte. Und sein Mißtrauen schwand.

Vielleicht stimmte es doch, was sie sagte. Wenn es nur ein Vorwand gewesen wäre, um sie hier festzuhalten, dann hätte sie sagen müssen, daß sie erst am Montag losfahren könnten. Denn wenn es morgen früh nicht klappte, konnten sie ja immer noch mit Dieter mitgehen. Es mußte stimmen. Um zwei Uhr hatte sie gesagt. Um zwei Uhr nachmittags wären sie in Berlin. Morgen um zwei.

Er wollte etwas sagen und schluckte und starrte Sophie an, die immer noch lächelte. Und bevor er noch etwas herausbrachte, schrillte plötzlich ein Schrei durchs Haus, ein markerschütternder Schrei. Der kam von oben. Das war Tante Lisbeth, die da schrie.

Und Sophie war schon auf dem Flur und raste die Treppe hinauf. Und sie standen unten und blickten ihr nach und hörten Tante Lisbeths Stimme, überschnappend vor Angst: »Da drin! Da bewegt sich's! Da hat sich's bewegt!«

Und dann sahen sie Sophie oben auf der Treppe und die beiden Alten, die hinterhertrippelten. Und Tante Selma sagte bekümmert: »Ich versteh's nicht, ich versteh's nicht. Acht Tabletten, acht ganze Tabletten!« Und Sophie trug die Gans auf dem Arm, trug sie in die Küche und erst da, im Licht, sahen sie, daß die Gans nackt war, sauber gerupft bis auf ein paar Federn am Kopf und am Bürzel. Nackt saß sie auf dem Küchenboden und versuchte taumelig, auf die Beine zu kommen, und schlenkerte mit dem langen, dürren, gerupften Hals und klappte schräg mit den Augendeckeln.

Und Tante Selma sagte immer wieder: »Acht Tabletten! Das hätte ja nicht einmal ich überlebt! Wer kann denn so was ahnen!«

Bille rannte los, um Tilli aus dem Keller zu holen, und die Kleine kam mit verheulten Augen und sah die Gans und nahm sie in die Arme und wiegte sie und streichelte sie und drückte sie fest an sich. Und sagte: »Sie friert, sie hat 'ne Gänsehaut!«

Und zog ihre Strickjacke aus und knöpfte sie der Gans um die Brust.

Um sieben Uhr brachen sie auf. Es war kalt, aber sie spürten die Kälte nicht. Sie waren angespannt und voller Erwartung und hellwach und aufgedreht bis zum Zerspringen. Wenn alles klappte, wie Sophie es beschrieben hatte, dann würden sie am Nachmittag in Berlin ankommen und am Abend zu Hause sein. Heute abend, noch am gleichen Tag, würden sie zu Hause sein.

Peter schob das Fahrrad, auf dem ihre Rucksäcke hingen, und Maxe und Bille waren dicht hinter ihm, und sie legten ein solches Tempo vor, daß Sophie und die beiden Kleinen kaum folgen konnten. Keiner sprach ein Wort. Es gab nichts zu sagen. Wenn sie für ein paar Sekunden die Augen schlossen, konnten sie sich vorstellen, daß sie schon durch die Straßen von Berlin liefen. Über den Kaiserdamm immer geradeaus zur Siegessäule. Vielleicht fuhr die S-Bahn schon wieder oder die U-Bahn. Da waren sie vielleicht schon um vier Uhr zu Hause, um drei Uhr sogar, wenn es schnell ging. Das waren nicht einmal mehr acht Stunden. Acht Stunden, bis sie zu Hause waren.

Die Straßenbäume zogen an ihnen vorbei, die kahlen Felder vor der Stadt, und dann kam ein Wegweiser ›Autobahn Berlin-München‹. Da stand es ›BERLIN‹, und sie waren auf dem Weg. Nur noch acht Stunden. Weniger als acht Stunden. Schon wieder ein paar Minuten weniger.

Selbst Tilli schien etwas von der Erregung zu spüren, die die drei vorne ergriffen hatte. Sie war fast nicht wach geworden am Morgen. Die anderen hatten sie schon zu Hause lassen wollen, aber dann hatte sie sich doch aufgerappelt, und jetzt war ihre

Müdigkeit wie weggeblasen. Sie lief zwischen Sophie und Adolf her, die sie an den Händen hielten, mühte sich, im gleichen Schritt zu laufen, rannte ein Stück, wenn ihre Beine nicht mehr nachkamen, lächelte voll Stolz, wenn sie zu Adolf aufblickte. Und für einen Augenblick hatte Adolf das Gefühl, als wäre alles wie früher. Sie waren wieder gemeinsam auf dem Marsch. Die Kleine und Maxe und Peter und Bille und er, alle fünf zusammen, und Sophie begleitete sie ein Stück auf ihrem Weg. Und er klammerte sich an den Gedanken und fühlte sich leicht dabei und glücklich.

Nach einer guten Stunde erreichten sie die Autobahn. Da stand wieder ein Wegweiser, riesengroß, unübersehbar: BERLIN. Sie bogen in die gepflasterte Einfahrtsstraße ein, die in flachem Bogen auf die Autobahn zuführte. Liefen im Gänsemarsch am Rand des Betonbandes entlang.

Hinter der ersten Brücke nach der Einfahrt war der Treffpunkt. Die Brücke sollte einen Kilometer von der Einfahrt entfernt sein. Sie konnten sie noch nicht sehen. Der Nebel versperrte die Sicht.

Ein dick vermummter Motorradfahrer überholte sie mit knatterndem Motor, und eine schwere Beiwagenmaschine brauste vorbei, vollbepackt wie ein Lastwagen. Und dann wurden voraus die Umrisse der Brücke sichtbar, eine flache Betonbrücke mit schmalen Pfeilern in der Mitte auf dem Grünstreifen und gemauerten Auffahrten.

Sie liefen unter der Brücke hindurch und bogen um das Mauereck, und dahinter hielten sie an. Sophie schaute auf die Uhr. Es war Viertel nach acht. Noch eine dreiviertel Stunde, dann würde die Kolonne anrollen, und einer der Trucks würde anhalten und ganz dicht an die Mauer heranfahren, so nah, daß man es von den anderen Trucks aus nicht sehen konnte, wenn sie auf der Seite unter der Plane hindurch auf die Pritsche krochen. Und der eine Fahrer würde so tun, als müßte er austreten, und Sophie würde ihnen hinaufhelfen, und dann würde der Truck losfahren und sich wieder in die Kolonne einreihen. Und fünf Stunden später, in Berlin, würden sie auf die gleiche Weise wieder herausgelassen werden. So hatte es Sophie ihnen erklärt, so hätte sie es mit dem Officer, der im Jeep hinter der Kolonne herfuhr, ausgemacht.

Noch vierzig Minuten. Sophies Uhr schien stehenzubleiben. Sie standen ganz vorne an der Ecke und lauschten in den Nebel hinaus. Die wenigen Autos, die vorbeikamen, konnte man schon von weitem kommen hören, lange bevor sie unter der Brücke hindurchrauschten. Vielleicht kam die Kolonne früher als ausgemacht. Je früher sie käme, desto eher wären sie in Berlin. Noch eine halbe Stunde.

»Wenn die unterwegs anhalten, dürft ihr euch nicht mucksen«, sagte Sophie. »Wenn ihr ruhig seid, kann nichts passieren. Die Amis werden ja nicht kontrolliert, die fahren an der Grenze glatt durch. Die halten nur an, wenn einer 'ne Panne hat.«

Sie holten die Rucksäcke vom Rad und hielten sie griffbereit, und Adolf stand da mit gesenktem Kopf und sah ihnen zu, und dann kam Maxe und knuffte ihm freundschaftlich in die Seite und legte ihm den Arm um die Schulter und sagte: »Mensch, Kleiner, wir habens geschafft, verdammt noch mal!«, und Adolf lächelte tapfer, obwohl ihm schrecklich traurig zumute war. Und Sophie sagte: »Ihr schreibt mir aber, gleich wenn ihr angekommen seid, versprecht mir das!«, und sie antworteten alle durcheinander: »Klar, Sophie! Kannst dich drauf verlassen, Sophie! Kriegst sofort 'ne Nachricht, ganz klar!« Und Bille nahm die Kleine in die Arme und hob sie hoch und drückte ihr einen Kuß auf die Backe, und Tilli hielt ganz still und brachte vor Aufregung kein Wort heraus. Und auf einmal kamen ihr die Tränen und sie strampelte sich frei und rannte zu Sophie und preßte sich an sie und verbarg den Kopf unter ihrem Mantel. Und Bille fragte leise: »Bleibt sie bei dir?«, und Sophie lächelte und nahm Tillis Kopf zwischen ihre Hände und strich ihr über die Haare.

Und dann hörten sie die Kolonne, ein kaum wahrnehmbares Brummen zuerst, das allmählich lauter wurde und immer mehr anschwoll. Sie standen im Schatten der Auffahrt, mit dem Rücken an der Mauer, und hörten sie näher kommen. Und dann brauste der erste Jeep vorbei und zwei Halftrucks dahinter und der erste Truck und der zweite. Sie zählten mit, zwölf, dreizehn, vierzehn, gleich würde einer ausscheren und neben ihnen an der Mauer stehenbleiben. Vielleicht war es erst der letzte, wahrscheinlich war es der letzte, das hatte der Officer sicher so eingeteilt, damit die anderen, die vorausfuhren, nichts mitkriegten.

Maxe stand ganz vorne an der Ecke, und er hörte, wie das tiefe Motorgebrumm der Trucks sich zu einem donnernden Röhren steigerte, wenn sie unter die Brücke kamen, und ein Schwall kalter Luft traf sein Gesicht, und Auspuffgestank stieg ihm in die Nase, wenn sie herausfuhren. Immer wieder, im gleichen Takt, das anschwellende tiefe Brummen, das donnernde Röhren unter der Brücke und der Luftschwall und der Auspuffgestank. Und plötzlich brach es ab. Da kam nur noch ein Jeep, der Jeep, der die Kolonne abschloß. Dreimal hatte er sie vom Hügel aus mit den Augen verfolgt, jedesmal, wenn er mit Dieter auf den Kohlenzug gewartet hatte. Der Jeep war immer das letzte Fahrzeug gewesen. Da kam nichts mehr nach. Er starrte auf die rotleuchtenden Rücklichter, die sich schnell entfernten. Das konnte doch nicht sein, das war doch ausgemacht mit dem Officer, Sophie hatte es gesagt.

Der Auspuffgestank war noch in der Luft und ein leises Brummen aus der Ferne, und auf einmal spürten sie, wie die Kälte in sie eindrang und sie zusammenschauern ließ. Sie blickten Sophie an, unsicher und fragend. Sophie stand steif an die Mauer gelehnt und hatte die Augen geschlossen, und ihre Lippen bewegten sich kaum wahrnehmbar, und sie sagte: »Dieses Schwein.« Stand da mit weißem Gesicht und stützte sich gegen die Mauer und sagte mit tonloser Stimme: »Dieses miese Schwein!«

Maxe zog seinen Rucksack über, faßte nach dem Rad, sagte: »Na und, dann gehn wir eben mit'm Dieter rüber.« Er zerrte das Fahrrad die Böschung hinauf, und als er oben war, drehte er sich um und sagte: »Dann sind wir eben erst übermorgen zu Hause, ist ja auch egal.«

Sophie kam als letzte die Böschung herauf. »Hör zu, Maxe . . .«, begann sie und verstummte gleich wieder, als sie sah, wie Maxe ihr mit schmalen Augen zulächelte.

»Laß nur«, sagte er, »ich geh mit'm Dieter rüber.« Und Peter stellte sich neben ihn und tat so, als müßte er seine Schnürsenkel fester binden, und Bille sagte: »Mach dir nichts draus, Sophie. Hat eben nicht geklappt, Sophie.«

Sie liefen auf der Straße zurück, einer hinter dem anderen, Maxe voraus. Er kannte sich aus, er wußte, daß noch vor der Stadt eine Bahnlinie kreuzte, der sie folgen konnten bis in die Nähe des Treffpunkts, den sie mit Dieter vereinbart hatten. Sie waren zu früh dran, sie hätten noch einmal mit zu Sophie zurückgehen können, aber das wollte er nicht. Sie hatten den Abschied schon hinter sich. Sie waren schon unterwegs. Es war alles schon gesagt.

Sie liefen schweigend hintereinanderher, und als sie die Bahn-
unterführung erreichten, gaben sie sich die Hand. Und Maxe
schob Adolf das Fahrrad hin und sagte: »Mach's gut, Kleiner«,
und als er schon halb auf der Böschung war, drehte er sich noch
einmal um und rief ihm zu: »Hör mal, wir müssen noch den
Würfel suchen und unser Spiel zu Ende spielen, ist das klar?«,
und Adolf nickte stumm und spürte, wie ihm die Tränen
kamen, und senkte den Kopf, und preßte die Lippen aufeinander.

Oben auf dem Bahndamm winkten sie noch einmal zurück und
sahen Sophie unten stehen und Tilli an ihrer Hand und Adolf
mit dem Rad. Dann stiegen sie über die Schienen und liefen auf
den Schwellen entlang im gleichen Schritt, Maxe voraus und
Bille dahinter und Peter am Schluß.
Sie liefen drei Stunden lang über die Gleise bis zu der
Bahngaststätte, in der sie Dieter getroffen hatten. Dort fragten
sie nach ihm, aber niemand wußte etwas, und der Wirt wollte
ihnen kein Essen verkaufen ohne Reisemarken, und sie lunger-
ten noch eine Weile vor dem Bahnhof herum und aßen jeder
zwei Scheiben Brot und hielten Ausschau nach Dieter.
Gegen drei machten sie sich wieder auf den Weg und folgten
dem Plan, den er ihnen aufgezeichnet hatte, zuerst noch ein
Stück der Bahn entlang und bei der ersten Schranke nach rechts
über eine Landstraße an zwei ausgebrannten Panzern vorbei
und auf dem nächsten Feldweg nach links bis zu einem Wald
und zweihundert Meter hinein und dann rechts und wieder
links, und da sahen sie die Hütte schon mitten im Hochwald
stehen, genauso, wie er sie ihnen beschrieben hatte.
Es war eine geräumige Bretterhütte mit einem halb durchge-
morschten Bohlenboden und einer Tür, die nur noch in einer
Angel hing, aber das Dach war noch dicht, und in einer Ecke lag
ein Haufen altes, trockenes Heu. Hier konnten sie bequem die
Nacht abwarten.
Sie stapelten ihre Rucksäcke in einer Ecke und zogen die Türe
zu, so weit es ging, und richteten sich einen Platz im Heu her.
Da lagen zusammengeknüllte Zigarettenschachteln und But-
terbrotpapier und leere Büchsen und Flaschen, es sah so aus, als
wären sie nicht die ersten, die hier warteten, daß sie über die
Grenze gebracht würden. Bille sagte irgendwann: »Jetzt wären
wir schon zu Hause, wenn's mit den Amis geklappt hätte«,

aber sie dachten nicht weiter darüber nach. Es hat keinen Sinn, sich darüber Gedanken zu machen. Dieter würde sie schon hinüberbringen. Er war noch nie geschnappt worden, warum sollte er diesmal geschnappt werden.

Draußen wurde es schon dunkel, als sie plötzlich Stimmen hörten. Sie lauschten angestrengt. Dieter hatte gesagt, daß er erst gegen Morgen kommen würde. Das war auch nicht Dieter, das waren Erwachsene. Sie hörten eine laute, kräftige Männerstimme und die Stimme einer Frau. Dieter hatte nichts davon gesagt, daß er noch andere Grenzgänger mitnehmen wollte, aber es waren sicher Grenzgänger, wer sollte sich sonst nachts hier herumtreiben. Vielleicht kamen sie nur zufällig vorbei. Vielleicht gingen sie weiter.

»Da ist es«, hörten sie den Mann mit der lauten Stimme sagen, und da waren sie auch schon an der Türe. Ein großer, hagerer Mann in einem schweren Wollmantel mit einem breitkrempigen Filzhut auf dem Kopf. Und eine Frau mit einem Pelzmantel und ein dünner Blasser in einem Knickerbockeranzug. Die Männer trugen jeder zwei Koffer, schwere, ausgebauchte Lederkoffer.

»Was macht ihr denn hier?« sagte der Große mit dem Filzhut. »Sagt bloß, ihr wollt auch rüber?« Und während er seine Koffer in die Ecke neben der Tür wuchtete, sagte er: »Na, siehst du, Anne, sogar Kinder gehn rüber, ist doch alles halb so wild, nun setz dich erst mal hin.« Und fragte, ohne mit der Stimme abzusetzen: »Wo wollt ihr denn hin, ihr Steppkes?« Und als Bille sagte »Berlin«, legte er los: »Nach Berlin?! Haste gehört, Anne, nach Berlin, ist doch nicht zu fassen«, und zog eine flache Flasche aus der Manteltasche, »nun trink erst mal'n Schnaps, Anne, daß du wieder zu dir kommst«, und hielt der Frau die Flasche an den Mund, daß sie gar nicht anders konnte, obwohl sie den Kopf schüttelte und den Mund verzog, »trink schon'n Schluck, tut dir gut!«, und trank selbst und reichte die Flasche dem mit dem Knickerbockeranzug. »Kommen Sie, Ziemann, das weckt die Lebensgeister, können wir gebrauchen, wird 'ne lange Nacht werden...« Er redete ununterbrochen und schickte sie zum Holzholen und riß die Bohlen hinter der Tür heraus und machte Feuer und trank aus der Flasche und holte zwei Büchsen aus dem Koffer und machte sie über dem Feuer warm.

Sie sahen zu, wie die drei aus den Büchsen löffelten, bekamen auch eine halbe Büchse ab, da war Fleisch drin, nur Fleisch, rotes faseriges Fleisch in einer glasigen Soße, das schmeckte so gut, daß sie die leere Büchse in den Rucksack steckten, damit sie sie später noch mit Brot ausreiben konnten.

Der Mann zog eine Uhr aus der Tasche und sagte: »Neun Uhr zehn«, und steckte die Uhr wieder weg und sagte gähnend: »Wann soll der Kerl kommen? Um drei! Das sind ja noch fast sechs Stunden, da können wir ja noch prächtig schlafen!« und legte sich flach und schob den Hut übers Gesicht und war drei Minuten später eingeschlafen. Atmete in ruhigen Zügen. Wenn er ausatmete, schnarchte er leise.

Maxe blinzelte in einen hellen Lichtschein, der ihn so blendete, daß er die Lider zusammenpreßte. Er hörte die Frau angstvoll rufen: »Willi, Willi, wach auf!«, und dann Billes Stimme an seinem Ohr: »Der Dieter ist da!« Aber vor seinen Augen war noch immer dieser blendend helle Schein, der ihn nichts sehen ließ, und er hörte den Mann sagen: »Körber ist mein Name, sind Sie der Spezialist, der uns rüberbringt?« Und endlich konnte er etwas erkennen, da stand einer in der Tür, ein Kurzer, Breiter mit einer kräftigen Nase, die Augen vom Schild einer Schimütze verdeckt und das Kinn hinter einem hochgeschlagenen Kragen. Er hatte eine Taschenlampe in der Hand, mit der er in ihre Ecke leuchtete. »Gehören die Kinder zu Ihnen?« fragte er. Maxe sah, wie der Große mit dem Filzhut sich an der Bretterwand hochstemmte und seinen Mantel abklopfte und den Filzhut aus der Stirn schob.

»Wieso?« fragte er leise. Es klang wie eine Drohung.

»Drei Erwachsene, hat man mir gesagt, von Kindern war nicht die Rede«, sagte der in der Tür. Er sprach abgehackt, als könnte er nicht mehr als drei Worte hintereinander herausbringen. Und als er jetzt die Taschenlampe gegen den Boden richtete, sah Maxe plötzlich Dieter hinter ihm stehen, der ihn anstarrte mit aufgerissenen Augen und die Hand am Mund hatte und einen Finger an den Lippen, als wollte er ihm bedeuten, den Mund zu halten.

»Hören Sie«, sagte der Mann mit dem Filzhut. Er machte zwei Schritte auf die Tür zu, daß Maxe nichts mehr sehen konnte, nur seinen schwarzen Mantelrücken mit breiten, geraden Schultern und dem Hut darüber. »Man hat mir garantiert, daß Sie der beste Schlepper in der Gegend sind, und daß Sie mich sicher auf die andere Seite bringen. Da dürfte es ja wohl nichts ausmachen, wenn noch drei Kinder mitkommen. Oder ist es doch nicht so sicher?«

Maxe begriff auf einmal, daß da von ihnen die Rede war. Daß die beiden sich wegen ihnen stritten. Was wollten die von ihnen? Was hatten sie mit denen zu tun? Der schwarze Mantelrücken versperrte ihm noch immer die Sicht, er konnte Dieter nicht sehen.

»Wenn Sie hundertprozentige Sicherheit wollen, dann suchen Sie mal!« sagte der in der Tür.

»Ich bin auch mit neunundneunzig Prozent zufrieden!« sagte der mit dem Filzhut. Und drehte sich um und rief: »Also los, Kinder! Kommt! Auf!« Und zog schon die Koffer aus der Ecke. Und der in der Tür sagte noch mürrisch: »Auf Ihr Risiko!« Das schien der andere gar nicht zu hören, er drängte schon zur Tür hinaus und sagte: »Bei dem Preis, den ich zahle, können Sie ja wohl einen Koffer tragen, oder?«

Sie tasteten sich ins Freie, zogen ihre Rucksäcke über. Stockfinstere Nacht. Nichts zu sehen, nur der Lichtkreis der Taschenlampe ein paar Schritte vor ihnen, der über den Boden wanderte. Sie stolperten hinter den anderen her, hinter dem Taschenlampenlicht, das ihnen den Weg wies, und Maxe spürte plötzlich eine Hand, die ihn am Arm faßte, und hörte Dieter mit Flüsterstimme dicht neben sich. »Verdammte Scheiße, ich hab gedacht, ihr seid mit den Amis!«

»Wollten wir auch, hat nicht geklappt«, flüsterte Maxe zurück.

»Woher weißt'n das?«

Dieter atmete hastig, als wäre er schnell gelaufen. »Die alte Schachtel hat's mir gesagt, ich war heut früh da.«

Maxe sagte leise: »Da warn wir schon weg«, und fragte: »Wer ist'n der da vorn?«

Dieter sagte: »Mein Onkel, das ist ja die Scheiße, ich mußte mit ihm mit.«

»Und jetzt?« fragte Maxe. Aber im gleichen Augenblick richtete sich der Strahl der Taschenlampe auf sie, und der Mann vorne, der Dieters Onkel war, rief barsch mit knurriger Stimme: »Jung! Her zu mir!«, und Dieter sagte noch schnell: »Sagt bloß nicht, daß ihr mich kennt!« Dann hastete er vor an die Spitze.

Sie liefen durch den Wald, folgten der Taschenlampe. Nur das leise Geräusch ihrer Schritte auf dem Waldboden war zu hören und das Knarzen der Lederriemen und die keuchenden Atemzüge der Frau, die vor Angst kaum Luft zu bekommen schien.

Der Wald nahm kein Ende, und sie hatten keine Vorstellung mehr, wie lange sie schon unterwegs waren, als Dieters Onkel unvermittelt haltmachte und in seiner abgehackten Sprechweise erklärte, daß sie nur noch zehn Minuten von der Grenze entfernt wären und sich von jetzt an absolut ruhig verhalten müßten. Er knipste die Taschenlampe aus, und sie tappten blind weiter, hielten sich einer hinter dem anderen am Rucksack des Vordermannes fest, versuchten mit den Füßen den Weg zu ertasten, atmeten durch den Mund, um besser hören zu können, starrten mit weitgeöffneten Augen in die Dunkelheit, alle Sinne angespannt. Aber nichts war zu erkennen, nicht ein Schimmer von Licht, kein Laut zu hören.

Dann ein geflüstertes Kommando von vorne. »Halt!«

Und jetzt konnten sie die Konturen der Baumstämme sehen, vor ihnen mußte der Waldrand sein, dreißig, vierzig Meter voraus.

»Da vorne ist die Grenze«, hörten sie Dieters Onkel sagen, »direkt vorm Wald. Danach geht's zweihundert Meter über die Wiesen, das ist die einzige Stelle, wo's gefährlich ist.« Er machte eine Pause, und sie sahen das grüne Zifferblatt einer Uhr aufleuchten, dann fuhr er fort: »Es ist halb drei. Ich schau jetzt nach den Posten. Wenn ich bis drei nicht zurück bin, gehen Sie vor bis zum Waldrand. Wenn ich bis fünf nach drei kein Zeichen gegeben habe, laufen Sie los, geradeaus über die Wiese. Der Junge läuft voraus. Drüben im Wald warten Sie, bis ich wieder da bin. Da kommt noch 'ne zweite Postenlinie, durch die wir müssen.«

»Was für'n Zeichen geben Sie?« fragte der Mann mit dem Filzhut.

»Der Junge weiß Bescheid«, gab Dieters Onkel zurück. Sie lauschten auf seine Schritte, die sich schnell entfernten. Er schien Eulénaugen zu haben, bewegte sich so sicher durch den nachtschwarzen Wald, als könnte er mit den Füßen sehen.

Maxe stand hinter dem Mann mit dem Filzhut. Er spürte den Koffer an seinem Knie, und er hörte ihn leise auf die Frau einreden. Beruhigende Worte, so leise, daß er nichts verstehen konnte. Dieter war weiter vorne gegen den Waldrand zu. Er wollte zu ihm, aber er wagte nicht, sich zu rühren. Warum kam

Dieter nicht her, verdammt noch mal, warum sagte er ihnen nicht, was los war!

Er hörte Dieters Stimme. »Sie müssen jetzt mitkommen.« War es schon drei? Es kam ihm vor, als wären erst ein paar Minuten vergangen. Zwischen den letzten Bäumen hielten sie an.

»Was ist das für'n Zeichen, das er gibt?« fragte der Mann mit dem Filzhut.

»Pst!« machte Dieter, als lauschte er auf etwas, das seine ganze Aufmerksamkeit erforderte. Sie lauschten wie er. Wenn kein Zeichen kam, konnten sie loslaufen. Oder war es anders? Mußten sie erst auf das Zeichen warten? Du lieber Himmel, wie war das bloß gewesen?

»Los!« rief Dieter mit unterdrückter Stimme und war schon auf und in der Wiese. Und sie hasteten hinterher, gebückt, die Daumen in den Rucksackriemen, durchs hohe Gras, das unter ihren Schritten rauschte. Und die beiden Männer keuchten unter der Last der Koffer, das mußte man doch kilometerweit hören. Und so hell war es auf einmal auf der Wiese und alles offen, kein Busch, der ihnen Deckung bot, nichts, alles eben, bettebene Wiese. Und die russischen Posten hatten Leuchtpistolen, das hatte ihnen Dieter erzählt, und starke Stablampen. Jeden Augenblick konnte sie ein Lichtstrahl erfassen, festnageln. Die mußten sie doch sehen auf der hellen Wiese. Die hatten sie sicher schon in ihren Nachtgläsern, beobachteten sie, warteten nur noch, bis sie weit genug vom Wald weg waren, bis sie schutzlos mitten auf der Wiese standen.

Aber da war auf einmal der Wald vor ihnen, und Dieter war schon in der Dunkelheit verschwunden, und die zwei Männer mit den Koffern und die Frau. Noch ein paar Schritte, und sie hatten es geschafft. Sie hatten es geschafft. Sie waren drüben. Sie waren über der Grenze.

Sie folgten den anderen ein Stück weit in den Wald hinein. Es kam ihnen vor, als ob es hier heller wäre als in dem Wald auf der anderen Seite. Vielleicht standen hier die Bäume weniger dicht. Vielleicht wurde es schon Tag? Nein, das konnte nicht sein. Es war ja erst kurz nach drei.

»Wenn Sie Ihre Koffer da reinlegen, da ist'ne Kuhle«, sagte Dieter leise.

»Wieso?« fragte der Mann, leises Mißtrauen in der Stimme.

»Wenn 'n Posten kommt und schnappt Sie mit dem Gepäck, ist

es weg.« Für einen Augenblick war Stille, der Mann schien nachzudenken.

»Das klingt vernünftig«, sagte er dann, legte seine Koffer ab. »Kommen Sie, Ziemann, die Koffer da rein!« Und zu Dieter: »Du machst das wohl öfters hier, wie? Respekt!« Dieter sagte: »Da sind Zweige zum Zudecken!« Und der Mann: »Los, Kinder, die Rucksäcke her, alles da rein!« Und Dieter schnell: »Die Rucksäcke braucht's nicht, die Rucksäcke nicht!« Und der Mann wieder: »Warum nicht, sollen die vielleicht ihre Sachen verlieren?« Sie legten ihre Rucksäcke zu den Koffern, trugen Zweige zusammen. »Ist ja alles bestens organisiert«, sagte der Mann. »Respekt, Respekt!«

Dieter sagte: »Wenn Sie jetzt 'n bißchen weiter reinkommen, in den Wald rein«, seine Stimme klang drängend, als hätte er Angst.

»Gut, gut, gut«, sagte der Mann, »nun mach mal nicht so hastig, Junge, wie heißt'n du überhaupt?«

Dieter lief schon voraus, seine Stimme war nicht zu hören. Sie tasteten sich hinterher mit vorgestreckten Armen, die Beine verfingen sich im Gestrüpp. Und es wurde wieder dunkler.

»Anne! Ziemann! Hierher, hier sind wir, sucht euch 'n Platz, Kinder«, rief der Mann. Maxe ließ sich auf den Boden nieder, tastete nach den beiden anderen. Sie waren neben ihm, hockten neben ihm in dem Gestrüpp am Boden, das fühlte sich an wie Blaubeergestrüpp und kratzige Himbeerstauden.

Sie hörten, wie der Mann die Schnapsflasche aufschraubte, hörten es gluckern, und dann wieder seine Stimme. »Also gut, Kurt, wie soll's nun weitergehen, wann kommt dein Vater?« Der hatte ›Kurt‹ gesagt, warum hatte der ›Kurt‹ gesagt? Maxe hob den Kopf, lauschte mit angehaltenem Atem. »Kann gleich sein, kann auch länger dauern«, hörte er Dieter sagen. Und dann Billes Stimme an seinem Ohr, tonlos und voll Angst. »Haste gehört?«

Warum hatte Dieter einen falschen Namen gesagt, was hatte das für einen Sinn? Er konnte ihn nicht sehen in der Dunkelheit, konnte auch nicht mehr verstehen, was er mit dem Mann besprach, er flüsterte nur noch.

Und dann hörte er ihn auf einmal näher kommen. Seine Füße streiften durch das Gestrüpp, aber er gab keine Antwort, als Maxe ihn anrief, lief an ihnen vorbei, auf den Waldrand zu, ein dunkler Schatten zwischen den schwarzen Stämmen. Dann nichts mehr zu sehen, nichts mehr zu hören, Stille, kein Laut, kein Rascheln, kein Ästeknacken.

Sie warteten. Warteten eine Ewigkeit in der Stille, zitterten in der Kälte, kauerten sich zusammen, preßten die Arme um den Körper, bissen die Zähne aufeinander. Das Zittern ließ sich nicht unterdrücken, schüttelte sie immer wieder, immer häufiger.

Und plötzlich waren wieder Schritte zu hören, die auf sie zukamen, leise durch das Gestrüpp. Dieter kam zurück, das mußte er sein. Maxe streckte den Arm aus, zog ihn neben sich, fragte flüsternd: »Was ist los?« Dieter drückte ihm etwas in die Arme, das war ein Rucksack.

»Nehmt eure Rucksäcke«, flüsterte er, »los, zieht sie über!« Er hatte alle drei Rucksäcke dabei.

»Hey, Junge, Kurt, was ist denn jetzt?« hörten sie den Mann mit unterdrückter Stimme rufen. Er kam auf sie zu. »Wo biste denn, Junge, mach den Mund auf! Was ist denn jetzt?« Maxe sah ihn neben sich auftauchen. Ein riesiger schwarzer Schatten. Er spürte eine Hand, die nach ihm tastete, spürte sie auf der Schulter und auf dem Rucksack, den er schon auf dem Rücken hatte, spürte, wie die Hand auf dem Rucksack verharrte und zupackte und ihn hochzog. Und hörte die Stimme über sich, die jetzt einen gefährlichen Klang hatte.

»Was soll das bedeuten, wo kommen die Rucksäcke her?!« Der Mann hatte auch Dieter im Griff. »Raus mit der Sprache, verdammte Pest! Was wird hier gespielt? Da stimmt doch was nicht!« Und ohne loszulassen: »Ziemann, kommen Sie her, wir holen die Koffer! Ich hab's doch geahnt, verdammte Schweinerei!« Er stieß sie von sich, stieg über sie hinweg. Der andere hinterher. Sie hörten sie durch das Gestrüpp trampeln, die Zweige beiseite fegen. Hörten sie fluchend und keuchend mit den Koffern zurückkommen, und im gleichen Augenblick blitzte ein Lichtstrahl durch die Bäume, der scharfgebündelte Strahl einer starken Lampe, der suchend herumzuckte, die beiden Männer mit den Koffern erfaßte, sie festhielt, sie verfolgte. »Stoj! Halt! Stehenbleiben!« Die Russen! Aber die beiden mit den Koffern hielten nicht an. Sie hetzten an ihnen vorbei, weiter in den Wald hinein, der Lichtstrahl verfolgte sie.

»Los weg! Mir nach!« rief Dieter mit unterdrückter Stimme und lief voraus, tief gebückt. Sie folgten dem Geräusch seiner

Schritte. Der Lichtstrahl geisterte immer noch durch die Bäume, aber er war nicht auf sie gerichtet, verfolgte die Männer, die in den Wald hineinliefen. Und Dieter hatte eine andere Richtung eingeschlagen. Er warf sich auf den Boden ins Gestrüpp. »Runter zu mir, duckt euch!« Sie krochen zu ihm hin, legten sich neben ihn dicht auf den Boden.

Der Lichtstrahl war jetzt schon weit weg, tief im Wald, die russischen Kommandos drangen nur noch undeutlich zu ihnen herüber. Warum schossen die nicht? Die Posten am Fluß hatten doch auch gleich geschossen. Und warum war es auf einmal so still? Keine Rufe mehr. Auch kein Licht mehr. Die beiden mit den Koffern konnten doch gar nicht entkommen, die hatten doch keine Chance mit so einer Last.

»Scheiße, Scheiße, Scheiße!« sagte Dieter. Es klang, als ob er gleich heulen wollte. Noch immer war nichts zu hören aus dem Wald. Aber die Russen mußten da noch drin sein, vielleicht standen sie auf der Lauer, warteten, bis sich irgendwo etwas rührte. Die kamen sicher zurück, suchten das Waldstück ab mit ihren Stablampen.

»Was machen wir jetzt?« fragte Maxe.

»Halt die Schnauze! Bleib bloß unten!« flüsterte Dieter zurück. Und jetzt waren Schritte zu hören aus dem Wald und eine knurrige Stimme, die rief: »Dieter! Hey, Dieter! Wo steckst'n du?« Das war Dieters Onkel.

»Unten bleiben!« zischte ihnen Dieter zu.

Und wieder die Stimme seines Onkels lauter als zuvor und böser. »Dieter, gib Antwort! Ich weiß, daß du da bist!« Er war vor ihnen, aber so weit weg, daß sie keine Angst haben mußten, daß er sie entdecken könnte. »Komm her, du Saukopf, sonst kannst was erleben!« Er suchte herum, leuchtete mit der Taschenlampe, war schon fast am Waldrand, kam noch einmal zurück. »Hundskrüppel elendiger! Ich schlag dich windelweich, wenn ich dich erwisch!« Endlich gab er auf, lief auf die Wiese hinaus.

Maxe begiff langsam. Auf dem Bahnhof in Weißenbach hatte er einmal einen Flüchtling von Schleppern erzählen hören, die den Grenzgängern das Gepäck abnahmen, wenn sie sie nachts über die Grenze führten. Er glaubte zu begreifen.

»Wo sind die Russen jetzt?« fragte Bille flüsternd. Angst war in ihrer Stimme.

Dieter stand auf. »Kommt mit«, sagte er und lief los.

Sie folgten ihm zum Waldrand, hasteten schweigend hinter ihm her am Waldrand entlang.

Nach einer Viertelstunde hielt er vor einem Dickicht, zwängte sich zwischen die Fichten hinein. Als er wieder herauskam, hatte er seinen Schulranzen in der Hand mit dem eingesteckten Lineal und mit Schwamm und Läppchen. Er setzte ihn auf und bog in einen schmalen Weg ein, der in den Wald hineinführte, zuerst durch das Dickicht, dann durch Hochwald und quer über eine Lichtung und weiter durch den Wald abseits der Wege. Er schien jeden Fußbreit zu kennen, zögerte nicht ein einziges Mal. Sie waren schon so im Trott, daß sie erschreckt zusammenfuhren, als er unvermittelt anhielt.

Vor ihnen in der Dunkelheit lag ein enger Talgrund, durch den sich ein Bach zog. Auf der gegenüberliegenden Talseite stieg es steil an, schwarz bis in den Himmel.

»Wir müssen durch den Bach«, sagte Dieter, »zieht eure Schuhe aus.« Und während sie sich auf den Boden niederließen und Schuhe und Strümpfe abstreiften und die Hosen hochkrempelten, fuhr er mit leiser Stimme fort: »Der Bach ist die Grenze, aber unten ist es noch nicht gefährlich. Die Posten stehen erst oben auf der Höhe.« Er saß mit dem Rücken zu ihnen, drehte sich nicht um. So war das also. Hier war erst die Grenze.

»Los, aber mit Tempo!« sagte er.

Sie rannten durch das hohe Gras zum Bach hinunter und wateten durch das eiskalte Wasser und rannten drüben wieder hinauf bis zum Waldrand am Fuß des Talhanges. Setzten sich, um ihre Schuhe wieder anzuziehen.

»Wenn uns von oben einer gesehen hat mit'm Fernglas, haben wir Pech gehabt«, sagte Dieter düster. Es klang so, als hätte er sich schon damit abgefunden, daß sie geschnappt würden, als wäre ihm alles egal. Aber dann setzte er tröstend hinzu: »Ich glaub nicht, daß sie uns gesehen haben. Es ist ziemlich dunkel heute.«

Der Talhang war von unten bis oben mit halbwüchsigen Fichten bewachsen, deren trockene, stachelige, ineinanderverflochtene Äste fast bis zum Boden reichten. Sie mußten die ganze Strecke auf dem Bauch kriechen und die Rucksäcke vor sich herschieben und den Boden danach abtasten, ob trockene Äste im Weg lagen. Sie schwitzten vor Anstrengung, als sie endlich oben ankamen.

Der Wald endete dicht hinter der Hangkante. Am Waldrand lief ein Weg entlang, in dem sich tiefe Fahrspuren abzeichneten, dahinter lagen Felder und Wiesen, weit bis zum Horizont. Genau gegenüber führte ein Weg in die Felder hinein mit einer Hecke, hinter der sie Deckung finden konnten.

Dieter lag vor ihnen am Wegrand auf dem Bauch, sicherte nach beiden Seiten, kroch plötzlich los, krabbelte über den Weg, verschwand im Schatten der Büsche drüben.

»Kommt rüber, einer nach dem anderen!« hörten sie ihn mit unterdrückter Stimme rufen. Peter machte den Anfang, dann kroch Bille nach, zuletzt Maxe.

Sie hockten eng zusammengedrängt hinter der Hecke, lauschten in die Dunkelheit. Nichts rührte sich.

»Das haben wir hinter uns«, flüsterte Dieter. »Wir müssen uns beeilen, es wird bald hell.«

Sie reihten sich hinter ihm ein, liefen zwischen den Feldern entlang im Schutz von Hecken und Wegrainen. Der Himmel wurde grau, und Nebel stieg auf und hüllte sie ein. Sie fühlten sich sicher unter Dieters Führung, schritten kräftig aus, bogen um ein Dorf herum, dessen Häuser im Nebel verschwammen, stießen auf eine Bahnlinie und liefen am Fuß des Bahndamms weiter. Da war es schon heller Tag, und auf den Feldern ackerten Bauern mit Ochsengespannen, und auf den frisch umgebrochenen Schollen hockten Krähen. Zwei endlos lange Kohlenzüge rollten vorbei. An den Waggons hingen schwarze Tafeln, darauf stand mit weißer Kreideschrift ›Berlin‹.

Das machte sie mit einemmal wieder wach, riß sie aus ihrem Trott. Du lieber Himmel, wenn sie auf einen solchen Zug kämen, wäre ja alles überstanden, das wäre ja genauso gut wie mit der Ami-Kolonne. Ohne Aufenthalt durch bis nach Hause.

Wie schnell fuhr der Zug? Dreißig Stundenkilometer? Vierzig? Das wären zehn, zwölf Stunden bis Berlin. Noch ein paar Stunden Aufenthalt dazu, dann wären es fünfzehn, zwanzig. Vielleicht ein Tag. Mehr sicher nicht. Sie fragten Dieter.

»Kein Problem«, sagte der, und verwundert setzte er hinzu: »Was habt'n ihr sonst gedacht, womit ihr fahren wollt?«

Eine kleine Stadt kam in Sicht, grau und unscheinbar, als hätte sich der Rauch der Lokomotive über die Häuser gelegt.

»Wir schauen erst mal am Bahnhof vorbei«, sagte Dieter und bog vom Bahndamm weg auf eine Asphaltstraße, die in die

Stadt hineinführte. Ein grauer Flickenteppich von Asphaltstraße, feucht und schmierig, voll eingedrückter Hufspuren.

Dieter ließ sie vor einer Gaststätte warten, die »Zum Grünen Baum« hieß, ein zweistöckiges schmutziggelb gestrichenes Haus mit hoch gelegenem Eingang, zu dem seitlich eine Treppe hinaufführte. Er kam ohne seinen Schulranzen zurück.

Der Bahnhof lag hinter dem Ort. Eine Allee mit hohen Pappeln führte darauf zu. Rechts und links in den Wiesen lagen Holzstämme in mächtigen Stapeln. Vor dem Bahnhofsgebäude war ein geschotterter Platz. Zwei pferdebespannte Stellwagen und ein LKW standen davor und eine Menge Fahrräder in einem wellblechgedeckten Ständer.

Als sie die Tür öffneten, schlug ihnen ein Gestank entgegen, der sie die Luft anhalten ließ. Ein Gestank nach nassen Klamotten und nach Latrine und nach Luftschutzbunker und Eigenbautabak und Rübenschnaps. Die Bahnhofshalle war ein einziger, großer, brettervernagelter Wartesaal, voll von Menschen, die auf dem Boden lagerten zwischen ausgebreitetem Gepäck. Die sahen aus, als wären sie hier zu Hause, als lebten sie schon seit Wochen hier. Niemand blickte auf, als sie hereinkamen.

Gegenüber neben der Bahnsteigtüre war ein Schalter, und davor hing eine Rot-Kreuz-Fahne heraus. Auf die steuerte Dieter zu.

Er klopfte an die Tür unter der Fahne und ging hinein, ohne auf eine Antwort von innen zu warten. Sie kamen in einen winzigen Raum, in dem sie zu viert kaum Platz hatten. Ein Tisch stand darin, ein Blechspind, ein Feldbett an der Wand und in der Ecke neben dem Fenster ein Kanonenofen und davor eine Schwester, die in einem großen Topf rührte. Ihre blau-weiße Tracht und ihre Haube waren frisch gestärkt, und als sie sich umdrehte, zeigte sie eine Schürze so weiß wie Papier.

»Ach, du bist's, Dieter!« sagte sie. »Wen haste denn wieder mitgebracht?« Und als Dieter es ihr erklärte, sagte sie: »Ach, Berliner KLV, da seid ihr nicht die ersten«, und drückte ihm den Kochlöffel in die Hand zum Rühren und setzte sich hinter den Tisch und holte einen Formularblock aus der Schublade und begann zu fragen: »Name, Alter, Heimatanschrift.« Und knallte mit einem Stempel und sagte: »Das ist 'ne Bescheinigung, die zur Fahrt mit einem Personenzug berechtigt, damit kommt ihr bis nach Hause. Wie ihr mit den Zügen mitkommt, müßt ihr selber sehen.« Sie nickte ihnen zu und händigte jedem einen Zettel aus. Und sie starrten sie an, als wäre sie die gute Fee aus dem Märchen, und falteten die Zettel behutsam und steckten sie weg, und Maxe fragte schüchtern: »Was kostet die Fahrkarte?« Und sie lächelte freundlich und sagte: »Das kostet nichts, mit der Bescheinigung kommt ihr überall durch.«

Und dann langte sie noch einmal unter den Tisch und holte vier dickbauchige weiße Tassen heraus und fragte: »Wollt ihr'n bißchen Suppe?« Und sie spürten auf einmal, daß sie knurrenden Hunger hatten, und nickten schüchtern. Und die Schwester tauchte einen großen Schöpflöffel in den Topf und füllte die Tassen bis zum Rand.

Es war eine dicke, mampfige Brotsuppe, die kräftig nach Kümmel duftete, und sie setzten sich nebeneinander auf das Feldbett und hielten andächtig ihre Tassen zwischen den Händen und schnüffelten über dem Tassenrand den Geruch nach Brot und nach Kümmel und schlürften in winzigen Schlucken und spürten, wie es warm hinunterlief, und kosteten den Geschmack und kauten ausgiebig, bevor sie schluckten. Es kam ihnen vor, als hätten sie noch nie eine so gute Suppe gegessen.

Später fragten sie am Schalter nach einem Zug und erfuhren, daß sie zuerst nach Plauen müßten und unterwegs wahrscheinlich umsteigen, falls der Zug nicht durchging bis Plauen. Und in Plauen auf jeden Fall umsteigen in Richtung Leipzig, da wären die Züge schon ziemlich überfüllt, und sie müßten froh sein, wenn sie überhaupt einen Platz kriegten. Und von Leipzig aus müßten sie auch wieder sehen, wie sie weiterkämen. Der nächste Zug in Richtung Plauen jedenfalls ginge irgendwann mittags ab und der übernächste gegen Abend, sie müßten eben warten. Verspätung hatte sowieso jeder Zug.

Sie gingen mit Dieter zurück zum »Grünen Baum«. In der Gaststube waren die Vorhänge noch zugezogen und die Stühle waren hochgestellt. Dieter räumte einen Tisch frei, und sie setzten sich, und kurz darauf kam ein Mädchen herein, lang aufgeschossen mit hochgebundenen Haaren und Gummistiefeln an den Füßen. Sie zog die Vorhänge zurück und fragte, ob sie einen Kaffee wollten, und schlappte hinaus, und als sie wiederkam, trug sie ein Tablett vor sich her, auf dem fünf dampfende Tassen standen.

Dieter fragte: »Wo ist'n der Vater?«

Das Mädchen stellte das Tablett ab und schob jedem eine Tasse hin und setzte sich zu ihnen und nippte an dem heißen Kaffee und saß da mit aufgestützten Ellenbogen und sagte beiläufig: »Geschnappt haben sie ihn gestern.«

»Was hat er gekriegt?« fragte Dieter.

»Zwei Tage und 20 Mark«, sagte sie.

»Na ja, da kommt er ja morgen wieder«, sagte Dieter.

Allmählich begannen sie die Anstrengung der durchwachten Nacht zu spüren, die Kälte, die Anspannung, die stundenlange Lauferei. Die Beine taten ihnen weh, und die Füße waren so angeschwollen, daß sie sie nur mit Mühe aus den Schuhen herausbrachten. Als Dieters Schwester den Ofen anschürte, und als sich langsam eine wohlige Wärme in der Gaststube ausbreitete, konnten sie kaum mehr die Augen offenhalten.

Dann war draußen ein tief röhrender Motor zu hören, der näher kam und vor dem Haus noch einmal aufheulte. Und Dieters Schwester sagte: »Du liebes bißchen, halt ihn mir bloß vom Hals«, und rannte in die Küche und warf die Tür hinter sich zu. Und Dieter sagte: »Das ist Nicolai, der Leutnant.« Und hob den Daumen zum Zeichen, daß der in Ordnung wäre.

Sie starrten auf die Tür und warteten, daß sie aufging, und hatten ein zittriges Gefühl im Magen. Bis jetzt hatten sie noch keinen Russen richtig zu Gesicht bekommen. Sie hatten keine rechte Vorstellung, was da auf sie zukam. Sie dachten voll banger Erwartung an kleine, gedrungene, kugelköpfige Gestalten mit verschlagenen Gesichtern und geschlitzten Mongolenaugen und an Maschinenpistolen mit rundem Magazin.

Der als erstes hereinkam, war so groß, daß er sich in der Türe bücken mußte, um nicht anzustoßen. Er hatte ein breites, lachendes Gesicht und helle Haare und helle Augenbrauen und sah aus wie ein zu groß geratener Junge. Er war nicht älter als zwanzig Jahre. Seine Stimme füllte die ganze Gaststube, als er Dieter begrüßte.

»Bist du zurück, frecher Kerl! Nächste Mal ich dich kriege!« Und dazu machte er eine Geste, die verdeutlichte, daß er ihn am Kragen packen und einkassieren würde. Er trug eine große Pistole in einer braunen Ledertasche am Gürtel, und in der Hand hatte er einen Hockey-Schläger mit rundgebogenem Fuß, den er vor sich auf die Tischplatte legte, als er sich setzte.

»Bring was zu trinken, was du hast mitgebracht!« sagte er. Er sprach deutsch, so wie Ladek gesprochen hatte, nur daß seine Stimme fröhlicher klang.

Dieter verschwand in der Küche und kam mit einer Flasche zurück und mit zwei Gläsern und einer Karaffe Wasser und einem Korb voll Zwiebeln und stellte alles vor dem Leutnant auf. Und sie sahen zu, wie der Leutnant zwei Zwiebeln schälte und sich aus der Flasche einschenkte und aus der Karaffe und die Zwiebeln aß, als wären es Äpfel, und darauf das Schnapsglas leerte und sich schüttelte und das Glas Wasser hinterherschüttete und sich noch einmal schüttelte und einen langen, zufriedenen Seufzer ausstieß und sich zurücklehnte und die Beine von sich streckte und die Augen schloß.

Dann kam noch ein zweiter Russe herein, ein Kleiner, der ein wenig außer Atem war, mit kurzgeschorenem Kopf und einem Schiffchen darauf und mit gegürteter Bluse und weiten Hosen, die in den Stiefelschäften steckten. Der sah schon eher so aus, wie sie sich einen Russen vorgestellt hatten.

Er setzte sich zu dem Leutnant, und der schenkte ihm aus der Flasche ein, aber diesmal füllte er das Glas nur zur Hälfte. Und der Kleine wiederholte die Prozedur mit den Zwiebeln und den beiden Gläsern und der Schüttelei und dem zufriedenen Seufzer, nur daß er sich nicht so wohlig streckte, sondern unauffällig den Hockeyschläger zu sich herzog und ihn unter der Sitzbank verschwinden ließ und Dieter heimlich hinter dem Rücken des Leutnants Zeichen machte.

Er verließ die Gaststube, und Dieter folgte ihm nach kurzer Zeit.

Als Dieter wiederkam, flüsterte er ihnen zu, der Kleine wäre Nicolais Putzer und er hätte ein frisch geschossenes Reh draußen, und wenn sie wollten, könnten sie es gegen die Flasche Schnaps eintauschen, die sie hätten. Das wären zehn Kilo gutes Fleisch für die Flasche, ein besseres Geschäft könnten sie nirgends machen.

Maxe holte die Flasche aus Peters Rucksack und folgte Dieter hinter das Haus und in einen Schuppen. Da hing das Reh an den Hinterläufen von einem Balken, und der Russe stand daneben und grinste und deutete auf das Reh und sagte: »Ziege nix ganz!« Und zuckte bedauernd die Achseln. Und jetzt erst sah Maxe, daß die Vorderläufe glatt weggeschossen waren, da tropfte noch das Blut heraus, und auf dem Boden darunter war eine rote Lache.

Dieter sagte: »Der zerschneidet's euch auch, der ist wirklich anständig. Wenn's zerschnitten ist, könnt ihr's leichter transportieren.«

Maxe zog die Flasche unter seiner Jacke hervor und gab sie dem Russen. Der hielt sie mit gestrecktem Arm vor sich hin und zeigte breite, kräftige Zähne, als wollte er der Flasche den Hals abbeißen, und schlug mit der flachen Hand auf den Flaschenboden, bis es den Korken heraustrieb. Und wollte schon ansetzen, da hielt er plötzlich inne und kam auf Maxe zu und faßte ihn um die Schultern und deutete wieder auf das Reh und sagte strahlend: »Ziege nix ganz, Wodka nix ganz!« Und setzte Maxe die Flasche an den Mund und sagte: »Du trink, trink!«

Maxe versuchte, sich zu wehren, aber der Russe hielt ihn am Hals fest, es blieb ihm nichts übrig, als zu schlucken, das brannte im Mund und lief heiß die Kehle hinunter, und ein scharfer, stechender Geruch fuhr ihm vom Mund her in die Nase, daß er husten mußte. Und er schluckte hastig und hustete, und der Russe ließ endlich seinen Hals los, und er hustete, daß ihm die Augen tränten. Und Dieter bog sich vor Lachen, und der Russe trank gluckernd in langen Zügen und setzte ab und atmete tief und sagte: »Du nix sagen Nicolai, nix sagen Nicolai!«

Dann zog er ein feststehendes Messer aus der Tasche und machte sich über das Reh her.

Maxe sah zu, wie er es am Bauch aufschnitt und am Hals die Gurgel abtrennte und die Speiseröhre verknotete und die Eingeweide herausholte und das Herz und die Leber beiseite legte und die Bauchhöhle mit Heu auswischte. Da wurde es ihm schon ganz komisch im Kopf, und er mußte sich anstrengen, daß er noch scharf sehen konnte und daß sich nicht alles vor seinen Augen drehte. Er sah auch noch, wie der Russe damit anfing, das Fell abzuziehen, und hatte plötzlich Essiggeruch in der Nase und hörte Dieter sagen: »Ich wickel euch das in Essigtücher, da bleibt's haltbar, ist sowieso kein Problem, die zwei Tage bis Berlin, das ist vielleicht'n schönes Trumm Vieh, das sind mindestens zehn Kilo Fleisch, kann ich dir sagen...« Er hörte ihn reden, aber auf einmal verstand er nichts mehr und sah auch nichts mehr, und dann spürte er, daß ihn jemand am Arm faßte und ihn mit sich zog, und fühlte etwas Weiches unter seinen Füßen, und seine Beine gaben nach. Und bevor er noch richtig am Boden lag, war er schon eingeschlafen.

Irgend etwas rüttelte an seinem Arm, und an seinem Ohr schrie es, und er hörte nicht genau und wehrte sich, aber es hörte nicht auf zu rütteln und zu schreien, und allmählich tauchte er auf aus tiefem Schlaf, und es wurde heller um ihn und er konnte Stimmen unterscheiden. Billes Stimme und die von Dieter ganz nah bei ihm.

»Wach auf, Mensch! Los, wach auf!«

Und er kam mühsam hoch und machte die Augen auf und sah die beiden undeutlich vor sich. Atmete heftig und schüttelte den Kopf, um das dumpfe Gefühl loszuwerden, das ihn noch umnebelte.

»Hör zu, Peter ist weg!« sagte Bille. »Haste gehört? Peter! Er ist weg!«

Im nächsten Augenblick war er auf den Beinen. Was sollte das heißen? Warum war er weg? Wo war er hin?

»Wieso ist er weg?« fragte er.

»Er ist weg!« sagte Bille eindringlich. »Seit Mittag ist er weg, niemand hat ihn mehr gesehn!«

Maxe begriff noch immer nicht. »Wieviel Uhr ist es jetzt?« fragte er.

»Halb sechs! Das ist es ja«, sagte Bille drängend.

»Und seine Sachen?« fragte Maxe.

»Nichts mehr da«, sagte Dieter leise, und Bille sagte: »Das ganze Fleisch ist weg, alles weg!« Sie heulte fast.

Maxe war mit einem Schlag hellwach. Verdammt noch mal, er hatte den ganzen Tag verschlafen. »Wo wart ihr denn die ganze Zeit?« fragte er.

»Ich bin auch eingeschlafen«, sagte Bille mit weinerlicher Stimme. »Ich war in der Küche, der Dieter hat mich grade erst geweckt.«

Und Dieter sagte: »Der hat den ganzen Vormittag noch in der Gaststube gesessen. Ich hab ihm erzählt, daß du im Schuppen pennst. Ich dachte, er wär zu dir. Ich dachte, der pennt auch. Ich hab mir nichts dabei gedacht.«

»Und am Bahnhof? Vielleicht ist er noch am Bahnhof!« sagte Maxe.

Sie rannten über den Hof und durch den Hintereingang in die Gaststube. Dieter sagte: »Da waren wir noch nicht. Kann sein, daß er am Bahnhof ist. Aber wenn er den Mittagszug erwischt hat, ist er längst weg.«

Sie holten ihre Rucksäcke aus der Küche. »Los, gehn wir«, sagte Maxe.

Sie rannten die ganze Strecke bis zum Bahnhof. Suchten den Wartesaal ab. Peter war nicht da. Als sie auf den Bahnsteig kamen, stand ein Personenzug auf dem Gleis, und der Mann mit der roten Mütze pfiff auf der Trillerpfeife und hob die Kelle. Es war der Zug nach Plauen.

Sie hetzten los, erreichten noch den letzten Wagen, ein Mann half ihnen aufs Trittbrett und auf die Plattform.

Sie standen eingequetscht zwischen den anderen auf der Plattform. Drängten sich zum Geländer durch. Sahen Dieter am Bahnsteig stehen.

Er legte die Hände an den Mund. »Vielleicht komm ich mal nach Berlin!« rief er ihnen nach.

Bille winkte, bis sie ihn nicht mehr sehen konnte.

Nachtrag zu
Billes Tagebuch

Bille und Maxe verbrachten zwei Nächte und zwei Tage in Zügen und auf Bahnsteigen und in Wartesälen. Sie hatten keinen Bissen zu essen. Peter hatte alle ihre Lebensmittel in seinem Rucksack gehabt. Sie suchten den Bahnhof in Plauen nach ihm ab und am nächsten Tag den Bahnhof in Leipzig. Sie suchten alle Züge ab, in denen sie fuhren. Sie fanden ihn nicht mehr.

Sie kamen am Mittwoch, dem 10. Oktober 1945, nachmittags um fünf Uhr mit einem Personenzug in Berlin-Wannsee an. Mit der S-Bahn fuhren sie weiter in die Innenstadt bis zum Bahnhof Bornholmer Straße. Dort trennten sie sich. Maxe fuhr nach Pankow. Bille fuhr nach Norden. Sie sahen sich nie wieder.

Bille fand ihre Familie am Stadtrand in Frohnau bei ihrer Tante. Alle ihre Angehörigen, bis auf den Bruder, der in Afrika gefallen war, hatten den Krieg überlebt.

Fünfzehn Jahre später versuchte sie, Max Milch in Ostberlin ausfindig zu machen. Sie fand nur seinen ältesten Bruder. Nach dem Bericht, den er ihr gab, machte sie folgenden Eintrag auf die letzte Seite ihres Mädchentagebuchs:

Berlin, 10. 10. 1960
Ich habe heute endlich den Bruder von Max Milch (Maxe) getroffen. Er hat mir erzählt, was sich bei Maxes Heimkehr am 10. Okt. 45 zugetragen hat. Ich will versuchen, seine Schilderung so genau wie möglich wiederzugeben:
Die Familie sitzt gerade beim Abendbrot in der Küche, als Maxe

ankommt. Der Bruder öffnet die Wohnungstür. Er erkennt ihn nicht wieder. Maxe hängt seinen Rucksack an die Tür und die Mutter sagt: »Gott, Junge, daß du wieder da bist!« (An diesen Satz kann sich der Bruder noch genau erinnern.) Sie stellt noch einen Teller auf den Tisch und die Geschwister rücken zusammen, um Maxe Platz zu machen. Sie wären alle sehr neugierig gewesen, aber keiner hätte sich etwas zu sagen getraut.

Dann blickt der Vater von seinem Teller auf und fragt Maxe, ob er ›die Stiefel‹ mitgebracht hätte. (Bei diesen Stiefeln handelte es sich offenbar um eine Art Familienheiligtum. Der Vater war Schuhmacher und die Stiefel waren sein Gesellenstück gewesen. Die Mutter hatte sie Maxe ohne Wissen des Vaters ins Lager nachgeschickt. Und ich vermute, daß Maxe sie in dem Minensperrgebiet hat zurücklassen müssen.) Aber davon sagt Maxe nichts, sondern erzählt, die Amerikaner hätten sie ihm abgenommen.

Darauf kriegt er die erste Backpfeife. »Die Amerikaner nehmen kleinen Kindern nichts weg!« sagt der Vater. (Auch dieser Satz ist dem Bruder noch genau im Gedächtnis.)

Als der Vater dann noch einmal nach den Stiefeln fragt, behauptet Maxe, die Russen an der Grenze hätten sie ihm weggenommen. Diese Antwort bringt den Vater noch mehr in Rage. »Die Russen machen so etwas erst recht nicht!« (Der Bruder sagt, der Vater wäre ein Altkommunist gewesen.)

Maxe fängt noch eine Backpfeife, die so kräftig ist, daß es ihn vom Stuhl wirft.

Auf das hin, so sagt der Bruder, wäre Maxe wortlos aufgestanden, hätte seinen Rucksack vom Haken genommen und wäre aus dem Haus gegangen. Sie hätten nie mehr etwas von ihm gehört. Auch die Nachforschungen, die die Mutter über den Suchdienst des Roten Kreuzes hätte anstellen lassen, wären ohne Ergebnis geblieben.

Christian Schmidt-Häuer

Das sind die Russen

Wie sie wurden, wie sie leben.
416 Seiten.

Schmidt-Häuer zog in Rußland auf eine große, gewagte und riskante Entdeckungsreise, ohne dabei einen Ballast von festen Vorurteilen zusammengeschmiedet oder den erstickenden Dunst der Illusionen mitgeschleppt zu haben.

Der Autor korrigiert im Buch gründlich unser Bild über die Russen und das Leben in der Sowjetunion. Es ist kein Buch von einem «Besserwisser» geschrieben, der zum Beispiel unbedingt meine antimarxistische und antikommunistische Einstellung durch weitere farbige oder düstere Klischees noch festigen möchte, und es ist zugleich auch keines, in welchem ich nur eine Zeile gefunden hätte, geprägt durch eine banale politische Naivität, die unser Rußland-Bild im Westen genau so verzerrt wie die eitle «moralische Überlegenheit» derer, die über Rußland schon im vorhinein nur das Schlimmste zu wissen glauben.

Wenn ich's könnte, würde ich das Buch jedem sowjetischen Parteifunktionär als Pflichtlektüre vorschreiben und ich würde jedem bundesdeutschen Bürger vor einer Reise in die UdSSR auferlegen, diese 400 Seiten gründlich zu lesen.

Ota Filip im Hessischen Rundfunk

Albrecht Knaus Verlag
Hamburg

Spannung und Unterhaltung

Eric Ambler
Die Stunde des Spions
Roman/Band 1986

Juliette Benzoni
Der Nebelfalke
Roman/Band 2427

Roger Borniche
Duell in sechs Runden
Roman/Band 1883

Pearl S. Buck
Die Frauen des Hauses Wu
Roman/Band 1766

Henri Charrière
Papillon
Roman/Band 1245

Gabriel Chevallier
Clochemerle
Roman/Band 1190

Marco Denevi
Rosaura kam um zehn
Roman/Band 2613

Paul E. Erdmann
Crash '81
Roman/Band 2606

Dorothy Farmiloe
Venessa
Roman/Band 2468

Fynn
„Hallo Mister Gott, hier spricht Anna"
Band 2414

Catherine Gaskin
Die englische Erbschaft
Roman/Band 2408

Winston Graham
Debbie
Roman/Band 2612

Shirley Ann Grau
Liebe hat viele Namen
Roman/Band 2459

Joseph Hayes
Der dritte Tag
Roman/Band 1071

Mary Higgins-Clark
Die Gnadenfrist
Roman/Band 2615

Victoria Holt
Harriet - sanfte Siegerin
Roman/Band 2403

Erica Jong
Angst vorm Fliegen
Roman/Band 2080

John Knittel
Kapitän West
Roman/Band 2404

Fischer Taschenbücher

Spannung und Unterhaltung

Oliver La Farge
Indianische
Liebesgeschichte
Roman/Band 2458

Werner Lansburgh
"Dear Doosie"
Eine Liebesgeschichte
in Briefen
Band 2428

Merkwürdige Kriminalfälle
des Richters Di
Ein altchinesischer
Detektivroman
Band 2475

Leonie Ossowski
Die große Flatter
Roman/Band 2474
- Weichselkirschen
Roman/Band 2036

Felice Picano
Klug wie der Teufel
Roman/Band 2600

Anne Piper
Jack und Jenny
Roman/Band 2470

Jean Rhys
Quartett
Roman/Band 2488

Dorothy Sayers
Lord Peters
Hochzeitsfahrt
Roman/Band 1159

Siebzehn charmante
Geschichten
von Simon Carmiggelt,
Ephraim Kishon,
Carlo Manzoni
Band 1707

Borisav Stanković
Hadschi Gajka verheiratet
sein Mädchen
Roman/Band 1949

Anne Tyler
Caleb oder Das Glück
aus den Karten
Roman/Band 2436

Ben Witter
Frauen am Nachmittag
Mit Zeichnungen
von Margit von Spreckelsen
Band 2499

Zwölf
fröhliche Geschichten
von Werner Finck,
Ephraim Kishon,
Jack London,
Frank Wedekind u.a.
Band 1705

Fischer Taschenbücher

Wer weiß, ob wir uns wiedersehen. Erinnerungen an eine
Berliner Jugend. 1980. 224 S. Brosch.

ISBN 3-10-007202-2

Dieter Borkowski, Jahrgang 1928, schildert in rekon-
struierten Tagebuchaufzeichnungen die Zeit zwischen
November 1942 und Mai 1945 aus der Sicht eines Hitler-
Jungen und Flakhelfers. Faszinierend, wie es dem
Autor gelungen ist, sich wieder ganz in die Gedanken-
welt eines Jugendlichen der damaligen Zeit zurückzu-
versetzen. Die Kriegsjahre und das Inferno der letzten
Tage in Berlin werden anschaulich anhand der all-
täglichen Schrecken und Freuden einzelner realer
Menschen.

S. Fischer